A. ZWEIG · ERZIEHUNG VOR VERDUN

BELLETRISTIK

Arnold Zweig

ERZIEHUNG VOR VERDUN

Roman

1988

Verlag Philipp Reclam jun. Leipzig

ISBN 3-379-00246-1

Text nach: Arnold Zweig, Ausgewählte Werke in Einzelausgaben, Band III: Erziehung vor Verdun. Roman. Aufbau-Verlag, Berlin und Weimar 1967

Reclams Universal-Bibliothek Band 467
7. Auflage
Reihengestaltung: Lothar Reher
Lizenz Nr. 363. 340/28/88 · LSV 7001 · Vbg. 26,9
Printed in the German Democratic Republic
Grafischer Großbetrieb Völkerfreundschaft Dresden
Gesetzt aus Garamond-Antiqua
Bestellnummer: 660 410 9
00300

Den Opfern

Erkenne deine Lage
Erkenne deine Feinde
Erkenne dich selbst

ERSTES BUCH

In den Wäldern

Erstes Kapitel

Abdrehung eines Wasserhahns

Die Erde ist eine gelbgrün gefleckte, blutgetränkte Scheibe, über die ein unerbittlich blauer Himmel gestülpt ist wie eine Mausefalle, damit die Menschheit den Plagen nicht entrinne, die ihre tierische Natur über sie verhängt.
Seit Mitte Mai stand die Schlacht. Jetzt, Mitte Juli, zerstampften die Geschütze noch immer die Senke zwischen dem Dorf Fleury und dem Fort Souville. Hin und her rollte dort eine Walze von Explosionen; Rauchschwaden, giftig zu atmen, Staubwolken, pulverisierte Erde und herumfliegende Brocken von Steinen und Mauerwerk verdunkelten die Luft. Legionen von Spitzkugeln durchpfiffen sie, große und kleine Stahlsplitter durchsiebten sie unermüdlich. Nachts flammte und gellte das Hinterland der Front vom Einschlag der Geschosse; tags fieberte die Bläue vom Schnattern der Maschinengewehre, vom Bersten der Handgranaten, vom Heulen und Winseln verlorener Menschen. Immer wieder verwehte dort der Sommerwind den Staub der Sturmangriffe, trocknete den Schweiß der Stürmenden, die mit starren Augen und Kiefern aus ihren Deckungen kletterten, entführte höhnisch das Stöhnen der Verwundeten, den letzten Atem der Sterbenden. Seit Ende Februar greifen hier die Deutschen an. Zwar ist der Krieg zwischen den Europäern, der seit zwei Jahren wütet, im Südosten des Erdteils entstanden; dennoch trägt Frankreich, sein Volk, sein Land und sein Heer, die Hauptlast der Verwüstung; und obwohl gerade jetzt auch in der Bukowina erbittert gefochten wird, an den Flüssen Etsch und Isonzo, schlägt man sich doch am wildesten an den Ufern der beiden französischen Flüsse Somme und Maas. Und die Schlacht rechts und links dieses letzteren Gewässers ging um den Besitz der Festung Verdun.

Ein Trupp gefangener Franzosen marschiert unter Bedeckung von bayrischen Infanteristen die Landstraße hin, die von dem ehemaligen Dorf Azannes nach einem noch vorhandenen Bahnhof, namens Moirey, führt. Schlecht marschiert es sich zwischen aufgepflanzten Bajonetten, schlecht in die Gefangenschaft eines Gegners, der bei seinem Einbruch in Belgien und Frankreich bewiesen hat, daß ihm Menschenleben billig erscheinen, eigene wie fremde. In Deutschland hungert man, das ist weltbekannt, in Deutschland schindet man die Gefangenen, kennt man keine Achtung vor den Gesetzen der Gesittung; so steht es in allen Zeitungen. Es ist schweinisch, zu denken, daß man gerade jetzt in die Hände der Deutschen fallen mußte, kurz vor Toresschluß, kurz, bevor sie den Schwindel hier abblasen müssen, weil es ihnen an der Somme den Atem verschlägt vor der Wucht des französisch-englischen Angriffs. Zwar ist man dem Höllenofen mit heilen Gliedern entkommen, und wenn man sich vernünftig benimmt, wird man ja wohl die paar Monate Gefangenschaft noch aushalten; dennoch bleibt es zum Kotzen, wie eine Viehherde abgeführt zu werden. Man hat die Schluchten, die ehemaligen Wälder hinter sich, die aus lauter zerhackten Trichterfeldern bestehen; hinter sich die Maashöhen, den Abstieg nach Azannes; hier ist schon heiles Land, sozusagen, rechts unten fließt ein Bach, steigen die Höhen auf, die runden grünen Kuppen der lothringischen Landschaft. Wenn es wenigstens zur Tränke ginge! Hitze, Staub und Schweiß plagen die vierzig, fünfzig marschierenden Viererrotten in den blaugrauen Waffenröcken, Stahlhelmen oder zweizipfeligen Kappen.
Links an der Straße, man biegt um eine Ecke, winken zwei große Tröge, in die je ein Strahl klaren Wassers fällt. Dort waschen deutsche Armierungssoldaten ihre Kochgeschirre. Die Franzosen heben die Köpfe, straffen sich, beschleunigen den Schritt. Die bayrischen Wachtmannschaften wissen auch, was Durst heißt, und werden ihnen Zeit lassen, zu trinken oder die Feldflaschen zu füllen. Schließlich sind die Mannschaften beider Heere einander erbitterte Feinde nur während der Kämpfe; und außerdem hat sich bei den Franzosen längst herumgesprochen, daß Armierer unbewaffnete Arbeitssoldaten sind, jüngerer und älterer Landsturm, harmlose Leute.
Ein weitläufiges Barackenlager, schwarz gegen den blauen Himmel, überhöht die stäubende Straße; Treppen führen von

ihm hinab. Immer mehr Schipper laufen herzu, das Schauspiel lockt sie, außerdem ist Mittagspause. Nun, je mehr Hände, desto schneller wird man getränkt werden. Im Augenblick umlagert ein blaugrauer Klumpen von durstigen Männern die Tröge, braune Gesichter, alle bärtig, recken sich hoch, Dutzende von Armen strecken sich aus, Becher und Kochgeschirre, ja die Gesichter werden in die Flut getaucht, die durchsichtig, mit leisen Kringeln, auf dem Grund der Tröge spielt. Ach, wie das französische Wasser wohltut und gut schmeckt, wenn man es zum letztenmal auf lange durch die ausgedörrte Gurgel schickt. Die Schipper verstehen auch gleich. Hilfreich entwickeln sie sich mit gefüllten Kochgeschirren längs des Zuges, friedlich klappert das deutsche Aluminium oder Blech an das französische, umrahmt das weiße oder hellgraue Drillichzeug die dunklen Tuchröcke.
„Schickts euch", ruft der zugführende Unteroffizier, „macht voran!" Dieser Aufenthalt ist nicht eingerechnet; aber er meint es nicht sehr ernst. Niemand hat es eilig, zu seiner Truppe vorn zurückzukommen, wenn diese Truppe nahe am Douaumont Bereitschaftsstellungen besetzt hält. Langsam lösen sich die Gesättigten vom Brunnen ab, trocknen ihre triefenden Bärte, ordnen sich in der Mitte der Straße. Ihre Augen glänzen heller. Zwei Jahre Krieg haben in den Deutschen und Franzosen an den Fronten eine gewisse Achtung und sogar Sympathie herausgebildet. Nur im Hinterland, das in den Etappen beginnt, sind auf beiden Seiten eine Menge Leute bestrebt, Haß und Wut anzustacheln, damit die Kriegsmüdigkeit des Menschenmaterials nicht um sich greife.
Ein Armierungssoldat, den auf Backen und Kinn schwarzglänzender Bartwuchs weithin kenntlich macht, er heißt Bertin, sieht mit Vergnügen, wie einer seiner Unteroffiziere, Karde, der Buchhändler aus Leipzig, dem Bayern eine Zigarre anbietet, das Luntenfeuerzeug hinhält, ihn auf sächsisch ausfragt. Wasser schleppend drängt er sich durch den Schwarm, ruft zwei Kameraden namens Pahl und Lebehde ein paar Worte zu und trabt bis ans letzte Ende des Zuges, dorthin, wo die Leute vergeblich versuchen, ihre Vordermänner beiseite zu schieben. Wie abgetriebene braune Tiere, eine Herde fremdartiger und doch vertrauter Geschöpfe, recken sie ihre Hälse aus den aufgehakten Röcken, in kehligen Lauten schimpfend und bittend. Sie begrüßen mit dankbaren Augen die drei, die

sich ihrer annehmen kommen.
„Mensch, mach Platz", ruft Bertin, vom Brunnen wiederkehrend, in der einen Hand seinen Feldkessel, in der anderen den gefüllten Geschirrdeckel balancierend. Gefahr ist aufgetaucht: oben auf der Höhe, an den Baracken, stehen plötzlich Offiziere und beobachten, was vorgeht. Der dicke Oberst Stein klemmt eifrig den Scherben ins Auge, sein Bauch überwölbt die Reiterbeine; sein Adjutant, Oberleutnant Benndorf, flankiert ihn rechts, der Kompanieführer, Feldwebelleutnant Grassnick, links, und in achtungsvollem Abstand wirft Feldwebeldiensttuer Glinsky scheele Blicke auf das Treiben da unten. Entrüstet weist der Oberst mit seinem Reitstock auf die triefenden Gesichter, die sich im Wasserspiegel der Tröge gekühlt haben. Wie lange dauert das alles schon? Drei Minuten oder vier? Kein Nacheinander mißt all die Einzelheiten, die gleichzeitig abrollen.
„Schweinerei", knurrt der Herr Oberst; „wer hat denn die hier trinken heißen? Mögen gefälligst anderswo ihre Schnauzen ins Wasser tunken." Und, die Hand am Schnurrbart, kommandiert er hinunter: „Unteroffizier, weitergehen!"
Oberst Stein ist Kommandant des Munitionsparks Steinbergquell, der sich oben hügelan erstreckt, Oberleutnant Benndorf sein Adjutant, Herr Grassnick bloß Leutnant der Schipperkompanie, die dem Park unterstellt ist. Alle drei Herren haben 1914 im Felde gestanden, sind damals verwundet worden (Benndorf hinkt heute noch am Stock) und haben hier zu bestimmen. Der Herr Oberst darf also Gehorsam erwarten.
Die menschliche Stimme jedoch trägt offenbar nicht sehr weit, im Freien und ohne günstigen Wind. Daher erfolgt auf diesen Befehl zunächst nichts, obwohl das eigentlich gegen die Naturgesetze verstößt. Da aber setzt Unteroffizier Glinsky seine Hinterbacken in wippende Bewegung, stürzt bis zum Geländer vor und brüllt, halben Leibes überhängend: „Aufhören, zusammenschießen, weitergehen!"
Er verfügt über den richtigen Ton, Glinsky. Der bayrische Unteroffizier fährt unwillkürlich mit der Hand nach dem Kolben seines umgehängten Bajonetts. Leider funkeln da oben Achselstücke – sonst sollte der Saupreuß dort ein paar saftige bayrische Freundlichkeiten empfangen. So aber wendet er sich barsch an seinen Trupp: „Antreten, Marschkolonne formieren."

Gefangene tun gut, auch zu verstehen, was sie nicht verstehen, und einige der Begleitmannschaften sprechen französische Brocken. Langsam schieben sich die ersten Viererrotten vorwärts. Eifriger drängen sich die Armierer zwischen die Franzosen, um auch die letzten noch zu tränken. Ruhig formt sich die Kolonne.
Oberst Stein läuft rotbraun an. Die Leute da unten durchkreuzen den Sinn seines Befehls. Auf dem Bahnhof Moirey unten rollen eben, klein wie Spielzeug, die Waggons zusammen, mit denen die Gefangenen abschieben sollen und die so schnell wie möglich mit Gasmunition zurückerwartet werden; dort wird noch Zeit genug zum Saufen sein. „Schluß mit dem Unfug!" befiehlt er. „Unteroffizier, stellen Sie das Wasser ab!" Jedermann im Park kennt die beiden Messinghähne neben der Futtertonne, die die Bleirohre unterbrechen. Glinsky setzt sich sofort in Schwung.
Wer von den Armierern zufällig in der Nähe ist, hört diese Anordnung, grollend, gleichgültig oder grinsend; einen Mann aber trifft sie ins Herz. Der Armierer Bertin erblaßt unter seinem schwarzen Bart. Ihm fällt der Wasserhahn auf dem Bahnhof Moirey nicht ein, ihm selbst soll gewissermaßen die Qual angetan werden, angesichts des Brunnens ungetränkt weiter zu müssen. Er hat sein Kochgeschirr soeben frisch gefüllt. Eigentlich müßte er es jetzt in den Staub schütten, wie es einige seiner Kameraden auch tun, Otto Reinhold zum Beispiel, das gutmütige Männchen, oder der Setzer Pahl. Bertin aber weiß, daß in den hintersten Reihen wirklich noch eine Anzahl Durstiger wartet. Eben schieben sie sich, drei Bayern hinter ihnen, fast auf der Stelle tretend, an den Trögen vorbei. Ihre hohlen Hände, ihre Becher zu füllen, wird niemand mehr vermögen.
„Nischt zu machen, Zapfen ab", damit deutet der Armierer und Gastwirt Lebehde auf die beiden Wasserhähne, die eben versiegen. – „Ist doch die Möglichkeit", grollt der Gasarbeiter Halezinsky, „und das will nun Mensch heißen." Und achselzuckend weist er den letzten der Franzosen seinen leeren Feldkessel.
Das Kochgeschirr des Armierungssoldaten Bertin besteht aus Aluminium, verbeult und außen schwarz berußt, innen blütenweiß und jetzt voll köstlichen Wassers. Indem er sich am Rand der Marschkolonne mitbewegt, schenkt er es aus – weithin

kenntlich an seinem Barte –, mit ruhigen Bewegungen. Einem Kanonier, der gequälten Auges nur die hohlen Hände hinstreckt, reicht er den gefüllten Deckel, einem anderen hält er das Kochgeschirr selbst an den Mund. „Prends, camarade", sagt er, und der Kanonier faßt zu und trinkt sich im Gehen satt. Dann reicht er das Kochgeschirr zurück. Der Referendar Bertin, wenn ihm nichts dazwischenkommt, hat Aussicht, ein älterer Herr oder auch ein alter zu werden. Den Blick jedoch wird er nicht vergessen, der jetzt zu ihm herüberkommt, aus diesen braunen Augen, inmitten gelblicher Haut, verrußt vom Geschützrauch, schwarz umschattet von der Erschöpfung. „Es-tu Alsacien?" fragt der Franzose den Deutschen. – Bertin lächelt. Man muß also Elsässer sein, wenn man sich einem gefangenen Franzosen gegenüber anständig benimmt. „Aber nein", antwortet er französisch, „ich bin Preuße." Und dann verabschiedet er sich: „Für euch ist der Krieg zu Ende." – „Merci; bonne chance", antwortet der Franzose und wendet sich vorwärts.

Bertin aber bleibt stehen, während die Schipper sich langsam die Treppen hinauf verkrümeln, und blickt befriedigt, das Herz gewärmt, den blaugrauen Rücken nach. Wenn diese Leute jetzt nach Pommern oder Westfalen zur Landarbeit verschickt werden, wissen sie, daß man sie nicht fressen wird. Was er getan hat, kann und wird er vertreten. Was soll ihm schon groß geschehen? Er braucht sich nur in der nächsten Viertelstunde oder bis zum Dienstbeginn ein bißchen in die Baracke zu verdrücken. Den Kopf voll angenehmer Nachgefühle, klimmt er die Holztreppe empor; sein Kochgeschirr, aus dem Franzosen getrunken haben, baumelt ihm sauber vom gekrümmten Finger. Vertieft schlendert er an dem Setzer Pahl vorüber und gewahrt auch nicht den langen staunenden Blick, den der ihm nachschickt.

Pahl aber läßt ihn vorbei, weil er heut in der Gesellschaft dieses Kameraden nicht erscheinen möchte. Oft und manchmal hat er ihn für einen Spitzel gehalten, der sich zu den Arbeitern der Kompanie hält, um sie auszuhorchen und anzugeben. Aber dieser Mann ist kein Spitzel, nein. Er ist das Gegenteil davon, nämlich die Unbesonnenheit selbst. So wahr Wilhelm Pahl die Preußen kennt, dieser Mann wird etwas erleben – was, scheint ihn nicht zu interessieren. Den Setzer Pahl aber interessiert das höchlichst. Da steht er in der Sonne, eine Art großer Gnom mit dicken Schultern, zu langen Armen, einem kurzen Hals, kleinen hellgrauen Augen, und sieht dem Manne nach, der seinem Herzen gefolgt ist – bei den Preußen.

Zweites Kapitel

Appell

Während der Arbeit am Nachmittag dieses denkwürdigen Tages läuft durch den ausgedehnten Park mit seinen Stapeln von Granaten, Rasenböschungen, Lauben und Zelten der Befehl: Sechs Uhr Appell! Appell? Womit? Haben in den letzten vierzehn Tagen nicht vier solcher Besichtigungen stattgefunden – mit Stiefeln, mit Wäsche, mit Drillichzeug und mit Waffenrock und Halsbinde? Ist die riesige Schipperkompanie – fünfhundert Mann Nennstärke – ihres Garnisonspielens wegen nicht längst das Gespött der Artilleristen, Pioniere, Funker und Eisenbahner rundum? Bei ihnen weiß man, diese Kinder haben weder Vater noch Mutter, hier werden alte Leute, vorzügliche Arbeit leistend, wie dumme Rekruten behandelt, mitten in Frankreich: schöner Zirkus, Eintritt frei. An den Waggons, Benzolbahngeleisen, Stapeln und im Kartuschzelt Ärger und Geschimpfe. Kein Mann jedoch bringt diesen Befehl in Zusammenhang mit Vorfällen in der Mittagspause.
Appell heißt in der krausen Sprache des deutschen Heeres die feierliche Versammlung des Mannschaftsbestandes auf dem Kasernenhof. Heran muß alles, was da kreucht und fleucht, selbst die Schreiber aus der Schreibstube und die Leichtkranken aus dem „Revier". Punkt zehn Minuten vor sechs also füllt die Kompanie mit ihren drei Zügen hufeisenförmig den freien Raum, den die Baracken umschließen. Die Zeremonie des Abzählens ist beendet, alle Welt ist da, nur der Herr Kompanieführer läßt noch auf sich warten. Obwohl die Armierer peinlich ausgerichtet und der Größe nach geordnet stehen, vom Riesen Hildebrandt am äußersten linken Flügel des ersten Zuges bis zu Vehse, Strauß und Naumann II, den Kleinen auf dem äußersten rechten, fehlt ihrer Erscheinung

doch das Wesentlichste, und darüber wird Feldwebelleutnant Grassnick nie hinwegkommen: die Waffenröcke verderben das Bild. Plumpe Litewken, dunkelgrau mit rotem Spiegel – damit begann es in Küstrin. Hinzu kamen einige Dutzend fast milchgrauer Röcke, angefertigt aus Manteltuch für militärische Beamte. In Serbien empfing man einen Schub Infanterieröcke, braungrau und an den Nähten gerötet von zahlreichen Entlausungen. In Rosenheim, Bayern, schließlich, auf der Fahrt hierher, spendierte das Depot noch einige Dutzend Artillerieröcke, grünliches Tuch, schwarze Biesen. Bei der Arbeit und in der Marschkolonne schadet das nichts; Paraden aber darf man mit solchem Farbenspiel nicht wagen ... Weder die grauen Feldmützen noch die Achselklappen aus blauem Kord ändern daran etwas. Und so läuft mehr als eine halbe Million deutscher Männer herum – Landsturm ohne Waffe, Arbeiter, Kaufleute, Intellektuelle; körperlich nicht vollwertig, ein bißchen militärisch gedrillt, die Arbeitssklaven der Kampfeinheiten: Soldaten und doch nicht Soldaten, Gespött, Leidwesen und unentbehrliche Kerntruppe in einem.
„Achtung! Kompanie – stillgestanden! Die Augen – links!"
Die Kompanie erstarrt. Gelassenen Schritts naht Herr Feldwebelleutnant Grassnick, bei den Mannschaften der „Panje von Vranje" genannt, nach der kleinen serbischen Gebirgsstadt, in welcher er seine gute Zeit hatte. Die Kompanieschneider haben alles getan, um aus ihm einen wirklichen Offizier zu machen. Tadellos schmiegt sich sein Waffenrock dem Rücken an, die hohe graue Mütze mit der silbernen Kokarde sitzt eindrucksvoll über dem roten Gesicht, und seine Achselstücke sehen fast aus wie die eines echten Leutnants. Aber für die wirklichen Offiziere ist er doch nur ein avancierter Feldwebel, und so schwebt er einsam im leeren Raum zwischen den gehobenen Mannschaften und der Herrenklasse.
„Rühren!" knarrt er, „mal herhören alle"; er nimmt Meldungen entgegen, empfängt ein Blatt Papier aus den Händen des Herrn Glinsky, dem es wiederum der Schreiber Sperlich devot und stramm gereicht hat, und verliest, was draufsteht, einen Korpsbefehl der fünften Armee. Da haben also, erfährt die lauschende Mannschaft, elsässische Überläufer den großen Angriff vom 5. Mai verraten, was gefangene Franzosen jetzt bestätigt hätten. Bei dieser Gelegenheit werden den Mann-

schaften erneut strengste Verschwiegenheit zur Pflicht gemacht, auch in Gesprächen, der Eisenbahn, Briefen nach Hause.
Die Kompanie steht da und verzieht keine Miene. Du lieber Gott, denkt sie. Natürlich haben die Franzosen, diese dummen Luder, noch nicht gemerkt, daß das deutsche Heer seinen fürstlichen Heerführern Geburtstagsgeschenke zu Füßen legt, geglückte Angriffe, eroberte Gräben. Und daß der Kronprinz am 6. Mai geboren wurde, weiß natürlich drüben niemand. Da müssen also Überläufer, und zwar elsässische, den General Pétain auf bevorstehende Attacken aufmerksam machen. In dieser Kompanie dienen zwei elsässische Männer, ein junger und ein älterer, beide besonders gute Arbeiter und beliebte Kameraden; da klingt „elsässische Verräter" besonders taktvoll. Ja, die Preußen haben den Takt mit Löffeln gefressen. Aber nun scheint der Panje von Vranje mit seiner knarrenden Leutnantsstimme ja fertig zu sein. Gott helfe ihm, Amen.
„Leider", fährt Herr Grassnick jedoch fort, indem er seine Hände erregt schlenkern läßt, „leider hat sich auch in meiner Kompanie heute mittag ein unerhörter Vorfall ereignet. Armierungssoldat Bertin, dreißig Schritte vortreten, marsch!"
Ein Ruck durchläuft die Kompanie, so, als spitzten Pferde oder Hunde die Ohren. Achtung, heißt diese Bewegung, unsere Sache! Sehr empfindlich gegenüber Ehre oder Schande ist solch ein Riesenwesen aus fünfhundert Herzen, und jeder einzelne vertritt unter Umständen das Ganze. Bertin braucht eine Sekunde, bis er begreift. Er errötet, dann erblaßt er unter seinem schwarzen Bart, und dann erst setzt er sich in Bewegung. Er war eben nicht darauf gefaßt, aus der Schar der Kameraden herausgepickt zu werden wie ein Frosch vom Schnabel des Storches. Aber ein Soldat hat auf alles gefaßt zu sein, und Herr Grassnick wird es ihm beibringen.
„Können wohl nicht hören?" trompetet er durch die große Stille, die einem Strafakt vorauszugehen pflegt. „Zurück, marsch, marsch!"
Gehorsam wie ein dressierter Hund macht der Referendar Bertin kehrt, umläuft in großem Bogen den rechten Flügel seines, des dritten Zuges und steht, angestrengt atmend, wieder auf seinem Platz. – „Armierungssoldat Bertin, dreißig Schritt vorwärts, marsch, marsch!" – In seinen sauber geschwärzten Stiefeln spritzt der Aufgerufene wieder vor, die

Arme leicht in die Seiten gedrückt, und nimmt nach dreißig Schritten halb rechts vor dem Herrn Kompanieführer Stellung. – Grassnick betrachtet ihn mit schiefen Mienen, mustert ihn, dann befiehlt er: „Kehrt!“, und der Soldat reißt sich herum. Schweiß ist ihm über die Brillengläser gelaufen, vielleicht auch pulst ihm das Blut in den Augen. Um ihn ragt jetzt die Kompanie wie die drei Wände eines eben angefangenen Saals – hellgrau, braungrau, milchblau, grüngrau die Reihen seiner Kameraden und die rötliche Schicht ihrer Gesichter, die von der Sonne angeleuchtet werden. Es steht sich anstrengend im Zentrum so vieler Blicke, aber da kannst du nichts machen, denkt Bertin. Warum auch hast du dir den verfluchten Bart nicht abschaben lassen, als Karl Lebehde es dir nahelegte – den schwarzen Sauerkohl, die Kennmarke? Also zahle für deinen Eigensinn. Im übrigen aber laß den Kerl ruhig schnattern. Nach soldatischem wie nach menschlichem Gesetz war, was du getan hast, richtig. Gefangene trösten, steht in der Bibel, Durstige tränken. Was also immer jetzt erfolgen kann: man ist in Übereinstimmung mit sich selbst, mit dem Sittengesetz in seiner Brust. Ein leises Zittern in den Knien läßt sich dennoch nicht vermeiden; gut, daß die weite Hose es verdeckt.
„Dieser Mann“, kräht Herr Grassnick mit einer Stimme, die er künstlich knarren macht, „dieser Mann hier hat sich nicht entblödet, französische Gefangene aus seinem eigenen Kochgeschirr trinken zu lassen, obwohl der Herr Oberst deutlich seinen Unwillen dagegen kundgetan hatte. Ich überlasse es einem jeden, solch ein unwürdiges Benehmen richtig zu benennen. Einen solchen Mann muß man als einen Schandfleck der Kompanie bezeichnen.“
Steht man also mal am Pranger, denkt der Schwarzbärtige und kann nicht hindern, daß Stirn und Nase gelblich ergrauen und seine Ohren, die leicht abstehen, sich anfühlen wie in Schülerzeiten, wenn der Lehrer Kosch daran gerissen hat. Da er aber mit sich im reinen ist – was hindert ihn, den vorgesetzten Herrn da links von ihm zu bemitleiden? Ein als Offizier verkleideter Stadtschreiber aus der Lausitz ist das, die Herrenklasse nimmt ihn nirgendwo für voll, und doch hat er hier mit gehackter Stimme und langen Pausen Sätze herzuschmettern, überzeugte Sätze, die zu ihm passen wie der Spinat zum Reibeisen. Ja, hört er ihn krähen, diese Handlungsweise sei um

so schlimmer, als es sich um einen gebildeten Mann handele, von dem man Besseres hätte erwarten können. Ein schlechtes Vorbild gebe er für seine Kameraden. Zum Glück sei von ihm nicht auf die ganze Kompanie zu schließen. Der Geist der Kompanie sei gut, das sei höheren Orts wohlbekannt. Es werde also keiner schärferen Maßregel bedürfen, Vorfälle wie diesen ein für allemal abzustellen.
Kann man einen Vorfall abstellen? denkt Bertin; aber er atmet leichter. Ein paar neugierige Kanoniere aus der Parkmannschaft beäugen geringschätzig das Theater der Schipper. Von Westen her bringt ein leiser Wind den Geruch von Heu. Drüben, jenseits des Baches, werden in einem großen Zelt abgetriebene Artilleriegäule zurechtgepflegt, die Fahrer schneiden in den Wiesen das hohe, süße Gras, Vorrat für den Winter.
Bertin verliert sich fast an dieses Trugbild friedlicher Welt, das umsäumt und gerahmt wird vom dumpfen Brodeln und Brocken der Geschützschlacht jenseits des Horizonts. Das also sind die Sorgen unserer Kompanie vor Verdun, denkt er; warum wird ein Mensch wie ich gerade in einen solchen Müllhaufen verschmettert? Da steht er vor der Front, schwarz und bleich, die Hacken zusammengeschlagen, die Hände an der Hosennaht, und läßt das Geprassel der Schlußsätze über sich ergehen. Er wisse hoffentlich, daß er verdient hätte, vor ein Kriegsgericht gestellt zu werden. Aber er habe sich bisher leidlich geführt. Darum werde noch einmal Gnade für Recht ergehen, und das möge er sich hinter die Ohren schreiben.
„Wegtreten!“
Hätte schlimmer ausgehen können, denkt die Kompanie, und auch Bertin denkt es, während er wie ein losgelassener Terrier auf seinen Platz zurücksaust, in die Lücke zwischen Otto Reinhold, das gutmütige Männchen, und den Setzer Pahl. Reinhold tupft ihn mit dem Ellenbogen und grinst unmerklich.
„Kompanie stillgestanden! Tretet – weg!“
Vierhundertsiebenunddreißig Männer machen kehrt und stürzen mit Brausen und Stampfen ihrer freien Abendstunde zu. Keiner verliert ein Wort über das Vorgefallene. Man muß Unterzeug waschen, eine Hose flicken, das Abendbrot in Empfang nehmen, Briefe schreiben oder Karten spielen – tun, was man will, Mensch sein, frei sein. Langsamer als die meisten

schlendert Werner Bertin seinen Weg zur Baracke. Jetzt ist ihm vielleicht etwas flau ums Herz. Erst wird er sich eine halbe Stunde hinlegen und dann seinen Bart zum Barbier Naumann (Bruno) tragen. Weg damit, unauffällig aussehen – basta. Aus der Schar der Unteroffiziere, die noch zusammenstehen, streifen ihn die ausdruckslosen Kugelaugen des Herrn Glinsky. Rechts über der Höhe am Kronprinzeneck und links vorwärts, Romagne zu, hängen, golden angeleuchtet, die Würste der Fesselballons im Abendlicht.

Drittes Kapitel

Das Glimmende

Die Julinacht liegt schwer über der Baracke des dritten Zuges, in der an hundertdreißig Männer nach schwerer Arbeit schlafen. In drei Schichten übereinander, auf Drahtnetzen und Säcken voll Holzwolle, wälzen sie sich, stöhnen, dünsten aus, kratzen sich, ohne zu erwachen. Die Kompanie ist sehr verlaust. Sauber und wie neugeboren ging sie aus der großen Entlausungsanstalt Rosenheim hervor, und ehe sie die schmierigen Baracken hier bezog, hat sie preußisches Scheuerfest gehalten und Wagen voll Unrat ihrer Vorgänger beseitigt. Aber die gelblichen Läuse saßen geduldig in den Nähten der gelblichen Schlafsäcke und erwarteten ihre Zeit, und nun haben sie ihre Zeit. Läuse sind, wie die Vorgesetzten und das Schicksal, höhere Wesen; man wehrt sich gegen sie, aber im Grunde muß man sich mehr oder weniger mit ihnen abfinden.
Die lange Baracke, nach außen völlig abgedunkelt, besitzt im Dach Lüftungsklappen, die Dr. Bindel, ein Zivilarzt in Uniform, auf die Vorstellungen des Armierers Bertin und des Sanitätsunteroffiziers Schnee von den Kompanietischlern anbringen ließ. Zwar fänden andere Menschen als Soldaten vielleicht, hier könne niemand schlafen und seine Kräfte erneuern. Aber der Zivilist würde irren. Man kann hier schlafen, hundertdreißig Leute bewiesen es, und die Ratten, die munter durch die Gänge sausen, beweisen es auch, denn sie wecken niemanden, wenn sie nicht gerade mal jemanden in die große Zehe beißen. Im allgemeinen aber ziehen sie den Aufenthalt

unter der Baracke dem in der Oberwelt vor. Unten ist man sicherer.
An zwei Stellen glimmt Licht in diesem Raume. Umhängt von Waffenrock, Mantel und Rucksack, brennt eine Stearinpatrone, in eine Blechkapsel eingeschmolzen, zu Häupten des Armierers Bertin, der noch liest. Etwa vier Männer von ihm entfernt und ein Stockwerk höher liegt der Setzer Pahl und raucht eine Zigarre. Und das tut er, um ungestört denken zu können, und sein Denken umkreist den Armierer Bertin.
Der Kamerad da unten liest, aber nicht freiwillig. Er muß mal wieder Schriftsteller spielen, er liest Korrektur. Die Feldpost hat ihm am Abend die ersten Fahnen eines neuen Buches gebracht, das eben in Leipzig gedruckt wird. Er hat dem Kameraden Pahl, der ja vom Metier ist, die breitrandigen Druckspalten gezeigt, die von einer guten Offizin in der Ungerfraktur gesetzt werden. Ihm bleiben nur die Abende und Nächte, seinen Text auf Druckfehler durchzusehen und zu verbessern, am Rande der Seite, mit bestimmten Zeichen, die die Tradition der Buchdruckerkunst seit langem festgelegt hat. Zwar hat er geglaubt, nach dem blöden Appell von vorhin heute keine Sammlung zu finden. Aber da jetzt jeden Tag eine solche Sendung einlaufen wird, hat er sich das noch mal überlegt. Was die Schriftsteller mit ihren Kommas und Doppelpunkten angeben können, weiß Pahl zur Genüge, auch, wie scharf sie auf Wortwiederholungen Jagd machen. Und der Bertin tut recht daran, seine Sätze in Ordnung zu halten, selbst jetzt, wo seine Zeit und seine Kraft von anderem beansprucht wird. Die Deutschen lesen jetzt viel, auch jüngere Autoren und besonders diese; seit einem Jahrhundert, sagt er, habe es einen solchen Anteil an neuen Dichtern nicht gegeben. Sein Roman „Liebe auf den letzten Blick“, in schöner Breitkopffraktur gedruckt, hat dieses Frühjahr plötzlich eine große Neuauflage erlebt, und die Einkünfte aus dem Novellenband werden seiner Frau sehr gelegen kommen. Soviel weiß der Setzer Pahl aus der Unterhaltung beim Abendbrot. Das Satztechnische interessiert ihn sehr: die vertrauten Namen der Schriftarten, die Frage, ob Hand- oder Maschinensatz vorzuziehen sei, der Vorgang des Korrigierens selbst. Aber noch viel mehr beschäftigt ihn der Verfasser – freilich in einem höchst willkürlichen und einmaligen Sinn. Hier liegt er, saugt an seiner Zigarre, die die Kompanie ihm liefert, und prüft in Gedanken

den Kameraden Bertin auf seine Eignung, den Boxkampf durchzustehen, der ihm beschieden zu sein scheint. Unteroffizier Böhne, noch umgänglich aus Briefträgerzeiten her und mit der Partei sympathisierend, hat vor dem Schlafengehen ihm, Pahl, Andeutungen zugeraunt, die morgen früh eintreffen werden. Der Setzer Pahl denkt langsam und schrittweise. Seit er den Kameraden ganz allein im aufgestellten Viereck der Kompanie unter dem Geprassel der Grassnickschen Phrasen hat stehen sehen, ist viel in ihm aufgewacht. Karl Lebehde hat also recht behalten, den Vollbart hat sich Kamerad Bertin ein paar Stunden zu spät abnehmen lassen – alle Achtung vor der Menschenkenntnis eines Gastwirts. Aber das sachliche Denken eines Setzers ist auch nicht zu verachten. Denn es bedient sich einer genauen Kenntnis des Militärischen, weil es auf einer genauen Kenntnis der menschlichen Gesellschaft beruht...

Von ihm aus gesehen ist der Zweck der menschlichen Gesellschaft der, immer genug Arbeiter für den mindest möglichen Lohn zur Verfügung zu haben, so, daß der Arbeiter vom Gewinn, der erzielt wird, selbst nicht profitiert, das Erzeugnis seines Könnens nicht kaufen kann und doch mit voller Hingabe dem Gang der Herstellung dient. Zu diesem Zweck müssen im Frieden vielfältige Voraussetzungen geschaffen und erhalten werden. Im Krieg vereinfachen sich diese auf eine geradezu geniale Weise: Wer nicht vollwertige Arbeit leistet, kommt in den Schützengraben, mit der Aussicht auf Heldentod. Da er dies zeitig begriffen hat, hat sich der Setzer Pahl den Versuchen entzogen, ihn zu reklamieren, das heißt im Heimatbetrieb des Zeitungshauses weiterzubeschäftigen. Er hat zugunsten verheirateter Kameraden verzichtet. Im Grunde aber hat er damals sorgfältig abgewogen, welcher Zwang ihm unerträglicher sei, und die verhältnismäßig größere Freiheit des Schippers der Knechtschaft im Zeitungshaus vorgezogen. Mögen andere die schmutzige Lügenflut der Kriegsverlängerer ins Volk schwemmen helfen.

Wilhelm Pahl empfindet sich ganz als Erzeugnis von Klassenschichtung, ihrem Druck und Gegendruck. Er ist mit unschönem Körper und gequetschtem Gesicht zur Welt gekommen, das ist das Schicksal, obwohl vielleicht Bergsonne und orthopädisches Turnen, also Wohlhabenheit der Eltern oder umsichtigere Fürsorge der Gesellschaft auch seine kör-

perlichen Voraussetzungen verbessert hätten. Als eines unter sechs Kindern des Drehers Otto Pahl macht er die Volksschule durch, eine königlich preußische Volksschule in Schöneberg. Frühzeitig fällt der vorzügliche Kopf auf, den der kleine Kerl besitzt. Er könnte es weit bringen, wenn wohlhabende Eltern oder die umsichtigere Fürsorge der Gesellschaft sich dieses Vermögens, zu denken und zu lernen, angenommen hätten. Als Sohn des Drehers Pahl aber beendet er seine Schulbildung mit dem vierzehnten Jahr, und eine Lehrstelle in einer Druckerei ist das einzige, was die Fürsprache der Lehrer ihm vermittelt. Da er weder Forschungsreisender noch Naturkundiger werden kann, richtet sich seine Aufmerksamkeit früh auf die Voraussetzung seines eigenen Daseins. Die Vermögenslage seiner Eltern kann er nicht mehr ändern: also muß er sich denen anschließen, die den Umbau der Gesellschaft planen. Er geht in die Schule der Arbeiterpartei, er wird bewußter Bestandteil einer Masse, der durch stets wachsenden Massenzudrang die Zukunft gehört. Um diese Masse im Zaum zu halten, bedient sich die Gesellschaft dieser Masse selbst: jedes Jahr steckt sie in Deutschland und überall Hunderttausende Besitzlose in den Waffenrock und drillt sie, das Werk der Schulen fortzusetzen, damit sie gegen ihre eigenen Interessen verwendbar werden und bereit, in Gestalt anderer Arbeiter sich selbst zu erschießen. In Friedenszeiten ist dies nur eine Möglichkeit; im Krieg grauenhafte, empörend dumme Wirklichkeit. Es bedarf also keiner Erklärung, daß der Setzer Pahl das Heerwesen haßt und den Krieg als eine Ausgeburt unerschöpflicher Dummheit der Massen verachtet. Gleichzeitig aber versteht er ihn; er ist der Gesellschaft im Streit um die Weltmärkte unentbehrlich, schaltet die Spannungen im Inneren der Staaten nach außen um und führt die Proletarierheere, die sich morgen gegen die herrschende Klasse erheben könnten, heute zum gegenseitigen Abschlachten ins Feld der Ehre.
Der Setzer Pahl schließt die Augen. Es wäre gut, schon schlafen zu können, aber er kann noch nicht schlafen. Ihn regt die Richtigkeit seiner Thesen auf. Der Militarismus wird nervös, wenn auch nur das geringste Zeichen auftaucht, daß die Proletarier die schlaue Verschiedenheit ihrer Uniformen und Sprachen durchschauen. Weiß der Teufel, was sie von dem harmlosen Schaf, dem Bertin, für eine Vorstellung haben. Aus der feierlichen Veranstaltung von vorhin geht jedenfalls her-

vor, daß die sich seiner bedienen, um jede Verbrüderung mit französischen Gefangenen, denn so verstehen sie den Vorgang, zu ächten. Dabei hat dieser Bertin lediglich aus gutem Herzen gehandelt, aus einer anständigen, vielleicht sentimentalen Kameradschaft, und er denkt gar nicht daran, den Krieg als solchen etwa zu verneinen. Dazu ist er viel zu sehr das Produkt höherer Schulen und der Universität. Auch das hat Karl Lebehde genau erraten. Alle Achtung vor dem Genossen Lebehde.
Nun aber wird dem „Genossen" Bertin gar nichts weiter übrigbleiben, als ein wirklicher Genosse zu werden. Das sieht Wilhelm Pahl heute nacht, darum kann er nicht schlafen, und diesen Vorgang zu unterstützen, liegt er wach. Folgendes nämlich hat Unteroffizier Böhne ihm anvertraut. Morgen früh geht ein neues Kommando nach vorn. Es sind zwei langrohrige Geschütze in einer Senke zwischen Fosses-Wald und Pfefferrücken stehengeblieben; die müssen morgen entfernt werden, bevor eine neue (bayrische) Haubitzenbatterie sich dort einrichten kann. Aber während sonst Frontkommandos aus den kräftigen Leuten des ersten und zweiten Zuges zusammengestellt wurden, soll sich das morgige sonderbarerweise aus den kleinen, schwachen Leuten der neunten, zehnten und elften Korporalschaft zusammensetzen, die bisher im Kartuschzelt gearbeitet haben. Nun gehört der Sünder Bertin zur zehnten Korporalschaft, wie Pahl zur neunten, und die Unteroffiziere und Gefreiten, die mit nach vorn müssen, sind die drei Korporalschaftsführer. „Merken Sie was, Pahl?" hat Böhne gelacht. „Wenn Sie ein gedienter Mann wären, würden Sie was merken." Wilhelm Pahl ist kein gedienter Mann, aber er merkt es doch; es handelt sich um eine Gruppenbestrafung. Beim preußischen Militär fügt man in gewissen Fällen ganzen Gruppen Nachteile und Unannehmlichkeiten zu, wenn einer aus ihrer Mitte sich etwas hat zuschulden kommen lassen, um ihm die schlechte Laune seiner Kameraden zuzuwenden und so auf lange Sicht das Leben zu vergällen. Dazu hat Herr Glinsky die Gruppe der Unteroffiziere nach dem Appell um sich versammelt.
In anständigen Verhältnissen, zum Beispiel im Betrieb, erlischt eine Verfehlung, wenn sie durch eine Strafe gesühnt ist. In unanständigen Verhältnissen, also im Heere des Klassenstaates, beginnt mit einer solchen Strafe erst der Leidensweg eines

Mannes. Von jetzt an wird sich der Bertin bei jeder Gelegenheit ins Unrecht setzen, aus einer mißlichen Lage wird er in die andere rutschen. Es wird schrittweise gehen, vielleicht Zögerungen erfahren, aber ruckweise, Stoß nach Stoß den Armierer Bertin mit der Härte des Lebens bekannt machen. Das ist so sicher wie die Fortpflanzung durch den Beischlaf. Bis jetzt hat er es bei seiner Kompanie nicht schlecht gehabt, seinen eigenen Angaben zufolge. Daß er nicht mehr sein will als irgendein anderer Schipper, gehört zu seinem Idealismus, und der Idealismus wiederum, weiß Wilhelm Pahl, gehört zu den feinsten Ködern, mit denen die Gesellschaft begabte Leute daran hindert, dem eigenen Interesse zu folgen, und sie vielmehr verführt, ohne Lohn, nur um der Ehre willen den herrschenden Klassen zu dienen. Denn wenn die Kompanie und die Parkleitung vermuten, ein jüdischer Schriftsteller und zukünftiger Rechtsanwalt sei Sozialist, so sind sie ja klüger als der Schipper Bertin selber und begreifen besser, was sich für ihn schickt und was er übrigens durch seine Gefühle und Kameradschaftlichkeit selber zum Ausdruck bringt. Etwas in diesem Herrn Bertin weiß offenbar Bescheid; nur sein Bewußtsein nicht. Von Bewußtseins wegen, das hat er oft verlautbart, glaubt er an die Notwendigkeit von Kriegen und an Deutschlands gute Sache. Und da sogar die Mehrheit der Partei so denkt, darf man ihm daraus wenig Vorwürfe machen. Gleichwohl bleibt Mißtrauen, ein wohlbegründetes, all solchen Jungen gegenüber als Grundhaltung so lange am Platze, bis sie durch Taten beweisen, zu wem sie gehören. Und doch wäre es in diesem Einzelfall äußerst wünschenswert, sich des Mannes zu versichern.
Da stand er also in der hellen Sonne am Pranger, ein Diener der herrschenden Klasse, und dachte immer noch aus Sachlichkeit die Dummheiten, die ihm vorgeschrieben waren. Erziehung war, da sah man's wieder, mächtig und wichtig. Nun, jetzt, würde ihm Erziehung zuteil werden. Der Glinsky, der Grassnick, der Oberst Stein, der ganze Apparat des Heeres würde dafür schon sorgen. Er aber, der Setzer Pahl, würde außerdem aufpassen, um solcher Erziehung den richtigen Dreh und die Spitze zu geben; das traute er sich zu. Ein Mann wie dieser Bertin konnte der Arbeiterklasse unschätzbare Dienste leisten. Er war ein Schriftsteller, von dem mitten im Kriege ein neues Buch gedruckt wurde. Wilhelm Pahl hatte zwar

nichts von ihm gelesen, aber er hatte ihn reden hören. Der Mann konnte offenbar mit Worten ausdrücken, was er wollte; auch eine Versammlung von Menschen störte ihn dabei nicht. Pahl entsann sich gewisser Vorträge, die der Bertin in Serbien bei der Arbeit gehalten hatte, vierzig oder fünfzig durchaus kritisch gesonnene Armierer um sich herum. Er aber, Wilhelm Pahl, verstand nur seine Gedanken vor einem oder zwei vertrauten Freunden auszubreiten; das Bewußtsein seiner Häßlichkeit, seines Buckels, seines kurzen Halses, seiner eingedrückten Nase und seiner Schweinsaugen, behinderte ihn zu sehr, öffentlich aufzutreten. Und nichts war so nötig, um die Arbeiterklasse weiterzubringen, als das. Die Gaben des Referendars Bertin und die Gedanken des Setzers Pahl zusammen: das wäre ein Werkzeug, nicht zu verachten! Der Haß in Pahl, seine Empörung über die verletzte Gerechtigkeit, die Klassengerechtigkeit: wenn die erst im Herzen eines Genossen Bertin brannte, wenn sein unbefangener Mut, seine Nichtachtung persönlicher Gefahr sich erst in der richtigen Richtung ansetzen ließ: dann war etwas da. Damit ließ sich arbeiten. Vielleicht schon im Krieg, bestimmt nach ihm. Jetzt lag alle Macht in den Händen der Herren. Die besitzende Klasse, welche die Offiziere stellte, verfügte über siebzig Millionen Deutsche und alles, was sie dachten, konnten und wollten. Daß sie diese Macht je wieder freiwillig aus den Händen geben würden, glaubten nur idealistische Schafe wie der Bertin. Aber was zu geschehen hatte, um sie ihr zu entwinden, war nicht die Sorge dieses Abends und der nächsten Woche. Nein, er, Wilhelm Pahl, würde Zeit genug haben, auf seine langsame Art auch hierüber Klarheit zu schaffen. Allerdings würde er die Fragen nach dem Wie, Was und Wann nicht ins Belieben der Herren von der Parteimehrheit stellen. Nicht umsonst führte Wilhelm Pahl in der Kompanie den Ehrennamen „Liebknecht"; über die Kriegskreditbewilliger urteilte er wie jener einsame Mann, der sein mutiges Auftreten im Reichstag und auf dem Potsdamer Platz am ersten Mai mit einem Zuchthausurteil zu büßen hatte. In einigen Buden hatten die Genossen daraufhin zu streiken gewagt – kein schlechtes Zeichen. Vorläufig aber spielte man hier Schlacht vor Verdun und ließ sich den Kampf um die Herrschaft in Europa, ja auf der Erde, etwas kosten.
Pahls Zigarre ging zu Ende, er war auch angenehm müde jetzt,

Schlaf würde ihm guttun und schnell kommen. Das waren so „Gedanken im Kriege“, andere freilich, als ehrwürdige Professoren sie aus Vaterlandsliebe in Zeitungsblättern hinlegten, wie Wilhelm Pahl eines vor ein paar Stunden der Unterwelt übergeben hatte, den raschelnden Maden in der großen Latrine. Der Zweiundvierziger schwieg auch, seit vorgestern schon, der bisher im Thil-Wald gebellt hatte, so laut, daß hier die Baracke zitterte achtzehnhundert Meter entfernt. Ein Rohrkrepierer, hieß es, hatte seinem Dasein ein Ende gemacht, ihm und der ganzen Bedienung. Wahrscheinlich waren sie überrascht, als plötzlich die Granate, so groß wie ein achtjähriger Junge, im Rohr zersprang, das Rohr zerriß, einen Krater von Stahl und Feuer spie – nicht erst bei den Franzosen drüben. Was war dieser Krieg hier? Ein gigantisches Unternehmen der Zerstörungsindustrie mit gehäufter Todesgefahr für alle Beteiligten. Und es bedurfte also nicht erst der französischen Flieger, die ja alle Tage frecher wurden, eine Kanone hinzumachen... Da: auch der andere löschte sein Licht. Der Zigarrenstummel fiel zischend in eine Blechbüchse, etwas Wasser hinderte ihn, zu stinken. Pahl paßte sich den Vertiefungen seines Holzwollsackes an, zog die Decke über sich, schmiegte die Backe in den zusammengelegten Waffenrock. Dem Bertin, das wußte er, diente für den gleichen Zweck ein feines Luftkissen aus Gummistoff. Ja, mein Guter, schlaf dir nur Schmalz in die Nerven, wirst es brauchen können. Zum erstenmal spürte Pahl für den Kameraden eine Art grimmiger Sympathie.

Die Leute hier schnarchen lauter als die Geschütze draußen. Oder schweigen sie etwa? Hat die Gesellschaft ihr eisernes Maul wieder geschlossen? Rattern die Setzmaschinen nicht mehr da vorne, ist das Rollen der großen Druckerpresse verstummt, in der Tausende zu Buchstaben eines neuen Alphabets zukunftsschwangerer Sätze geprägt werden? Es fahren keine Straßenbahnen mehr durch die Schöneberger Hauptstraße, jetzt ist Sonntagsruhe.

Viertes Kapitel

Christoph Kroysing

„Prachtvoll!" sagte der Armierungssoldat Bertin am anderen Morgen. Die Sonne funkelte auf dem Tau, und der Marsch über Feld befreite das Kommando Böhne von der verhaßten Nähe der Kompanieverwaltung. Ja, Bertin antwortete verdammt anders auf diese Verschickung nach vorn, als Herr Glinsky und seinesgleichen sich vorgestellt hatten. Für ihn war dieser Marsch einem Ausflug ins richtige Leben gleich, er zitterte förmlich vor Freude, daß es endlich losging mit dem Erleben. Sein Wesen, aufnahmebereit wie ein trockener Schwamm, wandte sich ungeduldig vorwärts; etwas in ihm zerrte an einer unsichtbaren Leine. Nichts als Auge, Ohr, Wachheit war er an jenem Morgen.

Der Munitionspark Steinbergquell, eingenistet an der Kreuzung der Straße von Flabas nach dem Bahnhof Moirey mit der von Damvillers nach Azannes, hatte mehrere Zufahrten zur Front; in den Fosses-Wald führte als kürzeste die über ein völlig zerschossenes, mit gähnenden Löchern in den Dächern und Mauern klaffendes Dorf, namens Ville. Herrlich früh war es noch, die Sonne stand schräg hinter den Marschierenden, im Morgenlicht blitzte das Laub eines Birnbaums, die Wäsche, die Funker oder Flakkanoniere im Hofe ihres Quartiers zum Trocknen aufhängten. Alle Quartiere lagen in den Kellern; Ville war eine Kellerstadt und voll von Stäben technischer Truppen und der Infanterie.

In der grünen Schlucht, in die sie einbogen, als die Straße, schon von Hügeln überhöht, ihre Richtung wechselte, begegneten sie den ersten Toten. Sie lagen still unter ihren rostroten Zeltbahnen, ein Pionier im Stahlhelm bewachte sie. Die Gespräche der Schipper verstummten für die nächste Minute. Aber dann umgab sie grüner Buchenwald, das junge Laubwerk der Kronen stand durchleuchtet vor dem reinen Himmel; ein Bach trieb seine klaren Fluten ihnen entgegen; Fahrer tränkten nackte Pferde und trugen auf breiten Holzarmen gefüllte Eimer hügelaufwärts, hinter schwarzen Baracken verschwindend. Dort rauchten die dünnen Schornsteine von Küchen. Um sie war der Wald fast unberührt von Granaten, nur ausgeholzt und nach vielen Richtungen von Wegen durchzogen; alle führten bergauf. Je weiter das Kommando Böhne vordrang, um so häufiger lagen Bäume zerfetzt oder geköpft zu beiden Seiten der Schlucht umher; das rote Holz der Buchen leuchtete weithin aus dem wildgrünen Wirrwarr von Ranken, Blattwerk, Brombeergesträuch. Haselstaude und wilde Kirsche bildeten ein dichtes Unterholz, die aufstrebenden Stämme, silbergrau, der glatthäutigen Buche wurden überall bedrängt von Dutzenden junger Schößlinge, die finger- oder armdick zuallererst emporgetrieben hatten, um sich am Lichte satt zu trinken und von den räuberischen Kronen der Alten nicht erstickt zu werden. In diesem wilden Gewirr flimmerte das schräge Licht, lärmten die Vögel. Als die Schlucht nach Süden drehte, standen plötzlich nur noch geköpfte Bäume da, langfetzig hingen Rinden, der weiße Fels lag überall zutage, aufgesplittert von Granaten, und um die Ränder riesiger Löcher wucherte, halb in den Lehm getreten, Rankenwerk und Gesträuch. Später überschritten sie, es mochte acht geworden sein, eine Hochebene, von Trichtern durchlöchert wie ein großes Sieb, manche mächtigen Kratern gleich. Öde, eine hellbraune Wüste, erstreckte sich das mißhandelte Land südwärts. Plötzlich wuchsen ohne Warnung schwarze Rauchbäume auf ihm, schmetterndes Krachen warf die Schipper in die nächsten Trichter. Kein Mensch kannte die Wegrichtung, wußte, ob man nicht nach der falschen Seite Deckung nahm. In dem jungen Mann Bertin war in diesem Augenblick nichts als ein großes Jauchzen: So war's richtig. Für einen Mann von siebenundzwanzig Jahren schlug sein Herz recht jugendlich; aber vielleicht war das sein Glück. Vorwärts schleuderte es ihn, vor dem nächsten Einschlag lag er neben Unteroffizier Böhne und dem Oberfeuerwerker Schulz, die den Trupp führten. Zum erstenmal sausten Splitter und Erdbrocken über die erschrockenen Armierer. Als sie sich am Rande des Feldes wieder sammelten, Sprung auf, marsch, marsch, in den Pausen zwischen den Einschlägen, war niemandem etwas geschehen. Dennoch sahen sie blaß aus, als sie in der nächsten Senke auf das Geleise der Benzolbahn trafen, das hier mit laubdurchflochtenen Drahtschirmen gegen die Sicht gedeckt war. Gleich darauf heulte über ihre Köpfe hinweg mit Schwirren und Fauchen das deutsche Gegenfeuer. Weiter unten begegneten sie ein paar Kanonieren schwerer Batterien, die sie unberührt angrinsten: wie ihnen der Zunder bekommen sei. Bertin schämte sich beinahe der rotfleckigen Gesichter und blassen Nasen seiner Kameraden.

„Tempo, Tempo!“ damit scheucht Unteroffizier Böhne seinen Trupp ohne Weg und Steg die Talsenkung hinab, die von Trichtern zernarbt und von Fußspuren durchschlängelt ist. Dort unten reitet ein Artillerist herum, untersucht den Waldrand, verschwindet in einer kleinen gedeckten Buchengruppe. Er gehört offenbar zu der Batterie, die sich hier neu niederlassen soll. In der Senke strecken zwei langrohrige Geschütze ihre Läufe in die Luft wie Fernrohre; um sie wimmeln bereits Trupps kleiner Menschen. Die Geleise der Benzolbahn enden auf halber Höhe der deckenden Hügelrücken; von ihnen herab muß zu diesen Geschützen hin ein neuer Schienenweg gelegt werden, damit die kleine Lokomotive heute nacht Lafette und Rohr des ersten Geschützes nach rückwärts schaffen kann. Das erklärt Herrn Böhne ein junger bayrischer Unteroffizier, der dort auf sie gewartet hat. Bertin betrachtet gern das sympathische braune Gesicht des jungen Mannes, seine warmen Augen unter der Schirmmütze. Offenbar ein Kriegsfreiwilliger von 1914, der sich im Laufe der Jahre das E. K. II, eine Verwundung und die Tressen geholt hat und jetzt hier ein Kommando führt. Von seiner süddeutschen Universitätszeit her liebt Bertin die Sprechweise dieser Menschen, sie berührt ihn heimatlicher als das Schlesisch seiner Landsleute. Der Arbeitsplan ist einfach: hier sind große Schienenstapel gehäuft, und während die Preußen das neue Geleise bis zu den Geschützen vorstrecken, werden seine Leute die beiden Biester auseinandergenommen und die Lafetten aus den Bettungen herausgeholt haben. Gegen Mittag müssen sie alle hier weg sein, sonst hagelt ihnen der Franz in die Suppe. Er kennt das Geschäft, denn er liegt mit seinen Leuten als Bereitschaftstrupp in dem Getrümmer da oben, das die Chambrettes-Ferme heißt. Jeden Morgen haut ihnen der Franz, der die Trassen genau kennt, das Gleis kaputt; dann kriechen seine Leute aus den Löchern, wechseln die Rahmen aus, und der Betrieb läuft weiter. Dreißig Mann hat er und zwei Sanitäter, denn hin und wieder kommt etwas vor, wenn einer beim Hinschmeißen zu langsam ist. So redend beschattet er die Augen, nach dem Fesselballon zu spähen. An seiner bleichen Färbung erkennt der Kundige, daß der Beobachter des Bodendunstes wegen und weil ihm die Morgensonne ins Gesicht blendet, vorläufig unschädlich ist. Und so beginnt die Arbeit: während ein Teil der Mannschaft mit Picken und Spaten den Boden obenhin ebnet, bringt die Hauptgruppe die Schienenrahmen heran, steckt sie wie bei einer Kindereisenbahn ineinander, läßt ihre angenieteten Eisenschwellen mit kleinen Klauen in die Erde greifen. Gelbbraun und trostlos zieht sich der Rücken des Berges aufwärts, Büschel Grases zwischen den Trichtern, hin und wieder eine Distel, eine Kamille, Blattwerk des Löwenzahns. Und bei jedem Tritt muß man auf die stählernen Splitter achten, die, groß oder klein, überall herumliegen und mit ihren Sägezähnen das Oberleder der Stiefel bedrohen. Hier ist vielleicht geschossen worden, denkt Bertin, während er mit seiner Picke beim Vortrupp Lehmhöcker wegschlägt. Die Sonne brennt schwer auf die gebeugten Rücken; längst liegen die Waffenröcke irgendwo, Unteroffizier Böhne überwacht sie mit Seitenblicken seiner hellen, umfältelten Augen. Seinen Krückstock schwingend, stelzt er hin und her, sehr zufrieden mit dem Ausflug, der ihm gelegentlich das Eiserne Kreuz verschaffen kann, und mit der Arbeit seiner Leute, die zum Staunen des jungen Bayern vorwärtsschreitet. Ja, denkt Bertin, der sie darüber reden hört, Hamburger und Berliner Arbeiter haben halt mehr weg als andere Leute. Irrt er sich übrigens, oder hält sich der junge Mann mit der blauweißen Kokarde absichtlich in seiner, Bertins, Nähe auf? Hat er ihn nicht vorhin prüfend angesehen? Oder neigt man vielleicht zu solchen Einbildungen, wenn man zufällig jemanden trifft, der einem sympathisch vorkommt? Hinter dem Bautrupp wird kreischend und bremsend die erste, bald auch eine zweite Lore herabgelassen; nach einer knappen Stunde landen sie bei den Geschützen. Unter vielen Flüchen werden die schweren Stahlgeräte, Rohr und Lafette mit Rundhölzern, Keilen und angelegten Bohlen auf die zitternden Wagen gehoben; dann spannen sich an langen Seilen dreißig Mann vor jeden von ihnen und schleppen sie bergauf. Jedem schneidet das Seil in die rechte oder linke Schulter: wie Sklaven der Chaldäer oder Ägypter keuchen die Männer den Abhang empor, den langen Weg nach der Station hinauf, die, komisch genug, Hundekehle heißt wie eine Trambahnhaltestelle im Berliner Grunewald, nahe einem bekannten Sonntagslokal. Unversehens reitet ein Leutnant mit einer Kamera zu ihnen hinauf, läßt auf dem Abhang halten und knipst die beiden

Lastträgerzüge, die an ihren Tauen aufgereiht sind wie Räucherfische an Bindfäden. Und danach erschallt der Frühstücksruf der Bauarbeiter: „Fuffzehn!“ Denn die Wellblechbaracke oben, die außer ihrem traulichen Namen auch ein Telefon besitzt, hat inzwischen die Nachricht erhalten, daß für das zweite Geschütz heute Loren nicht gestellt werden können; Zeit genug also, unten irgendwo im Schatten einen Schluck aus der Feldflasche, ein Stück Brot und eine Zigarette zu sich zu nehmen.
Schwere Hitze zittert über dem weiten Talkessel, der gelbbraun an den blauen Himmel grenzt. „Das ist der Fosses-Wald“, hört Bertin den jungen Bayern sagen, als er, Schatten suchend, um die Geschützstellungen streicht, und folgt mit den Blicken einer umfassenden Geste seines linken Armes. Fahlgrau und zerfetzt steigt ein Abhang voll locker stehender Stümpfe hügelan. Zersplittertes Holz, weiß und ockerfarben, treibt noch grüne Blättchen; mancher Stamm sieht noch wie eine geköpfte Buche aus, die meisten gleichen Skeletten, borstigen Pfählen, von Splittern und Gewehrkugeln über und über aufgenarbt. Blindgänger liegen walzenförmig zwischen Pflanzen oder strecken ihr rundes Hinterteil ins Licht. Mit grauen Fingern durchangelt altes Wurzelwerk die mächtigen Trichter; schief zur Erde gestürzt, riesige Erdschirme aufrichtend, verwittern die großen Bäume, deren Wipfel längst in den Boden getreten sind. Der kreidige Fels, der ausgestreute Humus, dunkelbraun, und das unermüdlich wuchernde grüne Blattwerk malen in drei Farben die Zerstörung: hier hat der Mensch in ein paar Monaten ausgerottet, was die Natur in Menschenaltern wachsen ließ. Nur in gewissen geschützten Ecken der Böschungen sind Stämme heil geblieben und spenden Schatten.
Dort lag Bertin mit dem Hinterkopf auf seiner Feldmütze, die Beine in einem krümelig trockenen Trichter. Träge verfolgt er das Spiel des Windes mit dem glänzenden und dunklen Laub. Wie lange wird sich dieser Rest von Natur und Schöpfung an diesem Abhang des Fosses-Waldes in Mond und Sonne halten? Diese glatten grüngefleckten Buchensäulen? Die neue Batterie wird schon dafür sorgen, daß auch dieses letzte Stückchen Pflanzenwuchs in das öde Chaos von Baumstamm, Erde und Buschwerk zusammenstürzt. Schade, denkt Bertin; an die Menschen denkt er merkwürdigerweise nicht. Ein leichter

Westwind trägt das Peitschen einzelner Schüsse herüber, das wilde Nähen eines Maschinengewehrs. Gleichwohl bedeuten Sonne, Schatten, Landschaft einem jungen Manne wie Bertin mehr und Erregenderes als Granatsplitter und Tetanusbazillen; dafür ist er wesentlich musischer Natur, von Eindrücken, sinnlichem Erlebnis, Empfindungen abhängig und bewegt. Im Augenblick spielt er mit einer herumstrolchenden Katze, die lautlos in einem Brombeerstrauch aufgetaucht ist. Ihre flaschengrünen Augen zerren an dem Wurstzipfel neben Bertins linker Hand auf dem durchfetteten Wurstpapier. Ein wundervoller Duft von Räucherung und ausgewähltem Fleisch strömt von ihm aus. Eine Katze, die ihr Handwerk versteht, hungert im Kriege natürlich nicht. Es wimmelt von Ratten ringsherum, und so sitzt ihr auch das Fell prall über den metallenen Muskeln. Hier aber winkt der Rausch des Genusses: ein Sprung und Biß nach der Menschenhand, ein Krallenhieb in den Wurstzipfel; ein Sausen den schrägen Buchenstamm hinauf bis in die hohen Astgabeln... Aber die verwildernde Hauskatze kennt die Tücke der großen Dorfschlingel, mit denen sie es jetzt zu tun hat. Sie werfen nicht mehr mit Steinen, sondern etwas Knallendes peitscht durch die Luft, und ihre Stöcke haben blanke und spitze Enden. Unentschlossen kauert sie, bald gespannt, bald wieder gelockert, inmitten der Ranken und Brombeerdornen. Bertin liebt die Einsamkeit, die für Soldaten ein so seltenes Gut ist, und noch mehr die Tiere. Er belauert die Katze durch die geschliffenen Ränder seiner Brille. Wie schön sie in ihrer gesammelten Wildheit ist! Alle Katzen fallen ihm ein, die er als Junge in Kreuzburg besessen und wieder verloren hat – verloren, man wußte nie, wie (Katzenfelle galten bei der schlesischen Bevölkerung als das beste Mittel gegen Rheumatismus). Dennoch schwankt er, ob er den Wurstzipfel nicht lieber zum Abend selber essen solle. Wir sind schon ziemlich tief gesunken, denkt er; wir wägen schon zwischen den Füllselrest in diesem Wurstzipfel und einer Katze. Nein, sie kriegt bloß die Pelle, entschließt er sich, greift zu und wickelt mit einem Ruck das Wurstpapier um den Zipfel. Die Katze fährt erschrocken zurück und faucht.

„Der haben Sie aber einen Stoß versetzt“, sagt oben eine Stimme, die er schon kennt, eine angenehme junge Stimme, und zwei Beine in graugrünen Wickelgamaschen baumeln ebenfalls in den Trichter, Bertins Beinen gegenüber. Der

richtet sich unwillkürlich auf, denn ein Unteroffizier bleibt ein Unteroffizier und hat Anspruch auf Respekt auch in der Mittagspause. Der Uhr nach ist es elf, der Sonne nach aber Mittag, und das spürt man überall: die beiden jungen Leute hier scheinen die einzigen wachen Wesen in der Runde. Die Katze kauert drei Schritt abseits und unsichtbar zwischen zwei armdicken Wurzeln, genau so grau in grau gefleckt wie sie selbst. Die beiden jungen Leute betrachten einander prüfend und mit Wohlgefallen. Ob er sich nicht lieber wieder hinlegen wolle? Bertin verneint. Schlafen kann man überall; hier aber will er lebendig sein, die Augen aufmachen, seine Nachtischpfeife rauchen. Er zieht das zarte Gebilde aus Meerschaum und Bernstein, schon gestopft, aus dem Brotbeutel; der Bayer schirmt das brennende Feuerzeug mit seiner Mütze – einer Extramütze, gut gearbeitet; Bertin sieht die Buchstaben C. K. in den Ledersaum geprägt. Ja, dieser junge Mensch kommt aus gutem Hause, seine gescheitelten Haare verraten das, seine breite Stirn, die schmalen Handgelenke und Finger. Wie er hierherkomme, fragt der Bayer den Berliner und entzündet sich selbst eine Zigarette. Bertin versteht die Frage nicht. „Dienst", antwortet er verwundert. – „Machen Sie Dienst wie jeder andere? Hat man für Sie keine bessere Verwendung?" – „Ich mag die Luft der Schreibstube nicht", erwidert Bertin mit einem Lächeln. – „Sie wollen lieber Außendienst machen und dabei photographiert werden, ich verstehe", entgegnet der andere mit dem gleichen Lächeln. – „Genau das", bestätigt Bertin; und die Bekanntschaft ist geschlossen. Sie nennen einander ihre Namen; der Unteroffizier heißt Christoph Kroysing und stammt aus Nürnberg. Seine Augen lesen lebhaft und fast saugend in Bertins Mienen. Es tritt eine kleine Stille ein, in der ein paar metallische Schläge – kommen sie von Höhe 300 oder 378? – daran erinnern, was Zeit und Raum bedeuten. Und da gibt sich der junge Kroysing einen kleinen Ruck. Halblaut, ohne Betonungen, fragt er, ob Bertin ihm wohl einen Dienst erweisen wolle.
Niemand rundum beachtet die beiden. Eine riesige Buche, wie vom Blitz hingehauen, hält ihr Wurzelwerk wie eine deckende Wand aufgerichtet. Schon merkt keiner der beiden Menschen, daß die Katze, vertraut mit den Wegen der hirnlosen Zweifüßler, den kostbaren Zipfel mitsamt dem Wurstpapier in ihren Zähnen davonträgt.

Christoph Kroysing berichtet. Seit neun Wochen haust er mit seinen Leuten in den Kellern der Chambrettes-Ferme, und wenn es nach der Absicht des Herrn Rentamtmanns Niggl und seiner Schreibstube geht, soll er da bleiben, bis er verreckt. Er hat nämlich eine erstrangige Dummheit gemacht. Er ist vom ersten Semester weg in den Krieg gegangen, berichtet er, ziemlich schwer verwundet und befördert worden, jetzt mit der Ersatzdivision hinausgeschickt, weil sie halt jeden ausgebildeten Mann brauchten. Für den Herbst aber ist er schon zum Offizierskurs bestimmt, nächstes Frühjahr sollte er Leutnant werden, und nun stößt ihm das Unglück zu, nicht mitansehen zu können, wie die Unteroffiziere mit den Rechten der Mannschaft umsprangen. Sie hatten sich eine eigene Küche eingerichtet, schluckten die besten Stücke der Mannschaftsverpflegung: Frischfleisch und Butter, Zucker und Kartoffeln und vor allem Bier, während für die Leute dünne Nudeln, Dörrgemüse und Büchsenfleisch gut genug war, bei schwerer Arbeit und elenden Urlaubsverhältnissen. Dem jungen Kroysing kam, so sagte er, die Tradition seiner Familie zwischen die Beine. Seit einem Jahrhundert hatten seine Vorväter dem Staate Bayern höhere Verwaltungsbeamte und Richter gestellt, und wo immer ein Kroysing saß, ging es nach Recht und Billigkeit zu. Und so beging er die Dummheit, einen langen Brief voller Beschwerden an seinen Onkel Franz zu schreiben, ein hohes Tier bei der MED 5 in Metz. Natürlich kümmerte sich die Briefzensur sehr um das, was ein Unteroffizier dem Chef der Militär-Eisenbahn-Direktion mitzuteilen hatte, der Brief geht ans Bataillon zurück, mit dem Befehl, den Schreiber vors Kriegsgericht zu ziehen. Als er das erfuhr, lachte Kroysing. Sie sollten ihn nur fragen, er würde schon reden, und um Zeugen war er wirklich nicht verlegen. Zwar war sein Bruder Eberhard anderer Meinung, der mit seinen Pionieren im Douaumont lag. Er kam nämlich und machte ihm Krach wegen seiner jugendlichen Eselei, kein einziger Mann würde für ihn das Maul öffnen, wenn erst das Kriegsgericht die Leute scharf anfaßte. Er jedenfalls konnte da nichts für den Christoph tun, meinte er vor dem Weggehen, jeder müsse seine Suppen selber auslöffeln, und nun werde auch seine, Eberhards, Post mit Vergrößerungsgläsern durchschnüffelt. – Sie hatten miteinander keine gute Kindheit verlebt, der Große war fünf Jahr älter als der Kleine und kam sich stets benachteiligt vor, was er mit Roheiten vergalt, wie unter Brüdern üblich. – Aber die Kompanie wollte es auf eine Untersuchung keinesfalls ankommen lassen. Ihre Angst davor war offenbar beträchtlich, und das Kriegsgericht selber meldete sich sonderbarerweise nicht. „Darum haben sie mich", so endete Kroysing, „in die Chambrettes-Ferme gelegt. Einmal, hoffen sie, wird ihnen der Franzmann den Gefallen schon tun und die ganze Geschichte zu den Akten schmeißen. Seit neun Wochen betrachte ich nun schon jedes einzelne Gesicht, das in diese lausige Ecke verschlagen wird..."

Bertin sitzt da, sein Gesicht bewegt und gefleckt vom Schatten der Buchenblätter über ihm, in seinem Innern aber lacht etwas vor Glück. Es war gut, hierhergekommen zu sein. Hier sollte jemand in der Gemeinheit ertrinken, und er konnte ihm die Hand hinhalten, ihn herausziehen. „Und was kann ich also tun?" fragte er einfach. – Kroysing sah ihn dankbar an: nur ein paar Zeilen an seine Mutter befördern, die er ihm das nächste Mal geben werde. „Ihre Post ist unverdächtig, nicht wahr? Wenn Sie nach Hause schreiben, legen Sie meinen Brief in den Ihren und lassen ihn daheim in einen Briefkasten werfen. Dann telegrafiert meine Mutter an Onkel Franz, und dann läuft die Karre schon allein." – „Abgemacht", sagt Bertin. „Wann wir wieder herkommen, wird sich ja bald herausstellen. Es scheint was durchgesagt zu werden, hören Sie?"

„Antreten!" klingt es von unten herauf. „Besser, man sieht uns nicht mehr miteinander. Ich setze mich gleich hin, zu schreiben. Ich danke Ihnen so! Hoffentlich kann ich's Ihnen mal vergelten." Er drückt Bertin die Hand, seine Augen, diese weit auseinanderstehenden braunen Knabenaugen, leuchten; sehr straff legt er die Hand an die Mütze und verschwindet zwischen den Stämmen. Beinahe wäre er über die Katze gestolpert, die dort in der Hoffnung auf einen zweiten Wurstzipfel herumschlich.

Bertin steht auf, reckt seine Arme, atmet tief ein, blickt sich glücklich um. Es ist wunderbar schön hier. Die Baumleichen sind schön, die weißen Trichter, das Kalkgestein, die scheußlichen Splitter der großen Kaliber, die wie Wurfmesser mit Sägezähnen im Boden stecken. Wie ein Junge trabt er zu dem einsamen Geschütz hinunter, wo seine Kameraden schon in Waffenröcken und Brotbeuteln dastehen und Unteroffizier

Böhne seinen Trupp zum Abmarsch ordnet. Bertin hat jemanden gefunden, der seinesgleichen ist, ein Bündnis geschlossen, vielleicht auch eine Freundschaft ... Lachend wehrt er die murrenden Reden der Kameraden ab, die behaupten, es werde auf dem Heimweg wieder Zunder geben, bloß weil er so lange gepennt habe. Übermorgen, wenn sie wiederkommen, werden sie besser auf ihn aufpassen. Übermorgen also, denkt Bertin und tritt zum Abzählen an seinen Platz.
Auch der bayrische Unteroffizier ordnet seine Leute zum Abmarsch, winkt grüßend mit der Hand und ruft: „Auf Wiedersehen übermorgen." Sein Gruß geht zu allen hin, in die Luft gleichsam; aber Bertin weiß, wem er wirklich gilt.

Fünftes Kapitel

Manchmal geht's schnell

Um die Mitte der Nacht tritt Christoph Kroysing gebückt aus dem Eingang des Unterstandes, einst waren es die Keller der Chambrettes-Ferme, richtet sich auf, tut ein paar Schritte. Schlank, knabenhaft steht sein Umriß gegen den helleren Himmel. Er hat die Hände in den Taschen, kein Koppel umgeschnallt und keine Mütze auf; das strähnige Haar, immer noch gescheitelt, hängt ihm fast aufs rechte Auge. Völlig gewohnt ist er die fürchterliche Walpurgisnacht, die über seinen Kopf hinheult; mit wilder Eile jagen Hexen aus Stahl zum Brocken. Langrohrgeschosse knattern und dröhnen wie Eisenbahnzüge. Mit wüstem Gurgeln werfen alle vier oder fünf Minuten die Metalltonnen der schweren Mörser die Luft beiseite. Das Miauen und Pfeifen der kleinen Feldgranaten kreuzt das Rollen der Fünfzehner, die als Hauptwaffe des Heeres aus drei oder vier verschiedenen Geschützarten ihre steilen Bögen durch die Nachtluft ziehen. Und dafür wiederum krachen, dröhnen, trommeln als Antwort die französischen Siebenkommafünfer, Zehner, Zwanziger und die fürchterlichen Achtunddreißiger, die das unbezwingbare Fort Marre von jenseits des Maas den deutschen Anmarschwegen und -stellungen in die Flanke speit. „Vorn" muß es heute niedlich zugehen. In dem kleinen Abschnitt, den man von Höhe 344

drüben hinterm Douaumont-Rücken erraten kann, haben die Kampfdivisionen einander mit Handgranaten, Maschinengewehr und blanker Waffe auszurotten versucht, und jetzt verebben die Nachwehen. Die Deutschen sind zwischen Thiaumont und Souville wieder ein paar Schritte vorwärts gekommen, die Franzosen halten sich aber, jetzt behämmert unsere Artillerie ihre Stellung, und sie wiederum behämmern die deutsche Artillerie, um ihrer Infanterie Ruhe zu schaffen. Da ist Rechnung und Gegenrechnung der Fronten, und Christoph Kroysing glaubt oft, ein Ende werde das erste erreichen, wenn die letzten Deutschen und die letzten Franzosen an Krücken aus den Gräben hinken, um sich mit Taschenmessern oder den Zähnen und Fingernägeln auszurotten. Denn die Welt ist verrückt geworden, eine Orgie von Verrücktheit allein kann dieses Auf-der-Stelle-Stampfen in spritzendem Blut, nachgebendem Fleisch, krachenden Knochen erklären. Wenn man ihnen in der Schule beibrachte, der Mensch sei ein vernünftiges Wesen, so darf das ruhigen Gemüts als Paukerschwindel beerdigt werden – zusamt den bärtigen Herren, die sich erfrechten, Schüler zu unterrichten, und die man schlicht mit Menschenknochen totschlagen sollte. „Liebe deinen Nächsten wie dich selbst.“ „Gott ist die Liebe.“ „Das Sittengesetz in uns und der gestirnte Himmel über uns.“ „Süß und ehrenvoll ist es, fürs Vaterland zu sterben.“ „Recht und Gesetz sind die Säulen des Staates.“ „Ehre sei Gott in der Höhe und Friede auf Erden allen Menschen, die guten Willens sind.“ Nun, er war immer guten Willens gewesen, und jetzt saß er hier.
Wenn man Ausblick nach Süden und Westen haben will, darf man ein kleines Risiko nicht scheuen. In der Umwallung der Ferme weiß Kroysing ein Loch, eine Art Sitz, den er seine Loge nennt. Zwar kann in der knappen Minute, die der Weg durch das Mauerwerk braucht, ein Einschlag landen; aber wennschon! Los läuft er, und jetzt hockt er in Deckung, verschnauft, lacht ein bißchen.
Immer durchsichtiger wird die ungewisse Helle der mondlosen Sternennacht, und allmählich ordnet auch das Ohr den Raum der kriegerischen Geräusche. Die Schluchten hin zum Douaumont liegen unter schwerem Feuer. Den Pfefferrücken entlang peitscht das Feuer der Infanterie und der Maschinengewehre. Auf der Schutthalde Dorf Louvemont

wachsen rote Granatflammen auf, erlöschen, dann erst krachen sie. Dort unten, unsichtbar, versuchen Feldküchen durchzukommen, Munitionswagen, Bautrupps mit Drahtrollen, Pfosten, Schanzgerät – Pferde, Wagen, Menschen. Nein, der Franzmann spart nicht mehr mit Munition, eben brechen dunkelrote Feuerbüsche links vorn im Tale auf: ein paar hundert Meter vorwärts, wo man nichts sieht und wo ein viel begangener Feldweg nach dem Herbes-Bois hinüberführt.
Am Südrande des Vauche-Waldes, wo die Kolonnenstraße nach dem Douaumont verläuft, trommelt und flackert eine Kette kleiner Vulkane, immer neuer, und überm Douaumont selbst, über den Köpfen von Bruder Eberhard und seinen Leuten steht unablässig ein großer roter Dampf. Das ist das unvermeidbare Dröhnen der Esse Verdun. Da wird das Rückgrat der Heere zerstampft, da steigen die roten und grünen Leuchtkugeln übern Horizont, ein lustiges Feuerwerk aus Notschreien der Infanterie. Da verbreiten mildes Licht die weißen Leuchtschirme der Franzosen, die langsam niederschweben und in deren Schein man einander so gut erschießen kann. Christoph Kroysing kennt sie genau: vom Damenweg her, von der Lorettohöhe, von der Zuckerfabrik bei Souchez, von all den süßen Sachen des Krieges von 1914 und 15, als er noch Infanterist war und sein Fleisch fürs Vaterland hinhielt. Jetzt ist er mehr zum Zuschauen aufgelegt, dieser Platz hier genügt ihm völlig, seine kleine Loge aus zerschlagenen Mauern, um die die lieben Ratten pfeifen. Der Horizont, in einem Riesenbogen vor ihm hingebreitet, blitzt und flackert, wetterleuchtet und erlischt schwarz, und die Ferne verhindert nicht, daß das Dröhnen und Toben trotz natürlicher Abschwächung seine ganze Wildheit bis zu ihm hinträgt, überorgelt von den eigenen Granaten. Die Batterien des Fosses-Waldes, des Chaûmes-Waldes, des Wavrille arbeiten mit voller Belegschaft. Halbnackte Kanoniere, eingeteilte Zubringertrupps, die Beobachter in den Bäumen, die Telefonisten an den Apparaten: Nachtschicht. Er kennt sie alle, diese verdammten Granatschmieden. Übermorgen wird sich in der nächsten Nachbarschaft die neue auftun und das Gegenfeuer der Franzosen auf dieses stille Tal lenken. Schade um das bißchen Wald, das noch steht. Schade um jeden Menschen, der hier vor die Hunde gehen wird. Schade um ihn, Christoph Kroysing selbst, der mit einundzwanzig Jahren erkennen muß, daß die menschliche

Gemeinheit und ihr Selbsterhaltungstrieb ebensowenig schlummern wie der Krieg und daß es schwerer sein wird, ihr zu entkommen als ihm. Da lehnt er, das Knabengesicht vom Haar umflattert, an einer zertrümmerten Mauer, die Hände um die mageren Backen gestützt, halb kauernd, halb sitzend. So sieht es vor Verdun aus, denkt er, es hat sich all die Wochen wenig verändert, nur ein bißchen ferner ist es gerückt, und was wir an Boden gewonnen haben, können wir mit Leichen bedecken. So sieht es aber jetzt auch an der Somme aus, wo die Franzosen und die Engländer den gleichen Schwindel inszenieren. Eben dröhnt es auf der Höhe 344 drüben, scharfe Lichter zucken auf, brandrot, weiß überqualmt, es ist vielleicht nicht gut, noch lange draußen zu sitzen; aber er wird nicht mehr hoffnungslos schlafen gehen wie noch gestern, blockiert von dem Gesindel, das seine Post durchschnüffelt, nachliest, was er an Vater und Mutter schreibt. Nein, er lebt wieder, er hat wieder Mumm in den Knochen und fühlt sich aufgeräumt im Kopf wie nie. Mit der Kameradschaft der anständigen Leute im Heere haben sie nicht gerechnet. Morgen oder übermorgen kommt der Kamerad Bertin wieder. Schon knistert im Waffenrock überm Herzen der Brief, den er heute nachmittag mit seinem braven Füllhalter geschrieben hat; dann noch wenige Tage großer Vorsicht: und von oben, hinten, langt die Hand der Mächtigen herüber und nimmt ihn, Christoph Kroysing, aus diesem Rattenstall weg. Denn wenn die Götter auch abgedankt haben und die Leitung der Welt sich in den Ablauf von Zahnradwerken verwandelt zu haben scheint: überall im deutschen Heere sitzen Männer, einzeln und in Gruppen, die mit dem Unrecht aufräumen wollen und denen weiß vor Augen wird, wenn sie nachgewiesen kriegen, daß gleich hinter den vordersten Gräben die Gemeinheit beginnt, der Eigennutz, der Landesverrat.

Wie stark der Tau fällt, denkt er aufstehend, die Beinmuskeln tun ihm weh; und wie klar die Sterne am Himmel stehen. Ob dort oben derselbe Unsinn wie auf Erden gespielt wird? Zuverlässig. Einerlei Stoff, einerlei Geist, oben und unten. Im Halblicht sausen die Ratten am Boden wahrhaftig wie magere Katzen; morgen muß man unbedingt ein paar Dutzend davon abschießen. Obwohl sie weiter vorn noch viel fetter würden, weichen sie nicht aus den Ruinen der Pferdeställe, in denen sie geboren wurden.

Schweren Kopfes und müde, aber ganz getrost steigt Christoph Kroysing zurück in den Unterstand, in dem seine Kameraden schnarchen. Es stinkt nicht wenig in dem feuchten Mauerwerk; aber von dem Brief, den er beim Ausziehen in seiner Brusttasche fühlt, gehen zarte Ströme aus, die alles Unbehagen wegschwemmen. Und während er den Rock zusammenfaltet und wie jede Nacht seinen Kopf darauf bettet, lächelt der Knabe Kroysing in der Finsternis.
In der nächsten Frühe feuert der Franz den gewohnten Morgensegen in die Geleise der Benzolbahn, krachende Einschläge, fegende Splitter, Geprassel von Stahl und Erdbrokken. Gleich darauf tauchen die Bayern aus ihren Rattenlöchern auf, besehen sich den Schaden. Diesmal hat er gleich zwei Rahmen erwischt, der Bazi, der elendige; nix als Arbeit macht der einem. Im Morgendunst kreist hoch oben ein französischer Flieger, verschwindet ostwärts.
Ein wundervoller Sommertag, denkt Christoph Kroysing. Gut geht's ihm heute, gut wie lange nicht. Blauer Himmel – eine Luft zum Davonfliegen! Wie wär's, wenn man zunächst mal auf Station Hundekehle Nachschau hielte, ob sie nicht doch schon heute Wagen zum Abtransport des zweiten Geschützes mit vorgebracht haben? Vorsichtig trabt er bergab neben dem Schienenstrang oder von Schwelle zu Schwelle springend. Manchmal spuckt der Franz noch einen Nachguß hinüber, Ratschgranaten nennen die Deutschen diese Sorte Geschosse, weil sie da sind, ehe man noch recht etwas vom Abschuß gemerkt hat, und dieser Teil der Senke liegt seiner Artilleriebeobachtung gar zu bequem. Aber Kroysing fühlt sich heute jeder Gefahr gewachsen. Es hat auch sein Gutes, wenn man die sechzig Tage hintereinander in Stellung bleiben muß; man lernt das Gelände auswendig, ob man will oder nicht. Zum erstenmal auch bemerkt er wieder Blumen an den Trichterrändern; lila Wiesenschaumkraut, sommerliche Kornblumen, ganz blau, und einen roten Klatschmohn wie ein Fleckchen schwebenden Blutes.
In Hundekehle zittert schon heiße Luft über dem Wellblech. Keinerlei Wagen findet sich dort; heute also wird das zweite Geschütz nicht abgeholt werden; schade eigentlich. Dagegen sitzen und schlafen im Schatten der Eisenbahnbude ein halbes Dutzend Infanteristen mit einem Unterarzt, den Rücken ans Blech gepreßt, die Beine von sich gestreckt, ganz und gar

bestaubt und voll Erde. Ihre verrenkten Haltungen drücken eine übermenschliche Erschöpfung aus; drinnen telefoniert ebenso übermüdet ein junger Leutnant, der aber wach und verantwortlich bleiben muß. Er möchte wissen, wie er zwei Maschinengewehre und das Gepäck seiner Leute nach rückwärts schaffen lassen kann. Dann tritt er in die grelle Sonne, mustert blinzelnd den bayrischen Unteroffizier, bietet ihm eine Zigarette an, läßt sich von ihm Erklärungen geben. Er hält es für richtig, seine Leute zu wecken, fangen sie erst einmal an zu schlafen, so hören sie so schnell nicht mehr auf, und solange sie in dieser verfluchten Gegend hocken, müssen sie wach sein, bereit, auf einen Feuerüberfall hin auseinanderzuspritzen und volle Deckung zu nehmen. Nun ruhen sie sich aus und genießen die Stille. Sie sind gegen zwei Uhr nachts abgelöst worden, kommen vom Pfefferrücken, ihr Haupttrupp hat die gewohnten Wege über Brabant genommen, ist vom Feuer zerstreut worden; er, Leutnant Mahnitz, und sein Unterarzt Dr. Tichauer waren sich von vornherein darüber klar, daß es besser sei, von einem Trichter in den anderen zu fallen und querfeldein nach rückwärts zu pilgern, als schweren Dunst zu bekommen, wenn man schon von Heimaturlaub träumt. Er lacht aufgeräumt. Sie haben verfluchte Tage hinter sich, aber jetzt wird es wohl ruhiger zugehen, weil die Sommeschlacht Deutsche und Franzosen gleichmäßig beschäftigt. Ein bißchen Ruhe hatten sie sich reichlich verdient, und jetzt verspürten sie bloß ein schüchternes Bedürfnis nach heißem Kaffee.
Christoph Kroysing erlaubt sich gleich, den Herrn Leutnant und die Kameraden zu frischem Bohnenkaffee einzuladen. Froh, daß sein Wink verstanden wurde, bestimmt der Leutnant einen Gefreiten, der wieder eingeschlafen ist, mit dem Gepäck und den beiden Gewehren im nächsten Leerzug nach Steinbergpark hinunterzufahren und dort neue Weisungen zu erwarten. Dann brechen sie auf, stapfen mit schmerzenden Füßen und gebeugten Schultern den Schienenstrang abwärts, halblaut plaudernd. Vielleicht wird man sich bei den Schippern ein bißchen waschen können, auf alle Fälle Frühstück kriegen. In ihrem schlaffen Schlendern, der über und über fleckigen Uniform drückt sich die ganze Vertrautheit des erfahrenen Soldaten mit den Lebensbedingungen dieser Zone aus; sie halten gleichsam immer ein Ohr gespitzt, das

Unverhoffte erwartend. Es ist halb neun Uhr früh, der Franzmann kann von seinem Fesselballon aus nicht viel sehen, aber Vorsicht ist die Mutter der Porzellankiste, heißt es im Heer; damit der Kaffee fertig ist, wird der Unteroffizier Kroysing voranlaufen, die hessischen Kameraden – es sind Hessen, die er hier aufgegabelt hat – sollen langsam nachkommen. Gefahr ist keine dabei; um diese Stunde hat „er" noch nie geschossen.
Was steht heute für ein Tag im Kalender? Einerlei. Jedenfalls kein guter Tag für Christoph Kroysing. Nach langem Hin und Her hat die französische Oberste Heeresleitung auf Wunsch des Auswärtigen Amtes fremden Journalisten, neutralen Zeitungsschreibern den Besuch der Verdun-Front freigegeben, widerwillig und nicht auf lange. Aber nun steht Axel Krog, angesehener und gewissenhafter Mitarbeiter wichtiger schwedischer Zeitungen, in der französischen Batteriestellung drüben, die noch nie zur Unzeit geschossen hat und in der der Besuch verschiedenartige Gemütsbewegungen hervorruft: ablehnende, spöttisch amüsierte, bewillkommnende. Monsieur Krog gehört seit langem der schwedischen Kolonie in Paris an und bringt Frankreich ehrliche Bewunderung entgegen, erklärt der begleitende Offizier von der Presseabteilung des Generalstabs; „dann soll er gefälligst in die Fremdenlegion eintreten", murrt im reinsten Tonfall der Pariser Vorstadt der Kanonier Lepaile. Aber die französische Artillerie ist die beste der Welt. Nicht erst seit Bonaparte, dem einzigen Artilleristen unter den großen Feldherren. Man muß Herrn Krog Gelegenheit geben, einen eindrucksvollen Artikel in Schweden zu verbreiten, wo sich die deutsche Propaganda unverschämt breitmacht. Herr Krog muß sich zum Beobachtungsoffizier hinaufbegeben und durchs Scherenfernrohr Zeuge eines kleinen Scharfschießens sein, das aus den ehernen Rohren und mit den schlanken Granaten nach einzelnen Deutschen veranstaltet werden wird. Dort läuft eine Benzolbahn, wissen Sie, heute nacht gab es Ablösung auf dem Pfefferrücken, der Boche benutzt diese Senke als Abmarschweg. Die Kanoniere verachten, was in den Zeitungen steht, sie spucken auf die Kriegsverlängerer und die Drückeberger, außerdem wird man das Geschütz einmal mehr reinigen müssen; aber schließlich ist es Ehrensache, vorzuführen, wie die dreiunddreißigste Brigade schießt. Geschütze eins und zwei sind fertig und

warten auf das Ziel, das jagdbare Wild, das zweieinhalb Kilometer entfernt im Sichtkreis des Fernrohrs auftauchen soll.
Christoph Kroysing springt jungenhaft über die Trichter, trabt behaglich neben seinen Schienen hin. Wendet sich eine Sache erst zum Guten, so tut sie es gründlich. Jetzt hat er also die Wahl, ob er seinen Brief diesem netten Leutnant mitgeben will oder erst morgen dem Kameraden Bertin. So merkwürdig bewahrheitet sich an ihm das Gesetz der Doppelfälle. Dies denkend, hat er die offene Talsohle erreicht, flach dehnt sich die lichtbraune Wüste vor ihm aus. Noch siebzig, achtzig Meter Weges bis zur Deckung.
Was war das? Kroysing fährt herum; aber während er sich noch umsieht, kracht in seinem Rücken der berstende Sprengstoff, der heiße Stahl des aufschlagenden Geschosses. Erblaßt und aufgeschreckt, durch ein Wunder unverletzt, macht er zwei Sätze, um im nächsten Trichter zu verschwinden. Aber da sagt Geschütz zwei sein Wort, gelbschwarz und brüllend springt es vor Kroysing auf, dreht ihn um sich selbst und haut ihn hin. Gott, Gott, Gott, denkt er, während ihm das Bewußtsein schwindet, weil er mit der Kinnspitze auf die Eisenschiene schlägt, Mutter, Mutter, Mutter.
Der schwedische Journalist neben dem französischen Beobachter sieht blaß aus, dankt sehr. Eine bewunderungswürdige Schießkunst, aber mehr möchte er nicht sehen. Dabei sausen die Hessen im Laufschritt die Bahnspur herab, der Leutnant voran. Sie haben gleich gemerkt, der junge Bayer war den Rummel nicht mehr so gewöhnt, sonst hätte er sich gleich beim ersten Einschlag hinter die Schienen geschmissen; mit Ratschgranaten ist nicht zu spaßen. Da hocken sie um den Liegenden, von dem eine Blutlache ausgeht. Unterarzt Tichauer beugt sich vorsichtig über ihn. Nichts mehr zu machen. Eine Morphiumspritze wird das einzige sein, was für den da noch zu tun wäre. Wie mit einem Fleischerbeil haben Splitter Schulterblatt und Armgelenk aufgehackt, die großen Adern durchschnitten, wahrscheinlich den Lungenflügel auch. Wozu soll der noch zum Bewußtsein kommen. Und während am Waldrand oben erstaunte Schipper und Pioniere auftauchen: was der Franz zu so ungewohnter Stunde zu schießen habe, und mit heftigen Gebärden herangewinkt werden, besieht sich Leutnant Mahnitz, Übelkeit überm Herzen, das hingestreckte Geschöpf, mit dem er sich noch vor fünf Minuten so vergnügt

unterhielt und das jetzt zu stöhnen beginnt wie ein erstickendes Tier, und sagt, halb liegend, auf die Arme gestützt, gleichsam für sich und doch auch für alle in den Kreis seiner stummen, schmutzigen Leute hinein: „Möchte bloß wissen, wann die verfluchte Scheiße mal ein Ende haben wird.“

Sechstes Kapitel

Nach Billy

Tags darauf erzählten die Schipper einander beim Anmarsch, der diesmal übrigens die Maashöhen umging: sie hätten Schwein gehabt, gestern zu Hause zu bleiben, es habe gerade in dieser Gegend einen Feuerüberfall gesetzt, ein paar Schwerverwundete seien in der Mittagszeit nach Billy durchtransportiert worden. Bertin dachte skeptisch über diese aufgeregten Gerüchte; er blickte sehnlich nach Kroysing aus. Kam er heute später? Stak er schon unten im Geschützstand? Die Arbeitseinteilung, heute anders als vorgestern, brachte ihn mit seinem Spaten in die Nähe zweier Bayern, die neben dem neuen Geleise den Lehm wegpickten, damit man es hernach beim Schleppen leichter habe. „Wo ist denn euer Unteroffizier Kroysing?“ fragte er den nächsten, einen Sommersprossigen mit rötlichen Haaren und besonders großem Adamsapfel. Ohne den Kopf zu heben, fragte der zurück, was er denn von dem wolle. Bertin meinte: gar nichts, gut gefallen habe er ihm. „Mein lieber Mann“, entgegnete der Bayer, „unser Unteroffizier Kroysing, der wird keinem nimmermehr gefallen“, und hackte gedrückt auf einen Lehmkloß los. Bertin verstand zunächst nicht – so lange nicht, daß ihn der andere wütend anfuhr: ob er denn Dreck in den Ohren habe? Erwischt habe es den Kroysing, hin sei er, geblutet habe er wie ein geschlagener Ochs, als ihn die Lore nach Billy abschleppte, ins Lazarett. – Bertin antwortete gar nichts, stand, seinen Spaten umklammert, wurde blaß, räusperte sich mehrere Male. Seltsam, seltsam. Und daß man dabei ganz stumpf herumstand, nicht schrie, nicht um sich schlug... es war eben Krieg, da kannst du nix machen, mein Lieber. Sagte das der Bayer? Er sagte es und spie aus, seine Stimme klar zu machen. Gestern

vormittag sei es vorgefallen, die linke Schulter habe es ihm eingehaut – heute dir, morgen mir – den werde man nicht wiedersehen. Sie arbeiteten weiter. – „Hast ihn schon früher gekannt, den Unteroffizier Kroysing?“ fragte nach einigem Schweigen der Bayer, das schweißübergossene Gesicht aufrichtend. – Bertin antwortete: ja, das sei ein Freund von ihm gewesen, und wenn es viele solche im Heer gäbe, wäre vieles besser. – „Ja“, antwortete der Bayer, feierliche blaue Augen in seinem Bauerngesicht, „das glaubst, mein Lieber. Einen solchen Unteroffizier wirst du nimmermehr finden, und wenn du drei Tage suchen gingest. Und wenn sich auch manch einer freut, daß der hin ist, seit dem gestrigen Nachmittag...“ Dann zog er den Kopf in den offenen Kragen zurück, als habe er zu viel gesagt. – Zu ihm könne er frei reden, sagte Bertin leise, er wisse Bescheid. – „Ist schon recht“, lehnte der Bayer ab und wandte sich weg.
In der Arbeitspause jedoch tauchte er wieder auf, in Gesellschaft eines kleineren und jüngeren Schippers mit magerem Gesicht und schwarzen, wie verwunderten Augen. Beide trugen die Feldmützen verwegen auf dem Ohr, die Waffenröcke offen, harmlos und unabsichtlich nahmen sie Bertin in die Mitte. Drei Schipper bummeln in den Schatten, drücken sich, um ein Schläfchen zu machen. Zwischen den borstigen und geköpften Stümpfen stak im Erdreich wie ein kleiner Tisch der Rest einer ganz schweren Granate oder Mine, die beim Platzen seitlich aufgerissen war, den tellerrunden Boden an handbreitem und fingerdickem Stahlbein gen Himmel kehrend: Leck mich! Hier war's richtig; so sah die Welt aus, in der Leute wie Kroysing vor die Hunde gingen.
Dies hier, sagte der Bayer, sei der Putzkamerad des Unteroffiziers Kroysing gewesen, der habe geholfen, ihm beim Verbinden den Waffenrock vom Leibe zu schneiden. Aus dem blutigen Fetzen sei etwas hinausgefallen, das von ihrer Abteilung keiner gern behalten täte; wenn's der Kamerad haben wollte, könnte er's schon kriegen; es sei mal ein Brief gewesen. – Bertin erklärte, er nähme ihn gern, eigentümlich angerührt von der Zielsicherheit, mit der der Wille des Toten oder fast Toten sich durchsetzte. Und der bayrische Armierungssoldat übergab ihm mit spitzen Fingern ein aufgequollenes Viereck aus braunrotem, fast noch klebrigem Stoff, anzusehen wie eine dünne Tafel Schokolade. Undeutlich schim-

merten auf ihr schwarzblaue Schriftzüge. Bertin erblaßte, aber er nahm diesen letzten Gruß und Auftrag und tat ihn in die Seitentasche seines Brotbeutels. Als er den festen Sack aus blaugrauem Leinen wieder auf die Hüfte gleiten ließ, schien er schwerer geworden, eine besondere Kühle, ein leises Schaudern durch den Körper des Mannes auszustrahlen, der geglaubt hatte, einen Freund zu finden, und dem nun ein Auftrag geworden war, undeutlich und voll möglicher Verkettungen. Armer kleiner Kroysing! Als plötzlich wie eine lebendig gewordene Wurzel vor Bertin die graue Katze auftauchte und ihn dreist mit ihren flaschengrünen Augen ansah, überkam ihn wilde Wut; fluchend schleuderte er den nächsten Splitter nach ihr, verfehlte sie natürlich, fand sich von den Bayern verwundert angesehen. Das lebte. So etwas lebte immer.

Am frühen Nachmittag zögert jemand vor der Schreibstube seiner Kompanie. Wer nicht hinbefohlen ist, spart sich gern den Weg dorthin, denn Erfreuliches haben dort nur die Günstlinge des Agenten Glinsky zu erwarten; anständige Leute machen da lieber einen Bogen. Aber der Armierer Bertin vor der mit Dachpappe benagelten Tür krümmt dennoch seinen Finger, pocht, tritt ein, nimmt vorschriftsmäßige Haltung an. Der starre Ausdruck seines Gesichts, die kleine Falte über dem Brillensteg beweisen, daß in dem Mann etwas vorgeht. Aber Herrn Glinsky mit seinen Tressen an der Litewka, seiner Zigarre zwischen den dicken Lippen, dem erloschenen Blick seiner Kugelaugen kümmert dergleichen längst nicht mehr. Allzulange hat er sich im Zivil mit den Seelenregungen derer beschäftigen müssen, die sich von ihm versichern lassen sollten, um ihm aus ihren Beiträgen einen Lebensunterhalt zu schaffen. Jetzt ist Krieg, jetzt versorgt ihn der Staat, jetzt darf er sich schadlos halten, und das tut er nun. Er selbst hat nie gewußt (wohl aber Frau Glinsky), wie tief er unter dem geschmeidigen Wesen gelitten hat, das er an den Tag legen mußte; um so süßer ist ihm das Leben jetzt...
Der Armierungssoldat Bertin, das ist der mit dem Wasserhahn oder der mit dem abgehackten Vollbart. Im Augenblick zieht Glinsky das letztere vor, für das erste findet er im Laufe der Unterhaltung bestimmt noch Verwendung. „Was will denn der mit dem abgehackten Vollbart?“ fragt er in die heiße und

etwas muffige Luft der Schreibstube hinein.
Der mit dem abgehackten Vollbart bittet um einen Urlaubsschein über den Zapfenstreich hinaus nach Billy. Die Verbindung dahin ist ungewiß, weswegen er vielleicht den Abend für den Rückweg brauchen wird.
Die beiden Schreiber grinsen vor sich hin. Selbstverständlich hat ein Soldat nach dem Dienst in Ausnahmefällen Anspruch auf solch einen Urlaubsschein. Er ist ja kein Zuchthäusler und trägt keine Ketten um die Füße. Aber Macht ist Macht, und Gunst ist Gunst, und was der Kamerad sich denkt, das wird nicht. Der fährt heute nicht nach Billy.
Der Armierungssoldat Bertin kennt die beiden Schreiber. Sperlich, dumm und gutmütig, ist eine Art Büromensch gewesen, Querfurth, mit einem Ziegenbart und einer Weitsichtigenbrille vor den schrägen Augen, technischer Zeichner in den Borsigwerken zu Tegel. Unter dem früheren Feldwebel waren sie umgängliche Kameraden, aber Müll steckt an, der Umgang mit Herrn Glinsky hat sie korrumpiert. Er spürt, diese drei Leute hat er gegen sich; es wird schwer werden, sein Recht durchzusetzen. Was er denn in Billy wolle, fragt Glinsky mit scheinheiliger Freundlichkeit. Bertin muß einen Bekannten im Lazarett aufsuchen, der gestern dort schwerverwundet eingeliefert worden ist. Bei der Erinnerung an den Stoß, der ihm zugefügt wurde, bewegt sich seine Kehle zweimal, dreimal; vielleicht auch zittert seine Stimme unmerklich.
„So“, meint der ehrwürdige Glinsky leichthin, „einen Verwundeten im Lazarett; und ich dachte schon, eine Waschfrau oder Hure.“
Bertin hört ein paar feiste Fliegen an einem Leimband summen, das von der niedrigen Decke herunterhängt. Die Kompanie weiß, daß er vor gar nicht langer Zeit geheiratet hat; man könnte also einen Protest erwarten, eine Regung des Unwillens. Bertin aber denkt nicht daran. Er will zu Kroysing, er wird auch hinkommen, und wer etwas so dringlich wünscht, läßt sich von einem Glinsky nicht aus der Fassung bringen. Er besieht sich also ruhig die bleiche Schreibstubenhaut und die Schnüffelnase seines Gegenübers und unterläßt jede Antwort, und das ist klug. Bertins Schweigen scheint Herrn Glinsky zu befriedigen. Er setzt sich gemütlich in seinem Stuhl zurecht: wer denn die Ehre habe, von dem Herrn Schriftsteller

besucht zu werden? Das müsse doch zumindest ein französischer Gefangener sein. Bertin lächelt unwillkürlich, so etwas mußte ja kommen. Nein, erklärt er, es handle sich um einen Kriegsfreiwilligen, den Führer des Bereitschaftstrupps Chambrettes-Ferme, den Unteroffizier Kroysing; gestern schwer verwundet worden.
Der graubärtige Herr Glinsky reißt freudig Mund und Augen auf. Die Geschichte mit dem Kriegsgericht hat sich weit herumgesprochen, und selbstverständlich fühlt ein Mann wie Glinsky mit all denen unter den bayrischen Kameraden, die davon bedroht wurden. Aber er hat sich blitzschnell gefaßt: „Den Weg können Sie sich sparen. Der Mann ist längst tot, heute nachmittag begraben worden."
Bertin begreift, daß dieser Mann lügt. Die Schreibstube von 1/X/20 hat für gewöhnlich keine Verbindung mit dem bayrischen Schipperbataillon, Nachrichten und Bekanntschaft tauschen die Unteroffiziere der beiden Truppenteile nur aus, wenn sie sich zufällig bei den großen Proviantämtern in Mangiennes oder Damvillers treffen. Aber auf diese Lüge ist wenig zu erwidern; man kann doch nicht erklären, dann wünsche man das Grab des Toten zu besuchen. „So", antwortet er zögernd, „tot und begraben?"
„Ja", versetzt Glinsky nachdrücklich, „und jetzt scheren Sie sich an Ihren Dienst, Mann mit dem Wasserhahn, und zeigen Sie mir Ihre Kehrseite. Abmarsch!" Bertin macht kehrt und geht hinaus. Herr Glinsky aber hat es eilig, sich mit Feldwebel Feicht von den Bayern verbinden zu lassen und ihm zu der Erledigung einer schwebenden Angelegenheit Glück zu wünschen.
Bertin steht draußen in der Sonne und setzt nachdenklich einen Fuß vor den anderen. Fährt er nicht mit Urlaubsschein nach Billy, so fährt er halt ohne. Er muß nur den Rat eines sachverständigen Mannes einholen. Drüben geht gerade Unteroffizier Böhne, sich die Hände reibend. Hinter ihm trägt der Gastwirt Lebehde, der zu Böhnes Korporalschaft gehört, einen extrastarken Kaffee, den er mit Böhne und noch ein paar anderen bei einem feierlichen Skat zu trinken gedenkt. Denn der Park hat angeordnet, daß alle Frontkommandos nach ihrer Rückkehr dienstfrei bleiben, und daran darf die Kompanie nicht rühren. Böhnes helle Elefantenaugen werden ernst, als der Armierer Bertin ihm halblaut erzählt, was los ist. Der

schwere Betriebsunfall des jungen Bayern hat Böhne, den Vater zweier Kinder, ziemlich tief berührt, und Karl Lebehde zuckt über einen solchen Schreibstubenbescheid einfach die Achseln. Es führen viele Wege nach Billy, meint er.
Mittlerweile hat sich die Barackentür hinter ihnen geschlossen; in der Stille des langen Raumes hantieren nur wenige Leute. Am Tisch in der rechten Ecke warten schon die Gefreiten Näglein und Althans auf ihren Kaffee und ihren Skat. Da sollte doch der und jener dreinschlagen, meint Althans, wenn die Kameradschaftspflege bei den Preußen nichts mehr gelte. Kameradschaftspflege ist ein Lieblingswort des Feldwebelleutnants Grassnick, das wissen alle Beteiligten. Nun ist der Gefreite Näglein zwar ein ängstlicher Mann, ein kleiner Landwirt aus der Altmark, der Gefreite Althans aber um so dreister. Er ist ein magerer Reservist, noch gar nicht lange von seinem Infanterieregiment weg und hat mit ihm beim Februarangriff in dieser Gegend einen schweren Querschläger zwischen die Rippen bekommen und monatelang im Verband gelegen. Jedem zeigt er gern das tiefe Loch unter seinem Brustkasten. Er versieht eine Art Kurierdienst zwischen dem Bataillon in Damvillers und der Kompanie, ohne geradezu Ordonnanz zu spielen. Er ist also im Besitz eines Dauerausweises, der ihm gestattet, sich jederzeit auf den Straßen herumzutreiben – ein Papier, das nicht auf einen Namen ausgestellt ist, sondern allgemein auf den Inhaber. Er trägt es im Ärmelaufschlag seines Waffenrocks, und der hängt hinter ihm an einem Nagel. Verstanden?
Wenige Minuten später trabt der Armierungssoldat Bertin die Holzrosten und Abkürzungswege hinunter zum Park, vorüber an abladenden und Munition schleppenden Kolonnen. Er hat einen Becher guten Kaffees in sich und etwas anderes nunmehr im Ärmel seines Waffenrocks. Oberfeuerwerker Schulz im Feldkanonenpark und seine beiden Hilfsleute wissen immer Gelegenheiten nach Romagne, Mangiennes und Billy.

Siebentes Kapitel

Der Ältere

„Unteroffizier Kroysing, stimmt. Wird um halb sechs beerdigt.“

Man wies Bertin eine Treppe hinunter, unter die Erde. In dem weißgekalkten Keller warteten drei Särge, einer davon geöffnet. In ihm lag, was von Christoph Kroysing noch betrachtbar war, sein stilles Gesicht. Aufgehängte nasse Leinentücher und ein wirbelnder Ventilator kühlten den Raum, in dem es trotzdem schon anstrengend war zu atmen. Aber Bertin vergaß das schnell. Da stand er also am Sarge seines jüngsten und unglücklichsten Freundes. Ein Knabe, bräunlich und schön, dachte er mit den Worten der Bibel, und gleich danach, in feierlichem Gefühl: O Herr, was ist der Mensch, daß Du seiner gedenkest, was der Erdensohn, daß Du sein achtest? Denn der Mensch ist wie ein Gras und blüht wie die Feldblume und verblüht. Die langen Wimpern in dem gelblichen Gesicht und die weitgespannten Brauen hoben sich wie musikalische Zeichen von dem erloschenen Oval der Wangen ab, die eng geschlossenen Lippen krümmten sich bitter nach unten, aber in eindrucksvoller Breite und Wölbung stieg die Stirn aus den Schläfen unter dem sanften Haar. Kroysing, dachte Bertin, den Blick auf diesem vornehmen Antlitz, Junge, Mensch, daß du ihnen den Gefallen getan hast; daß du dich hast erwischen lassen! Da hoffen Mütter, ihr Beten sei etwas nutze, von den Hoffnungen der Väter, den Aufgaben der Zukunft ganz zu schweigen. In einer Ecke standen andere Böcke für noch mehr Särge; Bertin trug sich einen heran, setzt sich, sann kopfschüttelnd im Surren des Ventilators: wieder waren um ihn die grünglänzenden Buchenblätter, die zerstörten Stämme wie aus verwitterndem Kupfer; am Trichterrand saßen sie beide, ein Paar Schaftstiefel neben einem Paar Wickelgamaschen, verrostete Splitter vergruben sich halb in der Erde, die graue Katze mit flaschengrünen Augen starrte herausfordernd auf Kroysings Hand. Das war vergangen, so unwiderruflich vergangen wie der Ton dieser Stimme, den er dennoch in den Ohren klingen hörte: Sie sind der erste Mensch seit sechzig Tagen, mit dem ich über diese Dinge sprechen kann, und wenn Sie wollen, können Sie mir sogar sehr helfen! Ob Bertin helfen

wollte! Und wohin führte menschliche Hilfe? Hierher...
Zusammengekrümmt, den kurzhaarigen Schädel immer wieder schüttelnd, saß er da, die kleinen Augen voll Nachdenkens über den merkwürdigen Bau der Welt.
Behutsam öffnete sich die Tür, ein anderer Soldat trat in den Keller, hager und so groß, daß er sich fast bücken mußte. Blondes Haar, links gescheitelt; und unter den Sohlen trug er keine Nägel. Bertin sah der abgeschabten Uniform zunächst nicht einmal an, daß er einen Offizier vor sich hatte, so mattgrau waren Achselstücke und Portepee. Dann sprang er auf, nahm stramme Haltung an, die Hände an der Hosennaht.
„Um Gottes willen", sagte der andere mit tiefer Stimme, „machen Sie nur keine Männchen hier am Sarge. Sie sind von seinem Truppenteil?" Und, ans Fußende tretend: „Dahin hast du's also gebracht, Christel." Bist immer ein hübscher Junge gewesen, dachte er weiter. Na, beruhige dich, früher oder später liegen wir alle da so wie du, bloß nicht so komfortabel.
Selten hatte Bertin Brüder einander weniger ähnlich gefunden. Der Pionierleutnant Eberhard Kroysing, seine knochigen Hände überm Mützenschild gefaltet, verbarg nicht, daß ihm zwei Tränen aus den Augen tropften. Bertin schob sich leise rückwärts, noch einen zärtlichen Blick auf das Gesicht des toten Knaben und jetzt selber gewürgt von Wehmut, der er nicht gestattete, sich zu äußern. „Bleiben Sie, bleiben Sie", brummte die tiefe Stimme des Leutnants Kroysing, „wir brauchen einander nicht zu verdrängen, ohnehin wird die Klappe gleich zugemacht. Sehen Sie mal nach, ob die Träger schon kommen." Bertin begriff, drehte sich ab. Der Leutnant küßte seinen kleinen Bruder auf die Stirn. Hab dir manches abzubitten, kleiner Kerl, dachte er; es war nicht ganz einfach, neben mir aufzuwachsen, unter mir. Aber warum sahst du auch unserer Mutter so ähnlich, du Nesthäkchen, und ich bloß Papa.
In der Tat, von draußen näherten sich Stiefel. Zwei Sanitäter traten ein. Erst achtlos und an ihr Handwerk gewöhnt, wurden sie vor dem Leutnant etwas leiser, trugen zunächst die beiden anderen Särge weg, rohe Kisten aus Fichtenholz. Bertin half ihnen durch die Tür und die Treppe hinauf, um die Brüder allein zu lassen.
Als die Fremden draußen waren, zog Eberhard Kroysing seine kleine Zigarrenschere aus der Hosentasche und schnitt seinem

Bruder eine Strähne Haar von der Stirn, für die Mutter. Sorgfältig barg er sie in seiner flachen Brieftasche. Die Zwiesprache mit dem Kleinen wollte nicht abreißen. War es nun nötig, Christel, daß du mich so um meine Briefmarkensammlung beneidetest? Mußten wir uns immerfort zanken? Vielleicht wären wir noch zu einer anständigen Männerfreundschaft gelangt. Wie fein und lieblich ist es, wenn Brüder einträchtiglich beieinander wohnen, hat der Doktor Luther übersetzt; ein frommer Wunsch. Unsere Familie hat Pech. Das schöne Grab auf dem protestantischen Friedhof zu Nürnberg wird nicht weiter frequentiert werden. Du kommst hier in katholische Erde, und mich werden nach dem letzten Einschlag bestimmt die Ratten fressen. Allons, machen wir die Bude zu, laß dir den letzten Dienst erweisen, Junge. Und von trocknem Schluchzen in der Kehle gewürgt, küßte er den Kleinen noch einmal auf den kalten Mund, den dunklen Bartflaum, paßte dann sorgsam den Deckel auf die lange Kiste und verschraubte ihre Ecken mit geübten Fingern. Als Bertin mit den beiden Sanitätern zurückkam, ging straffen Schritts, die Mütze auf dem Kopf, ein Offizier an ihnen vorüber in die schräg durchsonnte Oberwelt.

Die Beerdigung war ein Alltagsvorgang, schlecht verhüllt durch etwas Feierlichkeit. Die drei gefallenen Helden wurden durch einen Feldgeistlichen eingesegnet, dessen Talar notdürftig die Uniform verdeckte, die er sonst immer trug. Abordnungen der betroffenen Truppenteile waren abkommandiert worden, geführt von Unteroffizieren; die bayrischen Armierer hatten einen Kranz aus Buchenzweigen mitgebracht, als letzten Gruß des Bereitschaftstrupps Chambrettes-Ferme, von welchem niemand Urlaub zur Beerdigung erhalten hatte. Die drei Särge standen übereinander in dem schmalen Grab, Bertin ertappte sich bei einem Seufzer der Erleichterung: der kleine Kroysing, zuletzt hinabgesenkt, brauchte nicht auch noch im Tode die Last der Mitmenschen zu ertragen. Da die beiden anderen Toten Artilleriefahrer waren, die es auf dem Weg zum Munitionsfassen erwischt hatte, feuerten die Karabiner ihrer Kameraden allen dreien die letzten Salven übers Grab. Dann zerstreute sich hastig das Trauergefolge in die Kantinen von Billy, die seltene Gelegenheit zum Einkauf von Schokolade, Konserven und zum Heben einiger alkoholischer Getränke auszunutzen.

Ein Lazarettunteroffizier näherte sich dem Leutnant Kroysing: den Nachlaß seines Herrn Bruders hätte die Kompanie angefordert und bereits abholen lassen, und er händigte ihm ein Verzeichnis aus, das Kroysing zerstreut ansah und in die Tasche steckte. Während der wenigen Sekunden, die das dauerte, hatte Bertin einen Entschluß umkämpft und gefaßt. Stramm trat er an den Bruder seines Freundes heran und bat ihn um eine Unterredung. Eberhard Kroysing betrachtete ihn etwas spöttisch. Die armen Schipper benutzten jede Begegnung mit einem Offizier, sich Auskünfte über ihre kleinen Sorgen zu holen oder unauffällig eine Beschwerde anzubringen. Dieser hier, offenbar ein Akademiker und ein jüdischer, wollte sicher wegen Urlaubs oder dergleichen drängeln. „Schießen Sie los, Mann", sagte er, „aber schnell, sonst verlieren Sie den Anschluß an Ihre Kameraden."
„Ich gehöre nicht zu diesem Truppenteil", sagte Bertin bedächtig, „und ich wünschte, mit Herrn Leutnant zehn Minuten ungestört zu sprechen. Es handelt sich um Ihren Bruder", fügte er auf die abweisende Miene des anderen hinzu.
Der Ort Billy war sehr zerschossen und notdürftig geflickt. Auf dem Weg durch die Straßen waren beide schweigsam, beide in Gedanken bei dem frisch aufgeworfenen Grabhügel. „Es war doch hübsch", sagte der Leutnant zwischendurch, „daß sie ihm den Kranz geschickt haben."
„Seine Leute von der Chambrettes-Ferme, wo er gefallen ist. Dort lernte ich ihn kennen – vorgestern früh."
„So kurz erst kennen Sie meinen Bruder und kommen zu seiner Beerdigung? Da muß ich Ihrem Feldwebel ja wohl danken."
Bertin lächelte schwach: „Meine Schreibstube verweigerte mir den Urlaub hierher, ich kam auf eigene Faust." – „Das läßt sich sonderbar an", meinte Eberhard Kroysing, während sie durch die Tür des Offizierskasinos gingen, eine Art Gasthaus für Offiziere mit Soldatenbedienung.
Verwundert blickten einige Herren mit blanken Achselstücken auf den Pionierleutnant und den Schipper, die sich einander gegenüber an den kleinen Tisch in der Fensternische drückten, in der nur zwei Leute Platz hatten. Solche Gemeinschaft zwischen Offizier und Mann war unerwünscht, eigentlich verboten. Aber die Sitten der Grabenschweine fielen nicht immer mit den Anordnungen der Etappenverwaltung zusammen. Der lange Pionier mit dem E. K. I da sah ohnehin nicht

so aus, als ließe er sich Belehrungen gefallen.
Nein, schon nach Bertins ersten Sätzen sah Eberhard Kroysing keineswegs so aus. Ob er gewußt habe, daß sein Bruder Weigerungen mit seiner Kompanie gehabt habe? Gewiß; aber wenn man im Pionierdepot des Douaumont steckte, tagaus, tagein unter französischem Beschuß, konnte man unmöglich Interesse für die kleinen Stänkereien in einem fremden Unteroffizierkorps aufbringen. Der Wein hier war übrigens ausgezeichnet, auch Bertin fand das, trank und fragte weiter, ob dem Herrn Leutnant nicht Gedanken über einen Zusammenhang zwischen diesen Stänkereien und dem Tode Christoph Kroysings gekommen seien? Hier öffneten sich des Leutnants Augen weit und heftig. „Hören Sie mal", sagte er gedämpft, „jeden Tag fallen Leute hier wie Kastanien vom Baum. Wenn da jeder Zusammenhänge ergründen wollte...!" – „Darf ich im Zusammenhang erzählen, wie ich Ihren Bruder kennenlernte und was er mir unter vier Augen erzählte?"
Eberhard Kroysing blickte in sein Weinglas, das er zwischen den Fingern in leichter Drehung hielt, während Bertin, die Augen auf seinem Gesicht, einen überlegten Satz an den anderen reihte. Er drückte mit der Brust an den kleinen Marmortisch, der für die niedrigen Sitze etwas zu hoch war, er spürte genau die Ablehnung des jungen Menschen ihm gegenüber, aber schweigen durfte er nicht. Von der Breitseite des Saales her scholl das dröhnende Gelächter vergnügter Zecher.
„Kurz und klein", entgegnete Eberhard Kroysing schließlich, „von dem, was Sie da äußern, Herr, glaube ich kein Wort. Nicht etwa, daß Sie schwindeln. Aber der Christoph war ein schlechter Zeuge. Er dachte sich zu viel aus. Ein poetisches Gemüt, wissen Sie, ein Dichter."
„Ein Dichter?" wiederholte Bertin betroffen.
„Was man so nennt", bestätigte der andere, „er machte Verse, hübsche Verse, auch ein Theaterstück verfaßte er immerfort, ein Drama nannte er es, ein Trauerspiel – was weiß ich. Bei solchen Leuten setzen sich leicht Nichtigkeiten im Gehirn fest. Benachteiligungen, Verdachte. Ich aber, lieber Herr, bin ein Tatsachenmensch, mein Fach war Maschinenbau, und das schließt solche Phantastereien aus."
Bertin blickte prüfend vor sich hin. Daß jemand dort so skeptisch blieb, wo ihn im ersten Augenblick Ton und Person

des Erzählers überzeugt hatten, verwirrte ihn.
„Ich will nicht sagen", fuhr Eberhard Kroysing fort, „mein kleiner Bruder sei ein Narr und ein Schwätzer gewesen, aber ihr Mannschaften habt nur zu leicht einen Verfolgungsfimmel. Immer sind da böse Leute, die euch etwas anzuhaben trachten. Da müßten Sie schon mit Beweisen aufwarten, junger Mann."
Bertin überlegte. „Wäre Ihnen ein Brief Ihres Bruders ein Beweis, Herr Leutnant? Ein Brief, den meine Frau an Ihre Mutter schicken sollte? Ein Brief, in dem der Sachverhalt geschildert stand, damit Ihr Herr Onkel in Metz endlich einschreite?"
Jetzt sah Eberhard Kroysing auf, seine harten Augen zerrten an denen des anderen: „Und was sollte mein Onkel Franz in dieser Angelegenheit tun, über die Sie so gut unterrichtet sind?"
„Nur das Kriegsgericht in Bewegung setzen und den Christoph zur Vernehmung zitieren."
„Und wie lange saß der Junge im Keller der Chambrettes-Ferme?"
„Über zwei Monate, ohne Pause und ohne Gnade."
Eberhard Kroysing trommelte auf die Tischplatte: „Geben Sie mir den Brief", sagte er.
„Ich habe ihn in meinem Brotbeutel", antwortete Bertin. „Ich konnte natürlich nicht wissen, daß ich Herrn Leutnant hier begegnen würde."
Eberhard Kroysing lächelte grimmig: „Das war gar nicht so dumm. Ich kriegte die Nachricht auf Umwegen durch unseren Bataillonsstab, und wenn der Franz nicht ungewöhnlich vernünftig geworden wäre, hätte ich womöglich den Anschluß verpaßt. Aber einerlei, den Brief muß ich haben."
Bertin zögerte: „Leider muß ich noch eine Einschränkung machen. Er hatte den Brief in der Tasche, als er sein Ding abkriegte; er ist ganz und gar mit Blut durchtränkt und unleserlich."
„Sein Blut", sagte Eberhard Kroysing. „Ist also doch noch etwas von ihm über der Erde. Aber auch das tut nichts. Dafür gibt es einfache chemische Vorgänge. Mein Unteroffizier Süßmann macht mir das im Schlafe. Ich gestehe", sagte er, während seine Stirn sich verdüsterte, „ich habe mich anscheinend doch zu wenig um den Kleinen gekümmert. Ver-

flucht", brauste er auf, „ich hatte andere Sorgen. Ich war der Meinung, das Kriegsgericht habe längst gesprochen und alles in Ordnung gebracht. Daß Brüder sich so sehr umeinander kümmern, ist ja doch eine Fabel. Außer, wenn sie sich hassen und befehden. Oder ist das bei Ihnen anders?"
Bertin überlegte und bestätigte: nein, es war auch bei ihm nicht anders. Von seinem Bruder Fritz hörte er meist nur durch die Eltern, und dabei lag der Junge doch immerfort mit den Siebenundfünfzigern in Stellung, bald in Flandern und bald bei Lens, in den Karpaten und am Hartmannsweilerkopf, und jetzt, Donnerwetter, in der bösesten Ecke der Sommeschlacht, und wer wußte, ob er überhaupt noch lebte? Das war nur so eine festeingefahrene Redensart, das von der brüderlichen Liebe. Immer kämpften Brüder um Gunst und Vorrang in der Familie, und sowohl Kain und Abel als auch Romulus und Remus waren richtige Brüderpaare, von den germanischen Fürstenhäusern zu schweigen, in denen sie einander ziemlich regelmäßig blendeten, ins Kloster steckten oder ermordeten.
„Brechen wir auf", sagte Leutnant Kroysing zu Bertin, „ich bekomme einen Wagen von den Kraftfahrern hier, damit ich noch heute nacht wieder in meinem Teufelskeller zu finden bin. Wir fahren über Ihren Park. Und habe ich die Gewißheit, die ich brauche, dann werde ich mir erst einmal das zuständige Kriegsgericht kaufen. Und danach alles andere. Ich bin gar nicht rachsüchtig. Aber wenn die Herrschaften wirklich meiner Mutter den kleinen Christel mit Absicht weggezaubert haben, damit er hier in der dritten Etage dieses ehrwürdigen Grabes die Auferstehung erwarte, dann sollen die mich kennenlernen."
Sie erwarteten vor dem Kasino die Anfahrt des Wagens. Durchsichtig grün stand der Himmel über den Höhen nach Romagne zu, die der Morimont heißen. Bertin hatte Hunger. Er rechnete darauf, jemand von seiner Korporalschaft würde ihm schon Abendkost mitbesorgen. Und wenn nicht, war trocknes Kommißbrot ein wunderbares Essen für jemanden, der den Auftrag eines toten Freundes weitergeleitet hatte. Besser als der Leutnant Eberhard Kroysing konnte niemand die Mörder seines Bruders zur Rechenschaft ziehen.
Der Kraftfahrer in der ledernen Jacke jagte den offenen Wagen wie ein Teufel über die weißen Straßen, weil er, wenn

möglich, noch bei Helligkeit an die Feuerzone kommen wollte, wo er ohne Licht fahren mußte. Sie hielten keine halbe Stunde später an den Wassertrögen neben dem Barackenlager Steinbergquell. Bertin lief hinauf, kam nach kurzer Zeit wieder, übergab dem Leutnant, in weißes Papier gehüllt, etwas wie ein Stück steife Pappe. Eberhard Kroysing ergriff es mit vorsichtigen Fingern.

In einer der nächsten Nächte machte der Armierer Bertin eine bemerkenswerte Erfahrung, die ihm erst am anderen Mittag durch den Augenschein glaublich wurde.
Er ist, wie viele Kurzsichtige, ein Ohrentier, das die bedrohliche undeutliche Welt rundum als Geräusch gleichsam ansaugt, durchschnuppert, durchwühlt. Und da der Mensch auch im Schlafe hört, weil seit den Tagen der Gletscher und Sumpfwälder die Gefahr im Dunkeln naht, hat es Bertin schwere Mühe gekostet, sich an den Massenschlaf zu gewöhnen. Die Julinacht gärt erstickend über dem Tal, das zwischen Moirey und Chaumont sich aushöhlt wie eine Schlächtermulde, die von der Theinte immer mit Sumpfnebeln gefüllt wird. Die milchige Helle des fast vollen Mondes macht sie auf trügerische Weise durchschneidend; gutes Wetter für Flieger: die Wachen werden heute nacht nicht vergeblich aufpassen.
Kurz nach eins beginnen die Maschinengewehre des Kaplagers ein paar Kilometer jenseits des Thil-Waldes wahnsinnig zu knattern, heiser bellen die Flaks rote Schrapnellfunken in die Luft. Sie kommen! Das war fällig – ohnehin schlafen die ganz Vorsichtigen unter den Mannschaften, ein paar Parkkanoniere und ein paar Schipper, wie der Setzer Pahl, seit einer Woche in den alten Unterständen am Straßenhang. Gellend läutet das Kaplager beim Lager Moirey an. Lebkuchen wird der Franzmann nachts um eins ja nicht abwerfen. Die Telefonisten des Steinbergparks jagen einen von ihnen zu dem wachthabenden Unteroffizier. Bombenangriff auf einen Park, in dem heute an dreißigtausend Schuß liegen, davon über fünftausend Gasgranaten – und die Kompanie schläft in Baracken! Die Wachtposten laufen los und stürzen sich, während von Süden her das zarte Mückensingen der französischen Motore heraufzieht – der Munitionspark liegt im Norden des Lagers –, in die Schlafräume:

„Fliegerangriff! Alles raus mit Gasmasken! Ohne Licht! Hinter der Küchenbaracke antreten!“ Hinter der Küchenbaracke senkt sich das Land allmählich, so daß sich ein flacher Erdbuckel zwischen ihr und der gefährlichen Munition emporwölbt.
Viele Schipper schlafen in ihren Schnürschuhen; keiner braucht mehr als ein paar Sekunden, um zu erwachen, in die Stiefel zu fahren und in Mantel oder Waffenrock, Unterhosen oder Hosen mit wildem Krach auf den Holzfußboden zu springen. Offen und leer bleiben die Baracken in der bleichgrauen Nacht zurück. Das Poltern der benagelten Sohlen wird übertönt vom Abwehrfeuer der MGs und der Geschütze. Mit weißen Fühlhörnern greifen Scheinwerfer lauernd umher, um den Mückenschwarm da oben herunterzerren zu helfen: drei Flugzeuge oder auch fünf. Wie hoch sie fliegen! Atemlos, überall um den Südhang verstreut, horchen und schauen die wehrlosen Schipper aus dem feuchten Gras oder von der harten Lehmerde empor in den Himmel, aus dem es gleich gewittern wird. Richtig, diesmal gilt es ihnen. Ein feines Pfeifen löst sich aus dem Zenit, zweistimmig, mehrstimmig, immer stärker, und gleich darauf blitzt und kracht es im Tale, dumpfer Donner schmettert herüber. An den getroffenen Stellen aber scheint für eine Sekunde das feurige Erdinnere aufzuklaffen; gleich darauf schlägt über dem Tal wieder die Schwärze zusammen. Neunmal brüllt das getroffene Tal auf; dann ist die Schleife geflogen, mit der sich die Franzosen dem Abwehrfeuer entzogen haben: die Maschinen entfernen sich nach Westen, vielleicht, um jenseits der Maas noch einen zweiten Abwurf durchzuführen.
„Diesmal“, meint mit kippender Stimme der Armierungssoldat Halezinsky zu seinem Freund und Nebenmann Karl Lebehde, „hat es noch mal geklappt.“ – „Glaubst du“, fragt Lebehde zweifelnd, indem er sich mit bemerkenswerter Seelenruhe eine nächtliche Zigarette anzündet. „Ich getraue mir hingegen anzusagen, die haben den Bahnhof gemeint, August, und der hat ordentlich eins abgekriegt. Uns, verstehst du, besehen die sich erst das nächste Mal.“
Es wäre jetzt sehr verlockend, hinunterzulaufen; in den frischen Bombenlöchern müssen sich noch heiße Splitter und Zünder finden, die man gut verkaufen kann; morgen früh haben die Eisenbahner natürlich längst den Rahm ab-

geschöpft. Aber die Unteroffiziere scheuchen ihre Mannschaft wieder zu Bett.
Die Baracken haben sich inzwischen durchlüftet, ausgekühlt; es ist halb zwei, man kann noch gut und gern vier Stunden schlafen. Halezinsky tritt an sein Lager und leuchtet es nach Ratten ab. Dabei fällt der elektrische Schein auf sein linkes Nachbarbett. Dort liegt wahrhaftig jemand und pennt. „Karl", ruft er leise, tiefstes Erstaunen in der Stimme, „das bekiek dir, der hat vielleicht einen gesunden Schlaf!"
Fast andächtig betrachten die beiden Männer den Schläfer Bertin. Er hat den Alarm überhört, den Angriff, die Explosionen der Bomben, die siebzig oder achtzig Meter jenseits der Landstraße das Bahngleis und die Wiesen zerstört haben. Am nächsten Morgen wird er der einzige sein, der den Bericht dieser Nacht nicht glaubt und behauptet, man habe ihn zum besten, und er wird einen Teil seiner Mittagsruhe opfern, um die Bombenlöcher zu besichtigen, die über Nacht mitten im Grünen aufgesprungen sind, jedes groß genug, um die Telefonbude hineinzustellen; er wird sich bücken, um die durchschlagenen Schienen anzufühlen und zwischen ihren beiden Strängen frisch gefüllte Trichter festzustellen. So sehr also hat sein schlafendes Ich die Kriegswelt weggeschoben, in der ein Untergang wie der des kleinen Kroysing möglich war. Ein paar Kilometer weiter vorn fegen eben Maschinengewehre im Kalklicht der Leuchtkugeln das aufgerissene Erdreich ab, drücken sich ein paar tausend Männer in Erdtrichter oder hinter Brustwehren, um ganze Garben gegen sie geschleuderter Granaten zu überleben, von Erde überschüttet, von Splittern gestreift oder durchsiebt, von Volltreffern zerfleischt, von Gasen vergiftet. Hier aber, anderthalb Meilen davon entfernt, läßt sich ein hellhöriger Mann um die Dreißig durch einen Bombenangriff nicht aus dem Schlafe reißen, zurückgetaucht in die tiefste Zuflucht und Geborgenheit, die dem Menschen beschieden ist, verwandt der der Ohnmacht und des Grabes.

ZWEITES BUCH

Der Widerstand

Erstes Kapitel

Ein Knotenpunkt

Alle größeren und kleineren Orte des Maasgebietes dienten den Deutschen als Stützpunkte, in ihnen hatten sie sich häuslich eingerichtet. Selbstverständlich bewunderte man die Taten der Front, ihre Entbehrungen, ihr Aushalten in Dreck und Feuer; das eigene Selbstgefühl jedoch ließ man darunter nicht leiden. Je weiter man nach hinten kam, um so klarer verwandelte sich der Krieg in ein System der Verwaltung, der Bewirtschaftung. Ein Beamtenkörper in Soldatentracht regierte hier, unumschränkt; ungern hörten die Herren von späterer Rückgabe reden. Was sie brauchten, beschlagnahmten sie und bezahlten es mit gestempelten Papieren, die Frankreich später einlösen sollte. Reinlichkeit, strammer Dienst, das Militärische an sich galten ihnen als oberste Werte. Daß sie in gescheuerten Steinhäusern wohnten, bäurisch und primitiv, ohne die Bequemlichkeit fließenden Warmwassers, gekachelter Wannen, lederner Polstermöbel, hielten sie für ein Opfer, für das sie Volk und Vaterland einmal entschädigen mußte; dies war ihr Krieg.

Das Dorf Damvillers lag bescheiden an seinem Provinzbähnchen, Le Meusien genannt, eins unter Hunderten, ohne Einfluß auf die Geschicke seiner weiteren Umgebung. Dies hatte sich auch nicht geändert, als statt französischer Bauern in blauen Jacken und Holzschuhen die deutschen Soldaten mit ihren benagelten Sohlen Pflaster und Dielen zerkratzten und die blanken Schuhe der Herren Offiziere darüber hinschleiften. Manche hatten in Damvillers dauernd Quartier, manche vorübergehend, andere schließlich brachte die Langweile des Lebens und das Bedürfnis ihrer Truppenteile tageweise dorthin. Das erste traf zum Beispiel bei Herrn Major Jansch zu, das letzte bei Herrn Hauptmann Niggl.

Die Langweile des Lebens... Der deutsche Staat stützte sich auf Offiziere – auf aktive und solche der Landwehr, in der Etappe hauptsächlich der Reserve und des Landsturms –, große Herren, um den Bauch einen Dolch und den Helm auf dem Kopf. Die blanke Spitze dieses Helms verkörperte gleichsam den Gipfel ihrer menschlichen Existenz; einen höheren Gipfel konnte sich weder der Rentamtmann Niggl aus Weilheim vorstellen noch der Oberlehrer Psalter aus Neuruppin oder der Redakteur Jansch, Berlin-Steglitz, obwohl dieser eine Sonderstellung einnahm, weil er als Redakteur der „Wochenschrift für Heer und Flotte" auch im bürgerlichen Leben Soldat spielte. An Einkünften bezogen sie im Frieden ein Monatsgehalt von etwa dreihundert Mark. Jetzt aber legte ihnen, solange der Krieg auch dauerte, der Zahlmeister jeden Ersten das Dreifache auf den Tisch, abgesehen davon, daß sie Essen, Trinken und Rauchen herzlich wenig, das Wohnen und Briefeschreiben gar nichts kostete. Dabei kann man bestehen, nicht wahr? Und genau so geht es Hunderten von Herren im Crépion, Vavrille, Romagne, Chaumont, in Jamez und Vitarville, überall, wo die Welt besetzt ist. Infolgedessen kann ihnen der Krieg nicht lange genug dauern, trotz häufigen Gähnens, Leerlaufs, ermüdender Kleinarbeit. Wo mit den Posten der Feldpolizei an den Straßenkreuzungen die Etappe beginnt, legt sich über die Männer die Öde eines täglichen Dienstbetriebs ohne geistiges Leben, ohne Frauen, Kinder und den Kampf ums Dasein, ohne Wissenschaft und Kunst, ohne Grammophon, Kintopp, Theater, und fast ohne Politik. Die Etappe ist so unentbehrlich wie der Blutkreislauf der Mutter dem ungeborenen Kinde: er ernährt es, macht es wachsen, leitet ihm beständig alle Stoffe zu, deren es bedarf. „Nachschub" lautet das Zauberwort der Etappe, auf ihrer unbedingten Verläßlichkeit ruht alles – vom Preßheu für die Pferde bis zur Gewehrmunition, den Urlauberzügen und dem Kommißbrot –, ohne sie könnten die da vorn nicht eine Woche standhalten. So sonnt sie sich in ihrer unermeßlichen Wichtigkeit: jede Ordonnanz ist erfüllt davon, jeder Stabsfeldwebel, am meisten die Herren Offiziere. Sie machen ihren Dienst, essen passabel, trinken den guten Wein des Landes, wühlen gegeneinander und leisten einander kleine Dienste auf Gegenseitigkeit. So kommt es, daß Herr Major Jansch, Kommandeur des Armierungsbataillons X/20, seine Sporen auf den Treppen des Herrn Leutnants Psalter klingen

läßt. Ein Major besucht einen Leutnant, und dieser Major, Jansch der Große, diesen Leutnant – den plattnäsigen Leutnant Psalter von der Fuhrparkkolonne, mit seinen schwarzen Haaren, ganz kurz geschoren, seinen Schmissen und seinen kurzsichtigen Augen –, geht die Welt unter? Keineswegs tut sie das. Ein Trainleutnant verfügt über Transportmittel. Ein Schippermajor hat ihm außerdienstlich nichts zu sagen. Braucht er von ihm einen Gefallen, so muß er freundlich darum bitten. Der Bahnhofskommandant von Damvillers gehört zur Kneipgesellschaft der Parkoffiziere von Moirey, die mit Herrn Major Jansch auf Kriegsfuß stehen. Der wäre imstande, nach dem Woher und Was jeder Kiste voll Wein zu fragen, die Herr Jansch nach Hause senden möchte – falls es überhaupt Weinflaschen sind. Kann man dem Herrn Major vielleicht aus ihr eine Grube graben, in der er still verschwindet? (Nur um ihn gelegentlich um so empfindlicher zu treffen, hatten sie mit Herrn Grassnick vereinbart, die leidige Wasserhahngeschichte vorläufig ad acta zu legen.) Darum müssen die Güter des Herrn Major Jansch von anderen Bahnstationen abgehen. Und jetzt versteht selbst ein Neugeborener, warum, mit leutseligen Augen, Herr Jansch neben dem Schreibtisch des Kameraden Psalter Platz nimmt, um mit ihm zu plaudern oder, wie Herr Jansch es nennt, zu schmusen.
Herr Jansch ist ein magerer Fünfziger, mit Rabenprofil und langgezogenem Schnurrbart. Im anderen Sessel aber dieses ehemaligen Bauernzimmers sitzt noch ein Herr, dickbackig, einen treuherzigen Ausdruck um das kleine Bärtchen und mit listigen Wasseraugen. Das ist Herr Hauptmann Niggl von den bayrischen Schippern, die jenseits des Rückens von Romagne ihr Standquartier haben, und auch ihn führt ein Anliegen zu Leutnant Psalter, der die Herren miteinander bekannt macht. Er weilt nur besuchsweise in Damvillers, er muß seine Zeit ausnutzen und bittet deswegen, schnell verarztet zu werden. Sein Leiden ist für jeden Soldaten von höchstem Belang; es bezieht sich auf Bier, auf vier Fässer echt Münchener Hornschuh-Bräus, das Hauptmann Niggl durch seinen Herrn Schwager für seine vier Kompanien zugeschoben ward – eigentlich den Infanterieregimentern der beiden bayrischen Kampfdivisionen gestiftet. Aber die Schipper mußten auch einmal drankommen, das hatte man schließlich höheren Orts eingesehen, und nun lagen die vier Fässer seit gestern auf der

Bahnstation Dun. Und kriegten die Infanteristen davon Wind – dann ade, du brauner Gerstensaft. Ein Faßl Bier war schon einen kleinen Raub wert. Aber wenn die zuverlässigen Kraftfahrer von Herrn Leutnant Psalter den Schatz glücklich bis zum Bataillonsstab heranschaffen, dann gibt's ein Schankfest, und die Herren Kameraden hier sind feierlichst eingeladen. Für die Schipper wird's Kriegsbier hernach noch ein wenig gewässert, schad nix.
Angewidert lauscht Major Jansch der Trinkfreudigkeit des Bayern. Er hat keinen Sinn für Bier, dieses gallebittere Zeug, noch auch für den sauren Rotwein, den die Franzosen unter dem Namen Bordeaux oder Burgunder den Dummen aufschwatzen. Er liebt das Süße, einen Schluck Portwein, einen Wermut, und auch sie nur mäßig, denn seine Leidenschaft liegt auf anderen Gebieten.
Aber er verbirgt seine Abneigung, ja, er geht so weit, den Bayern zu einem Frühstücksschluck einzuladen, falls der seine Besorgungen in Damvillers bis gegen elf beendet habe. Herr Niggl hat noch eine Kleinigkeit bei der Ortskommandantur zu erledigen, dem Kriegsgerichtsrat Mertens in Montmédy will er Akten zustellen lassen, und keinen seiner Leute kriegt er dafür frei. Damvillers aber schickt ja regelmäßig Ordonnanzen das Bähnle hinauf – er findet schon wen dafür. Inzwischen hat Leutnant Psalter die Angelegenheit Jansch und die Angelegenheit Niggl vereint und telefonisch erledigt. Am Nachmittag bringt einer seiner Lastwagen ein Pionierkommando quer durch den Sektor nach Vilosnes, die Maasbrücke bei Sivry muß mal verstärkt werden. Der Fahrer kann die Kiste des Herrn Major bequem vorher abholen, nach Dun mitnehmen, die Fässer für Herrn Hauptmann Niggl dort aufladen.
Voll guter Zufriedenheit trennt man sich.
Ein Viertel nach elf Uhr betritt Major Jansch das Kasino; wenig später schnauft auch Herr Niggl herein. Der große Raum ist ganz leer, die Etappenkommandeure und Generäle der 5. Armee dringen immer wieder auf Innehaltung der Dienststunden. Außerdem gibt es genug zu tun, denn die Sommeschlacht beansprucht täglich mehr Batterien, Truppen und Kolonnen, ununterbrochen regnet es Anforderungen von der angegriffenen 4. Armee, der Verdunsektor hat seine Einmaligkeit eingebüßt, die Franzosen, diese verfluchten Kerle, überlassen den Engländern durchaus nicht die ganze Arbeit,

sie machen sogar größere Fortschritte als jene, und es müßte mit dem Teufel zugehen, wenn sie gar Péronne erreichten. Denn das paradoxe Spiel des Krieges wird gleichzeitig um Landstriche gespielt und um Bierfässer; es geht ohne Unterlaß um Sieg oder Niederlage wie um die Eierkisten des Herrn Majors Jansch, von denen er behauptet, daß sie gekauften Rotwein enthielten.
Angenehm still und kühl sitzt es sich in dem Steinhaus, dessen erster Stock jetzt den Offizieren vorbehalten ist. Major Jansch wird schnell bedient; er ist ein gefürchteter und zugleich wegen Geizes verlachter Gast. Heute hat er ein neues Opfer für seine Reden mitgebracht, einen Bayern. Jetzt trinken sie fleißig Portwein, und der Bayer raucht eine gute lange Zigarre, „Sieger von Longwy" heißt sie, ist ihre dreißig Pfennig wert und wird den Offizieren mit vierzehn in Rechnung gestellt. Major Jansch raucht nicht.
Die beiden Herren in den grauen Litewken verstehen einander schnell, gewisse Vorbehalte von beiden Seiten eingerechnet. Herr Jansch sieht in dem Kameraden Niggl einen Mann, dessen politische Haltung er erkunden möchte. Der Krieg hat vor ein paar Wochen seinen zweiten Geburtstag gefeiert, enden aber darf er doch erst, wenn wir allerorts gesiegt haben und den Frieden diktieren können. Da gibt es ja daheim bedauerlich viele Leute, die sich darüber nicht klar sind, die von Verständigung träumen, weil der Wilson in Amerika drüben, der indianische Heuchler, sie eingeseift hat. Ja, stimmt der Niggl zu, in München gebe es auch solche Leute, aber wenig. So Sozialdemokraten und Pazifisten – Schwabinger mit langen Haaren. Narrisches Volk, Faschingskrapfen, was zum Lachen für gesetzte Leut. Stirnrunzelnd trinkt Major Jansch einen Schluck. Da müsse er widersprechen. Solche Leute gehören in Schutzhaft, je eher, desto besser. Und Hauptmann Niggl ist auch dazu bereit: gut, also Schutzhaft. Oder Einziehung zu den Schippern – wie wär's damit, Herr Kamerad? Und er blinzelt mit schlauen Äuglein den Herrn Nachbar an.
Major Jansch lehnt im stillen diese Gleichsetzung ab. Er war vor seiner Verabschiedung viele Jahre ein korrekter preußischer Garnisonshauptmann, befehligt jetzt zweitausend tüchtige, arbeitswillige Leute, hat vier durchschnittliche Feldwebelleutnants zu Kompanieführern und will von Schutzhäftlingen im Heer nichts hören. Für ihre Leistungen würde auch

der beste Chef des E. K. I nicht kriegen. Ja leider besitzt er diese Auszeichnung nicht, und wie die Dinge liegen, wird er sie auch niemals bekommen. Es ist zuviel Neid und Bosheit um ihn herum. Davon kann jeder Offizier ein Lied singen, zugegeben?
Der Niggl gibt das gern zu, aber ohne Überzeugung. Er ist innig mit sich zufrieden, es ging ihm schon lange nicht mehr so gut. Einen schwierigen Fall hat er bereinigt, unangenehm für alle Beteiligten, und vor den Eingeweihten den Hauptmann Niggl wieder einmal als Vater seines Bataillons bestätigt. Leider hat nämlich seine 3. Kompanie in diesen Wochen wieder einen Verlust gehabt, ein Unteroffizier ist den Heldentod gestorben, der Niggl hat es den Angehörigen schmerzerfüllt mitgeteilt. Der war zu seinem Pech seit ein paar Monaten in ein kriegsgerichtliches Verfahren verwickelt gewesen, und der Niggl hat die Untersuchung so lange hinzögern können, bis der Mann schließlich gefallen ist. Zufall natürlich. Ja, das Bataillon besetzt gefährliche Außenstellungen. Es ging ja nicht anders, als daß man einen Mann von seiner Kompanie fernhielt, der das eigene Nest beschmutzte. Gönnt ein solcher doch seinen Kameraden nicht mal das bisserl Fleisch, Rum und Zucker. Und nun hatte der Franzmann nicht eher geruht, als bis er den Unteroffizier Kroysing hingemacht hatte.
Major Jansch lauscht aufmerksam dem behaglichen Geschwätz des Bayern, der den Portwein nicht gewöhnt ist. Disziplin muß sein, Subordination geht über alles. Ein Unteroffizier, der seine Kameraden anschwärzt, verdirbt den Geist der Truppe. Ohnehin ist nichts so gefährlich wie die schleichende Unzufriedenheit im Heere, die von den Reden und dreisten Untersuchungen der Politiker geschaffen wird. Immerfort haben diese Burschen am deutschen Heere zu mäkeln; bald paßt ihnen die Verpflegung nicht, bald die Urlaubsordnung, bald das Beschwerderecht. Wie soll denn ein Führer seine Truppe in der Hand behalten, wenn die Mannschaft weiß, Zivilisten hätten ihm jederzeit dreinzureden? Nur der Alldeutsche Verband hat immer gewußt, was das Reich seiner Wehrmacht schuldet. Kennt der Herr Kamerad den Alldeutschen Verband?
Ach, meint der Niggl leichtsinnig, was bedarf's groß der Verbände und Forderungen. Seine Leute von der Dritten gingen ganz schön still umher und an ihre Arbeit. Es hat sich

halt gar schnell herumgesprochen, wem der Franzmann den Heldentod beschieden hatte. Und dabei war der bloß knapp zwei Monate in der Stellung. Ablösen konnt man ihn nicht, in der Schlacht von Verdun geht's nicht immer so genau nach der Schnur, und Freiwillige fand der nun einmal nicht. Und weil er ja Offizier werden wollt und im Herbst zum Kursus abgehen, mußt er sich den Frontdienst schon gefallen lassen, nicht wahr? Ja, jetzt hatte sich auch noch ein Bruder von ihm gemeldet, ein Leutnant, ein Pionier. Den Nachlaß wollt er haben von seinem Bruder. Nachlaß konnt er aber nicht kriegen, der gebührte den Eltern in Nürnberg, und der war schon abgesandt – gar zu pünktlich im Dienst ist sie halt, die 3. Kompanie. Drei Millionen Sendungen befördert die Feldpost täglich, Herr Nachbar – da läuft manchmal was lang herum, und manches geht verloren. Und so hat sich alles friedlich gelöst, und der Kriegsgerichtsrat Mertens kann jetzt die Akten ablegen.
Major Jansch sitzt da, die Finger in seinem langen Schnauzbart, die Augen staunend auf dem Bayern. Der hat's in sich; dem sieht man gar nicht an, was der in sich hat. Es ist vollkommen klar: die Erfordernisse des Dienstes bieten im Notfall Auswege, auf die ein alter Garnisonshengst wie er von selber nie gekommen wäre. Er wird sich das merken. Er, Jansch, hat seine Gedanken immer zu sehr im Großen und Weiten; selbst von einem bayrischen Biertrinker zu lernen, darf er nicht zu stolz sein. Er drückt dem Kameraden seinen Dank aus für die fesselnde halbe Stunde seiner freundlichen Gesellschaft; denn der Niggl wischt sich das Mündchen und bricht auf. Er hat um drei Viertel zwölf eine Verabredung mit dem Divisionspfarrer Pater Lochner, der ihn im Auto mitnehmen will. Mit dem heiligen Herrn kann er natürlich solche Gespräche nicht führen, denn die Wege Gottes darf der Erdenkloß nicht nach seinen Absichten deuten oder gar benutzen. Und so verabschieden sich die Herren voneinander. Der Bayer trottet hinaus, der Preuße bleibt noch eine Weile sitzen, läßt vier Glas Portwein und eine Zigarre – 114 Pfennig – anschreiben, schweren Herzens, denn er sieht sehr aufs Geld, und tröstet sich schließlich: schon allein, was er heute über die Intelligenz und Denkart der Bayern gelernt hat, war 114 Pfennig wert. Nachsinnend, die Hände auf dem Rücken, schleicht er die Treppe hinab in die grelle Sonne.

Zweites Kapitel

Oderint, dum metuant

Kriegsgerichtsrat Carl Georg Mertens war der Sohn eines berühmten deutschen Juristen, eines Mannes, dessen Kommentar zum bürgerlichen Recht wichtigste Klarstellungen geschaffen hatte, allgemein angewandte Formulierungen. Das Buch hieß einfach „Der Mertens"; sein Verfasser war mehrmals vom Kaiser empfangen worden. Der Sohn wuchs auf im Schatten der väterlichen Würden. Er wurde ein ausgezeichneter Gelehrter und ziemlich früh Professor für Rechtsgeschichte; seine Leidenschaft galt mehr der Kulturgeschichte als dem Recht, aber nur ein Narr hätte die Vorteile verschmäht, die der Name Mertens in der deutschen Juristenwelt mit sich brachte. Zu Beginn des Krieges war er begeistert und gläubig ins Feld gerückt. Dann kam die Ernüchterung. Er besann sich auf seine Friedensnatur und nahm, wenn auch zögernd, die Versetzung an ein Kriegsgericht an. Er liebte Bücher, er litt sehr unter dem Mangel an guter Musik. Um mit ihm vierhändig zu spielen, machte er einen klavierbegabten jüdischen Rechtsanwalt zu seinem Hilfsarbeiter; als er das Museum der kleinen Stadt Montmédy mit seinen Pastellen und Gemälden des lothringischen Malers Bastien-Lepage entdeckt hatte, fühlte er sich für vieles entschädigt. Er las viel, vervollkommnete sein Französisch an Stendhals Romanen. Seine Tage in Montmédy flossen gemächlich dahin. In dieses Leben eines stillen Gelehrten, den seine dürftigen Rechtsgeschäfte kühl ließen, trat der Pionierleutnant Eberhard Kroysing und stürzte es um.

Er erschien eines Morgens gegen neun Uhr in seiner verschlissenen Uniform, seinem E. K. I und seinem Stahlhelm, von dem die neuen braunroten Lederhandschuhe merkwürdig abstachen. Er verlangte, den Kriegsgerichtsrat selbst zu sprechen. Dank der zwiespältigen Geisteshaltung aller Etappenleute den Frontsoldaten gegenüber bedauerten die Schreiber schlechten Gewissens, daß Herr Kriegsgerichtsrat erst gegen zehn seinen Dienst begann und daß sein Vertreter, Unteroffizier Porisch, von der Vernehmung eines französischen Gefangenen noch nicht zurück war. Kroysing lachte: „Ihr lebt ja nicht schlecht hier, wie es scheint. Werden euch mal den Franzmann auf den

Hals schicken, den ungefangenen, meine ich.“ Er verbarg seinen Zorn; wer in den Dschungeln der Etappe seinen Willen durchsetzen wollte, tat gut daran, die Sitten und Gebräuche der Etappenindianer hinzunehmen. Und Eberhard Kroysing hatte einen Willen. Er wollte das Aktenstück über seinen Bruder sehen. Dabei erfüllte ihn tiefes Mißtrauen gegen all und jedes Wesen hier. Diese Krähen hackten einander die Augen nur unter Zwang aus. Sicherlich fühlten sich diese Gerichtshalunken von vornherein mehr zu den Schuldigen von Christophs Kompanie hingezogen, den Feldwebelleutnants und Feldwebeln, als zu ihm, Eberhard Kroysing, der als Störenfried in ihr Idyll einbrach.

Dem Schreiber-Gefreiten Sieck, der sich sein Eisernes Kreuz und seinen Brustschuß Ende August 14 bei den Kämpfen um Longwy geholt hatte, tat der lange dürre Offizier leid. Er versicherte ihm, Herr Kriegsgerichtsrat Mertens werde pünktlich um zehn dasein; wenn Herr Leutnant sich inzwischen das Museum ansehen oder den Blick von der Zitadelle betrachten wollte. Kroysing musterte spöttisch den etwas geschwätzigen Brillenmann: „Um zehn also. Legen Sie dem Herrn Kriegsgerichtsrat einen Zettel auf den Schreibtisch: Leutnant Kroysing, um Auskunft bittend. Hoffentlich habt ihr euren Aktenschrank in Ordnung.“ Er grüßte und ging. Seit langem hatte er keine Stunde mehr in Straßen gebummelt. Er hätte in einem fort den Kopf schütteln mögen: alles unzerschossen. Eine friedliche Provinzstadt. Kleine Geschäfte, kleine Cafés. Das Zivilleben der braven Bürger und Bürgerinnen ging also weiter. Kroysing trat in Läden ein, gab Geld aus: Taschentücher, Schokolade, Zigaretten, Briefpapier. Man bediente ihn zurückhaltend, wortkarg. Mögen sie uns hassen, wenn sie uns nur fürchten, dachte er auf lateinisch, während er schließlich den schrägen Anstieg zur Zitadelle machte, um einmal wieder in unzerstörtes, sommerlich schimmerndes Land hineinzublikken. Er bewunderte die lateinische Sprache, die diesen Satz in drei Worten ausdrückte, die deutsche brauchte neun.

Kroysing lehnte sich an die dicke Brustwehr und betrachtete die umbuschten Wiesen zu seinen Füßen, die Straßen, das Ferngleis nach Luxemburg, die kleine Eisenbahn, mit der er heute früh von Azannes aus aufgebrochen war. Eine wilde Wut gegen diese fette und stinkende Welt eines falschen Friedens schüttelte ihn. Er war bei Gott nicht der Mann, der

anderen Leuten ihr Behagen mißgönnte, nur weil es ihm selbst weniger behaglich ging. Aber wenn man sich überlegte, daß man um vier Uhr früh aus dem Douaumont gekrochen war, durch die verrückte, aussätzig gewordene Erde, um jetzt eine Stunde schöne Aussicht zu spielen wie ein verliebter Sekundaner, konnte man doch nur mit Handgranaten dreinpfeffern. Aus dem kleinen Tor innerhalb des großen verschlossenen der Zitadelle trat ein Unteroffizier, eine Aktenmappe unterm Arm, die Schirmmütze gleichgültig auf dem kurzgeschorenen Schädel. An der Zigarre im Mundwinkel hätte ein Sachkundiger den Rechtsanwalt Porisch erkennen können, der eben als Soldat verkleidet von seiner Gefangenenvernehmung in die Stadt hinablatschte. Als er den Offizier sah, nahm er die Zigarre aus dem Mund, drückte die Mappe an sich und grüßte dadurch, daß er den Kopf mürrisch hob, indes seine runden, gewölbten Augen die des Leutnants suchten. Kroysing winkte höhnisch ab – fast hätte er den Mann angeschnauzt und ein paarmal zurückgeschickt.
Inzwischen hatte der Schreiber-Gefreite Sieck sich des Frontmannes erbarmt und eine Ordonnanz in die Wohnung des Herrn Kriegsgerichtsrats entsandt, mit jenem Zettel, der nach Kroysings Wunsch nur auf dem Schreibtisch hatte liegen sollen. Kriegsgerichtsrat Mertens kam oft erst um elf in seine unschönen Diensträume. Kein Telefon verband sie mit seiner Wohnung. Außer Dienst wünschte er nicht behelligt zu werden. Er hatte die französische Malerei entdeckt und tastete sich langsam mit der Hilfe des musikalischen Herrn Porisch und mehrerer Bilderwerke und Kunstgeschichten von Bastien-Lepage zu Corot zurück, zu Manet und den Impressionisten vor. Der Name Kroysing auf dem Zettel sagte ihm nichts. „Kommt von der Front, hat wenig Zeit", stand außerdem darauf. C. G. Mertens war ein höflicher Mann, ließ ungern jemanden warten, hoffte, Porisch werde ihn schnell unterrichten. Während des Frühstücks dämmerte ihm, die Akten Kroysing betrafen einen Unteroffizier. Das war also ein Kompanieführer, der sich in Montmédy einen guten Tag machen wollte. Es dauerte oft lange, bis Professor Mertens scharf dachte.
Eine Minute nach zehn nahm Eberhard Kroysing mit Riesenschritten manchmal zwei, manchmal drei Stufen der altmodischen Treppe. Er hatte einen feisten und bequemen

Militärbeamten erwartet; der empfindliche Gelehrte mit der goldenen Brille, dessen Kopf an den alten Moltke erinnerte, verdarb ihm beinahe das Konzept. Statt forsch aufzutreten, dem Etappenschwein borstig zu kommen, fühlte er sich gleich zu guten Manieren veranlaßt. Der stille Blick der blauen Augen hier bewies ihm, keinesfalls werde Übelwollen gegen seinen Bruder oder sonst jemanden von dieser Dienststelle ausgehen. Eberhard Kroysing konnte überaus gewinnend sein; viele Mädchen wußten davon zu singen. Er brachte mit leichten Worten seinen Wunsch vor. C. G. Mertens hielt seinen Kopf schräg, er lauschte der tiefen, gleichsam in der Brust widerhallenden Stimme des Pionieroffiziers.
Es handelte sich also nicht um einen Kompanieführer, der sich eines Vorwands bediente, sondern um einen Bruder des Unteroffiziers Kroysing, gegen den vor mehreren Monaten Anklage erhoben worden war. Kriegsgerichtsrat Mertens wußte nichts Genaueres, der Fall war noch nicht über das Stadium der Voruntersuchung hinausgekommen. Er sprach das sauber getrennte S-t der Niederdeutschen, er sagte S-tadium, was dem Franken Kroysing etwas altjüngferlich vorkam – und fuhr fort: „Diesen S-tand der Dinge verwaltet mein Hilfsarbeiter, Herr Rechtsanwalt Porisch, ein Schüler meines Vaters, wie sich herausgestellt hat. Ich sage Ihnen das, Herr Leutnant, weil Herr Porisch die Uniform eines Unteroffiziers trägt, Verwechslungen aber immerhin peinlich wären." – I du Affe, dachte Eberhard Kroysing, wer ist überhaupt dein Vater, und was geht er mich an. Kümmer dich lieber um deine Akten. Laut aber sagte er: „Wir sind ja wohl alle mal was anderes gewesen, Herr Kriegsgerichtsrat, ich zum Beispiel Maschineningenieur von der Technischen Hochschule in Charlottenburg; ‚Schlorndorf' sagten wir als Studiker. Aber jetzt stecken wir nun mal in unseren Häuten und wollen unsere Sache so gut wie möglich machen."
Herr Mertens antwortete nicht, klingelte und sagte zu der Ordonnanz, die an der Tür strammstand: „Ich lasse Herrn Porisch zu einer Bes-prechung bitten."
Sieh da, dachte Eberhard Kroysing, als, mit runden Augen im runden Gesicht, in der linken Hand die Zigarre, mit der rechten Klavier spielend, der Gerufene eintrat. Gut, daß ich den nicht geschliffen habe. „Wir haben uns schon gesehen", meinte er bei der Vorstellung. – „Das Schicksal hat uns

gewunken", bestätigte Herr Porisch. – „Manchmal läuft man auch aneinander vorbei", erklärte Kroysing. „Nun bitte ich aber um ein paar Auskünfte in Sachen meines Bruders."
Rechtsanwalt Franz Porisch bewies sein gutes Gedächtnis. Das Aktenstück gegen den Unteroffizier der Reserve Christoph Kroysing war vor mehreren Monaten, Ende April, zur Stellungnahme an seinen Truppenteil geleitet worden, ein bayrisches Armierungsbataillon in der Umgebung von Mangiennes. Da die Vernehmung der Beschuldigten und des Beklagten unmöglich so langer Zeit bedurfte, hatte man zweimal gemahnt: wir erbitten die Akten zurück. Das Bataillon hatte beide Male geantwortet, es wisse über den Verbleib der Akten nichts zu sagen, dieselben seien seinerzeit von der 3. Kompanie an den Ersatztruppenteil des Kroysing nach Ingolstadt weitergeleitet worden.
„An den Ersatztruppenteil nach Ingolstadt?" wiederholte Eberhard Kroysing starr, beide Beine auf den Boden stellend, beide Hände flach auf den Schenkeln. (Wie ein ägyptisches S-tandbild des Ramses sitzt der lange Mensch da, mit seiner Hakennase, den dünnen Lippen und den Augen, die meinen kleinen Porisch gleich versengen werden, denkt Professor Mertens, den sein Gast zu fesseln beginnt.)
„Relata refero", antwortete Rechtsanwalt Porisch, „ich wiederhole, was man uns mitteilte. Vor etwa zehn Tagen bekamen wir das Aktenstück mit anderen Protokollen auf dem Dienstwege zurück, ‚Beklagter gefallen', stand darauf, Datum und Dienstsiegel der Kompanie, und bald danach rief das Bataillon hier an, bestätigte die Nachricht und fragte, ob wir die Akten abzulegen gedächten. Wir sagten natürlich ja, denn ein abgelegtes Aktenstück ist ein schönes Aktenstück, und man betrachtet es mit Wohlwollen." Und dann fiel ihm ein, daß hier ja der Bruder des Angeklagten saß, eines Gefallenen, das heißt also eines Verstorbenen: und indem er die Zigarre vor Schreck in den Aschenbecher fallen ließ, sprang er auf, verbeugte sich und stammelte: „Mein Beileid übrigens, mein aufrichtiges Beileid."
Der Kriegsgerichtsrat erhob sich und streckte die Hand über den Schreibtisch, um auch sein Mitgefühl auszudrücken.
Eberhard Kroysing blickte von einem dieser Männer zum anderen, er hatte Lust, beiden mit der Faust in die Fresse zu fahren, wie er es innerlich ausdrückte. Diese Leute mit ihrer

Schlamperei hatten einfach Beihilfe zum Mord getrieben. Dann bezwang er sich, lüftete sich halb vom Stuhle, berührte eine weiche Gelehrtenhand und fragte ohne Erläuterung, ob er die Akten einmal sehen könne. Unteroffizier Porisch sprang dienstbereit aus der Tür. Und während Mertens ihn schweigend betrachtete, Empfindungen nicht zu stören, dachte Kroysing wie erfroren: Der Christel hat nichts phantasiert und der Schipper bei der Beerdigung nicht geflunkert, sie haben den Christel ermordet, haben es ihm durch den Franzmann besorgen lassen. Nach Ingolstadt! Eine schöne Pionierstadt mit vielen Brücken. Dabei saß er in der Chambrettes-Ferme und wartete auf Ablösung, auf Verhör. Und war abgeschnitten von Gott und der Welt. Und ich, ein Schwein, hab ihn die Sache allein ausfressen lassen. Verschwörung von einem Dutzend Schuften gegen den kleinen Christel.
Dann hielt er das dünnste Aktenstück in seinen Fingern, das je bei einem Kriegsgericht gelandet war: ein paar Blätter, beginnend mit einem Bericht der Feldpostzensurstelle V, und Christels Brief an Onkel Franz in der schönen vertrauten Handschrift des Bruders, ein paar Protokollseiten der Kompanie (das Unteroffizierkorps entlastend), den Bericht des Ersatztruppenteils in Ingolstadt, wonach Chr. Kroysing (zur Zeit im Felde), zuletzt im Februar dort geführt, Anfang März zum Armierungsbataillon Niggl überschrieben worden war; dann eine große Pause, und Mitte Juli der Vermerk des Feldlazaretts Billy: „Schwerverwundet eingeliefert", und am nächsten Tage: „Beerdigt, Billy, Kreuz Nr. D 3321, mit zwei anderen Unteroffizieren."
Es war sehr still in diesem Zimmer, in dessen hellgraue Kahlheit nur ein Bücherregal Leben brachte, ein alter Stich Napoleons III. an der Wand in Glas und Gold und auf dem Schreibtisch das Bild des berühmten Professors Mertens, den Eberhard Kroysing nicht kannte. Von draußen hörte man Trommeln und Pfeifen, eine Kompanie des Rekrutendepots Montmédy zog auf den Übungsplatz. Kroysing las mit Herzklopfen den Brief seines Bruders, seine zornigen und klaren Sätze, voll von Beschwerden über die Ungerechtigkeit der Welt; das Unrecht, das man seinen Leuten antat, ließ ihn nicht schlafen. Nur nicht weich werden, dachte Kroysing. Gut, daß diese Fremden zuschauten, man sich zusammennehmen mußte. Wäre ein guter Kompanieführer geworden, der Christel, und

ein brauchbarer Mitbürger späterhin; und, die Aktendeckel schließend, fragte er die Herren, ob ihnen hier nichts aufgefallen sei.
Mertens durchblätterte das Aktenstück, dann gab er es an Porisch weiter, beide fanden nichts Ungewöhnliches. Es dauerte oft sehr lange, bis man den Verbleib eines Mannes ermittelte, der „vorn" umhergeschleudert wurde. Das eben machte ja unser Gerichtswesen so schleppend. „Eben", sagte der Pionierleutnant, das Gesicht voller Aufmerksamkeit und die Stimme überhöflich; „und den kleinen Haken dabei konnten Sie ja nicht wissen: daß nämlich mein Bruder bei der Chambrettes-Ferme gefallen ist, keine Meile von seiner Kompanie entfernt, und daß ihn diese Kompanie selbst Anfang Mai dahin gesteckt hatte, ohne Ablösung bis zu dem Tage, an dem er ja dann auch glücklich fiel."
Überrascht betrachteten ihn die beiden Juristen. Dann wäre aber doch nicht zu verstehen, bemerkte der Herr Kriegsgerichtsrat sanft, warum die Akten nach Ingolstadt geschickt wurden. Rechtsanwalt Porisch dachte schneller: „Zeit gewonnen, alles gewonnen", sagte er mit seiner breiten Stimme; „besorge dir nur gute Freunde in den Schreibstuben." – Leutnant Kroysing winkte mit seiner langen Hand: „Bravo. Und dann kam der Tod herbei – sagte Wilhelm Busch." Jeder der drei Männer kannte die knappen Verse und Zeichnungen des kauzigen Humoristen Wilhelm Busch, in denen er die Grausamkeiten des Lebens behaglich und ohne Anklage aufzeigte.
Kriegsgerichtsrat Mertens hätte sich lieber mit dem französischen Maler Corot beschäftigt, seine poetisch verklärten Landschaften sprachen ihn sehr an. Aber hier war in seinem Bereich, mit seiner Hilfe, etwas Ungewöhnliches vorgegangen, eine Unregelmäßigkeit mit tödlichem Ausgang, wie es schien. Sein blasses Gesicht rötete sich, er erbat sich die Aufmerksamkeit der beiden Herren: ob er alles richtig verstanden habe? Er wiederholte den bereits geklärten Sachverhalt. „Wenn dem so ist", setzte er hinzu, „können wir das Verfahren nicht als abgeschlossen betrachten, wir müssen die Ermittlungen fortsetzen."
„Um Verzeihung", erklärte Rechtsanwalt Porisch, „wenn dem so ist, entsteht ein neues Delikt und ein neues Aktenstück: Wir erheben Anklage wegen vorsätzlicher Tötung des Unteroffi-

ziers Kroysing durch... Ja, durch wen?"
Alle drei schwiegen. In seiner ganzen Undurchsichtigkeit tauchte der Vorfall vor ihnen auf. Wen klagte man an? Wem konnte man etwas beweisen? Was war tatsächlich vorgegangen? An welcher Stelle war die böse Absicht faßbar? Die Erfordernisse des Dienstes hatten verlangt, daß Unteroffizier Kroysing in der Chambrettes-Ferme aushielt, wie Leutnant Kroysing im Douaumont aushielt wie Zehntausende deutscher Soldaten in den Frontgräben aushielten. Ununterbrochen fraß der Krieg Männer, von denen ein jeder durch Befehl an seinen Platz gebunden war. Wer konnte beweisen, daß der Befehl, der den jungen Kroysing festbannte, von mörderischen Absichten unterkellert war, damit der „Fall" erlösche? Nachweisen ließ sich eine Verfehlung der dritten Kompanie. Aber wahrscheinlich, so konnte man sich herausreden, hatte ein unerfahrener Schreiber die Akten in gutem Glauben nach Ingolstadt geleitet, wo man dann darauf wartete, daß der Unteroffizier Kroysing nächstens mit einem Transport eintraf, da er ja offenbar bei seiner Kompanie fehlte. Dies klärten in Hinundherreden die drei Männer. Es gab keine Brahms-Sonaten mehr im Kopf des Unteroffiziers Porisch, keinen Corot mehr in der Vorfreude von Professor Carl Mertens: ein Unrecht, vielleicht ein Verbrechen zeichnete sich in undeutlichen Umrissen und faßte sie an. Die Schuldigen waren gut verschanzt, die Erfordernisse des Dienstes deckten sie. Wie an sie herankommen? Aber man mußte an sie herankommen, und man würde an sie herankommen. Jedenfalls konnte Leutnant Kroysing, das sah er jetzt, auf diese beiden Männer und den Gerichtsapparat hinter ihnen zählen. Er fühlte sich plötzlich sehr stark.
„Meine Herren", sagte er dankbar, und seine grauen Augen blickten warm, fast erlöst, von dem blonden Zivilisten zu dem schwarzen, „ich danke Ihnen. Dieses Kind werden wir schaukeln, bis es aus der Wiege fällt. Ich rieche schon, wir brauchen ein Geständnis. Ohne ein Geständnis der Täter können wir meinen Bruder nicht rehabilitieren. Und das will ich. Das bin ich meinen Eltern und meinem Onkel Franz schuldig, wenn nicht dem armen Jungen, dem es aber ziemlich schnuppe sein wird, obwohl er etwas ärgerlich in seinem Sarge lag. Ich besitze noch einen letzten Brief von ihm, den zu lesen einige kleine Hindernisse bis jetzt verzögert haben. Vielleicht nennt uns die

Stimme aus dem Grabe unseren Gegenspieler. Und dann sorge ich für das Geständnis. Wie, weiß ich augenblicks noch nicht. Es lebt auch ein Zeuge, den mein Bruder noch einen Tag vor seinem Tode zu Hilfe rief. Leider habe ich bis jetzt versäumt, seinen Namen zu erfahren. Aber den fische ich leicht auf, es hat sich herausgestellt, daß meine Leute auch diese Schipper beim Bahnbau anleiten. Wir sind gewissermaßen Nachbarn – alles spielt sich rund um den alten Herrn herum ab, den Douaumont, in dem ich hause."
Unteroffizier Porisch machte große Augen. „Herr Leutnant liegen im Douaumont?" Vor Schreck verfiel er in streng dienstliche Redeweise. „Kann man denn dort existieren?" – „Wie Sie sehen", antwortete Eberhard Kroysing. – „Liegt er nicht unter französischem Feuer?" – „Nicht immerzu", antwortete die tiefe Stimme. – „Da gibt es doch immerfort Verwundete und Tote, oder?" – Kroysing lachte: „Man gewöhnt sich daran. Mir ist noch nichts passiert." – „Unsereiner stellt sich ja nicht vor, wie es dort aussieht." – „Nicht schön von Ihrem Standpunkt aus, wunderschön von meinem. Ein herrliches Stück zerdroschener Wüste, und der olle Douaumont mittendrin wie der zerhämmerte Rückenpanzer einer Riesenschildkröte. Darunter sitzen wir, kriechen aus dem Halsloch heraus und spielen mit Sand. Oder so ungefähr. Übrigens stellen Sie sich das sicher viel unbehaglicher vor, als es ist. Der hält noch eine Weile, der alte Douaumont." – „Unter Steilfeuer", sagte Rechtsanwalt Porisch leise. – „Auch das", meinte Leutnant Kroysing behäbig, „man gewöhnt sich auch daran. Falls ich aber mal was Ernsthaftes abkriege, stelle ich euch einen Ersatzmann oder Nachfolger, mit Namen und Adresse. Unsere Sache soll bestimmt nicht darunter leiden. Danke, meine Herren", wiederholte er, indem er aufstand, „ich habe jetzt also einen kleinen Privatkrieg mitten im großen zu führen. Aber jeder von uns betreibt ja seine Liebhabereien weiter, wenn er Zeit hat und der Dienst darunter nicht leidet. Denn schließlich schulde ich dem guten Franzmann auch noch die Quittung für meinen Bruder. Man darf zwar sagen", und seine langen schmalen Lippen krümmten sich spöttisch abwärts, „ich sei ihm bei diesem Geschäft ein paar Längen voraus; kleine Minensprengungen, wissen Sie, etwas Gas, ein paar Kugelhandgranaten und schließlich die Blockhäuser im Herbes-Bois, die wir mit Flammenwerfern ausräucherten.

Unsere Uniform steht drüben in hohen Ehren. Aber das war bislang eine sachliche Pflichterfüllung. Jetzt geht es doch noch ein bißchen persönlicher zu zwischen ihm und mir." Er zog sich den linken Handschuh an, setzte den Helm auf, gab dem Kriegsgerichtsrat und jetzt auch dem Unteroffizier die knochige Hand, zog den rechten Handschuh an, sagte: „Wundern Sie sich nicht, meine Herren, wenn Sie lange nichts von mir hören; wenn ich nicht hops gehe, melde ich mich bestimmt", wünschte „gesegnete Mahlzeit" und ging.
Die beiden Zurückbleibenden blickten einander an. „Das ist ein Kerl", faßte Herr Porisch ihrer beider Eindruck zusammen; „ich möchte nicht in der Haut dessen stecken, der den Kleinen ans Messer geliefert hat." – Kriegsgerichtsrat Mertens schüttelte empfindlich seinen zarten blonden Gelehrtenkopf. „Was es alles gibt", sagte er mißbilligend, „wie die Menschen einander mißbrauchen!"

Drittes Kapitel

Die Erfordernisse des Dienstes

Anders als vorhin bewegte sich jetzt Leutnant Kroysing auf der Treppe. Er sprang nicht mehr, er ging, aber mit jeder Stufe, die er hinter sich ließ, formte sich in ihm ein Plan. Man mußte streng dienstlich vorgehen, und das würde er denn auch tun. Hatten die Erfordernisse des Dienstes in der Hand der Schipperhäuptlinge ausgereicht, den Unteroffizier Kroysing zur Strecke zu bringen, so reichten sie in der Hand des Leutnants Kroysing hin, ein Geständnis zu erzwingen. Alle diese Burschen waren ja keine Männer, sie sahen von außen nur so aus, von Blech waren sie und hohl. Man mußte sie nur ein wenig quetschen, und ihr Inneres lief aus. – Ganz gemütlich sah er drein, als er das brauneichene Portal zuschlug und, fast unhörbar, ein Zeichen höchsten Behagens, eine Melodie vor sich hinsummte.
Der Lastwagen mit den beiden in Leder gekleideten Kraftfahrern bremste sofort, als ein hagerer Offizier im Stahlhelm seine rotbraune Handschuhhand hob. Der Leutnant hatte Glück, der Kraftwagen gehörte zur Kolonne des Leutnants

Psalter, lag in Damvillers, hatte Eilgut zum Fernzug nach Deutschland gebracht und fuhr so gut wie leer heim. Zwei zurückkehrende Urlauber, voll bepackt, auf ihren Kisten sitzend, zählten kaum. Nur war es nicht einfach, Herrn Leutnant einen Sitz anzubieten. „Wenn Herr Leutnant zwei Minuten neben mir Platz nehmen wollen?" sagte der Fahrer, ein Unteroffizier, der Sprache nach aus Köln. „Wir holen noch Postsäcke. Dann können wir Herrn Leutnant einen Fotölch anbieten." – „Fauteuil ist gut", lachte Leutnant Kroysing, während er sich hinaufschwang. „Ich soll wohl die Post von Muttern anwärmen?"
Der Fahrer grinste. Der Mann war richtig, der war sicher nicht in Montmédy zu Hause. Als die Feldpostsäcke verladen waren, blieb Kroysing lieber doch vorn sitzen. Diese Kraftfahrer kamen überallhin, sie kannten alle Wege, alle halbwegs wichtigen Orte, die Zufahrten der Feuerzone. Es waren „befahrene" Leute, wie man auf See sagte, und obwohl Offizieren gegenüber zurückhaltend, doch bereit, Sprüche zu machen, Urteile zu äußern und Späße oder Witze an den Mann zu bringen, indes die Augen das blendend helle Band der Straße nicht verließen. Eberhard Kroysing lachte schallend, schmunzelte manchmal, freute sich händereibend und riß ganz erstaunt die Augen auf, als – „schon?" – der Wagen vor dem Gehöft hielt, in dem Hauptmann Lauber sich mit dem Pionierstab der Division eingerichtet hatte. „Das war saftig gelacht, Unteroffizier. Und nun beginnt der Ernst des Lebens wieder."
Hier kannte man den Leutnant Eberhard Kroysing, hier schätzte man ihn nach Gebühr. Die Waffengattungen, kleine Welten für sich mit eigener Sprache und eigenen Geheimnissen, lebten in den Kampfverbänden nebeneinander her, und wenn ein Pionierleutnant unter die Infanteristen geriet, stach er ebenso als Fremdling ab wie eine Ziege unter Schafen. In den Gliederungen seiner eigenen Waffe aber, die vorn mit den Frontkompanien breit begannen und über die Stäbe der Bataillone, Brigaden und Divisionen im General der Pioniere gipfelten, hinten in Saint-Martin, war er zugehörig und eingeordnet wie jedes Tier in seiner Herde. Kroysing hatte Hunger, er hatte schon von den Kraftfahrern ein Wurstbrot mit Schweinefett angenommen, es war ihm sehr recht, als Hauptmann Lauber ihn zunächst einmal zum Essen einlud.

Er speiste mit den Herren seines Stabes und einigen anderen Offizieren aus der Nähe, sie hatten sich einen kleinen Eßraum in einer leeren Wohnung eingerichtet, lauter technische Truppen, Funker, Fliegerabwehrbatterien, weniger als ein Dutzend Männer, alle eindringlich mit ihren Aufgaben beschäftigt, gut durchgebildet, voll Verantwortungsgefühl. Hauptmann Lauber, ein braunhäutiger Württemberger, der Dienstälteste des Kreises, hatte einige Umgangsgesetze erlassen. Verboten war, während der Mittagsstunde vom Dienst zu sprechen, verboten war Politik. Verboten war mehr als eine halbe Flasche Wein. Alles andere war erlaubt. Rangunterschiede zählten nicht, Umgangsformen verstanden sich von selbst, auch die Vizefeldwebel waren zugezogen, auch die jüdischen. Die Pioniere, Artilleristen, alle technischen Truppen litten im deutschen Heere unter der Zurücksetzung, die jedem Eingeweihten bekannt war. Verglichen mit der Kavallerie und der Infanterie waren sie sich in weitem Maße selbst überlassen, weder Prinzen noch Adlige dienten bei ihnen, in allen Manövern kamen sie zu kurz, ihre Ausbildung und ihr Etat hatten im Frieden wenig Gunst gefunden. Erst in den beiden Kriegsjahren hatte sich herumgesprochen, was Pioniere wert waren. Wer schlug in feindlichem Feuer Brücken über die Maas? Der Pionier. Wer schnitt vor dem Sturm Gassen ins Drahtverhau, mit nichts als der Drahtschere bewaffnet, während die Gewehre auf ihn lauerten? Wer trieb die Sappen vor und grub Stellungen dort, wo Stellungen eigentlich außerhalb der Möglichkeit waren, im Kalkgestein oder im Sumpf? Wer warf seine Handgranaten, rund und groß wie Babyköpfe? Wer ging mit den verfluchten Gasflaschen um? Wer trug den noch verruchteren Flammenwerfer auf dem Rücken ins feindliche Feuer und verbrannte rettungslos bei lebendigem Leibe, wenn ihn eine Gewehrkugel hinschmiß? Immer der Pionier. Pionierleutnants wie Kroysing hatten ungezählte Stürme mitgemacht und waren durch Gottes Wunder unverwundet davongekommen. Und die Fernsprecher, die im Störungsfeuer der Franzosen immer wieder die unentbehrlichen Leitungen flickten oder die Abhorchapparate in den vordersten Sappen bedienten, die schwer schuftenden Artilleristen – alle waren Stiefkinder des Heeres gewesen bis vorgestern. Bis gestern, ja, bei den feudalen Regimentern, wo man vor lauter Feinheit keinen Hintern hatte, noch am heutigen Tage.

Das Essen verlief sehr gemütlich. Manche Herren zogen sich zum Schlafen zurück, andere tranken ihren Kaffee, Hauptmann Lauber forderte seinen Gast zu einer Partie Schach auf, der Dienst begann erst wieder um halb drei. Eberhard Kroysing spielte vorzüglich Schach, der Kaffee schmeckte, die Zigarre schmeckte, binnen kurzem würde er auch seine Partie mit den Unbekannten eingeleitet haben und rechtzeitig in seinen Maulwurfsberg zurückkehren, bevor der Franzmann seinen Abendsegen schoß. Es lohnte schon, geboren zu sein.
Heiß und wolkig brütete der Augusttag über den runden Hügelkuppen, die sanft anstiegen. Hauptmann Lauber und sein Besuch spazierten, die Litewken offen, durch den langen schmalen Obstgarten, in dem der vertriebene Bauer seinen Apfelwein gezogen; mitten im Rasen standen die mittelstarken Stämme, voll belaubt, und ächzten unter grünen Früchten. Wie in Göppingen daheim trugen sie, in Schwaben, meinte der Hauptmann. Nur daß die Äpfel bei ihm zu Hause rot wurden, hier aber gelb. Das war der ganze Unterschied. Deswegen führte man Krieg miteinander.
Eberhard Kroysing freute sich seines intelligenten Vorgesetzten. Er mußte seine Schritte bremsen neben dem mittelgroßen Hauptmann, aber das tat er gern. Denn um wieviel besser verhandelte es sich in der Luft und im flirrigen Laubschatten als in den niedrigen Bauernstuben drin. Wer wollte da widersprechen, meinte er. Allerdings mußte einer die Buchstaben „Kd. d. P.", Kommandeur der Pioniere, hinter seinen Namen setzen dürfen, um so zu reden. Ein simpler Leutnant verbrannte sich höchstens die Schnauze. Denken freilich durfte auch ein Leutnant, und das hatte er gelernt, auch als Soldat, gerade als Soldat. – „Haben wenige gelernt", knurrte Hauptmann Lauber. Sein kurzgeschorenes Haar war an den Schläfen ergraut, es lichtete sich auf dem Wirbel. Beharrlich versuchten Fliegen einen Angriff auf die kahle Stelle, er wedelte sie immer wieder fort. Wie stand es vorne, ohne alle Umschweife, nackt und kurz unter Männern geredet? Das war das erste, das wollte er hören, bevor Leutnant Kroysing seine eigenen Kümmernisse auskramte. – Eberhard Kroysing zuckte die Achseln: Eigene Kümmernisse? Er hatte keine. Er kam genau dieser nackten und kurzen Mitteilungen wegen. Die Infanterie war es, ihr mußte geholfen werden, die armen Hunde hatten nichts zu lachen. Überall im Tale, meist eingesehen von rechts

oder links, wild umkämpft, zogen sich in Trichtern und Schützenlöchern ihre sogenannten Stellungen hin. Dreißigmal hatten die Franzosen angegriffen, dreißig Angriffe und mehr die Deutschen abgeschlagen, die Pioniere immer dabei. Weiter aber kam man eben nicht. Jetzt neigte sich der August zu Ende. Wenn's hoch kam, standen einem noch sechs, acht trockene Wochen zur Verfügung. Dann aber stürzte sich ein neuer Feind auf die Leute: der Regen.
Auf und ab gingen sie, Kroysing stets zur Linken des Hauptmanns, unermüdlich wechselnd. Schweiß feuchtete sein ziemlich langes Haar, er trocknete es mit der Hand, wischte sie an den Reithosen ab, sprang weiter. Wer wie er, Kroysing, von Ende Januar an hier eingesetzt gewesen, wer den schmatzenden und gellenden Dreck kannte, ohne Grund und ohne Ufer, in den sich das Lehmland hier verwandelte, der wußte Bescheid. Jetzt fraß an der Moral der Kampftruppe hauptsächlich das wüste Feuer, das immer wieder stockende Gefecht, die schauderhaften Verluste. Kein Essenholen, keine Munitionsschlepperei ohne Tote oder Verwundete; keine Ablösung, kein Anmarsch in größeren Gruppen, ohne daß die Mannschaften dezimiert, auseinandergehetzt, mit zitternden Nerven vorn ankamen. Dort wartete dann nicht mal ein anständiger Unterstand auf sie, in Sicherheit auszuschlafen. Der einzige sichere Ort in der ganzen Gegend blieb der alte Onkel, der Douaumont. Auch wenn der Franz ihn beaaste, so galt doch, daß er jetzt drei Kilometer hinter den eigentlichen Kampfräumen lag, und diese drei Kilometer, die eben machten den Kohl fett. Kam nun noch der Regen hinzu: was wurde dann? Wie hielt man stand?
Hauptmann Lauber schnob ärgerlich durch die Nase. „Ha no", klang das, „hm, hm, da guck einer!" Der lehrhafte Ton, die Eindringlichkeit, mit der Kroysing sprach, weckten den Geist des Widerspruchs in ihm. Aber er war zu gerecht, ein billig denkender Mann: ohne die genaueste Kenntnis jeder Terrainfalte, ohne die Anregungen also der Grabenoffiziere, hatten die „da oben" keinen Stoff für ihre Entschlüsse. Denn sie saßen ja hinten, je höher, desto hinterer – in diesem Punkte waren Hannibal und Cäsar unseren glorreichen Zeiten überlegen gewesen. „Was schlagen Sie also vor, junger Mann, deutlich und ohne Zuckerzeug gesprochen?" – „Die Garnison des Douaumont um ein ganzes Armierungsbataillon zu ver-

stärken", entgegnete Kroysing unbeteiligt, nachdenklich den Blick auf die Spitzen seiner Schuhe, die eben mit einem wurmstichigen Fallapfel spielten. Der Douaumont war groß, er hatte viel Platz, und er war sicher. Kein einziger Sprung in den Kasematten, den Gewölben der langen Gänge. Nur das Oberwerk war demoliert, die Ziegelmauerei, die Böschungen, Höfe, das Erdwerk. Aber der Beton stand. Sicherlich hatte er zweitausend schwere Granaten abbekommen, vielleicht auch dreitausend seit dem einundzwanzigsten Februar. Aber die französischen Kollegen vom Tiefbau: Hut ab vor ihnen. Hauptmann Lauber paffte wild aus seiner Pfeife. Das mußte er sich ansehen kommen. Er war selbst vom Fach, Tiefbauingenieur in Uniform, dreimal im Douaumont gewesen, immer nur in den Höfen und im östlichen Panzerturm, niemals unten. Hatte Leutnant Kroysing mal die Dicke des Gewölbes nachgemessen? – Kroysing schüttelte den Kopf. Dazu war das Wetter niemals still genug gewesen, zu viel Eisen in der Luft. Aber auf drei Meter schätzte er die Betondecke gut und gern. Und es würde keinen schlechten Eindruck machen, wenn der Herr Hauptmann den Park inspizieren kam, den seine Pioniere dort verwalteten, und dabei Messungen vornahm. – Hauptmann Laubers Augen funkelten. Das war eine sehr gute Idee, noch ein paar hundert Schipper in den Douaumont zu stecken, der fechtenden Truppe zur Entlastung. Natürlich mit ihrem Stab, Kompanie- und Bataillonsführern. Es saßen recht viele der Herren hier hinten herum, lebten einen guten Tag, wußten nicht, wo der Herrgott sie eigentlich hingetan. Dabei waren ihre Leute längst vollgültige Frontsoldaten, halbe Pioniere, schleppten Drahtverhau vor und Grabenholz, Munition, schanzten beinahe wie Infanterie und kriegten Zunder wie sie. – Eberhard Kroysing hörte mit bösem Behagen an, was er selbst nicht besser vorgebracht hätte. Zielte Hauptmann Lauber etwa auch auf einen Bestimmten? Wen wollte er los sein? Das würde er sicher nicht verraten, die Herren von den Stäben ließen sich nicht gern in ihre Karten sehen. – (In der Tat war vor Hauptmann Laubers geistigem Auge Herr Jansch aufgetaucht, der Politikus, der Gernegroß, den er schon einmal aus Lille entfernt hatte – aufgetaucht und wieder unter. Ging diesmal nicht, Gott sei's geklagt. Die Artillerie, sein Freund Reinhardt, brauchte die Mannschaft. Schade.) – Also geradezu gestoßen! „Meine Leute arbeiten mit einem bayrischen

Bataillon, an das ich denke. Sein Stab liegt in Mangiennes, die Kompanien etwas weiter vorn, oder sagen wir besser, nicht ganz so weit hinten." Und während er ohne Mühe einen Apfel aus ziemlich hohen Zweigen pflückte, ihn hochwarf und wieder fing: Ohnehin lagen die Leute zum Teil als Bereitschaftstrupps in der Reichweite des Forts und nach dem Pfefferrücken zu und konnten da bleiben. Das Gros aber mußte die ganzen nächsten Wochen hindurch an höher gelegenen Hängen trokkene Unterkünfte bauen mit Pumpen und Abflüssen. „Wir werden mit der Infanterie Fühlung nehmen und die geeigneten Punkte binnen acht Tagen einreichen. Inzwischen könnten Herr Hauptmann die Anforderung des Bataillons Niggl durchführen und mit Orden und Ehrenzeichen winken." – „Die werden dann Maul halten und parieren", sagte Hauptmann Lauber. Ohnehin machten die rückwärtigen Stabsquartiere, die friedensmäßige Ausbreitung der Etappe bei den Frontschweinen böses Blut. Was sollten sich die Leute auch denken, die vorn vier, auch fünf Monate immer hin und her gehetzt wurden, abgekämpft, neu aufgefüllt, wieder eingesetzt – wenn sie dann mal nach hinten kamen, zur Besichtigung, und Zeugen wurden, wie man hier lebte. „Unsereiner wüßte schon, wie die Moral der Truppe heben. Aber da hört sich's besser auch mit dem Denken auf."

Die beiden Offiziere sahen einander an. Natürlich schwieg man da besser. Sie dachten an den Heerführer, den Thronerben und Kaisersohn, der sich gelegentlich, wenn Kampfkompanien nach vorn marschierten, ihnen im weißen Tennisanzug gezeigt hatte, mit dem Rakett Grüße winkend. Solche Szenen waren photographiert und an Zeitschriften verhökert worden. Mancher Offizier hatte das nicht verstanden.

Hauptmann Lauber seufzte. Er war ein guter Soldat, bereit, sein Letztes an den deutschen Sieg zu setzen. Daß Leutnant Kroysing sich jetzt verabschiedete, war recht und vernünftig. Er sollte den Wagen haben, selbstverständlich, so weit ein Auto ihn heute an seinen Fuchsbau heranbringen konnte. Große Teile des Geländes lagen unter Fernfeuer.

Als dem Hauptmann Niggl auf einem nüchternen Stück Papier das Todesurteil zugeschickt wurde: daß er nämlich sein angenehmes Quartier in Mangiennes mit dem Douaumont zu vertauschen habe, glaubte er zunächst, falsch zu lesen. Ein Armierungbataillon besitzt keinen Adjutanten, überhaupt

keinen Stab, ein Feldwebel und ein paar Schreiber sind alles, was ihm zur Erledigung der Geschäfte gestellt wird. Zudem war Herr Niggl königlich bayrischer Beamter, er liebte es, die Eingänge beim Bataillon als erster zu sehen. In einer bequemen Hausjoppe saß er da, kaum noch Uniform zu nennen, einverstanden mit Gott, seinem Namenspatron St. Aloysius und sich selbst, und stierte auf das halbe Blattl Konzeptpapier, das, im Auftrag des Generals der Pioniere von Hauptmann Lauber in Damvillers unterschrieben, ihn, den Niggl, zu den Toten warf. Ja, was wär denn jetzt dös? dachte er, nach seinem Herzen greifend, seinem bierfetten Weilheimer Bayernherzen. Das gab's doch nicht. Er war doch Landsturmhauptmann, Familienvater, versorgte zwei unmündige Kinder und seine resche Frau Kreszentia, geborene Hornschuh. Hier mußte eine Verwechslung vorgekommen sein wie so oft in diesem Kriege. Menschen waren halt Menschen, man irrt sich leicht mal, Herr Nachbar. Ohnehin sollte er sich gelegentlich mal wieder beim Hauptmann Lauber melden. Den Württemberger kannte er, mit dem würde er das schon richten. Er faltete den Befehl zusammen, legte ihn in seine abgegriffene rehlederne Brieftasche, steckte sie wieder in die Hose. Das brauchte vorerst niemand zu sehen. Eine Gefahr ließ sich leichter abwenden, wenn man über sie noch nicht gesprochen hatte.
Hin fuhr er, die Brust voll künstlich erhaltenem Gleichmut, ziemlich viel Sicherheit im schlauen Blick über den dicken Backen. Zurück kam er als ein Mann, dem der Ernst des Lebens gewinkt hat. Braun vor Zorn war der Lauber geworden, der Sauschwab, der Spätzlefresser, der miserablige. Was er sich eigentlich denke? Ob er zum Staat hier sei, zur Verzierung? Gar so schön sei er doch nicht, der Herr Hauptmann Niggl. Und ob er meine, daß er der einzige Familienvater im deutschen Heere sei, da vorne? Er möge sich nicht von seinen Leuten beschämen lassen, die Zähne zusammenbeißen und seinen braven Schippern ein gutes Beispiel geben. Ein Soldat kämpfe ganz anders, wenn er sähe, sein Vorgesetzter, der allmonatlich das viele Geld einstreiche, teile mit ihm wenigstens die Gefahr. Übermorgen, drei Uhr früh, breche er mit seiner dritten Kompanie auf, der Pionierpark Douaumont schicke ihm Führer. Er unterstehe diesem Park von jetzt an, er werde zum 10. Armeekorps überschrieben, zähle zur Garnison des Douaumont, habe jetzt Gelegenheit, sich auszuzeich-

nen, Erfahrungen zu sammeln. Im übrigen sei der Krieg weder heut noch morgen zu Ende, und für keinen deutschen Offizier sei eine Lebensversicherung ausgeschrieben, ob der nun in Mangiennes, Damvillers oder im Douaumont logiere. Die vierte Kompanie bleibe hinten, übernehme alle Bahntrupps; die zweite und erste aber werde in den Douaumont nachgezogen, sobald die Arbeiten es verlangten. Die Arbeiten: trockne Unterstände für die Infanterie lieferten das Rückgrat der Verteidigung und könnten ihm einen Orden eintragen. Ja, da half nichts, da mußte er, Alois Niggl aus Weilheim, Oberbayern, klein beigeben und den Helden spielen.
Schwaches Mondlicht, die Sichel im zweiten Viertel ist erst gegen Mitternacht aufgegangen. In tiefem Schweigen ziehen drei Kolonnen Armierer schwerbepackt mit Tornistern, Schanzzeug, Paketen oder Kisten durch den Wald von Spincourt. Sie kennen die Straße, sie haben sie selbst in Ordnung gehalten; der Wald, Buchen auf feuchtem Boden ist unheimlich dicht, von Granaten bald verschont, bald zerfetzt, wie die Windungen der Front, die Stellungen der Artillerie es mit sich brachten. Die Männer sehen blaß aus, verzweifelt, vielen zittert der Mund so, daß sie nicht rauchen mögen, mancher Bauernknecht, Kleinhäuslerssohn betet seinen Rosenkranz, nur ein paar großschnäuzige Stadtbuben reden aufgeblasen daher. Den Horizont verstellt ihnen die Höhe 310, unterhalb derer sie sich an der Kreuzung der Straße nach Bezonvaux mit den Führern treffen sollen, um drei Uhr morgens. Jeder einzelne in dieser marschierenden Heersäule wünscht, die Zeit bis dahin dehnen zu können – jede Minute zu verlängern, neue Zeitteilungen einzuschalten. Der freie Tag heute hatte niemanden gefreut, auch die frische, feuchte Luft nach seiner Hitze freut niemanden. Sie stellen sich den Douaumont vor als eine Art feuerspeienden Berges, in dessen Eingeweiden sie nun verschwinden sollen. Zudem laufen Gerüchte um von einer ungeheuren Explosion in ihm, bei der über tausend Leute hops gegangen seien, niemand wisse wie. Das haben ihnen die Pioniere erzählt, ihre Vorarbeiter, mit denen sie jetzt da drinnen kampieren sollen. Viele wollen noch mehr Einzelheiten von jenem Unfall wissen, auch daß er sich täglich erneuern kann. Ein ganzes Bataillon Tote, sagen die Pioniere. Da eilt es niemandem, einen Fuß vor den anderen zu setzen.
Um drei Uhr haben sich die Augen längst an die Dämmerung

gewöhnt. Eine halbe Stunde sitzt man schon am Straßenrand auf seinen Kisten oder dem prallen Rucksack, den zwei gerollte Decken, der Mantel, die Schnürschuhe unförmig aufschwellen. Dumpf lauscht man dem Lärm, der von jenseits der Höhe 310 herweht, über ihr tanzt leises Flackern von rotem oder weißem Schein. Dann tauchen drei schlanke Gestalten auf, Stahlhelm und die kleine Trommel mit der Gasmaske als einzige Ausrüstung, in den Händen Spazierstöcke aus Ästen. Mitleidig mustern sie das ungeheure Gepäck der Schipper, ein Unteroffizier meldet sich bei Hauptmann Niggl, der sein Pferd schon zurückgeschickt hat – die Pioniere setzen sich an die Spitze der drei Züge, es geht im Gänsemarsch durch festgetretene Fußpfade. In den Trichtern spiegelt sich der dunkle Himmel. Schritt für Schritt stapfen die Schipper, gestützt auf ihre Spaten. Von den Pionieren geht breite Ruhe aus. Sie brauchten sich gar nicht zu sorgen, heißt es, um diese Zeit passiere nix, unsere Infanterie hat die Nase voll und der Franzmann schon lange. Und die Toten, die vor Souville, am Zwischenwerk Thiaumont, um die Ruinen von Fleury herum verwesten, die bissen erst recht niemanden mehr. Es geht bergab, in einer weiten Senke öffnet sich für kurze Zeit ein Ausblick auf den bleichflammenden Horizont – Leuchtraketen –, Maschinengewehrfeuer knattert heran wie das Hämmern von Nietmaschinen. Immer wieder müssen die letzten stolpernd und keuchend Anschluß suchen, um nicht zurückzubleiben, vom Tag überfallen zu werden. Der Nachtwind trägt süßliche und scheußliche Gerüche heran, schwarze Flecke, unförmig, vertiefen die schwere Dämmerung rundum; der schräge Mond füllt die Trichter mit Lichtern und Schatten. Dann versperrt, immer wachsend, ein getürmter Berg jede Aussicht, an seiner Flanke steigt man empor, als die ersten Anhauche des Morgens die müden Männer fröstelnd machen. Das ist Höhe 388, sagen die Pioniere, der lange trichterzerfetzte Wall, der kein Wall mehr ist, heißt noch immer Fort Douaumont. Im Schatten des großen Gewölbes – zertrümmertes Mauerwerk mit Sandsäcken ausgebessert – steht, die Hände in den Taschen, eine lange Gestalt, die Mütze auf den Hinterkopf geschoben. Zwei gierige Augen mustern die einziehende Kolonne.
Was für einen Geruch schnuppern die widerstrebenden Nasen? Den Geruch von zersetztem Gemäuer, Menschenkot, Pulverruß und eingetrocknetem Blut.

DRITTES BUCH

Im hohlen Berg

Erstes Kapitel

Die Wildschweinschlucht

Wie ein Trupp Pferde, die ihre Hälse trinkend in den Fluß senken, traten die Maashöhen rechts und links an das in Windungen strömende Gewässer. Sie entstammten als Ausläufer den Argonnen, diese Maashöhen, runde Kuppen oder Hochflächen von Westen nach Osten. Grün war das Land, grün und reich an Bächen, die die Täler mit Sumpfwald füllten: zwischen hochstämmigen Buchen, Erlen und Eschen, im Unterholz aus allen blühenden Sträuchern und Dornen wühlte das Wildschwein, nistete die Ente. An den paar Verkehrswegen im gerodeten Hochland hatten sich Dörfer angesiedelt, waren Mühlen entstanden an den Bächen; die lothringischen Bauern, tätig und geschult, zogen Obst und Getreide, züchteten Vieh und Pferde. Das Land zwischen Mosel und Maas war seit tausend Jahren fruchtbar und ergiebig; Kelten, Römer und Franken hatten es gezähmt, günstig grenzte es an die grüne und weiße Champagne.
Seit anderthalb Jahrtausenden bewachte die Stadt Verdun den Maasübergang hier, wo sich der Fluß verzweigte und Sicherheiten bot. Ihre Zitadelle lagerte über alten Kirchen und Klöstern, mit feierlichen Rundfenstern, inbrünstigen Spitzbögen. In ihren Straßen tummelte sich das Leben der französischen Kleinstädte, die die Gaben reicher Landschaften verarbeiteten. Fünfzehntausend Menschen etwa lebten vom Werk ihrer Hände und der Erfindung ihrer lange zivilisierten Gehirne: sie erzeugten Stickereien, Süßigkeiten, Leinenwaren, schmolzen Metalle, bauten Maschinen und Möbel. Sie angelten an den Flußarmen, beteten vor blumengeschmückten Altären, nahmen ihren Aperitif, ihren Kaffee, gingen feiertäglich gekleidet zu Hochzeiten, ließen viele schwarzköpfige und blonde Kinder auf den Straßen spielen und in den Höfen.

Ein Ring von befestigten Forts umgab die Stadt, in mehreren Linien, moderne und ältere. Sein Durchmesser betrug mehr als fünfzehn Kilometer, sein Umfang über fünfzig. Denn der Stadt gegenüber, weit im Osten und dennoch bedrohlich nahe, erhob sich der Koloß des Deutschen Reiches, der von der Verherrlichung des Krieges beherrscht wurde. Von 1792 und 1870 her kannte die Festung Verdun die deutschen Geschütze, das Feldgeschrei der Truppen. Im Jahre 1914 drohte ihr der dritte Überfall; er ward abgewendet durch den Sieg des französischen Heeres an der Marne, durch die Hilfe der Engländer und der Jungfrau von Orléans, die ihre lothringische Heimat, das nahe Domrémy, liebte.
Am 21. Februar 1916, nach gründlicher Vorbereitung, heulten Granaten in die Straßen der Stadt, erschlugen Einwohner, splitterten Kinderschädel ein, ließen alte Frauen von den Treppen stürzen; Brandalarm, Qualm, Tumult, wildes Unheil. Fliegerbomben pfiffen in Viertel, die von den Langrohren nicht erreicht wurden. Über tausend Geschütze, darunter siebenhundert schwere und schwerste, spien Tag und Nacht Wolkenbrüche aus Stahl und Explosion auf den zum Angriff gewählten Abschnitt: das rechte Ufer der Maas, das Ostufer, die Gegend zwischen Consenvoye und der Woëvre-Ebene, einen nach Südwesten geöffneten Kreisbogen von dreißig Kilometern Weite. Dann brachen die deutschen Divisionen aus Löchern und Gräben voll eisigem Schlamm zum Sturm auf. Trotz der Überraschung, mit der sie gerechnet hatten, trafen die Märker, Hessen, Westfalen, die Niederschlesier, die Posener Grenadiere, die thüringische Landwehr überall auf Widerstand. Widerstand des Bodens, aufgeweicht vom Schnee, der mit Wasser gefüllten Trichter; Widerstand der dichten Wälder, schweigender Scharen von Hilfstruppen, wie Urkrieger aneinandergekettet durch Schlingpflanzen, unermüdliche Dornensträucher, Brombeerhecken; Widerstand befestigter Feldstellungen, von Blockhäusern, Stacheldrähten; Widerstand der französischen Infanterie, Jäger und Kanoniere. Nach den ersten vier Tagen der ersten Woche wußte die Welt: der Überraschungsangriff auf Verdun war mißglückt. Sechs Armeekorps, fast zweihunderttausend Deutsche, waren vorgebrochen und hatten nicht ausgereicht. Obwohl der Fall des Forts Douaumont die Welt aufhorchen machte und den Deutschen das Gefühl des Sieges gab, blieb er aus. Die Festung Verdun

war durch Überraschung nicht zu nehmen.
Die Deutschen weigerten sich, vor diesem Ergebnis zu kapitulieren. Ihre Truppen hatten Taten vollbracht, die die Legenden der Jahrhunderte übertrafen. Sie hatten die Wälder erstürmt, Höhenrücken genommen, Blockhäuser ausgeräumt, Schluchten gesäubert. Sie hatten dem bleiernen Hagel der Schrapnells getrotzt, den stählernen Messern der Granatsplitter; wütend und verbissen, verhetzt und voll Opfermut hatten sie ihre Bajonette in französische Körper gebohrt, ihre Handgranaten geschleudert. Ihre Vortrupps hatten jenseits des Douaumont vom Rücken von Souville aus die Dächer der Vorstädte Verduns erblickt. Noch eine Anstrengung, sagten die Befehlshaber, und wir haben sie. Sie sagten es im März, im April, sie sagten es im Mai und Juni, und bis Mitte Juli, dann sagten sie es nicht mehr. Die Truppen wußten nicht, warum sie nicht vorwärts kamen. Sie wurden ausgewechselt, wieder eingesetzt, sie verloren Scharen und Scharen von Männern, erhielten Nachschub, immer jüngere Leute. An ihnen lag es nicht, daß die Festung Verdun sich hielt. Sie verließen zur befohlenen Stunde ihre schlechten Ausgangsstellungen; die schwitzenden Kanoniere an den Geschützen, halb betäubt von ihren eigenen Abschüssen, verlegten befehlsgemäß das Feuer vor; die Infanterie warf sich befehlsgemäß, und wie sie es gelernt hatte, gegen die französischen Trichter und Gräben und eroberte sie, sie wütete in französischem Fleisch und Blut, gab selbst Fleisch und Blut her, Schweiß und Nerven, Klugheit und Tapferkeit, Mut und Bereitschaft. Man hatte allen gesagt, sie verteidigten hier die Heimat, und sie glaubten es. Auch daß der Franzose erschöpft sei, hatte man ihnen gesagt, und sie hatten es geglaubt – noch eine Anstrengung, noch ein Stoß! Sie strengten sich an, sie stießen noch einmal vor, ihre Essenholer fielen, die Trainfahrer wurden auf den Böcken getötet, die Kanoniere trotzten dem Gegenfeuer. Neue Truppen wurden eingeschoben und stürmten, bayrische Divisionen, preußische Garde, württembergische Infanterie, badische und oberschlesische Regimenter. Dann sah man endlich ein, daß es nicht ging. Wer hatte Fehler gemacht? Wo mußte man sie suchen? Mehr und mehr Geschosse waren geschleudert worden, mehr und mehr Menschen zerfetzt, getötet, verstümmelt, vermißt, gefangen. Eine viertel Million Menschen hatte das französische Heer in der Vertei-

digung Verduns drangegeben, davon fast siebentausend Offiziere, das deutsche noch mehr. Die schönen Dörfer waren erst Ruinen geworden, dann Trümmerhaufen, schließlich Ziegelstätten; die Wälder erst Lücken und Knäuel, dann Leichenfelder bleicher Stümpfe, schließlich Wüste. Und diese Wüste dehnte sich aus von Flabas und Moirey bis über das Dorf Souville weg, über Höhen und durch Schluchten, der Länge und Breite – ein Stück weißgefleckter Mondlandschaft, wüstenfarbig, voller runder Löcher, auf beiden Ufern der Maas. Die Stadt Verdun, im Schutz ihrer Forts aber, sehr beschädigt, stand. Angriffe drohten ihr, Gegenangriff deckte sie, der Krieg trampelte „an Ort".
Im Laufe des August war der Armierer Bertin in den verwüsteten Strichen heimisch geworden, die auf der Karte noch immer Fosses-Wald, Chaûmes-Wald, Wavrille-Wald hießen. Er hatte sich sehr verändert seit Anfang Juli, er sah oft unrasiert, ja stachlig aus, aber dunkelbraun jetzt im ganzen Gesicht und straffer, sein Mund stand nicht mehr so leicht offen, und sein Blick hatte hinter der Brille etwas Bedachtsames bekommen, etwas Reiferes, denn diese letzten zwei Monate hatten ihn in treibende Dinge getaucht, durchaus nicht erwünschte, sie rieben an ihm, und die vielfachen Gedanken über den verschwundenen Kroysing hatten an ihm gefeilt, ebenso wie der Anblick unabsehbarer Felder voller Baumleichen, an den er sich so vollständig gewöhnt hatte, daß sein Fuß die zahllosen Stahlsplitter selbsttätig vermied. Hier wies die beste der Welten ein Leck auf, hier nahmen sich die glorreichen Notwendigkeiten des irdischen Daseins schon recht wunderlich aus. Er hatte bei verschiedenen Gelegenheiten Zunder bekommen und war vor Granaten und Schrapnells weggelaufen oder auch in sie hinein. Aber er verließ sich auf sein Glück. Nun, es stand geschrieben, er sollte noch Verschiedenes und viel Rauhhaarigeres an seiner Haut spüren und in seinem Gewissen, bevor er zur Einsicht ins Wirkliche gelangte.
Eines Tages, mitten im Fosses-Wald, wurde sein Name durch die gestreckte Senke eines Längstals gerufen. Er kniete gerade, zwei Schienenrahmen einer Bahnspur verschraubend, die erlauben sollte, Munition bis an die Lafetten der Fünfzehner Ringkanonen zu fahren; verwundert schrie er: „Hier!"
Ein Junge schlenderte auf ihn zu, Unteroffizier und Pionier,

das verwaschene Bändchen des E. K. im Knopfloch und die Hände in den Hosen. Mit fragenden Blicken musterte er Bertin; sie spielten in dem länglichen Gesicht über einer kindlichen Nase wie aus den dringlichen Augen eines Tieres; ja, wie ein erfahrenes Äffchen sah er aus, der kleine Unteroffizier Süßmann, der alle paar Tage einmal auftauchte, prüfte, wieder verschwand; achtlos setzte er seine Beine in den Wickelgamaschen, er hatte nicht einmal sein Koppel um. Die Zigarette im Mundwinkel, hockte er neben Bertin nieder: „Es war gar nicht leicht, Sie ausfindig zu machen“, sagte er. – „Kommt vor“, sagte Bertin, den Schraubenschlüssel anruckend; „fester kann ich sie nicht ziehen.“ Wie gut, daß er in der väterlichen Tischlerei mit jeder Art Werkzeug umzugehen gelernt hatte; jetzt galt er dadurch als nicht ungeschickt. Unteroffizier Süßmann probierte: die Lasche saß gut über den beiden Schwellen. „All right“, sagte er, „aber ich komme nicht deshalb. Ich soll Sie zum Leutnant einladen.“ – „Zu welchem?“ fragte Bertin. – Süßmann sah ihn an: „Zu meinem Leutnant Kroysing natürlich. Es war gar nicht so leicht, Sie ausfindig zu machen; Sie hatten ihm Ihren Namen nicht gesagt.“ – Bertin stand auf: „Ja, gehören Sie denn zu seinen Leuten?“ – „Aber ja.“ Sie schritten den nächsten Schienenrahmen ab, aus einem Sack Laschen und Muttern holend. „Die Hände werden nicht besser“, sagte Bertin, seine Finger betrachtend, „aber es bekommt einem mehr als die Nähe einer Schreibstube.“ Er kniete wieder am Boden; Süßmann verschraubte die andere Lasche, als wäre es kein „Vorgesetzter“. Über ihre Köpfe trieb ein Windstoß vergilbende Blätter hin. – „Und wie denkt er jetzt über seinen Bruder – falls Sie Bescheid wissen?“ – „Reue beißt“, gab Süßmann zurück. „Anscheinend hat er sich von allerlei überzeugt, sonst läge jetzt die Kompanie seines Bruders und der Bataillonsstab nicht im Douaumont.“ – Bertin blickte ihn ohne Verständnis an: „Der Hauptmann Niggl?“ – „Bewohnt jetzt den Douaumont. Zufall. Der Douaumont ist eine große Garnison. In dieses Vaters Hause sind viele Wohnungen. Nun fragt der Leutnant, ob Sie der Lesung jenes Briefes beiwohnen wollen.“ – „Und meine Kompanie?“ warf Bertin zweifelnd ein. – Unteroffizier Süßmann spuckte sein Zigarettenende aus: „Leutnant Kroysing ist ein großes Tier in dieser Gegend, und je weiter nach vorn Sie kommen, um so größer wird er. Das wissen sogar Ihre Panjes. Die einzige Frage ist, ob Sie sich trauen. Der Douaumont darf jetzt als ganz ruhig gelten, auch seine Anmarschwege. Aber freilich: unsere Begriffe sind nicht Ihre Begriffe." – „Woher kennen Sie die?" entgegnete Bertin. „Früher einmal brannte ich danach, mich auszuzeichnen. Jetzt aber, fünfzehn Monate bei den Preußen..." Beide lachten – die „alten Leute" mit den schiefgedrückten Feldmützen und den lockeren Bewegungen schmissen sich lieber einmal zuviel in den Dreck als zuwenig. „Aber im Notfall find ich mich wohl auch bei euch zurecht; nur: wie kommt man in eure Nähe?" – „Wir fordern Sie an", entgegnete Süßmann einfach, und er erläuterte, was man mit Bertin beabsichtigte. Dem Pionierpark unterstanden alle Förderbahnen in seinem Bereich; es waren gar nicht wenige. Ihre Belegschaften steckten teils in Unterständen, teils in Wellblechbaracken. Den ganzen August hindurch hatten sie nichts zu lachen gehabt; jetzt endlich gab es Ruhe und infolgedessen Urlaub. Eine Bahnbude in der Wildschweinschlucht, östlich von Bezonvaux, nicht weit weg von den Ornes-Batterien der schweren Artillerie („na, und wo die sind, da ist doch Nummer Sicher"), brauchte einen Aushilfstelefonisten. Sie hatte ihn von Bertins Kompanie verlangt und einen Mann erhalten, einen schwerhörigen Tischler, dem überdies der Klappenschrank mit seinen jämmerlichen acht Stöpseln Todesangst einflößte. Der Mann war eben zurückgeschickt worden. – Bertin bog sich vor Lachen. Genau so war es: der Tischler Karsch. Dabei verfügte die Kompanie über eine ganze Anzahl intelligenter Leute. „Aber mich, zum Beispiel, kriegen Sie nicht; Juden kommandiert sie nicht ab, das verstieße gegen die Naturgesetze." – Unteroffizier Süßmann sagte vorwurfsvoll, darüber dürfe keiner lachen. Jeder Jude müsse die Gleichberechtigung aller anderen jeden Augenblick verteidigen. – „Verteidigen Sie gegen Jansch und Konsorten", sagte Bertin stirnrunzelnd, „wir sind zehn Juden in der Kompanie, keiner davon in einer Schreibstube. Major Jansch ist das, was man einen völkischen Redakteur nennt." – „Das nutzt ihm nichts", sagte Süßmann geringschätzig, „Kroysing fordert Sie an, Sie und keinen anderen. Vierzehn Tage mitten im Wald in einer kleinen Bude, acht Stunden Dienst, sechzehn Stunden Ihr eigener Herr..." – „Abgemacht", sagte Bertin. – „Fuffzehn!" rief Unteroffizier Böhne. Von überall her kamen Armierer, ihre Feldflaschen,

Trinkbecher und Brotbeutel am langen Bande schlenkernd. (Nur die Gasmasken in ihren kleinen Blechtrommeln wurden niemals abgelegt; es wurde viel mit Gas geschossen.) Bertin wanderte zu seinem Waffenrock, der an einem Granatsplitter, in Mannshöhe aus einer Buche ragend, aufgehängt war. Süßmann immer neben ihm. Im Gehen erkundigte sich Bertin, ob die Bude viel Zunder kriege. – Süßmann schüttelte den Kopf: auf der Bude selbst lag kein Beschuß, deswegen stand sie ja in jenem verzwickten Winkel; aber sechzig Schritt nach links und hundert Meter nach rechts begann freilich Franzens Reichweite. Das habe er früher reichlich ausgenützt; seit aber die Bayern den Fumin- und den Chapître-Wald erobert hatten und das Alpenkorps Thiaumont gestürmt, seien die französischen Batterien zurückgerutscht. – Bertin entnahm seinem Brotbeutel Kommißbrot, ein Messer und eine Büchse mit Kunsthonig, jenem aus Zucker hergestellten gelblichen Brotaufstrich. Er bot dem anderen davon an, der ablehnend den Kopf schüttelte. – „Ich ziehe ein warmes Frühstück vor." Damit steckte er sich eine neue Zigarette an. „Keine Butter?" fragte er. „Keinen Schmalzersatz?" (Schmalzersatz hieß eine wohlschmeckende Konserve aus dem Fett und Fleisch von Schweinebäuchen.) – „Bei uns Fehlanzeige", sagte Bertin. – „Bei uns kriegen Sie alles, im Vergleich mit euch hat der Douaumont Fettlebe." – „Wie weit ist es bis zu euch?" fragte Bertin. – „Wenn ‚er' nicht schießt, dreiviertel Stunden. Schießt er, so müssen Sie liegenbleiben, bis er aufhört. Und nie ohne Gasmaske." – Kauend sagte Bertin: „Sonderbare Dinge haben wir uns zu essen gewöhnt, wir Juden." – Süßmann rauchte. „Ich habe schon früher alles gegessen." – „Ich auch", sagte Bertin, „aber Schmalzersatz war nicht dabei." – „Wir werden uns noch mal danach die Finger ablecken", sagte Süßmann, „diesen Winter wird es ernst." – „Wie alt sind Sie eigentlich, Unteroffizier Süßmann, wenn ich fragen darf?" – „Mit sechzehneinhalb durchgesetzt, daß mich die Pioniere als Kriegsfreiwilligen annahmen, rechnen Sie sich's aus." – Bertin stützte das offene Messer aufs Knie, hielt im Kauen inne: „Menschenskind", sagte er. „Ich hielt Sie für fünfundzwanzig." – Süßmann grinste: „Ich hab schon einiges hinter mir. Erzähl ich Ihnen später mal. Sie werden also angefordert, morgen früh in Marsch gesetzt; morgen gegen sechs rufen Sie uns mal an. Wir haben eine direkte Leitung zu euch, wenn sie nicht zerschossen ist. Kroysing wird sich freuen. Er hält, so scheint es, gewisse Stücke auf Sie, weil Sie seinem Bruder gleich geglaubt haben." – Bertin schüttelte den Kopf: „Es war kein Kunststück, dem zu glauben. Nur ein Bruder konnte so blind sein."

„Nu wer 'k ma nach Hause trudeln" – damit stand Süßmann auf, zog den Waffenrock glatt. Sein Berlinisch überraschte so und klang so überzeugend, daß Bertin ihn lachend fragte: „Mensch, dir ham se wohl aus de Spree jezoren?" – Süßmann salutierte: „Befehl! Berlin W, Regentenstraße, Justizrat Süßmann, Alter Westen. Also morgen nachmittag", nickte grüßend und schlenkerte davon, verschwand zwischen den Stämmen. Bertin sah ihm staunend nach, streckte sich dann auf den durchwärmten Waldboden, die zertrampelte Erde, kaute sein gesüßtes Schwarzbrot, blickte ins Blaue, sog behaglich an einer Kompaniezigarre. Und während er den durchgoldeten Himmel mit einer Art von Glück in sich einströmen ließ, erwog er, daß ihm bisher nicht mehr auferlegt worden war, als er gut zu tragen vermochte. Noch lag er hier im Trügerischen herum, noch war ihm der Krieg nicht mit der Faust unter die Nase gefahren wie dem armen kleinen Kroysing. Dafür durfte man auf den älteren gespannt sein, der die geschickten Herrschaften mit ihren eigenen Mitteln in seinen Bereich geholt hatte. Ruckweise geschahen die Bewegungen des Lebens. Immer enger zog ihn der Krieg an sich. Nächste Station als Bahnbude Wildschweinschlucht, übernächste Douaumont. Er hatte nichts dagegen. Ein Schriftsteller durfte sich vor den Fischzügen des Schicksals nicht drücken. Seine Augen schlossen sich, er sah silberne Fische, die dummen Mäuler offen, im Blau schwimmen, alle nach einer Richtung, die Hand mit der Zigarre sank auf die Erde, ihm konnte nichts geschehen, auch den Fischen konnte nichts geschehen. Er schlief schon.

Am anderen Mittag, zwei Uhr, meldete sich der Armierungssoldat Bertin marschbereit auf seiner Schreibstube. Man hat Wert auf sein militärisches Aussehen gelegt, ihm ein Koppel ausgefolgt, das den Kerl zusammenhält, und eine jener grauen Wachstuchmützen mit Schild und Messingkreuz aufgesetzt, die bislang in irgendeinem preußischen Magazin geschlummert hatten.

Ende August ist's heiß in Frankreich, Feldwebeldienstttuer Glinsky möchte eigentlich schlafen. Aber er kann sich's doch nicht versagen, dem Armierer Bertin persönlich einen Reisesegen zu erteilen. Den Kragen offen, umschreitet er satt und blinzelnd den hingepflanzten Mann. Alles in Ordnung: graue Hose in den geschwärzten Stiefeln, Infanterierock, der Rucksack tadellos gepackt, je ein Schnürschuh rechts und links unter dem gerollten Mantel, den gefalteten Decken. Danach setzt er sich rittlings auf einen Stuhl, ganz Güte. Er weiß, und Bertin weiß: hätte dieses Kommando in ein rückwärtiges Dorf geführt, die Kompanie hätte wenigstens versucht, es trotz namentlicher Anforderung diesem Manne wegzuschnappen. Aber es führt nach vorn, niemand kennt die Zufälle des Lebens; wenn die Pioniere gerade diesen Telefonisten wünschen: bitte sehr, meine Herren. Die Kompanie hat mit den Pionieren keine Fühlung, weiß also auch nicht, wer da anforderte; ihre Zusammenarbeit mit ihnen erfolgt, eifersüchtig gewahrt, ausschließlich über den Artilleriepark; und dieser wiederum weiß nichts von den Erlebnissen der Familie Kroysing. „Rühren", sagte Feldwebeldiensttuer Glinsky. „Sie sind ein gebildeter Mann, ich kann mir also alle Worte sparen." – (O weh, denkt Bertin, er schmeichelt – was also plant er?) – „Sie haben manche Scharte auszuwetzen, wir hoffen, daß Sie Ihre Sache gut machen werden." – Bertin, ganz Militär, antwortet: „Jawohl, Herr Feldwebeldiensttuer." Aber er macht sich bei diesen gehorsamen Worten auf einen kleinen Hieb oder Stich gefaßt und hofft, auch seinerseits ein Wörtchen anzubringen, das Herrn Glinsky an den verweigerten Lazaretturlaub nach Billy erinnert. – Gemütlich fährt Glinsky fort: „Es ist keine kleine Vergünstigung, der Sie da entgegengehen, gemütliche vierzehn Tage an einem Klappenschrank. Kommen Sie uns nur gesund wieder. Ihre Post wird Ihnen nachgeschickt; Ihre Heimatadresse haben wir doch?" – Ah, denkt Bertin fast belustigt, da kratzt er schon, der Liebling. Denn dieses letzte Sätzchen fragt ja nach dem Empfänger einer Hiobspost, falls ihm etwas zustößt. Bertin stellt sich dumm, sagt fröhlich und unbekümmert: „Jawohl, Herr Feldwebel", und wartet auf seinen Augenblick. – „Es muß ein guter Freund von Ihnen gewesen sein", fährt Glinsky vertraulich zwinkernd fort, „der Ihnen dieses Pöstchen verschafft hat. Wohl der kleine Unteroffizier Süßmann, nicht wahr?" – Auch dieser Satz enthält eine Bosheit, die Anspielung nämlich, daß ein Jude den anderen nicht umkommen läßt, nach der Meinung wenigstens, die die Glinskys von den Juden haben. Aber damit fällt Bertins Stichwort: „Nein", sagt er unbefangen in Glinskys Augen hinein, in diese grauen, schläfrigen Doggenaugen, „ich nehme an, Herr Leutnant Kroysing vom Pionierpark Douaumont hat das veranlaßt." – Das sitzt. Dem Mann, der auf dem Holzstuhl reitet, bleibt der Mund offen: „Wie heißt der Leutnant?" fragt er emporstarrend. – „Kroysing", wiederholt Bertin bereitwillig. „Eberhard Kroysing. Der Bruder eines jungen Unteroffiziers, der Mitte Juli dran glauben mußte." – „Und der befiehlt im Douaumont?" fragt Glinsky, noch immer fassungslos. – „Bewahre, Herr Feldwebel", antwortet Bertin, „nur den Pionierdienst, der dazu gehört." Mehr braucht er nicht zu sagen, denn Glinsky hat einen schnellen Verstand. Irgend etwas ist also los mit der Überführung der bayrischen Schipper in den Douaumont (die sich selbstverständlich herumgesprochen hat), jetzt erklärt sie sich, und zwar auf undeutliche und unheimliche Weise. Er läßt seine leichte Miene fallen: „Abmarsch", faucht er plötzlich, „wegtreten! Wie Sie hinkommen, müssen Sie selbst sehen." – Bertin macht kehrt, verläßt recht befriedigt die Schreibstube. Wie er hinkommt, hat er längst ausgekundschaftet: mit den Fahrern, die die dicken kurzen Einundzwanziger für die Mörser in der Ornes-Schlucht holen. (Warum sich nach Bertins Abmarsch die Verpflegung von 1/X/20 so auffällig bessert, weiß natürlich niemand: Butter und holländischer Käse, große Fleischstücke im Mittagessen – Zauberei! Und dieser wunderbare Zustand hält volle fünf Tage vor. Am sechsten und siebenten flaut er ab, am achten, da nichts erfolgt ist, regiert wieder der alte Speisezettel: Fleischfasern im Drahtverhau [Dörrgemüse] und Heldenfett [lies Rübenmarmelade].)

Zehn Minuten nach zwei setzt Bertin seinen Rucksack in der Telefonbude des Parks auf die Dielen, um sich seinen neuen Dienst erklären zu lassen. Die Telefonisten des Munitionsparks Steinbergquell erweisen sich als gefällige Kameraden. Sie nämlich haben seit Tagen gezittert, daß einer von ihnen den Urlauber in der Wildschweinschlucht vertreten müßte; vor ihnen gibt es keine Geheimnisse. Daß nun ein anderer hinauswandern muß in die scheußliche Gegend, in der es immerfort kracht, erfüllt sie mit Dankbarkeit. „Ach, Kamerad, das ist Kinderspiel. Da hast du deine acht Klappen

nach den Stationen vor dir und hinter dir – mit dem Pionierpark, der nächsten Weiche und der Artilleriegruppe –, und wie du zu stöpseln hast, zeigen dir deine neuen Kameraden in zwei Minuten. Und gefährlich ist es gar nicht, denn wenn die Strippe zerschossen ist, müssen andere Leute raus, sie zu flicken." Daß vorher vielleicht der Neuankömmling zum Pionierpark laufen und melden muß, daß sie zerschossen ist, verschweigen sie ihm freundlich. „Es liegen übrigens Landsleute von dir in der Nähe, Oberschlesier", berichtet der Telefonist Otto Schneider. Bertin macht sich nichts aus seinen engeren Landsleuten, mit den Bayern, Hamburgern oder Berlinern hat er viel mehr Gemeinschaft, er nimmt nur an einem einzigen schlesischen Regiment Anteil: den aktiven Siebenundfünfzigern, bei denen sein kleiner Bruder dient. Vorgestern bekam er wieder einen Brief der Mutter, hinter ihren blassen Schriftzügen zitterte die Angst, daß es jetzt schon keinen Fritz Bertin mehr geben könnte. Der Junge war vorigen Herbst schon einmal verwundet worden.
Gegen drei ward die Nachricht hinaufgesagt, die kurzen Einundzwanziger seien verladen. Bertin nahm seinen Rucksack auf eine Achsel, seinen knotigen Stock in die Hand und lief hinunter, neugierigen und spöttischen Zurufen seiner engeren Kameraden vom dritten Zug vergnügt erwidernd. Ausnahmsweise einmal war alles in Butter: die Zurückbleibenden froh, daß sie hierbleiben durften, Bertin froh, daß er wegkam. Die schlesischen Kanoniere, knochige Leute mit überanstrengten Gesichtern, machten keine Umstände: „Schmeiß deinen Rucksack auf die Töpfe und pack an, Kamerad", sagten sie mit ihrem harten R, ihren hochgeschraubten Vokalen. Bertin verbarg seine Enttäuschung; daß er die beladenen Loren würde mitschieben müssen, darauf hatte er nicht gerechnet. Und während er, etwas ärgerlich, auf die kurzen spitzen Granaten blickte, die in den wiegenförmigen Loren wie stämmige Säuglinge lagen, entdeckte er mit Erstaunen: der Glinsky hatte keinerlei Eindruck mehr auf ihn gemacht – keine Verwirrung, keine Angst. Großartige Neuheit!

Mitten in einer öden Talsohle gabelte sich der Weg der Kanoniere, das Gleis, nach Osten ab. Die Wildschweinschlucht, sagten sie, münde von rechts her, die dritte sei es, ziemlich schmal, viel Grün als Kennzeichen. Er werde schon finden.

Bertin ging sehr schnell trotz Rucksack und Waffenrock. Zum erstenmal war er ganz allein unter diesem kahlen Himmel, in der funkelnden Sonne. Jeden Augenblick konnte der Tod aus der Sommerluft auf ihn niederstürzen. Er mußte sich sehr zusammennehmen. Er verwünschte seine Dummheit, auf solch ein Kommando einzugehen, nur weil ihm an der guten Meinung Eberhard Kroysings lag. Überall Fußspuren zwischen den Trichtern: wer sollte sich da nicht verirren! Schweiß verklebte ihm die Gläser der Brille, er putzte sie mit zitternden Händen. Die Totenstille ängstigte ihn, jeder Schall, der über den Kamm wehte, ängstete ihn; als hoch oben ein Flieger auftauchte, hätte er sich am liebsten hingeworfen – zu kurzsichtig, um zu unterscheiden, ob es ein Deutscher oder ein Franzose sei. So hastete er hin, die Zähne fest auf die Pfeife gebissen, einen buckligen Schatten hinter sich, einem seiner Vorfahren gleich, der zu Zeiten Maria Theresias im Bergland Österreichisch-Schlesiens seinen Packen von Bauernhof zu Bauernhof geschleppt haben mochte. Er zählte die Einschnitte des Geländes drüben: einer lag schon hinter ihm, einer ihm gegenüber, vorn im Sonnendunst winkten noch zwei. Er sah nach der Uhr, als böte sie ihm Hilfe, sein Herz schlug wild unter Last und Einsamkeit. Wäre er von früher her nicht gewohnt gewesen, Widerstände aus dem Innern übern Haufen zu rennen – er wäre umgekehrt und hätte den erhaltenen Befehl nicht ausgeführt. So rastete er kurz am Rand des nächsten Trichters, trank ein paar Schluck lauwarmen Kaffees aus seiner Feldflasche, rauchte seine Pfeife von neuem an, zwang sich, ruhig zu atmen. Da umgab ihn endlich die Einsamkeit, die langersehnte! Er schimpfte sich aus, nannte sich einen Esel, wahrscheinlich glich er dem Bauern vom Lande, der zum erstenmal im Gewimmel des großstädtischen Verkehrs herumtappt: die Autos erschrecken ihn, die Straßenbahnen, die hastenden Menschen, er traut sich nicht zu fragen, er fühlt sich wie vom Mond gefallen, und wie er endlich den Mund auftut, steht er unmittelbar vor dem Ziel. So machte Bertin seine Augen klein, beschattete sie mit den Händen: dies dort, schräg rechts, konnte die Mündung der Wildschweinschlucht sein. Er setzte sich in Trab, die Berglehne abwärts sprang er, im Talgrund ging er langsamer, vor ihm winkte ein grünes Gewirr. Durcheinandergewirbelt, zerhackt, mit furchtbaren, schräg gekappten Stümpfen bedeckten Baumleichen den Hang zu seiner Rechten, fahl vergilbt das Laub an den Ästen, den halbierten Wipfeln, dazwischen eine Fülle junger Triebe, vertrocknete Hagebutten, einzelne Schößlinge von Buchen wie Fahnenstöcke aufsteigend, weiße Trichter im Waldboden wie Knochen. Das mußte die deutsche Beschießung getan haben, der Hang lag nach Norden offen. Die Südseite wieder hatten die Franzosen ähnlich zerwettert: waagerecht hingemäht türmte sich hier der Baumwuchs, mit größerem und grünerem Laube. Plötzlich ragte vor seiner Nase ein Schild mit einem Pfeil: „Wildschweinschlucht! Kann zu Beginn eingesehen werden.“ Donnerwetter, dachte er zu gleicher Zeit erlöst und besorgt, setzte sich in Trab, zwischen den gestürzten Bäumen und über sie hin führte ein Fußweg. Nach der nächsten Minute heulte etwas heran, schon lag er, eng an eine Buche gepreßt, der Rucksack stürzte ihm in den Nacken. Ein dumpfer Schlag in die Berglehne hinter ihm, ein zweiter. Er wartete: es krachte nicht. Blindgänger, dachte er erlöst. Die Franzosen schossen die neue amerikanische Munition, und die taugte nichts; das Geheul der Granaten allein, dieser zerreißende wüste Ton, hatte ihm diesmal zugesetzt, und Hände schmutzig, moorig, eilte er weiter. Die Baumleichen schienen ihm schauerlich. Wie sollte die Zerstörung dieser Natur je wiedergutgemacht werden? Nach einer Minute bog die Schlucht um: unberührter Wald, Urwald.

Grün war um ihn und Schatten, Vögel riefen in den Buchenkronen. Neben den sonnengefleckten Stämmen stiegen Bündel junger Sprosse, dünn wie Finger, wie Kinderarme, so hoch, daß sich ihr Laub oben im Licht entfaltete. Brombeeren breiteten ihre Ranken aus und boten späte Blüten an, rosige und schwarzrote Früchte. Glänzend grün zogen sich die schwertförmigen Blätter der Maiglöckchen den Steilhang hinauf. Weißdorn und Berberitzensträucher verflochten sich, das Federwerk der Farnkräuter überwehte Moos und Steine. Es war ein Wunder, ein Bergwald wie auf Ferienwanderungen daheim. Wie gut, hier zu sitzen, den Rucksack auf einen Stein gestützt, den Stock zwischen den Beinen, nichts zu denken, auszuruhen. Kühl und belebend atmete sich die Luft zwischen diesen Stämmen.

Fünf Minuten später stieß Bertin wieder auf das Gleis der Benzolbahn, ein Abstellgleis also, und auf ein wellblechgedecktes Blockhaus. Endlich! Und er meldete sich militärisch

bei einem Gefreiten, einem bärtigen Mann, der vor der Tür saß, an einem Stock schnitzte. „Da bist du ja", sagte der Gefreite gleichmütig, er sagte „bischt" und erwies sich als ein Badenser, wie sein Kamerad, der barfüßig und in Hemdsärmeln hinzukam, zufrieden, daß der neue dritte auch wirklich eingetroffen war. Ob er Skat spielen könne, wurde Bertin gefragt. Er konnte Skat spielen. Ob er auch nicht zu viele Läuse mitbrächte? Hier könnte er sich sauberhalten. „Gott sei Dank", sagte Bertin. Die beiden Landsturmmänner hätten zur Not den Dienst auch allein gemacht, sie kannten nur eine Furcht, abberufen zu werden. Der Telefonschrank, der den Eisenbahndienst versorgte, hatte wirklich nur acht Klappen, aber es mußte eben Tag und Nacht jemand wach sein, wenn eine Klappe fiel. Bertin prüfte sein neues Bett, hängte seinen Rucksack an den Pfosten, entrollte die Decken, packte seine Kleinigkeiten aus: Waschzeug, Schreibzeug, Rauchzeug, das Bild seiner Frau in einem runden Rähmchen. Hier war also jetzt für vierzehn Tage seine Heimat.
Vor sechs Uhr verband er sich nach den Anweisungen des Gefreiten – Friedrich Strumpf hieß er, Parkwärter in Schwetzingen, nicht fern von Heidelberg – mit dem Pionierpark Douaumont. Als er in die schwarze Muschel den Wunsch hineinsprach, sich bei Leutnant Kroysing zu melden, schielte ihn der Badenser mißtrauisch an: der Neue schien ja feine Bekannte zu haben. Nach einer Weile gab Unteroffizier Süßmann Bescheid: Herr Leutnant lasse grüßen; er, Süßmann, werde ihn morgen nachmittag zu günstiger Zeit abholen. Bis dahin gute Verrichtung. „Erledigt", sagte Bertin; dann ging er daran, die neuen Kameraden über sich zu beruhigen. Er bot den Badensern von seinen Zigarren an, plaudernd, daß er im Sommer 1914 im Neckar geschwommen sei, beschrieb den Schloßpark von Schwetzingen, in dem eine Moschee stand, nicht wahr? vom Kurfürsten Karl Theodor errichtet, und wunderschöne Vögel in einem Käfighause gehalten wurden – auch einen chinesischen Pavillon mußte es da geben und ein kleines Bad aus Marmor – und gewann so das Herz des Parkwächters Strumpf in fünf Minuten: er strahlte. Jetzt zeigte er Bertin das Bild seiner beiden Kinder, eines Jungen mit einem Schulranzen, eines zehnjährigen Mädels mit einer Katze im Arm, und klärte ihn über den Charakter des dritten auf, des rotblonden, sommersprossigen Tabakarbeiters Kilian

aus Heidelberg, der ein jähzorniger Mensch sei, ein Räsonierer, und keinen Widerspruch vertrage, aber ein guter Kamerad, wenn man ihn zu nehmen wisse.
Bertin lernte an diesem Nachmittag, was es für Dienst gab, was für Batterien in der Nähe knallten, wann der Franzose schoß und wohin, wie das Gelände eigentlich verlief: der Douaumont südwestlich, nordöstlich hinter ihnen jenseits der großen Senke die Ornes-Schlucht, und Bezonvaux, oder was so genannt wurde, ziemlich genau östlich. Links von ihnen bekämpfte der Franzose eine Ringkanonenbatterie, drei Viertelstunden nach vorn die leichten Feldhaubitzen, von denen sie manchmal Post bekamen, die Kanoniere brachten sie mit der Munition vorbei; zeigten sie sich ein paar Tage nicht, so mußte man nachfragen. Es waren mürrische Leute dort, halt so Polacken von der russischen Grenze, die Worte polterten ihnen aus dem Maul wie Ziegelsteine, bloß ihr Leutnant war nett, der langweilte sich da zu Tode. Schanz hieß er.
Als sie beim Abendbrot saßen – Tee mit Rum und geröstetes Brot mit Speckscheiben – und Bertin gerade seine Stulle, auf ein Ästchen gespießt, übers Feuer hielt, tobte es übers Dach hin, es orgelte, sang, heulte, es gurgelte und ratterte, verklang, kam wieder und wieder. Die beiden Badenser sahen nicht einmal auf; der Abendsegen der Fünfzehner, der nach Thiaumont flog und weiter. Ein widerlicher Laut, gegen die Natur hervorgebracht, der seine tief böse Art von fern ankündigte. Der Armierungssoldat Bertin saß sehr beeindruckt da. Aber er hörte nicht ein von Menschen gemachtes Werkzeug erdröhnen, für dessen Zielsetzung und Gebrauch Menschen verantwortlich waren. Ihm brüllte da eine Urkraft, einer Lawine ähnlich, für die Naturgesetze verantwortlich waren, nicht Menschen. Der Krieg, ein von Menschen eingerichteter Betrieb, erschien ihm immer noch als ein vom Schicksal verhängtes Unwetter, eine Entfaltung reißender Elemente, nicht kritisierbar und niemandem Rechenschaft schuldig.

Zweites Kapitel

Stimme aus dem Grabe

Plötzlich am anderen Mittag, war Erich Süßmann da, schaute mit seinen eindringlichen Augen umher, versprach den Badensern, den Neuen rechtzeitig zurückzuschicken. Den Weg über die Feldhaubitzen? Schön. Wie zwei Ausflügler stiefelten sie los, überquerten die Feldbahnspur, den Bach auf mehreren Planken, stiegen den Hang hinan, durch Gezweig und Gebüsch, vom Licht und Schatten gesprenkelt, bogen in eine Schlucht rechts hinüber, im Augenblick umgeben von hingeschmettertem Wald, folgten auf halber Höhe einer Art Viehweg, der im Tal neben den Schienen hinzog. Unteroffizier Süßmann kannte alle diese Wälder mit Namen, den Vauche-Wald weiter hinten, hier den Moyemont, weiter vorn den Hassoule mit seinen Schluchten. Jeder einzelne hatte Ströme von Blut gekostet, im wahren Sinne des Wortes, deutsches und französisches. Sie bogen in einen schmalen Weg ein, gleich darauf griff Bertin nach Süßmanns Achsel: „Mensch! Ein Franzmann!“ Ein paar Schritte voran wandte ihnen ein Blaugrauer den Rücken zu, den Stahlhelm im Nacken, in die Büsche gedrückt, als müsse er einmal austreten. Süßmann lachte kurz: „Gott ja, der Franz. Er steht hier als Wegmarke zu den Feldhaubitzen. Sie brauchen sich nicht vor ihm zu graulen, toter als der kann man nicht sein.“ – „Und man begräbt ihn nicht?“ fragte Bertin entsetzt. – „Lieber Herr, wo verweilen Sie eigentlich? In der Bibel vermutlich und bei Antigone. Hier braucht man einen Wegweiser und nimmt ihn, wie er geliefert wird.“ Bertin schaute beiseite, als sie an dem Ermordeten vorübergingen, den ein langer Stahlsplitter wie ein Schwert an den halbierten Baum nagelte. „Schwere Mine“, sagte Süßmann. Bertin schämte sich vor dem Toten. Es schien ihm ein unabweisbares Bedürfnis, Erde auf seinen Helm und seine Schultern zu streuen, seinen Tod zu sühnen, ihn dem Mutterboden wiederzugeben. Mit seinen Blicken suchte er das entfleischte Gesicht, die eingetrockneten Hände. Großer Gott, dachte er, vielleicht ein junger Vater; auf diesen Schultern hat er sein Söhnchen getragen, als er zuletzt auf Urlaub war. Schweigsam trabte er neben Süßmann her. Unversehens kamen sie an Stapeln von Munition vorbei, mit grünlichen

Zeltbahnen zugedeckt. Links unterhalb ihres Weges tauchte wieder das Gleis auf; bald danach, inmitten der Baumtrümmer, hob ein Geschütz den schweren Lauf schräg aufwärts, die Lafette fest im Boden eingekeilt. Jetzt erst bemerkte Bertin die gestürzten Stämme, mit Drahtseilen aneinandergebunden, sandsackgepolstert, und eine Verkleidung aus vieleckbedruckter Leinwand, blau, braun und grünlich. Ein Haufen abgeschossener Kartuschen rostete in der Nähe, wertloses Eisenzeug. Sie wurden angerufen, Süßmann sprach mit der Wache, die ohne Gewehr herumschlenderte. Bertin erfuhr, Post sei keine da, morgen vielleicht. Unverkennbar klang die harte oberschlesische Mundart von den stoppligen Lippen des mageren Soldaten.
Endlich türmte sich über ihnen die Hügelseite hinauf zum Fort, wie ein Berg, von dem durch Explosion ein Stück abgerissen ward, die Erde – Bertin hatte ähnliches nie auch nur geträumt. Wie ein vom Aussatz zerfressenes Stück Haut unterm Mikroskop, eine Wunde an der anderen, zackiger Schorf und Eiter, entblößte sich der Boden. Sein Zustand war mürbe und wie verbrannt, Reste von Wurzeln durchäderten ihn wie Würmer. In einem Trichter lag ein Bündel verdorbener Handgranaten. Richtig, dachte Bertin, hier war ja überall mal Wasser drin. Stoffetzen flatterten an Drahtgemenge, ein Ärmel mit Knöpfen, Patronenhülsen, die Reste eines Maschinengewehrgurts, überall Menschenkot und Haufen von Blechbüchsen, nirgendwo menschliches Gebein. Erleichtert sprach er zu Süßmann davon. Der winkte ab: „Hier haben Anfang April vielleicht Tote rumgelegen! Wir konnten ihnen natürlich nicht gestatten, nach Belieben zu stinken. Hinter jener Ecke da haben wir sie in großen Trichtern verbuddelt." – „Seit wann sind Sie denn hier dabei?" fragte Bertin verwundert. – „Na immer", lachte Süßmann. „Erst nahmen wir ihn ein, und dann kam das Spektakel in seinen Eingeweiden, danach war ich ein paar Wochen weg, und dann kam ich eben wieder her." – „Was nennen Sie ‚das Spektakel'?" – „Die Explosion", antwortete Süßmann. „Komische Welt, sage ich Ihnen. Ich war schon mal tot; es ist halb so schlimm. Weit mehr triezt einen die Frage: Wozu? Für wen machen wir das alle miteinander?" – Bertin blieb stehen, um zu verschnaufen; jede Antwort, die ihm durch den Kopf wehte, schien ihm unmöglich; an dieser Stelle schmeckte jedes Worte nach ranzigem

Pathos. – „Ja, junger Freund", verspottete ihn sein kleiner Führer, „da bleibt auch Ihnen die Beredsamkeit zu Hause. Leute wie Sie kommen mir immer vor, als seien sie zufällig aus einem Ballon gefallen und bedürften einiger Aufklärung über den Planeten, auf dem sie jetzt herumstolpern." – „Wird dankbar angenommen", sagte Bertin unbeleidigt. „Wenn der Franzmann uns Zeit läßt..." – „Wie denn nicht", meinte Süßmann schnuppig, „der sitzt ebenso im Kakao wie wir. Der rührt keinen Finger."

Der Anstieg wurde zur Bergkletterei, der Stock tat gute Dienste. Als sie über die Zugbrücke schritten, die Drahthindernisse passierten – im Graben starrten die von Treffern verbogenen Eisenspitzen der Wolfsgitter –, Bertin den dumpfen Geruch von Mauertrümmern und merkwürdigen Stoffen schnupperte, lachte Süßmann: „Das ist der Douaumontgeruch; daß wir den nur nicht vergessen." Der Posten hatte sie nicht angerufen. „Wenn Sie Offiziere sehen, müssen Sie grüßen, hier ist, o Fremdling", belehrte Süßmann, „Dienstbetrieb." – „Hier sehe ich zunächst einmal gar nichts", antwortete Bertin, seine Stimme widerhallte in dem dunklen Tunnel. Von rechts und links mündeten jetzt Gewölbe, kleine elektrische Lampen brannten an den Decken. „Wir liegen im Nordwestflügel", sagte Süßmann; „Ende März hat uns der Franz beinahe auf den Köpfen herumgetanzt; aber er hat es nicht geschafft." Es liefen Armierungssoldaten an ihnen vorüber, Bündel von Werkzeug auf der Schulter; ein paar dickbedreckte Pioniere nickten Süßmann zu. „Die dürfen heute schlafen", sagte er, „sonst haben wir uns freilich mehr auf Nachttier dressiert. Komisch, wie sehr man sich an alles gewöhnt. Der Natur des Menschen sind offenbar keine Schranken gesetzt." – „Und was machen Sie?" fragte Bertin. – „Das wissen Sie doch, Feldbahnbau. Das ist unsere Erholung. Und heute bummle ich überhaupt. Nachher bring ich Sie zurück, und morgen früh besuche ich Ihre Kollegen im Fosses-Wald." – „Grüßen Sie sie schön von mir", lachte Bertin.

Der Pionierpark erfüllte einen halben Flügel des mächtigen Fünfecks. Niemand rauchte; hier lagerten noch andere Dinge als Drahtrollen, Grabenhölzer, Wolfsangeln. Mit einem Blick im Vorübergehen streifte Bertin die Weidenkörbe, zweihenkelig, wie riesige Köcher, in denen schwere Wurfminen die

Spitze nach unten bohrten. Kisten mit Leuchtmunition erinnerten ihn an die Pulverkisten seines eigenen Parks. Sie waren ganz neu. Ein unrasierter Unteroffizier händigte gerade an ein paar Infanteristen Raketen aus. Sorgfältig zählte er die Patronen auf eine Bohle hin, die über zwei Fäßchen gelegt war. Hinter ihm stand eine Tür offen; Blechgefäße wie für Flüssigkeit warteten in dem weißen Gewölbe. „Flammenwerferöl", sagte Süßmann. – „Was ihr alles habt", wunderte sich Bertin. – „Warenhaus zur Auferstehung", gab Süßmann zu. „Wir nehmen einen anständigen Teil des ollen Bergwerks ein, was?" Weit hinten, im ungewissen Licht der Lampen, gaben die bayrischen Schipper Werkzeug ab. „Die haben jetzt zwölf Stunden Ruhe", sagte Süßmann, „der Leutnant paßt höllisch auf, daß ihnen in der Freizeit kein Dienst zugeschoben wird. Ja, der Herr Hauptmann Niggl, der wundert sich." – „Und wie tief in der Erde spielt sich das alles ab?" – „Tief genug für Sonntag und Montag", antwortete Süßmann; „wir haben drei Meter Beton über unseren Köpfen und eine ganze Kaserne, Panzertürme, MG-Stände – kurz, allen Komfort. Hier wohnt unser Leutnant."
Bertin trat in ein Gewölbe, stand stramm. Leutnant Kroysing saß an einem Fenster, einer großen Schießscharte, der gegenüber eine Mauerwand emporstieg, von zwei Treffern zersprengt. „Ausblick ins Grüne", lachte er und hieß Bertin willkommen, „von hier aus sehe ich sogar ein Stück Himmel." Bertin dankte ihm für das angenehme Kommando, das er ihm verschafft hatte. Der Leutnant nickte; er habe durchaus nicht aus Nettigkeit gehandelt, sondern damit ein Mensch zumindest übrigbleibe, der dem Kriegsgerichtsrat Mertens in Montmédy den ganzen Kram erklären könne. Denn der müsse den Unteroffizier Kroysing wieder ehrlichsprechen. „Über den Tod von Christoph kommt mein Vater weg und über meinen auch, wenn ich draufgehe. Damit marschiert man jetzt in Reih und Glied. Nur keine Ausnahme, verstehen Sie, kein Aufsehen. Aber wenn sich in Bayern herumspricht – und es spricht sich herum –, daß ein Kroysing nur durch den Tod einer kriegsgerichtlichen Bestrafung entgangen sei, fühlt er sich geächtet und geschändet, und das darf man ihm wohl ersparen." – Teilnahmsvoll sah Bertin in das gelbbraune Gesicht, das ihm noch hagerer schien als das vorige Mal. Es sei schlimm, meinte er halblaut, sich auch noch privat mit der Niedertracht her-

umschlagen zu müssen. – Eberhard Kroysing wehrte ab. Das war gar nicht schlimm, es war Sport und Vergeltung; und sein Gesicht schien Bertin in diesem Augenblick so erbarmungslos wie die Erde draußen, die nur aus ineinanderstürzenden Gruben bestand.

Nüchternes Tageslicht lag in dem Raum. Unteroffizier Süßmann brachte eine Schüssel mit warmem Wasser. Leutnant Kroysing entnahm einer Schublade ein paar Bogen weißen Fließpapiers; sie zu beschaffen hatte über vierzehn Tage gedauert. Dann, mit seinen langen, spitzen Fingern, wickelte er aus einem weißen Taschentuch den starren Brief seines Bruders und tauchte ihn ein. Drei Köpfe, dicht beieinander, zwei braunhaarige und ein blonder, beobachteten, wie rosige Färbung, dann rotbraune die Wasserschichten durchdrang, den Grund des Beckens überlagerte. „Nur Vorsicht", sagte Süßmann, „überlassen Sie mir das Präparat." – „Präparat ist gut", brummte Kroysing.

Die Aufgabe war heikel: das Papier nicht zu zerstören, die Tinte nicht zu verwaschen und den Brief dennoch auffaltbar zu machen. Alles hing vom rechten Zeitpunkt ab. Der Verstorbene hatte einen Feldpostkartenbrief benutzt; ein Blatt ließ sich doppelseitig beschreiben, ebenso das Innere des Umschlags. Klebstoff hielt alles zusammen, Süßmann, mit wachsamen Bewegungen, schwenkte den Brief hin und her: Augenblicklich färbte sich das ganze Wasser braun. „Darf ich es weggießen?" fragte er. – „Schade", antwortete Kroysing, „nun kann ich niemanden zwingen, es zu saufen." Schweigend entleerte Süßmann das Waschbecken in den Eimer, goß neues Wasser über den Brief, der sich an den gummierten Seiten schon auseinanderlöste. Er wurde weich; das dritte Wasser blieb klar, die Blätter, zwischen Fließpapier gebettet, zeigten eine nur wenig verlaufene Schrift. „Gute Tinte", sagte Kroysing tonlos. „Der Junge liebte es, wenn sie schön schwarz auf der Seite stand. Wollen Sie hören?" Es ist so weit, dachte Bertin stockenden Atems. Wer hätte das für möglich gehalten.

„Liebste Mutter", las Eberhard Kroysing, „entschuldige, daß ich Dir diesmal Kummer bereiten werde mit meinem Schreiben. Ich habe bis jetzt meine Lage rosiger dargestellt, als sie ist. Ihr habt uns dazu erzogen, die Wahrheit zu sagen und in der Verfolgung dessen, was recht ist, vor niemandem zurückzuweichen; Gott mehr zu fürchten als die Menschen, nanntest Du es. Und wenn ich auch nicht mehr an Gott glaube, wie Du wohl weißt, stürzt damit doch nicht das ein, was uns eingepflanzt wurde von Kindesbeinen an. Ich habe nämlich im April Onkel Franz einen Brief geschrieben, in dem ich ihm schilderte, wie unsere Unteroffiziere mit der Mannschaftsverpflegung umgehen und sich auf Kosten des gemeinen Mannes gute Tage machen. Onkel Franz weiß, wie wichtig ein ungekränktes Rechtsgefühl für den Geist unserer Leute ist. Es ist einfach das, was er eine Mordsschweinerei nennen würde. Dieser Brief wurde von unserer Zensur geöffnet. Papa wird Dir erklären, warum daraufhin eine kriegsgerichtliche Untersuchung eingeleitet wurde, aber nicht gegen die Unteroffiziere, sondern gegen mich, und wieso unser Bataillon es zu dieser Untersuchung nicht kommen lassen will. Man hat mich daraufhin in unserer gefährlichsten Stellung festgenagelt. Mutterchen, wüßtest Du, wie schwer mir das Herz ist, diesen Satz schreiben zu müssen. Du wirst jetzt vor Sorge vergehen, schlecht schlafen, mich schon unter der Erde meinen. Glaub's nicht, Mutterchen. Laß mich an Dein kluges Herz appellieren. Schon zwei Monate lebe ich in dieser Stellung, im Keller eines großen Bauernhauses, und nichts ist mir passiert. Daraus geht klar hervor, wie wenig mir auch weiterhin passieren wird. Endlos aber darf das nicht dauern, sonst regnet es mir doch noch mal in die Bude. Darum bitte ich Dich: Drahte sofort an Onkel Franz. Er muß mich dringlichst vom Kriegsgericht in Montmédy vorladen lassen. Er muß dem Kriegsgericht meine genaue Adresse geben, denn ich ahne, daß Hauptmann Niggl irgendeine Schweinerei gemacht hat, mich für unabkömmlich erklärt oder sonst irgend etwas." („Gut geahnt, Junge", brummte der Ältere und wendete das Blatt um.) „Er soll sich ja nicht abspeisen lassen, er soll gleich mit dem Kriegsgerichtsrat telefonieren und sich ganz hinter mich stellen. Er kann das unbesorgt tun. Ich bin heute genau derselbe, der sich vor zwei Jahren kriegsfreiwillig stellte. Mein Verantwortungsgefühl erlaubte nur nicht, daß ich zusah und schwieg. Ich habe versucht, Eberhard einzuspannen, aber er ist furchtbar von seinem Dienst beansprucht, wo er liegt und was er tut, wißt Ihr ja, und er darf als Offizier in meinen Handel auch nicht verwickelt werden. Ich hab schon ein paar Wochen nichts mehr von ihm gehört. Und diesen Brief schicke

ich Euch auch nicht etwa direkt, sondern durch die Kameradschaftlichkeit eines Schippers und Akademikers, den ich erst heute kennenlernte. Und nun, liebste Mutti, handele schnell und besonnen, wie wir es von Dir kennen, Du guter Geist des Hauses. Du hast es schwer mit uns. Aber wenn wir erst zurück sind und Frieden ist, dann werden wir erst wissen, was das Leben wert ist, wie schön es ist, zu Hause zu sein, und was wir aneinander haben. Denn vieles hat sich als Schwindel entlarvt, viel mehr, als Ihr ahnt, viel mehr, als erlaubt ist, und wir werden alles neu aufzubauen haben, damit der Welt die Wiederholung dessen erspart wird, was wir jetzt mit unseren eigenen Augen sehen, unseren eigenen Händen tun und an unseren eigenen Körpern erleiden. Eltern und Kinder aber – unsere Liebe zu Euch und Eure Liebe zu uns, die hat sich als tragfähig erwiesen, der kann man vertrauen, und damit will ich schließen. Immer und innig Euer Sohn Christoph. P. S. Papa besonders herzlichen Kuß. Er soll mir ruhig mal selber schreiben."
Die beiden Zuhörer schwiegen. Das leise Dröhnen des täglichen Artilleriefeuers schlug an die geschlossenen Scheiben. „Recht überlegt", sagte Eberhard Kroysing und legte den Brief sorgfältig zwischen neues trockenes Fließpapier, „recht überlegt, sitzen wir hier nicht weniger tief unter der Erde, als der Schreiber dieses liegt. Mit einem kleinen Unterschied, der dem Herrn Hauptmann Niggl zu schaffen machen wird."
Plötzlich duckt sich Bertin: ein kurzes wildes Heulen, dann in unmittelbarer Nähe ein schmetternder Schlag, von den Mauern mit dumpfem Nachhall gebrochen; gleich danach ein zweiter. „Meine Gehilfen", lächelte Kroysing.

Drittes Kapitel

Hauptmann Niggl

Der Herr Hauptmann Niggl... Mit einer Mischung von prickelndem Hochgefühl und Widerstreben hatte er sich nach dem Einmarsch schlafen gelegt, in einem eisernen Bett, das aber, zu seiner unendlichen Beruhigung, unter einem weißgetünchten Gewölbe von freundlicher Dicke eingebaut war.

Immer wieder fragte er in seinem biederen Bayrisch den Adjutanten des Platzkommandanten, das sei doch ein sicheres Häuserl, der Douaumont, nicht wahr? Und ein schönes Fuder Zement klebe über seinem Kopfe. Hatte er hier ein paar Wochen gut geschlafen, so bekam er bestimmt das Eiserne Kreuz erster Klasse und war für alle Zeiten in Weilheim, und nicht nur in Weilheim, ein großer Mann. So dachte er. Er hatte sich davon überzeugt, daß die Mannschaft der dritten Kompanie, in einem riesigen Kasemattengewölbe des gleichen Flügels untergebracht, nach dem Nachtmarsch heißen Kaffee, Brot und Schmalzkonserven empfing und auf ihren eisernen Gestellen und Holzwollsäcken, drei übereinander, leidlich schlafen werde, um morgen vormittag als erste Arbeit ihr neues Heim gründlich auszuscheuern. Aber gleich am Morgen erteilte der Franzose ihm und den Seinen eine Warnung, die neue Gegend nicht der alten gleichzusetzen. Auf der Suche nach einer Latrine gerieten die Armierungssoldaten Michael Baß und Adam Wimmerl in den großen, nach Süden offenen Hof, der zu gewissen Zeiten klüger nicht betreten wurde, und während sie noch eine Stelle suchten, sich niederzuhocken, zerriß sie die erste Morgengranate einer Langrohrbatterie, die der Besatzung des Forts längst vertraut war. Das verursachte keinen geringen Schrecken und schien dem Hauptmann eine Vorbedeutung, die sich ihm schwer auf die Brust legte. Vieles legte sich ihm hier auf die Brust. Die Luft war schlecht zu atmen, die Tunnels hier im Gegensatz zu denen anderer Flügel samtschwarz von Ruß. Die elektrischen Leitungen waren neu gelegt, ein Seitentunnel von einer Mauer völlig verschlossen, die ziemlich neu war, obwohl sie zum Teil aus älteren Trümmern und Brocken bestand. Die hallenden Gewölbe machten keinen Spaß, die Diensteinteilung war unangenehm: Sprengarbeiten, während die französische Artillerie sich mit der deutschen duellierte, Schanzarbeiten des Nachts unter peinlichem Stillschweigen und Rauchverbot, obwohl die französische Front fast drei Kilometer jenseits des Forts sich hinzog. Der Platzkommandant, ein preußischer Hauptmann aus dem Münsterländischen, höflich und wortkarg, war kein Zechkamerad, noch viel weniger die Offiziere der Infanterie, die hier mit einem Ablösungsbataillon in Bereitschaft lagen, die Funker und Telefonisten. Etwas umgänglicher gab sich der Artillerieleutnant, dem die Panzertürme unterstanden. Aber

als Niggl oben in ihnen auftauchte, zog er allzu ängstlich immer wieder den Kopf ein, wie eine Schildkröte, die Deckung sucht, und das mißfiel dem Artilleristen gröblich. Den Pionieroffizier, unter dessen Kommando die Arbeiten der dritten Kompanie vor sich gingen, hatte er noch nicht gesprochen. Die Feldwebel hatten miteinander Fühlung genommen, der Leutnant die Mannschaften besichtigt. Aber Hauptmann Niggl durfte mit Recht erwarten, daß Herr ihn zuerst besuchte.
Dies geschah. Am Vormittag, zwischen zehn und elf, als der Herr Hauptmann gerade einen Brief voll packender Schilderungen im Beamtenstil an seine Gattin schrieb, klopfte es an seine Tür, und der Pionierleutnant trat ein. Das Zimmer des Herrn Hauptmann Niggl glich ganz genau dem des Herrn Leutnants selbst, nur daß es, wie gesagt, einer anderen Seite des Grabens zugekehrt war, der nordwestlichen; die ganze Länge des Forts lag zwischen ihnen, gut dreihundert Meter. Der Leutnant mußte sich fast bücken, als er eintrat, hoch und mager ragte er im Lichte des Fensters, dem der Herr Hauptmann die linke Seite zukehrte, so daß ihm die schreibende Hand das Papier nicht beschattete. Entzückt war er aufgestanden, den Besuch zu begrüßen, der Hauptmann Niggl. Aber gleich die ersten Worte des anderen benahmen ihm den Atem. Der Herr Hauptmann möge freundlichst gestatten, sagte dieser Pionierleutnant, daß er sich ihm vorstelle: Kroysing heiße er, Eberhard Kroysing, und er hoffe, mit dem Herrn Hauptmann aufs beste zusammenzuarbeiten. Harmlos und dienstlich äußerte er das, die Augen forschend in Herrn Niggls Gesicht. Die Laufbahn eines Beamten erzeugt Selbstbeherrschung; höflich bot dieser dem Besuch einen Sitz an. Andererseits überflog Herr Niggl mit dem inneren Auge drohende Umrisse schattenhafter Zusammenhänge. „Kroysing?“ wiederholte er fragend. Und der lange Leutnant verneigte sich bestätigend: „Genau so. Herr Hauptmann kennen den Namen.“ – „Wir hatten einen Unteroffizier bei der dritten Kompanie...“ – „Das war mein Bruder“, fiel der Leutnant ein. – Der Hauptmann Niggl sagte teilnehmend: Leider, leider raffe der Tod immer die Besten hinweg. Er war ein Muster an Pflichterfüllung, der Unteroffizier Kroysing, er wäre eine Zierde des Offizierkorps geworden. Nur noch ein paar Monate hätte er durchzuhalten brauchen, dann war er aus dem Schlimmsten heraus, hätte Heimaturlaub bekommen, zum

Offizierkurs wäre er abgegangen, alles wäre gut ausgelaufen. Und justament vorher noch mußte ihn der Franz erwischen! – Der Leutnant verneigte sich dankend: ja, der Krieg sei nicht zum Aussuchen, seine Eltern würden wohl allmählich über diese Sache hinwegfinden. Irgend etwas von einem kriegsgerichtlichen Verfahren hatte ihm sein Bruder angedeutet, als sie sich das letztemal sprachen. Aber das war Ende April oder Anfang Mai gewesen, wenn sein Gedächtnis ihn nicht trüge, bald nach der greulichen Explosion jedenfalls und während der wilden Kämpfe in Richtung Thiaumont-Fleury, er hatte sich wirklich nicht damit abgeben können, seinen Bruder bloß zwanzig Minuten gesprochen. Was daran eigentlich gewesen sei? – Der Hauptmann Niggl fragte zunächst, wie es denn komme, daß der Herr Kamerad bei einem preußischen Truppenteil diente, wo die Familie Kroysing doch gut bayrisch sei, fränkisch, wenn er sich recht entsann, nürnbergisch. – Der Leutnant erklärte es ihm: als Vizefeldwebel der Reserve sei er unmittelbar bei Semesterschluß der Technischen Hochschule, Charlottenburg, zu den märkischen Pionieren eingezogen worden und da als Leutnant verblieben. Das malte eben die Einheit des Deutschen Reiches, um die die Großväter so viel diskutiert und die Väter Anno siebzig gefochten hatten. Diese kriegsgerichtliche Untersuchung aber, um darauf zurückzukommen: Was war nun wirklich daran? – Nichts, oder so gut wie nichts. Die Feldpostzensur stellte sich halt gar zu nervös an, und der Unteroffizier Kroysing, der brave Junge, hatte leider ein paar unvorsichtige Ausdrücke an einen hohen Militärbeamten geschrieben. Genaueres erinnerte sich der Hauptmann Niggl im Augenblick wirklich nicht. Er hatte sich höllisch geärgert, einem so braven Soldaten deswegen eine Untersuchung andrehen zu sollen. Aber es hing ja nicht von ihm ab, und außerdem wäre der junge Kroysing ohne allen Zweifel fleckenlos aus der Untersuchung hervorgegangen. Ach, alle Leute unterschätzten eben die Gefahren, die den Schippern immerfort drohten. Ob der Herr Kamerad gehört hatte, daß gleich gestern morgen zwei seiner Leute in Klumpen gehauen worden waren, genau wie vor ein paar Monaten der Christoph. – Der Leutnant notierte in seinem Herzen, daß der Niggl „Christoph" gesagt hatte; er verzog keine Miene. Auch er sei sicher, das Kriegsgericht hätte seinen Bruder rehabilitiert. Aber wo befanden sich die Akten? Bei wem konnte man dieser Genugtuung wegen Schritte einleiten? – Ja, das wußte der Hauptmann Niggl nicht, die waren den Dienstweg gegangen, den Weg alles Fleisches. Vielleicht konnte der Feldwebel Feicht von der dritten Kompanie darüber Auskunft geben. – Feldwebel Feicht, wiederholte der Leutnant, gleichsam verzeichnend. Und wie war es mit dem Nachlaß seines Bruders? Allerlei Wertstücke, zum Teil von Urgroßvaters Zeiten her, vom königlich bayrischen Landesgerichtsrat Kroysing, persönlicher Kram, an dem sich die Mutter trösten konnte. Und Papiere, vielleicht Aufzeichnungen, vielleicht Gedichte. Der Christoph hatte hin und wieder welche geschrieben. Wahrscheinlich wollte die Mutter für die Verwandtschaft und die Freunde ein kleines Erinnerungsheft herstellen – kurz, wo trieb sich das herum? – Tief erstaunt meinte der Hauptmann Niggl, das sei doch wohl im Lazarett geblieben. Und das Lazarett habe es pflichtgemäß nach Hause geschickt. – Nein, so verhielt es sich nicht. Das Lazarett hatte dem Leutnant Kroysing am Tage der Beerdigung mitgeteilt, diesen Nachlaß habe die Kompanie alsbald eingezogen, um ihn selbst heimzuschicken. – Da sehe man's, sagte der Hauptmann, wie pflichttreu die Schreibstube der Dritten ihre Mannschaft bemuttere. Also sei das Gut gleich nach Nürnberg abgegangen. – Hm, meinte der Leutnant Kroysing, dann habe er nur allerseits zu danken. Er werde mit Erlaubnis des Herr Hauptmanns daheim anfragen, ob der Nachlaß inzwischen eingetroffen sei, und dem Herrn Hauptmann Bericht erstatten. Aber nun werde er ihn nicht länger in Anspruch nehmen; mitten in einem Brief habe er ihn unterbrochen, einer puren Privatsache wegen. Nur noch eine dienstliche Frage, und dabei stand er auf: Ob der Herr Hauptmann nicht gelegentlich, um die Mannschaft zu ermutigen, frühmorgens das Sprengkommando oder des Nachts die Leute vom Stellungsbau begleiten wolle? Es werde bestimmt einen guten Eindruck machen und dem Herrn Hauptmann bei der vorgesetzten Dienststelle nutzen. Gefahr sei draußen und drinnen. – Damit verneigte er sich und verließ den diensälteren Offizier, die höhere Charge, mit vorschriftsmäßigem Gruß: Hacken zusammen, Finger an der Mütze. Die Hand gab er ihm nicht.

Der Rentamtmann Niggl aus Weilheim saß da, sah ihm nach, trocknete sich den Schweiß ab. Plötzlich kam ihm zum Be-

wußtsein, daß er hier in einem Gewölbe gefangengehalten sei wie in einer Falle, vielleicht wie schon im Grabe. Warum hatte der blödsinnige Unteroffizier Kroysing nicht so ausgesehen wie sein Bruder, so gefährlich nämlich? Warum hatte er ein harmloses Bubengesicht gehabt und sich wie ein Tölpel benommen? Wehe dem, der unter diese Augen, in diese Hände geriet. Nur ein Trottel konnte an einen Zufall glauben, der ihn, gerade ihn und just seine dritte Kompanie hierher verschlug. Dieser Mann wußte etwas – was er wußte, stand dahin. Jetzt wollte er ihn, den Niggl, sogar dienstlich in diese säuische Trichterwelt hinausschicken, in der ein Mann spielend verschwand, ob ihn nun ein Granatsplitter hinschmiß oder eine Kugel. Nein, durch diese Rechnung mußte ein Strich gemacht werden. Er mußte sofort an den Hauptmann Lauber schreiben, am besten noch telefonieren, sofort. Jemand hatte den Hauptmann Lauber getäuscht: hier wurde eine Privatsache dienstlich eingeleitet. Er und seine Landstürmer waren hier nicht am Platze, das mußte der Lauber doch einsehen. Oder sollte er nicht erst den Simmerding benachrichtigen und den Feicht? Was war mit dem Nachlaß des Kroysing geschehen? Ruhte er noch immer in den Kisten und Kasten der Kompanie, weil noch niemand Zeit gefunden hatte, das Geschreibe des Kleinen durchzusehen? Hatten ihn die Füchse unter sich verteilt? Aber nein, das drängte nicht. Ehe der Kroysing von Hause Antwort kriegte, war längst Rat geschafft. Das Dringlichste war: die Absichten des Gegners zu erkunden, festzustellen, was er wußte.
Das Dringlichste war: Ruhe zu halten. Daß er so plötzlich die Nerven verlor, lag lediglich an dem Mistloch hier, dem Douaumont. Er ließ sich von dem Wort zu sehr beeindrucken. Im Klosterkeller von Ettal oder unten im Starnberger Schloß sah es doch fast genauso aus; dort sitzend, hätte er nicht gleich die Flinte ins Korn geworfen, bloß weil ein Mensch, mit der er dienstlich zu tun hat, der Bruder eines anderen Menschen war, mit dem er dienstlich schon mal zu tun hatte. Er saß da, blickte scharf auf die weißgekalkte Mauer vor sich: wenn er die ganze Unterredung nachprüfte, war sie aufs unverdächtigste verlaufen. Er allein schrieb dem anderen die Rächerrolle zu; er allein, unter der Wucht der Tatsache, daß dies hier, dies blöde Mauerstück, nicht Ettal hieß und nicht Starnberger Schloß, sondern Douaumont – er selber machte sich die Lage unheimlich. Nüchtern hingesehen, war gar nichts nachweisbar.

Die Frage nach den Akten war so natürlich wie die nach dem Nachlaß. Daß ein Leutnant Kroysing den Pionierpark hier versah, war genau so harmlos, wie daß sein Bruder Unteroffizier bei den Schippern gewesen. Und gar nicht gekümmert hatte er sich um den Jüngeren, der Herr Leutnant; da sollte er jetzt sich gerade die Kompanie seines Bruders und seinen Bataillonskommandeur herangefischt haben, um sich zu rächen? Unsinn, blühender Unsinn! Der gute Kroysing war tot, der konnte nichts sagen. Immer hatten Armierungskompanien hier im Douaumont gewerkelt. Lag hier kein Zufall vor, so gab es keine Zufälle; dann hatte der Herr Pfarrer recht, der über die Welt einen eifrigen Herrgott setzte, beschäftigt mit der Überwachung von Übeltätern und der Betreuung der Schuldlosen. Aber mit dem Herrgott wußte man doch fertig zu werden. Da ging man zur Beicht, nahm auf sich, was der Herr Pfarr' verhängte, und schlug dem Teufel ein Schnippchen und seinem Abgesandten erst recht, dem langen Knochengestell, dem Saupreißen, dem hundsföttischen, der noch nicht mal ein Preuße war, sondern ein nachgemachter aus Nürnberg. Nein, nix da, Niggl! Deinen Brief schreibst jetzt heim, und nichts läßt dir anmerken vor der Frau und den Kindern.
Der Tag verging dem Hauptmann Niggl ganz leidlich. Die Mittagsschüsse erschreckten ihn; nachts wollte er mit ins Gelände gehen, er hatte sich Karten ausgebeten und studierte sie, immer wieder beruhigt über die mehreren Kilometer zwischen den Franzosen und ihm. Nachmittags gegen fünf drängte mit allen Zeichen des Schreckens sein Kompanieführer ins Zimmer, der Simmerding, der Feldwebelleutnant. Hinter verschlossener Tür stotterte er hervor, ob der Herr Hauptmann wisse, wie der Pionierkommandant des Fortparks heiße. Großspurig beruhigte ihn der Niggl: natürlich wisse er es, längst wisse er es, ein umgänglicher Mann sei der Leutnant Kroysing, gut werde sich mit ihm arbeiten lassen. – Warum er ihm und dem Feicht davon nichts gesteckt habe, fauchte der Simmerding. Jetzt hätten sie sich nicht schlecht hineingeritten! Und er reichte dem Niggl ein dienstliches Telegramm, weiß und blau, wie die Telefonisten durchgesagten Text aufzuschreiben pflegten: „Christophs Nachlaß nicht empfangen, Kroysing“, stand darauf zu lesen. Lange besah der Niggl das Blatt. Woher er das habe, fragte er tonlos. Das habe ihm der kleine Jud überbracht, der Süßmann, zur Kenntnisnahme und

mit der Bitte um Rückgabe. Mehrmals nickte der Niggl vor sich hin. Sein leichtsinniger Selbstbetrug war Dreck gewesen. Mit einem Menschen, der höflich lächelnd Telegramme wie elektrische Schläge losließ, mit dem war nicht zu spaßen. „Sie haben recht gehabt, Herr Nachbar", sagte er gemütlich, „und ich bin ein Esel gewesen. Das ist ein gefährlicher Herr, der Herr Kroysing, da müssen wir uns sehr zusammennehmen und unseren Grips anstrengen. Werden halt zunächst mal alles auf die Feldpost abschieben." Aber die Hand zitterte, die seine Zigarre neu anzündete, und als der Simmerding grollte: „Wird eh viel nutzen!", wußte er nichts zu entgegnen.
Drei Tage nachher lief Hauptmann Niggl, den Kopf geduckt, durch die nachhallenden Gänge. In dem kurzen Zeitraum hatte die Kompanie zwei neue Tote und einunddreißig Verwundete zu verzeichnen gehabt. Zweimal waren in der Kolonne französische Granaten explodiert... Und obwohl Kolonne eher eine lockere Schwarmlinie bezeichnete als geschlossenen Anmarsch, war der Eindruck auf die Armierungssoldaten und ihren Führer: sie seien hilflos preisgegeben, außerhalb des Steinhaufens müsse sich jeder auf alles gefaßt machen. Und doch lief Hauptmann Niggl jetzt, er preßte die Hände auf die Ohren. Denn aus dem Seitengang, in dessen Sälen die große Verbandstation untergebracht war, drang gellendes Geschrei. Gleiches Geschrei hatte das Feld übergellt, als die zwei neuen Toten und die neun Verwundeten etwa fünfzig Meter vor ihm zur Strecke gebracht wurden. Ganz plötzlich war der Nebel zerrissen, der gute Morgennebel – und den Rest konnte man sich denken. Herr Niggl war nicht geübt im Laufen, sein Bauch schütterte, seine Ärmel rutschten hoch, viel zu kurz wirkten sie. Aber er lief. Im Schein der elektrischen Birne, im dumpfen Licht entfloh er dem hemmungslosen Brüllen des gepeinigten Fleisches.

Viertes Kapitel

Generalprobe

Eberhard Kroysing fühlte in seiner Seele ein Tanzen und Wiegen, wenn er an Hauptmann Niggl dachte; dann schien ihm die Luft, diese graue Mordluft in den Mauern des Forts geheim zu funkeln. Er ließ sich Zeit. Es war viel zu tun in den nächsten Tagen, denn plötzlich, über Nacht, hatte ein Regen eingesetzt, den manche schon für den Beginn der Herbstgüsse ansahen. Es rieselte aus bleiernen Wolken fein und eindringlich; als man morgens erwachte, schimmerte das Gelände bereits wässerig von zahllosen Pfützen und Pfützchen; der Krieg schwieg überrascht.
„Süßmann", sagte Kroysing, in seiner Zelle Pfeife rauchend und sich faul auf seinem Bette dehnend, „heute vormittag machen wir meine Malerei fertig" – der Plan für den Einbau von sechs neuen Minenwerfern lag begonnen auf dem Tisch, eine Buntstiftzeichnung –, „aber am Nachmittag besehen wir uns den Schaden. Wenn das nicht wieder aufhört, haben wir uns rührend verrechnet und unsere Vorbereitungen zu spät gestartet." – Süßmann, zuversichtlich, behauptete, es werde aufhören. „Das ist bloß so 'ne Husche, wie wir in Berlin sagen", prophezeite er. „Aber eine wohltätige. Beeilt euch, sagt sie. Wo bleibt die erste und die zweite Kompanie, sagt sie." – „Und da hat sie recht", rief Kroysing aufgeräumt, „und verdient einen Schnaps, um nicht zu sagen Kognak. Bitte, Süßmann, langen Sie mal die Pulle rüber; wir genehmigen ihn uns in Stellvertretung." – Süßmann grinste vergnügt, holte aus des Leutnants Schränkchen die hohe Flasche, noch halbvoll, und zwei kleine fußlose Weingläser, wie sie in jedem Estaminet herumstanden, schenkte ein, stellte sie Kroysing auf den eisernen Schemel neben dem Kopfende seines Lagers. Der Leutnant bat, zuzugreifen, sog tief den Duft ein, den die goldgelbe Flüssigkeit ins Zimmer strömte, und schluckte langsam, mit hemmungslosem Genuß, ganz verloren an das Getränk, den Trost der Männer. „Passen Sie auf, mein Lieber", sagte er zur Decke hin, „gegen Mittag, wenn der Herr Hauptmann ausgeschlafen haben, schlendern Sie in seine Schreibstube und fragen mit unnachahmlicher Grazie nach dem Verbleib der beiden Kompanien. Und dann erbitten Sie,

in Klammern und ganz bescheiden, Einblick ins Postbuch. Irgendwo muß die Dritte doch was notiert haben, als sie die Habe meines Bruders den wilden Wogen der Feldpost anvertraute. Denn, lieber Süßmann, diese Sendung ist verlorengegangen. Ein gewisser Prozentsatz von Päckchen und Briefen muß das ja tun, schon allein der Wahrscheinlichkeitsrechnung wegen. Und daß Christophs bißchen Zeug darunter zählt – Zufall natürlich. Wir Kroysings haben halt Pech." Süßmann wäre am liebsten sofort losgelaufen. Kroysing aber wünschte nicht, allein zu bleiben. „Ist unser Freund Bertin ein erfahrenes Frontschweinchen, so stiefelt er heut vormittag gemütlich herüber und zeigt uns seine etwas schiefe Nase", gähnte Kroysing. „Ob er sich freilich hierher traut?" – Süßmann beteuerte, lediglich aus Schüchternheit könnte Bertin allenfalls in seiner Bude bleiben. Ihm diese auszutreiben, habe er heute morgen hinübertelefoniert – aber siehe da, der Vogel war schon ausgeflogen. Er hatte heute Nachtdienst, verfügte also über Zeit am Tage und war, nach den Auskünften des Landsturmmanns Strumpf, zu einem Schulfreund gegangen, den er bei den leichten Feldhaubitzen entdeckt habe; dann wollte er weiter in den Douaumont. „Wäre ja auch ein Wunder gewesen", schloß Süßmann, „wenn er unter all den Oberschlesiern nicht Bekannte besäße, der gute Herr." – „Warum machen Sie sich lustig über ihn?" fragte Kroysing. – „Abgesehen davon, daß mir alles spaßig vorkommt: so viele Bedenken gegen all und jedes, wie sie der Bertin immerfort in sich ausbreitet, möchte ich einmal auf einem Haufen sehen." – Kroysing wurde aufmerksam: „Halten Sie ihn denn für feige? Das wäre mir unwillkommen." – Süßmann schüttelte seinen länglichen Schädel: „Ganz und gar nicht", erwiderte er. „Sagte ich denn feige? Ich sagte: voller Bedenken. Der Junge ist eher ein Draufgänger aus Naivität, aus tolpatschigem Drang nach Neuheiten – werde der Teufel klug aus ihm. Sicher ist nur seine Angst vor Vorgesetzten. Vor dem Militär, wissen Sie. Vor Granaten keine Bange, aber die Hosen voll vor jeder Schreibstube und jedem Achselstück. Armer Hund", setzte er nachdenklich hinzu. – Kroysing wälzte sich auf den Bauch, die Ellenbogen aufgestützt. „Davon verstehen Sie nichts. Das muß so sein. Der gemeine Mann, das ist friderizianische Absicht, muß seine Vorgesetzten unvergleichlich mehr fürchten als den Feind; sonst käme ja kein Sturmangriff zustande. Im übrigen stelle ich mir vor, daß diese Panik bei Bertin mit einer guten soldatischen Ausbildung völlig verschwände. Was haben solche Leute bei den Schippern zu suchen? Tun Sie mir einen Gefallen, Süßmann: beobachten Sie ihn. Eignet er sich zu was Besserem, so möchte ich ihm gern dazu verhelfen. Intelligent ist er, geschult, lange genug hier draußen und ein sehr anständiger Bursche. Alles hängt davon ab, ob er Schneid hat, kaltblütigen Schneid, Sie wissen, wie ich's meine. Und hat er den, so machen wir ihn auf dem üblichen Umweg zum Unteroffizier und später zum Leutnant – wie Sie." Süßmann klapperte mit dem Rotstift, den er eben kritzelnd über eine Feldpostkarte laufen ließ. „Dann müßte er sich ja zuallererst von seinem Truppenteil wegmelden." – „Müßte er, ja." – „Wird er nie", behauptete Süßmann. „Dazwischen eben funken seine Bedenken. Auf dem vorigen Heimweg haben wir uns unterhalten. Er ist ein gebranntes Kind, er hat sich freiwillig nach Westen gemeldet, als er einem Osttransport zugeteilt war, diese Eselei hat ihn ins Bataillon Jansch verschmettert, und die Reue darüber zernagt die Lilienblätter seiner Seele. Nie mehr freiwillig melden, das ist sein Grundsatz geworden. Und kein schlechter, wie Herr Leutnant zugeben werden." – Kroysing drohte mit der Faust: „Schurke! Freiwillige vor! ist beste preußische Tradition und bei unserer Waffe Ehrensache. Haben Sie nie was von Pionier Klinke und den Düppeler Schanzen in der Schule gelernt? ‚Ich heiße Klinke, ich öffne das Tor', singt Ihr Landsmann Fontane, und der mußte es ja wissen." – Beide lachten, als Süßmann hinzusetzte: „Die Dichter kommen aber auch auf alles." – „Nichts gegen die Dichter", mahnte Kroysing, „hier naht unserer."

In der Tat, es klopfte schüchtern, ein trat Bertin, ziemlich naß, mit recht schmutzigen Stiefeln. Er wurde seines guten Einfalls wegen belobt; Kroysing, ein Kognakglas für ihn fordernd, damit er sich nicht erkälte, beschloß, dem Gast zuliebe aufzustehen, gab ihm etwas zu rauchen – holländischen Pfeifentabak –, bewegte sich in seiner Ärmelweste aus gefütterter, dicker Seide, schwarz und schon etwas abgerieben, in dem engen Raum umher, wusch sich das Gesicht und berichtete, während er sich abtrocknete, über seine sanfte Unterredung mit Herrn Hauptmann Niggl. Bertin putzte seine Brille, regennaß und angelaufen; undeutlich schwebte vor seinen kurzsichtigen Augen im Rauch der Pfeifen das Gesicht Kroysings, das Handtuch wehte hin und her. Er habe nicht schlafen können nach jener Brieföffnung, erzählte er, der Inhalt des Testaments habe sich in ihm mit dem Tonfall der Stimme des... er schluckte... Verstorbenen festgesetzt, an den er sich merkwürdigerweise jetzt ungemein genau erinnere. Was für ein Mensch wohl dieser Niggl sei, der über einen so seltenen Jungen wie den Christoph einfach hinwegzugehen vermochte? – Kroysing, seinen Rock anziehend, schlängelte sich geschmeidig zwischen Geräten und Menschen auf seinen Platz hinter dem Tisch am Fenster: „Ein ganz gewöhnlicher Mensch", sagte er mit seiner tiefen Stimme, „einer unter x Millionen, ein Alltagsschurke sozusagen." – „Und was haben Sie mit ihm vor?" – „Das will ich Ihnen sagen", entgegnete Kroysing. „Erst setze ich ihn unter Druck, dazu verhilft mir die Umgebung, dieser stimmungsvolle Maulwurfshaufen, der Franzmann. Zweiter Schritt: Er unterzeichnet mir einen Wisch, ein Geständnis, daß er meinen Bruder in der Chambrettes-Ferme so lange hat sitzenlassen, bis er fiel – in der Absicht, die kriegsgerichtliche Untersuchung zu verhindern." – „Wird er nie unterzeichnen", sagte Süßmann. – „Oh", entgegnete Kroysing aufblickend, „er wird. Ich bin selbst neugierig, auf welchen Umwegen das zustande kommt, aber es kommt zustande. Ich fühle mich wieder wie als halbwüchsiger Junge, voll von Blutrache und Tatendrang. Richtig hassen, über Vierteljahre weg einen Menschen verfolgen konnte man ja doch nur damals. Es mag sein, der Krieg hat in uns den Urwaldjäger wieder bloßgelegt, der aus dem Schädel seines Feindes seinen Abendtee trinkt. Wenn man zwei Jahre dabei ist, braucht man sich darüber nicht zu wundern." – „Heißen Sie das denn gut?" fragte Bertin betroffen. – „Ich heiße alles gut, was mein Leben verlängert und den Feind hinhaut", sagte Kroysing kurz, wählte sorgfältig einen grünen Stift, um die Lage der neuen Minenwerfer einzuzeichnen – er hatte blau bereits für die eigene Stellung gebraucht, rot für die französische, braun für die Modellierung des Geländes –, und fuhr fort: „Wir sind hier doch kein Töchterpensionat. Die Lüge vom Frontgeist und der großen Kameradschaft mag gut sein, sie mag auch nötig sein, um denen da hinten und denen da drüben Theater vorzuspielen. Opfervolle Selbstverleugnung, wissen Sie, mächtig anregend für Kriegsberichterstatter,

Abgeordnete und Leser. In Wirklichkeit raufen wir uns doch alle um möglichst viel Raum innerhalb unserer Reichweite. Kampf aller gegen alle, das war die richtige Formel."
„Hab ich vielleicht gespürt", sagte der kleine Unteroffizier Süßmann trocken. –
„Eben", Kroysing blinzelte ihm zu. „Jeder von uns, wenn auch nicht so drastisch wie Sie. Und wer's noch nicht gespürt hat, der war noch nicht im Krieg." – Bertin, mit verborgener Überlegenheit und der Spur eines Lächelns: „Sind Sie wirklich der Meinung, daß der Trieb nach Auszeichnung, nach Karriere..." – „Quatsch", sagte Kroysing. „Reichweite sagte ich, und Reichweite meine ich. Reichweite, die sich bei jedem anders ausdrückt – jedem Mann sein eigener Daumenabdruck. Einer sammelt Orden, seine Seele liegt in seinem Klempnerladen, der andere will Karriere machen und schmatzt vor Wonne, wenn er mehr zu sagen hat. Eine Masse Leute wollen nichts als Zaster, die räumen dann französische Wohnungen aus oder verteilen Nachlässe. Unser Freund Niggl wollte seine Ruhe haben." – „Und was wollen Herr Leutnant in seinem Innersten?" fragte Süßmann mit drolligem Äffchengesicht. – „Wird nicht verraten, Sie Frechdachs", lachte Kroysing. „Nehmen Sie an, ich wollte mich gefürchtet machen unter den Männern meines Stammes." Und ernster setzte er hinzu: „Es hat mir allerdings bisher noch niemand so in die Suppe gespuckt wie dieser Mensch." – Nach einem kleinen Schweigen sagte Bertin bescheiden: „Dann bin ich also abnorm. Ich will nichts als meine Sache, meinen Schipperdienst so gut wie möglich leisten und einen baldigen anständigen Frieden, damit ich wieder zu meiner Frau und zu meiner Arbeit zurückkehren kann." – „Frau", sagte Kroysing spöttisch, „Arbeit, anständiger Frieden. Sie werden sich ja noch wundern, und übrigens glaub Ihnen das ein anderer. – Was ist denn das?" Alle drei saßen kerzengerade, lauschten. Ihren Köpfen näherte sich ein zerreißendes Heulen aus den Wolken, ein entsetzlicher Ton; dann schmetterte urweltliches Krachen und Rollen durch die Räume: nicht so nah, wie sie gefürchtet hatten. „Auf und nachsehen", rief Süßmann. – „Sitzenbleiben", kommandierte Kroysing. Der Gang vor der Tür war voll Laufens. Er nahm das Telefon ab: „Mich sofort anrufen, wenn ihr Bericht habt"; dem Telefonisten zitterte noch der Schreck in den Stimmbändern. Kroysing betrachtete prüfend und befriedigt seinen

Gast. Bertin wunderte sich über sich selbst: wieder mußte er ein wildes Entzücken feststellen wie bei der ersten Jagd durch die Trichterfelder mit Böhne und dem Oberfeuerwerker. – Unteroffizier Süßmann, mit zitternden Händen, sagte: das könne nur ein Achtunddreißiger Langrohr gewesen sein oder ein Zweiundvierziger, ein deutscher, der zu kurz gegangen. Das Telefon rasselte: schwerstes Kaliber, Steileinschlag im Westgraben, meldete die Zentrale. Mächtige Beschädigung der Außenmauern. Kroysing dankte. Ausgeschlossen, daß der Zweiundvierziger so heftig ausglitt. Dreitausend Meter zu kurz – das gab es nicht, selbst bei den Bumsköppen da hinten. „Achtung", mahnte er, „Nummer zwei." Jetzt duckten sich alle drei, Süßmann glitt unter den Tisch, niemand atmete. Die beiseite geworfene Luft schrie hinter dem Stahlklotz her, immer näher, ganz nahe, da: ein gelbroter Blitz vorm Fenster, Donner sprengte den Raum, Kalk und Farbe fielen auf den Tisch, die elektrische Lampe erlosch, die Stühle zuckten unter den Männern. „Einschlag", sagte Kroysing ruhig; heller und wilder, dabei dröhnender hatte es über ihren Häuptern geschmettert. „Nichts passiert", damit tauchte Süßmann empor, ganz ohne Scham, als der einzige, der der Sachlage gemäß gehandelt hatte. Kroysing meinte lebhaft, er müsse sich sehr irren, wenn das nicht der Panzerturm im Nordwestwinkel abbekommen habe. Er verlangte telefonische Verbindung mit ihm. Gespannt verfolgten die beiden anderen das befriedigte Lächeln auf seinem Gesicht. „Eine verdammte Nation, diese Franzosen. Schießen können sie, aber befestigen auch. Der Turm hat einen Volltreffer abbekommen und ihn ausgehalten; ein neues Kaliber, behauptet der Unteroffizier, schwerer als die Achtunddreißiger von Fort Marre, ein Mörser. Ein neuer Typ also; wahrscheinlich Bestellung für die Somme." – „Und wir kriegen auch eine Probe ab", sagte Süßmann, während Kroysing den Turm noch einmal zu sprechen versuchte. Diesmal meldete die Zentrale, er sei vorübergehend geräumt worden, der Explosionsgase wegen; ganz heil geblieben sei er doch nicht, er lasse sich nicht mehr drehen. „Wenn's weiter nichts ist", beendete Kroysing das Gespräch. Und dann schickte er Süßmann und Bertin mit elektrischen Notlampen zu den Schippern, zu erkunden, wie der Zwischenfall auf sie gewirkt habe.

Die beiden brauchten nicht weit zu laufen. Die Bayern erfüllten den Tunnel vor ihrer Kasematte mit Schimpfen, Wehklagen, mit Weinen, mit stumpfem Dahocken, Wegdrängen. Ihre Unteroffiziere, mit Taschenlampen fuchtelnd, konnten sie gerade noch daran hindern, in den Hof zu stürzen. An der Mündung des Querganges, vom Tageslicht bleich angeleuchtet, stand Hauptmann Niggl, die Unterlippe zwischen den Zähnen, ohne Mütze, in offener Litewka und Schlafschuhen. Feldwebelleutnant Simmerding schob sich zu ihm durch, während Feldwebel Feicht hinten im Gang mit heiserer Stimme die Mannschaft zu beruhigen suchte. Ganz verrückt waren die Leute, keuchte Simmerding, sie wollten hier nicht bleiben. Landsturm ohne Waffe seien sie und keine Frontsoldaten, nichts verloren hätten sie hier. „Gar net so verruckt", sagte der Niggl halblaut, mit starren Augen, die wütend wurden, als Süßmann mit den schwarzen Bergwerkslampen auftauchte. Leider bot ihm die streng dienstliche Haltung des Pioniers keinen Angriffspunkt. Die Leute waren halt im Schlaf unterbrochen worden, ließ er dem Leutnant bestellen, ein paar aus den Betten gestürzt, Hautabschürfungen und ein verrenktes Handbein habe es gegeben und natürlich einen Nervenstoß. Grad über der Kasematte müßte das Sauzeug niedergegangen sein. Süßmann sprach beschwichtigend, mehr zu den Mannschaften: diese Schüsse hätten dem B-Turm gegolten, und der hätte es ja auch abgekriegt, und daß der Beton diesen schweren Einschlag ausgehalten habe, sei wohl das beste Zeichen für die Festigkeit der Gewölbe. Denn das sei ein neuer Typ gewesen, auch ein Zweiundvierziger – er wußte nicht, wie nahe er der Wahrheit mit dieser Improvisation kam –, und die Kameraden sollten sich um Gottes willen nicht aus ihrer Ruhe bringen lassen und getrost in die Kasematten zurückgehen, sich lang machen. Der Park werde eine Extraration Rum zum Abendtee spendieren auf den Schreck. – Trostbedürftig hatten sich die Schipper ins Licht gedrängt, gierig die Ohren aufgerissen; sie kannten den kleinen Mann, von dem das Gerücht ging, daß er schon einmal tot gewesen. Auch der Name Kroysing als der des Leutnants hatte sich herumgesprochen; für viele dieser dumpfen Gehirne verband sich seither mit dem Unteroffizier Süßmann etwas von dem Vertrauen, daß man dem Unteroffizier Kroysing entgegengebracht, der ja auch nicht sehr groß und braunhaarig gewesen. Daher wirkte sein Zureden. Diese geduldigen

Menschen verlangten ja nur Beruhigung, gewisse Hilfe für ihre Seelen, sich mit der Lage abzufinden. Süßmann, inmitten der drei Feinde, ließ einen hurtigen Blick über ihre Gesichter gleiten. Oh, er fühlte genau, wie es hinter ihnen wackelte; jetzt nach dem Postbuch verlangen? Ein zu starkes Stück. Sie hätten es mit guten Gründen verweigern können. Erst mußten sie auf andere Gedanken kommen. Nach dem Mittagessen also. Er schlug die Hacken zusammen, machte stramm kehrt und verschwand mit Bertin durch den dunklen, endlosen Tunnel. Die elektrische Leitung war irgendwo gestört.

Fünftes Kapitel

Unter Nachbarn

Am Spätnachmittag läßt sich Hauptmann Niggl den Feldwebel Feicht in sein kleines Zimmer kommen. Es ist dunkel in ihm, die Elektriker arbeiten noch immer an der Lichtleitung; im bescheidenen Licht der Stearinpatrone auf dem Tisch wirft der Herr Hauptmann einen unförmigen Schatten an die Wand. Er sitzt auf seiner Bettstelle, er hat geschlafen, abends geht er ein Stück Weges mit seinem Schanzkommando ins Freie; jetzt hat er zwar Breeches an und grauwollene Strümpfe, die seine Frau selbst gestrickt hat, aber Pantoffeln, Weilheimer Pantoffeln, schwarz und mit je einem Edelweiß in erhabener Stickerei verziert. Der Feldwebel steht stramm an der Tür. Der Hauptmann, mit müder Stimme, lädt ihn ein, die Tür zu verschließen, näher zu kommen, sich auf den Schemel da zu setzen. Der Feldwebel Feicht gehorcht, betrachtet voll Sympathie seinen Vorgesetzten. Auch ihm ist schauderhaft zumute. Feicht und Niggl stammen aus der gleichen Gegend, vor dem Kriege fuhr Ludwig Feicht, beheimatet in Tutzing und daselbst verheiratet, als behäbiger Kassierer mit einem der schmucken Dampfboote auf dem Starnberger oder Würmsee herum, und wenn die Fremden aus Norddeutschland so recht in Haufen auf dem Deck standen und die schönen alten Baumgruppen am Ufer bewunderten, das klare Wasser, die Möwen, silbern in der Luft kreisend, dann trat wohl in seiner blauen Marinejacke, mit goldenen Litzen, und seiner wür-

devollen Schirmmütze der Kassierer Feicht zu den Sommerfrischlern und erklärte ihnen verständlich, aber bayrisch, dies sei der aufstrebende Badeort Tutzing und dies da Bernried mit seinem Kirchlein, das reichlich älter sei als die ansehnlichsten Kirchen in Berlin. Geschmeichelt hörte er die ahnungslosen Berliner oder Sachsen ihn mit „Herr Kapitän" anreden und unbeschreiblich dumme Fragen tun: ob die Roseninsel da, bei Tutzing, künstlich sei und ob der König Ludwig auf ihr vielleicht ein Schloß habe. Ludwig Feicht liebte dieses sommerliche Leben auf dem langgestreckten See, sein rotes, breites Gesicht strahlte Wohlwollen aus, er hatte zwei kleine Kinder in Tutzing, und seine Frau, die Theres, betrieb, während er weg war, ganz allein das Geschäft mit Nahrungsmitteln und Delikatessen für die vielen Kurgäste, die den Ort bevölkerten. Auch jetzt, gerade jetzt, hatte Tutzing großen Zustrom, die verhungerten Preußen kamen mit Leidenschaft, sich an bayrischer Milch, Dampfnudeln und Geselchtem die Bäuche vollzuschlagen und ihr Geld dazulassen, die neuen braunen oder blauen Zwanzigmarkscheine. Und Ludwig Feicht war bislang mit seinem Leben zufrieden gewesen. Selbst die Versetzung in den Douaumont hatte er mit einer gewissen Fassung ertragen, als einer, dem es nicht schiefgehen kann. Seit heute, seit den beiden Schüssen, war diese Stimmung jäh umgeschlagen. Daß der Franzose sich mit ihnen auf das Fort eingeschossen habe, daß er in verfluchter Sachkenntnis gar nicht mehr gebraucht habe als diese zwei Granaten, das hatte ihm nach den Erklärungen der Artilleristen vom Panzerturm B die Luft weggeschnürt. Nach Hause kommen, gesund und mit netten Ersparnissen, das war sein Ziel gewesen. Jetzt geriet es ins Wanken.
„Feicht", sagt der Hauptmann mit seiner neuen gedrückten Stimme und im Dialekt ihrer engsten oberbayrischen Seenheimat, „sagen Sie mir, was ich Sie frage – nicht dienstlich und nicht militärisch, sondern ganz als Nachbar, nicht wahr, der zusammen mit einem andern in einen argen Handel geraten ist, als ein Tutzinger einem Weilheimer, der mit einem Nürnberger Streit hat – so, als säßen wir zu zweit in einer Jägerhütte oberhalb der Benediktenwand, und morgen früh käm ein ekelhafter Nürnberger, so ein Schweinskerl, ein fränkischer, und wollt was von uns." – Der Feicht saß vierschrötig da, weit vorgeneigt, die Ellenbogen auf den Knien. Da war

es. Das hatte ihn hierhergeführt, in dies Unheilsgewölbe, das saulUdrige. Er hatte immer über Pfarrer und Kirche gespottet, die Dampfschiffahrtsgesellschaft ohne Skrupel geprellt, Geld war ihm das Zweitliebste auf der Welt gewesen. Aber von der Habe des Toten hätte er seine Finger lassen sollen. Damit war irgendwas los. „Herr Hauptmann", sagte er heiser, „ich weiß schon, worum sich's handelt." – Der Niggl nickte. Das sei ja nur natürlich, daß ein so gescheiter Mann wie sein Herr Nachbar den Weltlauf verstehe. Wer hätte auch denken sollen, daß der sanfte Heinrich, der Unteroffizier Kroysing, den leibhaftigen Teufel zum Bruder habe. Der habe Zangen, der halte fest, der gehe zäh seinen Absichten nach, und seine Absichten seien Verderben. – Ja, rief der Feicht, mit der rechten Hand herumfuchtelnd, was er in anderen Stimmungen und Umständen niemals getan hätte als ein Feldwebel, der wußte, was sich schickte. Der Leutnant Kroysing sei ihm gleich wie ein Krebs vorgekommen, der imstande war, einen Bleistift einzuschneiden, den ihm einer aus Spaß in seine Schere gehalten. Da gäbe es nur eins, den Bleistift fahrenzulassen oder den Krebs in siedendes Wasser zu schmeißen. „Sehen Sie, Feicht, das ist's. Wir können den Krebs ja nicht in siedendes Wasser schmeißen, aber vielleicht fällt er von selbst hinein, wenn er vorn mit seinen Minenwerfern rumspukt, der lange Gottseibeiuns. Vielleicht könnt man auch etwas dazu beitragen, ihn anleuchten mit einer Taschenlampe, wenn wir alle mal grad vorn sein sollten, und wir in Deckung und er oben drauf. Aber solang das nicht tunlich ist, müssen wir ihm den Bleistift lassen. Haben Sie das Verzeichnis?"
Der Feicht sagte, er habe es. – „Wissen Sie, wo die verschiedenen Sachen sind?" – Der Feicht, ohne sich zu verfärben, besann sich kurz: ja, er wußte, wo sich die Sachen befänden.
„Was von Schreiberei da war, steckt ja wohl noch unter meinem Papierkram. Ich such's Ihnen zusammen und leg's eingepackt hier auf mein Bett. Während wir weg sind, machen Sie ein gutes Paket aus allem – aus allem, Herr Nachbar! Sie berechnen den Sold bis zum Todestage, kein Pfennig darf fehlen. Ist die Unterschrift des Kompanieführers bei der Nachlaßaufnahme noch vorhanden?" – Der Feicht nickte. – „Das Paket liegt heute nacht im Zimmer des Herrn Leutnants Kroysing auf dem Tisch. Wenn er Fragen hat, werd ich schon

antworten. Wir dürfen ihm keine Angriffsflächen bieten. Feicht", sagte er, seine kleine Augen voll Nachdenken auf den massigen Untergebenen gerichtet, „wir spielen vorläufig die schwächere Partie, vorläufig. Jetzt gehaben Sie sich wohl, Herr Nachbar. Sagen Sie dem Dimpflinger, er soll mir ein anständiges Stück Fleisch verschaffen, und wenn's eine Büchse ist. Die Partie will ich durchhalten. Wir werden ja sehen, wer zuletzt lacht." – Der Feicht besah sich den Herrn, der in seinen Pantoffeln und seiner blauen gestrickten Weste mit den Hirschhornknöpfen auf dem Bettrand hockte, voll tiefer Sympathie. Das war ein Landsmann, der seine Leute nicht auslieferte an den hirnwütigen Nürnberger, den Lumpenhändler, den knochigen. Treuherzig sagte er, stehend, auf ihn hinuntersehend:
„Gelt ja, Herr Nachbar, wenn's auch Kopfzerbrechen macht: der Herr Rentamtmann von Weilheim, wer dem traut, der hat Vater und Mutter noch nicht verloren. Und wenn wir glücklich alle wieder daheim sitzen, dann wird der Feicht schon wissen, bei wem und wie er sich revanchieren soll." – „Gehen Sie jetzt, Feicht." – Der Feldwebel schritt zur Tür, drehte den Schlüssel zurück, schlug die Hacken zusammen, war ganz Soldat. Sie hatten sich ohne deutliche Worte verstanden.
Wenn es gilt, eine Beute zu verteilen, behält der Feldwebel sich den Löwenanteil und gibt dem Schreiber, der den Kasus bearbeitet, etwas davon ab, auch der Postordonnanz und dem oder jenem von den Unteroffizieren, dem er wohlwill. Es ist sehr schmerzlich, empfangene Geschenke wieder herausrücken zu müssen, aber wenn ein Mächtiger es will, weigert sich kein Weiser; es blüht schon wieder einmal Entgelt.
Ganz allein in dem mäßigen, quadratischen Raum, der dem Kompanieführer Simmerding und ihm als Quartier und Schreibstube zugewiesen ist, wirtschaftet Ludwig Emmeran Feicht mit den Gegenständen, die der schon fast vergessene Unteroffizier Kroysing Ende Juli hinterlassen hat. Das Verzeichnis der Kompanie liegt auf dem Tisch, das elektrische Licht brennt wieder fröhlich, die Tür ist verschlossen, ein Wasserglas voll Rotwein und die gestopfte Pfeife versüßen die herbe Tätigkeit. Ein Coup ist mißglückt – nichts für ungut, er war nicht so bös gemeint. Der schwere Mann, auch er jetzt in Pantoffeln, geht hin und her, legt sich alles zurecht, sitzt rittlings auf dem Schemel, überprüft den Bestand. Und bei

jedem Ding, das er vorfindet, macht er mit sauber gespitztem Bleistift ein Häkchen an der Liste.

Zuerst eine Lederweste, wohl abgetragen, aber noch brauchbar; sie und (zweitens) der Füllhalter hier mit dem goldenen Hebel waren der Anteil des Schreibers Dillinger, er hat große Augen gemacht, als er beides wieder herausrücken mußte, aber er hat begriffen. Seltsam, wie die ganze Kompanie begriffen hat, irgend etwas mit dem toten Unteroffizier Kroysing hänge noch in der Luft, als dieser Bruder auftauchte, das lange Staket. Recht schadenfroh haben sie zuerst dreingeblickt, die Herren Schipper. Aber jetzt blicken sie nicht mehr schadenfroh drein. Sie besuchen ihre Kameraden im Lazarett und denken erbittert: Das verdanken wir dem Leutnant Kroysing. Vielleicht reicht die Überlegung von diesem oder jenem Münchener Arbeiter weiter, und er macht auch für dieses Unheil seine Schreibstube verantwortlich.

Aber dieser Denkart fehlt ja noch die Schwungkraft, weil halt die französischen Granaten so viel mehr Schwungkraft haben; wer stirbt, der stirbt. Da kannst du nichts machen. Und so sorgt der Franzmann für die Disziplin, und ein Militär hilft dem anderen.

Pfeife, Tabaksbeutel und Brotmesser – der Unteroffizier Pangerl hat es brav zurückgebracht. Das Messer hatte einen Hirschhorngriff und stak fest in der Scheide wie ein kleiner Dolch. Die Pfeife, beste Nürnberger Arbeit, hatte der kleine Mann, der Kroysing, kaum gebraucht und immer in einem Ledersäckchen getragen. Jetzt wird sie in einer Schublade versauern – schade drum. Zärtlich betrachtete Feldwebel Feicht das breite Mundstück aus Hartgummi, den blanken Kopf aus Maserholz, die weite Bohrung, in die ein Aluminiumröhrchen hineinragt, setzt ein Häkchen in der Liste. Die Brieftasche mit vielen Zetteln, ein Notizbuch, braunes Lederbüchlein mit dem Kalender von 1915, ein Wachstuchheft, schmales Format mit Geschreibe – mit Gedichten! Mit solchen Versen, die sich hinten reimten! Ludwig Feicht krümmte geringschätzig die Lippen. Das sah dem ähnlich. Leute, die Verse verfertigten, ließen ihre Finger von allen anderen Geschäften. Wenn es ihnen schlecht ausging, hatten sie es sich selber zu verdanken. Jetzt aber kam die Hauptsache dran: der Brustbeutel, die Uhr, der Ring. Schade um den Ring, er hatte ihn seiner Frau, der Theres, als Mitbringsel zugedacht, als

Urlaubsüberraschung; ein schöner grüner Stein war drin, ein Smaragd, und das Ringlein selbst schuppig gearbeitet, in Gestalt einer Schlange, die sich in den Schwanz biß. Die Uhr hatte er tragen wollen, der Feicht, entweder am Handgelenk oder an einer langen, dünnen Goldkette, von einer Westentasche durchs Knopfloch zur anderen. Damit war's nun Essig. Schlecht getroffen hatte er's bei diesem Truppenteil ja nicht, aber gar nichts wollte das bedeuten im Vergleich mit der Infanterie und den Reitern, die bei Kriegsbeginn ins reiche Belgien einmarschiert waren, in Luxemburg, Nordfrankreich. Die hatten die Beute gemacht – heiliger Emmeran. Die Uhrenläden in Lüttich, die Goldwarenhändler in Namur und gar in den kleinen Städten, der Provinz! Da hatten sie die Bayern natürlich nicht herangelassen, die elenden Bazi, die Norddeutschen! Die Rheinländer, die Sachsen waren an den Speck gegangen, Kruzitürkenelement! War es nicht recht und billig von jeher, daß der Soldat was einsackte, wo er doch sein Leben fürs Vaterland riskierte? Taten's die großen Herren denn anders, wenn sie ganze Provinzen schlucken wollten – Belgien, Polen, Serbien und hier den schönen Landstrich, den sie das Erzbecken von Longwy-Briey nannten? Wer nicht im Kriege reich wurde, der wurde niemals reich; und was für eine Verschwendung wär's gewesen, die schönen Uhren und Ketten und Armbänder und Halsgeschmeide und Fingerringe und Broschen zerschmelzen zu lassen, wenn die kleinen Städte runtergebrannt wurden bis auf die Grundmauern, weil nichts als Franktireurs drin hausen sollten, gottverdammte. Wo hatte er doch den schlauen Mann mit der fahrenden Feldbücherei getroffen, die einen doppelten Boden besaß, mit Schubladen, herauszuziehen – nichts als belgische Uhren drin? War's nicht im Elsaß gewesen? Ja, der hatte es verstanden; aber der Krieg war noch nicht zu Ende, es konnte noch viel passieren, ganz Frankreich stand vielleicht zum Zugreifen offen, wenn wir erst siegten. Und siegen würden wir und mußten wir – sonst war Matthäi am letzten, das wußte nicht bloß der Feicht. Also würde er getrost diese schweizerische Uhr hier mit dem hübschen gravierten Rückendeckel aus Gold den glücklichen Erben zurückerstatten. Gut gegangen war sie, dafür war er Zeuge. Das Geld, er zählte die zusammengefalteten Banknoten, sechsundsiebzig Mark und achtzig Pfennig – weg mit Schaden! Die Kinder hätten neue Kleidchen dafür kriegen können, schöne gefaltete Röcke aus steifem Taft und grüne Seidenschürzchen und Mieder. Aber was half's: die Theres verdiente jetzt sehr hübsch an den Norddeutschen, den verhungerten, er konnte es verschmerzen. Er hatte es in sicherem Gewahrsam gehalten, und, siehe da, mit Recht. Als letzter Punkt stand da: Wäsche. Ludwig Feicht tauchte einen Federhalter ein und schrieb aufs Verzeichnis eine Anmerkung mit Sternchen, so daß die Unterschrift des Herrn Kompanieführers schützend darunter schwebte: „Im Sinne des Verstorbenen an bedürftige Kameraden verteilt." Punktum.

Sorgfältig in die Lederweste eingeschlagen, lag das Häufchen Gegenstände auf dem graugestrichenen Tisch. Nun entnahm der zuverlässige Mann seiner Kiste ein großes Stück orangefarbenen Ölpapiers, haltbar durch eingewebte Fäden, und packte das Ganze darein, so, daß eine aufgeklebte Adresse die Mitte zierte, schnürte Bindfaden darum, nahm Siegellack und Kompaniestempel und versiegelte mit zwei großen roten Abdrücken des Petschafts den Nachlaß des Unteroffiziers Kroysing. Die Adresse ließ er völlig unberührt. Sie richtete sich nämlich an die Schreibstube der dritten Kompanie, als Absender zeichnete das Feldpostdepot der Etappeninspektion fünf. In diesem Papier war seinerzeit, nachdem das Bataillon eine Woche auf Transport gewesen, aus Polen nach Verdun verschmettert, ein Stapel lagernder Briefsendungen angekommen. Jetzt war das sehr brauchbar. Ludwig Feicht füllte einen kleinen gelblichen Zettel mit folgenden Worten: „Zurück, da Anschrift ungenügend und kein Doppel im Paket" – enge spitze Buchstaben –, und prüfte die Poststempel: sie waren hübsch unleserlich. Jetzt konnte er dem Herrn Hauptmann einen kleinen Begleitbrief vorschlagen, inhaltsreich und verständig: daß diese Sendung zwar richtig an Herrn Oberregierungsrat Kroysing adressiert, daß dann aber, durch ein Versehen des Schreibers Dillinger, statt des Wohnorts Nürnberg-Ebensee, Schilfstraße 28, die Feldpostadresse der Kompanie angegeben worden war. Eine schöne Eselei, nicht wahr? Der Dillinger hatte ein Tüchtiges hineingewürgt bekommen, es fehlte nicht viel, und er wäre mit drei Tagen in Arrest gerutscht, aber dann hatte man noch einmal Gnade für Recht ergehen lassen, weil die Frau des Dillinger gerade ein Kind bekommen hatte, er war mit seinen Gedanken mehr in der Heimat gewesen. Wäre die Kompanie nicht plötzlich „verlegt" worden, das Päckchen hätte sich längst richtig in Nürnberg eingefunden. So, Herr Leutnant. Haben Herr Leutnant noch etwas zu bemerken? Der Schiffskassierer Ludwig Feicht schmunzelt vor sich hin, zieht den Klebstoffpinsel aus dem Glas mit Gummilösung, pappt den Rückzettel in die rechte Ecke der Adresse, überreibt ihn ein wenig mit der Sohle seines Pantoffels, um den Postschmutz anzudeuten, drückt dann den Kompaniestempel so darauf, daß zufällig nur zwei gebogene Linien und ein Sternchen zu sehen sind, während die Schrift auf dem Ölpapier nicht haftet, zumal er ihn sorgsam nicht ins Stempelkissen gedrückt hat, und mustert, die Hände auf dem Rücken, sein Werk: es lobt den Meister. Der Herr Hauptmann wird zufrieden sein.

Beim Ausmarsch des Nachts, in tiefer Dämmerung, begegnen einander am Schluß der Kolonne die Herren Simmerding und Niggl. Obwohl Hauptmann Niggl auch eine halbe Flasche Bordeaux im Leibe hat, riecht er doch mit Unbehagen den Alkoholdunst, den sein Kompanieführer verbreitet. Er mißbilligt nicht, daß jemand sich Mut antrinkt, denn das tut er selbst und jedermann im Heere. Das Übermaß mißbilligt er. Wortkarg stapfen die Herren nebeneinander her. Schließlich tun dem Niggl die geduckten Schultern und der gleichsam verkürzte Hals des anderen leid. Auch sie sind ja engere Landsleute, die Familie Simmerding residiert in allen Orten des nördlichen Seeufers; und so beginnt er halblaut, fragend, wie es dem Herrn Kameraden nach dem Schreck von heute mittag gehe. Der Simmerding: gut gehe es ihm, stößt er hervor. – Das sei recht, meint der Niggl, er habe auch allen Grund dazu. Denn die unangenehme Geschichte mit dem Nachlaß des kleinen Kroysing habe Feldwebel Feicht inzwischen bereinigt. – So, sagt der Simmerding, indem er einen schiefen und wilden Blick auf den Herrn zu seiner Rechten schleudert, bereinigt, ha, ha! Also hat der Feicht den kleinen Kroysing wieder lebendig gemacht, he? Ausgescharrt, neuen Odem eingeblasen, wieder eingereiht in die Kompanie, nicht wahr? Denn vorher gäb sich der da drin gewiß nicht zufrieden. – „Simmerding“, meint der Niggl begütigend, den der aufgeregte Ton des anderen nicht aus der Fassung bringt, „nehmen Sie sich zusammen. Es ist noch lang nicht Matthäi am letzten.“ – Und da bleibt der Simmerding stehen, die geballten Fäuste aus den weiten Ärmeln des Mantels streckend: „Am letzten! Längst ist's am letzten! Leid ist mir die Geschichte mit dem Christoph Kroysing! Das Sie's wissen! Leid bis daher...", und er fährt sich an den Mund. „An den Kopf schlagen könnt ich mich, daß ich mich eingelassen hab auf das Chambrettes-Kommando und das Spiel mit den Akten – auf Ihr Spiel." – „Es hat Sie niemand gezwungen, Feldwebelleutnant Simmerding", äußert der Niggl kühl. „Passen Sie auf, daß Sie nicht zu weit abbleiben von Ihrer Kompanie. Und beten Sie halt ein paar Ave-Maria während der Nacht." So ein Milchhafen, denkt er verächtlich. – Von vorn her durchgesagt erschallt immer wieder die eintönige Warnung: „Achtung, Draht unten, Achtung, Draht oben!"

Sechstes Kapitel

Abgejagte Beute

Als Leutnant Kroysing nachts heimkam und das Licht andrehte, brach sein Pfeifen jäh ab. Er war immer froh, wenn die gastlichen Gewölbe des Forts ihn aufnahmen – gastlichen Gewölbe! Er lachte vor sich hin bei solchen Ausdrücken; er hatte Sinn für den Grad von Weltverzerrung, der ihrer Ironie zugrunde lag. Der stundenlange Schlängelweg, immer bergauf, aus der Infanteriestellung, die unverschämte Geistesgegenwart, geboren aus hundertfältiger Erfahrung, deren es bedurfte, um den französischen Granaten zu entkommen – alles das machte ihn vergnügt, sobald seine Schritte an den steinernen Wänden widerhallten. Darum pfiff Leutnant Kroysing. Abbrach mitten im schönsten Anlauf das Meistersinger-Vorspiel. Und verblüfft besah sich Kroysing das überraschende Postgeschenk auf seinem Tisch, einen gefalteten Zettel zwischen Ölpapier und Schnur. Ei, ei, wer kommt denn da, dachte er spöttisch, stülpte den Stahlhelm auf einen Kleiderständer, hängte Umhang und Gasmaske sorgfältig darunter, warf das Koppel mit Dolch, der schweren Pistole und der Taschenlampe aufs Bett und setzte sich daneben, die Gamaschen und die dick überstaubten Schuhe auszuziehen. Unter anderen Umständen hätte er seinen Burschen wachgeklingelt, den verschlafenen

Pionier Dickmann, der nur eine einzige Tugend hatte: Schnitzel braten und Kaffee kochen zu können wie keiner. Mit diesem Paket aber wollte er allein sein. Während des Bückens zu den Schnürsenkeln und Hausschuhen ließ er es übrigens keine Sekunde aus den Augen, als könnte es verschwinden, plötzlich und zauberhaft, wie es hereingeschwebt. Ja, dachte er, das nennt man einen Sieg. – Sieg Nummer zwei, errungen durch furchtloses Vorgehen, stets wachsenden Druck, drängende Ausnutzung jeder Schwäche des Gegners, genaue Kenntnis des Geländes. Unsere taktischen Anweisungen, auf den Privatkrieg des Leutnants Kroysing mit Hauptmann Niggl angewendet, zeitigen ihre Früchte. Seltsam, überlegte er, während er zum Tische trat, ich habe keinen Augenblick angenommen, dies könnte eins der beliebten Feldpostpäckchen sein, die uns selbst hier schubweise erreichen. Ich habe mich an Herrn Niggl beträchtlich verbissen. Dann las er den von Feicht, Feldwebel, unterschriebenen, in Schönschrift abgefaßten Begleitwisch, untersuchte argwöhnisch das Einwickelpapier, nickte anerkennend. Nichts auf diesem Umschlag bewies, daß dies Paket wirklich vom Feldpostdepot zurückgesandt worden war; mit Bogen und Sternchen mochte man auf Schuljungen Eindruck machen. Nichts aber auch bewies das Gegenteil. Die Verschwörung gegen den Kleinen war von gewitzten und erfahrenen Soldaten durchgeführt worden, sie ließen sich nicht so leicht aus der Fassung bringen, parierten großartig seinen Stoß und gaben den Schreiber Dillinger preis, wie das üblich war. Fiel er auf die Finte herein, etwa Bestrafung Dillingers verlangend, so wanderte der bestimmt in Arrest, aber als Belohnung für sein Stillhalten mit dem nächsten Schub auf Urlaub. Auf solche Nebenwege ließ sich ein Wolf wie Kroysing nicht locken. Seine beständigen grauen Augen blickten durch Mauern nach seinem Ziel, dem Hauptmann, gegen ihn würde er weiteroperieren. Er zog sein Messer, schnitt mit hörbarem Ruck die Schnüre durch, entfaltete das Paket. Da lag, in die Lederweste gehüllt, die er gut kannte, die braune, samtartige, alles, was von Christoph noch über der Erde war und was ohne allen Zweifel als Beute unter seine Feinde schon verteilt gewesen: Uhr, Füllhalter, Brustbeutel, der kleine Schlangenring in ihm, die Brieftasche, ein Schreibebuch, das Rauchzeug. Schwer atmend, mit mühsam bewahrter Fassung, die Fäuste geballt auf dem Tisch, blickte Eberhard

Kroysing auf die Habe des Kleinen. Er war ihm kein guter Bruder gewesen – bestimmt kein leicht zu ertragender. Man liebt jüngere Geschwister nicht, man will der einzige sein in der Liebe der Eltern, seinen Machtbereich mit niemandem teilen, ihre Zärtlichkeit auf sich selbst vereinen. Da man den Nachgeborenen nicht beseitigen kann, unterjocht man ihn wenigstens. Wehe ihm, wenn er nicht folgt. Kann eine Kinderstube nicht eine kleine Hölle werden? Sie kann es. Erfindungsreich sind Knabenhirne im Ausdenken, im instinktiven Anwenden unscheinbarer Kampfmittel. Das war nun einmal so – überall, nicht nur bei Kroysings. Mischten sich die Eltern ein, um so schlimmer für den Schwächeren. Das ging so lange, bis sich eine Ablösung von Hause allmählich ergab, getrennte Lebenskreise die Brüder aufnahmen, kühle Gleichgültigkeit vom älteren zum jüngeren hinwehte. Erst sehr spät, in den Studentenferien, entdeckt man plötzlich im kleinen Bruder einen heranreifenden Mann, ein freundliches Herz, einen Kameraden. Dann kommt der Krieg, allmählich verwandelt man sich wieder in einen Wilden, und wenn man gerade hofft, spätestens Weihnachten einen gemeinsamen Urlaub zu haben und behaglich zu vieren das Fest zu feiern, ist es zu spät. Da haben indessen ein paar Schurken, um sich Unannehmlichkeiten zu ersparen, den Kleinen vom Franzosen erledigen lassen. Die Rechnung mit dem Franzmann würde er schon noch begleichen; hier, jetzt, stand an allen vier Wänden dieser Klosterzelle das Wort „Zu spät". „Zu spät" stand an der Decke, „zu spät" am Fenster, „zu spät" auf dem Fußboden, „zu spät" hing in der Luft. Nichts war so selbstverständlich, als daß gerade in Kriegervölkern der Glaube sich durchsetzte an ein Jenseits, ein Fortleben, ein Wiedersehen drüben. Unfaßbar für das einfache und vorwärtsstoßende Gehirn des Kampfmenschen war, daß der plötzlich Dahingeraffte endgültig und für immer verschwunden sein sollte; seine Phantasie vermochte sich damit nicht abzufinden. Der Feind mußte weiterleben, damit der Triumph über ihn ewig währte. Der Kamerad mußte fortleben, damit man ihn immer an der Seite finde. Und fortleben mußte der Bruder, damit man ihm wiedergutmachen konnte, was man schlecht und böse gemacht in den Tagen der Jugend.

Er ergriff die kleine Uhr, zog sie auf, stellte sie. Es war halb zwölf. Von fernher brodelte und brockte es. Es mußte in der

Gegend von Fort Vaux sein, wo die Kämpfe immer wieder auflebten, die Franzosen immer wieder ihre Stellung verbesserten. Trotzdem drang das Ticken der Uhr hörbar in den stillen Raum. Das Herz des Kleinen konnte man nicht wieder ticken machen. Nun, wenigstens hatte er ihm bereits Totenopfer dargebracht. Und den Niggl würde er jagen, bis er sich zu seiner Tat bekannte. Dann würde Herr Kriegsgerichtsrat Mertens doch verhandeln, und zwar gegen den Hauptmann Niggl, und es würde ihm alles nichts genutzt haben. So war es überlegt und beschlossen. Er hätte natürlich den Rentamtmann Niggl hier im Fort vor Zeugen anspucken können, ohrfeigen, seinen Hals zwischen die Hände nehmen. Aber der Krieg verbot das Duell, und so schön es auch gewesen wäre, diesen Menschen feist und schlotternd vor die Pistole zu holen: der Rechtsweg war der einzig mögliche und genaugenommen auch der wirksamere. Er würde die Existenz des Herrn Niggl gründlich und ganz vernichten, auch wenn der Bursche weiterlebte. Keinen Spaß vom Dasein würde er mehr haben. Aus seiner Kaste würde er fallen, mehrjährige Haft, vielleicht Zuchthaus ihn entehren, der Staat ihn aus seinen Diensten stoßen, und das würde, da er nichts gelernt hatte als bayrisches Verwaltungswesen, ihn und seine Familie brotlos machen. Vielleicht eröffnete er dann einen kleinen Handel mit Schreibwaren in Buenos Aires oder Konstantinopel: wo immer die Verbindungen des deutschen Offizierskorps hinreichten, war er ein toter Mann, ausgesetzt der Verachtung seiner Frau und dem Haß seiner Kinder. Genügt dir das, Christoph? Du bist ja sanft, dir liegt nichts am Skalp deines Feindes, aber mir liegt daran. Nicht heute nacht, übermorgen auch noch nicht, aber wir kriegen ihn. Und den Bertin machen wir zum Leutnant an deiner Statt. Er widerstand der Versuchung, in den Notizen des Bruders zu blättern, verwahrte die Gegenstände, eingehüllt in die lederne Weste, zog sich aus, legte sich nieder, löschte das Licht.

VIERTES BUCH

Am Rande der Menschheit

Erstes Kapitel

Tiefenwirkung

In der Nacht und gegen Morgen, wenn die Augen des Fesselballons geschlossen sind, versuchen die Feldküchen, sich an die Infanteriestellungen heranzupirschen. Von irgendeiner Deckung aus verteilen sie die lang entbehrte warme Nahrung, dicke Bohnensuppe mit Fleischstücken, blaugraue Graupen oder gelbe Speckerbsen in wärmehaltenden Zinnkannen, die von den Essenholern die letzten Strecken hinuntergeschleppt werden bis in die Gräben. Das Ganze hat seine Gefahren. Ein Soldat mit einer warmen Suppe im Magen kämpft besser, die Leiden, die das moralische Rückgrat einer Truppe brechen oder knicken, gehören mit zu den Kriegsmitteln der zivilisierten Völker, und daher lauern die vorgeschobenen Batterien auf die Feldküchen. Manchmal irren sie sich, meist aber nicht, immer wird ihre Tätigkeit verhängnisvoll.
Frühmorgens gegen halb sieben, als der Bodendunst, schon lange in herbstlichen Morgennebel verwandelt, auf kurze Zeit reißt, haben die Franzosen von Belleville aus die arbeitenden Schipper des Herrn Hauptmanns Niggl erblickt. Sie wissen längst, daß die Deutschen ihre Stellungen rückwärts ausbauen, und zeichnen in ihre Karten den mutmaßlichen Verlauf dieser Stützpunkte ein: denn sie planen seit Wochen den Stoß, der ihnen den Douaumont wiederbringen soll und Fort Vaux, sie sparen Munition zu diesem Zweck, verbessern ihre Anmarschstraßen, bereiten ihre Feldbatterien zum Vorrücken. Der Aufbau der deutschen Front hat viele Vorteile, schmiegsam aber ist er nicht, die Verbindung zwischen der Artillerie und den Beobachtern der Infanterie, und gar erst denen der Forts, klappt bei den Franzosen viel besser, ist kürzer, intelligenter eingerichtet. Ein paar Minuten nach dem Entdecken der vermeintlichen Feldküche bersten Schrapnells über der Ge-

gend, peitschen aus der Luft, die sich wieder vernebelt hat, auf die Schipper herunter, die auseinanderstieben, in schwerem Schrecken hierhin und dorthin laufen. Es gibt im ganzen nur acht Verwundete, weil der Franzose in seinem Irrtum das Feuer schnell weiter nach vorn verlegt, in die riesige Senke, die sich vom Douaumont aus nach Süden öffnet und die in der Tat von Essenholern durchlaufen werden müßte, aber die Kompanie kehrt statt um acht erst um halb zehn ins Fort zurück, und diese anderthalb Stunden zerren an Hauptmann Niggls Nerven. Er war so froh, so innig zufrieden mit dem Feicht, der das Ding wirklich musterhaft abgedreht hatte, mit seinem Einfall vom Feldpostdepot, seinem Begleitbrief, allem. Jetzt konnte man in Seelenruhe abwarten, was dem Herrn Leutnant beliebte. Selbst den Zuwachs von Arbeit, Kümmerung und Hin und Her hat er hingenommen, den das Eintreffen seiner beiden ersten Kompanien mit sich brachte. Randvoll mit Leuten liegt jetzt der Douaumont; und seine Bayern können sich nicht einmal mehr beklagen. Denn immer mehr Armierungsbataillonen blüht das gleiche Schicksal. Nicht bloß die Hälfte aller Batterien hat die Sommeschlacht aus dem Sektor Maas-Ostufer gefetzt, die Eckzähne seines Gebisses – ob man es glaubt oder nicht: sie entführt ihm nächstens auch ganze Infanteriegruppen – wieviel weiß noch niemand; sie sollen durch Armierer und Landwehr ersetzt werden. Das klingt alles ungeheuerlich, denn was sollen Armierer hier? Aber der Niggl weiß, was sie hier sollen: die Infanterieregimenter in den hinteren Stellungen beim Bau der Verstärkungslinien ersetzen und ihnen den schweren Trägerdienst abnehmen. Schöne Bescherung, wenn daraufhin seine Leute immer öfter wie Hasen übers Feld gescheucht werden und seine Verlustliste sich etwa verdreifacht! Diesmal ist es ja noch glimpflich abgegangen. Unteroffizier Pangerl hat eine Kugel in den Hintern bekommen, fünf Leute, mehr oder weniger beschädigt, sind glücklich über Heimatschüsse, bei zwei anderen sieht es so aus, als ob sie den grauen Rock für immer los wären – ungehemmte Seligkeit. Alles das aber geht durch die Seele des Herrn Hauptmanns, während er sich auf seinem Lager hin und her dreht, um den Morgenschlaf nachzuholen. Er hat Läuse, ihm fehlt das warme Bad, an das er gewöhnt ist, seitdem er in fremdem Lande den Offiziersrock trägt; daheim, in Weilheim, hat er seltener gebadet. Jetzt plagen ihn die scheußlichen Sauger, als wäre er ein Gemeiner. Schließlich, es ist schon halb elf, entschlummert er doch, seine Zelle, so nennt er es, bleibt ja auch am Tage recht dunkel, und dann träumt er eine Fülle undeutlichen Zeugs, vorwiegend unangenehmes, und die ganze Erquickung dieses Schlummers verflüchtigt sich durch die Art, wie er geweckt wird.

Schlägt ein Geschoß auf die Deckung, unterhalb derer du schläfst, so erwachst du – oder auch nicht mehr – vom Krach des Einschlags selbst. Geht es aber in deiner Nähe nieder, fünfzig Meter rechts oder links, so bohrt sich erst noch sein scheußliches Anheulen in deine Seele, und die fünf stockenden Herzschläge, während derer du zu gleicher Zeit noch benommen und schon hellwach das Platzen erwartest – dieser Bruchteil einer Minute frißt deine innerste Lebenskraft an. Genau um dieselbe Zeit wie jüngst schießt sich eine zweite Mörserbatterie von vierzig Zentimetern Rohrweite auf Fort Douaumont ein, diesmal auf die entgegengesetzte Ecke des Fünfecks. Der erste Schuß fährt etwa dreißig Meter rechts vom Fort in den mißhandelten Abhang. Sein Nahen hat Herr Niggl verschlafen, obwohl sein Unterbewußtes argwöhnisch auf der Lauer liegt. Ach, er steuert bereits, ohne es zu wissen, in den Zustand, in welchem ihn das Zerstörende anzieht: erstes Zeichen der Zermürbung. Er erwacht von dem Stoß und dem Rollen der Explosion, die die Grundmauern des Forts von der Seite her zucken läßt. Eisenbahnzusammenstoß, denkt er noch im Halbschlaf, ich liege im Schlafwagen Augsburg–Berlin. Beamtenbesprechung über die Ernennung Hindenburgs zum Ehrenbürger von Weilheim. Dann ist er wach, er liegt nicht im Schlafwagen, er liegt am verfluchtesten Ort Europas, das war ein schweres Kaliber, die Wiederholung von neulich, der Franzose schießt sich wirklich ein, von jetzt an wird man keine ruhige Minute haben. Da, jetzt kommt es, jetzt geht es auf einen los, jetzt hat das letzte Stündlein geschlagen. O du hochheiliger Sankt Aloysius, bitt für mich, jetzt und in der Stunde meines Ablebens; unbußfertig fahre ich zur Hölle, ewig wird meine Seele gesotten werden. Wo ist ein Priester – ein Beichtiger her! Und jetzt, da, jetzt, o Jesus: da heult es heran, da zieht es einen Schweif von höllischem Wildschrei hinter sich her! Das ist der Teufel, der wiehernd heranfaucht!

Wo, wo, wo schlägt's ein? Unter die Bettdecke! Das schmetternde Krachen, das heranrollende Echo in allen

Gängen und Tunnels des Forts bedeutet Erlösung. Diesmal hat es weiter weg gesessen. Dem Schalle nach muß es der Nordostflügel sein, der Pionierpark, dort wohnt der Feind. An allen Gliedern zitternd, aus allen Poren schwitzend, verharrt der Niggl in seinem Bett, auf das Laufen lauschend vor seiner Tür, das Stiefeltrappeln, das Rufen. Bild dir nichts ein, Alois Niggl, so gut geht's einem nicht aus, daß sich der Franzose ohne alle Nachhilf auch den zweiten Bruder holt. Die Haare hängen ihm in die Stirn, eine Fliege will von seinem Schweiß trinken, belästigt ihn. Schließlich meldet ihm der Schreiber Dillinger aufgeregt: Volltreffer auf den Pionierpark, nix is gschehn. Gleichmütig, die Haare aus der Stirn streichend, fragt der Hauptmann, ob Leutnant Kroysing schon von den neuen Verlusten der Kompanie unterrichtet sei; ob er eben jetzt im Fort sei. – Beides bejaht der Dillinger. Der Herr Leutnant ist gerade zu einer Besprechung mit dem Herrn Platzkommandanten gerufen worden, wie das erste Ding einhaute. Obgleich jeder Mensch wußte, der zweite werde sitzen, ist der Herr Leutnant doch losgezogen, und zwar, um abzukürzen, schräg durch den Innenhof, der von Splittern ganz übersät worden sei, großen dicken Dingern. Wie leicht hätt's ein Unglück geben können! – Das hätten wir nimmer verwunden, sagt der Hauptmann, um dann hinzuzufügen: die Schreibstube möge ermitteln, woher man einen katholischen Feldprediger beschaffen könnte, den Mannschaften geistlichen Zuspruch in der großen Not zu spenden. Da leuchtet das Gesicht des Dillinger auf: gleich wird sich die Schreibstube dahintermachen. Zwar ist die Division, die den Abschnitt jetzt hält, protestantisch, eine sächsische. Aber ein bißchen Scharfsinn überwindet diese Schwierigkeit. – „'s ist gut, Dillinger", sagt der Hauptmann, „berichten Sie mir halt, wenn ihr's geschafft habt."

Als der Armierungssoldat Bertin von den Toten und Verwundeten der Bayern erfuhr, erblaßt er langsam unter seiner braunen Haut, vor Schreck und für den Leutnant Kroysing.
Man schrieb September, niemals war die Front an dieser Stelle so ruhig gewesen. Daß die Deutschen nicht angriffen, hatte gute Gründe; daß sich aber auch die Franzosen nicht rührten, hätte Leute zum Nachdenken veranlassen können. Es war ein bezaubernder September, in dem unberührten Urwald von

sechzig Metern Breite flirrten kleine gelbe Blättchen im satt und süßen Licht, die längeren Abende luden zum Skatspielen ein, die beiden friedlichen Badenser lösten sich am Telefonapparat der Stationsbude mit Bertin ab, und seit er in diesem Wäldchen wildernde Katzen mit grauem Pelz gesichtet zu haben glaubte, zog Friedrich Strumpf, Parkwächter von Schwetzingen, manchen Mittag mit seinem Infanteriegewehr aus, um sich gegen sein Rheuma ein Katzenfell zu verschaffen. Jedesmal kam er brummend zurück, ohne Katzenfell und um zwei Patronen ärmer: die Luders hielten einfach nicht still. Dagegen füllte sich der hintere Teil der Schlucht mit kurzen und langen Bohlenstapeln. Die Regenzeit nahte. Die Bautrupps und ihre Pioniere bereiteten sich darauf vor, die Schmalspurgeleise höher zu betten.

Fast jeden Morgen oder des Nachmittags, in Stunden schlechten Lichts, wanderte Bertin in die Feldhaubitzenstellung, für sich und seine Kameraden nach Post zu fragen. „Du hast die jüngsten Beine, Kamerad", urteilten die Badenser, „dir macht's noch Spaß, über Feld zu laufen." In der Tat, es machte Bertin Spaß; denn, von seiner Abenteuerlust abgesehen, hatte er in dem Leutnant und Batterieführer daselbst wirklich einen Landsmann und flüchtigen Bekannten gefunden: den Leutnant Paul Schanz, der vor einer Anzahl von Jahren mit Bertins Klasse und auf seiner Schule als Auswärtiger, sogenannter Extraner, die Reifeprüfung abgelegt hatte. Er kam damals aus Russisch-Polen, wo sein Vater als Obersteiger in einer Kohlengrube arbeitete. Nach dieser Wiedererkennung milderte sich sein erst gelangweilter Ton; schon am Ende des zweiten dieser Besuche bat der hochgewachsene blonde Mensch mit den blauen Augen Bertin, nicht sogleich zu verschwinden, eine Partie Schach zu spielen. Gewinnend offen entfaltete sich jetzt sein Wesen. Sie saßen im Eingang des Unterstands, eine Kiste zwischen sich, und rückten gemächlich die weißen und schwarzen Bauern, sie erzählten einander mit Auswahl Vergangenes und Gegenwärtiges, sie sprachen vom Frieden, der Anfang 1917 unbedingt fällig war, Bertin lernte die Geheimnisse der leichten Feldhaubitze kennen, ihr Richtwerkzeug, ihre Tragweite und beste Wirkung. Leutnant Schanz, sauber und gut rasiert, mit seiner glatten Haut und seinem Jungslachen, enthüllte ihm all die Nachlässigkeiten, die sich seine Soldaten leisteten – halb aus Gewohnheit, halb aus Überdruß; allen stand ja diese Schweinerei bis zum Halse: sie dämpften den Lichtschein ihrer Schüsse nicht mehr durch Salzvorlagen, die verdammten Pieruns, weil sie die verschlampten Rohre nicht putzen wollten, sie hatten ihre Karabiner hinten im Ruhelager zurückgelassen, damit ihnen hier die Schlösser nicht einrosteten – überall rannen in der Tat Wasserfäden von den Felsen –, und er verfügte nicht einmal über die vorgeschriebene Zahl Kartätschen – große Schrotpatronen der Geschütze für den Nahkampf. „Wer braucht hier Kartätschen! Durch bricht der Franz doch nicht, dafür sorgen wir schon, und von Schrapnells und Granaten kriegen wir nie genug heran.“ Sie lagerten dahinten, unter der grünen Leinwand, dem Namen nach Kartätschen. In Wirklichkeit aber noch mal dreihundert Schrapnells.

Die Batterie feuerte kaum noch. Strenger Befehl, Munition zu sparen und um der französischen Beobachtung verborgen zu bleiben. Auf allen Höhen, in beiden Gräben lauerten die Schallmeßtrupps, intelligente Leute mit guten Augen, um aus der Spanne zwischen Abschuß und Einschlag die Entfernung einer Geschützstellung zu errechnen. So, und mit Hilfe der Fesselballons, bedeckten sich die Karten der beiden Gegner mit eingezeichneten feindlichen Feuerstellungen: einmal kam der Tag, dies auszunutzen. Auch durchs Scherenfernrohr blickte Bertin, im Beobachtungsstand des Leutnants Schanz geschickt unterhalb der Felsspitze hinter den Geschützen angebracht, während eine Tonne in einem Buchenwipfel achtzig Meter seitlich die französischen Flieger täuschte. Er sah durch das unheimliche Werkzeug Abhänge, zernarbte Berglehnen, winzige Wesen, die sich bewegten, alles scharf körperhaft, Erdwälle, kleine Höhlen. Manchmal stiegen Wölkchen auf, wurden weggeweht. Der Belleville-Rücken, erklärte Schanz; hinter dem Horizont stand eine französische Batterie, wahrscheinlich vierhundert Meter rückwärts, 5500 Meter von Rohr zu Rohr. „Ich möchte bloß wissen, ob drüben auch so ein Schanz in einem Erdloch lauert und unsere Batterie ebenso auf dem Kieker hat.“ – Bertin konnte sich von dem Wunderwerkzeug nicht trennen: „Alles zur Vernichtung“, und er schüttelte den Kopf, um gleich wieder in die beiden graugefaßten Gläser zu starren. „Wann wird man diese Zaubereien mal zum Aufbau benutzen?“ – „Na wann! Nach Friedensschluß selbstverständlich. Sowie die Kerle merken, daß sie uns doch nicht die Gurgel zudrücken können." – Ja, in dieser Sehnsucht waren die beiden einig, und sie schlenderten zurück durch die leichte, besonnte Luft, um noch ein bißchen zu rauchen und auszuspinnen, wie sich dann das Dasein gestalten werde. Paul Schanz hoffte auf eine Laufbahn in der Verwaltung jener oberschlesischen Kohlengruben, in deren Dienst sein Vater inzwischen getreten war; dort stand eine Fülle von Arbeit bevor. Sie wurden, schrieb er, heruntergewirtschaftet, nichts konnte recht erneuert werden, Gase und Wasser bedrohten die Belegschaften. Deutsche Kohle gehörte zu den wichtigsten Kampfmitteln; die Neutralen und Verbündeten konnten nicht genug davon bekommen, Transportzüge verließen die oberschlesischen Bahnhöfe und hielten erst an in Konstantinopel, Aleppo, Haifa. Des öfteren widmete Bertin diesen Besuchen nur eine halbe Stunde; es drängte ihn weiter.

Einmal hatte er die Bekannten nicht angetroffen, sie waren vorn, neue Minenwerfer einzubauen, Mitte Oktober sollte eine Teilunternehmung die Infanteriestellung verbessern. Das nächste Mal aber hatte er sich mit Süßmann verabredet, und auf dem Wege, gemütlich schwatzend, hatte der von Verlusten berichtet, die dem Hauptmann Niggl gehörig einheizten. „Unser Schriftsteller ist entsetzt über die Last auf Herrn Leutnants Gewissen", spottete Süßmann bald nach dem Eintreten bei Kroysing, Zigarettenrauch tief einatmend. – Bertin, im Genuß der ersten Züge einer frisch gestopften Pfeife, begegnete ruhig dem erstaunten Blick von Kroysings grauen Augen. Er wußte gleich, er müsse seine Worte sehr vorsichtig setzen, um den Offizier da nicht zu erbittern. „Vier Tote", sagte er, „und so viel Leiden, das kann Ihnen auch nicht gleichgültig sein." – „Warum nicht?" fragte Kroysing. – „Bedarf das einer Antwort?" fragte Bertin zurück, worauf ihn der Leutnant ermahnt, nicht so großspurig dazusitzen und lieber logisch zu denken: „Habe ich den Krieg zu verantworten? Offenbar doch nicht. Auch für die Zusammensetzung des Bataillons Niggl bin ich nicht haftbar, sondern ein beliebiges Bezirkskommando. Und daß die Leute mir unterstellt worden sind, dafür zeichnet in letzter Linie der deutsche Kronprinz. Was also wollen Sie von mir?" – Bertin bat, diese schönen weiten Horizonte vorerst beiseite zu lassen und sich auf eine kleine, vielleicht nebensächliche Einzelheit zu sammeln: wer nämlich diese Leute in den Douaumont verschmettert habe und aus welchen Gründen? – „Aus Gründen des Dienstes", brüllte Kroysing. – Bertin fuhr zurück, bekam einen roten Kopf, schwieg. Er sagte nicht, daß unrecht habe, wer brülle, er beschloß nur, sich so schnell wie möglich wieder zu entfernen. – Kroysing, die Stirn unmutig gefaltet, ärgerte sich über seinen Ausbruch. Er zerbiß sich die Lippe, blickte grollend vor sich hin, dann auf den erschrockenen Besucher: „Entschuldigen Sie", sagte er schließlich. „Ihre Naivität kann einem aber auch wirklich auf die Nerven gehen." – „Schade", antwortete Bertin, „Ihr Tabak hat mir so gut geschmeckt, jetzt hat meine Naivität ihn mir verdorben." – Kroysing dachte: empfindlich sei der Mann zwar, aber das gehöre sich und wetze die Wehleidigkeit wieder aus, über die er sich soeben erbosen mußte. „Herr", spottete er, „Sie sind ja ein rohes Ei. Offenbar muß ich mir einen Knigge für den Umgang mit Schippern verschaffen. Wie wär's mit einem Schluck zur Versöhnung?" Er öffnete das Schränkchen rechts hinter sich – der lange Mensch brauchte nur seinen Arm auszustrecken –, zückte die bewußte Flasche, füllte die Gläser. „Na, Prost", sagte er, „wollen uns wieder vertragen." – Bertin nippte in kurzen Schlucken, Süßmann verschlang das halbe Glas, Kroysing goß mit tiefem Behagen um die Augen das seine in die Kehle. „Ah", sagte er, „das ist was wert. Man kann Krieg führen ohne Frauen, ohne Munition, sogar ohne Stellungen, aber nicht ohne Tabak und schon gar nicht ohne Alkohol." – Bertin, bemüht, die Kränkung niederzukämpfen, verbreitete sich über den serbischen Pflaumenschnaps, der an Güte diesem Kognak nahekomme. – Kroysing stellte sich sehr interessiert, meinte, wenn er die Westfront mal satt habe, könnte der Slibowitz ihn dazu verführen, sich nach Mazedonien zu melden – kurz, das Unbehagen wollte nicht weichen. – Der kleine Süßmann blickte weise von einem zum andern: „Nein", sagte er, „so kommen die Herren nicht zu Rande. Sie müssen den Disput schon ernst nehmen. Schließlich habe ich den Schaden angerichtet, ich muß ihn wiedergutmachen. Unser Schriftsteller meint, Sie hätten diese Schipper in den Douaumont geholt und darum ihre Betriebsunfälle zu verantworten, weil Sie mit ihrem Hauptmann eine private Rechnung auszugleichen hätten. Nicht so, Herr Schriftsteller?" – Bertin nickte. – „Die bayrischen Schipper", fuhr Süßmann fort, „waren für

Sie nur Anhängsel des Herrn Hauptmanns, unbeachtete Statisten. Der moralische Scheinwerfer des Herrn Schriftstellers holt sie jetzt in den Lichtkegel: siehe da, Tote und Verwundete. Menschen einfach. Nun sind Herr Leutnant am Zug", schloß er, seine Zigarette ausdrückend; als Aschenbecher stand auf dem Tisch die flachgequetschte Messingkartusche einer großen Mörsergranate, wie sie gern zu solchen Zwecken in Pionierparks hergerichtet wurden. – Kroysing dachte einen Augenblick nach: „Unteroffizier Süßmann wird lobend erwähnt, weil er die Figuren richtig wieder aufgestellt hat. Betrachten wir uns diese Menschen. Haben sie auch nur einen Finger gekrümmt, um meinem Bruder beizustehen? Keineswegs. Und für wen hat mein Bruder sich die Ungnade von Niggl und Konsorten zugezogen? Für diese Menschen. Sie sind also auf eine gewisse allgemeine Weise mitschuldig an seinem Tode. Auf die gleiche allgemeine Weise habe ich sie in eine etwas gefährlichere Bratpfanne verfrachtet, als ihre frühere war. Diese Verantwortung nehme ich auf mich, denn im Interesse des Dienstes hätte irgendeine Schipperkompanie doch daran glauben müssen. Ich wählte diese." – Bertin trank wieder einen Schluck von seinem Kognak, nachdenkend: „Ich fürchte", sagte er, „irgend etwas stimmt da nicht. Die Toten und Verwundeten wiegen wohl zu schwer für den Grad von Mitschuld, der auf den einzelnen Schipper fällt, denn die Schuld der Kompanie ist eine Kollektivschuld, und die Entrechtung des gemeinen Mannes will auch in Rechnung gestellt werden." – „Das müssen also die Betroffenen mit denen ausmachen", meinte Kroysing kurz, „die bis jetzt besser davongekommen sind; mich geht das nichts an. Ich spiele nicht Vorsehung. Wie aber wollen Sie mit Ihrem Anteil daran fertig werden?" – Bertin machte ein verwundertes Gesicht. – „Seht da den unschuldigen Engel", lachte Kroysing, „ja, darauf muß man immer erst mit der Nase gestoßen werden. Wer aber hat denn das Ganze erst in Bewegung gesetzt, he? Mich aus meiner sträflichen Gleichgültigkeit aufgerüttelt? Von wem habe ich überhaupt erst erfahren, was mit meinem Bruder gespielt wurde? Da staunt der Laie, und der Fachmann wundert sich", schloß er triumphierend mit einer damals geläufigen Redensart.

Bertin sah betroffen zu Süßmann hin, dann in Kroysings Siegermiene, dann nachdenklich zu der gewölbten Decke empor, die zwischen ihm und dem Himmel eine undurchdringliche Steinwand türmte: „Das hab ich noch nie bedacht“, bekannte er ehrlich; „etwas ist gewiß daran. Das Gewirr von Ursachen und Folgen ist schwer zu übersehen. Gewollt aber habe ich das nicht.“ – „Na eben. Und ich auch nicht. Wenn ich Sie aber frage, teurer Herr: Hätten Sie Ihre Mitteilungen unterlassen, wenn Sie jemand über meinen gefährlichen Charakter aufgeklärt hätte? Wollen Sie nicht vielmehr, daß ich für die Wiederherstellung des beleidigten Rechts losgehe, als Bruder des Opfers, als der Berufenste?“ – „Ja“, gab Bertin zu, in bedrängtem Nachdenken sich selbst prüfend, „das ungefähr war mein Antrieb. Unklar, wissen Sie. Etwas Schreckliches war geschehen, die Welt war aus den Fugen, aber daß sie nun noch mehr aus den Fugen gerät, weil man versucht, sie einzurenken, das ist eine tolle Sache.“ – „Ja“, lachte Kroysing behaglich, „sie hat kleine Konstruktionsfehler, diese Welt, soweit wir Menschen was davon verstehen. Fehlzündungen und Kurzschlüsse an allen Ecken und Enden. Wenn wir einen Motor so großzügig bauten, wir kämen wahrscheinlich schneller in den Himmel als von hier zu unseren neuen Minenwerfern.“ – „Aber wo steckt der Fehler?“ fragte Bertin leidenschaftlich. „Irgendwo klafft da was, das behoben werden muß, damit unser Weltbild nicht in die Brüche gehe.“ – „Ja, warum sollte es denn nicht in die Brüche gehen“, fragte Unteroffizier Süßmann verwundert, „das kostbare Weltbildchen? Ist Ihres nicht in die Brüche gegangen?“ – den gekrümmten Zeigefinger auf Kroysing richtend – „ist meines nicht in die Brüche gegangen?“, und er kehrte den Finger gegen sich; „nur das Ihre ist zu schade, nicht wahr, das der Herren Schriftsteller und Propheten. Vier Tote und einige vierzig Verletzte“, fuhr er fort, „und zwar im Douaumont. Wenn es für Herrn Leutnant nicht eine so langweilige Angelegenheit wäre, man müßte dem Herrn hier wahrhaftig mal die Geschichte dieses hohlen Berges erzählen, wie der hier Sitzende sie erlebt hat. Versprochen habe ich es ihm ohnehin.“ – „O ja“, sagte Kroysing, „das darf man sich nicht entgehen lassen, da muß man hineingetreten sein. Dabei will ich das schriftstellerische Mienenspiel bewundern. Los, Süßmann! Als Gott der Herr sein Antlitz von der Erde abgewandt hatte, ein paar tausend Jahre nach dem Versiegen der Sintflutgewässer, und die Menschen hatten sich vermehrt wie Ameisen, brachen sie aus den Laufgräben auf, am 21. Februar des Jahres neunzehnhundertsechzehn, Pioniere voran." – Süßmann blinzelte, nahm den Ton auf: „Es starben aber beim Vorwärtstragen des Angriffs in diesen vier Tagen die Legionen und Legionen der grauen und graublauen Märtyrer, wie befohlen war, und waren reichlich ausgestreut zwischen dem Caures-Wald und den Höhen, und ihre Seelen vermehrten die himmlischen Heerscharen um ein Armeekorps."

Zweites Kapitel

Der kleine Süßmann

„Wir lagen platt auf der Erde, am Rande des Glacis, und äugten nach dem Douaumont hinüber, der beschneit war und nichts sagte – wir, Pioniergruppe mit Mannschaften von einem Zug Vierundzwanziger, dem wir zugeteilt waren. Der Boden war überfroren, aber uns war heiß, gesoffen hatten wir alle, und außerdem hatten wir Angst. Kein Schuß fiel von drüben, verstehen Sie das? Solch eine Drohung! Wie sollte auch jemand darauf kommen, daß er ohne Besatzung dalag, unverteidigt, der Eckstein von Verdun? Französische Granaten aasten in den Wald hinter uns, aber sie kamen von woanders, und unsere eigene Artillerie beschoß das Dorf Douaumont und die Drahtverhaue davor, und von dort ratterte noch ein französisches Maschinengewehr. Aber der Klotz selber sagte nichts. Wir hatten unsere Mäntel an, trotzdem waren wir von unten ganz durchnäßt, immerfort in gefrorenen Dreck einbrechen ist kein Spaß, wir wollten endlich Trockenes unter den Füßen haben, uns ausziehen, einen Ofen heizen und schlafen. Immer wieder haute unsere Artillerie auf die kahle Böschung der Kasematten, niemals kam auch nur ein Hundeschwanz von Antwort zum Vorschein. Da warfen wir uns schließlich vorwärts, Oberleutnant voran, abwärts an die Drahtverhaue – zum Glück waren sie nicht elektrisch geladen, und, hol's der Teufel, kletterte unser Zug dem Monstrum aufs Dach. Oben waren wir nun, und runter wollten wir auch schon kommen, denn unser Ziel hieß ja: hinein. Und als wir noch so diskutierten und bedenklich in die Tiefe stierten, sahen wir plötzlich einen Trupp Leute ganz vorsichtig aus einem Tunnel schnüffeln, und bevor wir sie noch beschießen konnten oder sie uns, stellte sich heraus: siehe da, unser Nachbarzug. Die beiden Offiziere äugten sich gleich schief an, und wenn ich nicht irre, streiten sie heute noch darum, wer von ihnen der allein echte Erstürmer des Douaumont sei. Drin nahmen wir dann die Verteidiger des Douaumont gefangen: rund zwanzig Kanoniere des Panzerturms. Sie hatten vier Tage und vier Nächte gefeuert, und jetzt schliefen sie – unhöflich, nicht? Gerade bei unserer Ankunft. Aber wir verziehen es ihnen gnädig. Das war die Eroberung des Douaumont durch das heldenmütige erste Bataillon vom Regiment neunundzwanzig, und wer's nicht glaubt, zahlt einen Taler." – Tief belustigt blickte Kroysing auf die verdutzte Miene des Armierungssoldaten Bertin, der dasaß in seinem Waffenrock und kurzgeschoren wie ein richtiger Soldat, aber anscheinend all und jeden Pomp und Lorbeer der Obersten Heeresleitung geglaubt hatte und in einer Welt der Heldentaten zu leben wünschte wie ein Kind im Märchenbuch. – „Das ist die berühmte Erstürmung des Douaumont? Unter den Augen Seiner Majestät..." Tolles Gelächter schütterte gegen die Wände. „Mensch", schrie Kroysing, „haben Sie Erbarmen!" Und Süßmann, kichernd wie ein Kobold, brachte die Worte hervor: „Wo war der Douaumont, und wo war der Kaiser?" – „Meine Herren", sagte Bertin unbeleidigt, „so stand es im Bericht. Wir lasen ihn einander vor an der Anschlagtafel der Ortskommandantur von Vranje, einer kleinen Gebirgsstadt nördlich Kumanovo, Mazedonien – eine Menge Feldgraue in der vollen Frühlingssonne, und ich höre noch, wie ein junger Husarenleutnant neben mir ausrief: ‚Fabelhaft, nun hat die Scheiße doch bald ein Ende.' Woher soll ich also wissen, wie so etwas in Wirklichkeit aussieht?" – „Mensch", schrie Kroysing wiederum, und seine Augen glänzten im Lichte des dritten Glases Kognak, „wissen Sie noch immer nicht, daß alles Schwindel ist, Schwindel wie bei denen drüben? Wir bluffen, und die bluffen, und bloß die Toten bluffen nicht und sind die einzig Anständigen bei dem Theater..." – „Nichts ist wahr", sagte Unteroffizier Süßmann, „und alles ist erlaubt. Kennen Sie den Satz? Wahlspruch der Assassinen." Bertin bestätigte, er war gebildet, daß er die Assassinen kenne – eine Mördersekte des orientalischen Mittelalters, und ihr Scheich hieß

„Der Alte vom Berge". – „Gottlob", sagte Kroysing beruhigter, „gebildet sind wir, nun brauchen wir bloß noch zu kapieren, wie die Welt ist, in der solch junge Herren wie Sie herumstolpern – Parzival in Schipperstiefeln. Dieser Wahlspruch, lieber Herr, der regiert hier. Nichts ist wahr, was in Gedrucktem steht, einschließlich der Bibel, und alles ist erlaubt, was Männer tun wollen, einschließlich meiner und Ihrer, wenn Sie nur die Traute haben. Ich will den Kleinen hier nicht aufhalten, denn der wird Ihnen schon hinmalen, wie es hier zugeht; aber wenn Sie etwa glauben, wie es im Bericht stand, daß wir Anfang März auch Fort Vaux erobert hätten, am nächsten Tage aber großmütig dem Franzosen die ‚Trümmer der Panzerfeste' wieder überließen, dann verdienen Sie das E. K.; Junge, haben wir gelacht! Bloß die Infanterie war wütend, denn sie lag nach wie vor unter schwerem Feuer vor dem wildverteidigten Betonwerk, und es hagelte Rückfragen und Drohungen und telefonische Anschnauzer, bloß weil wahrscheinlich irgendein Stabsidiot am Scherenfernrohr, Gott weiß wieviel Kilometer hinten, die Rücken deutscher Gefangener, die ins Fort geführt wurden, für die ehrwürdigen Kehrseiten heldenmütiger Eroberer gehalten hatte. Fort Vaux fiel im Juni, und damit basta, und seinen Widerstand bewundert die Welt. Bloß auf dem Papier geht der Krieg immer glatt. Die Pest über alle schreibenden Schakale!" Und er schüttete seinen vierten Kognak ins Glas, weniger diesmal, und trank. „Und nun haben Sie das Wort, Kleiner, und ich verwandle mich in einen Trappisten."

„Wer's glaubt", spottete Unteroffizier Süßmann. „Aber den Douaumont hatten wir wenigstens, und wir blieben drin, und nicht weit unter uns verlief die vorderste Stellung, und jetzt erst ging der Spektakel los: Gegenangriffe! Gegen Ende April trampelten die Franzosen sogar schon über unseren Köpfen herum, bis auf die Nordwestecke hatten sie das ganze Oberwerk wiedergeholt, aber die MGs in den Schießscharten und den Flankenstellungen ließen sie nicht herunter, und dann kamen Verstärkungen, und sie mußten mit langen Nasen abziehen. Damals erfuhren wir von Gefangenen, daß wir unser Glück Ende Februar dem echt militärischen Wirrwarr zu verdanken hatten. Rechts und links vom Douaumont hatte je eine frische Division den Abschnitt übernommen, jede war überzeugt, die andere halte das Fort besetzt, und die abgelöste

Division war verdammt eilig zurückgegangen bis zum Belleville-Rücken und konnte kein Schwein vom Stand der Dinge benachrichtigen. Und wenn wir damals über frische Reserven verfügt hätten, wäre unser Siegerglück schön und schlicht weitergerollt, über Fleury und Souville hinaus, und wer weiß, ob Verdun heute noch französisch wäre. Dann hätten wir zwar auch einen Dreck gehabt, aber ein befriedigtes Gefühl außerdem und herrliche Berichte. Aber die Franzosen, neidisch, wie sie nun einmal sind, gönnten es uns nicht, wir mußten Thiaumont und Fleury angreifen, und das taten wir noch, als die große Explosion kam, bei der ich meine Einblicke ins Jenseits sammelte. Und darauf prost!" Er trank sein Glas leer, Kroysing füllte es ihm wieder, und die Augen beunruhigt in einen Winkel des kleinen Zimmers gerichtet, fuhr Süßmann mit seiner gleichgültigen Knabenstimme fort: Der Douaumont sei damals, Anfang Mai, der stärkste Stützpunkt der Front gewesen, randvoll mit Soldaten, Verpflegung, Munition, Pioniergerät, einem großen Verbandplatz. Er glich einem mächtigen Verkehrstunnel, hin zur Front und von ihr. Die Bayern, die Fleury stürmten oder stürmen sollten, schliefen sich in ihm noch einmal aus oder warfen sich, abgelöst, irgendwo auf die Steine und sackten sofort in Schlaf weg. Der große Angriff vom fünften Mai ging fehl, die Granaten hagelten ums Fort und auf seine Deckungen, aber drunter wimmelte das Leben. „Wir hatten damals unseren Park drüben, wo jetzt die Schipper schlafen, unterhalb des Panzerturms, wo das französische Munitionsdepot gewesen war und noch ein paar Dutzend Granaten zurückgeblieben waren. Da lagerten nun unsere Minen und die Reservetanks mit Flammenwerferöl, und das harmlosere Zeug, Leuchtmunition und so, wartete aufgereiht an der Gangwand, und auf der anderen Seite Kisten mit unseren Kugelhandgranaten. Rechts vom Gang führten Stufen hinunter zu den Lazaretträumen; die Ärzte hatten Tag und Nacht zu tun, die Sanitäter liefen hin und her und schleppten die schweren Fälle herein, und die Leichtverwundeten und die, welche bloß Nervenschocks hatten oder verschüttet gewesen waren, hockten an den Wänden, schliefen oder dösten, und dann kriegten sie Suppe, und die löffelten sie aus und kamen sich wie im Himmel vor. Aber gleich neben dem Himmel liegt bekanntlich die Hölle, und ein paar Verrückte müssen auch darunter gewesen sein; denn gedeckt von unseren Leichtmunitionskisten gingen zwei oder drei von diesen bayrischen Dorftrotteln daran, sich mit einer Handgranate das Futter nachzuwärmen – es war ihnen zu kalt geworden, verstehen Sie? Und damit es ihnen besser schmecke, luden sie den Teufel zu Gast. Jeder Mensch kann eine Infanteriehandgranate aufschrauben und mit dem Kopf, nämlich der Pulverladung, sein Essen wärmen, wenn er zwei Steine hat, um das Kochgeschirr daraufzustellen, und rundherum alles harmlos ist. Aber das Unglück will, daß meine Bayern an eine schon geschärfte Handgranate kommen oder an eine defekte, und platsch, fährt ihnen der Mist in die Fresse. Das hätte ihre Privatsache bleiben können, Geschrei und drei, vier Tote mehr und ein paar Verwundete zählten ja nicht in der Schlacht um Fleury. Aber der Satan will, daß die Splitter durch die offene Tür ins Munitionsdepot fliegen und einen von unseren friedlichen Flammenwerfern anpicken. In denen ist ein Gemisch von Schwer- und Leichtölen; das Zeug fließt aus – verdunstet, mischt sich mit Luft, wird zum Sprengstoff. Das haben meine Augen noch gesehen; woher das brennende Holzstückchen fiel, es anzuzünden, weiß ich natürlich nicht – eine glimmende Zigarette genügt ja. ‚Feuer', schreien fünf, acht, zehn Kehlen aus dem Haufen um die Handgranatenkocher, gleichzeitig toben ein paar schwere Brocken aufs Dach, und das brennende Öl tippt an die Kisten mit den Raketen aus schönem trockenem Kiefernholz. In dieser Sekunde liefen wir schon, wir liefen vorwärts, wer klug war, sagte gar nichts, wer Angst hatte, schrie. Sie haben den langen Tunnel gesehen, in dem ich vorhin den Herrn Hauptmann traf? Ich glaube, er ist achtzig Meter lang. Aus allen Seitenstollen lief es in diesen Tunnel, und nun focht man um sein Leben mit dem Nachbarn, dem Nebenmann, dem Kameraden. Wehe dem, der stolperte, wehe dem, der sich umdrehte. Wir vom Park steckten so gut wie zuhinterst; vor uns die Leichtverwundeten, die abgelösten Bayern, im Seitenstollen die Schipper, vorn die Infanteristen – ein angstbrüllendes Knäuel feldgrauer Rücken, Hälse, Köpfe, Fäuste. Von hinten krachte es, Qualm und Hitze, wüster Gestank der explodierenden Leuchtraketen wie ein tausendfaches Feuerwerk. Es mußte an die Granaten kommen, und es kam an die Granaten; aber vorher kam es an unsere Handgranaten, hinten grollte etwas auf, ein Stoß wie ein Erdbeben zuckte durch uns alle und warf uns an die Wände, darunter mich. In diesem Augenblick war ich vierzig Meter im Tunnel vorwärts gekommen und fiel um. Ich fiel nicht um, ich wurde ohnmächtig, an der krummen Wand verlor ich das Bewußtsein und hing, ich weiß nicht wie lange, zwischen den eingekeilten Leuten, und mit ihnen sank ich dann wahrscheinlich allmählich nieder. Dann muß die Explosion gekommen sein, die alles erledigte, was in diesem Tunnel lebte, in den Seitengängen, den Kasematten, im Lazarett – alles. Mich hatten die giftigen Gase abgewürgt. Ich war richtig gestorben, was die subjektive Seite anlangt. Solange man Angst haben kann, ist es fürchterlich, und die Lungen kämpfen um frische Luft und kriegen immer mehr von dem Mist und Gift hinein, der Schlund brennt, es kocht einem in den Ohren – aber das Erlöschen war eine Erlösung. Und darauf prost!" Er nahm einen kleinen Schluck; Bertin, im vollen Hören, trank endlich sein Glas aus, und Süßmann, eine Zigarette anzündend und gleichsam auftauchend aus einem Augenblick fernster Vergangenheit: „Zum Bewußtsein kam ich im Regen, ich lag unter freiem Himmel, auf dem Pflaster und Schutt des Innenhofes, meine ersten Blicke trafen ziemlich verständnislos graue Wolken. Innerlich fühlte sich mir alles ganz roh und brennend an, aber ich lebte. Es dauerte wahrscheinlich lange, ehe ich ein Zeichen davon gab; ich beobachtete, wie Leute mit Rauchmasken aus dem geschwärzten Tunnel Soldatenkörper schleppten, während immer noch eine schwarze Rauchfahne die Mündung verzierte. Ich wollte nachsehen, wie spät es war: meine Uhr war fort. An meiner linken Hand trug ich immer einen kleinen Ring, Erbteil meiner Großmutter, mit einem glückbringenden Türkis: aber er war fort. Ich suchte nach meiner Zigarettendose: futsch auf Nimmerwiedersehn. Man hatte mir den Waffenrock aufgehakt, das Hemd aufgerissen, ich lag mit nackter Kehle, und das hatte mich wahrscheinlich geweckt und gerettet, aber mein Brustbeutel mit ziemlich viel Löhnung hatte sich auch verkrümelt. Da richtete ich mich auf, die feuchten Pflastersteine taten den Händen wohl, und ich stellte fest, rechts und links von mir, vor und hinter mir: lauter tote Leute. Blaue, erstickte, geschwärzte Gesichter, eine unheimliche Masse. Vierhundert Mann in Kompaniekolonne nehmen einen ganz hübschen Raum ein, aber hier lagen viel mehr, und immer noch brachten die Sanitäter neue. Sie hatten mich ausgeplündert, aber ich schenkte ihnen den Kram, denn

ich atmete ja wieder Luft. Ich möchte nicht gehängt werden, ich möchte auch nicht erstickt werden, ich werde keinen Gashahn aufdrehen, und unsere Gasangriffe erregen mir Übelkeit, wenn ich daran denke. Nein, einen anständigen Granatsplitter an den Kopf oder einen guten Herzschuß, das ist alles, was ich mir wünsche. Dann knöpfte ich mich zu, schlug sogar den Kragen hoch und taumelte langsam auf meine Beine. Mir war schwindlig, ich hustete, das tat mir weh, außerdem hatte ich scheußliche Kopfschmerzen, aber das war alles. Der Unterarzt, der mich zuerst sah, machte große Augen. ‚Mensch, haben Sie Schwein gehabt', waren seine ersten Worte. Damals war ich schon Unteroffizier, aber das hatte ich vergessen, ich war noch ein bißchen beduselt und meldete mich: ‚Kriegsfreiwilliger Süßmann zur Stelle', man will auch beobachtet haben, daß ich dabei blöde grinste. Aber das halte ich für Verleumdung. Ich kriegte was zu trinken, Aspirin gegen meine Kopfschmerzen, ein paar Schlucke Sauerstoff, und dann konnte ich ein paar Minuten lang berichten. Viel wußte ich damals nicht, aber es genügte zu dem Entschluß, den gelöschten Krater nicht weiter auszuräumen. Unser Hauptmann ließ die Toten alle wieder zurücktragen, aber da schlief ich schon in einem schönen Bett, in einer neu eingerichteten Lazarettabteilung, auf Holzwolle natürlich; und als ich zum zweiten Male aufwachte, war ich eigentlich ganz in Ordnung. Ich hustete nicht mehr, innen im Hals hatte ich noch einen Ring wie aus rohem Fleisch, mein Schädel brummte weiter, aber das war alles. Später sah ich dann unseren Bautrupp jenen Stollen vermauern. Dort hinten liegen sie jetzt, die toten Einwohner des Douaumont, ein Bataillon stark, sicher nicht viel weniger als tausend, alles, was den hinteren Teil des Flügels füllte: Bayern, Pioniere, Schipper, das ganze Lazarett. Das war die Explosion im Douaumont, sie stand nicht im Bericht, und wenn Sie wollen, führe ich Sie nachher zu der Stelle, und Sie können für das Seelenheil der Gefallenen beten. Seither betrachte ich die Dinge genauer, und sie erscheinen mir nicht mehr schön. Und jetzt müssen Sie sich wohl auf den Rückweg machen."
Bertin sagte, ja, das müsse er, und er danke für den Bericht. Ein inneres Kopfschütteln ließ ihn nicht los: „Und Sie haben gleich danach wieder Dienst gemacht, als wäre nichts geschehen?" fragte er, sich reckend. – Und Unteroffizier Süß-

mann fragte grob zurück: was er sich wohl denke. Natürlich habe er einen Genesungsurlaub eingeheimst, vierzehn herrliche Maitage bei Muttern, und kein Wort von alledem verlauten lassen; denn die Zivilisten schätzten es sehr daneben, wenn man ihnen ihr Bild vom Kriege durch den wirklichen Krieg verdarb, und außerdem hieß die Parole: Maul halten! – „Zuverlässig", sagte Leutnant Kroysing, „das muß so sein, und wer zu viel weiß, meint das Volk, der stirbt früh. Und was hat Hauptmann Niggl auf meine teilnehmende Anfrage nach seinem Gesundheitszustand erwidert? Kann er heute abend mit ausrücken?" – Unteroffizier Süßmann berichtete mit betrübter Miene: der Hauptmann fühle sich noch schlecht, der Arzt habe ihm Bettruhe verordnet oder gestattet, auch seien ja jetzt drei kompanieführende Feldwebelleutnants zu seiner Vertretung anwesend. – Kroysing, ebenso betrübt, entgegnete: „Schade, wie ich bedaure, einem alten Offizier nichts als Schwierigkeiten machen zu müssen. Ich bin doch ein zu unsympathischer Geselle. Wenn Sie wiederkommen, lieber Herr", damit stand er auf, reichte Bertin die Hand, „wird sich seine Gesundheit weiter verschlechtert haben." – Unteroffizier Süßmann rückte seine Mütze so, daß ihre beiden Kokarden über der Nasenwurzel schwebten; er wollte Bertin ein Stück Weges begleiten. Dann fragte er, ob der Herr Leutnant die Gesundheit des Herrn Hauptmann Niggl nicht zu günstig beurteile. Die Telefonzentrale habe im Auftrag seiner Schreibstube einen katholischen Feldgeistlichen gesucht und gefunden. Er trifft in den nächsten Tagen ein, falls der Franzmann sich weiter so anständig benimmt. – Ein dünnes Lächeln verzog Kroysings Lippen. „Der Herr will beichten", sagte er, „das kann keinem schaden, der innen weich wird – mulsch nennt man den Zustand bei Äpfeln und Birnen. Danke, Süßmann; daraufhin gehe ich heute nacht selber mit raus."

Drittes Kapitel

Pater Lochner

„Es wird einen harten Winter geben“, bemerkte der Parkwächter Strumpf, als er am nächsten oder übernächsten Morgen vor seine Bude trat, die einmal ein französisches Blockhaus gewesen. Blauer Himmel blitzte durch Nebelschwaden, Sonne, im angegoldeten Buchengezweig saßen erstaunliche Mengen Bucheckern, und überall im Laub der jungen Ebereschen, an den Zweigen der Berberitzen, im Dornicht der Heckenrosen leuchteten die roten Beeren. Unbekümmert um die heranwehenden Donner räuberte ein Eichhornpärchen in den Wipfeln und trieb eine gescheckte Elster davon, die ärgerlich schrie. Einen harten Winter können wir nicht brauchen, stritt dann sein Kamerad Kilian auf badisch. Durchs geöffnete Fenster hörte Bertin am Klappenschrank, in voller Verhandlung mit dem Kap-Lager, wie Friedrich Strumpf ausführlich von großen Kälten erzählte, die die Natur durch Überreichtum an Früchten für die Vögel und das wilde Getier milderte, ganz als sorgte jemand für die unschuldigen Wesen. Darüber lachte nun wieder der Tabakarbeiter Kilian; er war ein Freidenker, ein Darwinist, wie er stolz erklärte, fand überall nur den Kampf ums Dasein bestätigt und wünschte, daß harte Winter in erster Linie für die Frauen und Kinder daheim gemildert würden. Dabei saß er wohlig in der Frühherbstsonne und stopfte eine graue Wollsocke. Denn jetzt hatte er Zeit für diese Kunst, während seine Frau an seiner Stelle in der Fabrik arbeitete, zwei Kinder erzog und sich unmöglich auch noch um seine Wintersachen kümmern konnte. Bertin, den Bügel mit den Kopfhörern über den Ohren, nickte. Jeder einzelne Mann im Heere, auch er, hing so an Fäden, die nach rückwärts führten. Dann knackte es wieder im Apparat, und er empfing Anweisungen vom Pionierpark im Fosses-Wald für die Weichenstellung, Anfragen nach Bautrupps und nach der Zahl der Loren auf dem Abstellgleis. Der kleine Bahnbetrieb machte ihm Spaß; an diesem winzigen Häkchen eines riesigen Kettengewebes begriff man den Aufwand menschlichen Scharfsinns, den das Triebwerk einer Front verlangte, und was alles richtig erledigt werden wollte, damit im gegebenen Augenblick das Ganze schlagkräftig und ge-

schmeidig klappte. Die beiden Badenser waren mit ihm zufrieden. Nur schüttelten sie die Köpfe über seine Unternehmungslust, wenn er immer wieder über die Feldhaubitzen hinaus bis zum Douaumont vordrang. Karl Kilian begriff ihn besser als sein älterer Kollege; für einen Zeitungsschreiber, sagte er, schickte sich das, damit er später die Wahrheit an den Tag bringen konnte.
Bertin wußte wohl: diese gute Zeit ging zu Ende. In ein paar Tagen traf der Urlauber wieder ein, dann mußte er seine Sachen packen und in die stickige und durchlärmte Baracke zurückwandern, zur Kompanie, in den Dunst der Grassnick und Glinsky, wo alle feinen Tasthärchen der Seele niedergebügelt wurden wie Gras, auf dem sich ein Esel wälzt. Die Ansammlung von Massen schien dem einzelnen Kräfte zu entziehen. Hier erholte er sich, schlief luftiger, hatte Sonne und Muße, auch schmeckte ihm besser, was Friedrich Strumpf aus dem gelieferten Essen durch allerhand Zutaten zu bereiten verstand. Die Nachtstunden, am schweigsamen Klappenschrank durchwacht, in Gesellschaft eines Buches, unterm elektrischen Licht, diese Einsamkeit und die Stille erlaubten ihm, er selbst zu sein. Oft sah er dann über die bedruckten Seiten hinweg den kleinen Kroysing, der schon soweit abgetrieben war im Strome der Erlebnisse, und seinen wilden Bruder, der mitten in ihm watete, heute knietief, morgen bis an die Hüften... Wenn je ein Mensch – so hatte Eberhard Kroysing den Krieg nötig gehabt, um zu sich zu kommen, Wesen auszudrücken, Reichweite zu erproben, wie er sagte. Aus dem Drang nach solcher Erfahrung heraus war wohl eine ganze deutsche Jugend der Vorkriegsenge entlaufen, hinein in den unbändigen Krieg – Kroysing, Süßmann, Bertin, alle. Alle hatten 1914 das Gefühl gehabt, jetzt erst beginne das eigentliche Leben, das gefährliche, stählende; heute saßen sie da, gründlich in widerliche Wirklichkeiten getunkt und beauftragt, mit ihnen fertig zu werden. Wer dem Gymnasiasten Süßmann vorausgesagt hätte, wie er sich zwei Jahre nach Kriegsbeginn fühlen, was er hinter sich haben werde... Junge, Junge! Und da knackte auch schon seine muntere Stimme in Bertins Gehör. Er hätte Grüße zu bestellen, von der Kompanie, zum mindesten vom Fosses-Wald-Kommando, mit dem er gestern ausführlich gearbeitet hatte. Zwei Berliner besonders gedächten seiner, einer, eine ulkige Nudel, mit dicken

Backen, Sommersprossen und recht gescheiten Augen – Lebehde, nickte Bertin für sich –, und ein Buckliger, Galliger – aha, Pahl –; es gebe Neuigkeiten genug bei der Kompanie, ließen sie ihm sagen, er möge nur bald zurückkommen, um zum Beispiel den Einzug eines neuen Feldwebels zu erleben, was ihm ja nicht unangenehm sein werde. – Solch ein Müll, dachte Bertin unlustig. Und das soll von nächster Woche an wieder meine Welt sein, tagaus, tagein ...! Ja, zitierte er den Dichter Schiller, die schönen Tage von Aranjuez seien für ihn bald vorüber. – „Sie verabschieden sich doch von uns", meinte der Junge; „Kroysing hat noch manches für Sie im Hinterhalt. Er läßt Sie bitten, morgen abend bei uns zu übernachten." – „Läßt sich leicht einrichten", sagte Bertin, ein wenig verwundert; er komme dann vor dem abendlichen Schießen, damit das Störungsfeuer ihm nicht den Weg versalze.

Im Eingangstunnel des Forts geriet Bertin in den Strudel ablösender Infanterie; ein Bataillon wartete den Einbruch der Nacht ab, um die augenblickliche Grabenbesatzung in sogenannte Ruhe zu schicken. Große Essenausgabe, zum letztenmal vielleicht für Wochen dampften die Kochgeschirre der Leute; in einer Ecke des Hofes riefen Unteroffiziere, über Postsäcke gebeugt, die Namen ihrer Korporalschaften: „Wädchen!" – „Hier." – „Sauerbier!" – „Hier." – „Klotzsche!" – „Hier." – „Frauenfeind!" – „Hier." Bertin, während er sich zwischen ihnen durchdrängte, roch nahe ihre Gerüche, sah ihre mageren Gesichter, Haut über Knochen gespannt, ihre überanstrengten Mienen. Wenige über Mittelgröße, keiner frisch. Er fühlte sich neben ihnen wie schuldig, weil er straff aussah, nahezu gut gehalten und erholt. Ihr singendes Sächsisch nahm ihren Auskünften etwas von der Bitterkeit, die sich durchtränkte. In ihren Feldmützen – Stahlhelme tauschten sie erst vorne ein –, ihren abgeschabten Waffenröcken wirkten sie halbwüchsig, eher dem Klassenausflug einer Unterprima gleich als der lebenden Mauer, die im Rotwelsch der Zeitungen auf französischem Boden die deutsche Heimat schützte. Es war nachmittags gegen halb fünf, tief und golden flutete die Septembersonne in den ungeheuren Innenraum des Fünfecks und den tiefen Einschnitt, der hinabführte zu den Kasematten. Geduldig wand sich Bertin durch die Scharen, die ihre Handgranatenbündel niedergesetzt hatten, ihre Sturmausrüstung, ihre Gasmasken. Auf den Gewehren blinkten die Mündungsschoner, die Schlösser waren mit Lappen umwickelt gegen den Staub der engen Anmarschgräben, der Trichterzonen. Eine schon gesättigte Gruppe hielt ihn an, bat um Feuer für die Zigaretten, die Pfeifen. Bertin verweilte ein paar Minuten bei ihnen; seine graue Wachstuchmütze mit dem gelben Messingkreuz erregte ihre Neugierde, seine Brille machte auf sie den Eindruck, als wisse er etwas über den Zeitpunkt des Friedens. Überdruß stand ihnen auf die Stirnen geschrieben, sie machten kein Hehl daraus, Bertin wußte: das würde sie nicht hindern, ihr Letztes herzugeben. Wie üblich, waren ihre Ruhetage keineswegs erholsam gewesen, sie hatten rückwärtige Stellungen verbessert, Material vorgebracht, Appell mit allem möglichen abgehalten, zur Wiederherstellung der Mannszucht exerziert. Der einzige Unterschied gegen vorn bestand in warmem Essen, ruhigem Schlaf und reichlichem Wasser zum Waschen. Das war schon etwas, aber viel war es nicht. Bertin sah sie in dem Fort herumwimmeln wie in Bewegung geratene Bestandteile der grauen Trümmer dieser von Aussatz zerfressenen Oberwerke, die wirkten, als wären sie längst am Ende ihrer Widerstandskraft. Granatloch reihte sich an Granatloch, Rasenfetzen hielten sich vergilbt im Schatten der Umwallung, überall war das Ziegelwerk weggerissen, nach außen in den Graben gestürzt, nach innen schien es die Eingänge zu verstopfen. Die Wälle ähnelten aufgeschütteten Erdhaufen, gespickt mit Stahlstücken – doppelt erstaunlich, wenn man sie mit der unterirdischen Burg verglich, ihrer unerschütterlichen Festigkeit. Genauso die Infanteristen hier. Sie sahen aus wie die abgetriebenen Herden des Todes, Fabrikarbeiter der Zerstörung; sie hatten alle die Gleichgültigkeit, die Industrie und Maschine dem Menschen aufpressen. Aber im Innern waren sie ungebrochen; ohne Begeisterung und ohne Täuschungen gingen sie nach vorn, getragen einzig von der Hoffnung, nach zehn Tagen wieder heil zurückzukommen. Und wieder vor und wieder zurück, bis eine Wunde sie ins Lazarett erlöste oder der Tod ... Aber daran dachten sie nicht gern. Sie wollten leben, sie hofften heimzukehren. Jetzt wollten sie noch ein paar Stunden schlafen.

Bertin, benommen von ihrem Schicksal, kletterte hinab, verschwand, an Sandsäcken vorbei, im Eingeweide der Gänge. Ohne Führer verlief er sich zunächst einmal gründlich.

Schließlich landete er in der Telefonzentrale, wo ihm ein Mann mit einer Brille, wie er selbst, Bescheid sagte. Den Tonfall der Sachsen noch im Ohr, war er beinahe befremdet von der sauberen hannoveranischen Aussprache des Telefonisten. Er selber war Schlesier; er besuchte einen Franken und einen gebürtigen Berliner; gründlich wurden die Deutschen jetzt durcheinandergequirlt, lernten einander achten.
Im Zimmer von Kroysing, der forsch „Herein!" gerufen hatte, saß ein Herr, ein Besuch. Auf dem Bett lag eine Art Reiterhut mit aufgebogener Seitenkrempe. Violette Aufschläge am Kragen, das braune Oval eines feisten Gesichts mit einem besonders kleinen Munde, bartlos, und einem Paar sehr hellen Augen, fest blickend: ein Geistlicher! Ein Feldgeistlicher im Douaumont, das silberne Kreuz am Halse! Bertin wußte, daß man diese Männer wie Offiziere zu grüßen hatte und daß sie den größten Wert darauf legten; am liebsten wäre er sofort wieder davongelaufen.
Leutnant Kroysing aber, wie immer hinter seinem Arbeitstisch, unterstrich mit Wärme: „Na endlich, mein Lieber. Darf ich die Herren miteinander bekannt machen: mein Freund, Herr Referendar Bertin, zur Zeit in Schippertracht – Pater Benedikt Lochner, zur Zeit in Reitertracht." – Der Pater lachte herzlich, seine Hand fühlte sich dick, aber kräftig an. „Sie sollten nicht von Reitern reden, Herr Leutnant; ich bin auf dem Rücksitz eines Motorrades hergekommen, das die Berliner Brautomobil nennen und die Wiener Pupperlhutschen. Ich bin also entweder die Braut oder das Pupperl, wie Sie wollen." Er strich sich wohlgefällig durch sein blondes, schütteres Haar, tupfte seine Tonsur mit dem Taschentuch ab, sagte, er finde es heiß hier unten, nahm einen Schluck Kognak. Sein Rheinländisch, jovial und städtisch, nahm sich merkwürdig aus von seinen feinen Lippen. – „Mein Freund Bertin kann durchaus hören, was wir miteinander zu sprechen haben, Pater Benedikt", nahm Kroysing die Unterhaltung wieder auf; „im Gegenteil, niemand ist so berufen, hier zuzuhören und mitzureden wie er. Er hat meinen armen Bruder noch einen Tag vor seinem Tode gesprochen, von ihm selbst erfahren, was auf ihm lastete, ihm seine Hilfe zugesagt – als einziger in dieser Wüste, oder soll ich lieber Jammertal sagen? –, was ich ihm noch in meiner Todesstunde nicht vergessen werde. Daß er Jude ist, wird Sie bestimmt nicht stören; verglichen mit mir

protestantischem Heiden wachst ihr ja auf dem gleichen Aste." – Bertin saß bedrückt auf Kroysings Bett; er wäre lieber mit ihm allein gewesen. Der Pater mit den klugen Augen betrachtete ihn, seinen durchgeformten Schädel, den Beginn einer Glatze auf dem Wirbel. Wahr, dachte er, dieser junge Mensch sieht aus wie ein Mönch auf einem berühmten Bild, ich weiß nicht, auf welchem – einem Italiener wohl. Vielleicht macht er mir meine Aufgabe leichter, vielleicht schwerer. Jedenfalls ist er mühselig und beladen. Laut sagte er, er wisse nicht, wie sich Herr Hauptmann Niggl zu dieser Besprechung unter dreien verhalten werde.
Bertin wollte aufstehen, Kroysing streckte abwehrend Arm und Hand lang ins Zimmer. „Nichts da", sagte er, „Sie bleiben. Wollen Sie unsere Besprechung verschieben, Pater Lochner, so ist mir's recht. Der Bertin ist heute zum letzten Male hier, er muß zurück zu seiner Lausekompanie, und ich habe vor, ihm noch ein Abschiedsgeschenk zu machen, ein sonderbares notabene. Ich gehe heute nacht nach vorn, unsere Minenwerfer sind eingebaut, die Abschnittsoffiziere wollen mich sprechen, ich nehme an, Bertin, Sie riskieren es. Das Fest sollte jeder Mensch gesehen haben." – Bertin wurde rot: natürlich komme er mit, bestätigte er. „Als Süßmann mit mir sprach, erwartete ich eine Sauferei; aber so ist mir's lieber." – „Ha", rief der Pater, solche Gelegenheit biete sich selten, die nehme er auch gern wahr, wenn's genehm sei. — Mit hochgezogenen Brauen betrachtete Kroysing seinen langen Rock aus feinem Tuch, die weitgeschnittene Reithose, die fast eleganten Schnürschuhe. „Ist Ihnen Ihr Gewand nicht zu schade?" – und als der Pater lebhaft verneinte – „Sie werden eine Menge Christenmenschen finden, Lutheraner zwar, aber dort verschwinden die Unterschiede. Dem Maschinengewehr ist Jude oder Atheist ebenso willkommen wie Katholik und Protestant. Die Stellung, die wir besuchen, wurde schon gestern abgelöst; die Jungens hier im Fort haben es schlechter getroffen, glaube ich, sie gehören rechts hinüber, weiter nach Westen. Wollen Sie unsere Sache vertagen? Bitte schön. Mir wär's lieber, Sie sprächen jetzt." – Froh, einen Vorwand gefunden zu haben, erhob sich Bertin. „Wenn wir heute nacht nicht schlafen", sagte er, „halte ich es für besser, ich lasse mir jetzt von Süßmann ein Bett geben und lege mich eine Stunde lang, eine Pause hat der Mensch nötig." Als sich die Tür hinter

ihm geschlossen hatte, äußerte der Pater nachdenklich: „Kein leichtes Leben für einen gebildeten Mann, man ist immer wieder überrascht, wie gut sich unsere Juden ins Militärische schicken." – „Warum nicht?" fragte Kroysing zurück. „Sie machen mit, was alle machen, und oft viel besser; sie wollen es uns beweisen. Und schließlich kenne ich kein kriegerisches Buch als das Alte Testament mit seinem Blitz und Schwefel." – Der Pater bog den kleinen Angriff, den er hinter diesem Satz hörte, geschickt ins Allgemeine ab. In der Tat habe die Erfahrung des Stellungskrieges mit vielen Vorurteilen aufgeräumt, nicht bloß mit dem gegen die Juden. Wie habe man früher den Wert des Soldaten aus Industriebezirken angezweifelt. Und jetzt? – Jetzt, pflichtete Kroysing bei, waren die Städter, die Großstädter besonders, das Rückgrat der Verteidigung. Sie hatten weniger Angst vor Maschinen als die Jungens vom Lande. Die gaben im ersten Kriegsjahr vielleicht besseres Menschenmaterial ab; jetzt aber verlangte der Grabenkrieg wendigere Intelligenz und schnellere Anpassung. – „Und da wir nun bei den ländlichen Bezirken sind, Herr Leutnant", drang Pater Lochner unvermittelt vor, „was eigentlich stimmt nicht zwischen Ihnen und dem Herrn Hauptmann Niggl?" – Kroysing lehnte sich zurück. „Muß er Ihnen doch gesagt haben", brummte er, „als er Ihre Vermittlung anrief."

„Wir hatten ein Gespräch", entgegnete der Pater, während eine seiner Hände die andere knetete. „Er machte den Eindruck eines Mannes, der sich abplagt. Sie beide seien uneins, sagte er, Ihres armen Bruders wegen, den er Ihrer Meinung nach nicht richtig behandelte oder verwandte." – „Mehr verriet er Ihnen nicht?" fragte Kroysing, ohne eine Miene zu verziehen. – „Nein, wenigstens hörte ich nicht mehr heraus. Diese Bayern stammen doch alle von Bauern ab, und wenn sie reden, setzen sie ihre Worte so, daß man viel oder wenig daraus hören kann, je nach der Vertrautheit mit ihren Sitten." – Kroysing entzündete eine Zigarette, warf das Streichholz in die zerquetschte Kartusche: „Nehmen wir an, er habe geflunkert: wie verträgt sich das nun mit dem Ansehen, das Sie als geistlicher Herr bei ihm genießen, und mit den Höllenstrafen, die er auf sich herabzieht?" – Der Pater Lochner lachte freimütig: „Ich war zwei Jahre Kooperator in Kochl, am Fuß der Berge. Tief bin ich in die Leute da nicht eingedrungen, dazu gehört ein

Leben. Aber ein paar Begriffe kriegte ich. In der heiligen Beicht würde mich wohl keiner anlügen, da jedoch brauchen sie auch nur ganz allgemein zu reden. Am Alltag aber würden sie es für fuchsschlau halten, mich anzuschwindeln und sich dennoch meines geistlichen Amtes zu bedienen." – „Sehr gut", sagte Kroysing; „Sie sehen die Dinge also nicht parteiisch an, wie ich fürchtete." – „Nee", lachte Pater Lochner breit, „da müßte ich ja jeck sein, verrückt, meine ich. Der Mensch ist eine sehr gebrechliche Tatsache, und der katholische hat vor euch bloß den Vorteil, um die Erbsünde zu wissen und seine Gebrechlichkeit durch die übernatürlichen Gaben unserer Sakramente und der Kirche etwas auszugleichen." – Kroysing hörte dem Plaudern des klugen Herrn mit grimmigem Entzücken zu. Er verbarg, daß es ihn eigentlich sehr reizte. Hatte der Niggl ihm wirklich seinen Zwist so harmlos dargestellt? Es konnte sein. Feldgeistliche langweilten sich, je gescheiter sie waren, um so gründlicher hinten in ihren Stabsquartieren mit den blöden Etappenhengsten, verkalkten Divisionären; der Pater Lochner konnte recht gut die Motorradfahrt nach dem Douaumont gewagt haben der Abwechslung wegen, und ohne nach zureichendem Grunde zu fragen. Für einen ehemaligen Theologiestudenten war es vielleicht eine wichtige Angelegenheit, den Zank zweier Offiziere zu bereinigen. Da würde er sich wohl wundern, mit wie heißem Eisen hier im Douaumont geschossen wurde. „Was halten Sie, lieber Pater Lochner, von der Geschichte zwischen König David und seinem Feldhauptmann Uria? Verzeihen Sie, daß ich so unvermittelt frage." – Der Pater schreckte auf. „Es war Mord", sagte er, „vorsätzlicher, schamloser Mord um eines Weibes willen, eine Todsünde, und das Haus der Daviden mußte es büßen. Schon der Enkel aus dieser Verbindung verlor den Großteil seines Reiches trotz Davids Reue und Salomos Verdiensten." – „Na also", warf Kroysing nachlässig hin, „und was wird der Dynastie Niggl an zeitlichen und ewigen Strafen aufgebrummt werden? Denn genau das ist die Sünde, um derentwillen ich den Herrn Hauptmann verfolge. Nur daß das Weib hier nicht Bathseba heißt, sondern ‚Ruf der dritten Kompanie'." – Pater Lochner saß steif und förmlich auf seinem Stuhle. „Sie müssen schon ganz deutlich sein, Herr Leutnant, wenn Sie derartige Anklagen vertreten wollen." – Kroysing freute sich, er hatte dem anderen die Fröhlichkeit

vergällt. „Will ick und wer' ick", sagte er berlinisch, öffnete eine Schublade, entnahm ihr zwei Papiere, übergab das erste große dem Feldgeistlichen, bat ihn, zu lesen.
Pater Lochner zückte umständlich eine Hornbrille; dann las er Christoph Kroysings letzten Brief. Er las ihn, indem er dabei den Mund bewegte und seine Augen gewissenhaft von Wort zu Wort rückte. Kroysing bemerkte es anerkennend. „Die Beschaffenheit des Papiers und der Schrift stört Sie wohl nicht, Herr Feldprediger. Als wir das hier erhielten, war es ein bißchen verklebt; in der Ecke da finden Sie noch die Spuren." – „Blut?" fragte Pater Lochner schaudernd. „Furchtbar", sagte er. „Aber, Herr Leutnant, ohne Ihnen wehe tun zu wollen: haben Sie noch irgendwelche Beweise? Der Herr Hauptmann Niggl – er macht doch einen grundgemütlichen Eindruck. Und wenn man auch mancherlei gewöhnt ist von Maskeraden und täuschendem Anschein ...", er ließ seine Stimme schweben. – „Lieber Herr", spottete sein Gegenüber, „geben Sie noch etwas auf den Anschein? Fanden Sie nicht heraus, wenn Sie seit zwei Jahren dabei sind, daß Machtfülle vielen Leuten schlecht bekommt? Und daß der brave Durchschnitt durchschnittlichen Druck braucht, um seine Fasson zu behalten? Das Herrentum der Kriegerkaste versetzt solche Leute in zu dünne Luft, da quellen sie über die Ränder, die Niggl und Konsorten. Ein Weinreisender oder ein Rentamtmann von einiger Schlauheit leistet sich dann ohne Gewissensbisse Großtaten wie König David, nur daß er sich schleunigst hinter fremder Leut Rücken duckt, wenn er die Faust des Rächers über seinem Nacken fühlt", und er hob, zur Kralle gekrümmt, seine rechte Hand. – „Berichten Sie endlich", bat Pater Lochner gequält.

Viertes Kapitel

Zwei Untergebene

Inzwischen lagen die beiden müden Soldaten, Süßmann und Bertin, übereinander in den Stockwerken des eisernen Bettgestells, in einer ehemaligen Wachtstube, die für fünfzehn Mann Platz bot und deren Belegschaft, Kroysings Pioniere, mit den Obliegenheiten des Tagesdienstes im Park und draußen beschäftigt war. Jeder von ihnen rauchte eine Zigarre und sprach gleichsam vor sich hin. Bertin, auf dem unteren Lager, fühlte sich etwas erregt von der bevorstehenden Nacht. „Sind Ihnen", fragte er, „die Herren von der göttlichen Fakultät auch so unheimlich wie mir, und zwar alle, auch die unseren?" – „Krieg sie selten zu Gesicht", brummelte Süßmann. – „Unsereiner manchmal. Hier vor Verdun hielt unsere Kompanie einen Pfingstgottesdienst ab, zu dem wir alle kommandiert waren, es ist noch kein halbes Jahr her; da predigte der Herr Pfarrer in unserem Kartuschzelt von der Ausgießung des Heiligen Geistes und hatte rechts und links von sich und uns lauter Körbe mit gelben und grünen Kreuzen auf den Anhängeschildern." – „Das ist stark", sagte Süßmann. – Bertin brauchte ihm nicht zu erklären, daß gelbe und grüne Kreuze zwei von den drei Arten giftiger Gase bezeichneten, die in Granaten verschossen wurden. „Zu seiner Entschuldigung nehme ich an, daß er kurzsichtig war", sagte Bertin ohne Spott. – „Warum?" fragte Süßmann zurück. „Ist nicht nach preußischen Begriffen Gott alles wohlgefällig, was dem Vaterlande dient? Wir wollen ganz still sein, wir Juden", setzte er noch ernster hinzu. „Unser alter Gott paßt großartig in diesen Krieg." – „Ja", sagte Bertin unbekümmert, „und ich fahre hin in meinem Grimme, und mein Schatten fällt gen Mitternacht auf Assur, daß es sich in Höhlen verkrieche und Recin, König von Syrien, wehklage in seinem Palast zu Damaskus, und ich schlage den Erstgeborenen Mizrajims im Süden und schüttele Speer und Lanze, und wie die Hufe des Wildesels trete ich die Saaten nieder zu Ammon und die Mauern von Moab, spricht der Herr." – „Gemütlicher Gott", sagte Süßmann; „wo steht das?" – „In meiner Brust", antwortete Bertin; „ich kann es geradesogut eben erfunden haben." – „Das kommt davon, wenn man sich mit Dichtern einläßt", gab Süßmann zerstreut zurück. Er folgte einer Spinne, einer großen, schwärzlichen Dame, die ihr Netz über eine Lüftungsöffnung in der Ecke gespannt hatte und, vom Zigarrenrauch geärgert, hin und her eilte. – „Dichter...", und Bertin fuhr fort, laut zu denken. „Dichter? Zeuge, Schriftsteller. Um den Poeten anzutuschen, ziehen wir vor allem doch die Farbnäpfchen der Phantasie heran, der Erfindungsgabe, des kunsthaften Bauens. Wir sparen nicht mit Göttern und Göttinnen und halten eine glaubhafte Fabel für notwendiger als die Wahrheit. Heute aber in unserer Lage, ist das Wahre dringlicher gefordert als das Glaubhafte. Sehen Sie hin, Süßmann: vier Monate fast schuftete unsere Kompanie tagaus, tagein im Steinbergpark, ohne daß was Ernsthaftes passierte. Und am ersten Tag, an dem man mich nach vorne schickt, treffe ich den jungen Kroysing, und er bittet mich um Hilfe. Finden Sie das glaubhaft? Dürfte ich mir leisten, so etwas zu erdichten? Und doch ist es wahr. Und wahr geht es weiter. Am nächsten Tage, nicht früher und nicht später, erwischt es den Jungen; am übernächsten suche ich ihn wieder, will seinen Brief befördern, ihn retten, da ist er schon tot, und sein Bataillon hat, was es will. Mir aber sind die Augen aufgerissen. Und seither bin ich in Bewegung. Es kommt also nicht auf den Dichter an – vorläufig. Solange die Wirkungen dieses Krieges fortzittern, wird gewissenhaftes Zeugnis das Wichtigste sein für den, der davonkommt. Wer nicht davonkommt, hat ohnehin alles Menschenmögliche geleistet." – „Wie steht es dann mit mir?" schallte es von oben, widerhallend an der Decke. „Ich habe doch schon alles gegeben, ich war doch schon mal tot. Die Splitter unserer eigenen Handgranaten pfiffen mir um die Ohren, ich entkam ihnen aus Versehen. Ich darf doch also schon einen Schlußstrich ziehen, nicht wahr?" – „Lieber Süßmann", beschwichtigte ihn Bertin, „niemand verlangt von Ihnen mehr." – „Danke schön für den Freibrief", die dünne Jungenstimme kam scharf aus der grauen Luft. „Ich frage nicht danach. Ich frage, ob es Sinn und Verstand hat, das Ganze; ob es lohnt, frage ich. Ob aus diesem scheußlichen Gezodder und Gezappel wenigstens ein anständiger Neubau der Gesellschaft herausspringen wird; ein wohnlicheres Haus als das alte preußische. Auf Obersekunda denkt man sich doch schon sein Teil, und in Unterprima bildet man sich mindestens ein, etwas vom späteren Weg zu wissen. Wozu also, frag ich mich immerfort. Woher kam es, wohin führt es, wer hat etwas davon?" – Bertin lag erschrocken da. Wäre es nicht an ihm gewesen, solche Fragen zu stellen? Aber er hatte sich ganz und gar der Gegenwart verschrieben, er nahm auf, lebte mit, gab sich hin. Weiß der Teufel, dachte er, warum ich Da-Sein und Berechtigt-Sein so gläubig gleichsetze. Früher tat ich es nicht. Jetzt tue ich es. Später werd ich das vielleicht verstehen. – „Und wenn es wenigstens mit so harmlosem Denkzwirn abginge", gestand der Schüler Süßmann weiter. „Aber seit ich Ihnen meine Explosionsgeschichte erzählt habe, kommen in mir ein paar Gedanken nicht wieder zur Ruhe. Ich bohrte gestern euren Oberfeuerwerker Schulz aus; gesicherte Granaten, behauptete er, explodieren nur unter ganz besonderen Umständen, auch französische. Trotzdem gab es damals ganz großes Theater, durchgeschlagene Fußböden bis in die Kanalisation, zerrissene Fensteröffnungen, den Stoß, der uns an die Wände schmiß; und wenn es nicht die Granaten in dem leeren Geschützstand waren: was dann?" Er hielt inne wie jemand, der unablässig um einen fragwürdigen Punkt kreist, unfähig, an einem Gespräch wirklich teilzunehmen. „Glauben Sie ja nicht, daß ich mich in meiner schönen Vergangenheit sonne. Haben die Franzosen, die ja vorsichtige Herrschaften sind, vielleicht Minenherde eingebaut, um im Notfall ihre eigenen Forts gen Himmel zu spedieren? Und haben unsere braven Bayern auf dem Weg über Flammenwerferöl, Leuchtmunition und Handgranaten einen solchen angesteckt? Brr", schüttelte er sich; und indem er plötzlich vom Bett heruntergIitt und mit blassem Gesicht vor Bertin erschien, „das möchte ich doch nicht noch einmal mitmachen. Gehen Sie mal auf einer geladenen Mine spazieren, wo die Unvorsichtigkeit jedes Schafskopfs den Kontakt schließt, Sie in die Luft bläst." – Auch Bertin richtete sich jetzt auf, blickte in die dringlichen Augen des Neunzehnjährigen, der die Urteilsart eines Mannes besaß, plötzlich aber zitterte. „Setzen Sie sich her, Süßmann", sagte er beruhigend. „Nehmen Sie an, das stimmte. Dann sind Sie auch im Schlafe so bedroht wie sonst im Wachen, Sie und Ihre Kameraden da vorne, wo wir nachher hinkrebsen werden. Verändert das Ihre Lage wesentlich? Ich kann's nicht finden. Es verschärft sie um Schatten. Legt ein Mann wie Sie darauf Gewicht?" – „Hm", sagte Süßmann – seine Blicke, zu Boden gerichtet, suchten unter den Betonschichten verborgene Schränke mit Sprengstoff oder Dynamitpakete –, „Sie haben gut reden, Sie geben hier nur Gastrollen." – „Nein", entgegnete Bertin, „das ist es nicht. Ich habe das Gefühl, zu irgendwas bestimmt zu sein, zum Berichterstatter etwa eurer Leiden und Großtaten für die kommende Generation. Dann ist es nicht von ungefähr, daß wir uns hier trafen, Sie mit Ihrer Geschichte im Kopf und die beiden Kroysings mit der ihren. Es wird doch über diesen Krieg soviel gelogen werden wie über kein anderes Schützenfest der Völker. Wer davonkommt, hat die Wahrheit zu sagen, und einige von denen, die etwas zu sagen haben, werden davonkommen. Warum nicht Sie? Warum nicht ich? Warum nicht Kroysing? Ob Explosionsherd oder nicht, Süßmann, Sie haben schon genug mitgemacht, zweimal holt der Tod sich keinen." – Süßmann schob trotzig die Lippen vor, dann lachte er und schlug Bertin auf die Schulter: „Und ich dachte, wir hätten keine anständigen Feldrabbiner draußen. Sie stecken nur in der falschen Kluft, Bertin." – Bertin lachte auch: „Wie gerne hätten meine Eltern so etwas aus mir gemacht, wenn ich nicht durch Lesen und Zweifeln dazu verdorben worden wäre. Ein Geistlicher muß glauben, wie der Pater drin bei Ihrem Leutnant an sein Kreuz glaubt. Und ich glaube nicht." – Süßmann atmete leichter: „Und dann sprechen Sie von Aufgehobensein und Bestimmung. Sie sind mir ein schöner Zweifler, Reverend Bertin", und das klang fast zärtlich. „Was Worte alles ausrichten können. Jetzt glaube ich beinahe auch: nämlich, daß es schon lohnen wird, sich hier abzurackern, und daß die da vorne, die wir besuchen werden, keine Verrückten sind."

Fünftes Kapitel

„... unterschreiben wird"

Pater Lochner thronte nicht mehr vergnügt und selbstsicher auf dem harten Schemel aus dunkelbraunem Holz mit der halbhohen Rückenlehne. „Stellen Sie Ihre Forderung, Herr Leutnant", sagte er leise. „Soweit ich vermag, werde ich Herrn Hauptmann Niggl bestimmen, Sie anzunehmen." – Leutnant Kroysing nahm vom Tisch das zweite Blatt Papier, ein kurzes, zurechtgeschnittenes, und las: „Der Unterzeichnete bekennt, er habe, um den Ruf der dritten Kompanie seines Bataillons zu schonen und ein kriegsgerichtliches Verfahren abzuwenden, in Verbindung mit den Spitzen dieser Kompanie den Tod des Unteroffiziers Christoph Kroysing absichtlich und planvoll herbeigeführt. Douaumont 1916, – fehlt noch Tag, Monat Unterschrift." – Pater Lochner streckte die gefalteten Hände steil vor sich hin: „Um Jesu Barmherzigkeit willen, das kann kein Mann unterschreiben, das ist Selbstmord." – Kroysing zuckte die Achseln. „Das ist Wiedergutmachung", blinzelte er. „Wenn dies Blättchen, ordnungsgemäß unterschrieben, dem Kriegsgerichtsrat Mertens in Montmédy übergeben worden ist, der die Akten gegen meinen Bruder bearbeitet, dann läuft die Karre wie Gott will, und Herr Niggl darf mit seinen Leuten ruhigere Quartiere aufsuchen, wenn es das Interesse des Dienstes gestattet. Aber solange er nicht unterschrieben hat, Pater Lochner, bleibt der Mann in meinem harmlosen Maulwurfshaufen, und wenn seine Seele zu Buttermilch gerinnt." – „Erpressung", rief der Pater, „Nötigung, Zwang!" – Und Kroysing lächelte angenehm und mit Wolfsaugen: „Gleiches mit Gleichem, Herr Pater", und seine Stimme widerhallte besonders gesättigt in seiner Brust. – Pater Lochner dachte nach, wie ganz allein. „Ich gebe alles zu", seufzte er endlich. „Nicht Sie, Herr Leutnant, haben mich in diese Angelegenheit hineingeflochten. Nicht Ihre Schuld ist es, daß ich als harmloser Feldgeistlicher hierherkam und plötzlich vor den schauerlichen Tiefen der menschlichen Seele stehe, und nicht nur stehenbleibe – eingreife, Partei nehme, daß ich zugeben muß, ein Sohn meiner Kirche habe an Ihrem Bruder wie ein gemeiner Mörder gehandelt, was eine Sauerei wäre, selbst wenn Ihr Bruder dem gemeinen Durchschnitt angehört hätte – wohingegen sein Brief beweist, welch noble und liebenswerte Seele der Schöpfer in seinem Leibe behaust hatte. Ein solcher Verlust kann nicht mehr gutgemacht werden, weder für die Eltern noch den Bruder, noch für die Nation. Daran gemessen, wird jedes irdische Rächeramt zur Fratze. Das leuchtet Ihnen wohl ein, davon läßt sich doch nichts abstreichen. Was bezwecken Sie also?" – Eberhard Kroysing runzelte seine braun und hell geteilte Stirn. „Wenn wir von der Ohnmacht der Strafe ausgehen wollen, daß sie nämlich das Zerstörte nicht wiederherstellen kann, werden wir weit kommen. Ich schlage vor, wir nehmen beide die Dinge einfach. Ich will das Ansehen der Kroysings säubern, das Hauptmann Niggl beschmutzt hat. Alles andere lassen wir aus dem Streite." – Pater Lochner atmete auf, er wußte selbst nicht, warum ihm so tiefe Parteinahme für einen so schäbigen Burschen wie den Niggl ergriffen hatte, nicht obwohl er so schäbig war, dachte er schnell, geschult, sondern weil diese niedrige Seele so viel Erbarmen brauchte, mißgeschaffen, wie sie nun einmal war. „Wußt ich's doch", sagte er erleichtert, „schließlich stellen sich immer Fragen des Ausdrucks als Ursache heraus, daß zwei vernünftige Männer nicht zueinander finden. Erlauben Sie mir, einen Text aufzusetzen, der Ihrer Familie volle Genugtuung verschafft, ohne den Hauptmann Niggl zu zerstören." Und er wollte eilig ein Blatt Papier ergreifen und schraubte schon an seinem Füllhalter. – Aber Leutnant Kroysing bannte durch einen Blick seine eifrige Hand fest. „Pardon, Hochwürden", brummte er verbindlich, „hier halte ich es mit Pontius Pilatus, als er antwortete: ‚Was ich geschrieben habe, das habe ich geschrieben.'" – Und als des Paters Hand zurückzuckte –: „Ich bin Physiker, Ingenieur. Hauptmann Niggl hat eine rotierende Bewegung gegen meinen Bruder entfesselt, sie hat meinen Bruder auch wirklich tangential ins Nichts geschleudert. Aber die Bewegung ist damit nicht gestoppt. Sie ergreift ihn selbst, schleudert ihn tangential ins Nichts. Oder, falls Sie das vorziehen: es handelt sich um Gleichgewichtsstörungen. Mein Bruder wog als kleines Gewicht in der Schale des Guten. Zum Ausgleich werde ich versuchen, auch ein widriges Element auszumerzen, vielleicht sogar drei. Ich hoffe, mir damit eine Bürgerkrone zu verdienen", schloß er, und den Pater Lochner schauderte vor der wilden Überlegenheit, dem funkelnden Gehirn dieses jungen Mannes. Dann richtete er sich straff auf, seine Augen, klein in dem feisten Gesicht, nahmen die Unerbittlichkeit des Bekenners an, sein Unterkiefer schob sich vor, sein Mund ward im Licht der elektrischen Lampe zu einem bewegten Strich. „Herr Leutnant", sagte er, „wir sind hier beide ganz allein. Unser Gespräch ist längst aus den Bahnen gewichen, in denen zwei Uniformröcke miteinander verhandeln. Was ich jetzt sage, gibt mich in Ihre Hand, kein Oberer meiner Kirche würde mich verteidigen, wenn Sie in einem Brief ans AOK berichteten, dies und das Folgende habe der Feldprediger Lochner vom Orden des heiligen Franziskus Ihnen gegenüber geäußert. Aber was sien möt, möt sien", setzte er plattdeutsch hinzu. „Die Krankheit unseres Volkes, die moralische Krankheit, kann durch das Sein oder Nichtsein des Herrn Hauptmann Niggl gar nicht mehr beeinflußt werden. Ich war mit unseren Rheinländern in Belgien beim Einbruch der Gewalt in die Neutralität und das Recht. Was ich gesehen habe, was unsere Leute stolz verrichteten als Dienst und Pflichterfüllung, war hundertfacher

Mord, Raub, Vergewaltigung, Brandstiftung, Kirchenschändung, jegliches Laster der menschlichen Seele. Sie taten es, weil es befohlen war, und sie gehorchten mit Wonne, weil der Teufel der Zerstörungslust in der Menschenseele nun einmal seine Hausung hat – auch in der deutschen. Ich habe die Leichen von Greisen, von Frauen und Kindern gesehen, ich war dabei, wie kleine Städte niedergebrannt wurden, weil ein Volk, schwächer als das unsere, in Schrecken gesetzt werden sollte, unseren Durchmarsch zu hindern. Als Deutscher wurde ich geschüttelt von Grauen, als Christ weinte ich heiße Tränen." – „Sie hätten die Franktireursschweinerei unterlassen sollen", sagte Kroysing finster. – „Wer hat sie bewiesen?" Pater Lochner stand auf, durchmaß mit kurzen Schritten den Raum, schräg von einer Ecke in die andere. „Wir haben sie behauptet, die Belgier haben sie geleugnet. Wir sind Ankläger, Angeklagte und Richter in einer Person, wir haben keine neutrale Untersuchung zugelassen – um so schlimmer für uns. Aber es gibt einen Mann in Belgien, ein unbeugsames Gewissen, und als Katholik und Ordensmann bin ich stolz darauf, daß er ein Fürst unserer allerheiligsten Kirche ist, der Kardinal Mercier. Er hat sie auf das bestimmteste zurückgewiesen, diese Franktireurslegende. Und der Soldat in Ihnen muß mir recht geben, wenn ich sage: selbst wenn belgische Zivilisten in den Kampf eingegriffen hätten, was von niemandem zugegeben wird, war unser Vorgehen in Belgien wüstestes Heidentum. Kein Krieg christlicher Mächte gegeneinander, sondern der Einbruch der Barbaren in ein katholisches Land. Glauben Sie nun, mein verehrter Herr, dies werde ohne dauernden Schaden für unsere deutsche Seele enden, der Mord an Tausenden unschuldiger Menschen? Das Niederbrennen von Tausenden von Häusern? Das Hineintreiben der Bewohner in die Glut mit Fußtritten und Kolbenstößen, das Erhängen von Priestern in den Glockentürmen? Das Massakrieren zusammengetriebener Bürger mit Maschinengewehr, Bajonett und Kolben? Und die Flut von Lügen, die wir hinterher in die Welt setzten, um es auszustreichen? Die eiserne Stirn, die wir der besser unterrichteten Welt zeigen, um unser armes Volk in seiner Täuschung zu erhalten, die belgischen Greuel seien Greuelmärchen? Mein lieber Mann", sagte er rheinländisch, „an unserer Seele haben wir gefrevelt wie nur je ein gesittetes Volk. Was wollen Sie da noch mit Ihrem Niggl ausrichten? Wir sind schwer krank, wenn wir aus dem Krieg kommen. Wir werden eine Kur brauchen, die sich heut noch gar nicht absehen läßt. Gewiß, die anderen Völker haben uns nichts vorzuwerfen – nicht die Amerikaner mit ihren Negern, die Engländer mit ihrem Burenkrieg, die Belgier mit dem Kongo, die Franzosen mit Tongking und Marokko und gar die braven Russen. Aber das stellt uns keinen Freibrief aus, und darum sage ich Ihnen: Überlassen Sie Ihre Sache getrost dem Herrn, und geben Sie sich damit zufrieden, daß Hauptmann Niggl ..." – „... unterschreiben wird", fiel ihm der Leutnant unerschütterlich ins Wort. „Sehen Sie", begann er, während er sich eine Pfeife stopfte, einen großen dunkelbraunen Kopf mit gebogenem Rohr, der lange vorhalten würde – „sehen Sie, Pater Lochner; was Sie hier gewagt haben, wagten Sie doch, weil Sie mich schon kennen. Ihr Mut macht Ihnen Ehre, Ihre Offenheit gefällt mir, Ihre Sachkunde imponiert mir sogar. Aber Sie im ganzen tun mir leid. Warum? Weil Sie bei alledem versuchen, eine Fiktion aufrechtzuerhalten – eine wichtige Fiktion, zugegeben. Aber doch nur eine Scheinwahrheit: nämlich die der christlichen Staaten, christlicher Gesittung. Ich weiß nicht, ob wir im Frieden Grund hatten, unsere Reiche christlich zu nennen; als zukünftiger Ingenieur bin ich ein Diener des Unternehmertums, ganz abhängig von den Leuten, die das Geld haben, Maschinen aufzustellen und Arbeiter zu löhnen, noch bevor der Profit ins Häuschen regnet, und ich lasse dahinten, ob Christentum und Kapitalismus wirklich miteinander Arm in Arm marschieren können. Bewiesen ist: Beide tun so, auf der ganzen Erde, und noch hat sich kein Priester deswegen das Leben genommen. Denn mit der Ausflucht in Armut, Keuschheit und Gehorsam ändern Sie ja nichts. Das ist Drückebergerei, wenn nicht Schlimmeres. Den Frieden also lassen wir aus dem Spiele. Aber daß dieser Krieg hier, der kleine Betrieb, den wir vor zwei Jahren entfesselten, noch viel mit Christentum zu tun hat, daß Sie das behaupten, finde ich betrüblich. Ich weiß, was Sie sagen wollen" – und er wehrte den Einwand des Paters ab –, „Sie erhalten die Reste des Christentums, soweit unsere Leute es schon verdaut haben, in ihrer Seele lebendig, Sie geben ihnen Trost in der Verlassenheit, und das ist wahrhaftig mehr, als ein anderer Mensch ihnen gibt – denselben Trost in derselben Verlassenheit, den dieser küm-

merliche Schipper Bertin meinem Bruder gab, als keine Christenseele sich seiner erbarmte –, um zum Thema zurückzukehren: wir leben in schönen sauberen heidnischen Zeiten. Wir schlagen tot, und zwar mit allen Mitteln. Wir lassen uns nicht lumpen, Herr, wie benutzen die Elemente, wir beuten die Gesetze der Physik und der Chemie aus, wir berechnen erhabene Parabeln, damit Granaten sie beschreiben. Wir untersuchen wissenschaftlich die Windrichtung, um unser giftiges Gas abzublasen. Wir haben die Luft bezwungen, um Bomben herunterzuregnen, und so wahr meine Seele lebt: ich möchte nicht an einer so schmutzigen und feigen Sache zugrunde gehen. In einer halben Stunde, wenn wir gegessen haben, stülpt sich jeder von uns einen Stahlpott auf seine Tonsur" – und er neigte lächelnd seinen langen Schädel und wies mit dem Zeigefinger auf sein gelichtetes Haar –, „und dann begeben wir uns in das fröhliche Reich der illusionslosen Wirklichkeit und der europäischen Gesittung. Wie zitierte jüngst der gebildete Primaner Süßmann, der bereits einmal tot war? ‚Nichts ist wahr, und alles ist erlaubt!' Dort, wo wir hingegen, da gilt dieser Satz, und ausgelöscht ist der Satz: ‚Liebet eure Feinde, segnet, die euch fluchen!' Und das ist maßgebend. Denn so wahr das Wasser immer dem tiefsten Punkt zustrebt, so wahr wird die menschliche Seele von dem tiefsten Punkt angezogen, den sie als Gruppe straflos erreichen kann. Das heißt Heidentum, Herr. Und ich bin ein ehrlicher Bekenner. Und wenn ich aus diesem Krieg davonkomme, was keineswegs in den Sternen steht, werde ich dafür sorgen, daß diese Sorte Wahrhaftigkeit von Kind und Kegel in meiner Umgebung mitgemacht wird. Im unversöhnlichen Widerspruch von Wahrhaftigkeit und Christlichkeit 1916 wähle ich die Wahrhaftigkeit."
Pater Lochner sah in furchtsam an. Er sagte nichts, nahm den Zettel vom Schreibtisch, faltete ihn zusammen, ging zur Tür. Dort drehte er sich um: „Ich wünschte, Herr Leutnant, daß ich Ihnen die Bitterkeit Ihrer Seele eines Tages erleichtern könnte." – „In einer halben Stunde also", schloß der Heide Kroysing.

Sechstes Kapitel

Ein Zettel kommt zurück

Während im Westen die letzte Röte des Abends rauchig braun verfahlt, stehen drei Männer und ein Knabe in Stahlhelmen vor dem Südausgang, der „Kehle“ des Douaumont, und beäugen die zerschmetterte Landschaft, die sich vor ihnen muldenförmig und in großem Gleiten abwärts wölbt. Kühn sehen sie aus im Schwung ihrer metallenen Kopfbedeckung, mittelalterlichen Reitern gleichen sie, und ganz so fühlt sich auch der junge Bertin, straff trägt er seinen Hals, Wagelust erfüllt ihn, unvergleichlich werden sich diese Stunden aus allen anderen seines Lebens heben. Links von ihnen leuchtet zu Füßen des Hardaumont irgendein Tümpel wie ein glimmendes Scheit Holz. Im übrigen schwimmt diese ganze Welt aus umgewühlter Erde in violetten Dünsten des Abends. Im Südwesten legt sich ein Halbrund schmaler Wolken um das Blickfeld wie ein Lorbeerkranz. Die drei Männer und der Knabe mustern den Himmel; im Osten erhebt sich groß und messingfarben die breite Mondsichel, umgeben von einem Hof; sie nimmt zu. Der Knabe – Unteroffizier Süßmann, der Erfahrenste von allen – weist mit dem Daumen danach: „In drei Tagen ist Mondwechsel, dann ist's mit dem guten Wetter aus.“ – Pater Lochner, in seinem Umhang die breiteste Figur von ihnen, fragt, ob er in den dunklen Nächten Angriffe befürchte. – „Was viel Schlimmeres, Hochwürden“, entgegnet Süßmann, „Regen.“ – „Er könnte wirklich noch einen Monat ausbleiben“, murrt Eberhard Kroysing hinter ihnen. „Wir sind noch lange nicht fertig.“ – „Er könnte, aber er wird nicht“, sagt der Kleine. „Das Land ist überhaupt ungefällig gegen seine Eroberer“, und er lacht über seinen eigenen Witz. – Die vier Männer, so verschieden an Rang und militärischer Erfahrung, steigen jetzt langsam den Abhang hinunter, trotz der tiefen Dämmerung lassen sich die ausgetretenen Wege gut unterscheiden, die Augen haben sich ihr angepaßt. Jeder von ihnen hat seinen Stock bei sich; die beiden Mannschaften haben die Schöße ihrer Mäntel zurückgehakt, die beiden Herren wärmen sich in ihren Umhängen. Schon weht feuchte Kühle übers Feld, die sich im Laufe der Nacht noch steigern wird. Süßmann kennt diese Gegend wie seinen Schulweg in Berlin, er führt.

Ihm folgt, gespannt, Bertin, und Leutnant Kroysing schließt nach dem Pfarrer den Zug. „Dies war einmal ein Graben“, meint Süßmann, während sie, die Richtung wechselnd, auf jenen Fleck zusteuern, der Dorf Douaumont hieß, stattliche Häuser besaß und eine Kirche. Jetzt ist da nichts mehr als überall sonst: gezackte Erde. Und die Erde beginnt zu stinken; süßlich und faulig haucht es die vier Fußgänger an, dann wieder brandig, schweflig, krank. Süßmann, mit seiner gleichmäßigen Knabenstimme, warnt vor Drähten, unter die man sich bücken muß und die den Berg hinanstreben zum Fort. Er auch deutet die Gerüche, die von oberflächlich Begrabenen herrühren, von altem Kot, ungenügend zugeschüttet, von den Giftgasgranaten, die das Land hier durchtränkt haben, von Brandgeschossen, von Haufen verrottender Konservenbüchsen, in denen Speisereste in widerwärtige Fäulnis übergegangen sind. Er erklärt Bertin, daß bei Sonne und Wind dies alles noch viel ärger stinke, mit Staub vermischt dann und den Gerüchen dieses ganzen verwesenden und zerpulverten Gefildes, das sich von hier aus etwa zweieinhalb Kilometer bis zu den Franzosen hindehne und dann noch ebenso weit bis zum inneren Fortgürtel von Verdun. Ihr Weg, meldet er weiter, schneidet schräg die Riegelstellung, das Adalbert-Werk; dann wird die Geschichte gefährlicher: schnurgerade läuft die ehemalige Straße zwischen den Dörfern Douaumont und Fleury auf die Front zu, ungeheuer verführerisch für die französische Feldartillerie wie für ihre Ziele, Ablösungsmannschaften, Träger, Befehlsgänger, zweibeinige Wesen. Unheimliche Ruhe herrscht, nur die Ratten stieben entrüstet davon; in Drahtnetzen, an denen es jetzt entlanggeht, flattern Fetzen von Stoff und Papiere, die der Wind hineingetrieben hat. An einer bestimmten Stelle, kurz bevor man den Graben verläßt und umbiegt, hängt in den Drähten eine unförmige schwarze Masse. Unmittelbar nach dieser Ecke begegnen dic vier ein paar keuchenden Soldaten, tauschen mit ihnen einige Sätze: die Führer, die im Trab zum Douaumont hinlaufen, um das ablösende Bataillon heranzubringen. Dem Regiment erscheint die Totenstille so verdächtig, daß es die übliche Abmarschzeit um anderthalb Stunden vorverlegt hat. Die Gräben sind, plötzlich erkennt es Bertin, besetzt, kleine Erhöhungen müssen Stahlhelme sein, nach vierzig Schritten springt man eine Steilwand hinunter, eine Riegelstellung. Rechts von ihnen späht eine Gestalt nach

Süden. Von ihr geht eine Spannung aus, die sich wie ein Druck auf die Ankömmlinge überträgt. Man atmet schlechter. Könnte man nicht hier sitzenbleiben, mit dem Rücken an die kühle Erde gelehnt? Muß man in dieses von Nebelschwaden überwehte Brachfeld hinabsteigen? Süßmann und Bertin haben ein halbe Minute Vorsprung vor den beiden anderen; die Nebel ziehen von der Maas her, erklärt Süßmann, und erzeugen bei Gelegenheit Gasalarm, besser einen zuviel als einen zuwenig. Links drüben liegt jetzt die Thiaumont-Ferme und weiter vorn das Werk Thiaumont, ein dunkler Rücken schließt sich an den Nachthimmel. Dünn besetzt ist dieser Graben; nervenaufreibend, erkennt Bertin jäh, muß die Verantwortung für das, was geschehen kann, auf diesen Männern lasten – den paar Offizieren und Vizefeldwebeln der Kompaniestäbe, der Bataillonsführung. Augenscheinlich ist man hier durchaus nicht von jener Sicherheit erfüllt, die noch im Douaumont wie eine Tünche den täglichen Betrieb überdeckt. Sein hochgemuter Sinn schrumpft ein: zum erstenmal seit Jugendtagen merkt er wieder, daß Feindschaft in der Luft liegt.
Er hat schon mancherlei erlebt, er ist den täglichen Umgang mit Kriegsgerät gewohnt, tote Männer sind ihm nichts Neues mehr, einschlagende Granaten, Fliegerbomben; außerdem hat er zwei Jahre lang Berichte angehört. Der Gedanke, daß Krieg sei, ist ihm so geläufig wie seine Uniform. Aber da er selbst ohne Feindschaft ist, keinerlei Zerstörungslust ihm anwandelt, wenn er der Franzosen gedenkt, kein Haß von Volk zu Volk von ihm Besitz hat, fehlt immer noch seinem Weltbild: daß eben Krieg sei, die Erfahrung, die Lebensfülle. Nun erst spürt er körperlich, und seine Brust verwandelt sich in ein atembeklemmendes Brett: Menschenhorden lauern aufeinander, durchspähen die Nacht, um sich zu töten; weit drüben, einen flacheren Stahlhelm auf dem Kopf, drückt sich der französische Soldat an die Grabenwand, die Augen nordwärts, um ihn, den anrückenden Bertin, anzuschießen oder umzubringen. Dort im Dunkeln ballt der Befehl Knäuel von Männern zu Stoßtrupps wie hier, schwenkt er sie zu Linien aus, stets bereit, vorzubrechen. Weder gern bereit noch gar todesfroh, aber auf den Befehl hin vorwärts stoßend bis in den Leib des Feindes. Wir haben es weit gebracht, denkt er bitter, wir Europäer von neunzehnhundertundsechzehn! Im Frühling neunzehnhundert-

undvierzehn noch haben wir uns mit den gleichen Franzosen, den gleichen Belgiern und Engländern zu friedlichen Sportfesten, wissenschaftlichen Tagungen getroffen und vor Freuden gezittert, wenn bei Grubenunglücken deutsche Löschzüge nach Frankreich rasten, französische Hilfskolonnen auf deutschem Boden eintrafen. Und jetzt machen wir Mordkolonnen auseinander. Was steckt hinter diesem Zauber? Schämen wir uns denn nicht, Donnerwetter? Eberhard Kroysing und der bleiche Pfarrer Lochner biegen um die Ecke. „Vorwärts", sagt Kroysing nervös. „Ich bin sicher, es gibt irgendeinen Tobak heute nacht." – Der kleine Süßmann schnuppert die Luft wie ein Jagdhund ein. „Hier nicht", sagt er zuversichtlich, erklettert auf Stufen die Brustwehr des Grabens, geht aufrecht am Drahtverhau entlang, führt Bertin durch die schmalen Gassen, die im Zickzack das stachlige, eiserne Gespinst durchziehen. Es ist sehr breit, dieses Drahtverhau, und ganz neu. „Armierungsarbeit", sagt er, als lobe er Bertin. Sie haben zur Linken auch einen Höhenzug, sie halten sich im Tal, sie hasten durch die Trichterfelder, sie vermeiden die breite Straße, die sich trotz ihrer Zerstörtheit leicht hellschimmernd aus der Schwärze hebt. Jetzt biegt ihr Weg abermals: vor ihnen, fern und weiß, steigen Leuchtraketen in die dunstige Luft, steil aufschießend oder milchig schwebend. Telefondrähte ziehen sich manchmal neben ihnen her, aber ihr getretener Pfad ändert fortwährend die Richtung, obwohl er immer abwärts strebt und immer südwärts. Beständig haben sie Erdwände neben sich, Trichterwände; bald ragen sie halben Leibes darüber hinaus, bald nur mit den Köpfen. Und plötzlich, wie wenn ein Funke die zu hohe Ladung elektrischer Pole zum Ausgleich bringt, knallen vorn Gewehrschüsse, wild wie Peitschenhiebe, rast Maschinengewehrfeuer los. Einen Augenblick lang sieht Bertin Ketten roten Scheins quer über das Tal laufen, dann preßt ihn eine Faust mit dem Helm gegen einen Erdhaufen. Wie Scharen von Ratten pfeift es über ihre Köpfe, prasselt unsichtbar auf, beschüttet sie mit lockerem Boden. „Blinder Lärm", sagt Süßmann neben ihm, und: „Es soll schon mal einer an blindem Lärm verreckt sein", murrt es aus dem Nebenloch. Dann hören die beiden Mannschaften erregtes Flüstern von nebenan, ohne etwas zu verstehen, denn vorn rast noch immer das schauerliche Wirbeln der Maschinengewehre, der deutschen jetzt.

„Herr Leutnant – ich bleibe hier", stöhnt Pfarrer Lochner dicht an Kroysings Ohr. – „Sehr verkehrt", antwortet Kroysing bestimmt, „hier sitzen Sie mitten in der Schrapnellzone." – „Ich bring's aber nicht fertig", ächzt der andere, „meine Beine wollen nicht weiter." – „Pah, Hochwürden", sagt Kroysing, „eine kleine Nervenkrise; darüber bringt ein Schluck Sie weg", und er reicht ihm die Feldflasche; ein Duft von Kognak verbreitet sich, als er sie entkorkt. „Trinken Sie nur", fügt er ruhig hinzu, mütterlich, mit ganz leisem Spott, „aus dieser Buttel haben nur gesunde Männer geschnäpselt." – Mit zitternden Händen faßt der Geistliche den Filz der Flasche, setzt sie an die Lippen, schluckt zweimal, dreimal; heiß läuft es ihm in den Magen. – „Passen Sie auf, das wirkt", sagt Kroysing, die Flasche wieder an den Gürtel hakend; „Sie hätten Ihr Quantum vorher einnehmen sollen." Dann merkt er, daß der Geistliche unter seinem Überwurf nestelt, mit der einen Hand sein silbernes Kreuz anfaßt, mit der anderen ihm etwas Weißes, Zusammengefaltetes hinüberreicht. – „Behalten Sie Ihr Blatt lieber", sagt der, „es wäre gefährlich für Sie in der Hand Ihres Gegners." – Mit einem Ruck wendet ihm Kroysing das Gesicht zu, wild in der stählernen Umrahmung. „Verflucht", sagt er, packt das Papier, steckt es in die lederne Gamasche unter seinem Knie. „Danke schön. Hätte wirklich leicht nach Erpressung aussehen können. Aber mündlich werden Sie's ausrichten, nicht wahr, Hochwürden?" – „Wenn wir gesund zurückkommen", antwortet Lochner, schon gefaßter. „Schnaps ist eine Gottesgabe." – Kroysing, noch immer verdutzt über den Fehler, den er begangen hat, brummt ihm befriedigt zu, zum Kriegführen gehöre dreierlei: Schnaps, Tabak und Männer. Und dann lehnt er seine lange Gestalt über die Erdböschung: wirklich nur blinder Lärm. Dankbarkeit ist eine schöne Tugend, denkt er. Jetzt habe ich mich wahrhaftig an meinem eigenen Schreibtisch zu einer hundsmäßigen Unvorsichtigkeit hinreißen lassen. Mit diesem Wisch in der Hand beweist der Niggl doch sonnenklar, daß ich aus reiner Privatrache ihn in den Douaumont gelotst habe und unter Druck gesetzt, damit er meine erstunkene und erlogene Formel unterschreibe. Da hock ich hier wie der Reiter überm Bodensee – und er wischt sich den Schweiß unterm Helm ab. „Geht's jetzt wieder?" fragt er seinen Nachbarn. – Der atmet tief: „Es geht." – „Na, denn vorwärts."

Die letzten tausend Meter schleichen sie gebückt, immer Deckung suchend, hinab. Flammen drüben die weißen Lichter auf, so halten sie inne, wenn nicht gerade besonders tief eingeschnittene Grabenstücke sie schützen. Schmal und gewunden, immer wieder eingeschossen und durch die Löcher vertieft oder verschüttet, führt sie ihr Weg vorwärts, durch Quergräben, durch Maulwurfshaufen riesiger Art, durch Stücke von Stollen, in denen schwarze Löcher die Mündungen von Unterständen anzeigen. Endlich, schweißgebadet, erblicken sie in solchen waagerecht verlaufenden Erdaufwühlungen die Rücken von Soldaten, von Knaben, die Rundungen deutscher Stahlhelme. Plötzlich haben sie ein Maschinengewehr neben sich. An einer Ecke sitzt, Pfeife rauchend, ein bärtiger Pionier-Unteroffizier, der sie erwartet hat. „Pünktlich, Herr Leutnant", sagt er grinsend. „Bei uns alles in Ordnung. Das Bataillon ist schon so gut wie eingerichtet; die Herren erwarten Herrn Leutnant im großen Unterstand." Er sprach halblaut, mit einer gewissen Vertraulichkeit, an die Leutnant Kroysing, wie es schien, gewöhnt war. Dann zog er die Stirn in bedenkliche Falten: „Nebenan scheint sich allerhand zu tun. Der Franzmann hält sich so verteufelt still, er will offenbar das Klappern der Ablösung abhorchen, und die Neuen sind noch nicht drin." – „Da werden wir ihm etwas blauen Dunst vormachen müssen", antwortete Kroysing. „Sie, Herr Pater, legen sich am besten ein bißchen aufs Ohr, im nächsten Sanitätsunterstand wird Platz sein, ich hole Sie dann von den Medizinmännern wieder ab." Er verschwand mit dem Führer, Lochner mit einem anderen.
Bertin folgte Süßmann durch den schmalen und tiefen Einschnitt, über dem ein Stück der Milchstraße stand wie eine doppelte Flocke hellen Rauches. Es drängten sich die Infanteristen an ihnen vorüber, krochen aus Unterständen, verschwanden in anderen. An einer Stelle arbeiteten welche mit Spaten, verbreiterten den Gang, der weiter vorn einen großen Trichter benutzte. Alles geschah wortlos, möglichst ohne Geräusche. Jenseits dieser Stelle, in dem ehemaligen Granatloch, ruhte ein kurzes dickes Rohr auf einer Lafette, wie Bertin sie noch nicht gesehen hatte, dicht daneben mündete schräg abwärts ein neu gegrabener Stollen. Sie setzten sich auf eine Anzahl großer Geschosse in Weidenkörben, zweihenkelig, es waren die leichten Minen. „Wenn das leichte sind", sagte

Bertin, „möchte ich die schweren sehen." Ein Schirm aus Draht und Ästen, mit Erde bedeckt, schützte den Minenwerfer vor Fliegersicht. Aus dem Unterstand wurde ihnen heißer Kaffee hinaufgereicht; Süßmann schlug vor, hinabzugehen; Bertin bat, oben zu bleiben. Die kalte und feuchte Erde, der Geruch, der ihr entströmte, widerte ihn an. Mit Entsetzen sah er die mageren kleinen Sachsen auf ihren Posten, ihre elenden Gesichter, ihre geringe Zahl. Das war die Front, die graue Heldenmauer, die Deutschlands Eroberungen schützte, abgebraucht war sie, überanstrengt schon heute. Während er seinen heißen Kaffee vom Becherrand vorsichtig schlürfte, befragte er Süßmann: Die Unterstände hier, hielten sie eine Beschießung aus? – Süßmann lachte bloß. Splittersicher waren sie, nicht mehr; zur Not widerstanden sie einer Siebenkommafünfer. Aber zehn Siebenkommafünfer widerstanden sie nicht. Lief der Regen hinein, so war er eben drin, und indem er auf den Mond deutete, der in einem fahlen Dunstballen seinen matten Schein warf: Regen kam, so sicher wie die Löhnung. Das Bataillon, neu aufgefüllt, etwas über siebenhundert Mann, hatte zwölf leichte Maschinengewehre und sechs schwere zu seiner Verfügung und hielt damit doppelt so breites Gelände als vor einem Monat. Und der Franzose brachte immer frische Divisionen in die vorderste Linie, zog sie nach kurzer Zeit in wirkliche Ruhe zurück, gab ihnen reichlich zu essen, unterwühlte nicht die Nerven seiner Leute durch mangelndes Fett, schlechte Marmelade, Brot, das zur Hälfte aus schwerverdaulichen Rückständen gebacken war. Diese vier Minenwerfer hier sollten zwei herausgenommene Batterien ersetzen. Reif zum Friedensschluß war alles, das durfte man wohl sagen, aber es sah nicht nach Frieden aus. Immer wieder hasteten Leute in Helmen oder Mützen an ihnen vorüber, stolperten, unterdrückten Flüche. Wie eine Wolke voll Finsternis schien sich von jenseits der Grabenkante und der aufgeschütteten Erde Bedrohung heranzuwälzen, allen spürbar. Zweihundert Meter Landes sind ein breiter Streifen, aber für eine Gewehrkugel sind sie nichts. Stürmende Infanterie legt sie in fünf Minuten zurück, Granaten hauen im Augenblick über sie hin. Das war der Krieg endlich, Herr Bertin; jetzt haben Sie ihn. Jetzt kleben Sie an einer äußersten Kante, wie eine Fliege am Leim, Ihr Herz schlägt mit den Flügeln, und dabei hält der Feind noch Ruhe. Ein mildes Licht ergoß sich von oben schwarzschattend in den Graben; hatte man den Aufstieg der Rakete überhört? Bestimmt gab es noch etwas diese Nacht. Bertin merkte, er zitterte an Knien und Händen im Druck der ansteckenden Aufregung. Er wollte aus seiner Deckung hoch, den Absatz erklettern, der eingeschnitten war in die Grabenwand. Süßmann zischte ihm ins Ohr, er sei wohl verrückt geworden. Mit Nachtgläsern könnten die drüben sein helles Gesicht von der schwarzen Erde deutlich unterscheiden. In ihrem Abschnitt hier würde nichts passieren, drüben aber, beim Nachbarbataillon, dessen Ablösung noch unterwegs war, konnte sich beim Austausch der alten und der neuen Besatzung Erbauliches abspielen, wenn der Franzose aufpaßte. Plötzlich, und Bertin blieb das Herz wie geschlagen in der Brust stecken, spie das Maschinengewehr, an dem sie vorübergekommen waren, ein rasendes Getöse aus, unbeschreiblich bösartig stieß es in die Nacht vor; sein Feuer sah er nicht. Drei, vier Gewehre gleicher Art setzten den Lärm fort. In ihrer Nähe stiegen jetzt mit Pfeifen Raketen auf, entfalteten ihre Leuchtkugeln, gossen fremdartiges Rotlicht auf die Gesichter der hockenden Soldaten. Alsbald brauste es mit wildem Gurgeln über ihre Köpfe hin, schlug krachend weit vor ihnen ein. „Sperrfeuer", rief Süßmann Bertin ins Ohr, „alles Theater; er soll drauf reinfallen." An der Gebärde, mit der sich die beiden Sachsen in den Boden preßten, erkannte Bertin, daß auch sie Angst hatten – die Artillerie schoß oft zu kurz. Wenn der Franzose antwortete? Wenn die Ablenkung glückte? Sie glückte. Im Hinterfelde blitzte und krachte es jetzt, blendete es von den Seiten herüber. Aus dem Unterstand tauchten in einem Richtkreis Leute in Artilleriemützen auf; geschützt vom Schirm des Minenwerfers, visierten sie nach dem Mündungsfeuer der französischen Batterien, schrien einander Zahlen zu. Das Getöse in der übersternten Nacht, das Sprengen, Flammen, Flackern, das Heranheulen und Gedröhn – dauerte es lange? Bertin hielt es nicht aus, ihm gellten die Ohren, der widerwärtige Unterstand schien ihm jetzt Zuflucht; er stolperte Stufen hinunter, schob eine Zeltbahn beiseite, sah Helligkeit, Mannschaften auf Drahtgittern sitzen und liegen, ihre Waffen handgerecht daneben, auf einer Kiste brannte die blecherne Stearinpatrone. Dick und verraucht atmete sich die Kellerluft. Die Gesicher hier der Pioniere, der Artilleristen, der sächsischen Schützen machten

ihm fast übel. Bis hierher hatte man sie mit schönen Vorspiegelungen bekränzt, behängt mit ehrenvollen Namen; hier aber hielt keine Täuschung vor, in diesem Grabe aus Lehm und Balken handelte es sich nur noch um verlorene Scharen, den preisgegebenen Auftrieb der Weltmärkte, die augenblicklich mit Menschenmaterial beschickt wurden. Hier hockte er auf einem Brett unter der Erde, zweihundert Meter vor dem Feind und stellte fest, gähnend vor jäher Müdigkeit: daß auch hier nur Dienst getan wurde – nichts anderes. Die Erde dröhnte über ihm, Brocken fielen von den Wänden, pulverförmiger Boden regnete zwischen den Kanthölzern herunter, und während die Infanteristen ruhig weiter ihre Zigaretten rauchten, fragte er sich stockend: wie kam er eigentlich dazu, diese Wahrheit zu sehen? Sie tat ja weh! Sie nahm einem ja die Kraft, das Leben zu ertragen, es durfte nicht überall so sein wie bei seiner Kompanie. Er mußte das unbedingt Kroysing sagen.
Kam Kroysing dort zur Tür herein? Da kam ja der kleine Kroysing zur Tür herein, mit seiner Unteroffiziersmütze und seinem angenehmen Lächeln. Ja, in den Kellern der Chambrettes-Ferme ging es munter zu. Da rasselten die Wurstmaschinen, da wurden Därme gedehnt, an der Tür hing die neue Verordnung über die Verwendung von Menschenfleisch, grauhäutigem Menschenfleisch ...
Belustigt und voll Mitleid betrachtete Unteroffizier Süßmann das Gesicht des Armierers Bertin, der eingeschlafen war, schlagartig, während sein Stahlhelm ihm vom Kopfe fiel. Süßmann nahm ihn in die Hand, schlenkerte ihn hin und her, fand, dieser Knabe habe ganz gut durchgehalten.
„Die Ablösung des Bataillons vollzog sich, anderthalb Stunden vorverlegt, aber ohne nennenswerte Schwierigkeiten."

Siebentes Kapitel

Das Geschenk

Gegen elf Uhr, im Finstern, weckte Süßmann Bertin; die Kerze war heruntergebrannt, erloschen. Der träumte gerade von einem unerhört heftigen Gewitter am Ammersee, während die Blitze das weite Gewässer aufzuwühlen schienen und der Donner von den Bergwänden am unteren Ufer widerhallte. „Auf, Mensch“, sagte Süßmann, „großes Feuerwerk, es lohnt.“ – Bertin begriff sofort, wo er sei; sein Kopf schmerzte, das verging wohl an der frischen Luft. Draußen stand der Graben voller Menschen, alle nach rückwärts blickend. Ein orgelartiges Brausen und vielstimmiger Donner erfüllte die Nacht; übers Feld aber, im Nebenabschnitt, sprangen Flammen. Ein Platzregen von feurigen Entladungen ging nieder, methodisch ausgeschüttet über die Anmarschwege und wohlbekannten Senken und Höhen des Geländes. In wolkenartigen Säulen schleuderten die Geschosse ihre feurigen Gase und den Boden empor. Ihr Anheulen, die überwältigende Flut bösartigen Fauchens, ihr Gellen und Knattern, ihr rasendes Krachen ließen Bertins Herz erzittern, während er gleichzeitig begeistert Süßmanns Arm preßte, hingerissen von der Wucht, mit der der menschliche Zerstörungstrieb sich austobte – Wonnen der Allmacht im Bösen. – Ein sächsischer Unteroffizier neben ihm, bebrillt und mager, überraschte Bertin durch die ruhigen Worte: „Das können wir, wir sind vielleicht Äser.“ – Bertin sah das stopplige Gesicht unterm Helm, seine schmalen Backenknochen, die gescheiten Augen, die beiden Bändchen, schwarz-weiß und grün-weiß, im oberen Knopfloch: eine Welle von Stolz und Bewunderung durchflutete ihn für seine Kameraden, diese deutschen Soldaten, ihre Pflichttreue, ihre Hoffnungslosigkeit, ihre verbissene Tapferkeit – sie, die alles erfahren hatten. – Zum Glück erwischte es das erste Bataillon nicht mehr. In zehn Minuten, schrie Süßmann neben seinem Ohr, war ohnehin alles vorbei. Dann, wußte Bertin, nahm die deutsche Artillerie ihrerseits das Spiel auf, und so wurde aus Rechnung und Gegenrechnung neue Zerstörung geboren, ein neuer Tag der Gegenschöpfung. – Gelassen zündete indes der junge Sachse seine Pfeife an, ein paar andere beteiligten sich an seinem Feuerzeug. Der wilde Lärm versiegte allmählich; man konnte sich wieder verständigen. Nur über dem Adalbert-Werk krepierten immer noch Schrapnells. Das seien die langen Zehner, meinte der Sachse, die hätten offenbar einen größeren Schub Munition erhalten, den sie jetzt loszuwerden suchten. – Natürlich, bestätigte sein Nebenmann, sonst müßten sie ihn ja wieder nach Hause fahren, wenn heute nacht der Frieden ausbricht. – Der junge Unteroffizier wehrte ab: so schnell

breche der nicht aus, bis dahin könnten sie getrost noch manchen Topf Kaffee austutteln. Es müßten vorher noch viel zuviel Leute viel zuviel Orden hamstern und verleihen, ehe dem erlaubt werde, auszubrechen. – Nicht bloß Orden, meinte der Nebenmann. Bertin sperrte seine Ohren auf: die hier redeten ja wie Pahl, wie der Gastwirt Lebehde, der Gasarbeiter Halezinsky, der kleine Hamburger Vehse. In der bleichen Schwärze, die jetzt wieder herrschte, schimmerten die Gesichter maskenhaft unter den scharfen Umrahmungen der Helme. – Die Aufmerksamkeit der diensttuenden Mannschaften wandte sich wieder nach vorn, die anderen begannen, sich in die Unterstände zu verkrümeln.
Der bebrillte Sachse hatte gerade seiner Verwunderung über Bertins Mütze Ausdruck gegeben: was für Onkels Süßmann und sein Leutnant mit nach vorn gebracht hätten?, als Pater Lochners massige Schulterbreite in Sicht kam, von Kroysings Länge überragt. Sofort stieß ihn Süßmann gegen das Schienbein. Ebenso schnell begriff der andere: „Ich bin Sie nämlich eigentlich Theologe und mein Lebtag nich aus Halle herausgekommen." – „Ein Kollege?" fragte der Feldgeistliche arglos. – „Befehl, Herr Pastor!" antwortete der Unteroffizier stramm. – Süßmann verbiß ein Grinsen: Befehl und Pastor reimten sich gar zu schlecht. – Pater Lochner merkte nichts davon. Er wollte dem jungen Manne wohltun: „Unser Herrgott wird seine Hand auch weiter über Sie halten." Damit wollte er vorwärts. – Aber der junge Theologe entgegnete, wie bestätigend, mit seiner höflichen Stimme: „Das glaube ich beinahe auch; vorläufig passiert uns nichts. Aber am Morgen vor dem Waffenstillstand, da fällt unsereiner." – Lochner zuckte zurück, erwiderte nichts, suchte weiterzukommen. – Die Sachsen stießen einander an. Kroysing sprach im Weitergehen dicht am Ohr seines Begleiters: ob ihm diese Probe der hier gültigen Weltanschauung genüge? Dann könne man sich ja auf den Heimweg machen. – „Noch zehn Minuten und einen Schnaps", bat der Pater. – Kroysing gewährte es gern. „Wann werden Sie mit Herrn Niggl sprechen?" fragte er beiläufig, seine Feldflasche abhakend. – Ein flehender Ausdruck trat in Lochners Gesicht. „Morgen vormittag", versprach er, „ehe ich zurückfahre." – Kroysing drehte seinen Kopf auf dem langen Halse hin und her wie ein Leuchtturm, er suchte Bertin. „Ich will meine Küken zusammenhaben",

erklärte er. – Unteroffizier Süßmann wies ihm mit dem Daumen die Richtung: „Der Herr studiert das Niemandsland."
Bertin hatte sein Gesicht in die Schirmöffnung oberhalb des Minenwerfers gezwängt; die Hände um die Augen gehöhlt, spähte er in die Nacht hinüber, in das weißlich schimmernde Drahtverhau: der Widerschein der Explosionen blendete ihn nicht mehr. Weit hinten rechts barsten jetzt die deutschen Granaten. Das Gestaltlose drohte drüben, es lockte auch, das Schwarze, Fremde. Und er erinnerte sich eines Vormittags, an dem er als Untertertianer mit der Klasse einen Ausflug nach jener Drei-Kaiser-Ecke gemacht hatte, wo hinter der Stadt Myslowitz das Reich des deutschen Kaisers an das des österreichischen und das des Zaren grenzte. Ein Flüßchen, die Przemsa, schlängelte zwischen ihnen sein grünliches Wasser. Nichts unterschied die beiden Ufer voneinander: flaches grünes Land, eine Eisenbahnbrücke, ein sandiger Weg, weit hinten Wald. Nur die Uniform des Grenzkosaken wich von der der deutschen Zollwache ab. Und doch hatte der junge Schüler jenseits des Flüßchens das Fremde gespürt, das Drohende und Lockende, das Ausland, wo die Sprache nicht mehr verständlich war, die Sitten anders, die Menschen ungebildet, vielleicht gefährlich. Grenzen, dachte Bertin, Grenzen! Was uns die Leute alles vorgeredet haben! Was hatte der gescheite Sachse bemerkt, als die Franzosen schossen? „Wir", hatte er gesagt, „wir sind vielleicht Äser." Wir: darin lag alles. Wer hatte sein Kochgeschirr einem Franzosen vor die durstigen Lippen gehalten – und recht damit getan? Und dann das hier...? Hoffnungslos, zur Wahrheit durchzudringen.
Wohlgefällig betrachtete Kroysing seinen Schützling. Er hatte ihn hierhergebracht unter anderem, um sein Benehmen am Rande des Abgrunds zu studieren. Gar kein Zweifel: der machte sich. Laß ihn nur erst einmal in seine muffige Kompanie zurückstürzen, dann kommt ihm mein Vorschlag wie ein Bote vom Himmel. „Was schütteln Sie Ihren Kopf, Bertin?" frage er hinter seinem Rücken. – „Ich sehe nichts", antwortete der Gefragte, vorsichtig heruntersteigend. – „Hätte Ihnen Ihre Vernunft vorher sagen können." – „Man glaubt aber dem Augenschein mehr als der Vernunft." – „Na schön", sagte Kroysing, „dann können wir ja jetzt schlafen gehen."

Auf dem Rückweg erhellten Mond und Sterne das von Schatten zerklüftete Gelände. Bertin, vom Schlaf erfrischt, atmete die immer kühlere Luft gern ein, je weiter sie aufwärts strebten; der brandige Pulverrauch wehte nicht hier herüber; der Nachtwind trieb ihn dem Flusse zu. Nach einer halben Stunde schweigsamen Weges tippte Kroysing Bertin auf die Schulter, ihn ein wenig zurückhaltend. „Ich weiß nicht", sagte er, „ob wir uns morgen noch sprechen werden. Sie schlafen wohl bei Süßmann und türmen früh. Sie sahen ja, was für liebe Überraschungen uns der Franz hier bereithält. Heute lief es glimpflich ab, morgen schlägt's womöglich ein. Darum möchte ich Sie weiter für unsere kleine Familienfrage in Anspruch nehmen. In meiner Schublade lagern ein paar Gegenstände, die meinem Bruder gehörten, und ein paar Papiere, die der Kriegsgerichtsrat Mertens kriegen muß, sobald jemand einen kleinen harmlosen Zettel unterschrieben hat. Sollte ich dann verhindert sein, so rechne ich auf Ihre Dienste. Wird das klappen?" fragte er dringlich. – Und Bertin, nach kurzem Besinnen: „Das klappt." – „Ausgezeichnet", sagte Kroysing. „Und somit bleibt nur noch, einen Auftrag meines Bruders auszuführen, der Ihnen durch mich seinen Füllhalter schickt." Kroysings große Hand hielt ihm ein schwarzes Stäbchen hin. – Bertin erschrak, seine Augen unter der Helmkante suchten zaghaft die des anderen, sein kriegerisches Gesicht, dämmerig in der tiefen Dämmerung. „Bitte nicht", sagte er leise, „er gehört Ihren Eltern." – „Er gehört Ihnen", versetzte Kroysing ruhig, „ich vollstrecke ein Testament." – Bertin nahm das Geschenk zögernd aus seinen Fingern und besah es, abergläubische Gefühle verbergend. – „Hoffentlich dient er Ihnen länger als dem Kleinen und bringt Ihnen den Dank der Kroysings in Erinnerung, sooft Sie ihn aufs Papier setzen. Schriftsteller und Federhalter reimen sich nun mal." – Bertin dankte mit unsicheren Worten. Er fühlte den harten langen Gegenstand in der inneren Brusttasche des Waffenrocks fremd und neu wie einen Druck: die Kroysings hielten ihn fest.

FÜNFTES BUCH

Im Nebel

Erstes Kapitel

Oktober

Die Erde ist eine rostige Scheibe, überstülpt von einem Zinnhimmel, aus dem es seit einem Monat regnet.
Um den 20. Oktober schlendern vier Armierungssoldaten müde und verdrossen vom Bahnhof Moirey her. Oberfeuerwerker Knappe hat mit ihnen, eine langweilige Arbeit, in einem Güterwagen Pulverladungen sortiert, und jetzt ist Feierabend. Alle verlangt es sehr nach einer Zigarette oder einer Pfeife Tabak; aber damit ist es Essig. Übermorgen nachmittag wird gelöhnt, dann empfängt jeder Mann sein Rauchzeug für die nächsten zehn Tage. Bis dahin hilft man sich eben durch. Zum Beispiel versprach der Armierer Bertin den drei anderen je eine seiner drei Zigaretten, da er mit seinem reizbaren Hals Papier nicht verträgt. Fröstelnd und schlecht gelaunt stiefeln die vier Männer die Chaussee zum Park hin. Die Straße bedeckt eine daumenhohe Schicht weißlichen Breies. Sie genügt, um Schnürschuhe unratsam zu machen. Die Männer tragen die Zeltbahnen wie kurze Kapuzenmäntel, von oben kann ihnen wenig geschehen; aber sie haben heute schon einen Tagesdienst im Fosses-Wald hinter sich, der die steife Leinwand durchnäßt hat. Auch die Drillichjacken sind schon feucht, die sie darunter tragen; nur die Waffenröcke sind noch trocken, und wenn es kälter wird, kann man noch eine Schutzschicht einschalten, die Mäntel. Vier ganz verschiedene Leute haben freiwillig dem Oberfeuerwerker geholfen: der kluge Gastwirt Lebehde, weil er hoffte, bei den Eisenbahnern etwas Rauchbares zu erwischen, der Landarbeiter Przygulla, weil er Lebehdes treuer Gefolgsmann ist, dann Otto Reinhold, das gutmütige Männchen, um die Skatgenossen nicht im Stich zu lassen, und Werner Bertin, aus Gründen, die mit seinem Besuch in den vordersten Gräben innig zusammenhängen.

Oberfeuerwerker Knappe gehört zu jenen Mageren, Hohlbackigen, die einen schütteren blonden Bart ums Kinn tragen, auf deren Gewissenhaftigkeit man sich unbedingt verlassen kann und die mit dem Gepräge von Schwindsüchtigen achtzig Jahre alt zu werden vermögen. Der Gastwirt Lebehde ist wohlbekannt. Bis zu seinem Tode unter den Spitzkugeln der Reichswehr beim verzweifelten Arbeiteraufstand des Jahres 1919, im Viertel Holzmarktstraße–Jannowitzbrücke (Berlin), wird er auf verschwiegene Art durch Energie und Überredung durchsetzen, was er für richtig hält, immer ein wohlwollendes Lächeln in den Augenwinkeln. Der Landarbeiter Przygulla, ein vernachlässigtes Kind von neunen oder zehnen, hätte sich anders entwickelt, geistig lebhafter nämlich, wenn man ihm rechtzeitig gewisse Wucherungen hinter der Nase herausgeschält hätte. So aber, da er schwer Luft bekommt, stehen seine dicken Lippen immer halb offen und verleihen ihm einen blöden Ausdruck. Otto Reinhold endlich ist die Gefälligkeit selbst; und seine freundlichen Mienen, sein zahnarmer Mund und die bläulichen Augen gäben ihm etwas Altweiberhaftes, wenn nicht ein Bärtchen auf seiner Oberlippe, sorgfältig gestutzt, seine Männlichkeit unterstriche. Er ist übrigens ein geschätzter Klempnermeister aus der Turmstraße in Berlin-Moabit.
Der Armierungssoldat Bertin hat sich sehr verändert, seitdem er „da vorne" war, das sagen alle. Er kann die mageren Gesichter der Sachsen nicht vergessen, ihre abgebrauchte Haut, ihre schlaflosen Augen – nicht vergessen, daß es seit einem Monat in diese Gräben regnet, daß die „da vorne" kaum warmes Essen, aber dafür eine Schlammschicht um sich haben, über ihren Händen, Kleidern, Stiefeln. Ihre Unterstände laufen rettungslos voll, und jeder Schritt führt über eine schmatzende, glitschige Lehmschicht. Alle Löcher sind in kleine Tümpel verwandelt, die Straßen nach vorn, die Wege und Querverbindungen für menschliche Begriffe längst unbenutzbar. Aber hier gelten eben andere Begriffe als menschliche, und darum macht Bertin heute freiwillig Überstunden. Er hat das seinem Kameraden Pahl erklärt, der es aber ablehnt, auf solche Gedanken einzugehen – mögen die da vorn nur anfangen, über Ursachen und Folgen ihres Zustands nachzudenken. Man ist übrigens hungrig und müde, man möchte gerne rauchen und sehnt sich danach, am warmen Ofen das nasse Zeug los-

zuwerden. Es mag zwischen vier und fünf sein, die frühe Dämmerung verstärkt sich durch die wässerige Luft. Zufällig regnet es eben nicht, aber warte nur, bis es Abend wird.
Am Ende der Straße, auf der einst französische Gefangene anmarschierten, taucht jetzt ein Auto auf. Es nähert sich schnell, der Vorschrift gemäß ohne Lichter. Karl Lebehde studiert, die Hand unterm Mützenschirm, das nahende Gefährt. „Mensch", fragt er den Landarbeiter Przygulla, „kiek mal hin, hängt dem Kerl nicht ein Lappen überm Scheinwerfer?" – Inzwischen ist der „Kerl" ein gutes Stück näher gekommen, der Lappen enthüllt sich als quadratischer Wimpel, schwarz und weiß geteilt und rot umrandet. Ein großer gelbgrauer Tourenwagen braust heran, zwei Herren im Rücksitz. „Kinder", ruft der Landarbeiter Przygulla erschrokken, „Front machen! Der Kronprinz!"
Mitglieder der kaiserlichen Familie werden dadurch gegrüßt, daß Mannschaften sich am Rande der Straße bewegungslos hinpflanzen und dem Vorüberfahrenden mit den Augen folgen. Und das tun nun diese vier müden Männer; sie treten in den Dreck, pressen die Hände an die Schenkel und erwarten die unvermeidlichen Spritzer des Gefährts. Der Fahrer, wahrscheinlich Mannschaft wie sie, darf es sich nicht leisten, Gas wegzunehmen, nur um vier Landsturmleuten mit grauen Wachstuchmützen eine Putzstunde zu ersparen. Platsch, saust der Wagen vorüber. Aber nun geschieht etwas Merkwürdiges; denn während ein schlanker Herr, das Kinn im Pelzkragen, den Handschuh in die Nähe seiner Mütze hebt, beugt sich der andere seitlich heraus und wirft etwas aus dem Wagen, durch die Schnelligkeit der Bewegung hinter sich. Und schon verkleinert sich das davonstiebende Auto: und alles ist vorbei.
Durchaus nicht alles. Im Straßenschmutz liegen eckige Päckchen, vier kleine Papierpackungen – zweifellos Zigaretten, die der hohe Herr zur Verteilung an Mannschaften mit hatte und die sein Adjutant diesen hier hinwarf. Noch ganz erstaunt, das Erlebnis verdauend, stehen die vier jetzt in der Mitte der Straße; halb blicken sie dem Wagen nach, halb das überraschende Geschenk an. Was hat der Kronprinz hier zu tun? Was wollte er an der Front? Es heißt, daß er für seine Truppen sorge; gleichwohl zuckt die Armee über ihn die Achseln, weil allzu bekannt ist, wie wenig ihn die Tatsache der Schlacht von Verdun in seiner herrenhaften Lebensführung stört: mit seinen

Windhunden spielend, mit hübschen Französinnen und Krankenschwestern oder mit Tennispartnern, während seit sieben Monaten alle deutschen Stämme vorn für ihn bluten. Aber jetzt ist er hier vorübergefahren, Zigaretten spendend, und wenn man sie nicht schnell aufhebt, verdirbt sie die Nässe. Schon bückt sich, freudig meckernd, Otto Reinhold, sich für alle die Finger zu beschmutzen.
Da greift jemand nach seinem Handgelenk. „Laß liegen", herrscht ihn der Gastwirt Lebehde halblaut an, „nischt für uns. Wer uns was schenken will, der soll gefälligst Zeit haben." – Erschrocken und beschämt schaut Reinhold in Karl Lebehdes fleischiges, sommersprossiges Gastwirtsgesicht, auf seinen zusammengepreßten Mund, seine zornigen Augen. – Und Lebehde tritt mit breitem Stiefel das nächste Zigarettenpäckchen zu Brei; dann geht er weiter, auf die Treppe los, die bei den Wassertrögen zu den Baracken hinaufführt. Wortlos folgen ihm Bertin und der Landarbeiter Przygulla; mit einem Laut des Bedauerns auch Otto Reinhold, das gutmütige Männchen. Einsam leuchten noch drei helle Schachteln aus dem Straßenschmutz, dreißig Zigaretten.
Donnerwetter, denkt Bertin, was war denn das? Das war was. Dieser Lebehde hat's in sich. Keiner hat gemuckt, jeder pariert. Vielleicht wird der Landarbeiter Przygulla oder der Klempnermeister Reinhold sich nachher schnell noch einmal aus der Baracke schleichen – das wird aber auch alles sein. Mit Erstaunen, während sie die Treppe erklimmen, fragt sich der Armierer Bertin, was er ohne Karl Lebehde getan hätte. Er hat philosophisch und überlegen gelacht, als die Geschenke aus dem Wagen flogen. Und außerdem liegt ihm ja nichts an Zigaretten. Aber er ist ehrlich genug, sich zuzugeben, daß er sie in Gottes Namen doch wohl aufgehoben hätte, um sie nicht verkommen zu lassen. Der Kronprinz fährt vorüber – ein sonderbares Erlebnis. Sicher hat er vorn ein Schock Eiserner Kreuze abgeladen und eilt jetzt nach Charleville zurück, unvermutend, daß der Gastwirt Lebehde eben gegen ihn entschieden hat.

Der Kronprinz fährt durch die Dämmerung, die Lippen verkniffen. Er ist tief unzufrieden mit Umständen, die stärker sind als er, und mit sich selbst, der schwächer ist als die Umstände. Er hat keineswegs Auszeichnungen abgeladen. Er

fuhr zur Front, um festzustellen, daß er wieder einmal recht hatte, ohne durchzudringen, daß er überstimmt worden ist und daß er wieder den Schneid nicht aufbrachte, den Hochmögenden die Flinte hinzuschmeißen, die Karre stehenzulassen und auszusteigen. Es ist eine verführerisch bequeme Karre, vortrefflich gepolstert und mit allem Komfort. Aber was nutzt sie ihm, wenn militärisch falsche Entscheidungen in seinem Namen getroffen und ihm schließlich von der Geschichte angekreidet werden? Vorgestern hatten sich die Generale versammelt, in Pierrepont, an der Bahnlinie von Longuyon nach Metz, unter dem Vorsitz des Kaisers und mit Vertretern der neuen OHL, die sich seit Ende August in die Gesamtgeschäfte hineinwühlt. Die beängstigende Lage vor Verdun bildet den Gegenstand der Beratung: Was ist zu tun? Eine erfrischende Offenheit beherrscht den Tag, er, Friedrich Wilhelm, deutscher Kronprinz, Generaloberst der preußischen Armee, hört seine geheimsten Überzeugungen bestätigt, alle seine Klagen und Beschwerden: erstens, den Grundfehler, daß man auf zu schmaler Front angriff; zweitens, daß man ihm Truppen zwar versprach, aber nicht schickte, als die Kräfte des ersten Stoßes nicht genügten. Dadurch, daß man nicht von Anfang an mit verdoppelten Stärken auf beiden Maasufern gleichzeitig vorbrach, war mancher Mutter Sohn den Heldentod gestorben, und umsonst. Dann hatte man den Widerstand der Franzosen unterschätzt, die zwar wichen, aber immer wieder fochten, so daß man mit erschöpften Reserven bis zum Douaumont und nicht weiter kam. Dann waren auf einmal Truppen genug da, um Monat für Monat kärgliche Streifen Geländes mit fürchterlichen Verlusten zu erobern, was die Franzosen keineswegs gehindert hatte, ihren Angriff an der Somme vorzubereiten und loszuschlagen. So stand man denn vor der Entscheidung: den Bankrott vor Verdun offen zuzugeben und dadurch Leben und Gesundheit von Zehntausenden deutscher Jungens zu retten, oder die Fassade zu wahren, den Schein, und ihre Leiden zu verlängern, die Lazarette mit Kranken zu füllen.
Der Prinz lehnte sich zurück, schloß die Augen. Er sah mit einer merkwürdigen Gleichzeitigkeit einander durchdringen die greisen Generalsköpfe von vorgestern und die jungen Infanteriegesichter von vorhin. Bald schoben sich die einen in den Vordergrund, bald die anderen, den Schwankungen seines

Herzens gemäß. Es regnete erst einen Monat, aber schon erreichten die Krankenziffern manchmal 30 Prozent der Gewehre, manchmal mehr. Die Leute erkälteten sich, fieberten, mußten eigentlich zurückgeschafft werden und Pflege haben. Es lag an den Stellungen. Sie waren Ergebnisse der wütenden Kämpfe seit den Julitagen, nicht zum Überwintern ausgesucht und vorbereitet. Weder taugten sie als Ausgang künftiger Angriffe noch zur Verteidigung, falls der Franzose zwischen Tavanne und dem Pfefferrücken einmal loszugehen dachte – überhöht, wie sie waren, eingesehen, zertrommelt, ersoffen im Dreck. Die Artillerie war überall verratzt, wo sie sich nicht auf Schmalspurbahnen stützte; unmöglich, anderswie Material und Munition vorzubringen. Er hatte darum lebhaft zugestimmt, als ein paar Herren es für nötig erklärten, die Stellungen nach rückwärts zu verlegen, den Geländegewinn der letzten Monate preiszugeben, sich auf den Höhen Hardoumont – Fort Douaumont – Pfefferrücken gut vorzubereiten und eines Nachts die Front zu „verkürzen" und den ganzen vorderen Schlammkessel den Franzosen hinzuschmeißen: da, mein Lieber, sei glücklich damit.
Den Prinzen fröstelte. Er zog sich die Pelzdecke enger um die schlanken Beine, rieb seine Schultern in der Pelzjacke nervös an den Polstern. Von seinem Nasenflügel zog sich jenes Linienpaar zu den Mundwinkeln, das seinem Profil eine gewisse Ähnlichkeit mit dem seines Uronkels gab, des Alten Fritzen. Leider beseitigte eine solche halbe Maßnahme das Übel keineswegs. Das Gruppenkommando Maas-Ost hatte seine fähigsten Offiziere geschickt, und die bewiesen: weder die langen Anmarschwege noch die Unmöglichkeit, Reserven unterzubringen, noch die Schwierigkeiten der Verpflegung und des Schießbedarfs wurden dadurch behoben. Viel zu klug war der Franzose, sich in den Schlamm locken zu lassen – also taugte die Höhenstellung auch für neuen Ausfall nichts. Nein, ganze Arbeit mußte man machen, all das Gelände räumen, das man mühevoll erobert hatte, in die Ausgangslinien ungefähr des Februarangriffs zurückgehen, an die Bahn nach Azannes heranrücken, nicht einmal den Fosses-Wald und Höhe 344 konnte man halten. Das war vernünftig – und genauso unmöglich. Wie das Jahr 1916 nun einmal verlaufen war, ertrug das Ansehen des Hauses Hohenzollern diesen Rückzug nicht: die Sommeschlacht – faul; die Ostfront unter Brussilows

Gebiß – oberfaul; die Österreicher – das alte Leiden: im Etschtal steckengeblieben, in der Bukowina ganze Regimenter übergelaufen – die Tschechen hatten Habsburg einfach satt. Und dabei brauchte man nur an das Jahr 1908 zu denken, Annexion Bosniens durch Ährenthal, um zu begreifen, daß der ganze Krieg als Affäre der habsburgischen Innenpolitik begonnen hatte. Jetzt griffen die Rumänen ein, fünfzehn Armeekorps – keine Kleinigkeit; es sah bös aus für Deutschland. Dazu hier im Westen ein Rückzug? Unmöglich! Der deutsche Soldat hätte angefangen zu zweifeln, die Führerschicht, der er heut noch blind vertraute, im Zwielicht gesehen, und innerhalb Deutschlands wären Folgen ausgebrochen – unberechenbar! Deutschland ging seinem schwersten Winter entgegen, die Brotration mußte auf ein halbes Pfund herabgesetzt werden, auch für die Soldaten brachen Monate der Knappheit an. Nur das Moralische hielt das Volk aufrecht, der Glaube ans Kaiserhaus, an das unbesiegte Heer, den sicheren Enderfolg. Gab man zu, die Schlacht um Verdun sei vergeblich geschlagen worden, so stempelte man Karl Liebknecht zum Propheten, rief die Reichstagsmehrheit zur Attacke auf, stellte Herrscherhaus und Heeresleitung bloß, mußte womöglich Rechenschaft ablegen für all das „sinnlos vergossene Blut". Durfte das geschehen? Es durfte nicht geschehen. War es vermeidbar? Es war vermeidbar, wenn man sich nicht rührte, alles beim alten ließ, dem deutschen Soldaten schweren Herzens auch noch dieses Opfer auflud. Der deutsche Soldat würde es tragen, gern sterben für den Glanz des Vaterlandes, ohne Murren den Winter über im Schlamm stehen und gegen den Erbfeind Wache halten. Nur kein Schwächezeichen, keine falsche Humanität. Der Deutsche wollte geführt werden, er liebte die starke Hand; aber dann holte er auch die Sterne vom Himmel.

Das faltige Gesicht des alten Junkers, der das mit Überzeugung vorgebracht, seine kleinen Augen, seine zuhackende Stimme – der Kronprinz lächelte vor sich hin. Andere hatten widersprochen, von Lychow beispielsweise, der seit einiger Zeit auf dem linken Ufer der Maas kommandierte; aber was sie vorbrachten, hielt nicht Stich. Es war bloß vernünftig, und mit Vernunft allein holt man eben die Sterne nicht vom Himmel. Er, der Prinz, hatte seinen Vater, den Obersten Kriegsherrn, betrachtet, während die Generale sich stritten.

Oh, Papa verstand es, eine annehmbare Schauseite hinzubauen, einen fürstlichen Vorsitzenden dieses Kriegsrats abzugeben, adlergleich zu blicken. Ihn aber, den Sohn, täuscht er nicht. Schlaff war sein Gesicht, Fältchen um die Augen hatte er, recht mühsam hielt er die zuversichtliche Kaisermiene fest. Der Sohn wußte, was nur Söhne erraten: ganz anders hatte er sich den Krieg gedacht, der gute Papa, als er ihn mit so viel Schwung losließ. Mehr nach dem Vorbild seiner Manöver, nicht wahr? Aber so lief die Karre nicht, Majestät, sie lief sogar verdammt anders. Erst hatte er geglaubt, er werde im Kriege sein eigener Generalstabschef sein; das war ein schöner Traum im faulen Frieden gewesen. Dann hatte er den guten Moltke in die Wüste schicken müssen, jetzt auch den geschmeidigen Falkenhayn, und die beiden neuen Götter berufen, die er so gar nicht leiden konnte. Halbheiten, nichts als Halbheiten! Warf man endlich die Rücksicht auf die sogenannten Neutralen beiseite, schickte man ohne Warnung zu den Fischen, was den U-Booten vor die Rohre kam und England verproviantierte, Frankreich mit amerikanischen Granaten versorgte, so war in sechs Monaten der Krieg zu Ende. Dann mochten die Herren Amerikaner und ihr Wilson protestieren, sie mochten sogar ihr kümmerliches Heer herüberschicken; willkommen, meine Herren! Futter für unsere Feldhaubitzen waren sie, mehr nicht.
Der Wagen lief gut, tadellose Maschine, ausgezeichneter deutscher Stahl in den Federn. Wenn die rumänische Sache erledigt war, wollte Papa einen Friedensschritt riskieren, um dem Papst den Mund zu stopfen. Das konnte keinesfalls schaden, denn an Belgien, nicht wahr, wurde ja nicht gerüttelt, das blieb irgendwie in deutscher Hand und das Erzbecken von Longwy und Briey auch. Wenn man es recht bedachte und seine Augen über die Karte spazierenführte, war die ganze Verdun-Offensive nur die strategische Sicherung dieser Eroberungen beim kommenden Friedensschluß. Das sagte man natürlich niemandem, auch den Herren Abgeordneten nicht, die mit ihren Annexionsdenkschriften das Große Hauptquartier beehrten. Rein militärische Gründe, selbstverständlich, bestimmten die militärischen Entschlüsse. Darum hatte der arme Falkenhayn ja auch die famose „Abnutzungsschlacht" erfunden, als der erste Stoß auf die Festung fehlging und vom Glanz des Verdun-Falles schon nicht mehr viel

geblieben war. Militärisch war Verdun eine beliebige Festung, hinter der die Franzosen, gestützt auf Châlons, eine neue Verteidigungslinie bereithielten. Aber politisch, für Deutschlands Zukunft, für seine Industrie, war Verdun einmalig und unersetzlich. Und darum, seufzend sah es der Thronerbe, mußte es bei den alten Stellungen bleiben und der Winter in ihnen überstanden werden.
Es war völlig finster geworden. Mit breiten Scheinwerferkegeln sauste der Wagen durch die Nacht auf den Lichtschimmer am Horizont zu, der Charleville verhieß, behagliche Räume, angenehm geheizt, ein nettes Abendessen. Seine Gedanken hatten den Prinzen erwärmt, er fühlte sich munter, gut gelaunt. Mit einem Spaß wandte er sich an seinen Adjutanten, der ein bißchen geschlummert hatte, offenbar. „Hätten eigentlich einen Umweg machen können, mein Lieber. Ein schwarzer Kaffee bei Schwester Kläre im Feldlazarett Dannevoux – nicht von Pappe, was?" – Der Angeredete, pflichtgemäß sofort parat, bestätigte, das wäre jedenfalls erfreulicher gewesen, als hier den ollen Goethe mit seinem Erlkönig nachzumachen und in Nacht und Wind herumzufuhrwerken. „Hätten ebensogut zu Hause bleiben können, Kaiserliche Hoheit. Rückzug oder nicht – was kann uns groß geschehen? ‚Es ist ein langer Weg nach Tipperary' singen die Tommys, und unsere Feldgrauen: ‚Denn dieser Feldzug, Ist ja kein Schnellzug, Wisch dir die Tränen ab, Mit Sandpapier.' Völker haben breite Rücken."

Was geschehen soll, schon in den nächsten Tagen, ist längst vorbestimmt. Das haben vier bürgerliche Franzosen, erfahrene Soldaten, untereinander ausgemacht. Bis zum 24. früh feuern die französischen Geschütze wie bisher. Dann setzt aus sechshundert Rohren Trommelfeuer ein, eine Wand aus Stahl, Explosion und Vernichtung stürzt auf die angegriffene Grabenzone. Plötzlich schweigt das Feuer, als stehe der Infanterieangriff nun endlich bevor, und achthundert deutsche Kanonen, über zweihundert Batterien rasen los, dem vermeintlichen Angriff an die Kehle. Und das sollen sie. Längst sind sie in den französischen Artilleriekarten eingezeichnet, jetzt hat man sie, jetzt schlägt es auf sie ein. Granaten rasen in die Geschützstände, zerschmettern die Kanonen, reißen den Kanonieren Arme und Köpfe weg, wild krachend fahren die Geschoßstapel auseinander. Die Decken der Unterstände senken sich, Qualm erfüllt sie, ihre Stützen brechen, die Beobachter fallen aus den Wipfeln der Bäume und werden wie Belag an die Wände ihrer Schlupflöcher geschmiert, zwischen Pfefferrücken und Damloup würgt der Tod die Würger, zerschlagen stählerne Beile die Granatschmieden. Als der Angriff wirklich losgeht, am 24. mittags, antworten der feindlichen Artilleriewirkung im ganzen Raum nicht mehr als neunzig Batterien.

Der feindlichen Artilleriewirkung. Unvorstellbares haben die Deutschen bisher ausgehalten, diese geschwächten sieben Divisionen, etwa siebzigtausend Mann, ausgestreut und verloren in dem zertrommelten Gelände. Sie haben gehungert, sie haben bis zum Leib in wässerigem Schlamm gehockt, sie haben sich in den Dreck gewühlt, weil er ihre einzige Deckung war, sie haben nicht geschlafen, das Fieber mit Aspirin bekämpft und ausgehalten. Und jetzt gehen sie in Fetzen. Die Luft verwandelt sich in Donner, der dicht, gesetzmäßig auf sie niederschlägt in Form von krachenden Stahlzylindern, gefüllt mit Ekrasit. Unmöglich, die Gräben zu verlassen, die gar keine mehr sind, unmöglich, darin zu bleiben, denn sie bewegen sich, sie spritzen und wogen, fahren zum Himmel auf, ergießen sich in immer neu geöffnete Höllenrachen. Die Unterstände, in die man sich flüchtet, sacken ein, die tiefen Stollen, von schwersten Granaten zugestopft, verschütten ihre Belegschaft, die knirschend, zitternd, innerlich längst erledigt ist, auch wenn sie körperlich heil blieb. Hinter den Gräben liegt die spritzende, messerscharf schneidende Stahlsperre der Feldkanonen. In die Gräben hauen die Steilfeuer der schweren Kaliber und der Grabenmörser. Die Maschinengewehre werden beiseite gefegt, die neuen, schönen Minenwerfer mit Dreck zugedeckt oder zerhauen, selbst die Gewehre verschmutzen in der Sintflut von Lehm und Stahlsplittern. Ja, die Deutschen haben im Februar die Materialschlacht geschaffen; aber sie unterließen leider, sich ein Patent darauf zu sichern: längst haben die Franzosen sie übernommen, und nun meistern sie sie. Ihre Artillerie, eng an die Infanterie gekettet, arbeitet systematisch, genau nach Karte und Stundenplan, auch ohne Sicht. Sie deckt die vorgehende Infanterie durch eine doppelte Feuerwalze: hundertsechzig Meter vor ihr schafft sie eine Todeszone von Schrapnells, siebzig bis achtzig Meter vor ihr

eine zweite von Granaten. Die Schnelligkeit des Vorstoßes ist genau vorgeschrieben: hundert Meter ungangbaren Schlammlandes sind in vier Minuten zu überwinden.
Um elf Uhr vierzig setzt sich die französische Front in Bewegung, im dichten Nebel. An diesem Tage hat er sich nicht zu erheben geruht; milchweiß und undurchdringlich den Blicken wie im Hochgebirge oder auf See überlagert er die Erde. Es bedurfte nicht all des Qualms, um die Kampfzone in undurchdringlichen Dunst zu hüllen. Nicht vier Meter weit sah man an jenem Tage, niemand erblickte die Sonne des 24. Oktober. Glasig und mit gebrochenen Augen liegen die deutschen Toten und starren zu den Göttern empor und ihrem unerforschlichen Ratschluß; benommen, ohne Kraft zum Widerstand, warten die Lebenden auf ihr Schicksal. Zweiundzwanzig deutsche Bataillone werden weggefegt, bevor noch der Angriff ernstlich begonnen hat; die Überlebenden schreien nach Sperrfeuer, deutschem Sperrfeuer, die Heranrückenden aufzuhalten, ihre Bajonette und Handgranaten abzuwenden, damit es wenigstens eine Spur von Sinn habe, sich mit den besser Genährten, vernünftiger Abgelösten, durch günstigere Stellungen weniger Abgenutzten zu schlagen. Mit zitternden Händen schießt man Raketen in die Luft: Sperrfeuer! Aber die verschwinden in der weißen Wolke. Die Abfeuernden starren ihnen nach in die milchige Decke. Sie liegt über der ganzen Gegend. Die Artilleristen, soweit sie noch leben, ihre Offiziere, ihre Vizefeldwebel, die Richtkanoniere warten an den Geschützen und sehen nichts. Vorn hat das Feuer aufgehört, jeder weiß: jetzt geht der Franzose vor, jetzt muß man ihm Aufschlagzünder zwischen die Beine pfeffern, aber wohin? Kein roter Schein zuckt im Nebel auf, kein Telefonruf dringt durch die zerschossenen Leitungen, Hörzeichen sind nicht vorgesehen, auch nicht unmittelbare Verbindung mit der Infanterie, nur die Gruppenkommandos haben das Recht, der Artillerie Befehle zu geben.
Die Minuten verrinnen. Die in den Gräben starren sich die Augen aus dem Kopf: dort muß es heranrücken, dort vorn, hört man sie nicht schon? Sieht man sie nicht schon? Hat es einen Sinn, zu warten, bis man abgeschlachtet wird, die schweren Waffen unbrauchbar und ohne Artillerie? Mehr, als man ausgehalten hat, kann das Vaterland nicht verlangen. Einzeln und in Gruppen werfen sie die Gewehre weg und

waten hinaus in den Schlamm und Nebel, ins zerfetzte, verknäulte, weggeblasene Drahtverhau, in die Löcher stolpernd und glitschend, die Hände erhoben, soweit das möglich ist. „Kamerad", rufen sie in den Nebel hinein, „Kamerad!" Kamerad – dieses Wort wird verstanden; wer „Kamerad" ruft und die Hände hebt, ergibt sich und wird geschont; wer das Wort mißbraucht, tötet sich und viele seinesgleichen. Kamerad – da tauchen sie aus dem Nebel auf, horizontblaue Mäntel, glitschend und stolpernd, mit Sturmgepäck und Bajonett, und unterm Stahlhelm schwarzbraune Gesichter, kaffeebraune, hellbraune: Frankreichs Kolonialregimenter von Senegal, der Somaliküste, aus Marokko. Und anderwärts die Bretonen, Südfranzosen, die Pariser von den Boulevards und die Bauern aus der Touraine. Allen ist Frankreich eine Mutter, alle wissen, sie verteidigen eine bescheidene Freiheit des Denkens und Wollens, wenn sie den französischen Boden von den Eindringlingen befreien. Sie spielen keineswegs den begeisterten Krieger, fluchend und spottend klettern sie aus den Sturmstellungen, finster, mit zusammengebissenen Zähnen, blaß im Entschluß. Aber dann sind sie ganz da, die intelligenten Soldaten Frankreichs. Auch ihnen hat man gesagt: noch diese Anstrengung, und dann ist es geschafft. Schweigend lassen sie die deutschen Gefangenen durch, schieben sie an die rückwärtigen Reserven ab, überschreiten die deutsche Stellung, ihren Angriffszielen entgegen, in deren Mitte die Forts Douaumont und Vaux liegen. Sie dringen in alle Schluchten ein, sie überschwemmen die Abhänge vom Gehölz der Laufée bis zum Chapítre-Wald, vom Thiaumont-Werk bis zur Damenschlucht, vom Nawe-Wald bis zu den Steinbrüchen von Haudromont. Auf dem linken Flügel der Deutschen gehen die Grabensysteme verloren, die nach den Generalen Clausewitz, Seydlitz, Steinmetz, Kluck heißen; im Zentrum das Adalbert-Werk und alles, was einst Thiaumont hieß, auf dem rechten Flügel die Schluchten, Stellungen und Waldreste zwischen dem Dorf Douaumont und dem Pfefferrücken. Tief hinein ins Land stoßen die drei französischen Divisionen, stürmen die Unterstände und Stellungen der deutschen Reserven, stürzen sich mit blanker Waffe auf die Batterien, endlich Rache nehmend für monatelangen Granatüberfall und Schrapnellregen. Gelingt es ihnen, die deutsche Verteidigung ganz und gar zu durchbrechen?

An mehreren Stellen des Abschnitts steht die Front. Auf dem Steilhang, nördlich des Dorfes Douaumont, im Caillette-Wald, östlich des Fumin, auf den Vauxhügeln krallen sich die Deutschen in den Boden, werfen sie sich mit den Handgranaten, intakt gebliebenen Maschinengewehren den Franzosen entgegen. Die Kämpfe ziehen sich den ganzen Tag hin, die Nacht bricht herein. Ihr Widerstand erhöht den Ruhm der Deutschen, Sinn hat er nicht. Ohnehin eröffnet morgen die französische Artillerie wieder ihre fürchterlichen Spiele, denen man nichts mehr entgegensetzen kann. Vorgestern noch der deutschen Artillerie zahlenmäßig unterlegen, beherrscht sie heute das Feld, stellt auf dem Osthang des Douaumont ihre Langrohre auf und rasiert mit wilden Lagen die Kasematten von Vaux; sie kämmt den Caillette-Wald mit ihrem feurigen Kamme und reißt ihrer Infanterie Tore, zerschmettert das Rahmenwerk von Vaux, Feldgeschütze rücken zum Flankenmarsch vor, fassen auf dem steilen Osthang des Douaumont Fuß, zerschneiden alle rückwärtigen Verbindungen, wie das Messer eines Arztes einen zerschmetterten Arm abtrennt, der nur noch an Muskelsträhnen und der Haut hängt. Geht zurück, deutsche Soldaten, ihr habt genug geleistet. Was der Franzmann in vier Stunden nehmen sollte, hat er zum Teil in zwei Stunden, zum anderen aber erst nach vier Tagen erobert. Er hat siebentausend von euch zu Gefangenen gemacht, das Dreifache getötet und verwundet – ihr habt genug geleistet für 53 Pfennig täglich und die Erzlager von Briey und Longwy. Im Nebel, den ihr nicht durchschauen könnt, habt ihr eure letzten Kräfte drangesetzt und Befehle erfüllt, über deren Sinn oder Unsinn ihr euch keine Meinung gebildet habt. Posener, Niederschlesier, Märker, Westfalen, Pommern oder Sachsen: Ruhe ist alles, was ihr braucht, und die habt ihr jetzt, Totenruhe. Protestanten, Freidenker, Katholiken und Juden: aus dem Lehm von Verdun und dem Nebel tauchen eure verzerrten Leichen auf und verschwinden wieder in der Vergänglichkeit oder Undankbarkeit der Völker, kaum daß ein blasser Abglanz eurer Leiden durch das Gedächtnis derjenigen schwankt, die einstmals eure Kameraden waren. Was aber geschieht mit dem Douaumont?

Seit dem 23. steht auf dem Douaumont wie eine große schwarze Fahne die Rauchsäule der Granateinschläge.

Zweites Kapitel

Durchbruch

In den Tagen, die der Entscheidung vorausgehen, vollzieht das Fosses-Wald-Kommando mit der Regelmäßigkeit eines Pendels früh seinen Ausmarsch, nachmittags seine Heimkehr. Man schnürt, damit der Dreck nicht oben hineinläuft, die Stiefelschäfte mit Bindfaden zu. So mag man getrost marschieren. Das Höherlegen von Schienenrahmen, die im Dreck bereits versunken sind, gehört nicht zu den angenehmsten Arbeiten der Welt, aber noch lange nicht zu den schmutzigsten. Und der Mangel an Sicht nimmt ihr das Gefährliche. Wenn statt Luft Milchsuppe über den Köpfen schwimmt, unterläßt es der Franz weislich, sie mit Schrapnells zu salzen. Ein harter Sturz aus der Wildschweinschlucht in den Steinbergpark, ein gewisser Jemand hat das richtig vorausgefühlt. Verdrossene Leute erkennt man an der Art, wie sie mit gerunzelten Brauen und bitter geschlossenen Lippen vor sich hinschauen, während ihre Beine sich munter mit dem dicken Brei der Straße unterhalten. Es quatscht und quarrt, schnalzt und gluckst, es spritzt bis über die Knie, wenn man unachtsam, gedankenvoll mit dem Stock das Loch nicht fühlt, das im Straßenbelag, verdeckt vom Schlamm, auf den Stiefel eines Schippers wartet. All die Tage schwingt das Pendel ohne Störung. Heute aber ... Man ist schon auf der Höhe von Ville angelangt, da weht ein dumpfer Ton herüber. Weit hinten, im Unsichtbaren, hat ein ganz schweres Geschütz gebrüllt, nach Wochen trügerischer Stille. Während sie noch lauschen, einander anblicken, bricht dort hinten etwas los, mit einem Schlage, wie Regen, der auf ein Holzdach prasselt, fern und furchtbar: die Kanonade von Verdun wie in den schlimmsten Sommermonaten, die Franzosen! Beklommen nimmt man den Heimmarsch wieder auf. Es brodelt und lärmt hinterm Horizont, wie sie in die Baracken gehen. Es begleitet ihren Weg zur Küche. Es hält ihre Aufmerksamkeit fest, während sie ihre Kochgeschirre waschen und nach Stunden ihre Abendkost empfangen. Beim Schlafengehen denkt der Armierungssoldat Bertin an Kroysing, an Süßmann, an den armen, bemitleidenswerten Schurken Niggl, an die Sachsen in ihren vollgelaufenen Gräben, und er seufzt schwer und wendet sich ab.

In der Nacht schwillt es an, statt abzunehmen; wild und fern hämmert am nächsten Morgen ein Wasserfall von Getöse hinter den Hügeln. Die Ausmarschierenden hören es, sie hören auch die Unseren antworten, alle zwei Minuten einen Schuß: keine Granaten da. Kopfschüttelnd treiben sie sich den Vormittag über in ihrem Arbeitsfeld herum, noch vor dem Essenfassen finden sie sich wieder in den Baracken ein. Es geht beinahe ein Aufatmen durch ihre Reihen, als am Frühnachmittag durchgesagt wird: alle Kommandos aufgehoben, alle Mann heraustreten, Munition abladen. Selbstverständlich wartet die Kompanie gut zwei Stunden auf ihre Arbeit, Meinungen und Reden tauschend. Endlich schieben zwei Maschinen die Wagenschlange aufs Abladegleis, vielleicht vierzig Waggons, vielleicht fünfzig – den Armierern vergeht das Zählen. Sie werden eingeteilt, sie spucken in die Hände; jetzt kommen sie! Erfahrene Mannschaften klettern in die geöffneten Wagen und heben mit geübten Griffen jedem einen Weidenkorb auf die Schulter, in dem eine kurze oder eine lange 15-cm-Granate steckt wie einst ein Bündel Wurfspeere im Köcher. Vorsichtig unter der ungewohnten Last stapfen die Leute der Außenkommandos die schlüpfrigen Bohlenwege entlang. Ächzend werden die Geschosse von der Schulter gewälzt und zwischen Rasenhügeln gestapelt – die schwereren von ihnen wiegen fünfundachtzig Pfund. Auf dem Rückweg erholt man sich, strafft sein Knochengerüst, bereitet sich von neuem auf den Druck des Eisens vor. Noch ehe es Nacht wird, werden die Wagen mit Bergmannslampen beleuchtet, ihr kleiner Schein erhellt von unten die Gesichter der drei Leute zwischen den Schiebetüren. Wie sie sich beugen und heben, wie die anderen in endloser Reihe an ihnen vorüberziehen, die Schultern darbieten, ihre schwere Korblast auf sich nehmen und weiterziehen, im Dämmern verschwinden, bald im Dunkeln, gleichen sie in Bertins Augen Handlangern des Schicksals, die den Söhnen des lehmgeborenen Menschen ihren Packen aufbürden. Hier ist jeder nur eine Nummer, Schulter mit zwei Beinen. Im murmelnden Getrappel der genagelten Stiefel gehen die Gedanken unter, die bisher vielleicht noch durch dieses oder jenes Gehirn huschten. Als gegen elf Uhr die letzten Wagen geleert sind, hat der stämmige Karl Lebehde genausoviel getragen wie der schmächtige Bertin oder der verkrümmte Pahl.

Kalt und feucht atmet sich die milchige Luft der nächsten Frühe, auch über dem Park mit seinen Baracken und Ge schoßmassen wird sich heute die Sonne nicht zeigen. Von ein paar Metern Entfernung sehen die Köche, die den Morgenkaffee verteilen, in den Dampfwolken ihrer Kessel aus wie Dämonen, bleich und schattenhaft, die den abgeschiedenen Seelen je eine Kelle von Lethe schenken. Dann verschwinden die Kommandos – das Orneschlucht-Kommando, das Kommando nach Höhe 310, das Chaûmes-Wald-Kommando, das Fosses-Wald-Kommando. Aber nach knapp zwei Stunden sind sie alle wieder da: vorn ist die Hölle los, niemand kann hin. Unbeweglich steht über dem Lager die Wand aus atembarer Watte, dämpft die Geräusche, macht den Park zur Insel. Die Armierungssoldaten sind sehr vergnügt über den Befehl, in den Baracken zu bleiben, sich auszuruhen; die Parkleitung, Oberleutnant Benndorf, weiß, was sie gestern nacht verlangt hat und heute nacht wieder verlangen wird. Plötzlich, gegen Mittag, verbreitet sich das Gerücht, der Franzose sei durchgebrochen, der Douaumont gefallen, ein Loch in der Front. Im Verlauf einer Viertelstunde legt sich eine unbestimmte Besorgnis auf die meisten der Männer. Die Unteroffiziere und Gefreiten werden hinausgerufen; sie und die anderen ausgebildeten Mannschaften kommen zurück, bleich, schweigsam: sie haben Munition empfangen, scharfe Patronen, Karabiner, in einer halben Stunde wird zum Schießen angetreten. Den Schippern vergeht das Lachen. Ist es schon so weit, daß man ihre friedlichen Unteroffiziere herausholt, so wird man auch sie und die Rekruten aus den Depots in Crépion und Flabas mit Picken und Spaten in das Loch werfen, das die Franzosen in die Front gerissen haben sollen. Der Gasarbeiter Halezinsky findet nur Zustimmung, als er erklärt: „Na, Mensch, wenn die niemand mehr haben als unsereinen, dann sollen sie doch Frieden machen." – Aber nach dem Mittagessen hebt sich die Stimmung wieder, merkwürdigerweise auch unter dem Einfluß des vollkommenen Abgeschnittenseins von aller Welt, das wie eine trügerische Geborgenheit auf die Mannschaften wirkt. Um halb drei Uhr werden sie zu Arbeiten eingeteilt wie üblich; schon vorher sind alle diejenigen in den Feldkanonenpark befohlen worden, die sich vorn auskennen. Zu ihnen schlägt sich auch Bertin. Es ist nicht klar, ob er vermißt worden wäre, da er mit Feldkanonenmunition sonst nichts zu tun hat. Aber

er kennt sich vorn aus, das leidet keinen Zweifel; wahrscheinlich werden Auskünfte gefordert.
Es werden Wegweiser gefordert. Um die Karte in der Bude von Oberfeuerwerker Schulz drängen sich Feldwebel und Offiziere der Feldartillerie, während die Protzen der Geschütze Munition fassen und noch mehr Munition in die kleinen Kipploren verstaut wird, die dem Park zur Verfügung stehen. Neue Batterien werden eingesetzt; sie kommen von den Übungsplätzen hinten, zu einem Teil von jenseits der Maas; eine Brieftaube und ein paar Meldegänger haben Nachrichten gebracht; heute ist ein schwarzer Tag. Ohne weiteres wird Bertin von dem Oberfeuerwerker den Kanonieren zugeteilt, die mit Geschossen auf dem Schmalspurgleis vorausfahren sollen; genau den Weg zu nehmen, den er nach seiner Telefonbude in der Wildschweinschlucht gefahren ist, wird ihm bedeutet. Auf das Wort „Wildschweinschlucht" schlägt durch Bertins Seele ein Funken: Kroysing! Süßmann! Wenn sie sich gerettet haben, dann dorthin. Er läuft nur noch in die Baracke zurück, Mantel, Gasmaske und Zeltbahn zu holen, Brotbeutel und Handschuhe – mit ihnen lassen sich die Loren besser schieben und bremsen. Vor der Abfahrt wird ihm noch aufgetragen, vom Klappenschrank jener kleinen Bahnstation aus den Park anzurufen, ob die Leitung in Ordnung sei. Die Station antwortet zur Zeit nicht. Die fremden Kanoniere haben am Kragen Litzen: sie gehören zur Gardeersatzdivision, sagen sie; es sind Pommern, große Menschen, die schnell und plattdeutsch miteinander sprechen. In den Loren liegen die Feldgranaten mit ihren langen Kartuschen wie die Patronen eines ungeheuren Gewehrs. Kreischend und stoßend schiebt sich der lange niedrige Munitionstransport ins Nichts vor. Niemals hat Bertin so sehr das Gefühl gehabt, das Unbekannte herauszufordern wie eben, wo er in der Halbhelle die vertraute Gegend hinter sich läßt, an die vorderste Lore geklammert. Nichts ist rechts, nichts links, vor ihm anderthalb Meter Schienenspur, hinter ihm zwei deutliche und eine undeutliche Lore, zwei Kanoniere daneben, und hinten Undeutliches und Geräusch. Und sonst ist alles still. Die Köpfe scheinen die Wolke zu berühren. Ihre Füße, Füße erfahrener Soldaten, springen von selbst von Stein zu Stein oder über die Bohlen, die als Gehbahnen das Gleis begleiten. Kein Schuß fällt. Die Deutschen wissen nicht, wo die Reste der Infanterie sich

zusammengeballt haben und wo sich der Franzose im Augenblick sammelt. Fest steht nur, daß der Douaumont verloren ist und daß das Korps, wenn möglich, einen Gegenstoß unternehmen wird, den die Artillerie unterstützen soll. Das hat Bertin in den Minuten gehört, die er beim Oberfeuerwerker wartete. Gehört aber hat er auch, und das erfüllt ihn mit Hoffnung, der Douaumont sei im Laufe der Nacht freiwillig geräumt worden. Freiwillig – dabei darf man vielleicht Bedenken verbergen. Gleichzeitig damit aber steigt die Aussicht, die Bertin vorhin durchblitzte. Ein Mann wie Kroysing entfernt sich nicht weiter von seinem Posten als unbedingt nötig. Ist es drei Uhr oder fünf? Die Zeit löst sich ebenso in Wolken auf wie der Raum in gelblichen Dunst.
Die Wildschweinschlucht... Ist sie das wirklich? Rufen, Geschrei, Fluchen, Fragen: „Die vierte Kompanie!" – „Wo, zum Donnerwetter, sammelt sich mein Zug?" – „Sanitäter, Sanitäter!" – „Das zweite Bataillon – alles, was vom zweiten noch übrig ist!" – „Feldwebel, Unteroffiziere zur Befehlsausgabe!" – Ihre schöne herbstliche Stille, das Paradies von Buchen und Ebereschen – diesmal hat es sein Teil abbekommen. Eine Menge grauer Röcke wimmelt undeutlich durch den zerstörten Wald. Der kleine Bach überschwemmt den Grund, gestaut von niedergehauenen Stämmen. In Fetzen geschlagen, tauchen Baumstümpfe, halbierte Buchen, durch die Luft geschleuderte Wipfel auf, als Bertin das Hauptgleis verläßt, den gewohnten Weg hinaufzusteigen. Mannschaften stehen im Wasser, versuchen, dem Bach den Lauf frei zu machen, zerstörte Schienenrahmen, wild verbogen, auszulösen, aus den Bohlenstapeln Brücken zu erstellen. Pioniere, Schipper und sächsische Infanterie packen gemeinsam zu; unter denen, die Anweisung geben, glaubt Bertin eine bekannte Stimme zu hören. Am Steilufer der Schlucht zeigen noch eine Anzahl heiler Bäume Sicherheit an. Dort sitzen, hocken, schlafen Erschöpfte mit grauen Gesichtern und dicken Verbänden um Köpfe oder Arme. Aufgerissene Waffenröcke, zerfetzte Hosen, Männer wie aus dem Lehm gezogen, große dunkle Blutflecke. Der kleine Mensch, der die Arbeit leitet, die linke Hand verbunden in einer Schlinge aus Brotbeutelriemen, ist wirklich Unteroffizier Süßmann. Er läßt gerade die Weiche freischippen, die der gestaute Bach verlehmt und verschlammt hat. „Menschenskind", sagt er, als Bertin ihn anruft, „so trifft man

sich auf dem Savignyplatz." Seine Augen sind gar nicht mehr unruhig, vollkommen frisch vielmehr, aber seine Haare sehen versengt aus und sein Gesicht schwarz von Rauch. – Bertin, ohne weitere Erklärung zu verlangen: „Wo ist der Leutnant?" fragt er. – „Drin", antwortet Süßmann mit einer Kopfbewegung nach der Eisenbahnbude, „telefoniert." – „Ich soll die Leitung prüfen, meinen Park anrufen." Bertin betrachtet ihn immer noch, den Mund halb offen. – „Wenn das Ei gelegt ist, gackert die Henne. Gehen Sie nur hinein, sie ist frisch geflickt, noch keine zehn Minuten."
Das Wellblechdach des Blockhauses trägt die Last einer halben Buche und ihres Wipfels, noch voll gelber Blätter. In einem Gewirr und Geflecht ähnlicher Baumkronen liegen neben der Hüttenwand drei Gestalten auf Zeltbahnen, bis zu den Schenkeln mit Kot bedeckt, die Mäntel von einer Lehmkruste überzogen. Irgend etwas im Schnitt ihrer Kleidungsstücke verrät Offiziere. Sie schweben auf den natürlichen Sprungfedern der Äste. Sie ruhen. Ihre verfallenen Gesichter – eines davon ein Knabengesicht – gleichen von den geschlossenen Augen her auf merkwürdige Art dem Gipsguß beschmutzter Totenmasken. Aber diese Totenmasken sprechen miteinander, lässig, auf sächsisch, ohne Mienenspiel. – „Wenn der verrückte Pionier da drin..." – „Halten Sie den für verrückt?" – „Natürlich. Diese Augen. Und wie er die Zähne fletscht. Den Douaumont wiedernehmen..." – „Kommt frisch aus der Gummizelle", kichert es aus dem Knabengesicht. – Der Mittlere hebt wieder an: „Wenn dem Verrückten da drin bestätigt wird, der Douaumont solle zurückgeholt werden: machen Sie mit?" – Der Älteste, das Kinn in braunen Bartstoppeln, sagt lange nichts. Im Grunde der Schlucht rauscht das gestaute, jetzt befreite Gewässer durch sein altes Bett. Endlich antwortet er: „Natürlich ist er verrückt, natürlich hätte es auch gar keinen Sinn. Aber würden Sie die Verantwortung übernehmen, daß es durch Ihre Weigerung schiefgehen könnte? Denn durch ein Wunder in dem hundsmäßigen Nebel könnte natürlich eine Überraschung gelingen." – „Drei gegen hundert, daß es schiefgeht." – „Natürlich, drei zu hundert, eins zu fünfzig sogar. Hätte man festes Gelände unter den Füßen, aber so..." – „Und da wir es alle für verrückt halten, werden wir es alle drei mitmachen und alle Leute hinter uns herziehn in den Schlamassel, bloß weil wir Angst vor der

Verantwortung haben." – „Stänkern Sie nicht, Seidewitz, so ist's nun einmal Brauch und Sitte. Ein Verrückter macht viele."
Während Bertin die Tür öffnet, weiß er, daß seine braven badischen Landstürmer sich rechtzeitig nach rückwärts verdrückt haben, als die Schießerei in die Schlucht funkte. Am Klappenschrank hockt zusammengekrümmt, Kopfhörer über den Ohren, eine lange Gestalt, heftig stöpselnd und vergeblich und wütend hallo schreiend. Bertin schließt leise die Tür, tritt näher, und in all dem Grauen kann er nicht umhin zu spaßen, indem er sich durch Zusammenschlagen der Hacken bemerkbar macht: „Gestatten Herr Leutnant, daß ich es versuche?" – Kroysing fährt auf, wildblickend, dann lacht er lautlos mit seinen Wolfszähnen: „Na also, trifft sich, ist Ihr Metier", und streift die Kopfhörer auf den schmalen Tisch.
Bertin, nur die Mütze hat er aufs Bett des Parkwächters Strumpf geworfen, prüft die Verbindungen, die der kleine dumme Schrank mit seinen paar Klappen allein hergibt: zur Hauptstelle – in Ordnung; nach vorwärts, zum Douaumont – gestört; nach rückwärts übers Kaplager – ebenfalls in Ordnung. Dort meldet sich der Telefonist einigermaßen verwundert; er stellt die Verbindung mit Steinbergpark her. Nun entspinnt sich ein kleiner Zwist. Der Telefonist Schneider, der eben Dienst hat, ein Wichtigtuer, will Bertin bloß geraten haben, schleunigst zurückzukommen und sich nicht vor dem Ausladen zu drücken. Eine hübsche Stimmung scheint sich der Kompanie dahinten bemächtigt zu haben, denn die sachliche Forderung, nicht dußlig zu quatschen, sondern mal schnell mit Damvillers zu verbinden, stößt auf die gereizte Rückfrage: was er mit Damvillers überhaupt zu schaffen habe. Statt aller Antwort wendet sich Bertin an Kroysing. Der beugt sich mit gefährlicher Ruhe über die Sprechöffnung: „Wenn du Ferkel noch eine halbe Sekunde Stunk machst, hänge ich dir eine Meldung wegen Kriegsverrat an. Auf der Stelle Damvillers, verstanden?!" – Drüben, in der vollgerauchten Vermittlungsstelle des Parks, fällt der Armierungssoldat Schneider fast von seinem Schemel. Das ist nicht die belanglose Stimme des Schippers Bertin; das ist der Ton eines Raubtiers, dessen Pranke nicht bloß einem Volksschullehrer gefährlich werden kann. „Zu Befehl, Herr Major!" stottert er in den Apparat, stellt die Verbindung her. – „Den Kommandeur der Pioniere,

Hauptmann Lauber." Wieder setzt sich Kroysing vor den Apparat, er meldet sich, er wird verstanden. Bertin steht dabei, stopft sich die Pfeife; als er merkt, das wird ein längeres Gespräch, breitet er eine Zeitung über das Fußende des „Strohsacks" und legt sich ein paar Minuten lang, um es den Sachsen draußen nachzutun. Wie diese Männer aussahen, überzogen mit einer Kruste trocknenden Schlamms, ausgelöscht von Erschöpfung, hätte man sie im Kasino von Damvillers oder einem Dresdener Konzertsaal ausstellen sollen, um den Leuten die Wirklichkeit des Krieges näherzubringen. Aber was hätte es genützt?
Ein seltsames Gespräch. Dringlich und sehr erleichtert hat Hauptmann Lauber den Leutnant Kroysing begrüßt, heilfroh, daß er noch lebe, ihm Bericht geben könne. Woher er denn spreche? – Leutnant Kroysing spricht von einer Feldbahnweiche aus, Blockhaus in der Wildschweinschlucht. Es ist die nächste Sprechstelle vom Douaumont nach rückwärts, er hat sich gleich gedacht, daß, wenn überhaupt etwas heil geblieben sei nach dieser Saubeschießung, die dazugehören müsse. Wenn er kurz berichten dürfe: der Douaumont hat schwere Dinger abbekommen, noch nie hat der Franzmann solches Kaliber in solchen Massen geschleudert, darunter mußten die neuen 40-cm-Mörser sein. An fünf Stellen ist der Oberbau eingetrommelt worden, Brand im Pionierpark – wieder hat die verfluchte Leuchtmunition zuerst Feuer gefangen und ungeheuren Rauch entwickelt; auch das Lazarett hat wieder eins abbekommen, arme Leichenhaufen; dazu fehlte es an Wasser zum Löschen, die Leitungen waren hin, seine Leute versuchten, es sei kein Witz, dem Brand mit Selterswasser zu Leibe zu rücken, das die Kranken ja nicht mehr brauchten, aber der Kohlensäuregehalt war zu schwach. Die Truppen im Fort hätten nicht unbeträchtliche Verluste gehabt, auch die Schipper. Das alles sei im Verlauf des gestrigen Nachmittags und Abends eingetreten. Darauf sei aber – und er bitte darum, sagen zu dürfen, unbegreiflicherweise – der Befehl zur Räumung des Douaumont ergangen. – Seine Stimme hat den ruhigen tiefen Klang angenommen, mit dem er sonst spricht, nur etwas von schwer beherrschter Wut schwingt darin. Hauptmann Lauber muß irgend etwas Erstauntes gefragt haben. Nein, antwortet Kroysing, er hätte diese Maßnahme nicht angeordnet, wäre er Kommandant des Forts gewesen.

Nur die oberen Kasematten seien von den Vierzigern beschädigt worden, Mauerwerk, Ziegelarbeit. Die Betonkeller des Forts seien unberührt geblieben, die Mannschaften hätten in ihnen wie in Geldschränken sicher gesessen. Gewiß, es gab Gase, es gab Rauch, nichts zu trinken, Unbequemlichkeiten aller Art. Aber darum, zum Teufel, gab man doch den Douaumont nicht preis, den man mit fünfzigtausend Toten erkauft oder behauptet hatte, seit dem fünfundzwanzigsten Februar! Explosionsgefahr? Jawohl, bestand, unbekannte Minenherde, aber das kleine Risiko mußte man eben laufen – das war man dem Vaterland vielleicht doch schuldig! Er hatte sich gegen die Räumung mit allen Kräften gewehrt; noch als die meisten Gruppen der Besatzung draußen waren, hatte er beschworen und gewettert: es war verrückt, nur Herrn Hauptmann P. und seine paar Artilleriebeobachter drin zu lassen. Er sei immer für Logik gewesen. Entweder war der Douaumont der Explosionsgefahr wegen kein Aufenthalt für deutsche Soldaten mehr, dann auch nicht für die Artilleristen; oder aber brauchte man ihn für Kampfzwecke, dann mußte man ihn verteidigen, zum Donnerwetter! Er hatte sich den Mund fußlig geredet im Laufe der Nacht und schließlich heute vormittag erreicht, daß diese verrückte Maßregel zurückgenommen wurde, Maschinengewehre in Stellung gebracht, Mannschaft gesammelt. Kaum habe der Franzose um halb zwölf zu schießen aufgehört, sei er mit ein paar zuverlässigen Leuten hinaus, nach rückwärts, um die Getürmten zurückzuholen; aber noch ehe es ihm glückte, mehr als dreißig oder vierzig oberhalb des Dorfes zusammenzuscharren, waren durch den säuischen Nebel die Marokkaner im Fort. Ohne einen Schuß Pulver hätten sie die kostbare Stellung in die Hände bekommen. (Er weinte beinahe vor Wut – Bertin betrachtete ihn fassungslos, fast erschüttert.) Er könne nicht glauben, daß diese Räumung endgültig sein solle, man habe dahinten auf Grund ungenügender Nachrichten und wegen des bißchen Rauchs voreilige Beschlüsse gefaßt. Wenn er eine Bitte aussprechen dürfe, so möge Herr Hauptmann alles daransetzen, daß unmittelbar zum Gegenstoß vorgegangen werde. Der Franzose habe sich im Fort noch nicht eingerichtet, sei zwar tief ins Hintergelände durchgestoßen, müsse aber nach allem, was durch den Nebel zu hören war, südöstlich Douaumont starke Widerstände getroffen haben. Das Artilleriefeuer habe dort nicht abgenommen, auch Maschinengewehre waren zu hören, ohne den Nebel hätte das Sperrfeuer nicht eine halbe Stunde zu spät eingesetzt; es müsse noch etwas zu machen sein. Er jedenfalls habe die Absicht, wenn nicht Gegenbefehl komme, mit Infanteriekräften und Pionieren aus dieser Schlucht hier in Richtung Douaumont vorzufühlen. Jetzt schwieg eine Minute lang die Stimme, die unter dem Schalldeckel des gesenkten Daches beschwörend in den Apparat eingedrungen war. Er horchte, was der andere sagte, wie ohne zu atmen. „Gott sei Dank", rief er dann, erlöst, und noch zweimal hintereinander „Gott sei Dank", er werde also in diesem Sinne die sächsischen Herren aufklären. Oberhalb des Dorfes Douaumont seien bestimmt Nester des Widerstands, und von dort aus östlich und nach rückwärts müßte man sammeln. Ob er auch Armierungstruppen festhalten könne, falls er welchen begegne? Zur Herrichtung der Wege, zum Forträumen der Trümmer, zum Ausbau von Schutzhöhlen sei jede Hand zu brauchen. Er verspreche Herrn Hauptmann, sagte er mit dem Tone des Abschlusses, er werde sein Bestes tun und, falls er durchkomme, sich von irgendwoher wieder melden. Inzwischen danke er Herrn Hauptmann Lauber für vieles Freundliche und wünsche ihm Lebewohl. Dann saß er noch einen Augenblick regungslos, streifte den Kopfhörer ab, drehte sich mit dem Schemel zu Bertin um, die Schultern vorgeneigt, die Arme zwischen den langen Schenkeln. „Haben Sie Tabak, Bertin?" fragte er und füllte seine große, runde Pfeife.

In dem kleinfenstrigen Blockhaus dämmerte es tief. Aus dem bespritzten Gesicht leuchteten immer noch seine hellen Augen. Bertin wußte, es gab noch einen Privatbericht anzuhören. „Und Hauptmann Niggl?" fragte er halblaut. – „Entwischt", sagte Kroysing, „vorläufig entwischt. Ohne zu unterschreiben. Stellen Sie sich das vor." Die Flamme seines Feuerzeugs beleuchtete für Augenblicke seine harten Mienen: „Ich sage Ihnen, er war so klein und so verbraucht wie Zigarrenasche nach dem letzten Monat und besonders nach den letzten vier Tagen. Wir hatten eine kleine vertrauliche Unterredung; alles schien zu klappen, der Ruf meiner Familie wieder in Ordnung zu kommen. Graue Strähnen hatte er an den Schläfen gekriegt, der Kerl; er weinte mir was von seinen Kindern vor und bat um Erbarmen. Ich stellte ihm in Aussicht, ihn gegen seine

Unterschrift herauszulassen, sobald das Feuer der Franzosen aufhörte, ihn und seine Leute. Und da funkt mir dieser Räumungsbefehl dazwischen, und er türmt! Er türmt, entwischt aus meiner Hand, gerade wie sie sich schließen wollte. Ich versteh's nicht", sagte er kopfschüttelnd, „müssen diese Schweinehunde von Franzosen diesem Burschen zu Hilfe kommen und den Hohlköpfen dahinten solchen Schreck einjagen, daß sie den Douaumont räumen! Aber" – und er erhob sich in seiner ganzen Länge, die Fäuste geballt –, „er soll mir nicht entkommen. Noch gebe ich das Rennen nicht auf. Weit kann er nicht getürmt sein, der Herr Niggl; und wenn ich ihn am Genick mit vorschleifen müßte: ich fang ihn mir wieder. Erst muß ich freilich mit den Herren von da drüben abrechnen, die mich aus meiner Höhle geräuchert haben. Ausgerechnet in meinen Machtbereich schmeißen sie ihre verfluchten Regimenter. Na wartet", schloß er, sein Koppel mit der schweren Pistole zurechtrückend, „irgendwo steht für euch noch eine Kiste mit Handgranaten. Ich wollte schon immer für die Schüsse zahlen, die den Christoph hingemacht haben, freilich erst nach vollzogener Unterschrift. Jetzt ändert sich die Reihenfolge. Kommen Sie mit, Bertin, ein Stück Wegs nach vorwärts? Sie hatten ja dort irgendwo einen Jugendfreund liegen?" – Bertin stand auf, er kraute sich hinterm Ohr. Ein Klopfen an der Tür enthob ihn der Antwort, zwei Soldaten im Stahlhelm traten ein, gefolgt vom kleinen Süßmann, der von seinen Stiefeln Wasser abschlenkerte. „Das ist der Mann, Herr Leutnant", sagte er. – „Bißchen dunkel", meinte eine junge Stimme, die Bertin schon einmal gehört zu haben glaubte. Er holte Friedrich Strumpfs Kerze vor und machte Licht: es waren zwei Feldartilleristen, ein Leutnant und ein Vizefeldwebel, die er im Park gesehen hatte. – „Haben es sich ja ganz gemütlich gemacht, Mann", sagte der Leutnant zu Kroysing; dann erkannte er seinen Irrtum; die Herren stellten sich einander vor, als wäre das Blockhaus ein Eisenbahnabteil, in das einer von ihnen zustieg. Der junge Artillerist mit den Gardelitzen suchte hier seinen Wegweiser. – Kroysing lachte: er meine wohl seinen Freund Bertin, der mit Artilleriemunition vor einer halben Stunde eingetroffen sei. – „Richtig, richtig", sagte Leutnant von Roggstroh, „Sie suche ich, der Unteroffizier meint, Sie würden uns den kürzesten Anmarsch in eine Batteriestellung zeigen, zehnkommafünfer Feldhaubitzen; wie

steht's damit?" – Bertin erwiderte, eben habe er mit Herrn Leutnant Kroysing darüber gesprochen, er sei bereit mitzugehen, habe aber vorhin durchs Telefon den Befehl seiner Kompanie bekommen, sofort zurückzukehren. Er werde dem Herrn Leutnant mal eine Verbindung mit dem Park machen, zehn Worte genügten, die Parkleitung zu unterrichten. Er stöpselte, versuchte: Das Kaplager war besetzt. – „Einerlei", sagte der Artillerist, „Sie kriegen einen Wisch mit. Gibt es hier Papier und Bleistift?" – Die Badenser hatten sich wenig Zeit zum Packen genommen, ein angefangener Brief – „Liebe Fanni" – lag noch in der Schublade. Von Roggstroh zog seinen Handschuh aus und malte in deutlichen deutschen Buchstaben: „Ich habe Überbringer dieses als Wegweiser requiriert", unterschrieb Namen und Rang, faltete den „Wisch" zusammen. Bertin steckte ihn in den Ärmelaufschlag. – Kroysing durchforschte sein Gesicht, während er sich in den nassen Mantel zwängte, umschnallte und aufbrach. „Sehen Sie ihn an, diesen Schipper; seit Monaten kleben wir nun zusammen, aber meinen Sie, ich hätte auf ihn abgefärbt?" – Von Roggstroh ließ seinen Blick zwischen den beiden ungleichen Gestalten spielen; am Abend solcher Schlachttage redete mancher manches, auch vor fremden Leuten. „Abfärben braucht seine Zeit", begütigte er. – Kroysing untersuchte seine Taschenlampe. „Es dauert mir zu lange", brummte er, „soll Order parieren, der Mann, wie mein Bruder schließlich Order pariert hätte." – „Das ist nun Ihre Schrulle", verteidigte sich Bertin. – „Ah", meinte von Roggstroh aufmerksam, „Ihr Freund soll sich zur Ausbildung melden?" – „Eben", bestätigte Kroysing, die Augen abwesend an der Wellblechdecke, Erich Süßmanns tadelnde Miene übersehend. – Bertin fühlte sich unheimlich angerührt. Sollte er als Ersatzmann für Christoph Kroysing einspringen? „Meinen Sie das ernst?" fragte er. – Kroysing sah ihn groß an, zuckte die Achseln. An der Schwelle drehte er sich um. „Ich meine, rundheraus, daß Sie es dem preußischen Staat schuldig sind", und er stieß die Tür auf, die in ihren Angeln kreischte.
Alle traten in die kalte und feuchte Luft der Schlucht, auf deren linkem Ufer ein Feuer brannte. Schatten gingen vorüber, sah Bertin, Schatten machten unverständliche Bewegungen, einige Umrisse kauerten und wärmten sich. Die drei sächsischen Offiziere lagen nicht mehr, sie saßen in dem gefällten

Gezweige, rauchend und fröstelnd. Kroysing trat zu ihnen, die Hand am Helm. Sie verhandelten. Dann schrillten Pfiffe durch die Luft, Soldaten liefen zusammen, am rechten Ufer des Baches sammelten sich Haufen. Kroysing kam zurück, erlöst, gleichsam voll neuen Schwungs. „Die Herren haben sich entschlossen", erklärte er Roggstroh, „mit meinen Pionieren zum Douaumont hin aufzuklären, die große Mulde zu säubern, wenn's nötig ist, Verbindung nach dem Höhenrücken zu suchen. Die haben über hundert Gewehre, damit läßt sich schon was ausrichten. Meine Bitte an Sie, Kamerad: finden Sie ein heiles Rohr, so geben Sie Zunder in Richtung Douaumont, fünfzehnhundert Meter, siebzehnhundert Meter, zweitausend Meter – was nur raus will. Stellen Sie sich vor, wenn es gelingt, den alten Kasten zurückzuholen!" – „Halten Sie das für möglich?" fragte der andere. – „Alles ist möglich", sagte Kroysing, „mit etwas Courage und sehr viel Schwein. Vorwärts, Süßmann", wandte er sich an den Kleinen. „Sie kennen den Landstrich, Sie nehmen die Spitze, mit der nötigen Vorsicht selbstverständlich." – Süßmann deutete ein Zusammenschlagen der Hacken an. „Mahlzeit, Bertin" – damit gab er ihm die Hand, „bin neugierig, wo wir uns wiedertreffen. Als Abschiedsgabe verehre ich Ihnen diesen Pott", und er nahm den Helm ab, hob sich auf die Zehenspitzen, setzte ihn Bertin auf, drückte ihm seine Wachstuchmütze zerquetscht unter den Arm. „Ich kriege dort vorn drei andere zur Auswahl – damit Ihr Grips heil bleibt", und er lief davon, kurzhaarig, ein richtiger Junge. – „Hier trennen sich unsere Wege", sagte Kroysing. Dann zog er die Luft in seine weiten Nasenlöcher. „Es riecht nach Winter, wird ein lustiges Christfest geben. Hören Sie?" – Aus dem Undurchdringlichen, das ein paar Schritte vor ihnen begann, vernahm man, wie in Watte gehüllt, dumpfe Stöße. – „Er fängt schon wieder an, der Schurke; wir haben den Himmel ein bißchen zu dicht über uns heruntergezogen, hatten den Sieg schon in der Tasche. Das tut nie gut. Nochmals Mahlzeit, Bertin, immer die Nase steif, junger Freund", sagte er noch und winkte mit der Rechten; „Prosit Neujahr allerseits, vive la guerre!", salutierte, drehte sich um und verblich mit jedem Schritte mehr zum Schemen, zu einem großen Gespenst, das sich mit drohenden Schritten entfernte. Die drei Männer sahen ihm nach, bis er sich in Nebel auflöste. – „Also los", sagte Leutnant von Roggstroh, „viel dunkler wird es ja nicht werden." – Sie überschritten die Schlucht auf den neu errichten Plankenstegen. Roggstroh meinte, hier spüre man wieder den Segen der Pioniere und Schipper, die dafür sorgten, daß die Artillerie nicht zu früh nasse Beene bekomme. An den Feuern schlotterten und stöhnten die Verwundeten, deren Fieber stieg. Als sie an ihnen vorübergingen, erhob sich ein langer Mensch mit festgeschlossenen Augen und meldete: „Verschüttet, Herr Doktor, Kriegsfreiwilliger Lobedanz, Universität Heidelberg, zur Zeit im Felde." Dann setzte er sich wieder hin, stemmte die Arme gegen den Fels über seinem Kopfe, als halte er etwas Herunterbrechendes auf. – Sie stiegen den nachgebenden Pfad hinauf, der zur Batterie führte. Hin und wieder ließ der Leutnant seine Taschenlampe scheinen; so holte er auch die Gestalt des „Wegweisers" heraus, jenes französischen Toten, der noch immer aufrecht an der Buche klebte, von einem Granatsplitter festgenagelt. Bertin dachte nicht zum erstenmal: Erde auf sein Haupt! Der Leutnant sagte: „Schöne Zicken macht ihr ja hier." Wie große Nachtvögel flogen ächzend deutsche Granaten über ihre Köpfe, niemand wußte woher, wohin. Mit schwerem Herzklopfen dachte Bertin, Leutnant Schanz mußte tot sein, sonst hätte man die Abschüsse seiner Haubitzen gehört, das, was er „Konzert geben" zu nennen pflegte. Kampflärm, der sich mit jeder Viertelstunde Wegs steigerte, erscholl aus unbestimmter Richtung vorwärts, eher zur Linken. Plötzlich mischte sich Infanteriefeuer ein: Kroysings Leute. „Wir halten den Caillette-Wald", sagte der Leutnant, „wir halten auch noch Fort Vaux und Damloup, so wenigstens hieß es vor zwei Stunden. Sie kennen das Schußfeld? Wie liegt es zum Douaumont?" – „Ungünstig", antwortete Bertin, „er beherrscht die ganze Gegend." – Als sie auf die Höhe kamen, im Gänsemarsch, mit Stöcken vorausfühlend, zwei, drei Schritte vor sich her den Weg noch gerade erkennend, hörten sie den Artilleriekampf deutlicher, zu sehen war nichts. Aus dem Nebel tauchte eine Gestalt auf, ein Mann, ein Gefreiter, angstzitternd, keuchend. Er war versprengt, Infanterist von Bataillonen, die in Reserve gelegen hatten und schon am Nachmittag herausgeholt worden waren, um die Gegend auf den Douaumont zu von französischen Stoßtrupps zu säubern; dabei war eine kleine Gruppe, die äußerste des linken Flügels, von der Kompanie abgesprengt worden; verloren in der Wüste aus Dampf, Löchern und aufgeweichter Erde, kämpfte sie gegen das Gelände, jeden Augenblick gewärtig, in einem mit Schlamm gefüllten Trichter zu ersaufen. Leutnant Roggstroh beschloß, die Leute mitzunehmen, es waren Märker, Brandenburger, von der 5. Reservedivision. Der Haupttrupp, noch vier Mann, wartete unbeweglich, von Panik gebannt, man erreichte ihn eine Minute später. Sie hatten gefürchtet, dieser Fußweg führe unmittelbar in den Rachen der Franzosen. Jetzt, erlöst, trotteten sie hinter dem Offizier her wie Kinder, die sich einer fremden Mutter anschließen, weil sie die eigene im Wald verloren haben. Ihrer Meinung nach lebte in dieser ganzen Wüste keine Seele mehr. Die Franzosen hätten auch sie überrumpelt, plötzlich seien sie dagewesen nach dem verrückten Geschieße, aber zurückgeschlagen worden. „Die hatten auch die Nase voll", sagte einer der vier, übernächtigt und ganz und gar verschlammt; „wer hier verwundet hinfällt, der ersäuft im Dreck, Franzose oder Deutscher", und er beschrieb eine umfassende Bewegung mit beiden Armen. Jetzt tat der Vizefeldwebel der Artillerie den Mund auf, er hatte bisher mit großer Aufmerksamkeit gelauscht und gesehen und mit dem Stock das aufgeweichte Land durchfühlt. „Wie werden wir bloß unsere Geschütze vorkriegen", seufzte er, „unsere armen Gäule." – Der Leutnant antwortete nichts, zuckte die Achseln, auch er liebte die Tiere seiner Batterie, man sah es an seiner gerunzelten Stirn. Plötzlich setzte mit Heulen und Krachen französisches Schrapnellfeuer ein, man hörte die Geschosse bersten, sah nichts. Offenbar zerpeitschte es die große Mulde. Das gilt Kroysing, dachte Bertin stumpf; es kommt nicht mehr darauf an. Endlich schattete ein zersplitterter Baum vor ihnen, eine Erdwand oder ein Felsen. Bertin sagte, nach Luft ringend: „Hier rechts herum, ein Stückchen bergab. Sie hatten hier weder Kartätschen draußen noch Karabiner." Heftig strebte er vorwärts, entschwand den anderen. „Schanz", hörte man ihn rufen, „Leutnant Schanz!" – Stöhnen schien aus dem Unbestimmten zu antworten – oder ein Echo? Mit stockendem Atem betraten die nachfolgenden sieben die ehemalige Batterie. Alle leuchteten jetzt umher, nach rechts, nach links, nach vorn schnitten die weißen Lichtkegel in die Nebelmassen. Gestein und Erdwerk der Deckungen war durch die Luft geworfen worden, Fetzen von Drähten hingen aus ehemaligen Bäumen über den Weg. Tote Männer lagen verrenkt umher. Das schwere Geschütz Nummer vier hatte ein Volltreffer samt der Lafette nach hinten gekippt. Der Unterstand der Kanoniere, eingebrochen oder auseinandergerissen, klaffte wie eine Tropfsteinhöhle; ein Blutsumpf staute sich an seinem Eingang. Das nächste Geschütz schien unbeschädigt, sein Verschluß fehlte. Der Munitionsstapel hinter ihm hatte seine Geschosse weit umhergestreut und einen zweiten Unterstand erledigt. Ein Regen von Granaten mußte die beiden anderen Kanonen zugedeckt haben; Nummer eins, mit gesenktem Rohr, schien ein in die Knie gebrochenes Tier. – „Hier waren die Franzosen drin", sagte der Infanteriegefreite umherleuchtend, er hob einen flachen Stahlhelm auf. – „Will ich meinen" bestätigte die Stimme des Leutnants von Roggstroh beherrscht. Sie fanden Kanoniere am Boden, zwei mit Schaufeln bewaffnet, einen, den Putzstock in den Fäusten. – „Wo ist denn unser Führer?" – „Hier", rief der Vizefeldwebel, Bertin beleuchtend, der am Boden kniete. Neben ihm lag ein ausgestreckter Körper, die Brust durchstochen, anscheinend auch durchschossen; er fühlte immer wieder nach dem Puls des Mannes, der mit der rechten Faust die Pistole umklammerte, und zwar am Lauf wie eine Keule. Das weiche blonde Haar fühlte sich noch ganz lebendig an, aber die Blicke des Leutnants Schanz sahen nicht mehr. Bertin forschte in diesen Zügen mit seinem kurzsichtigen Gesicht. „Nimm die Lampe weg", sagte er, „ich sehe ihn auch so." – „Nicht jeder Mann", sagte Leutnant von Roggstroh, „bekommt so seine Zukunft hingemalt." – Bertin schwieg, er schloß dem Toten die Augen mit vorsichtigen Fingerspitzen, als tue er ihm weh. In seiner Brust war eine Weite, wortlos, ohne Schmerz. „Finden Sie, daß das Sinn hat?" Haben wir nicht alle an einen Vater im Himmel geglaubt? dachte es in ihm, und, als wir erwachsen waren, an eine sinnvolle Anlage des Lebens, und nun das hier? Wozu? „Glauben Sie nicht, daß es anders auch ginge? Er lebte so gern." – Von vielen Seiten her drang jetzt Stöhnen, aus einem Unterstand ein erstickter Schrei, von dem zerschmetterten Geschütz her Winseln. „Mein Bein!" schrie jemand mit oberschlesischer Aussprache, „Psiakrew, ihr zerdrückt mir ja meine Knochen." – Einer der für tot Gehaltenen in der Nähe des Schreienden griff sich mit beiden Händen an den Schädel, den Rücken an ein Rad gestützt. Er gab ein paar gestotterte Auskünfte. Er hatte einen

Kolbenhieb über den Kopf bekommen. Plötzlich waren braune Teufel eingebrochen. Sie mußten ihre Toten und Verwundeten mit zurückgeschleppt haben; aber schon vorher – nichts als Granaten in der Luft. Die Sanitäter und ihr Unterstand hatten gleich zuerst daran glauben müssen; der Leutnant hatte sich gewehrt bis zuletzt, als der Kanonier seinen Kopfhieb bekam. – „Jetzt liegt er da", sagte der Leutnant von Roggstroh, „das wird eine schöne Nacht." Dann befahl er, die Toten zusammenzutragen und den Verwundeten zu helfen, soweit das möglich war. „Wir müssen uns hier einrichten." – Bertin fror sehr. „Ich glaube", sagte er zögernd, „ich muß jetzt zurück." – Der Leutnant sah ihn an: „Was tun Sie wirklich bei den Schippern? Der Pionier hat recht, Sie sollten sich wegmelden, bei uns können Sie noch was werden." – Bertin antwortete: „Ich glaube, ich werde mich zu nichts mehr freiwillig melden. Man soll nicht wider den Stachel löken." – „Bibelfest sind Sie auch", sagte der Leutnant, leichte Geringschätzung in der Stimme; „na, da machen Sie man, daß Sie heimkommen, verlaufen werden Sie sich ja nicht." – Bertin, zögernd und um die Achtung dieses jungen Mannes bemüht, entgegnete, das Leben der Armierer sei nicht beneidenswert. „Weiß ich", sagte der Leutnant, „aber Leute wie Sie müssen Verantwortung übernehmen, nicht in der Masse verschwinden." – Bertin dachte, daß er große Verantwortung übernommen habe, aber es war unmöglich, dies dem Leutnant in der Kürze zu erklären. Er ging noch einmal seinen Nachbarn Schanz ansehen, wie er dalag, die Brust schwarz durchlöchert, den blonden Kopf aber wie schlafend auf der Erde. „Diesen Anblick nehme ich mit, Paul Schanz", flüsterte es in ihm. Ein paar Atemzüge lang verharrte er bei ihm, still, mit hängenden Armen. Dann riß er sich los, meldete sich dem Leutnant als abmarschbereit, wurde von ihm entlassen, machte kehrt, stieg vorsichtig über die Toten, drang in den Nebel ein. Nach zwanzig Schritten umgab er ihn, wischte die Welt weg, vereinsamte die menschliche Gestalt; nirgendwohin gab es Brücken und nirgendwoher, fühlte Bertin, und ihn schauderte. Und während er so dahinstapfte, gebückt wie ein Alter und seine Taschenlampe gebrauchend, kurz und sparsam, fühlte er sich erschöpft, dem Ende seiner Kräfte nahe. Jetzt hatte er genug, er mußte auf Urlaub fahren; auf zehn Tage hatte er Anspruch, vier waren ihm im Juni bewilligt worden, sechs Tage also schuldete ihm das Bataillon; morgen, spätestens übermorgen würde er der Kompanie sein Gesuch einreichen. Manchmal blieb er stehen, höhlte die Hand ums Ohr, lauschte dem dumpfen Lärm aus der Gegend des Vaux-Hügelzuges, des Hardaumont, der Hassoule-Schlucht.

Dem Menschen wohnt ein Drang inne, wenn er im Dunkeln oder mit verbundenen Augen einen Weg sucht, nach links abzuweichen. Dies Gesetz bemächtigte sich alsbald des Trupps von etwa hundert Gewehren, als er aus der Mündung der Wildschweinschlucht in die offene Mulde vordrang, langgezogen, im Gänsemarsch, Pioniere voran. Wer die längsten Beine hat, gerät unweigerlich an die Spitze. Im ungestümen Herzen dieses Längsten tobt außerdem noch der Drang, seine Hand auf das gewünschte Ziel zu legen – ob dies eine Festung ist oder ein Mann, der aus ihr entwischt ist, bleibe unentschieden. Es dauert nicht lange, und der Leutnant Kroysing ist ganz allein. Er merkt nicht, daß die Menschenschlange hinter ihm ihre Richtung verloren hat und leise nach links abschwenkt: und links der Wildschweinschlucht liegt nicht der Douaumont, sondern das Hinterland. Er, Eberhard Kroysing, hat einen Führer in sich und einen vor sich: den Primaner Süßmann, der, hin und her zwischen den Bautrupps und dem Fort, diese Mulde und das Gelände, das sie begrenzt, wie seinen Schulweg erforscht hat. Kroysing sieht ihn kaum, aber er hört ihn immer, rasselnd mit seinen Geräten oder Rufe ausstoßend: „Granatloch links!“, „Vorsicht, Schienen!“, „Blindgänger rechts!“, „Achtung, Pfähle!“, „Granatloch rechts!“, „Fester Boden halb rechts!“ Der Kleine trabt, platscht, Kroysing watet. Seine Augen bohren sich ins Undurchsichtige, das immer tiefer gelbgrau dämmert. Seine Hand krampft sich um den Griff der Pistole. Seine Sinne fahren ihm voraus, reißen an der verwünschten Nebeldecke, greifen in ihr umher, sein Herz tobt, sie zu zerreißen, seine Zähne, fest aufeinandergebissen, mahlen und zerkauen etwas nicht Vorhandenes: all den Widerstand. Diese verrückte Welt hat sich gegen ihn verschworen. Wir haben den Himmel etwas zu dicht über uns herabgezogen, klingt es wieder in ihm. Wie ihm das vorhin eingefallen ist, weiß er nicht, aber richtig ist es oder falsch vielmehr: wir haben ihn nicht dicht genug herabgezogen, nicht heruntergerissen mit all seinen Gespenstern aus Aberglauben und seelischem Rückstand, diese Wolkendecke beweist es, die wir ihm gestattet haben, damit er uns jetzt im Stiche lasse, den wichtigsten Augenblick verpatze. Teufel, Teufel, denkt er, während er zugleich nach Süßmann horcht und sich rückwärts wendet, um auch das Klappern der Sachsen zu vernehmen. Das ist ja doch noch gar nichts. Ist ja alles Scheiße! Solange man nicht dem Wetter befehlen, mit ein paar mickrigen Apparaten solchen Wasserstaub auseinanderblasen und Sicht erzwingen kann, solange ist man überhaupt nichts und sollte gar keinen Krieg führen. Vernebeln können wir auch, aber hellmachen – da liegt der Hase im Pfeffer. Hört er die Sachsen nun, oder hört er sie nicht? Halluziniert er sich diese Stille? Will der Franzose mit seinem hundemäßigen Schießen drüben im Caillette-Wald ihm vielleicht auch diesen letzten verzweifelten Versuch zunichte machen? – Dicker Schweiß läuft ihm über die Augen in den Mundwinkel. „Süßmann", schreit er herrisch, „Süßmann." Da steht er auch schon bis über die Knie in einem Dreckloch, muß den Stock tief in den weichenden Boden stoßen, die Linke mit der Pistole hochhalten, wild kämpfen, um nicht zu straucheln. „Süßmann!" Nichts. Er stöhnt vor Wut, wischt sich mit dem Handrücken die Schmutzspritzer vom Mund, lauscht. Klappert da etwas weit hinter ihm? Ruft etwas weit rechts von ihm? Und er erkennt, daß seine Unternehmung schon jetzt gescheitert ist. Es war Wahnsinn, sie zu beginnen, die Sachsen hatten völlig recht, er wird die Zeche bezahlen, irgendwo hier in einem Trichter elend verrecken. Und, buff, da kracht es oben, vielstimmig pfeift es herunter: Schrapnells. Man sieht sie nicht, Gott bewahre. Es hagelt, denkt er bösartig erheitert, schlagen Sie den Kragen hoch, Herr Kroysing! Ja, es hagelt, zum Glück nicht in seiner nächsten Nähe. Ob der Franzose zu kurz schießt oder zu weit, wer kann das feststellen, wer? Natürlich ein Flieger. Ein Flieger kann das feststellen. Ein Flieger kann überhaupt allerlei. Er ist seinen Feinden überlegen, übergeordnet besser, ein Wesen höherer Ordnung, ein Schritt voran in der trägen Entwicklung des Wirbeltiers, das Mensch heißt. Und während er hier steht, im wahren Sinne angewurzelt – denn wohin soll er sich vor den Bleikugeln wohl flüchten, da er ja nur ihr elendes Zischen und Heulen vernimmt, ihr Blaffen und Bersten – während seine Knöchel immer tiefer vom saugenden Griff des Bodens gefaßt werden, die Spitze seines

Gebirgsstockes immer eigensinniger in den Grund rutscht, das Wasser seine Schuhe füllt, die Gamaschen aber noch nicht durchdringen kann, während er so dasteht, gebückt und gespannt wie ein Marder, der springen will, fährt ihm die Erleuchtung ins Herz: Nicht der Himmel ist das Hindernis, der Boden ist es, die Erde, dieser Mist, auf dem wir geboren werden und verflucht sind, herumzukriechen, bis wir sterben und zurücktauchen in ihn. Ach nein, meine Liebe, denkt er, während er darum kämpft, seine Füße zu befreien und weiterzustapfen, koste es, was es wolle: Weißt du, wozu allein du taugst? Zum Sprungbrett, zu nichts Besserem. Mit dem Fuß muß man dir ins Gesicht treten und hochsegeln, davonsausen. Welch ein Glück, daß wir den heiligen Motor erfunden haben, wir Herren des Feuers und der Explosionen! Und in diesem Augenblick schießt in ihm der Entschluß auf, unerschütterlich: Flieger wird er werden. Warte nur, bis diese Schweinerei erst vorbei ist, bis Klarheit herrscht über das, was hier wird, bis dem Franzosen eine Eisenfaust die Nase plattgeschlagen hat, die er in den deutschen Bereich zu stecken wagt: dann schmeißt ein gewisser Jemand dies Pionierhandwerk hin und meldet sich zu den Fliegern. Im Dreck herumkrebsen ist gut genug für die Süßmann und Bertin, Leute ohne Kampfinstinkt, ohne Wucht im Schlagarm, alte Leute. Er aber wird sich in den steinernen Lindwurm verwandeln, mit Krallen, Schweif und feurigem Atem, der das Gezwerg in seinen Klüften aufstört, all die Niggl und Wichte. Eine gebrechliche Kiste wird er unter sich haben, zwei breite Flügel, eine wirbelnde Luftschraube, und heidi übers Wolkenmeer hinaufsteigen wie die Lerche am Sonntag – und freilich nicht Lieder trillern, sondern Bomben herunterwettern, die kriechenden Menschen mit Gas beaasen, mit Spitzkugeln unter ihnen aufräumen, den Zweikampf suchen, von dem nur einer heimkehrt. Da reckt er sich, aufgerichtet zur vollen Länge, und die Faust mit der Pistole greift und droht in die Lüfte, aus denen das Schrapnell herunterzischt.

SECHSTES BUCH

Abnutzung

Erstes Kapitel

Was der Jude sich einbildet

Der Krieg hatte seinen Höhepunkt erreicht; alle Vorzeichen, bisher den Deutschen günstig, wandten sich unmerklich. Für ein Volk, das erst so kurze Zeit eine staatliche Form gefunden hatte, verrichteten die Deutschen Wunder. Der teutonische Riese wehrte mit dem linken Arm das Russenvolk ab, das aus einem Dutzend Wunden blutete; mit dem rechten schlug er auf die beiden besten Fechter der letzten Jahrhunderte ein, den Briten, dem Napoleon erlegen, und den Franzosen, der unter diesem selben Napoleon der Schrecken aller alten Heere gewesen war. Sein rechter Fuß lastete auf dem Kriegervolk der Serben, als sollte er sich nie wieder erheben; sein linker versetzte eben dem Rumänen einen Tritt gegen die Kniescheiben, der ihn zu Boden schlug. Ihm, dem Römerschreck des Teutoburger Waldes, gehörte, so meinte er, die Zukunft, die er jetzt in die Gegenwart zwang. Kaum ein paar Dutzend Menschen auf der Erde wußten, daß dieser Riese unter seinem eisernen Helm ein schwaches Hirn trug, unfähig, die Gegenwart zu begreifen; und daß er sich, wie immer im Märchen aus Beutegier alle Güter des Möglichen entgehen lassen würde um des Unermeßlichen willen, das er in seinen Sack stopfen und auf dem Rücken wegtragen wollte.

Dieses arme Hirn... Der sächsische Gegenangriff in der Nacht des Unglückstages kam ebensowenig zur Entwicklung wie der der Märker und Schlesier, weil jedes verfügbare Gewehr bereits in die Breschen geworfen war. Nach außen zeigte man seine Niedergeschlagenheit darüber nicht. Das wäre Miesmacherei, es beeinträchtigte die Stimmung. Und in den obersten Stäben geruht man dem französischen Angriff doch nur untergeordnete Wichtigkeit zuzumessen. Man studiert die Fehler, die man selbst gemacht hat, lernt vom Feind die bewegliche vordere Zone, engere Verbindung zwischen Infanterie und Batterien, man bedauert vielleicht den Entschluß von Pierrepont. Daß aber der Franzose mit diesem Erfolg nicht zufrieden sein werde, vermutet kein Mensch. Man trägt den Kopf zu hoch, trunken von sich selbst. Und doch bereitet der französische Abschnittskommandeur schon den nächsten Stoß vor, der wiederum gelingen muß, weil er aus klarem Denken und richtiger Einschätzung der Wirklichkeit sich aufbaut: man wird die Maashöhen erstürmen.

Noch aber ist es nicht soweit; noch füllen sich in einem Knotenpunkt wie Damvillers allmittäglich die Offiziersspeiseräume mit betriebsamen Herren. Unter ihnen fällt manch neues Gesicht auf, zum Beispiel das des Hauptmanns Niggl. Hauptmann Niggl geht bescheiden umher – Stab und dritte Kompanie seines Bataillons liegen jetzt in Damvillers –, aber in Wirklichkeit trägt er die schwere Bürde des Ruhmes. Er ist ein Held, Hauptmann Niggl. Bis zur letzten Minute hat er seiner Pflicht getreu im Douaumont ausgehalten und seine braven bayrischen Schipper angeführt, das E. K. I ist ihm sicher. Vielleicht auch wird er beschleunigt zum Major befördert werden, wenn das Militärkabinett seines Königs darauf eingeht, und am Geburtstag König Ludwigs eine hohe bayrische Auszeichnung erhalten. Das E. K. I erntet er am 18. Januar, am Tag des Ordensfestes, oder am 27., zu Kaisers Geburtstag – darüber werden Wetten im Kasino abgeschlossen. Der untersetzte Herr wandelt zwischen den Kameraden, das Gesicht mit den etwas abgemagerten Backen voll verdrießlicher Gemütlichkeit; aber seine schlauen Augen leuchten im Triumph. Er hat an den Schläfen graue Haare bekommen, weiße sogar, aber gesiegt hat er. Er hat nicht unterschrieben, er hat sich nicht kleinkriegen lassen von einem großmäuligen Leutnant, diesem Verbrecher, der jetzt verschwunden ist. Geduckt hat er sich, aber nicht nachgegeben. Seine Frau, seine Kinder und er selbst werden ohne Schaden durch eine gewisse Angelegenheit gelotst worden sein; desgleichen der Feicht und noch mancher andere. Einen ausgiebigen Urlaub darf er sich leisten, zum Christfest daheim sein und seinen Kindern das schön erleuchtete Kripperl mit dem Jesuskind, den Hirten, Ochs und Esel rüsten und den Stern von Bethlehem neu vergolden. Sicher sind auch gewisse Papiere in dem Scheißloch zurückgeblieben, dem Douaumont, und der Franzos kann sich

damit den Hintern wischen. Er ist geprüft worden, aber er hat bestanden. Freundlich, etwas abgekämpft, stapft er durch den Ort Damvillers, der ihm sehr gefällt, auch im Regen. Wen er besucht, der fühlt sich geehrt. Sehr geehrt fühlt sich Herr Major Jansch, den er immer öfter besucht.
Auch heute sitzt er wieder in seiner Wohnstube mit dem großen Schreibtisch, den vielen Zeitungen und Mappen, den breiten Landkarten. Süß ist es für Herr Major Jansch, von dem Helden des Douaumont bewundert zu werden. Und Niggl bewundert den preußischen Herrn mit blanken Augen.
Der Redakteur Jansch ist in Damvillers nicht beliebt seiner politischen Besserwisserei wegen. Für den Rentamtmann Niggl aber sind seine Gesichtspunkte neu und von blendender Weite. Hat er bisher etwas von der Verschwörung der Freimaurer gegen Deutschland gewußt? Beileibe nicht. Und doch hat die Loge vom Großen Orient im Dienste Frankreichs die Welt gegen das Reich aufgehetzt; sonst hätte Rumänien nicht den Blödsinn begangen, mit dem Sieger im Weltkrieg anzubinden. Und die Rolle der jüdischen Presse im Dienst der feindlichen Verhetzung, he? All die schreibenden Juden vergiften täglich ihre Federn gegen den deutschen Michel, voran der Pressejude Lord Northcliffe, der durch seine Pestzeitungen die Welt mit erfundenen Greueln überschwemmt hat, namentlich aus Belgien. Die Engländer haben schon gewußt, weshalb sie den Lümmel zum Lord machten, und die Amerikaner haben gleich ein halbes Dutzend solcher Schreibjuden, den Hearst an der Spitze. Überall sind sie zu finden, die semitischen Tintenferkel, selbst er hat in seiner Kompanie ein solches. Es hat sich den Namen Bertin zugelegt, niemand weiß wie. Wahrscheinlich hieß er noch vor ein paar Jahren oder Jahrzehnten Isaaksohn und kam aus Lemberg. Jetzt hat dieser Itzig die Kühnheit gehabt, noch sechs Tage Urlaub nachzufordern, die er im Sommer angeblich zuwenig bekommen habe. Im Sommer ist er nämlich zur Hochzeit gefahren, mit irgendeinem Saraleben, das er, wie diese Juden schon einmal sind, zur Ausnutzung der gesetzlichen Vorschriften schlau angestiftet hat. Der Mann bekam seinen Urlaub, natürlich nur das Mindestmaß, vier Tage. Und jetzt hat das die Dreistigkeit, die fehlenden sechs Tage einfach nachzufordern, unter dem Vorwand, er stehe seit Anfang August 15 im Felde. Fabelhaft! Wo sonst sollte er denn stehen? Und anstatt sich beim preußischen Staate de-

mütig zu bedanken, daß er Uniform tragen darf, bringt es dieser Wicht fertig, im gleichen Halbjahr zweimal auf Urlaub fahren zu wollen und einem Kameraden, der noch gar nicht zu Hause war, diese Freude wegzugaunern. Aber zum Glück gerät er an den Richtigen. Die erste Kompanie hat das Gesuch pflichtschuldigst weitergegeben, aber darauf aufmerksam gemacht, wie die Dinge liegen. Heute hofft der eingebildete Gehirnfatzke, mit den anderen Urlaubern beim Bataillon Urlaubs- und Fahrscheine zu empfangen. Niemand hat ihn darauf vorbereitet, daß er mit langer Nase wieder abschieben wird, und zwar zu Fuß, und gleich auf Wache ziehen wird, damit er Zeit hat, über seine Anmaßung nachzudenken, denn anmaßend sind diese Juden, anmaßend – nicht vorzustellen. Solange diese Art von Leuten Gleichberechtigung mit Besserrassigen und Echtbürtigen genießt, wird es in Deutschland trotz all seiner Heldentaten nicht aufwärtsgehen. Das sagt er, Jansch, dem Kameraden Niggl im Vertrauen, ob er es nun glaube oder nicht.
Der Niggl hat nichts gegen die Juden, er kennt nicht viele, aber diejenigen, die in seinem Bezirk leben, geben zu Klagen keinen Anlaß; und das bayrische Heer hat mit seinen jüdischen Offizieren keine schlechten Erfahrungen gemacht. Er weiß schon, manche Preußen haben einen solchen Sparren und vor allen Dingen manche Österreicher. In Bayern hat nur der Dr. Sigl auf den Juden herumgetrommelt, aber der hat die Preußen noch viel ärger gefressen gehabt. Er persönlich hat mit manchen Protestanten weit bösere Erfahrungen hinter sich, das verschweigt er dem Kameraden Jansch als höflicher Mann. Aber warum soll er es sich nicht mit ansehen, wie ein Schipper mit langer Nase abziehen muß und Wache schieben, statt in den Urlauberzug zu steigen? Das kann nichts schaden. Er ist im Douaumont auch nicht zart angefaßt worden.
Der Novembernachmittag mit feinem Regen hängt langweilig über den Dächern des Dorfes Damvillers und vor den Fenstern der Bataillonsräume. In der Schreibstube im Erdgeschoß brennen längst die Lampen. Angeregt wartet das Personal auf die Urlauber der ersten Kompanie, die, zehn Mann, unter der Führung des Herrn Bertin eintreffen sollen. Statt des Bertin fährt der Stabsgefreite Niklas, der ja auch zur Ersten gehört. Da sitzt er in seinem properen Waffenrock schon am Ofen, bescheiden-glücklich. Das ist so angeordnet worden, damit die

Leute in Moirey und besonders der Bertin nicht Verdacht schöpfen; denn selbstverständlich fahren immer nur zehn Mann und niemals elf. Der Spaß muß also glücken. Um vier sind die Urlauber bestimmt da. Sie hetzen sich sehr ab, müssen ihren Zug in Damvillers und in Montmédy den Anschluß nach Frankfurt erwischen. Sie dürfen ruhig galoppieren, denn nachher haben sie ja zehn Tage Zeit, sich bei Muttern auszuruhen, und der preußische Geist verlangt nun einmal, daß man sich jede Segnung mit einiger Plackerei erkaufe.

Als Hauptmann Niggl durch einen Türspalt den Armierungssoldaten Bertin gewahrt, der als einziger nicht auf Urlaub fahren wird, sondern zurückgehen zur Kompanie, wandelt sich sein Zuschauen mit einem Ruck. Dieses Gesicht hat er schon erblickt. Es war nicht so bleich wie jetzt im Lampenschein unter der Wucht der Enttäuschung, es war brauner, frischer, aber es war im Douaumont. Der Mann, der unbeweglich stehen muß, während ihm der Feldwebel trocken mitteilt, das Bataillon habe sein Gesuch nicht genehmigt, gehört zu der gefährlichen Bande des Erpressers Kroysing. Er lief damals neben dem kleinen Unteroffizier her, dem Sußmann oder Süßmann – auch einem Juden. Sollte es mit den Juden doch etwas auf sich haben? Hat der kluge Herr Jansch auch hierin recht, und er, der Rentamtmann Niggl, war nur zu vertrauensselig bisher? Das muß man näher untersuchen. Auf alle Fälle: dieser Mann muß weg. Er mag viel wissen, wenig oder gar nichts: herumgehen und reden darf er nicht noch lange. Das ist ein Gebot der Selbsterhaltung, der Not, die ja eigentlich kein Gebot kennt. Diesen Mann wird der Niggl im Auge behalten, seinen Namen sich aufschreiben. Wichtiger ist es zunächst, den Verbleib des Oberhalunken zu ermitteln. Bleibt er aber vermißt, wie es Hauptmann Lauber dem ehrlich betrübten Herrn Niggl geklagt hat, so muß man an die Aufräumungsarbeiten gehen und die Reste der Mitwisser vertilgen. Daß dieser Mann nicht auf Urlaub fährt, ist ganz in Ordnung, er wird auch nicht auf Urlaub fahren, bevor er nicht wieder der richtigen Reihenfolge nach dran ist. Das kann Frühling werden, das kann Sommer werden, und bis dahin geschieht manches. Hauptmann Niggl mit seiner verdrießlich gemütlichen Miene, seinen schlauen Äuglein hat viel von dem Schauspiel gehabt, das Herr Major Jansch ihm bot; dank schön, Herr Kamerad. Wie der Mann dagestanden und so ein bisserl geschwankt hat, haben S' das gemerkt, Herr Kamerad? Kann ihm gar nichts schaden, dem hochnäsigen Herrn mit seiner Brille, dem Herrn – wie hieß er? Bertin. Bertin? Also Bertin. Hat ein unangenehmes Äußere, der Herr Bertin, so abstehende Ohren, wie man im Verbrecheralbum findet. Der Rentamtmann Niggl hat Erfahrungen mit Verbrechern, aber er will nichts gegen die erste Kompanie des Herrn Kameraden Jansch gesagt haben. Vielleicht sind es wirklich die Juden, auf die man achten muß. Bis zum nächsten Mal wird er darüber nachgedacht haben und vielleicht dem Alldeutschen Verband beitreten, weil es wirklich nötig wird, gegen die Freimaurer und für den uneingeschränkten U-Boot-Krieg zu kämpfen.

Der Armierungssoldat Bertin nimmt die Chaussee nach Moirey unter die Beine. Außerhalb seiner und in ihm ist alles gleichmäßig dunkelgrau. Rechts und links breitet sich aufgeweichtes Feld; in ihm schlägt ein ödes aufgeweichtes Herz. Der Regen stäubt ihm ins Gesicht; zwischen den Kragen des Mantels, den er hochgeschlagen hat, und sein Kinn dringt das dünne Wasser, das kalte, und durchnäßt die Halsbinde. Nicht die körperliche Anstrengung ermüdet ihn so, daß er schwer in die Ränder der Pfützen tritt. Er hat seinen vorschriftsmäßigen Arbeitstag hinter sich. Bahnbau in einem Sumpfgelände zwischen Gremilly und Ornes, wo die neue Lage der Front neue Feldbahnen verlangt. Vergnügt, überglücklich in der Erwartung und aus seelischen Gründen warm, hat er Faschinen binden und einen Damm durch das Erlengehölz legen helfen, über den die Schienen laufen. Bis über die Knöchel im Wasser haben sie gearbeitet, aber ihm hat das nichts anhaben können: heute fuhr er auf Urlaub, morgen abend war er bei Lenore, sechs Tage lang durfte er wieder Mensch sein in ihrer geliebten Gegenwart. Hastig und fast ohne Appetit hat man gegessen, sein Zeug in aller Eile gereinigt, das Gepäck schon gestern vorbereitet, jetzt noch die Decken gerollt und aufgeschnallt und sich untadelig und rasiert auf der Schreibstube vorgestellt. Ohne ein warnendes Wort, obwohl sie alles wußten, haben sie ihn mit den anderen neun nach Damvillers geschickt, zum Transportführer haben sie ihn gemacht, der im Bedarfsfalle der kontrollierenden Feldpolizei oder neugierigen Offizieren über das Woher und Wohin des kleinen Trupps

Auskunft zu geben hat. Und dann haben sie ihn in den Abgrund fallen lassen. Vergeblich hat beim Bataillon der Schreiber Diehl mit seinem langen Schädel und seinen schwarzen Augen durch Kopfschütteln und Augenschließen versucht, ihn vorzubereiten. Aus nackter Gemeinheit haben sie ihm diesen Streich gespielt – gleichgültig, wer ihn angezettelt hat. Entschieden hat auf alle Fälle der Major, Herr Jansch, der mickrige Redakteur der „Wochenschrift für Heer und Flotte". Von ihm kommt der Bescheid, Ausnahmen würden im preußischen Heere nicht gemacht, niemand fahre zweimal im Jahr auf Urlaub. Das sieht nach was aus, nach strenger Gerechtigkeit, und ist doch nur Fassade. Wer den Betrieb kennt, weiß, wie viele Lieblinge und Burschen zweimal und dreimal im Jahre heimgeschickt werden. Es heißt nicht allemal Urlaub, meist heißt es dann Dienstreise und dient der sicheren Beförderung von Kisten und Koffern wohlbekannten Inhalts. Ja, wenn unter den Schreibern noch ein gewisser Metzler säße, der ihm im Sommer zur Hochzeitsreise verhalf. Aber den haben sie längst zur Infanterie abgeschoben. Übers Niederträchtige, hat der Minister Goethe geraten, Niemand sich beklage, Denn es ist das Mächtige, Was man dir auch sage. Und es muß ausgekostet werden bis zur Neige. Auf der Schreibstube wird ein angenehmes Grinsen nicht unterdrückt werden, weil einer von seinem Urlaub schon so schnell zurück ist. Dieser oder jener der Barackengenossen wird gewiß seinen Senf dazu geben. Dann darf er sich nicht schlafen legen, den fürchterlichen Gram zu verwinden; er muß vielmehr auf Wache ziehen, schwere lange Nachtstunden hindurch im Regen hin und her wandern, Zeit haben, zu denken. Ein großer Gram ist in ihm, während er auf der Chaussee vorwärts stapft – auf derselben Chaussee, die der Wagen des Kronprinzen vor ein paar Wochen so elegant genommen hat; einen überpersönlichen Gram kann man es nennen, es ist der Gram über das System, das sich an ihm, dem einsamen Schipper Bertin, kundtut, wie es sich in jenen hingeworfenen Zigaretten kundtat.
Zu all den Leiden, Entbehrungen und Opfern, die es dem gemeinen Mann ununterbrochen auferlegt, fügt es noch schäbige Kränkung und überflüssige Demütigung. Er hat seinen Dienst bisher tadellos geleistet, um der Sache willen; nichts war ihm vorzuwerfen. Darüber hinaus hat er sich wieder und wieder vorgewagt und, wie es sich gehört, darüber geschwie-

gen. Und wenn sie ihm bei der Kompanie sein Gesuch abgelehnt hätten, klipp und klar, so hätte er zwar gelitten, aber sich doch mit der großen allgemeinen Not beschieden. Sie aber haben sich ein wollüstiges Schauspiel bereitet und ihn erniedrigt, um sich daran zu weiden. Er sah doch die angelehnte Tür, die vom Nebenzimmer in die Schreibstube führte, ihr Spalt öffnete sich ein wenig, ihm schienen Augen, ein Stückchen Nase aufzutauchen. Und das erträgt man nicht. Das ist der Schlag in die Kniekehlen, der jeden zu Boden wirft.
Der Wind pfeift durch das Geäst der Bäume und Sträucher, die Straße senkt sich, ein Steilhang begleitet sie jetzt, dort unten liegt schon der Bahnhof Moirey mit spärlichen Lichtern, rechts vor ihm, schwarz gegen den dunklen Himmel, das müssen die Baracken sein. Jetzt galt es, sich zusammenzunehmen, aller Welt ein gleichmütiges Gesicht zu zeigen, das Spülicht bis zur Neige auszutrinken. Welch ein Idiot war er noch im Juni: als er von seiner jungen Frau Abschied nahm, in den Zug stieg, der ihn nach diesem Lager zurückführen sollte, von den freundlichen sauberen Bahnsteigen Charlottenburgs, da hatte er sich mit dem Gefühl ins Abteil gesetzt, nach Hause zu fahren, in den Bereich, dem er zugehörte. Den Erfolg sah man: er mündete in diese Stunde. Wem gab sie recht? Den Leutnants Kroysing und von Roggstroh; er gehörte nicht hierher, paßte nicht in diese schmierige Gesellschaft, er brauchte nur ein Gesuch aufzusetzen, und freies Fahrwasser breitete sich vor ihm. Aber leider war es nichts damit. Selbst in dieser Stunde der Wut und Verbitterung gestand er sich das ein. Eine dicke Brille blieb eine dicke Brille, und niemand durfte sich mutwillig in Gefahr begeben, der nicht drin umkommen wollte. Er war und blieb zur Schipperei verurteilt. Und wie ein Verurteilter mußte er sich am Geländer festhalten, als er die Stufen emporstieg, die zur Schreibstube führten, naßkaltes Holz, auf dem die Nägel seiner Sohlen rutschten. Er schwitzte unter seinem schweren Rucksack und fror am Hals vom Regen.
Am anderen Morgen meldete er sich krank. Er hatte eine Nacht hinter sich voll merkwürdiger Gefühle, fliegender Hitze und Kälte eigentümlicher geistiger Vorgänge. Er hatte bestimmt Fieber; bei der Untersuchung ergab sich 37,4. Das war nicht viel, fand der junge Hilfsarzt, aber da Bertin ein ge-

bildeter Mann war, so, sagte der Arzt, wollte er ihn für einen Tag ins Revier legen (wie die Krankenstube heißt). Ah, dachte Bertin, während er stramme Haltung annahm, wäre ich also ein Kellner oder ein Setzer, so müßte ich trotz meines Enttäuschungsfiebers hinaus in die Nässe und zur Arbeit und mich erst gründlich erkälten, bevor ich zum Kranken aufrückte. Also hängt auch Gesundheit und Krankheit von der Klasse ab, der man angehört? Das würde der Genosse Pahl bestätigen.
Während des ganzen Tages, den er ruhend, schlafend und schreibend hinbrachte – er mußte seiner Frau auseinandersetzen, daß sein Gesuch nicht bewilligt war –, während dieses ganzen Tages im sauberen und friedlichen Reich des Sanitäters Sergeanten Schneevogt fiel ihm nicht auf, daß er einen solchen Gedanken noch nie gedacht hatte. Etwas in ihm hatte sich offenbar in Bewegung gesetzt – leider nicht schnell genug, um ihn vor weiterem Schaden zu bewahren. Denn das kleinere Raubzeug besitzt eine gute Witterung, auch im Urwald der menschlichen Gesellschaft, und fällt gern und leicht über ein angeschossenes Stück Wild her.

Zweites Kapitel

Signale

Äußerlich liefen die nächsten Wochen ihren notwendigen und jammervollen Trott. Tag für Tag, vor Aufgang der Sonne, rückten die Kommandos aus, um im Regen, klamm und steif, die unentbehrlichen Feldbahnen zu bauen – bald in der Gegend von Ornes, durch Sumpfgehölz, bald in den Schluchten und an den Hängen des Fosses-Wald-Geländes. Immer wieder wartete Störungsfeuer auf sie, düsterrot krepierten die spärlichen Granaten in der Dämmerung, aber wenn es auch vier waren oder acht, genügten ihre Splitter doch, um eines Morgens jenseits Gremilly den Armierer Przygulla mit aufgeschlitztem Bauche wegzunehmen – keine dreißig Meter vor dem platt im Schmutz liegenden Bertin. Im Fosses-Wald dann wieder, einige Zeit später, waren sie Zeuge, wie ein deutsches Flugzeug, über ihren Köpfen herunterbrausend, notlandete:

nach keuchendem Lauf von zehn Minuten hoben die Schipper einen sterbenden Piloten vom Sitz, dessen Rücken von Einschüssen punktiert war; und sie hatten ihn kaum hinter der nächsten Bodenfalte geborgen, ihn und seinen Begleiter mit den wichtigsten Stücken der Ausrüstung, als die Granaten den großen gebrechlichen Vogel auch schon in Brand setzten – aufregende Stunden im Ablauf dieser Wochen – grauer und grausamer Wochen. Unerbittlich nahm die Helle des Tages ab, Dunkelheit, Kälte, Nässe und Öde spann die Männer ein und höhlte sie aus – wie kraftlose Fliegen schienen sie im Netz mächtiger Spinnen zu hängen, grau in grau. Wenn sie sich nachts die Decken über die Köpfe zogen, weil der Wind durch die Baracke pfiff und die rauchenden Öfchen, mit nassem Holze gefeuert, mehr Husten als Wärme erzeugten, lag Bertin zwischen ihnen, kaum noch unterschieden, und der Gastwirt Lebehde oder der Setzer Pahl brauchten sich nicht länger über den zähen Sinn dieses „feinen Pinkels" zu beklagen, der, wenn er schon Pfeife rauchte, ein Ding aus Meerschaum in seine Schnauze steckte. Nein, der Armierungssoldat Bertin rauchte schon längst keine Meerschaumpfeife mehr, bildlich gesprochen – im Gegenteil! Sie sahen es ein, als der Unteroffizier Kropp eine Gelegenheit wahrnahm, an ihm den starken Mann zu spielen.

Seit Anfang Oktober hatte die Parkleitung angeordnet, daß die Korporalschaften der Außenkommandos jedem Mann der Reihe nach einen freien Tag zu bewilligen hatten, damit die Leute nicht ganz verkamen, sondern sich und ihre Sachen einigermaßen instand hielten. Oberleutnant Benndorf wachte streng über diese eine Maßregel, sehr zum Ärger der Ladekommandos, die den inneren Dienst des Parks besorgten, und ihrer Unteroffiziere. Als daher eines Vormittags der Unteroffizier Kropp, ein galliger Bauernknecht aus der Uckermark, den Armierer Bertin in der Baracke schlafend traf, während alle Welt sonst schon Dienst machte, lief sein gelbes Gesicht rotfleckig an, und er verkündete ihm, daß er ihn zur Bestrafung melden werde, weil er sich offenbar vom Dienst drückte. Bertin, im Bewußtsein seiner Unschuld, lachte, als der Trampel Kropp hinausmarschiert war, und drehte sich auf die andere Seite.

Diesen Tag, den 12. Dezember, vermerkte nicht nur Bertin, sondern die ganze Welt. Als nach dem Auswaschen der Koch-

geschirre der Heeresbericht an der schwarzen Schreibstubenwand aus Teerpappe befestigt wurde, sammelte sich alsbald ein immer wachsender Trupp von Mannschaften davor an, mit äußerster Spannung den schlecht abgezogenen Text halblaut vorlesend: er enthielt das Wort „Frieden". Deutschland bot den Frieden an! Es hatte sich zweieinhalb Jahre seiner Feinde machtvoll erwehrt, vor einer Woche oder zehn Tagen war Bukarest, die Hauptstadt Rumäniens, nach erbitterten Vorstößen und Rückzügen von unserer Infanterie besetzt worden: leicht und ohne Mißverständnisse zu fürchten, durfte ein solcher Schritt der Erlösung gewagt werden. Bertin, das Kochgeschirr am Henkel, die kurzsichtigen Augen über Gebühr und ohne Ergebnis anstrengend, hörte, fragte, stockte. Das war... Das war der größte Tag seines Lebens, das Aufatmen einer Welt hob seine Brust. Leider nur so lange, bis er den Wortlaut dieser kaiserlichen Botschaft ganz erfaßt hatte. In dieser Erklärung nämlich fehlte das Stichwort, an dem nachgerade jeder halbwegs Erwachsene Ernst und Unernst solcher Schritte unterschied: die Herausgabe Belgiens, die Wiedergutmachung der angerichteten Verwüstung. Man konnte, war man guten Willens, solche Einzelheiten getrost dem Lauf der Dinge überlassen. Wenn die Gegner nur erst am Verhandlungstische saßen! Mangel an solcher Gutwilligkeit durfte man dem Armierer Bertin nun wahrhaftig nicht vorwerfen. Dennoch schrumpften die Flügel seiner Hoffnung wie welke Blätter, sie rollten sich ein... Trotz aller Anstrengung, immer erneuten Überlesens, entdeckte er keine Wendung, auf die die feindlichen Mächte ohne Demütigung eingehen konnten. Halblaut hin und her redend, nach begeistertem „Hör doch!" und verdrossenem „Wart nur ab, Otto!" hatten sich die Armierer fast alle verdrückt. Ein bayrischer Kanonier aus der Parkmannschaft, krummbeinig und die schirmlose Mütze auf dem linken Ohr, hinterm rechten aber eine Zigarette, wandte sich vor dem Weggehen an ihn: „Gelt, das gfallt dir net, Kamerad; mir a net." Und nachdem er sich vergewissert hatte, daß kein Unteroffizier oder Schreiber an ihnen vorbeisteuerte, schloß er mit der Frage, ob wohl einer wissen könne, was für einen neuen teuflischen Mist die Berliner Großkopfeten mit dieser Friedensoffensive zumänteln wollten.
Nachdenklich und fast kummervoll entfernte sich auch Bertin.

Einsam blinkte an der Schreibstube das weiße Blatt Papier in den fahlen Mittag. Und als nach Einbruch der Dämmerung die Kameraden vom Fosses-Wald-Kommando Aufruhr in die Baracke brachten und sich die Nachricht unter ihnen mit wildem Für und Wider eingebürgert hatte, ergab sich schließlich in nur wenig veränderter Form das gleiche Mißtrauen und die gleiche Abneigung. Und Bertin, betroffen von dieser Übereinstimmung zwischen Bayern, Berlinern und Hamburgern wunderte sich schließlich über seine erste freudige Aufwallung. Er bemerkte die Augen Pahls auf sich gerichtet und die forschenden Blicke Karl Lebehdes. Eine gewisse Verlegenheit überdeckend, erzählte er ihnen, wie ochsenhaft sich dieser Herr Kropp aufgeführt habe; der werde sich keine schlechte Abfuhr holen. Pahl und Lebehde wechselten einen Blick. Ihnen lag der dringende Rat auf der Zunge, sich sofort um diese Meldung zu kümmern und etwa die Schreibstube des Parks davon zu benachrichtigen; beide unterließen ihn. Ihr Freund Bertin gehörte jener Sorte Menschen an, die nur am eigenen Leibe lernte. Jetzt war er wieder auf dieses Friedensangebot hereingefallen.

Als er sich entfernt hatte, um noch nach Hause zu schreiben, saßen die beiden Armierer einander gegenüber an der Schmalseite ihres Tisches, nahe dem Fenster, durch das sich der frühe Dezemberabend ankündigte. Die Baracke war gefüllt von gedämpftem Geräusch vieler Männer, von ihrem Tabakrauch, ihren halblauten Reden. Überall hingen Waffenröcke und Drillichjacken zum Trocknen zwischen den Betten, Zeltbahnen waren über die Öffnungen der Schlafkäfige gespannt. Eine Menge Taschentücher, frisch gewaschen, trockneten auf den schwarzen Ofenrohren, die lang und eckig bis zu den Fenstern strebten und dort ins Freie mündeten, sorgfältig abgedichtet. Lebehde hatte eine Strickweste aus brauner Wolle an und grüngestreifte Pantoffeln, Pahl seine Schnürschuhe und eine graue Wolljacke. So glichen sie Familienvätern, die vor Feierabend eigentlich noch etwas tun wollen: Lebehde ein Paar Socken stopfen, Pahl einen Brief beantworten. Aber Lebehde hatte die Absicht, sich mit Pahl zu beraten, und wie immer fügte sich sein Gegenüber. Auch ihm ging vieles durch den Kopf ... Lebehde sprach: Kommando Böhne hatte heute ein neues Gleis begonnen, das in die

Trümmer der Chambrettes-Ferme münden sollte. (Pahl gehörte schon seit Wochen mit zwei oder drei anderen zur Hilfsmannschaft des Gefreiten Näglein, in einer anderen, weniger ausgesetzten Gegend des schluchtenreichen Fosses-Waldes.) Zwischen diesen Steinbrocken wollte man zwei 15-cm-Haubitzen verstecken und dazu erst einmal die unentbehrliche Schmalspurbahn bauen. Wer nun war bei dieser Arbeit aufgetaucht? Der kleine Unteroffizier Süßmann. Mit seinem Äffchengesicht und seinen unruhigen Augen kam er geradenwegs aus der Stellung hinter dem Pfefferrücken angesockelt, ausgerechnet heute! Wie oft hatte sich der Bertin vergeblich bei den Pionieren aus Ville nach ihm und seinem Leutnant erkundigt! Nun war er da, und das Spiel drehte sich um: jetzt fragte er, brachte Grüße, erzählte allerhand, wie sie damals dem Douaumont-Schlamassel halbwegs heil entwischt waren, sich aber seither, am äußersten rechten Flügel des Pfefferrückens ziemlich nahe der Maas, nur kümmerlicher Bewegungsfreiheit erfreuten. Sie setzten den Franzosen mit schweren Minen zu, denn man lag einander recht dicht auf der Pelle, alle ihre Verbindungen nach rückwärts hatten sich westwärts verschoben, nicht einmal ihre Post kriegten sie, wie früher, über Montmédy. Daher bat Leutnant Kroysing den Bertin um einen Dienst: einen Brief und ein Päckchen zu befördern, den einen nach Montmédy ans Kriegsgericht, das andere bis zu einem Postamt innerhalb des Reiches. „Verstehst du das, mein Sohn? Augenscheinlich wollte der Herr Leutnant unserer Feldpost und ihrer Überwachung Sendungen mit dem Namen Kroysing nicht unterbreiten. Manche Leute werden halt argwöhnisch, wenn der Tag noch lang wird." Der Bote würde sich den Dank von Leutnant Kroysing gelegentlich einfordern dürfen. „Mein Leutnant, der Deuwel, ist ja doch der anständigste Kerl von der Welt; dem hat noch niemand ohne Gegenleistung auch bloß eine Pfeife Tabak spendiert." Er selbst, Süßmann, bekam zu Kaisers Geburtstag das Portepee des Vizefeldwebels und bestimmt verschiedene Schmuckstücke ins Knopfloch – alles Kroysings Werk. Damit zog er aus seinem Brotbeutel zwei mäßige Päckchen, ein flaches und ein rundes, weiches; es enthielt, wie er sagte, den gesamten Nachlaß des kleinen Christoph Kroysing. „Mir war, mit Verlaub, etwas komisch zumute", sagte Karl Lebehde, „so 'n bißchen angegraust. Hier in der Chambrettes-Ferme hatte der kleene Unteroffizier Kroysing seine letzten Monate verbracht, Tag und Nacht. Unten rechts, in dem Talgrund, erinnere dir, wo die beiden langen Gänsehälse rausgeschleppt wurden, französische Geschütze oder was es gleich war, hatte der Bertin ihm zugesagt, seinen Brief zu befördern. Und nun taucht der Süßmann auf, wedelt mit den ollen Klamotten und will den Bertin immer weiter behelligen. Dabei ist das klar und deutlich eine Unglückssache, aus der für keine Menschenseele Gutes sprießt. Ich bin also ein höflicher Mann, sage natürlich nicht nein, übernehme den Laden..." – „Wo hast du ihn?" fragte Pahl. – „Karl, du brichst dir noch mal ein Bein bloß aus jugendlicher Fickrigkeit." – „Kaum war der Junge weg, ging ich mit mir zu Rate. Was hättest du getan?" – „Hände weg." – „Warum?" Wilhelm Pahl preßte das Kinn auf die Brust und sah dem Freund in die Augen: „Weil der Bertin nicht immer mit Leutnants herumklütern soll. Weil der jede Gelegenheit benutzt, wieder in seine Dußligkeit zurückzurutschen." – „Paß auf, was in dem Mann meiner Frau langsam gar wurde. Einmal muß jede Wurst ein Ende haben, dachte ich mir, und diese Wurst ist lang genug. Wem tat der Kram in diesem Päckchen gut? Den Eltern bestimmt nicht, denen rissen bloß alle Schleusen auf; wie eine alte Frau bei solchen Gelegenheiten losheult, hab ich noch im Ohr seit 1914. Und ärmer wurden die Herrschaften in Nürnberg auch nicht, wenn das Zeug verschwand. Verlorenes Feldpostpäckchen, basta! Muß man die Vorurteile der Leute bestärken, es genüge, jemandem einen Auftrag zu geben, damit der sein eigenes Urteil schlafen lege und einfach Briefträger spiele? Ich schlängelte mich also bescheiden in den Unterstand, einstmals der Keller der Chambrettes-Ferme. Der Regen war hineingelaufen, nachdem er sich erst gründlich mit dem aufgekarrten Mist befreundet hatte. Da drinnen stank es, Wilhelm – den Artilleristen gratulier ich, die dort unterkriechen sollen. Wie ich mich nun vorsichtig der Jauche nähere, begrüßen mich zwei Augen. Ich dachte natürlich an den kleinen Kroysing, aber bloß zum Spaß, denn bei der Verteilung des Aberglaubens in der Welt bin ich schwer zu kurz gekommen. War ich jemals in einem Bierkeller heimisch, so saß dort auf der oberen Bettstatt eine Katze und funkelte mich an. Meine Taschenlampe gab mir recht. Ein graugestreiftes Katzenbiest logierte da, entweder fett von Ratten oder schwanger. Kind, sagte ich zu ihr, mach dir keine Umstände, heb mir diese Kleinigkeit hier gut auf; damit schob ich das weiche Päckchen zwischen Holzwollsack und Mauer. Oben pumpte ich mir erst mal wieder Luft zwischen die Rippen. Und nun sag: War's richtig?" – „Richtig", sagte Wilhelm Pahl. – „Was aber die Papiere anbelangt, sollte die nicht unsere Postordonnanz ...?" – Wilhelm Pahl nagte seine Unterlippe: „Anders, Karl. Übermorgen fahren zehn Familienväter auf Weihnachtsurlaub." – „Denk einer an! Ist es schon soweit? Womöglich wird Frieden, während die zu Hause sitzen, und die finden gar nicht mehr zu uns zurück und sterben vor Sehnsucht nach dir und mir." – Wilhelm Pahl ging auf den Spaß nicht erst ein: „Darunter findest du den Genossen Naumann, Bruno. Der ist gewissenhaft und schmeißt den Brief auf dem Bahnhof Montmédy in den Ortskasten. Dann läuft er seiner Wege, und niemand weiß, woher." – Karl Lebehde reichte stumm und feierlich seinem Freunde die sommersprossige Hand. „Gemacht", sagte er, „dann aber sofort."

Bei Naumann, Bruno (jeder Mann fügte dem Namen des Barbiers seinen Vornamen hinzu, um ihn von dem bedauernswerten Kompanietrottel Naumann, Ignaz, gebührend zu unterscheiden), in Naumanns Barbierstube herrschte Stille, Wärme, Helligkeit und der Duft von Mandelseife. Auf einem Stuhl saß Unteroffizier Karde, der sich die Haare hatte schneiden lassen. Der Leipziger Buchhändler, dessen kleiner Verlag zur Zeit brachlag und der bestimmt Sorgen um Frau und Kind hatte, genau wie die Arbeiter, erfreute sich seines ernsthaften und menschlichen Wesens wegen beträchtlichen Ansehens bei allen urteilsfähigen Mannschaften, obwohl er politisch eher ihren Gegnern nahestand, den „Deutschnationalen", wie sie sich nannten. Von den beiden Eintretenden erfüllte Karl Lebehde alsbald den Raum mit ein paar Späßen, so daß Karde lachen mußte, während er den gelungenen Haarschnitt in zwei Spiegeln begutachtete; dann setzte sich Lebehde zum Rasieren hin; Karde schnallte sein Koppel um, zahlte zwanzig Pfennig, grüßte und ging. „Schließ die Tür zu, Bruno", sagte Lebehde so verbindlich, als komme das alle Tage vor. „Ich möchte dir hiermit einen Beweis meines Vertrauens übergeben, den du übermorgen nachmittag auf dem Bahnhof in Montmédv in den Ortspostkasten versenken sollst. Ich leg ihn dir hier in die Schublade. Und nun zeig mal dem Genossen

Pahl den Brief deiner Alten und das Stück Zeitung, das sie als Einwickelpapier mit deinem schönen Dachshaarpinsel geschickt hat. Denn, Wilhelm", erklärte er dem überraschten Pahl, „falls du's noch nicht gemerkt hast, Neuigkeiten fahren immer paarweise vorbei, wie die Elektrische, und diese hier lagert schon ein paar Tage bei mir." – Das straffe, rotbackige Gesicht des Barbiers zuckte, obwohl er an der Zuverlässigkeit Pahls, genannt Liebknecht, keinen Augenblick zweifelte. „Es war zu frech von der Alten! Jeden Abend will ich den Fetzen verbrennen, jeden Morgen sage ich mir, es wäre schade." Er öffnete einen verbrauchten Karton, entnahm ihm sorgfältig geschichtete Briefe, las dann mit seiner halblauten Stimme aus der Mitte: „Es gibt viel Neues, aber nicht bei mir. Ich sitze mehrstens auf mein Zimmer. Wald und Feld sind ja jetzt kahl, doch was die Lebensmittel sind, bin ich immer auf dem Kien. Tal und Berg kommen ja nicht zusammen, aber die Leute. Was meinst du bloß zu Orje sein Gemecker? Schick ich dir mit dem Dachshaarpinsel, wirst dir nicht schlecht ärgern." – Pahl hatte aufmerksam dagesessen, sehr bemüht, zu verstehen, warum ihm dieses harmlose Briefstück vorgelesen wurde. Er nahm es Naumann aus der Hand. Schweigend beugte sich der Barbier über ihn und zog mit dem Ende des Rasiermessers verbindende Bögen zwischen zwei Wortpaaren. Es entstanden, Pahl formte sie mit den Lippen, die Worte „Zimmerwald" und „Kiental". Mit einem Ruck sah er auf. „Donnerwetter!" sagte er.

Die unterrichteten Arbeiter wußten: im vorigen Jahre und in diesem hatten sich Führer sozialistischer Minderheiten aus vielen Ländern in den schweizerischen Orten Zimmerwald und Kiental getroffen, einzelne und Vertreter kleiner Gruppen, die die kriegsunterstützende Politik ihrer Mehrheitsparteien verwarfen. Zu ihnen hatte aus Deutschland der Abgeordnete Georg Ledebour gehört, ein älterer Mann, geachtet selbst bei seinen politischen Feinden. Die beiden gefährlichsten Köpfe der Unzufriedenen, der Abgeordnete Liebknecht und die Schriftstellerin Rosa Luxemburg, erhielten damals schon keine Visa mehr in die neu eingeführten Reisepässe oder saßen im Gefängnis. Schon 1915 hatte sich die Tagung mit einem Aufruf an die Arbeiterschaften aller Länder gewandt; für sie war der Weltkrieg nur die unbarmherzige Folge jener wirtschaftlichen Spannungen und der Eroberungsgier, die das

Wesen der kapitalistischen Weltordnung ausmachten. Die deutschen Zeitungen jeglicher Richtung hatten diese „Zimmerwalder“ ihrer verbohrten Wirklichkeitsfremdheit wegen nicht schlecht verhöhnt: während ringsum in Europa um Sieg oder Untergang gekämpft wurde, was der dümmste Bauernknecht begriff, dozierten diese Caféhäusler unbekümmert um das Weltgewitter, die Arbeiter gehe der Unterschied zwischen Krieg und Frieden wenig an. War ihre Lage mit dem Sieg des Unternehmertums im Frieden unvereinbar, so verschärfte der Krieg diesen Zustand noch, weil er sich von den Vätern und Söhnen der Arbeiterklasse Tag für Tag ernährte, vor allem also Schluß mit dem Kriege. „Sagen Sie das den Franzosen!“ erscholl es in deutschen Blättern. „Predigen Sie das den Deutschen!“ – in französischen. Und alsbald verschluckte Schweigen das unwichtige Ereignis, auf das die wackere Frau Naumann hier anspielte. Mit zögernden Fingern öffnete jetzt der Barbier Naumann die Schublade des fichtenen Tisches, in der er seine Messer aufbewahrte. Sie war mit alten Zeitungen ausgelegt. Ein kleines Blatt nahm er heraus; es war leicht angegilbt, ganz unauffällig, war schon einmal zerknittert und wieder glattgestrichen worden. Pahl las: „Wo ist der Wohlstand, den man euch bei Kriegsbeginn versprach? Schon jetzt lassen sich die wirklichen Kriegsfolgen klar erkennen: Elend und Entbehrung, Arbeitslosigkeit und Tod, Unterernährung und Seuchen. Für Jahre und Jahrzehnte werden die Kriegskosten die Kräfte der Völker verschlingen, alle Errungenschaften vernichten, die ihr so schwer erkämpftet, um euer Leben menschenwürdiger zu gestalten. Geistige und moralische Verwüstung, Wirtschaftskatastrophen und politische Reaktion – das sind die Segnungen dieses entsetzlichen Völkerringens wie aller vorhergehenden ...“
Pahls Gesicht ergraute. Seine häßlichen Züge wurden vor Ergriffenheit gleichsam durchscheinend, er tastete nach dem Herzen: das durfte irgendwo in der Welt, in der freien Schweiz, gedacht, gesagt und gedruckt werden! Nicht völlige Nacht umgab den Menschen. Ein Fünkchen Wahrheit glomm immer noch ... Gebannt, gegen seinen Willen angezogen, hatte Naumann über Pahls Schultern die Zeilen mitgelesen. „Mensch, mach schnell“, damit schrak er auf, „jeden Augenblick kann einer kommen.“ – Schweigend steckte sich Lebehde ein Handtuch in den Halsausschnitt der Wollweste,

befeuchtete sein Gesicht. „Laß ihn allein lesen, Schaber", sagte er. „Wir kennen es ja." – Naumann trat zu ihm, seifte ihn ein, sagte zu Pahl: „Wir sind ja verrückt. Mach die Schublade zu. Schließ die Tür auf; lies für dich. Leg's in den Lokalanzeiger."
Pahl tat so. Das gefährliche Papier überdeckte den Bericht des Journalisten Edmund Goldwasser über den huldvollen Besuch der Frau Kronprinzessin im Cäcilienlazarett, Potsdam. Er las: „In dieser unerträglichen Lage..." Er sah sie gleichsam um den Tisch sitzen, die Vertreter der leidenden Völker, mit zerdachten Gesichtern, zerpflügten Mienen, und ihre Kriegserklärung beraten, für die sie bereit waren, in die Gefängnisse zu wandern: sie erklärten Krieg der Völkerverhetzung, allem Nationalwahn, allen Kriegsverlängerern, sie riefen auf zum Zusammenschluß quer über die Grenzen, zu gegenseitiger Hilfe der unterdrückten Klassen. Sie gelobten, den Kampf um den Frieden aufzunehmen, um einen Frieden, der jeden Gedanken an Vergewaltigung von Völkerrechten und Volksfreiheiten verwarf. Sie stempelten ihr Verlangen mit dem Selbstbestimmungsrecht der Völker als unerschütterlichem Fundament und riefen den beherrschten Klassen zu, die Gesittung zu retten und die geheiligten Ziele des Sozialismus, ihre eigentlichste Aufgabe, im unversöhnlichen Klassenkampf mit demselben Todesmut durchzufechten, den sie seit Ausbruch des Krieges gegeneinander einsetzten.
Draußen putzte sich jemand umständlich die Stiefel ab, er war offenbar neben die Holzroste getreten, die allein den Lagerhof beschreitbar machten, in den rotbraunen Kleister, der ihn bedeckte. Pahl faltete ruhig die Zeitung zusammen, klemmte sie unter den Arm. „Gib sie mir", sagte er zu Naumann, „ich heb sie gut auf." – „Behalt sie ruhig", antwortete der, „ich bin froh, wenn ich sie loswerde." – Die Tür öffnete sich vor Unteroffizier Kropp. Gallig sah er umher, noch zwei Vordermänner zu finden. Aber der Setzer Pahl erklärte liebenswürdig, er komme später noch mal wieder, er habe mehr Zeit als der Herr Unteroffizier, und morgen sei ja auch noch ein Tag. „Du findst ja allein nach Hause, Karl", damit verabschiedete er sich. Draußen stockte er, schloß die Augen, atmete. Er hatte einen Ruf gehört und verstanden. Die Sterne waren dick von Wolken verpackt, aber sie hingen oben. So sicher sie oben hingen, so gewiß winkte der Sieg der Vernunft hinter der

kämpfenden Arbeiterklasse, und das Wohl der Völker, wenn sie es richtig begriffen, war davon untrennbar. Ja, es war Zeit zu handeln. Falls die Schreibstube zufällig nicht log und dienstfähige Mannschaften seit ein paar Wochen von keinem Heimatsbetrieb mehr angefordert werden durften, mußte man eben ein kleines Opfer bringen und nicht mehr dienstfähig sein. Ein paar Zehen oder ein Finger – mit aller Vorsicht selbstverständlich von wegen dem Militärgefängnis ... Die Gesetze der herrschenden Klasse haben tausend Augen, aber die Intelligenz besitzt mehr: Flügel nämlich. Wärme strömte ihm von dem Zeitungsblatt zu, das er an sein Herz gepreßt hielt; er hätte laufen mögen, tanzen, schreien, singen: „Völker, hört die Signale ..."
Als Karl Lebehde wenig später, strahlend rasiert, in der Baracke eintraf, berichtete er schmunzelnd: dieser Esel Kropp habe sich zugegebenermaßen die Haare nur schneiden lassen, um morgen mittag vor dem Herrn Kompanieführer proper aufzutreten, wenn er den Bertin zur Bestrafung vorführte. Die Dummheit der Menschen war unergründlich, immer wieder überraschte sie durch neue Feinheiten.

Drittes Kapitel

„Schreiben!"

Von jetzt an nehmen alle Dinge die scharfe Wirklichkeit von Traumbildern an, ihre festen Umrisse, ihre weich fließende Substanz. Unruhe liegt in der Luft, als sich nach dem Mittagessen zwei kleine Gruppen von Sündern vor dem Häuschen des Herrn Feldwebelleutnants Grassnick aufstellen: links der Unteroffizier Kropp mit kurzgeschnittenen Haaren und der Armierer Bertin, in dessen Nähe sich sein Korporalschaftsführer, Sergeant Schwerdtlein, aufpflanzt, Zeuge zu sein und nötigenfalls besänftigende Auskünfte zu geben; rechts Unteroffizier Böhne, dem sein Kamerad Näglein den Streich gespielt hat, zwei Drückeberger aus seiner Korporalschaft zu melden: den schwerhörigen Tischler Karsch und den kleinen Tapezierer Vehse, die sich beim Munitionvorbringen vor Granateinschlägen in einen Unterstand verdrückt und erst beim Rückmarsch

wieder zu ihren Kameraden gefunden haben; und Karsch macht das zum zweitenmal. Er hat eine unüberwindliche Angst vor den wüsten Eisenvögeln, die sich unter betäubendem Krachen auf die Eingeweide der Männer stürzen. Böhne tritt unruhig von einem Fuß auf den anderen, dreht seinen Schnurrbart, wütet innerlich über Näglein, der sich wichtig tut und eine Meldung macht, anstatt die Abwicklung ihm, Böhne, zu überlassen.
Rund um das Lager grollt der Horizont. Nicht mehr die Abschüsse der deutschen Batterien werfen Luftwellen auf – jetzt krepieren feindliche Einschläge an ihrer Stelle. Etwas ist los – was, ahnt niemand. Und doch wäre es weise gewesen, sich an das alte Sprichwort zu erinnern, nach dem der Appetit mit dem Essen wächst. Die Franzosen gedenken, mit der Spitze ihrer Bajonette dem Kaiser auf sein Friedensangebot zu antworten. Da das Kräfteverhältnis und die Zahl der Geschütze für sie um vieles günstiger liegt als vor acht Wochen, erwarten sie, ihr Angriffsziel mit Sicherheit zu erreichen – eine Linie, die vom Pfefferrücken über den Fosses-Wald und die Chambrettes-Ferme bis nach Bezonvaux schneidet, jene kurze Front quer über die Maashöhen, deren Vorteile einige Herren in Pierrepont, deutsche Generalstäbler, sachverständig zu schätzen wußten. Der Angriff rollt langsam an; wenn er gipfelt, werden die Leute in den Baracken und zwischen den Parkstapein vielleicht etwas merken. Vorläufig jedoch herrscht hier tiefer Friede.
Es mag halb drei sein, als Feldwebelleutnant Grassnick in der Tür seiner schmucken Wohnbaracke erscheint, die zartgrau mit wasserdichter Zeltbahn ausgeschlagen ist. Ruhig studiert Bertin seinen Auftritt, die warme Pelzweste unterm offenen Rock, die der geschickte Kompanieschneider Krawietz fast kostenlos angefertigt hat, die modisch geschnittenen Reithosen, die hohe Mütze, das Einglas im roten, feisten Gesicht. Ein schiefer Blick, ein leichtes Grinsen der Befriedigung verraten, daß der „Panje von Vranje" Bertins Strafmeldung wohlgefällig vermerkt hat. In der gleichen Türöffnung zeigt sich auch, feierlich, mit riesigem Brustkorb und wuchtigen Beinen, der Bulldogg des Herrn Kompanieführers, hellbraun mit weißem Brustfleck, der gehaßt wird, weil er zwei Mannschaftsportionen Fleisch verzehrt und infolgedessen niemals allein spazierenlaufen darf, damit er nicht in einem Kochtopf

verschwinde. Der Herr Feldwebelleutnant ist rosiger Laune. Alle Welt weiß, daß er übermorgen auf Urlaub fährt, um über Neujahr wegzubleiben; und darum hält er, statt sie einzusperren, den beiden Durchbrennern mit gequetschter Stimme eine Standpauke, bezichtigt sie des Verrats an ihren Kameraden und brummt ihnen bloß eine Stunde Strafexerzieren mit gepacktem Affen auf. Böhne strahlt erleichtert. Bertin denkt: Da bin ich neugierig. Als Kropp seine Meldung hingestottert hat, öffnet er den Mund, um die Sachlage zu erklären, aber, das schiefe Lächeln verstärkend, hebt Grassnick die Hand: „Weiß schon, sind natürlich unschuldig. Drei Tage Mittelarrest. Wegtreten!" – Bertin macht kehrt. – Sergeant Schwerdtlein, nachdem der Herr verschwunden ist, tritt herzu und sagt leise: „Sie können sich beschweren, aber erst hinterdrein." – Bertin dankt ihm für den guten Rat, er wird sich das überlegen. Muß er auf alle Fälle absitzen, so hat die Frage der Beschwerde ja noch ein paar Tage Zeit. – Kopfschüttelnd entfernt sich Schwerdtlein. Er begreift weder diese ungerechte Strafe noch die Seelenruhe, mit der sie aufgenommen wird.

Im Mai oder Juni, wer weiß noch, wann das war, hat Bertin eine Eselei begangen, die er heute bestimmt nicht mehr beginge. Der Herr Feldwebelleutnant hat geruht, mit ihm eine Partie Schach zu spielen, und der Schipper Bertin hat der Versuchung nicht widerstanden, ihn im dritten Zuge matt zu setzen. Er fühlte wohl, daß er gegen die Weltordnung verstieß, aber er konnte sich nicht bezähmen. Der Streich des Herrn Feldwebelleutnants begleicht diese alte Rechnung. Grassnick denkt vielleicht, ihn tief zu treffen, aber er irrt sich. Folgendermaßen nämlich staffeln sich für ihn die Umgebungen: zwischen den nassen, angekohlten Stämmen des Fosses-Waldes lebt es sich besser als im Gewühl der Kompanie, und zwischen den Wänden einer Zelle besser als im Fosses-Wald.

Auf dem Hügelkamm, der das Lager begrenzt, sammeln sich die Schipper der Ladekommandos, die eben feucht und müde dem Park entströmen. Der Franzmann hat auf dem rechten Flügel vom Pfefferrücken bis Louvemont furchterregend getrommelt und geschossen; jetzt platzen seine Einschläge auf der Straße nach Ville, dem Caures-Wald, den Trümmern von Flabas. Von der Lagergrenze aus sieht man die Erdgespenster aufwachsen, die Rauchbäume sich krachend pflanzen. Die

Armierer betrachten sie ohne Bedenken: weiter, als er eben schießt, tragen seine Rohre nicht. Den Park hier, die vierzigtausend Schuß Granaten jeder Art erreicht er nicht.

Zwölf Stunden schlief der Armierer Bertin, fast ohne sich zu rühren, in der Zelle, in die das Wachtkommando ihn mit Mantel und Decken an diesem Abend einschloß. Seine Nase ragte spitz aus dem mageren Gesicht, seine Lippen krümmte ein bitterer Zug, sein kleines Kinn verschwand unter der grauen Decke, außerdem fror er in der Nacht, ohne es zu merken; er hatte sich ins Privatleben zurückgezogen. Als er erwachte, fand er seine Knochen steif, sich selbst aber tief erquickt und zu vielen Gedanken aufgelegt. Es war besser, noch ein bißchen liegenzubleiben, zu frieren und zu denken, sich einmal zu besinnen, wer und wo man war, statt aufzustehen, sich zu waschen, Rede und Gegenrede zu tauschen. Hier klebte er wie ein Stückchen Mist, auf das jeder Stiefel treten durfte. Aber wenn dieser Stiefel dem Abschaum einer Abschaumgattung gehörte, war es besser, ein Stückchen Mist zu sein, in dem selbständige Maden wimmelten, Gedanken: wir laden Sie ein, Herr Bertin, Ihre Aufmerksamkeit sich selber zuzuwenden, sprachen die Wände dieser Zelle, das verschlossene Schloß, die Härte der Pritsche, das fahle Morgenlicht aus dem geöffneten Schiebefenster. Statt einer Glasscheibe war sein Rahmen mit Teerpappe benagelt. Aber man hätte sich auswickeln und auf die Pritsche steigen müssen, um die willkommene Dunkelheit der Nacht zu verlängern, und dazu war Bertin nicht geneigt. Er würde erst aufstehen, wenn die Kochgeschirre der Kaffeeholer klapperten. Nein, diese Haft, Geschenk der abgeschabten Götter, die Ende 1916 die Oberaufsicht über die weißen Menschen führten – diese gütige Gabe aus Unrecht, Rachsucht, Kälte und Einsamkeit mußte dazu benutzt werden, Klarheit zu schaffen. Man war bisher leichtsinnig wie ein junger Hund umhergestolpert, unachtsam, bald sich gefährdend, bald andere reizend. Es war Zeit, wach zu werden, die Bewegungen des Schicksals zu belauern. Kroysing und Roggstroh hatten recht, er gehörte nicht an seinen Platz, er mußte sich verändern, wie – das würde sich noch finden.
Die Wachtkorporalschaft, die erste des ersten Zuges, mit ihren langen Kerlen, frühstückte an den Tischen. Sie lud Bertin ein, zuzugreifen. Man machte besorgte Gesichter. Bertin horchte

hinaus. Seit den schweren Schlachttagen im Mai oder Juni hatte die Artillerie hier nicht mehr so getobt. Im rasenden Rollen der Abschüsse unterschied man deutlich das wilde Blaffen feindlicher Einschläge. Aber von dem dicken Unteroffizier Büttner ging eine unerschütterliche Ruhe aus. „Ihre Korporalschaft", sagte er, „hat für Sie verschiedenes abgegeben, wovon ich nichts wissen darf." – Unter einer Bank stand, in Bertins Kochgeschirrdeckel sauber eingepackt, seine Abendration von gestern, etwas Butter und Käse, seine Schreibmappe, sein Notizbuch in schwarzer Wachsleinwand und, in Papier eingedreht, fünf Zigarren. Ah, dachte Bertin erwärmt, sie sorgen für mich, sie stehen hinter mir. Verlangte er etwas zu lesen oder wünschte er seine Pfeife zurück: Unteroffizier Büttner würde nichts sehen. Heißer Kaffee tut gut, wenn man in der Nacht gefroren hatte. Aber was bedeutete dies bißchen Frieren? Tausende von Männern hätten Jahre ihres Lebens darum gegeben, wenn sie die vergangenen zwölf Stunden so seelenruhig hätten frieren dürfen. Jetzt wurde überall geheizt, angenehme Wärme durchkreiste das ganze lockere Gebäude aus Brettern und Pappe. Niemand unterschied den frühstückenden Häftling von seinen Kerkermeistern.
Wieder in seiner Zelle, beschloß er, eine Zigarre zu rauchen, deren blauer Dunst zum Fenster hinauswehte – ein schlechtes Kraut, ein Kompaniekraut, aber eine Zigarre. Draußen herrschte Aufregung. Leute liefen hin und her, niemand würde auf das kleine Zellenfenster achten. Er streckte sich aus, schloß die Augen, hatte Zeit, wieder einmal so zu atmen, als sei er ganz allein in der Welt. Schaffenhaft fiel zurück, was ihn an sich gerissen hatte. In Arrest mußte man gesteckt werden, der Freiheit beraubt, ein Sträfling mit mildernden Umständen, um sich zurückzufinden.
Als er so träge vor sich hinblinzelte, trat auf dem Hintergrund seiner Augenlider eine Gestalt hervor: braunes Gesicht unter der Schirmmütze, fordernde Blicke, dunkelbraun, beladene Schultern. Sie verbarg ihren linken Arm, diese Gestalt; das Bändchen des Eisernen Kreuzes leuchtete im Knopfloch auf, wie von einem Sonnenstrahl getroffen. Ihr Umriß hielt sich dunkelgrau, obwohl im Blinzeln die Fugen der Bretterwand sie durchschienen. Kroysing, sagte Bertin lautlos zu dem Schemen, der auf ihn blickte, ich habe alles für Sie getan, was ich tun konnte. Ich bin eine Laus, Sie wissen das doch, ein

gemeiner Schipper, der seit jenem Wasserhahn unter scharfer Beobachtung lebt. Ich habe Ihren Bruder gefunden, ihm Ihr Vermächtnis übermittelt, wir haben Ihren Brief gelesen, und der Eberhard hat sich mit vollen Segeln in Ihr Fahrwasser begeben, und noch hat er nichts erreicht. Mich müssen Sie jetzt in Ruhe lassen. Hat es je einen ohnmächtigen Soldaten gegeben, so bin ich das. Ich kann doch nicht an Ihre Mutter schreiben, nicht wahr? Das ist Sache Ihres Bruders, und an Ihren Onkel kann ich auch nicht schreiben. – Schreiben! gab die Gestalt in lautlosem Echo zurück. Braunes Gesicht, dachte Bertin, in die Länge gezogen, schmale Backen, eine gerundete Stirn, waagerechte Augenbrauen, lange Wimpern, gute braune Augen. Sie haben ihm zugesetzt und ihn zur Strecke gebracht; jetzt ist er längst in schlechter Verfassung. Sein Grab, viel Wasser, Sumpfwald bei Billy, ist wirklich kein bekömmlicher Aufenthalt. Es war begreiflich, daß er mal wieder auftauchte. Schreiben? Warum nicht? Er hatte ja Zeit. Aus allem, was ihn quälte, hatte er früher kleine Gebilde gerundet, Plastiken aus dem Elfenbein der Worte; eben jetzt lasen die Leute zwölf davon. Dieser Geist kam in ihm nicht zur Ruhe, ehe er ihn nicht in Sätze gebannt hatte. Er besaß ja einen Block Briefpapier mit steifem Pappdeckel; auch einen Füllhalter denkwürdiger Herkunft, den ihm die Kameraden, wahrscheinlich der Kaufmann Strauß, zu den Zigarren gewickelt hatten. Dazu also habe ich ihn bekommen, dachte er erschrokken.

Der Schriftsteller Bertin zog seinen Mantel an, hüllte sich eine Decke um Leib und Beine, legte die andere um seine Schultern, lehnte mit dem Rücken an die Barackenwand, stellte im Sitzen die Füße auf die Pritsche, machte aus seinen Oberschenkeln ein Pult. Über den Mützendeckel fiel mit kalter Luft das Tageslicht aufs Viereck seiner Briefbogen. Seine linke Hand, die den Block hielt, verlangte nach einem Handschuh, er zog ihn an. Er begann die Kroysingnovelle zu schreiben. Er schrieb sie vom Vormittag bis in den Mittag, seine Korporalschaft schickte ihm Essen, er verbarg die Arbeit, aß seine Suppe, wusch sein Kochgeschirr aus, ließ sich einschließen, kroch auf seine Pritsche, wickelte sich ein, schrieb. Die wunderbare Gnade der Eingebung hatte ihn überfallen. Satz für Satz glitt aus dem Unterbewußten in die Feder, das herrliche Fieber der Schöpfung erhitzte ihn, die große Ausweitung, durch die ein

einzelner aufhört, ein Ich zu sein, und zum Werkzeug drängender Gewalten wird, die der Geist in ihn gelegt hat. Er verwünschte die Dämmerung; er mußte doch schreiben! Er verwahrte seine Arbeit, die keinen Titel hatte, diese Kroysingnovelle, und klopfte, daß man ihn hinauslasse.
Der lange Schmied Hildebrandt kam, ihm zu öffnen – ein Schwabe aus Stuttgart, Kamerad seit Küstrin; sie hatten manches vernünftige Gespräch miteinander geführt. „Mensch", sagte er, „da draußen ist vielleicht was los!" – Bertin verschwieg, daß er bis jetzt nichts gehört hatte; er hatte sich ja noch vor Minuten in vergangenen Monaten aufgehalten, unterhalb der Chambrettes-Ferme, im Talgrund der langen Rohre. In der Wachtstube redeten die Mannschaften erregt aufeinander ein. Ein Glück, daß Unteroffizier Büttner mit seinem mächtigen Umriß den Türrahmen füllte, Ruhe ausstrahlend. Das Feuer der Batterien hatte nicht abgenommen, noch weniger das platzende Brodeln und Gurgeln der Einschlagsalven. Ohne Zweifel griff der Franzose an, vielleicht heute nacht, vielleicht erst morgen. Nachrichten redeten sich herum: immerfort riefen Batterien an, zu erproben, ob die Leitungen noch heil seien; manche, die vormittags noch Verbindung hatten, schwiegen seit Mittag. Mit schweren Verlusten – zwei Pferden, drei Fahrern – sind vorhin Protzen der Feldartillerie über Ville hereingekommen, jetzt laden sie unten im Feldkanonenpark, dem tiefsten und geschütztesten Punkt des ganzen Geländes. Der Schwabe Hildebrandt hat mit ihnen gesprochen; sie hatten schon jetzt die Knochen voll Grauen, weil sie mit ihren Karren da wieder durch mußten, und sie mußten da wieder durch, weil ihre Batterien sonst ausfielen. Manchen Mannes Todesurteil stand schon ausgefertigt. Macht nichts; die Protzen laden, die Protzen fahren zurück. Die Ladekommandos entwinden sich dem Park, Züge grauer Gestalten und rotbrauner, sie haben ihre Zeltbahnen um, Regen rieselt. Bertin hat es gut, er ist zu Arrest verurteilt. In Begleitung Hildebrandts begibt er sich auf die Latrine; dort trifft man immer Leute. Wilde Gerüchte von französischen Vorstößen aus dem Douaumont; die ganze Gegend liegt unter schwerem Feuer. Heut holen die sich einen schönen Fetzen Landes. Wer weiß wieviel? (Sehr viel. Alles, was auf dem rechten Ufer von März bis September mit Leichenhügeln erkauft worden war – all die ehemaligen Wälder und

Schluchten, den Chaffour-Wald, den Hassoule-Wald, den Vauche-Wald, die Hermitage, den Caurrière-Wald, den Wald Hardoumont, alles, alles.) – Der kleine Vehse kommt herein, als Bertin eben weggeht. „Da hast du die Antwort auf das Friedensangebot", sagt er entmutigt mit seiner hamburgischen Stimme, seine Augen zeigen, wie sehr er gehofft hatte. Er ist jung verheiratet, im Februar soll er auf Urlaub fahren, vielleicht Anfang März, dann wird er sein Schlafzimmer neu tapezieren. Vor ein paar Tagen hat er mit Bertin lange beraten, welche Farbe er wählen soll. Am liebsten nähme er grün, aber grüne Tapeten sind oft giftig, und seine Frau ist zart, das könnte sich auf die Lunge legen.
Bertin hat mit Hildebrandt einer Kerze wegen verhandelt; er bekommt eine. Er läßt sich wieder einschließen, hört noch einmal den brandenden Ozean hinterm Caures-Wald, er versperrt sich nicht der Not der Welt, die dort ihre irren Blasen treibt; dann schiebt er den Fensterrahmen vor seine Luftklappe und geht an die Arbeit. Die Kerze reicht aus, man wird sich die Augen damit etwas verschlechtern, es kommt nicht darauf an. Dieser Krieg ist eine ungesunde Beschäftigung, und eine halbe Dioptrie Kurzsichtigkeit mehr kann bei künftigen Musterungen nur nützen. Er stockt das Gespinst, aber dann löst sich die Verhärtung, der Faden läuft weiter ab. Bertin macht seinen Eintagsfreund Kroysing wieder lebendig, wenigstens für sich und in diesem Augenblick. Es wird weh tun, seine Zerschmetterung mitzuleiden; bis zu diesem Punkte will er heute kommen. Er kommt bis zu diesem Punkte. Morgen wird er darstellen, welche Freude das Unglück des Unteroffiziers Christoph Kroysing beim Feldwebel, beim Kompanieführer, bei seinem Bataillonschef auslöst; die Hamburger sagen: Wat dem eenen sin Uhl, is dem annern sin Nachtigall. Er muß für den Feicht, den Simmerding und den Niggl andere Namen erfinden und seinen teuren Glinsky nicht vergessen. Für heute ist es genug, die Augen tun weh, ein sitzender Mann friert in der Nachtfeuchte. Er bekommt Abendbrot, er raucht eine Zigarre, er liegt im Finstern, zitternd an allen Gliedern. Die Erregung verebbt, man muß sich durch starkes Atmen erwärmen; und Bertin schläft ein, ohne zu merken, daß in der Dunkelheit das Krachen der Einschläge immer näher rückt.

„Sie schießen in den Thilwald!“ – „Sie schießen nach Flabas!“ – „Sie pfeffern nach Chaumont!“ – „Uns werden sie auch bald haben!“
Aufgeregte Stimmen erfüllen die Wachtstube. Bertin kommt frisch und frierend aus seiner Zelle, er hat vorzüglich geschlafen und von den Sandgruben seiner Jugend geträumt; heut ist der 15. Dezember. Der Regen hat aufgehört, der trübe Himmel verspricht stärkere Fröste in den nächsten Nächten. Bertin findet, ihm habe schon dieser Frost genügt.
Die Kompanie fühlt sich bedroht, das ist ein Faktum. Ihre Lage würde rechtfertigen, daß der Herr Kompanieführer seinen Urlaub um ein paar Tage aufschöbe. Ihm sind vierhundert Menschenleben anvertraut, die zwischen Gebirgen von Granaten und haushohen Stapeln von Pulverkisten wohnen, ohne Unterstände. Diese zu bauen, fand man bisher leider die Zeit nicht. Denn wann sollten die Zimmerleute, Schreiner und Maurer wohl all die hübschen Wohnstätten der Schreibstubengötter anfertigen, wenn sie auf dem Parkgelände Mannschaftskeller angelegt hätten? Der Schreiber Querfurth, der Ziegenbart, läuft herbei, Schreck in den Augen: Unteroffizier Büttner und seine Korporalschaft müssen auch heute Wache schieben. Anstandshalber murren sie darüber; natürlich sind sie heilfroh, nochmals vierundzwanzig Stunden vom Granatenschleppen befreit zu sein.
„Ich schlage vor, Sie verziehen sich jetzt in Ihre Zelle“, sagt Unteroffizier Büttner gelassen mit seiner kindlichen Stimme zu Bertin, der ganz Neugierde und sogar Belustigung über die Prüfung ist, die seiner Kompanie jetzt harrt. „Wir werden Sie aber besser nicht einschließen; wer weiß, was kommt.“ – Bertin blickt ihn dankbar und vertrauensvoll an und gehorcht. Gestern nacht im Einschlafen schon fragte er sich, ob die Arbeit eigentlich gelungen sei, die ihm da so plötzlich zugewachsen war. Jetzt blättert er in seinem Manuskript, kopfschüttelnd und mit Unbehagen. Er kann nicht beurteilen, was erst so kurze Zeit außerhalb seines Geistes Dasein hat; die Schrift zeigt jedenfalls, die immer enger werdenden Zeilen: was kam, kam stromartig. Sicherlich ist etwas Reifes heraufgeschossen, und überliest er es, teilt sich ihm die Erregung des Erlebnisses und des gestrigen Schreibens wieder mit. Ein Schriftsteller hat es gut, denkt er, er kann überall auf der Erde seine Werkstatt aufschlagen, die Füße unter den Tisch strek-

ken und arbeiten. Rohstoff liefert ihm sein eigenes Leben, alles was ihn kränkt oder beglückt, seine Unzufriedenheit mit der Welt und mit sich, sein unruhiges Ahnen besserer Möglichkeiten und eines sinnvolleren Zustands. Gelernt haben muß er freilich sein Handwerk und seine Kunst. Damit steckt Bertin das kleine Werk in die Manteltasche. Heute zieht ihn die Welt da draußen heftig an sich. Er steigt auf seine Pritsche und schaut aus dem Fensterchen; wie aus einer ungeschickt angebrachten Loge genießt er das Schauspiel, das sich ihm bietet. Neue Munitionswagen scheinen angekommen; die ganze Kompanie verschwindet mit klappernden Stiefeln über die hölzernen Stiegen, hügelauf im Park, der sich an der Straße nach Flabas ausdehnt. Rechts vor ihm liegt die Schreibstube; aus ihrer geöffneten Tür treten etwas später neue handelnde Personen, die er leider nicht hören kann. Dennoch versteht er, was geschieht. In Mantel und Mütze, gestiefelt und gespornt, erscheint zunächst der Herr Kompanieführer und hinter ihm sein Bursche, Herr Mikoleit, eine Schirmmütze auf dem Haupt, als sei er ein Unteroffizier, und eine mächtige Henkelkiste schleppend. Bertin stößt sich vor Erstaunen an der oberen Fensterleiste: Grassnick fährt also doch auf Urlaub! Ihm folgt, schwitzend vor Aufregung, Vizefeldwebel Susemihl: soll der etwa die Kompanie übernehmen – er, ein braver Polizist aus Thorn, der dort seine zwölf Jahre heruntergedient hat, um mit Frau und Kind versorgt zu sein? Wie denn: auch der schmucke Vizefeldwebel Pohl gedenkt zu verreisen? Hat er uns nicht, er ist doch Lehrer, in Serbien Vorträge über die Verantwortung des Soldaten gehalten, Instruktionsstunden über Pflichterfüllung bis zum Äußersten? Und jetzt türmt er? Bertin schmeckt auf der Zunge etwas Unappetitliches. Der Panje von Vranje fuchtelt mit den Armen, beschreibt Bewegungen, die Chaumont und Flabas einschließen: offenbar liefert er Herrn Susemihl und seinen drei, vier Unteroffizieren eine beruhigende Darstellung der Verhältnisse, führt er ihnen die Sicherheit des Parks vor Augen, das Einglas fest im Nasenwinkel. Wahrhaftig, diese Ratten verlassen das bedrohte Schiff. Da tritt auch Feldwebel Pfund heraus – jeder Zoll ein Etatmäßiger. Er hat den langen Säbel um den Bauch geschnallt und seinen Schnurrbart frisch gewichst; in der Hand aber trägt er ein eisernes Kistchen, die Kasse mit den Kantinengeldern der Kompanie. Neun Monate lang hat man jedem

Mann bei jeder Löhnung ein paar Groschen zwangsweise abgezogen zur Anschaffung von Waren für die Kompaniekantinen; dafür sollen nach gewisser Zeit die erwirtschafteten Überschüsse an die Leute zurückgezahlt werden. Feldwebel Pfund schickt sich an, diese Verteilung vorzunehmen. Er fährt nach Metz, wo er gut bekannt ist, kauft dort billige Kinkerlitzchen (wertlose Messer, rotgemusterte Taschentücher und gewöhnliche Luntenfeuerzeuge, wie sich später ergab) – den hübschen Rest steckt er in seine Tasche. „Schiebung", sagt Bertin vor sich hin, „das wird ein Fischzug, der lohnt, und niemand wird wagen, den Mund aufzumachen, auch ich nicht, obwohl jeder einzelne die paar Mark gut brauchen könnte." Bertin nimmt sich vor, nachher einmal eine kleine Berechnung anzustellen, wieviel Ersparnisse die Schreibstube in jenem Eisenkistchen verborgen hält; vorläufig muß er noch schauen. (Die Berechnung ergibt 1269 Mark, wenn je Kopf und Dekade nur 10 Pfennig einbehalten worden sind.) Das Wetter klärt sich. Plötzlich funkelt eine bleiche Sonne auf dem Messing des Säbelkorbs, in der Augenscherbe des Herrn Grassnick. Würdevoll verabschiedet er sich, denn drüben auf dem Bahnhof Moirey, klein und deutlich, wird eben der Zug zusammengeschoben, leere Güterwagen und mehrere Personenwagen, die zum Teil etwas Weißes in den Fenstern enthalten. Mehr Einzelheiten vermittteln die kurzsichtigen Augen des Armierers Bertin nicht; wohl ihm, denn das Weiße sind Verbände, die Wagen kommen voll Verwundeter aus der Gegend von Azannes. Die Kompanie wird also allein bleiben; über Chaumont, das brennt, schwebt eine dicke braune Wolke. Jetzt stapfen sie die Treppe hinunter, gleich müssen sie auf der Chaussee erscheinen, noch einmal den Schauplatz passieren, und da kommen sie auch, Herr Feldwebelleutnant Grassnick, seinen braunen Hund an der Leine, der blondbärtige Vize Pohl, Herr Feldwebel Pfund mit seiner Kasse, den Säbel überm Mantel, der Bursche Mikoleit mit seiner Kiste. Ihnen schließen sich zwanzig Mann an, rechtmäßige Urlauber, glückliche Schipper, die bisher auf der Chaussee gewartet zu haben scheinen. Bertin wird plötzlich die Zelle zu eng. Er muß hinaus, frische Luft atmen, einen Augenblick in der Sonne stehen. Die Wachtmannschaften haben sich mittlerweile beruhigt, es ist noch nicht eins, aber dank der Urlauber ist diesmal schon abgekocht worden, gleich für die ganze Kompanie – ein

Feiertagsmahl, weiße Bohnen mit Rindfleisch; die Küche beweist, sie kann auch einmal früh fertig werden. Nach dem Essen sitzen die Wachtleute mit ihrem Gefangenen in der Sonne, spüren ihre schwache Wärme auf Gesichtern und Händen. Am südwestlichen Horizont ist wohl ein Fesselballon hochgegangen, der Franzmann lugt neugierig ins Gelände. Heut weht der Wind aus Osten und treibt den Schall der Einschläge und das Donnern der Abwehrartillerie dämpfend vor sich her. Bertin beschließt, das Tageslicht auszunutzen und weiterzuschreiben. Er hat vorhin überlegt und zwei oder drei kurze Kapitel entworfen, von denen eins bei Kroysings Eltern spielen soll, in Bamberg vielleicht. In eine gepflegte Beamtenfamilie bricht die Nachricht vom Heldentod des jüngeren Sohnes; zu zeigen war echter Schmerz, verdunkelt von den aufgeblasenen Vorstellungen der großen Zeit, die von der Wirklichkeit so elend abstachen. Welchen Namen sollte er eigentlich dem armen Kroysing geben? Künstlerischer Abstand und die Lösung vom ungeformten Leben verlangten Umsetzung wie in den Rahmen eines Bildes.
Und während er so an seiner Zigarre saugt, wieder in der Zelle, und sich einbildet, die Wärme der Sonne durch das schwarze Dach zu spüren, hört er ein wohlbekanntes Heulen in den Lüften. Es rast heran, braust auf, gellt auf, mündet in den wüst schmetternden Einschlag. Bertin fährt in die Höhe: der sitzt im Park. Wie denn? denkt er. Sie können doch nicht... krachend ein zweiter Schlag, krachend ein dritter, dumpf brüllt eine Explosion auf. Sie haben in einen Stapel hineingefunkt! Obwohl Bertin aus seinem Fenster nur nach Straße und Talmulde blicken kann, springt er auf seine Pritsche: über die Treppen, über die Stege laufen, stürzen, donnern die Männer der Kompanie. Sie gehen durch. Recht so, denkt Bertin! Ihre Führer sind abgefahren, jetzt fahren auch sie ab. Ein vierter, fünfter Schlag sitzt im Park, jetzt schreien Menschen. Ein gellendes Jaulen, unanhörbar, scheucht ihn von der Pritsche, aus der Zelle in den Wachtraum. Bleich und ruhig steht der Fabrikant Büttner mittendrin. Mit wilden Bewegungen ziehen sich seine Leute die Stiefel an; schrille Rufe: „Sie haben uns!" – Der nächste Einschlag schmettert noch näher. „Sie nehmen am besten Ihre Sachen an sich", damit öffnet Büttner das Schränkchen. Bertin stopft sich die Taschen voll mit den Habseligkeiten, die er vorgestern abgab. Während er sich die

Uhr ans Handgelenk schnallt, entleert sich der Park: Sturzbäche von grauen Soldaten sausen vorüber in die Baracken – in kalten Nächten braucht man seine Decken. Auf die offene Tür deutend, stellt Büttner seinem Häftling frei, sich dem Strome der Fliehenden anzuschließen. Aber der verzichtet dankend: hier seien sie alle splittersicher, sagt er. Eben rennt der Sanitätsunteroffizier Schneevoigt mit seinen Mannschaften in den Park, zwei, drei bleichen Berlinern und einem Hamburger. Sie laufen in die beschossene Zone. Das ist ihre Pflicht, dazu tragen sie die Binde mit dem roten Kreuz, aber es tut wohl, in diesem Wirrwarr allgemeiner Flucht Leute zu sehen, die sich nicht drücken.
Mächtige schwarze und weiße Rauchwolken entquellen dem Park, die Pulverstapel brennen. Noch liegt ein Hügelkamm etwa zwölf Meter hoch in sanftem Anstieg zwischen der Baracke und den beschossenen Stellen; nun, die Rauchschwaden werden den Kanonieren drüben schon zeigen, wohin es lohnt zu pfeffern. Bertin, in der Türöffnung, gewahrt plötzlich zwei Bewegungen einander entgegen: die Treppe hinauf zur Schreibstube hinkt mit seinem Krückstock der Adjutant des Parks, Oberleutnant Benndorf. Den Hügelkamm hinunter, schmutzigblaß, trabt Sanitäter Schneevoigt, gefolgt von zwei Leuten, zwischen denen sich eine Zeltbahn dick nach unten beutelt. – „Wen bringt ihr denn da?" fragt Büttners Kinderstimme hoch über Bertins Mütze weg. Der alte Barbier Schneevoigt antwortet nicht, seine Kehle macht Schluckbewegungen, sein Gesicht unterscheidet sich kaum von seinem Schnurrbart; er deutet nur mit seiner Faust wie drohend nach der Rauchsäule. – „Das war mal der kleine Vehse", antwortet statt seiner einer der Träger; „es ist schon vorbei." – Angelaufen kommt indes der lange Schmied Hildebrandt, er hat in der Revierstube ein paar Verbandpäckchen geholt und berichtet, zwischen den Stapeln lägen noch drei tote Leute: Hein Foth, der schmutzigste Mann der Kompanie, und der Landarbeiter Wilhelm Schmidt, der Analphabet: die beiden seien mitten in die Granate reingerannt. Außerdem, vom Volltreffer mitgenommen, ein gewisser Reinhold... Bertin schreckt auf, Otto Reinhold, das gutmütige Männchen! – „Einer von der Stammannschaft aus Küstrin, wenn du den meinst", bestätigt Hildebrandt. – Ein Mann aus seiner Korporalschaft und auch der Wilhelm Schmidt und der verlauste

Foth gehörten zu seinen näheren Nachbarn! Sicher wäre auch er in den Park kommandiert worden, wenn er nicht gerade „gesessen" hätte. Aber jetzt fehlt die Zeit zu solchen Erwägungen. Der alte Schneevoigt hat seine Sprache wiedergefunden, er kommt ein paar Schritte zurück. „Macht euch hier fort!" ruft er. „Wir haben ein Dutzend Verwundete im Chausseegraben liegen, wollt ihr vielleicht auch dabeisein?", und ab trabt er in sein Revier, während zwei andere seiner Leute wieder eine Zeltbahn vorüberschleppen, eine braune diesmal.

Unteroffizier Büttner versammelt seine blassen großen Kerle um sich, er überragt sie. Die Kompanie sei offenbar abgerückt, erklärt er ihnen, das Wachtkommando damit erloschen, er halte sie nicht fest. Sie schnallen ihre Koppel um, rollen ihre Decken. Bertin verschwindet in seine Zelle. Während er mit schnellen Bewegungen aus Kommißbrot und Decken ein Paket macht, sich anzieht, seine Taschen abtastet, nimmt er Abschied von diesen Bretterwänden, der Pritsche, dem Fenster. Sie haben ihm Erquickung gegeben, er wird ihnen das nicht vergessen, in seine frühere Existenz ließen sie ihn zurücktauchen; nun zwingt ihn der Franz, vorzeitig aufzubrechen. Im Wachtraum drängen sich die Leute dickgeballt an der Tür. Eben wird wieder eine Zeltbahn vorbeigebracht. In der offenen Revierstube drüben kniet Schneevoigt bei etwas Unkenntlichem, das im Schatten verschwindet. Mit ungeheurem Heulen schmettert ein neuer Schlag in den Park, alles duckt sich, zieht die Köpfe ein, die Schwaden der Explosion stehen hinter dem Fenster, Splitter oder Erdbrocken hageln an die Wand. Dann schreit von der Schreibstube her eine helle Stimme: „Raus, Leute, raus! Löschmannschaften antreten. Abmarsch in den Park! Pulverstapel löschen!"

Dort steht Oberleutnant Benndorf und kämpft mit seinem Mantel. Den rechten Arm hat er bereits im Ärmel untergebracht, mit ihm und seinem Krückstock deutet er auf die ungeheure Qualmsäule. Die Männer in der Wachtstube weichen alle unmerklich zurück; obwohl sie nicht zum Löschkommando gehören, müssen sie jetzt hinaus, dem Befehl folgen. Besonders Bertin fühlt sich dazu gedrängt, er weiß nicht warum. Er stellt nur ein herrisches Verantwortungsgefühl in sich fest für all die Dinge, die ihn nichts angehen, eine Regung, sein Deckenbündel wegzuwerfen, dem Offizier

zu folgen, der jetzt sofort an der Baracke vorüber im Schußfeld verschwinden wird. Aber was ereignet sich? Der Oberleutnant, wirklich in Bewegung, kehrt der Schreibstube den Rücken, humpelt eilig nach der Straße hin, macht auf der Treppenhöhe noch einmal kehrt, ruft noch einmal: „Stapel löschen!" und verschwindet klappernd mit seinem steifen Bein diese Treppe hinunter abwärts auf die Straße. Dort hält, Bertin traut seinen Augen nicht, ein graues Auto; Herr Oberst Stein, sein rotes Gesicht unverkennbar über dem breiten Rücksitz, winkt wild mit beiden Armen, sein Mund steht rund und schwarz vom Rufen offen, der Oberleutnant schwingt sich endlich in den anderen Sitz, und noch ehe der Türflügel zuschnappt, saust der Wagen ab, Richtung Damvillers. Grenzenloses Staunen reißt Bertin die Zähne auseinander; dann schlägt er sich auf den Schenkel, lacht hellauf und dreht sich nach Büttner um, der ihm ins Freie gefolgt ist. – „Jetzt aber nischt wie weg!" äußert der voller Verachtung.
„Die Kompanie sammelt sich in Gibercy!" ruft ihnen ein vorüberlaufender Telefonist zu, der eben aus der Zentrale türmt. Im nächsten Augenblick kracht ein neuer Einschlag, diesmal auf dem Hügelkamm, die Splitter fegen pfeifend über die Wachtbaracke hin. Ein Strom langer Armierungssoldaten donnert die Treppe hinab, die letzten Recken von 1/X/20 räumen ihren Park.

Viertes Kapitel

Der Anruf

„Die Kompanie sammelt sich in Gibercy." Der Armierungssoldat Bertin, in Mantel und Feldmütze, sein Bündel unterm Arm, steht auf halber Höhe der Treppe zur Straße hinunter, schon fast allein, und überlegt. Gleich wird es hinten wieder knallen. Bis dahin weiß er genau, was er tut. Er denkt glasklar – in keinem Punkte mehr ein unterdrückter Soldat, ein Wesen, das sich führen läßt. Ein geschulter Mann von achtundzwanzig Jahren beurteilt eine Sachlage. Das Dorf Gibercy liegt hinter den Hügeln, dort stehen große Truppenlager leer. Aber der Weg dahin führt durch eine weite, flache Mulde, offen der

Einsicht und den Granaten, die den Fesselballon dahinten speien läßt. Welches ist der tiefste Punkt des Lagergeländes? Sicherlich die ehemalige Mühle, die sich später zur Badeanstalt und danach zum Feldkanonenpark umwandelte. Die Munition der Feldgeschütze ist die gefährlichste, weil Kartusche und Granate aneinanderhaften. Urteilsfähige Männer haben diesen Park dorthin gelegt... Bertin läuft: die Treppe hinab, am Steilhang der Straße entlang, die Bohlenstege, zwischen Rasenhügel, welche die Stapel der Munitionsarten trennen. Am Ufer des Baches, der Theinte, wohnt in seiner Bude der Oberfeuerwerker Schulz ,mit seinen Angestellten, dem kleinen Strauß und dem steifbeinigen Fannrich – wie im Oberpark bei den schweren Kalibern, allerdings allein, Oberfeuerwerker Knappe haust, der, verglichen mit dem flotten Schulz, von einsiedlerischer Natur ist. Das Häuschen ist leer, seine Bewohner getürmt. Macht nichts, denkt Bertin, j'y suis, j'y reste: ein warmer Ofen, ein Feldbett mit Decken, trockenes Holz, ein Kochgeschirr und in den Kartons des guten Strauß Kaffee, Zucker, Zigarren. Hier können Familien Kaffee kochen; man mahlt ihn mit einer leeren Flasche als Walze und einer Zeitung als Unterlage. Unruhig horcht Bertin zur Außenwelt hin: gedämpftes Krachen. Es scheint den kleinen Trupps zu folgen, die vorhin die Berglehne hinaufhasteten. Wieviel besser bummelt es sich da durch eine Wohnung, die einem nicht gehört, während das Wasser zu sieden beginnt; rechts der Raum von Fannrich und Strauß, links das Heiligtum des Herrn Schulz, mit Zeltbahn ausgeschlagen, in der Mitte ein kleiner Flur, Tischchen und Telefon. Hier läßt sich's leben. Eine hübsche Aussicht auf den eilenden Bach, nachmittags Sonne vor den Fenstern und keine Kompanie rundum, kein Parkkommando, nichts... Wie sie alle gesprungen sind, denkt Bertin, gerade als ein Zischen ihn zum Kochtopf ruft; und, während er die grobzermahlenen Bohnen ins kochende Wasser schüttet, den dicken Brei mit einem Holzspan umrührt, den Zucker gleich dazutut: wie sie davongelaufen sind! Sei gerecht, fordert er sich auf – dabei hängt er den Waffenrock zum Mantel, ein behaglicher Duft frischen Kaffees trifft sich mit dem Rauch der geklauten Zigarre –, sei gerecht, Mensch. Gegen Granaten richten Männer auch dann nichts aus, wenn ihr Waffenrock mit Achselstücken verziert ist; zudem hat der Benndorf seinen Schuß schon lange weg, er humpelt ja, und

der fette Stein auch, aus jenen sagenhaften Tagen, in denen so hohe Tiere wie ein Oberst im offenen Feld verwundet wurden. Auch der Panje von Vranje kannte mal eine Zeit, wo er tapfer auf seinem Gaul sitzenblieb, bis der letzte Mann unserer Kolonne in Deckung eingeschwenkt war. Wie lange ist das her? Neun Monate? Da sieht man's, die Etappe!
Indes verdunkelt sich der Himmel, bald trommelt Regen aufs Dach. Na also, freut sich Bertin, der löscht die Pulverstapel auch ohne mich, und jeder Mann hat seinen Willen. Es kann gar nicht genug regnen im Kriege. Vier Tote, denkt er, über ein Dutzend Verwundete, aber die Spitzen der Behörde auf Urlaub und die Parkoffiziere im Auto ade – eine komische Welt, im Grunde zu Betrachtungen einladend, aber ich heiße nicht Pahl. Mag der Krempel zum Teufel fahren! Der Kaufmann Strauß hat Bücher, zum Teil von mir entliehen. Feiern wir ein Lesestündchen. Flucht aus der Welt – meinetwegen. Er mustert die Hefte und Broschüren auf dem Bücherbord neben einem Stoß alter Zeitungen. Er könnte zwar seine eigene Novelle durchsehen, aber jetzt mag er nichts um sich, was nach Gegenwart riecht, und er wählt schließlich die Geschichte vom Goldenen Topf, wie sie der Dichter E. T. A. Hoffmann vor hundert Jahren hingezaubert hat. Draußen regnet es; heißer schwarzer Kaffee, Schluck um Schluck genossen, Zeitlosigkeit umgibt ihn, Erdgeister und Salamander, spukhafte Hofräte und reizende Fräulein und eine Stadt Dresden, wie sie niemals bestand... Da schrillt das Telefon. Bertin zuckt auf, dem Wach-Traum entrissen, den der Dichter Hoffmann träumt. Eigentlich geht es ihn nichts an. Gott weiß, in welchem Unterstand an der Flabas-Chaussee die dreie Skat spielen, die sich darum zu kümmern hätten. Aber der Armierer Bertin sitzt schon am Tischchen und hebt den Hörer ab, gerade als es wieder wild läutet. „Meldet sich niemand", vernimmt er nebenhin gesprochene Worte. „Hallo, hallo!", meldet er sich eilig, „Feldkanonenpark Steinbergqell!" – „Herr Leutnant, jetzt sind sie da", hört Bertin den anderen. „Hallo, seid ihr denn nicht kaputt, es hieß doch, ihr brennt?" – „Wir sind noch ganz munter", antwortet Bertin, „haben natürlich Dunst bekommen, sind aber noch da." – „Man kann also bei euch laden?" fragt die Stimme wieder. – „Kommt darauf an, welches Kaliber", antwortet Bertin. – „Na, Mensch", klingt es ärgerlich zurück, „bist du vom Mond gefallen? Welche Rohrweite

hat wohl das deutsche Feldgeschütz?" Die Telefonisten haben also, bevor sie ausrissen, treu und brav eine Leitung hierhergestöpselt; drüben spricht wirklich eine Feldgeschützbatterie. Jetzt mischt sich dort ein anderer ein, ein Offizier, das hört man. Woher kenn ich diese Stimme, denkt Bertin; habe ich mich eigentlich dumm benommen? Dann gibt er die geforderten Auskünfte: die Beschießung habe die schwere Munition arg beschädigt, die Kompanie sei abgerückt, das Parkkommando wahrscheinlich nach Damvillers zurückverlegt. – „Zurückverlegt – kennt man; und wie kommen Sie an den Apparat hier?" – „Zufall, Herr Leutnant", antwortet Bertin verlegen, ihm fällt so schnell nichts Besseres ein. Hätte er vorhin erraten müssen, daß er mit Feldgeschützen spreche? Offenbar doch nicht. Woher kenn ich bloß die Stimme, beharrt er. – „Schöner Zufall", sagt der andere; „immerhin sind Sie nicht mit ‚abgerückt'. Soll Ihnen nicht vergessen werden. Wir kommen gegen fünf, halb sechs – wie es sich machen läßt. – Wir rühren uns nicht vom Fleck", hört Bertin den Offizier seinen Leuten zurufen, „Gott bewahre! Jemand von den Kerlen hat den Kopf oben behalten. – Sagen Sie mal", wendet sich die Stimme jetzt wieder an ihn, „haben wir uns nicht schon mal gesprochen? Sie sind doch der mit der Brille aus der Wildschweinschlucht, der mich im Oktober... wie heißen Sie?" – Bertin durchfährt eine Erleuchtung. „Spreche ich mit Herrn Leutnant von Roggstroh?" fragt er zurück. – „Na, sehen Sie", konstatiert der Leutnant befriedigt, „haben mich also auch nicht vergessen; jetzt sagen Sie mir aber erst, wie Sie heißen." – Bertin nennt seinen Namen und bittet um Entschuldigung, falls er sich nicht vorschriftsmäßig benommen habe, er sitze wirklich nur zufällig im Feldkanonenpark und kenne den Dienst in ihm nicht. – „Macht fast gar nichts", entgegnet der Leutnant, „Sie Letzter der Mohikaner, darum geb ich Sie doch zum E. K. ein, so wahr wir zusammen in der scheußlichen Haubitzstellung den toten Herrn besichtigt haben. Ich wußte doch, daß sie kein richtiger Schipper sind." – Bertin durchfährt es heiß. Aufgeregt beteuert er, der Feldkanonenpark sei ihm einfach als sicherste Zuflucht erschienen, dafür verdiene er doch keine Auszeichnung. – „Klar", antwortet der Leutnant, „eben drum. Haben Sie schon mal gehört, daß einer das E. K. kriegt, weil er es verdient? Wiedersehen, junger Held. Um fünf, halb sechs." – Bertin findet, auf eine unvorschriftsmäßige Frage komme es nun schon nicht mehr an: ob die Franzosen weit vorgestoßen seien? – „Die haben, was sie brauchen", antwortet die gleichmütige Stimme des Leutnants. „Morgen besehen wir uns den Schaden. Auf bald also." Er hängt ein. – Bertin sitzt noch einen Augenblick benommen am Apparat, dann hängt auch er den Hörer in den Haken. Ist er vom schwarzen Kaffee so erregt, oder zittert er vor Freude? Längst hat der Geist der Gemeinheit, der dieses Bataillon durchwaltet, alle Funken in ihm gelöscht. Gelöscht? Verdeckt; denn siehe da, er steht in Flammen. Was hätte die Batterie tun müssen, wenn er auch geflüchtet wäre? Vier Geschütze ohne Munition sind soviel wert wie vier Nähmaschinen. Sie hätten sie aus den Deckungen ziehen müssen und abrücken, wenn's die Pferde schafften, und wären zur Abwehr ausgefallen, für heute nacht, für morgen, vielleicht auf immer. Das hatte er verhindert – Zufall, Überlegung, Bequemlichkeit. Mit einem grimmigen Hochgefühl stolziert Bertin im Raum umher. Herr über einen ganzen Munitionspark ist er, über Schrapnells, Kartätschen, Granaten, über Telefon, Rasenhügel und einen Bach, und eben hat er geholfen, die Front zu halten. Jeder auf seine Weise. Die können mir ruhig das E. K. geben, denkt er. Morgen ist der Krieg noch nicht zu Ende. Wie sagte der arme Vehse, vierundzwanzig Stunden, bevor man ihn in einer blutigen Zeltbahn wegschleppte? „Das ist die Antwort auf das Friedensangebot..." Ja, die Franzosen bewiesen wenig Sinn für kaiserliche Tonfälle... Zum Glück gab es immer Leutnants, die ihre Stellung hielten, und ihr Wort hatte Gewicht. Wer sein Licht unterm Scheffel verbarg, war und blieb ein grauer Esel. Zu Kaisers Geburtstag, am 27. Januar, mußte Herr Grassnick den Armierungssoldaten Bertin noch einmal vor die Front holen und eine ehrenvolle Rede quäken. Es war gut für einen Handwerksmeister in Kreuzburg, wenn seine beiden Söhne Eiserne Kreuze trugen und die Zeitung das verkündete.

Als in der Dämmerung Oberfeuerwerker Schulz mit den beiden Armierern Strauß und Fannrich die Tür seiner Hütte öffnete und eintrat, fand er neben dem Ofen den Armierungssoldaten Bertin, Pfeife paffend und aufgeräumt wie noch nie. – „Sie haben ja hier nicht schlecht gelebt", staunte Strauß. – „Was treiben denn Sie in meinem Heiligtum?" wunderte sich Schulz. – „Ich fand es hier am sichersten", trumpfte

Bertin; „hierhinein konnte er doch nicht funken.“ – Schulz zog den Mantel aus. „So, konnte er nicht“, spottete er dabei. „Mein lieber Mann, hätte das verdammte Langrohr drüben, das uns heute verfrüht einbeschert hat, nur um einen Strich höher gehalten, da wären Sie mit dem ganzen Plunder großartig zur Hölle gefahren.“ – Bertin setzte sich aufs Bett. „Wirklich?“ fragte er verdutzt. – „Worauf du dich verlassen kannst“, nickte Fannrich – er goß gerade neues Wasser auf den Kaffeegrund. – Bertin, geknickt, suchte sich zu verteidigen: wenigstens habe er sich hier nützlich gemacht. – „Kaffee gekocht“, sagte Strauß. – „Mit Batterien verhandelt“, entgegnete Bertin. – Schulz fuhr herum, fragte ihn aus, lauschte gespannt. „Gottlob, daß Sie so dußlig waren“, atmete er auf, „wer weiß, was mir passiert wäre. Jetzt müssen Sie aber fort, sich in Gibercy melden. Wenn Susemihl Ihnen Krach macht, berufen Sie sich auf mich.“ – Bertin sah den Mann mit dem flotten Schnurrbärtchen enttäuscht an; er wäre gerne hiergeblieben. „Herr Susemihl wird mir keinen Krach machen“, entgegnete er ärgerlich, „dafür sorgt schon der Leutnant von Roggstroh von der Gardeartillerie; wenn er übrigens nach mir fragt, erklären Sie ihm bitte, warum ich weg bin.“ – „Der wird gerade nach Ihnen fragen“, entgegnete Schulz ungeduldig; „Sie haben wohl irgendwo Rum gefunden?“ – „Leider nein“, meinte Bertin und stand auf, „wo habt ihr denn welchen?“ – „Nun machen Sie sich aber auf die Beine, Mann, sonst wird es Nacht, ehe Sie die Kompanie in ihre Arme schließt.“

Es erwies sich bald, trotz Bertins Zuversicht, daß der Oberfeuerwerker mit dem geschwungenen Bärtchen die Welt besser kannte als er. In Gibercy empfing den endlich Landenden ein gedämpftes Donnerwetter des verantwortlichen Susemihl. Freilich verteidigte sich Bertin, und seine Ruhe wie die Namen, auf die er sich berief, machten einigen Eindruck. Aber dennoch ließ sich das Hochgefühl nicht halten, mit dem er sich in das Truppenlager, riesige Zelte, im Dämmern und Finstern heimgefunden hatte. Ohne daß etwas Besonderes geschah, schrumpfte es, ward klein, machte arger Müdigkeit Platz. Hatte der unselige Mensch zu viel erwartet, daß er jetzt so tief in Enttäuschung sank? Oder legte sich der endlose Wirrwarr besonders schwer auf sein Gemüt – dieses wohlbekannte Hin und Her von Befehl, Gegenbefehl und rückgenommener Entscheidung, das an der Kompanie zerrte? In Gibercy begrub sie ihre Toten – ein fünfter Sarg hatte sich den vier früheren zugesellt – Kaufmann Degener war seinen Verwundungen erlegen. Im trüben Graulicht der kürzesten Tage, unwirklich durch Regen und Wind, schleppte sich dann der Heerwurm nach Damvillers, empfing Befehle vom Bataillon, dem zornigen und käsegelben Major Jansch, marschierte zurück nach Moirey, um den Steinbergpark abzureißen, schaffte ihn mit Munition, Bohlen und Pfählen, mit Drahtnetzen und Leinwänden, alles triefend von eisigem Dreck, auf hochbeladenen Waggons nach Damvillers zurück, lag dort einen Tag in einer zugigen Unterkunft, fuhr dann mit den gleichen Wagen, hochbeladen, wieder nach Moirey, empfing Anweisung und führte sie aus, den Park an genau der gleichen Stelle wieder einzurichten. Raus aus 'm Dreck – rin in 'n Dreck, erbitterten sich die Schipper. Ja, so kam es, daß sie Weihnachten und Neujahr in den gleichen Baracken verbrachten, aus denen sie kurz vorher mit blutigen Verlusten verjagt worden waren. Am Christfest hielt Herr Susemihl eine Rede, unter einem Bäumchen voll Lichtern, stotterte vom Frieden, den die Feinde nicht wollten. Und dazu verteilte Herr Pfund seine in Metz erworbenen Weihnachtsgeschenke – plumpe Taschenmesser, rotgerandete Schnupftücher, Äpfel und Nüsse und ein bißchen Rauchzeug – der Betrug, der von seinen blanken Augen und diesem Plunder ausstrahlte, widerte die Gescheiteren unter den Mannschaften an. Und hätte nicht der Kronprinz jedem seiner braven Verdun-Kämpfer eine eiserne gebogene Schachtel mit Zigarren oder Zigaretten einbeschert, bequem in der Tasche zu tragen, schwarz lackiert und mit dem Bilde des Gebers verziert – es hätte vielleicht eine verdorbene Weihnachtsfeier gesetzt. Aber wie rasch verblaßte das alles, wenn man nachher die halbleere Baracke betrat, des zweiten Zuges jetzt, in der die zweite Hälfte der Kompanie, Bertins Korporalschaft darunter, einquartiert worden war. Ein paar Lichter brannten in Kochgeschirrdeckeln, die Leute lagen umher, schweigend oder miteinander raunend. Heute fehlen eine gute Anzahl Kameraden, und im Gegensatz zu all den früheren Abgängen durch Musterungen oder Anforderungen in die Heimat wird man von diesen hier nie wieder etwas hören. Man hat sich täglich an ihnen gerieben, sich gestritten und wieder versöhnt, mit dem kleinen Vehse, dem armen Przygulla, der gefälligen Seele Otto Reinhold, nun liegen sie eingebuddelt in französischer Erde und sollen nach Neujahr ersetzt werden, diesmal aus Metz. Aber sie können gar nicht ersetzt werden, unsichtbar wahren sie ihren Platz, haben geisterhafte Tuchfühlung mit ihren ehemaligen Nebenmännern und Skatbrüdern und verdunsten nur langsam. Und doch spricht kein Mensch von ihnen, wie ja auch Ereignisse des unmittelbaren Tageslaufs nur erörtert werden, sofern sie zum Lachen oder Ärgern Anlaß geben. Alles, was diese Leute erleben, alles, was die Welt im Krieg erlebt, gleitet durch die Schichten des überwachten Inneren in die Unterströmungen, Hohlräume und tiefen Gewölbe. Von dort aus wird es spuken und stören, bald oder später. Oben aber, wo die gesammelte Aufmerksamkeit der Männer benötigt wird, um mit den Forderungen jedes neuen Tages fertig zu werden, oben lassen sie nur Gefühle und Regungen zu, die gewohnten, gleichsam erlaubten Empfindungen und Zielen gelten: den Angehörigen vor allem. Trauern sie also über sich oder die Gefallenen, so nur mittelbar, in allgemeiner Wehmut. Mit solchen Untertönen betrachtet der Gasarbeiter Halezinsky, sein slawisches Gesicht mit den braunen Augen von Tränen naß, die Bilder seiner Frau und seiner Kinder, und nur der Gastwirt Lebehde, unbekümmert und unablenkbar auf sich selbst gestellt, bereitet mit munteren Blicken und Reden aus Rum, Tee und Zucker einen Punsch, dessen Duft bald den Raum durchwürzt. „Traurig, traurig", sagt er zu Bertin, „aber was willst du machen? Wenn es uns nun doch bestimmt sein sollte, von Willis Ältestem Zigaretten zu rauchen." Und er zieht, auf dem Lager sitzend, neben welchem Bertin liegt, die eiserne Dose heraus, auf der hinten die Worte „5. Armee, Weihnachten 1916" eingestochen sind, genehmigt sich eine dieser Zigaretten, zieht sein neues Taschenmesser und löst mit geschickten Fingern das runde Bildchen des Kronprinzen aus seiner eingestanzten Fassung; es geht ganz leicht. „Ohne ist's schöner", äußert er dazu. „Wo alles liebt, kann Karl allein nicht hassen", zitiert er einen Vers, dessen Herkunft er nicht kennt, wohl aber der Kamerad Bertin. „Hör nur, wie sie sich da draußen lieben!" Draußen donnern die Batterien. Es ist Christnacht, die Deutschen hängen gefühlvoll an ihr, gleichwohl aber glauben sie, den Luxus solcher Gefühle durch rauhe Männlichkeit abschwächen zu müssen: ihre Geschütze verteilen stählerne Weihnachtsgeschenke, und die Franzosen folgen ihnen wohl oder übel. Friede auf Erden, singt das Evangelium, Krieg auf Erden! donnert die Wirklichkeit. Und so geht es weiter im schnellen Sturz des Jahres. Unterm stets bedeckten Himmel wehen immer kältere Winde, Fröste von Osten sagen die Wetterkundigen voraus, schollige Wolkendecken, sternlose Nächte. Wenn der Armierer Bertin jetzt vor dem Schlafen seinen letzten Gang ins Freie antritt und mit seinen kurzsichtigen Augen nach dem Himmel äugt, vermag er beim besten Willen nicht, sich selber Hoffnung auf einen baldigen Frieden vorzuspiegeln. In ein paar Tagen schreibt man 1917, der Krieg berührt schon die vierte Jahreszahl. Nichts hört er mehr von Kroysing, nichts auch von seinem Eisernen Kreuz und dem Leutnant von Roggstroh, nur Bedrückendes von seiner Frau, seinen Eltern. Es ist keine Lust mehr zu leben, auch keine Lust, Soldat zu sein, man muß nur schauen, daß man durchkommt, sich klein und häßlich machen, ducken. Mit hängenden Schultern zieht er seiner Wege, zurück zur Masse, in die Zuflucht. Menschen spenden einander immerhin noch etwas Wärme.

Fünftes Kapitel

Professor Mertens sagt ab

Ein Silvesternachmittag ohne Schnee, trüb und kurz, lastete über den Straßen von Montmédy. Unlustig verbargen die Franzosen ihre Festvorbereitungen, Einkäufe; in den Kasinos und Soldatenheimen rüstete man um so munterer: die Weihnachtstannen aus den Argonnen sollten noch einmal brennen, große Mengen dünnen Alkohols bereitgestellt, gefühlvolle und forsche Lieder von Tafelrunden deutscher Männer gesungen werden. Das Jahr 1916, es sollte ein würdiges Ende finden als das Heldenjahr, das es unleugbar im Kalender des deutschen Volkes darstellte.

Dies ging dem Rechtsanwalt Porisch durch den Sinn, während er, in seiner litzengeschmückten Litewka, fast mütterlich das abgemagerte Gesicht seines Vorgesetzten mit den umfältelten

Mundwinkeln ansah. Der Kriegsgerichtsrat lag auf dem Diwan, bis zum Halse zugedeckt, und Porisch, die Aktenmappe unterm Arm, sprach zu ihm, sich verabschiedend: „Kann ich für Herrn Kriegsgerichtsrat sonst noch etwas tun?“ – „Doch, Porisch, das können Sie. Gehen Sie bitte am Kasino vorüber, entschuldigen Sie mich für heute abend. Ich würde die Herren nur stören; morgen gegen Mittag, wenn alles ausgeschlafen hat, wäre ich dankbar, wenn Herr Stabsarzt Koschmieder einmal nach mir sähe.“ – Porisch nickte zufrieden. Beinahe hätte er seinem Vorgesetzten ein Lob für vernünftiges Verhalten ausgesprochen. Statt dessen tippte er mit dem Finger auf ein Aktenstück, das in orangerotem Deckel auf dem Tische lag: „Soll ich das nicht wieder mitnehmen?“ – „Lassen Sie's ruhig liegen, Porisch, vielleicht werfe ich noch einen Blick hinein. Wird es um zwölf Uhr viel Geschieße geben?“ – Porisch blähte die Backen auf: „Die Etappeninspektion hat diese unsinnige Munitionsvergeudung ausdrücklich untersagt, aber die Bayern, wie ich sie kenne, werden sich das Feuern von Platzpatronen gewiß nicht nehmen lassen. Sie sind es halt gewöhnt, ein Befehl ändert die Leute nicht.“ – Mertens schloß zustimmend die Augen, dann blickte er zu seinem Untergebenen auf, wickelte sich den Arm frei und reichte ihm die Hand. „Richtig, Porisch, die Menschen ändern sich nicht oder nur so langsam, daß unsereiner es nicht abwarten kann. Auf alle Fälle danke ich Ihnen für Ihre Mitarbeit und wünsche Ihnen ein so gutes neues Jahr, wie unter diesen Umständen nur immer möglich.“

Porisch dankte fast gerührt, erwiderte mit den gleichen guten Wünschen und ging. Er behauptete später, noch nach Jahren in seiner Hand das Gefühl gespürt zu haben, mit dem diese geistigen Finger und schmalen Knöchel von seiner Pfote umschlossen worden waren.

Als die Tür hinter Porisch zugeschnappt war, atmete Mertens auf, ja seine umschatteten Augen belebten sich leicht. Das war ein anständiger Mensch, er wollte das Gute. Aber er war ein Mensch, und Professor Mertens hatte genug von dieser Gattung. Die flachen, fleischfarbenen Gesichter dieser Tierart erregten ihm Übelkeit, all die Löcher, die ins Innere dieser Masken führten: die Höhle des Mundes, die Schächte der Nase, die keilförmigen Tiefen, aus denen die Augen stierten, der Ohren gar nicht zu gedenken, in die zwar Schall eindrang,

aber nicht Verständigung. Es war jammervoll um jemanden bestellt, der die Achtung vor der Sorte Wesen verloren hatte, zu der er selber gehörte – so umfassend verloren hatte, daß er keinen Zugang mehr zum Leben fand, weder zu dem ihren noch zu dem eigenen. Was blieb einem unter solchen Umständen zu tun übrig?
Ein neues Jahr begann – grauenvoller Ausblick. Die Neujahrsnacht von 14 auf 15 hatte er anständig verbracht bei seiner Landwehrkompanie, mitten im blitzenden Schnee Nordpolens, das Herz voller Hoffnung auf die große Besserung Europas, die diesem Kriege folgen mußte, und auf raschen Frieden. Das nächste neue Jahr, in der Heimat, auf Urlaub, hatte er sorgenvolle und gewichtige Gespräche gehört, bei Punsch, Pfannkuchen und Kerzenschein, im stillen Haushalt des greisen Justizrats Stahr, des letzten Jugendfreundes seines Vaters. Da lag schon ein Toter im Haus, der jüngste Sohn war gleich gefallen: aber welche Haltung bei aller Wehmut, welches tiefe Gefühl der Würde, das von diesem schrecklichen Verluste ausging, welcher Ausblick auf die Verpflichtungen, die für die Nachbleibenden aus den Opfertoden dieser Jugend erwuchsen. „Soviel edle Tote im Grundbau", hatte der weißhaarige Mann in seinem Trinkspruch gesagt, als die Neujahrsglocken vom Dom herüberwehten, von der Gedächtniskirche, der Matthäikirche, der Ludwigskirche – all den Gotteshäusern des westlichen Berlins: „das neue Reich wird viel zu tun haben, um sich ihrer würdig zu zeigen." Und sie hatten auf die Gewißheit getrunken, ein freieres und vorurteilsloseres Deutschland werde die entsetzliche Anstrengung des Volkes belohnen. Und an all das hatte Professor Mertens geglaubt.
Ihn fröstelte; er zog die Reisedecke seines Vaters wieder unters Kinn; das dunkelgrüne Gewebe aus weicher schottischer Wolle mit langen Fransen verschwamm mit der Dämmerung des Raumes zu einheitlicher Dunkelheit, umhüllend und einschläfernd wie sie. Er glaubte nicht mehr, er hoffte auch nicht mehr: dieses eine Jahr hatte genügt, ihm alle Vorspiegelungen zu entreißen, den ganzen schönen Schein, den die Dichter so wundervoll vergoldeten und den der Philosoph Schopenhauer so erbittert durchlöcherte, das Leid der Welt dahinter sichtbar zu machen. Wenn in ihm, diesem Schopenhauer, Kaufmannssohn aus Danzig, nur nicht ein so keifendes altes Weib gesessen

hätte, voll ungezügelten Hasses gegen alles, was nicht er war – welcher Trost hätte von ihm ausgehen können. So aber nutzte er niemandem, all seine Gaben verfunkelten in der Nacht wie das Feuerwerk, das die Bayern zu Silvester anzündeten, und seine herrlichen Sätze hinterließen nur Leere, die trostlose Nacht.
Mertens richtete sich empor, seine Augen suchten den Lichtschalter, glitten dabei über das orangerote Aktenstück weg, hellerer Fleck auf dem schwarzen Tisch, er zuckte mit den Lidern, spürte einen üblen Geschmack im Munde, ließ sich zurücksinken.
Mit dieser Sache da hatte es angefangen. Dieser kleine lumpige Fall des Unteroffiziers Kroysing hatte den Anstoß gegeben, einen leisen Anstoß, aber genügend für einen Mertens, in dem vielleicht unterirdisch schon dies oder jenes auf der Lauer gelegen hatte. Jetzt galten schon längst nicht mehr einzelne Fälle. Jetzt stand die ganze fragwürdige Tatsache Mensch, zur Aburteilung reif, vor den geistigen Schranken eines Mannes, dem in der Gestalt des Vaters die Suche nach Recht und Wahrheit die ersten vier Jahrzehnte seines Lebens erleuchtet hatte. Jetzt war es so weit, daß er gewisse Worte nicht mehr hören konnte, ohne husten zu müssen und Brechreiz zu spüren: vor allem das Wort Volk. Es gab keine Menschen mehr, nur noch Volk gab es. Sprach man das Wort Volk mehrmals hintereinander vor sich hin: Volk, volk, folg, folg, folg, so blieb nichts anderes übrig als die Herde. Du sollst und mußt folgen, gleichgültig wem. Schon Aristoteles hatte das gewußt und erst recht Platon. Das Zoon politikon: was anderes enthielt diese Definition als die Verurteilung des Menschen zu jammervoller Abhängigkeit für immer. Nur daß für die beiden Griechen und alle ihre Schüler in Europa aus dieser Naturtatsache hervorging, wie groß die sittliche Verpflichtung der einzelnen und Geistigen wurde, diesen beklagenswerten Zustand zu verbessern, durch Weisheit und Einsicht auszugleichen, durch sittliche Pflicht und Güte, durch Geduld und Selbstzügelung die Menschheit zu bessern und zu bekehren. Ununterbrochen hatten, seit der Wiederauferstehung der menschlichen Vernunft im Italien Lorenzos des Prächtigen, die Kirchen und die weltlichen Geister dieser Pflicht zu genügen versucht, Religionen entfesselt, Reformationen, Revolutionen – mit dem Ergebnis, daß in diesem Kriege die Höhe unserer Entwicklung

grellbunt angeleuchtet wurde: der Geist Europas prunkte in Uniformen, und nichts als Völker, peoples, nations standen da, im Scharlach, Schwarz und Weiß heiliger Egoismen, und die Gesittung diente bestenfalls als Technik zum Töten, als Tünche zur Beschönigung, als Phrase zur Begründung jener unersättlichen Eroberungsgier, die Alexander dem Makedonen die Erde zu eng gemacht hatte und für die der Römer wenigstens mit fünfhundert Jahren Frieden und einer Weltgesittung notdürftig zahlte. Womit aber würden die Heutigen zahlen? Mit Waren und mit Lügen.
Carl Georg Mertens empfand sein Herz wie einen weichen Klumpen in seiner Brust hängen, er warf die Decken weg, ging leise schütternd durch die Wohnung, die ihm die Ortskommandantur zur Verfügung gestellt hatte, den Besitzer vertreibend. Wie lange stand dies Haus? Sicher über hundert Jahre. Als es neu war, glänzten über Deutschland die Namen Goethe, Beethoven und Hegel, stand Europa im Schatten der Feldzeichen Napoleons I., der die Verwüstungen der Feldzüge gutmachte durch politische Ideen und ein großes Gesetzbuch. Jetzt, hundert Jahre später, dünstete von den Eroberungen nichts aus als sittliche Zerrüttung, Vernichtung aller individuellen Werte, das begeisterte Abkratzen der moralischen Kultur, die seit dem Dreißigjährigen Kriege wieder gewachsen war. Wenn sein Vater das noch erlebt hätte, die Einstimmigkeit in der Verherrlichung eines Krieges durch die Geistigen Deutschlands – eines Krieges, von dem sie nichts wußten und den sie alle entschlossen waren zu beschönigen, zu verfälschen, umzulügen, bis er in ihr Weltbild paßte! Die Juristen und die Theologen, die Philosophen und die Mediziner, die Volkswirtschaftler, die Geschichtslehrer und vor allem die Dichter, Denker, Schreiber: redend und durch die Zeitungen verbreiteten sie im Volke Betrug, sie drängten sich herzu, zu sagen, was nicht war, und abzustreiten, was war, unschuldig und unwissend, aufgewühlt vor Überzeugtheit, ohne den leisesten Versuch, wirklich festzustellen, bevor sie bezeugten.
Professor Mertens, ein kurzsichtiger Mensch, besaß gleichwohl Augen, die sich der Dunkelheit sofort anpaßten und ihm gestatteten, ohne Licht halbwegs zu sehen. Er ging zum Kleiderschrank, zog sich einen warmen Schlafrock an, warme Hausschuhe, durchwanderte dann die drei Zimmer, die ihm bislang zur Wohnung gedient hatten, öffnete Schubladen, und

schloß sie wieder, durchsuchte seinen Schreibtisch nach einem bestimmten Gegenstand, fand ihn schließlich, ließ ihn liegen, auch im Schlafzimmer suchte und fand er manches Brauchbare und ließ es vorderhand an seinem Ort. In diesen letzten Stunden des Jahres, das ihm die Augen geöffnet hatte, wollte es sich schlecht schicken, in Täuschungen zu verharren, auch über die geliebtesten und bejahtesten Werte, zum Beispiel über seinen Vater. Der große Gotthold Mertens, Sproß protestantischer Geistlicher und mecklenburgischer Beamter – hätte er sich, der Greis, den Täuschungen entzogen, die das Vaterland aufrichtete, damit sich die Scheußlichkeit der Eroberungslust in all ihren Viel- und Einzelheiten dahinter verberge und austobe? Aber nein. Er hätte, machen wir uns nichts vor, bei Kriegsausbruch die Jünglinge befeuert und in die Schlacht geschickt, das erste Jahr hindurch aus dem tiefen Grunde seines Rechtsgefühls Deutschlands Not und Mission verfochten, im zweiten Kriegsjahr aber das große Antlitz des Schicksals über sein Land gehängt und vom heiligen Muß redend die Herzen erschüttert und zum Durchhalten aufgerufen, in der Pflichterfüllung bestärkt, dem Leben gedient, wie es nun einmal war, der Dauer seines Volkes. Und dann, wenn ihm sein Sohn, der wissend gewordene, all die Tatsachen unterbreitet hätte, die er jetzt wußte – was hätte Gotthold Mertens bestenfalls getan? Öffentlich geschwiegen, in geheimen Gesprächen und Denkschriften auf den Reichskanzler eingewirkt, seinen Schüler; vor der Heeresleitung kapituliert, Trost gesucht in abgelebten Epochen und dunklen Anspielungen auf den Geist der europäischen Rechtsgeschichte, die auf die Bändigung der Leidenschaften abzielte, die Errichtung unerschütterlicher Rechtsbürgerschaften, den Schutz und die Sicherung des friedlichen Bürgers, die Erhöhung der öffentlichen Moral, die Läuterung der geistigen Träger und des köstlichen Kulturguts, das sie einer dem anderen weitergaben und das allein das Leben lebenswert machte. Er aber, der Sohn, glaubte nicht mehr an all die schönen Forderungen und Vorspiegelungen. Ein Pionierleutnant hatte ihm die Augen geöffnet, ein halbes Jahr hindurch, immer argwöhnischer hatte er selbst hinzusehen gelernt: und jetzt, nun er voll von Wissen war, gab ihm den Rest wiederum dieser Pionierleutnant und sein gemordeter Bruder in Gestalt einiger beschriebener Blätter, zweier dürftiger Nachrichten.

Sah er auf diese ganze Zeit zurück, so hatten die Kunstbücher dazu gedient, merkwürdigerweise, seinen Sinn für Wahrhaftigkeit zu schärfen. Die Gebilde der Maler trogen nicht, ihre Andacht vor dem Wirklichen, ihr mächtiger Antrieb, leidenschaftlich auszusagen, wie die Gestalt beschaffen war, die sie an der Landschaft wie am Menschen gewahrten und hinschrieben, hatte ihn nur empfindlicher gemacht gegen die Maskierungen und Zwecklügen, die gefärbten Viertelswahrheiten, mit denen sich in der Politik wie in den Berichten der Heere Tag für Tag, Monat für Monat, die Menschen begnügten. Er aber hatte verlernt, sich zu begnügen. Vor dem Unglaublichen hatte er begonnen, nachzuforschen. Und seinen aufgerissenen Augen war es nicht mehr gegeben worden, sich zu schließen. Bis ihm in unendlicher Grelle die Tatsache dastand, nackt und nüchtern, daß es unmöglich war, dies alles noch mitzumachen. Bis der Ekel ihn umbrachte, im wörtlichen Sinn. Sein Dasein hatte wenige Wurzeln gehabt. Weder Frauen spielten in seinem Leben eine Rolle noch die Genußmittel und Zerstreuungen der Männer. Alle diese Freuden hatte ihm der Vater entwertet und ersetzt. Er hatte Reisen geliebt, aber wohin nach all den Zerstörungen des Krieges durfte ein Deutscher noch reisen, ohne zu erröten? Er hatte dem Geist und der Wahrheit gedient und sah sie mißbraucht und geschändet. Nur die Musik blieb ihm, und sie, die urgründige, schmerzerfüllte Gewalt unterhalb des Daseins, vermochte ihn allein nicht mehr zu halten. Hinter den erleuchteten Mauern der Konzertsäle begann auf immer die Welt der Barbarei, unterhalb des hinreißenden Klingens von fünfzig Geigen und Celli erscholl das Ächzen der Vertriebenen, der Getöteten, all der Entrechteten, und nie wieder würde er den erhobenen Stab eines Dirigenten ansehen können, ohne an all die folgsamen Gehirne gemahnt zu werden, die in dem Takt jeder öffentlichen Lüge mit präzisen Einsätzen und vorgeschriebenen Tempi folgten. Folgten, folgten, volk, folg, folg. Als der Fall des Unteroffiziers Kroysing ihm das erstemal unterbreitet wurde, hatte er sich zunächst gewundert, dann empört. Seine Schwierigkeit hatte ihn nicht abgeschreckt; man durfte glauben, Genugtuung werde möglich sein, nicht leicht, aber erreichbar. Seit etwa vierzehn Tagen wußte er, sie war unerreichbar. Die Briefsendung des Pionierleutnants hatte die Handhabe nicht gegeben, auf die es damals ankam, dann

wischte ihn der Fall des Douaumont offenbar aus den Reihen der Lebenden weg, sein Truppenteil meldete ihn als vermißt, vorläufig, hieß es, da im Oktober die Garnison des Forts auseinandergesprengt worden war. Danach waren Wochen des Forschens hoffnungsvoll verlaufen: der Pionierleutnant Kroysing lebte; in einem Unterstand der Pfefferrückenstellung war er mit Bestimmtheit gesichtet worden, der Kommandeur der Pioniere hatte seinen Bericht empfangen und wußte, wo er war. Bis vor vierzehn Tagen der neue Stoß der Franzosen auch diese deutschen Gräben und Hügel eroberte. Seither fehlte von ihm jede Spur. Die letzte Aussage eines seiner Unteroffiziere war, er habe ihn unter französischen Granatsalven in einen vereisten Trichter einbrechen und verschwinden sehen. Der Pionierleutnant Kroysing galt wiederum als vermißt, diesmal mit hoffnungslosem Unterton. Wie sollte man sich auch Sicherheit verschaffen in einem Gebiet, das beständig von den französischen Maschinengewehren bestrichen wurde? Nein, die Brüder Kroysing waren ausgelöscht, Gerechtigkeit unschaffbar selbst für die Einzelmenschen und innerhalb des eigenen Volkes. Was war also zu erhoffen zwischen den Gruppen und von Volk zu Volk? Nichts. „Nichts", sprach mit halblauter Stimme der Kriegsgerichtsrat Mertens in das abendliche Zimmer, und er hörte die Saiten seines Flügels leise schwingen im Echo des furchtbaren Wortes.
Ja, er hatte Ohren bekommen, C. G. Mertens. Er glaubte den Behauptungen nicht mehr und nicht den Ableugnungen. Erst sie vollendeten das Bild. Niemand ergab sich leicht in die Einsicht, daß der Fall einer geliebten Person hoffnungslos lag, hoffnungslos – nicht bildlich gesprochen, nicht im übertragenen Sinne, sondern wörtlich und wahrhaftig. Und hier handelte es sich nicht so um eine geliebte Person, sondern um die Voraussetzung alles Liebenswerten, die Heimat, das Land der Geburt, das Vaterland, Deutschland.
Den Mann mit dem bartlosen Gelehrtenkopf, der dünnen goldenen Brille fröstelte. Vor dem Staatskamin in schwarz und weißem Stein war von der Kommandantur ein guter kleiner Kohlenofen aufgestellt worden, wie er jetzt eine Menge Zimmer in deutschen Häusern verunstaltete und heizte. Mertens zog sich einen Sessel in den rötlichen Schein, der durch die Scheiben der vernickelten Tür zuckte, ließ sich nieder, hielt seine Hände mit gespreizten Fingern in die wohlige Wärme.

Abgespannt drückte er sich in den niedrigen Plüschsessel. Sinnlose Bruchstücke von Versen liefen ihm durchs Bewußtsein, von Dichtern herrührend, die noch lebten oder umkämpft worden waren, als er, ein junger Student, das Glück der Wissenschaft und des Geistes einzusaugen begann: „... nicht lange dauern mehr/Bis weder Mond noch Sterne/Nur Nacht am Himmel steht...‘ ‚Die Krähen schrein/Und ziehen schwirren Flugs zur Stadt/Bald wird es schnein/Wohl dem, der da noch – Heimat hat...‘ ‚Wir fühlen dankbar wie zum leisen Brausen/Von Wipfeln Strahlenspuren auf uns tropfen/Und blicken nur und horchen, wenn in Pausen/Die reifen Früchte an den Boden klopfen...‘
Er hatte keine Heimat mehr. Wozu sich etwas vormachen? Er hätte auch einen anderen Tag wählen können, um endgültig und für immer abzusagen. Nur klappte es diesmal so schön. Sicherlich kam bis morgen mittag niemand, ihn zu stören. Zechten die Herren, wie sie zu tun pflegten, so kam auch morgen mittag niemand. Stabsarzt Koschmieder war gelegentlich der Meinung gewesen: wer einen Arzt wirklich brauche, schicke zweimal nach ihm, auch dreimal; in der Etappe, da niemand eine Doktorrechnung zu fürchten hatte, kränkelten die Herren beinahe zum Zeitvertreib. Er konnte wählen, was er machen wollte, hatte Zeit, Grund und Gegengrund zu überprüfen.
Der Fall Kroysing hatte ihm die Augen geöffnet. Dann kam von irgendwoher, bestritten und abgeleugnet, die Behauptung, die Deutschen hätten auch beim Einfall in das nahezu verbündete Luxemburg, das kleine wehrlose Ländchen, mit Brand und Totschlag nicht gespart. In C. G. Mertens war der Historiker geweckt worden, der Mann unleugbarer Feststellungen und geprüfter Quellen. Luxemburg lag nahe, ein Dienstwagen stand jederzeit zur Verfügung. Viele Sonn- und Wochentage hatte er in der luxemburgischen Einbruchszone verbracht, erst in Uniform, dann in bürgerlicher Kleidung. Zunächst bemerkte er nur Ruinen, Trümmerstätten, die auch von Kampfhandlungen stammen konnten. Dann beunruhigte ihn das eiserne Schweigen der Bürgermeister und Ortsansässigen. Man hielt ihn offenbar für einen Spitzel. Nur die Grabkreuze auf den Kirchhöfen verweigerten die Auskunft nicht, abgeschmackte Eisenarbeiten mit Porzellantafeln, die das ovale Bildnis des Bestatteten schmückte, nach Photographien her-

gestellt und beleidigend häßlich. Aber unheimlich viele dieser wertlosen Grabzeichen verwiesen auf jene August- und Septemberwochen ... In dem Orte Arlon hatte er endlich einen beinahe befreundeten amerikanischen Professor getroffen, der als Delegierter des Roten Kreuzes der Vereinigten Staaten und unter Oberaufsicht eines Offiziers das zerstörte Gebiet bereiste, um der unerhört geschickten Greuelpropaganda entgegentreten zu können, mit der das Reutersche Büro und die englische Presse den gesunden Sinn der amerikanischen Bürger und der besonders deutschfreundlichen Judenheit von USA bombardierte. Professor MacCorvin war erst nach einem Gespräch von vier Stunden, von neun bis ein Uhr nachts, überzeugt, daß Professor Mertens sich im Gegensatz zu Mr. Eucken und anderen deutschen Gelehrten unverändert treu geblieben war. Dann öffnete er ihm sein Herz. Es waren in Luxemburg allein über dreizehnhundertfünfzig Häuser niedergebrannt, sicher an achthundert Bürger füsiliert worden. In Belgien und Nordfrankreich hatten die gleichen Methoden noch viel schlimmere Ergebnisse gezeitigt. Gewiß hatten die Korrespondenten der Zeitungen in Einzelheiten und Einzelfällen übertrieben: der Kern der Berichte stimmte stets.
In den stürmisch erregten Gemütszustand des Professors Mertens fiel dann, wie eine Bestätigung, einen Monat später die Anklage gegen den Gefreiten Himmke von der Feldbäkkerei Montmédy. Der Mann hatte sich im Suff gerühmt, in den Tagen der Marneschlacht mit zwei Kameraden bei der Verbrennung des Dorfes Sommeilles Heldentaten verübt zu haben, an Großmutter, Mutter und Enkelkindern, sechs Personen, die in den Keller ihres Hauses geflüchtet waren; sechs Tote waren das Ergebnis. Der Schwätzer, in seiner Einfalt, glaubte sich zu nutzen, wenn er darauf bestand, seine Redereien zu beweisen und Zeugen dafür zu bringen, daß man sie zu diesen Verbrennungen kommandiert hatte, in Ausdrücken, die auf das Leben der Bauern und Weiber wenig Wert legten. Der gleichen Meinung war Kriegsgerichtsrat Mertens; in diesem Sinne führte er die Untersuchung mit verborgener Leidenschaft. Ganz anders faßten die Offiziere und zukünftigen Beisitzer des Gerichts vom Truppenteil des Himmke den Fall auf; und ihnen wiederum schloß sich die Etappeninspektion als höchste Behörde an: nicht weil er etwas verbrochen hatte, was die Herren übrigens mißbilligten, mußte er bestraft

werden, sondern weil er damit geprahlt, die widerwärtige Angelegenheit verbreitet, von unserer Kriegführung einen ungünstigen Eindruck erweckt hatte. „Daß allerhand üble Scherze passiert sind, wissen wir schon", äußerte einer der Herren gesprächsweise, „aber daß der Schweinskerl davon redet – dafür verdient er eigentlich eine exemplarische Abreibung", worauf ein paar Tage später, in der Dämmerung unterwegs, um den Rest seiner Sachen von seinem einstigen Arbeitsplatz abzuholen, der Himmke dem transportierenden Landsturmmann von einigen unbekannten Kavalleristen abgenommen wurde und am nächsten Tage, furchtbar zugerichtet, im Garnisonlazarett Montmédy wieder auftauchte. Was war das? Das war der Krieg. Rechtsgeschichtlich betrachtet – der sich wärmende Mann lächelte vor sich hin –, unterschieden sich in ihm zwei Schichten: die unangetastete Rechtssicherheit, die nach außen bestand, und ein Vergeltungs- und Racherecht, dessen Urgrund im Nutzen jeder beliebigen kriegführenden Truppe oder Gruppe ruhte – beides listig verflochten, so daß der Form nach und der Außenwelt zu ein europäischer Gesittungsanschein erhalten blieb, nach innen aber Triebe und Süchte unumschränkt regierten, in deren Bändigung der Gesittungsprozeß geradezu bestanden hatte. Einerlei Recht verlangte die Bibel und das menschliche Gewissen. Zwei- bis fünferlei Recht gestatteten die zeitgenössischen Professoren und die Üblichkeiten des heutigen Zustands. Was vor 1914 verschämt und geleugnet in der Rechtspraxis der Staaten zu finden gewesen, das, unverschämt und immer noch geleugnet, regierte seither, und nirgendwo sah man eine Macht, es je zu hemmen, zu strafen, abzuschaffen. Dazu stimmte schauervoll die Geschichte der belgischen Deportationen, die in den letzten Monaten des Jahres die europäische Öffentlichkeit und Kriegsgerichtsrat Mertens mit ihr erregt hatte; dazu stimmte das Straflager in der Zitadelle von Montmédy, der Fall Kroysing, der U-Boot-Krieg – alles, alles. Hunderttausend Zivilisten, willkürlich aus den Häusern geholt und nach Deutschland verschleppt, damit sie dort für die Rechts- und Friedensbrecher Sklavenarbeit verrichteten; das hoffnungslose Bemühen neutraler Staaten, das scheußliche Unrecht wiedergutzumachen, diesen Menschenraub nach dem Vorbild arabischer Sklavenhändler, afrikanischer Negerfürsten, zum Nutzen deutscher Industrieller und solcher

Truppenteile, die an Arbeitermangel litten; dunkle Gerüchte über Hunderte von Todesfällen, verursacht durch Granatfeuer, Unterernährung und Epidemien in den Zwangslagern: war das erhört? Stimmte es zur deutschen Kultur, zu den vollendeten Aufführungen klassischer Dichtung in den Theatern Berlins, Dresdens, Münchens? Du liebe Zeit! Es stimmte, wie alles zueinander paßte. Oben hui, unten pfui, pflegte Tante Lottchen solchen Zustand zu nennen, wenn sie in der Kinderstube den blanken Arbeitstisch ihres kleinen Neffen bewunderte, dann aber eine Schublade aufzog. Das Straflager in der Zitadelle war eingerichtet worden, um als Vergeltung und Gegendruck Mißstände zu beseitigen, die von gewissen Korrespondenten bei der Unterbringung und Verpflegung deutscher Kriegsgefangener in Frankreich beobachtet worden sein wollten. Die französische Regierung hatte sie geleugnet, die deutsche Militärverwaltung sie blind geglaubt und eine Maßnahme angeordnet, durch welche ein Hof der Zitadelle von Montmédy in dreiviertel Mannshöhe mit Stacheldrähten überspannt und gefangenen französischen Soldaten zum Aufenthalt angewiesen wurde: gebückt bewegten sie sich darunter her, es war kaum mit anzusehen. Vergeblich hatte Mertens, als Kriegsgerichtsrat nicht ohne Einfluß, die Abschaffung dieses Folterlagers beantragt. Erst sollten, hieß es darauf, die Herren Franzosen lernen, mit Deutschen anständig umzugehen. Der Geist der Nachprüfung war aus der Welt verschwunden, die Frage, ob etwas bewiesen sei, erregte nur Kopfschütteln: dieser Fragesteller mit dem Gesicht des alten Moltke war offenbar überarbeitet und sollte sich auf Urlaub scheren. Keine Sorge, er würde sich scheren, zur Entscheidung stand nur, wie. Es ging ein Grauen von dieser Welt aus, weil sie zwangsläufig immer übler wurde, weil es in ihr keine sühnende und läuternde Macht mehr gab, keine Kirche, keinen Propheten, keine Einkehr, keine Umkehr – nicht einmal eine Ahnung davon, daß etwas dergleichen not tat. Ein ungeheuerlicher Stolz auf das Sein, das man darstellte, erfüllte die Welt; er würde auch den Frieden erfüllen, wenn etwas Derartiges in weiter Ferne einmal winkte. Er, Mertens, mußte fort, er war ein Schandfleck in dieser Welt, die so prachtvoll mit sich übereinstimmte. Es gab einen Grad von Scham, der tödlich wirkte, weil er sich nicht auf eine Handlung bezog, auch nicht auf individuelle Anlagen, sondern auf den Urgrund, aus dem

man stammte: die Epoche, das Volk, die Rasse – man nannte es, wie man wollte. In jeder Neujahrsnacht brachten sich üblicherweise in den großen Städten wie in den kleinen eine Anzahl Menschen vom Leben zum Tode; warum nicht dieses Mal auch er? Anständig war es, für die große Gesittung, die man liebte, zu stehen und zu fallen, stillschweigend, ohne Nachdruck und Getue. Nur das Mittel machte ihm eine gewisse Schwierigkeit.
Er stand auf, jetzt fühlte er sich besser. Klarheit gehörte zu seinen Lebenselementen. Er entzündete gedämpfte Lampen, die Kerzen am Flügel, das Nachtlicht. Von dem französischen Likör, den er für Besucher bereithielt, trank er ein Glas, ein zweites; es schmeckte. Die Gegenstände, die er vorhin bereitgestellt – er trug sie jetzt zueinander: in der geöffneten Schublade des Schreibtisches mattschwarz die Dienstwaffe, die moderne Pistole; auf der blanken Platte die Röhrchen mit den giftigen Schlafmitteln, die er allmählich gesammelt. In Deutschland bekam man sie nur auf ärztliche Verordnung, in Frankreich ließ man dem Bürger mehr Freiheit, auch zum Tode hin. Als preußischer Offizier war er einfach verpflichtet, die Waffe zu wählen: wenn schon sterben, dann standesgemäß. Als Mensch aber und Geistiger, abhold der Gewalt und der Zerschmetterung, entsprach ihm das Gift weit eher. Er hatte als Sohn seines Vaters während seines Lebens viel zuviel Rücksicht genommen, sich schweigend am Rand der väterlichen Ausbreitung aufgehalten. Sollte er auch noch eine letzte Rücksicht nehmen und tun, was das Herkommen von ihm erwartete? Oder sollte er sich in dieser letzten aller menschlichen Handlungen nach eigenem Ermessen und Wohlgefallen richten? Die Frage stellen, hieß, sie beantworten. Hätte er weniger Rücksichten genommen, weniger als wohlerzogener Sohn gelebt, sich weniger empfindlich gegen alle Reibungen mit der Umwelt gezeigt, den Kampf mit ihr munter aufgenommen wie so mancher seiner Jugendfreunde: wer weiß, wie sein Leben verlaufen wäre, und ob es jetzt und hier und so münden würde in den Rest, der Schweigen war. Groß war die Diana der Epheser, die Urmutter Kybele, groß aber auch der Trost der Musik, der geheimnisvolle Urgrund des Seins, ausgedrückt in den merkwürdigen Zahlenverhältnissen der Planetenbahnen und der Harmonien, jenen einfachen Maßen und Proportionen, in denen sich das Unbekannte messen ließ.

Schwingung und Abstufung war alles. Ging man den Aussagen der Physiker nach, so löste sich alles auf in die Bewegungen des unbekannten Äthers, in seine Kraftfelder, die selbst Massen und Körper in schwingende, stofflose, also geistige Substanz verwandelten. Warum also nicht in etwas der Musik sehr Verwandtes? Warum nicht in die Musik selbst? Lag nicht dieser merkwürdigen Fügung tönender Luftsäulen, schwingender Stahlsaiten, einander tragender Verhältnisse etwas zugrunde, das mit Schall und Luft schon nichts mehr zu tun hatte? Kam man nicht eigentlich hinter das Geheimnis der erhabenen Mathematik, wenn man sich dem Grundwesen der Musik näherte und sie auflöste in sie? Die Physik hatte eine große Zukunft, er ahnte sie, auch wo er sie nicht verstand. Der Physiker Einstein, ihm aus Berlin vertraut, in der Schweiz groß geworden, hatte das Weltbild verändert und entstofflicht und mit seinen geistigen Gebilden eine neue Art zu denken eingeleitet, verwandt der des Göttingers Husserl. Auch er liebte die Musik. Vielleicht näherte man sich mit ihr und ihrem Trost einem wahren Sein hinter diesem irdischen, einem wahreren als dem des Fleisches und der Nervenbahnen, und gewahrte durchs Ohr, noch ganz befangen in der organischen Materie, eine Ausweitung der Welt zu den Sternen hin, den anderen Sternen, besseren Welten, von denen der Dichter gesagt hatte, auf den Nachthimmel deutend: sie glichen Scheiben lichten Goldes, von denen jede wie ein Engel sang. Wie dem auch sei, er wußte, wie er sich entfernen würde: nämlich musizierend. Er würde sich einen Schlaftrunk an den Flügel stellen und davon trinken, gleichsam zerstreut, wann immer es ihm paßte. Sich zu Tode erfrischen konnte man es nennen, eingehen in die Welt der unbekannten Konsonanzen und Harmonien, durch die Pforte derjenigen, die er am meisten liebte, weil sie dunkel waren, zwiespältig, dabei heutig und herrlich: a-Moll-Quartett von Brahms.
Der Flügel, den man ihm in diese Wohnung gestellt, stammte aus Paris, ein altes Instrument, manche Töne etwas gläsern, im ganzen aber gedämpft und edel klingend. Er braute sich seinen Trunk mit heißem Wasser, das er einer doppelwandigen Flasche entnahm, er rührte lange um, dachte an seine Neffen, denen er das meiste seiner irdischen Habe hinterließ, an die ärmliche Bibliothek einer kleinen Universität, auf der er ein paar glückliche Monate am Rand wenig begangener Berge

verbracht hatte und die durch das kostbare Geschenk des Mertensschen Bücherschatzes plötzlich zu einem wichtigen Ort für das Studium der Rechtsgeschichte und der menschlichen Entwicklung im juristischen Denken aufsteigen würde. Vielerlei noch dieser Art glitt ihm durch den Sinn, zum Beispiel, daß er bei besseren Kenntnissen und etwas Geschicklichkeit sehr wohl auch diesen Ofen hier zur Hergabe von Kohlenoxyd hätte einrichten können, so daß er jeder eigenen Handlung enthoben worden wäre. Nun, lächelte er, das nächste Mal. Dann öffnete er das Notenheft, diese Brahmsschen Quartette, umgeschrieben für Klavier, und begann zu musizieren. Gedämpft klang es durch die einfachen Scheiben und das stille Haus, mancher Vorübergehende hob kurz den Kopf, einer oder der andere hielt auch einen Augenblick an – aber das Wetter, eisig-feucht und unwirtlich, trieb jeden alsbald weiter.
Mertens' Finger verschränkten sich, ein seliges Lächeln verklärte ihn, er wiegte den Kopf, den ganzen Körper leicht im Takte der Entrückung. Das Herz schwoll ihm in einem Glück, das sich nicht mehr sagen ließ. Der Mann, in dem dies vorgetönt, bevor es mit riechender Tinte aufgeschrieben wurde, ein dicklicher Zigarrenraucher mit allzu langen Haaren, einer Stupsnase und einem Vollbart: ein Engel hatte in ihm Hausung genommen – süßer als die schönsten Gefieder von Rembrandt oder Grünewald waren die Farben seiner Seele gewesen, wenn dies in ihm erklang, sprachlos, unirdisch, das höchste Glück. Für sechzehn gedrehte Därme, gespannt über hohles Holz, war diese Offenbarung hingeströmt, der Tanz seliger Geister, ausgeführt von zehn Fingern, die bald starr und klamm herunterhängen würden, jetzt aber spielten. War nicht die Süße des Frühlingswindes hier in Ton hingedichtet, wie er jubelnd aufstand von Blumenwiesen, und zugleich der dunkle Urgrund unmittelbar in die Seele gegeben, all das Verwesende, aus dem diese Blumen ins Licht wuchsen? Diese Musik war die Welt noch einmal, nur besser, frei von den Fehlerquellen, die aus den Trieben und Wildheiten unserer tierischen Natur bitter aufstanden, alles überwuchernd, was leiser und reiner da war. Ach, es tat so gut, einmal zu enden, auf und davon zu gehen, durch die unbekannte Tür ins unbekannte Land, auf den Flügeln der einzigen Seligkeit, die nie getrogen hatte. Er trank aus seinem Glase, dessen Inhalt er mit süßem Likör

vermischt hatte, und begann den zweiten Satz. Der tiefe Ernst des Abschieds ... ganz leise glitten seine Finger über die Tasten, hingereckt bot sich sein Ohr den Klängen dar, abweisender Ernst schloß ihm den Mund. Die Erde wölbte sich von ihm weg, jeder Mensch, jeder Baum ragte jeden Augenblick von einem Gipfel auf, er wußte es nur nicht. Eingebettet in die kreisende Atmosphäre, übersah er, daß er an den Raum grenzte, der über seinem Scheitel anfing, lückenlos hin zu anderen Planeten. Ein Mann, der musizierte, übersah das nicht. Auch ein Mann, der dichtete, hatte die Empfindung, was alles hinter seinem Rücken begann, unter seinen Füßen, über seinem Scheitel. Hatte er eigentlich je gehört, wie er heute hörte? Hier verneigte sich ja, mitten in seiner wunderbaren Kunst, der Meister vor dem Genius eines jungen Österreichers, genannt Franz Schubert, er zitierte wörtlich eines seiner Lieder „Erstarrung“ geheißen: Ich such im Schnee vergebens/nach ihrer Tritte Spur ... Welche Spur welcher Tritte suchte der Mensch, wenn er nach all dem Erstarren leise die letzte Tür aufmachte, einen neuen Gang antretend, auf neue Wiesen, in neue Städte, von unbekannten Bewohnern aus geistigen Materien errichtet: aus Dankbarkeiten, aus Wohltat, aus Güte, aus tapferer Einsamkeit, aus der Freude am Nebenmenschen, aus der Lust des Schenkens – aus allem, was groß und adlig der menschlichen Seele entquoll, die im Leibe des Negers ebensogut behaust sein konnte, ja besser als in dem des Kaisers Napoleon oder des Philosophen Nietzsche? Es war gut, müde zu werden, lebens- und sterbensmüde, seins- und nichtseinsmüde, müde des Oben und müde des Unten, müde des Weißen und müde des Bunten ... Der Beginn des Menuetts verlangte vom Spieler eine gewisse Anstrengung, aber dann war eine Schwelle überwunden, und der Tanz der einsam schreitenden Luftgeister, umfunkelt von Irrlichtern, vollzog sich. Es kam nicht mehr darauf an, daß im Allegro die Finger parierten. Man hörte, was gemeint war, hörte es vor dem Klingen, vor dem Beginn, vor der Verwirklichung. Aber es war nur in der Ordnung, daß Meister Brahms seinem Schüler und leidenschaftlichen Anbeter C. G. Mertens zu Hilfe kam, im schwarzen Bratenrock, und sich selbst an den Flügel setzte, das Bäuchlein vorgewölbt, Zigarrenstummel im Mundwinkel, und mit seinen weichen Händen spielte, was er geschrieben und was er gemeint, während Mertens sich einen Augenblick ausruhte: als mit Sokrates die Freunde tranken – war es da anders gewesen? War ihm nicht süß und ernst ums Herz? Da tanzten die Geister der Saiten in einem silbernen, vom Monde erhellten Menuett, nächtlich, umweht, auf einem Berge, im Anhauch von Pinien des Meeres; Vorgebirge und Buchten schwangen unter seinem Blick... „und die Häupter auf die Polster sanken, kam ein Jüngling, kann ich mich entsinnen ..." Ernst und lieblich kam er aus dem gerafften Vorhang des Schlafzimmers, gestützt auf zwei schlanke Flötenbläserinnen, und Meister Brahms wandte seine schrägen Augen und sagte auf lateinisch: „Du hast die Gerechtigkeit geliebt und die Ungerechtigkeit gehaßt – darum ..." Was will er denn, dachte erschrocken Mertens, ich sterbe ja gar nicht in der Verbannung! Kann jemand seliger aufgehoben einschlafen als ich in diesem Sessel?

SIEBENTES BUCH

Die große Kälte

Erstes Kapitel

Der Pelikan

Die Erde ist eine steinerne Scheibe unter einem Himmel aus Eis.

Der Winter hat über dem ganzen Kontinent zugebissen: in seinen starrenden Kiefern klemmt er Menschen und Gegenstände erbarmungslos fest. In Potsdam zum Beispiel, wo die Eltern von Frau Bertin zwei Zimmer ihrer Villa warm heizen können, verzeichnet das Thermometer eines Nachts 34 Grad Frost. Aber das hilft ihrem Schwiegersohn wenig. Über Frankreich und den Maashöhen besonders lastet geringere Kälte: 17 Grad, aber sie genügt vollauf. Seit Anfang Januar sind die Götter und Halbgötter der Kompanie von ihren Urlauben alle wieder da, ziemlich bedrückt durch den Empfang, der ihnen von den verschiedensten Seiten bereitet wurde, und durch die Veränderungen, die sich ergeben. Der Park, herausgerissen und wieder eingepflanzt, wird noch einmal herausgerissen, endgültig jetzt. Der Wald von Mureaux-Ferme nimmt ihn auf, hinterm Berge gelegen, dicht und unberührt, und neue Gleisanlagen werden nötig, ein Durchbruch zwischen diesem geschützten Punkt und dem Bahnhof von Romagne. Wenn das alles fertig sein wird, werden die französischen Flieger den gelichteten Wald längst aufgespürt, photographiert und mit zutreffenden Folgerungen begutachtet haben, so daß – geschwind, geschwind – die ganze Anlage in eine wiederum neue Gegend verlegt werden wird, in die Schluchten nahe dem Dorf Etraye, aber bis dahin hat es noch gute Weile: eben erst beginnt die Arbeit an der neuen Vollspurbahn.

Unter der bewährten Leitung von Sergeant Schwerdtlein wird ein Bautrupp von Schwerarbeitern nach Romagne gelegt, den Mureaux-Ferme-Leuten entgegenzuarbeiten. Er wohnt in einem steinernen Haus und sieht die Kompanie weder sonn-

noch wochentags. Bei Tagesanbruch, in vollem Frost, beladen die Armierer ihre Loren mit den gewichten Sechsmeterschienen einer erwachsenen Eisenbahn, andere mit eichenen Schwellen, dritte mit Schotter. Auf ihnen sitzend, fahren sie zum Vortrieb. Dann wird abgeladen – recht energisch lastet die schwere Schiene auf dem Schlüsselbein –, der Grund geebnet, die Schwellen hingebettet, das Gleis gerichtet. Das Verschrauben der „Stöße" mit den schweren Laschen und Muttern besorgen württembergische Pioniere – Landsturmleute, die von Damvillers kommen und voller vernünftiger Erbitterung ihre Pflicht tun. Den größeren Teil des Tages helfen sie alle den Russen, die Trasse vorbereiten. Den Russen? Allerdings. Russische Gefangene sind den Armierern beigegeben worden, über siebzig Mann, niemand weiß, wo sie lagern; ausgehungerte Männer in erdbraunen Mänteln, geduldig, anstellig, und von preußischem Landsturm bewacht, möglichst von solchen, die Brocken einer slawischen Sprache verstehen. Sagten wir schon, daß beim Kommando Schwerdtlein sich auch der Armierer Bertin befindet? Da es ein unangenehmes Kommando ist, brauchten wir das nicht zu erwähnen. Und doch finden wir ihn geduldiger als je wieder, etwas stumpf zwar und ohne E.-K.-Hoffnungen, aber dafür als einen Mann, der kurz hintereinander zweimal dem Tode entronnen ist. Fünf Tage hat er zum Kommando Karde gehört, das im ehemaligen Kartuschzelt eine kleine Untersuchungsstelle für die von der Beschießung her beschädigten Granaten betreute; am sechsten, dem Unglückstage, wurde er früh nach Romagne zugeteilt, mittags flog ein Geschoß hoch, da war sein Bettnachbar ein toter Mann, ein Bauer aus Oberhessen, Biedenkapp, Vater dreier Kinder; und knapp zwei Tage später schmiß ein Flieger sein Ei ins Steinberglager, zerstörte zwar nur die Offizierslatrine, durchlöcherte aber mit der vollen Lage seiner Splitter die Außenwand von Baracke 2 an der Schmalseite, an der niemand geschlafen hatte als der Armierer Bertin. Solche Zufälle stimmen nachdenklich und verleihen Geduld, zumal der gleiche Flieger, wie das Gerücht ging, auch dem Ort Montmédy einen Besuch abgestattet und daselbst einen höheren Militärbeamten – oder einige? – ins Jenseits befördert haben sollte. Glücklich also, wer sicher in Romagne nächtigen und tags mit der Picke schaffen, sich warm arbeiten kann. Der Lehm ist marmorhart gefroren. Nur in kleinen,

muschelförmigen Stücken bewältigt ihn der Hauer. In der entsetzlichen Kälte ruht man sich manchmal an einem Feuer aus, das die schwächsten der Russen unterhalten dürfen. Ein unangetasteter Laubwald ädert dort den Himmel. Den Weg der neuen Bahn bezeichnen gefällte Stämme, gesprengte Wurzelstöcke, ein angeschnittener Hügelrücken. Hat man tagsüber zehn Zentimeter der Frostkruste abgetragen und den weicheren Lehmboden bloßgelegt, so sinkt die Sonne. In der Nacht friert es wieder zehn Zentimeter tief, und am nächsten Tag beginnt das Spiel von neuem.
Die schlimmste aller Plagen aber, rundum gefürchtet, bedeutet das Entladen der Schotterwagen. Dort oben steht man, kann die Füße kaum rühren, stößt eine großblättrige Schaufel in die widerstrebenden Steine, die wie gekittet aneinanderhaften, und wirft sie mit immer gleichem Schwung in den neuen Schienenstrang. Wohl dem, der sie mit der Stopphacke festschlagen und glätten darf, denn er kann sich bewegen und das stockende Blut in Umlauf bringen. Mehr als drei Mann haben auf einem Waggon nicht Platz, ohne einander zu behindern.
Die Armierungssoldaten Lebehde, Pahl und Bertin entladen heute Schotter. Aber während Karl Lebehde kräftig genug ist, um ohne Überanstrengung die schwere Schaufel zu handhaben, quälen sich Bertin und Pahl sehr. Sie haben ihre Mäntel ausgezogen, die Drillichjacken über dem Waffenrock, einen wollenen Sweater über dem Flanellhemd und schwitzen zugleich und frieren. Sie schuften schweigend und verbissen. Sie sind miteinander befreundet, und Karl Lebehde würde keine Stichelreden von seiner geübten Zunge losschnellen, wenn die beiden Schwächeren ihm den Hauptteil der Arbeit ließen. Aber gerade darum erlaubt ihnen der Anstand nicht, sich gehenzulassen. Das metallische Geräusch und das Prasseln der Steine wird von kurzen Ausrufen unterbrochen, von Ermunterungen und Flüchen. So vergeht ein ganzer Tag, vom Aufgang bis zum Untergang der Sonne, und die Gedanken in den Männern kreisen nur zum geringsten Teil um diese Tätigkeit. Sie kreisen um den unbeschränkten U-Boot-Krieg, der unvermeidlich ist, um die Kriegserklärung Nordamerikas, die darauf folgen wird und die Bertin töricht und falsch einschätzt, ganz wie es die deutsche Heeresleitung den Zeitungen auferlegt hat. Sie kreisen um allerlei Sonderabsichten, Wünsche, Überlegungen. Seltsame Wünsche unter anderem.

Gut, daß die Schädel nicht aus Glas sind. Der Armierer Bertin zum Beispiel würde sehr erschrecken, könnte er gewahren, mit welchem Ernst sein Kamerad Pahl sich um den Entschluß plagt, ein Teilchen seines gebrechlichen Körpers zu opfern und dafür den Rest in die Heimat zu retten. Deswegen haben ihn Pahl und Lebehde auch nicht eingeweiht. Dieser Bertin ist ein unsicherer Kantonist, nicht unanständig, aber schwach, schwach. Hat er nicht eine Büchse Schmalzersatz gekauft von irgendeinem betrügerischen Küchenbullen und muffelt sie nun stillschweigend in sich hinein, ohne den Kameraden davon anzubieten? Das war früher nicht seine Art, man wird es ihm noch mal unter die Nase reiben. Die Not ist groß, man stiehlt einander Futterpakete innerhalb der Korporalschaften; seien wir also nicht zu heikel, ist die Parole Karl Lebehdes. Pahl ist in diesem Punkte strenger gegen Bertin, er hat eine Enttäuschung zu verwinden. Schmalzersatz ist eine gute Sache, aber Solidarität eine bessere: kameradschaftliche Gesinnung betätigt der Bertin nicht mehr, seit er seine Abendmahlzeiten auf der Bettstatt einnimmt oder beschließt. Nun, auch das wird sich ändern. Zur Strafe versetzt man ihm zunächst einmal, daß man ihn bei der Besorgung eines bestimmten Briefes übergangen hat, den im Dezember der verschwundene Unteroffizier Süßmann dem Genossen Lebehde übergab. Statt aufzufahren und den Beleidigten zu spielen, hat der Bertin ganz ruhig gefragt, ob sie das Zeug auch richtig weitergeleitet hätten. Dem scheint schon so manches gleichgültig geworden zu sein, was ihm vor drei Monaten durchaus noch nicht gleichgültig war. Ja, das Leben ist hart, es ist keine Tanzerei mit Pfannkuchen und Silvesterpunsch; Stolz, Empfindlichkeit und Ehrgefühl werden von den Motten gefressen, die Pelzweste der edlen Absichen und Vorsätze verliert alles Haar, und übrig bleibt nichts als ein schäbiger Kaninchenbalg, blau und kahl.
Dem Armierer Bertin geht es wirklich schlecht, jeden Tag etwas schlechter. Die harte Arbeit in der eisigen Luft leert seine letzten Kräftespeicher, und freundliche Zwischenfälle, an denen es nicht fehlt, bleiben ohne unmittelbare Folgen.
Eines Abends, als er gerade auf seinem Bette lag und döste, trat ins Quartier der flickenden und Karten spielenden Korporalschaft Schwerdtlein, ein dicklicher Mann mit Brille, platter Nase und kugeligen Augen, Kälte mitbringend. Er sah sich im grellen Karbidlicht um, musterte den eisernen Ofen,

das lange Rohr, an dem Wäsche trocknete, die kahlen Fenster, mit großem Aufwand von Zeitungspapier gegen Frost und Wind abgedichtet, und schnaufte dann: er suche einen Referendar Bertin, da sei er hier wohl falsch gelaufen. – Er erregte beinah allgemeinen Aufstand, weil man ihn in seiner pelzgefütterten Überjacke zunächst für einen Offizier hielt, der revidieren kam. Aber Unteroffizier Porisch wehrte ab: die Kameraden sollten keine Menkenke machen. Er begrüßte den Kameraden Schwerdtlein, stellte eine Schachtel Zigaretten auf den Tisch und hatte gewonnenes Spiel.
Bertin indes richtete sich auf, sah aus verschlafenen Augen den Fremden an und meldete, er sei das. Worauf Unteroffizier Porisch erklärte: er komme nicht, ihn zu fressen, wenn auch vom Kriegsgericht Montmédy, er brauche nur ein paar Auskünfte in einem Fall, dessen Akten das Kriegsgericht gerade ablegte. Und da der Hauptzweck dieser Reise mit einem Nebenzweck verbunden sei, möge der Herr Kollege sich gütigst wieder die Stiefel anziehen und ihn zum Bahnhof begleiten, wo ein Kamerad von ihm Dienst tue, auch ein Berliner. Bei den Worten „Kriegsgericht Montmédy" hatte Bertin seine Beine auf den Boden gestellt, „aha" gesagt; seine Bewegungen waren munterer geworden, in einer knappen Minute stand er ausgangsfertig am Tisch. – „Jetzt gehn wir einen heben", schnaufte Unteroffizier Porisch – damit machte er eine Bewegung der Faust an den Mund und des Trinkens, die zu diesem Worte gehörte. – „Schick ihn mir nur nicht besoffen heim", warnte Unteroffizier Schwerdtlein, „morgen früh, sechs Uhr, geht's wieder los"; die Belegschaft kicherte schadenfroh.
Sie stiegen vorsichtig die schlecht beleuchtete und frostglatte Treppe hinab. Die eisigen Straßen lagen ausgestorben unter einem bösen Ostwind. „Machen wir ins Warme", stöhnte Porisch, „meine dünnen Schuhe sind durchaus unpraktisch für Polarfahrten." – Bertin, von der beißenden Nachtluft völlig ermuntert, lachte ein bißchen: dieser Mann trug Zivilistenschuhe, gut geschnitten und aus leichtem Leder. „Wohin entführen Sie mich eigentlich?" fragte er im Laufen. – „Zu meinem Bundesbruder Fürth", ächzte Porisch, stoßweise Luft durch seine flache Nase holend; „und jetzt wollen wir unsere Klappe halten, sonst friert uns das Zäpfchen an."
Den Unteroffizier Fürth kannte Bertin flüchtig, sein groß-

schnäuziges Wesen hatte ihm stets mißfallen. Es gab eine Menge wortgewandter Großstädter, selbstverständlich auch im Heer, die jederzeit verkündeten, was sie dachten. In seinem Zimmer wirkte der Unteroffizier Fürth weit weniger anstößig als draußen.

Er duzte sich mit Unteroffizier Porisch und schüttelte Bertin so gemütlich die Hand, als seien sie alte Zechgenossen. Über seine rechte Backe liefen zwei feine Schmisse, ein grader und ein gewinkelter – Tiefquart und Hakenquart, dachte Bertin, und dann wunderte er sich, daß er diese Ausdrücke studentischen Fechtens seit Schülerzeiten noch nicht vergessen hatte. Allerdings paßte die Art, wie Fürth seine Wohnung eingerichtet hatte, aufs beste zu ihnen. Ein mächtiges Sofa, gelbliches Holz, tabakbrauner wolliger Bezug, nahm die Rückwand ein. Darüber hatte Fürth eine Art Wappen auf Papier gemalt, mit rot-weiß-schwarzen Schrägstreifen, in dessen Mitte ein verschnörkeltes Schriftgebilde mit einem Ausrufungszeichen prangte, überflattert von der rätselhaften Parole: „A. J. B. sei's Panier!“ Darunter schwebte, auf einen Nagel gestülpt, ein gesticktes Studentenkäppchen, unter ihm kreuzten sich zwei schwere Säbel französischer Herkunft, mehrere bunte Bänder akademischer Verbindungen durch die Körbe geflochten, während rechts und links Bilder bärtiger Herren in Kneipschmuck, aus Zeitschriften geschnitten, mit Reißnägeln befestigt waren. Staunend nahm Bertin wahr: dies kam herübergeflogen aus der verschollenen Welt deutscher Universitäten, an denen die jungen Leute sich zu Verbindungen zusammentaten, um zu zechen, zu fechten und ihre Jugend zu genießen, in Wirklichkeit aber, sich für ihre zukünftige Laufbahn Anknüpfungen und Förderung durch die „Alten Herren“ zu sichern. Da die verschiedenen Schichten des deutschen Bürgertums die jüdischen jungen Leute gleicher Herkunft ausschlossen, aus durchsichtigen Vorwänden der Rasse oder des Glaubens, hatten sich diese zu eigenen Bünden gleicher Art zusammengefunden, mit Christen oder ohne sie, soweit sie nicht, wie etwa Bertin, lieber ins große Heer der freien, sich selbst vertrauenden Akademiker untertauchten, in welchem nicht nach Herkunft und väterlichen Vermögen gefragt wurde, sondern nur nach Fähigkeiten, sachlicher Hingabe und persönlicher Durchschlagskraft. Hier also stand Bertin in der Bude eines A. J. B.ers, der Farben trug und Säbel

focht wie ein Corpsier oder Burschenschaftler, aber als Mitglied des Akademisch Juristischen Bundes Verbindungsbruder und Schützling gewichtiger Professoren aus der Epoche des großen alten Gotthold Mertens war, der seinerseits in einem ärmlichen Pfarrhaus zu Güstrow, Mecklenburg, das Licht der Welt erblickt hatte.
Auf dem Tische dampfte Tee, stand eine Flasche Rum zum Grog, eine Zigarrenkiste; Unteroffizier Fürth selbst rauchte eine halblange Pfeife. „Ich fühle mich", sagte er strahlend, „als hätte ich eine Kneipjacke an und dies wäre ein Budenzauber in München oder Freiburg. Da gab es auch solche hyperboreischen Winternächte ohne Schnee. Es ist fabelhaft anständig von dir, Pogge, daß du dich von mir verabschieden kommst." – Bertin erriet, „Pogge" sei der Kneipname des Unteroffiziers – ein niederdeutsches Wort, Frosch bedeutend, und gar nicht unangebracht angesichts des Typs, den Herr Porisch darstellte. – „Halb so schlimm", wehrte der ab; „ich kam zu dir, und ich kam zu ihm" – auf Bertin deutend –, „aber vor allen Dingen kam ich um meinetwillen. Weil ich reden muß. Weil ich die Sache nicht bei mir behalten kann und weiß, daß ich in ganz Berlin keinen Hund finde, der verstehen und glauben würde: in unseren Kreisen traut man sich ja nicht, von seinem Grips Gebrauch zu machen, so eingeschüchtert ist man und so patriotisch. Und in der Kriegsrohstoffstelle, zu der ich abdampfe, muß ich mich natürlich noch viel dümmer stellen als anderswo – hat deine Wand Ohren, Pelikan?" – „Pelikan" – Bertin mußte lachen. Wieder traf der Name nicht übel: die große Nase des Unteroffiziers Fürth, seine klugen, runden Vogelaugen, sein weichendes Kinn. – „Setzt euch näher heran ..." – „Aber vorher stärken wir uns mit einem tiefen Nordpolschluck", verlangte der Pelikan. – „‚Schlucken' ist das richtige Wort", schwatzte Porisch und schneuzte sich umständlich. – Täuschte sich Bertin, oder sah er Feuchtigkeit in den Augen des dicken Mannes?
Also: Carl Georg Mertens, einst Kriegsgerichtsrat in Montmédy, hatte sich vergiftet. Keineswegs war er, wie in den Zeitungen verbreitet wurde, einem Unglück zum Opfer gefallen, weder einem Sturz mit dem Auto noch einer Flugzeugbombe. „Es war zuviel für ihn, wißt ihr", quarrte Herr Porisch. „Er war der Gemeinheit dieses Lebens nicht gewachsen und schmiß uns das Zeug hin, damit es Leute mit

dickerer Haut und gröberen Pfoten aufnähmen – Leute, die besser gelernt hatten, Dreck zu schleppen, als er. Er war ein Gentleman – niemand außer mir ahnt, was für ein Gentleman das war. Und dazu hatte sein Vater ihn fürs Leben schlecht ausgerüstet – zerknietscht nämlich. Der Sohn des alten Mertens zu sein – das war ja auch eine Aufgabe!" Und nun befreite sich Porisch von einem wochenlangen Druck, und seine Sätze liefen ungeordnet aus seinem Munde, mit Zigarrenrauch vermischt, unterbrochen von undeutlichen Anspielungen und beklemmenden Witzen. Am längsten verweilte er bei den belgischen Deportationen, weil er geholfen hatte, Kenntnisse über sie zusammenzutragen; Fürth zeigte sich in diesem Punkte weit besser unterrichtet als der vom Zeitungskauf zumeist abgeschnittene Schipper Bertin, der sich übrigens seit Jahren nicht mehr so sehr als Referendar gefühlt hatte. Er saß mit aufgestütztem Arm, ohne Waffenrock, in seinem blauen Sweater. Kleine Schlucke des angenehmen Grogs wärmten ihm das Innere. Jetzt begriff er, was ihm in der Umgebung von Romagne bald aufgefallen war: Zivilisten in dünnem schwarzem Sonntagsstaat, die, große Schaufeln auf die Erde gestützt, in der eisigen Kälte unbeweglich an der Landstraßen standen, ohne sich warm zu arbeiten. Daß das belgische Zivilisten seien, hatten die bewachenden Landsturmleute erzählt, die es übrigens längst aufgegeben hatten, die Belgier zum Arbeiten anzutreiben. Sie hungerten, sie erstarrten, aber sie rührten keinen Finger. Sehr eindrucksvoll hatte sich dies dem Armierer Bertin eingeprägt; „Zwangsrekrutierungen" hieß das, das Wort verdeckte die Wirklichkeit. Er hatte aber die wilde Verachtung nicht gebilligt, mit der diese Belgier diejenigen ihrer Landsleute bedachten, die sich auf flämisch den Wachtmannschaften anbiederten, ihnen Feuer machten, Kaffee wärmten, Brot von ihnen dafür annahmen. Es war Krieg, dachte er, die Leute sollten nicht so heikel sein, nicht so stolz. Der Besiegte mußte sich mit dem Sieger stellen und sich keine überflüssigen Leiden zufügen. Jetzt, gefärbt von der Entrüstung des verstorbenen Mertens, erhielten diese Dinge auch für Bertin ein anderes Gesicht. – Porisch aber berichtete weiter. „Bis zuletzt beschäftigte den Kriegsgerichtsrat die Affäre Kroysing. Dieser Punkt geht also Sie an", sagte er mit trüben Augen. „Sie hatten zwar keinen Absender angegeben, aber eine Einlage zwischen den Papieren von der Hand des älteren Kroysing nannte Sie uns – dieses hintergründigen Leutnants, der Mertens und mir unverwechselbar im Gedächtnis geblieben war. Sie als Freund seines toten Bruders sollten im Bedarfsfalle mit Ihrem Zeugnis aushelfen. Danach hörten wir nichts mehr von ihm; unsere Ermittlungen ergaben: Vermißt! Nun, vier, fünf Tage nach der Überführung C. G. Mertens in einen Waggon, der ihn nach Berlin auf den Matthäikirchhof verfrachten sollte, meldete sich dieser Kroysing aus dem Feldlazarett Dannevoux mit einem durchschlagenen Schienbein und der Absicht, nach seiner Heilung die Sache weiterzubetreiben." – „Er lebt?!" rief Bertin, kerzengerade aufruckend. – „Erstaunlicherweise. Und nun hab ich an Sie eine einzige Frage. Sind Sie der Mann, den der kleine Kroysing erst einen Tag vor seinem Tode kennenlernte?" – Bertin nickte stumm, gespannt. – „Sie gehören also weder zu seiner Kompanie noch haben Sie selber das mindeste beobachtet?" – „Nein." – „Danke", schloß Porisch müde, „dann hilft ihm das nichts mehr; denn der vorläufige Nachfolger meines Professors ist ein durchschnittlicher Amtsrichter, gut getrocknet, der jeden überflüssigen Krimskrams ad acta, das heißt zum Teufel schickt. – Dagegen kann kein Leutnant an, nicht einmal dieser. Scheint aus Eisen zu sein, der Kroysing", setzte Porisch kopfschüttelnd hinzu. – Bertin nickte vor sich hin: das stimmte wahrhaftig – aus Eisen und außerdem verrückt, besessen.

Der Pelikan, eigentlich Rechtsanwalt Alexander Fürth mit einem Büro in der Bülowstraße und einer Wohnung in Berlin-Wilmersdorf, verlangte gebieterisch Aufklärung. Er könne nicht dulden, daß Pogge hier in Geheimzeichen fachsimple. Porisch und Bertin berichteten, was sie teils erlebt hatten, teils über den Fall dachten. Der Pelikan schüttelte über sie den Kopf. „Seid doch froh, daß das begraben wird. Wem in aller Welt ist gedient, wenn noch einmal ein Kamel herbeiläuft und das Gras abfrißt, das darüber wächst?" – Aber Rechtsanwalt Porisch blies seine Backen auf: dieser Fall war das letzte Vermächtnis eines gerechten Menschen, eines Mannes, um den reine Luft war, und er mochte ihn nicht ohne weiteres in dem großen trüben Haufen Unrat verschwinden lassen, den der Strom der Tage ununterbrochen ans Land spülte. – „Nun", sagte Fürth, „das ändert die Karre. Unser Gast zwar", er wandte sich flüchtig zu Bertin, „muß ermahnt werden, seine

Finger ganz außerhalb dieser brenzligen Buttersoße zu halten, damit er keine Blasen kriegt. Ich habe Sie oft genug frühmorgens abhauen sehen und mich gewundert, daß Sie nicht längst leichtere Gefilde aufgesucht haben; aber das beiseite. Dir, lieber Pogge, kann ich höchstens mit einer Mitteilung dienen, von der ich nicht einmal weiß, ob sie nutzt." – „Halt", unterbrach ihn Bertin unter der Wirkung von Rum und Gemütlichkeit und zurückgetaucht in jene Zeit, wo er Farbenstudenten mitleidig als Rückschläge in der menschlichen Entwicklung betrachtete, als tätowierte Wilde mit künstlichen Narben und bunten Tanzkleidern. „Das Wichtigste wäre wohl, das Feldlazarett Dannevoux festzustellen." Der Pelikan sah ihn strafend an. Porisch aber pflichtete ihm bei. Schweigend holte Fürth eine Karte aus seinem Schrank und breitete sie aus: Man fand Romagne, Flabas, selbst Crépion und Moirey, nicht aber einen Ort Dannevoux. Ratlos betrachteten sie das farbig getönte Blatt, die Stadt Verdun, den Ort Douaumont, den gewundenen Lauf der Maas; dann deutete der Pelikan mit dem spitzen Nagel des kleinen Fingers auf einen Punkt: Dannevoux. „Wer sollte auch darauf kommen", rief Bertin, „es liegt ja auf dem linken Ufer." Richtig, jenseits des schwarz geschlängelten Flusses setzte sich die Welt fort; da dort drüben aber ein anderer Befehlsbereich begann, fragte es sich, ob diese Feststellung irgend jemandem nutzte. Feierlich lehnte sich der Pelikan zurück und verschränkte die Arme: „Ich weiß nicht, ob das für dich Glück oder Unglück bedeutet, alter Pogge. Auf alle Fälle will ich dir aber mitteilen, daß Mopsus dort drüben bei der Kampfgruppe Lychow Kriegsgerichtsrat spielt. Kennst du Mopsus?" – Rechtsanwalt Porisch sah ihn mit großen Augen an: natürlich kannte er Mopsus, den Rechtsanwalt Posnanski nämlich, nicht nur aus der Alten-Herren-Liste, sondern auch persönlich, aus größeren Verbindungsfesten und flüchtigen Begegnungen in den Korridoren Berliner Gerichte. „Woher weißt du, daß er dort steckt?" fragte er, um die Gegenfrage zu empfangen, ob er denn die A. J. B.-Nachrichten nicht sorgfältig genug studiere? Nein, Porisch studierte sie nicht sehr sorgfältig; aber der Pelikan triumphierte: dann dürfe er sich nicht wundern, wenn er rat- und hilflos diesem Dasein preisgegeben sei. „Auf dem linken Ufer", sagte Porisch sinnend. – „In Esnes oder Montfaucon", überlegte der Pelikan. – „Ich habe nicht viel Zeit", erklärte Porisch, „aber ich fahre zu diesem Leutnant und gebe ihm den Rat, sich an Mopsus zu wenden. Wenn irgendeiner, dann berät ihn der." – „Ja", bestätigte Fürth, „der wird ihn beraten." – Bertin gähnte, er wurde müde; außerdem gingen ihn diese Leute mit ihren albernen Namen schließlich doch nichts an. Er mußte morgen wieder Schienen schleppen. „Ich verhehle dir nicht", meinte der Pelikan inzwischen, „die Punkte stehen schlecht für diesen Leutnant, sein Gegner hat starken Vorsprung." – „Ich möchte einmal erleben", sagte Bertin und gähnte wieder, „wie solch eine Sache bei den Preußen ausgeht, wenn die Punkte einander die Waage halten." – Niemand entgegnete ihm darauf, man wartete, daß er sich entfernte. Um die Pause auszufüllen, erzählte Porisch, daß bei den Papieren des Leutnants Kroysing ein schwarzes Schreibheft seines Bruders lag, das niemand lesen konnte, weil die Mertens-Schüler bekanntlich nicht stenographieren durften. Und sie lachten miteinander in Erinnerung an die Zornanfälle des buschigen grauen Vollbarts auf dem Katheder, wenn bei Semesterbeginn Neulinge seinen Vortrag mitzuschreiben suchten. Er hasse diese mephistophelische Weisheit, donnerte er dann, die Goethe in reiner Ironie seinem Teufel in den Mund gelegt habe. Nichts, was man schwarz auf weiß besitze, könne man getrost nach Hause tragen, sondern was man sich lebendig ins Herz gebrannt habe, und sein Kolleg sei für Hörer der Rechtswissenschaft veranstaltet, aber nicht für Schreiber. – Bertin schreckte auf: wie spät es denn schon sei? – Unteroffizier Fürth bestätigte: der Zapfenstreich nähere sich, er werde laufen müssen. Er sprach sehr mild, ganz und gar nicht mehr großschnäuzig, forderte ihn auf, sich, sooft er wolle, bei ihm zu wärmen, drängte ihm ein paar Zigarren auf und leuchtete ihm dann die Treppe hinab, nachdem Porisch dem bedauernswerten Schipper mehrfach die Hände geschüttelt und glückliches Überwintern gewünscht hatte. Der Pelikan kam zurück, schüttete Eisenbahnkohle in sein Öfchen, stopfte seine Pfeife nach: „Der hat gute Wünsche nötig, weiß Gott. Wir hier sind immer ein paar Nasenlängen früher unterrichtet, was mit diesen Schippern angestellt wird, als sie selbst." – „Was bist du eigentlich hier?" fragte Porisch. – „Theoretisch", antwortete der Pelikan, „ein Unteroffizier der Eisenbahn. Praktisch bin ich Bahnhofskommandant von Romagne und schmeiße den ganzen Laden. Mein Leutnant säuft, läßt mich arbeiten und unterschreibt. Das bekommt uns beiden glänzend, denn ich weiß alles und fahre auf Urlaub, als hieße ich nicht Fürth, sondern Fürst", und er lachte schallend über seinen Witz. „Dieser Knabe also wird mit seinem Trupp nächste Woche von Leuten der vierten Kompanie des gleichen Bataillons abgelöst und verschwindet aus meinem Gesichtskreis. Sie kriegen ein besonders unangenehmes Kommando unter einem Hamburger Sergeanten, geheißen Barkopp. Woher ich das weiß? Von diesem Barkopp selbst, der vorgestern in unserem Kasino ziemlich viele Schnäpse deswegen hinunterschlang. Sie werden auf Blindgängersuche dressiert und dürfen sich gratulieren." – „Wozu braucht man denn das Zeug?" fragte Rechtsanwalt Porisch, als habe er niemals einen Waffenrock getragen. – „Lieber Pogge", entgegnete der Pelikan, „und du suchst Unterschlupf in einer Kriegsrohstoffstelle! Zum Schießen natürlich, zum Endsieg, für Amerika und die ganze Welt!" – „Na, denn prost", entgegnete Rechtsanwalt Porisch.

Indessen lief Bertin mit schallenden Schritten durch die schneidende Nacht. Die scharfe Luft ermunterte ihn wieder, der Teegrog hatte ihm wohlgetan, der kuriose Pelikan ihn etwas erheitert. Diese Beziehung wollte er pflegen; auf alle Fälle aber hatte der Abend ihm den großen Trost gebracht, daß Eberhard Kroysing lebte, ungebrochen und in Sicherheit. Ein lieblicher Zustand der Menschheit zwar, wenn schwere Verletzungen das Eintrittsgeld zum Ausruhen darstellten und gern bezahlt wurden. Bei nächster Gelegenheit mußte er ihm schreiben; vielleicht nicht sofort, sondern wenn es ihm selbst etwas besser ging, damit er nicht als Klageweib aufzutreten brauchte. Wenn es nur erst wärmer wurde und die Arbeit leichter und das Jahr 1917 ihm seinen Urlaub brachte, dann wollte er Kroysings Rat gern beherzigen und die Nase steifhalten. Schwitzend, bevor es neun schlug, stieg er ins Quartier empor, wo alles friedlich schnarchte und niemand wußte, was bevorstand, weil sich Götter gestritten und die Lose über die sterblichen Menschen geworfen hatten.

Zweites Kapitel

Wenn die Götter streiten

Wäre Leutnant von Roggstroh nämlich außer einem wohlwollenden auch noch ein erfahrener Offizier gewesen, er hätte sich erst erkundigt, ob rund um Bertin alle Vorgesetzten bereits hinreichend mit Auszeichnungen versehen seien, ehe er, zur Ruhe gekommen, seine schöne Absicht in die Tat umsetzte. Aber das unterließ er leider. Sein Antrag lief nach Neujahr bei der Schreibstube des Bataillons in Damvillers ein, auf dem Umweg über die Schreibstube des Parks, so daß Oberst Stein und Major Jansch fast gleichzeitig von der Tatsache benachrichtigt wurden, sie sollten dem Armierungssoldaten Bertin das Eiserne Kreuz zweiter Klasse verschaffen.
Die beiden Offiziere, die, wir wissen es schon, einander nicht riechen konnten, stellten auch einander ganz entgegengesetzte Typen dar: Oberst Stein als alter Reiter, korpulent, zum Aufbrausen geneigt, mit einem Schuß Gutmütigkeit ausgerüstet; Major Jansch mager, verbittert, sehr zapplig, aber beherrscht, solange es ging. Selbstverständlich trugen sie beide das schwarzweiße Bändchen im Knopfloch. Den Bericht lesend aber, den Leutnant von Roggstroh, Neffe eines einflußreichen Großgrundherrn Ostpreußens, über die Tat und Leistung des Armierers Bertin aufgesetzt, sagte sich jeder der beiden Herren: mit wenig Mühe müßte sich die geschilderte Handlungsweise in ein Eisernes Kreuz erster Klasse umwandeln lassen, und zwar für sie selbst.
„Na, hören Sie mal", hatte Oberst Stein zu seinem Berater und Adjutanten geäußert, „Ihre Prophetengabe in allen Ehren, aber das ist unmöglich. Unmöglich kann so'n kleiner Schippermajor in Damvillers das E. K. I beanspruchen. Wir waren im Park. Wir haben das Bombardement mitgemacht. Unser Oberfeuerwerker Schulz hat dem Leutnant von Roggstroh dreihundert Aufschlagzünder und fünfzig Brennzünder ausgefolgt. Wir sind die Dransten, wir lassen uns das nicht nehmen." – Wir, das heißt du, dachte Oberleutnant Benndorf, aber er sagte es nicht. Er sagte vielmehr nur: „Und der Mann, den der Leutnant ausdrücklich meint?" – „... geht diesmal leer aus", sagte der Oberst barsch; „erst kommen wir. Dem wird ein Urlaub lieber sein als ein E. K. Überhaupt, was

gehen mich diese Schipper an? Ich kenne sie nicht, und sie kennen mich nicht, und wenn hier jemand einen Piepmatz bekommt, so kriege ich ihn." – „Na", sagte Oberleutnant Benndorf und trat an die Scheibe des trüben Zimmers, in dem man sie untergebracht hatte, „diesmal stimmt nicht, was Herr Oberst meinen. Diesen Mann kennen Sie nämlich doch."
„Mich nicht erinnnern, die Ehre gehabt zu haben", murrte der Oberst, den sein Bein schmerzte. – Oberleutnant Benndorf sprach weiter, nicht aus Bosheit, sondern weil er irgend etwas zu sagen wünschte, den nagenden Kummer zu übertäuben, daß er mit Selbstverständlichkeit beiseite blieb. „Den Mann haben Sie gesehen. Sie haben ihn sogar bestrafen lassen wollen, damals, als eine Herde Franzosen vorübergeführt wurde und die Schipper ihnen Wasser gaben. Erinnern sich Herr Oberst? Da war ein Tunichtgut mit schwarzem Bart, der ließ einen Franzosen, ohne sich zu ekeln, aus seinem eigenen Kochgeschirr trinken. Der hieß Bertin." – Der Oberst erinnerte sich dunkel und ohne Groll „Ach, der ist es", sagte er, eine Zigarette anzündend. „Der macht ja schöne Zicken, bald so, bald so. Wenn Sie aber wirklich glauben, daß der Jansch ebenfalls auf den Laden spekuliert, so schlage ich vor, wir machen ihm einen Besuch und reden ihm das gütlich aus. Ich schenke ihm eine Kiste Schokolade, dann vergißt der Kleine vor Entzücken den Kaiser und den lieben Gott geschweige denn ein E. K. I, das sich ja doch nicht lutschen läßt." Und er lachte heftig über seinen Einfall, während Oberleutnant Benndorf nur schmunzelte und nickte. Die Wahrheit über Major Jansch ließ sich in einem Dorfe wie Damvillers nicht vertuschen: er naschte, war auf Süßigkeiten versessen wie ein Backfisch, bot seinen Feinden Handhaben, an die er nie gedacht hatte, aber sehr bald gemahnt werden sollte.
Major Jansch war, als ihm der Besuch seines Feindes, des Herrn Obersten, gemeldet wurde, sofort im Bilde. Seine Augen funkelten wie die eines Wiesels, beinahe sträubten sich seine Haare. Er war beschäftigt gewesen, seiner „Wochenschrift für Heer und Flotte" eine Zukunftskarte des Deutschen Reiches zu zeichnen, welche Lützelburg, Nanzig und Werden dem großen Mutterlande wieder einverleibte, außerdem aber auch Holland, die Schweiz, Mailand mit der Lombardei und Kurland, Livland, Lettland und Estland bis hinauf nach Dorpat. Dem Uneingeweihten sei verraten, daß Lüt-

zelburg, Nanzig und Werden vorläufig noch schandhafterweise Luxemburg, Nancy und Verdun hießen. Aber die Mitglieder des Alldeutschen Verbandes und des „Bundes gegen die Vorherrschaft des Judentums“ fühlten sich verpflichtet, die guten deutschen Bezeichnungen wieder zu Ehren zu bringen. Er packte seine Karte weg, strich seinen Balkanschnurrbart glatt, zog seine Litewka zurecht, ging seinem Besuch entgegen.
Sein Zimmer war überheizt, und die Luft darin gefiel dem Obersten nicht; er bat mit nettem Lächeln, ein Fenster öffnen zu dürfen. Major Jansch gestand es sauer blickend zu. Es würde Auseinandersetzungen geben, der Oberst beliebte eine laute Stimme erschallen zu lassen, alle Welt würde alsbald Bescheid wissen. Nun gut, er, Jansch, war bereit, er würde nicht zurückweichen.
Innerhalb von drei Minuten fuhren die beiden Hähne aufeinander los, daß die Federn nur so stoben. Der Herr Oberst konnte gar nicht glauben, daß der Herr Major ernsthaft auf die Auszeichnung rechnete, die hier zu erben war. Man wußte doch, daß er den schönen steinernen Ort Damvillers niemals verließ, und in Damvillers verdiente man nun mal kein E. K. I. – Leise und eisig entgegnete Herr Jansch, daß jedermann auf dem Posten kämpfen mußte, auf den er nun einmal gestellt war – nicht also hier in Damvillers auftauchen durfte, während der ihm anvertraute Munitionspark in Flammen aufging.
Oberst Stein hielt sich den Bauch vor Lachen. Das war großartig! Der Herr Major tat sich als Moralprediger auf und warf anderen Leuten ihr vernünftiges Abrücken vor, während er selbst niemals seine Nase in die Nähe einer Granate getragen hatte. Das war ja doch wohl, um auf die Bäume zu klettern! – Herr Major Jansch fand, das habe mit Bäumen gar nichts zu tun. Der Leutnant von Roggstroh aber habe einen Mann des Bataillons zur Auszeichnung gemeldet und nicht einen Mann der Parkkompanie. Wollte sich die Parkleitung jetzt auch der Auszeichnungen bemächtigen, die von 1/X/20 erworben wurden? Das wäre ja noch schöner. Ihm, dem Herrn Major, ging dieses ewige Sicheinmischen und Ansprüche-Erheben schon längst auf die Nerven. In den Dienstbetrieb hatte ihm niemand dreinzureden, und wer eine Auszeichnung bekam in seinem Bataillon, das bestimmte er. Daran war nun aber schon gar nichts zu rütteln. – „Schade“, sagte Oberst

Stein, behäbig im Stuhle sitzen bleibend, „schade, Herr Kamerad, daß Sie so intransigent sind. Und ich hatte schon vorgehabt, mich mit Ihnen gütlich über eine Kiste Schokolade als Tauschobjekt zu einigen; davon hätten Sie mehr, dachte ich, als von einem Orden, den man ja doch nicht in den Mund stecken kann." – Major Jansch fuhr hoch. Leider saß Herr Oberst Stein mit dem Rücken zum Fenster, so daß ihm die große Blechbüchse mit belgischen Bonbons nicht entging, die zur Rechten des Herrn Majors auf dem Fußboden thronte. Jansch schlug ihren Deckel krachend zu und zischte wütend: „Kommen Sie hierher, mir Dummheiten zu sagen? Intransigent! Objekt! Ist Ihnen die deutsche Sprache nicht gut genug, sie rein zu sprechen? Will man sich nicht einmal im Kriege mit der ganzen Welt bequemen, den welschen Unrat auszumerzen?" – Oberst Stein wandte sich staunend an Oberleutnant Benndorf. „Was meint der Herr mit Dummheiten?" fragte er, als sei Herr Jansch nicht im Zimmer. „Meint das Naschkatzerl vielleicht Sottisen? Dann hätte das Wörtchen Sinn und Verstand, denn Dummheiten sagt hier im Ort ja bloß einer." – Major Jansch wurde bleich, dann fleckigrot, dann wieder blaß; er rang nach Atem. Seine Unbeliebtheit war ihm bekannt; er hatte bisher darauf gepfiffen, denn der geistig Stärkere konnte nun einmal die Ungunst der Dummköpfe nicht vermeiden. Jetzt mußte man sich beherrschen, Stimmung für sich machen, die Rückkehr von Freund Niggl abwarten, dessen Urlaub demnächst ablief. Daher suchte er einzulenken. Der Herr Oberst besaß schon manche Auszeichnung, sagte er fast bittend, er war nicht darauf angewiesen, das Lamm der Witwe zu rauben. Der Mann, der in der Meldung genannt war, gehörte nun einmal zu 1/X/20, und jede Dienststelle würde einsehen, daß er nicht für Herrn Oberst Stein den Granaten getrotzt habe, sondern für die Ehre seines Truppenteils. Zog erst mal ein Kanonier des Parks die Aufmerksamkeit fremder Offiziere auf sich, so war der Herr Oberst an der Reihe. Wenn es nach Recht und Gerechtigkeit gehe ... – Oberst Stein schnellte vom Sitz auf, unverständlicherweise außer sich; wenigstens begriff Oberleutnant Benndorf erst später, daß der Parkchef so wütend geworden war, weil er insgeheim dem Geschwätz des Kleinen einen Kern Wahrheit nicht abstreiten konnte. „Das Lamm der Witwe!" schrie er, „Recht und Gerechtigkeit! Es wird sich ja zeigen, was für einen

Truppenteil Sie da befehligen, Herr! Nach Recht und Gerechtigkeit hätte ich im Juli den Mann vors Kriegsgericht bringen müssen, der dem fremden Offizier aufgefallen ist! Sollte lieber seinen eigenen Vorgesetzten nicht auffallen, der Hochverräter, lieber unterlassen, sich vor den Augen seiner Parkleitung – vor meinen eigenen Augen, Herr! – mit einem gefangenen Franzosen zu verbrüdern, indem er das Schwein aus seinem eigenen Kochgeschirr tränkte! Vor Hunderten von Augen, Herr! Gegen meinen ausdrücklichen Befehl! Damals hat mich der Benndorf hier breitgeschlagen, da hieß es auf einmal Gnade für Recht. Aber wenn Sie mir jetzt Zicken machen, wie sie in Berlin sagen, dann häng ich die Geschichte an die größte Glocke der Umgebung. Und dann sollen Sie antanzen, mein Lieber, für Mannszucht und Gehorsam."
Major Jansch erblaßte wieder. Er fühlte seinen Unterleib vor Wut im Krampf einschrumpfen. Was war das? Hatte man ihm im Sommer Vorgänge verschwiegen? Falls dieser feiste Weinsäufer die Wahrheit sprach und ausnutzte, was er da hinschrie, so flog sein E. K. I in hohem Bogen zum Fenster hinaus. Denn mit mangelhafter Mannszucht und mit Verbrüderung gar war nicht zu spaßen. Mit stiller Stimme wandte sich Jansch an den Oberleutnant Benndorf, der, einem Zuschauer gleich, mit gekreuzten Armen an der Wand lehnte: sie beide seien wohl die Ruhigeren hier; er bitte den Herrn Oberleutnant um Aufklärung des Vorgangs. – „Ach was", fuhr Oberst Stein dazwischen, „fragen Sie doch Ihre eigenen Kompanieleute." – Aber Oberleutnant Benndorf, dem nicht ganz wohl bei diesem Aufrühren längst erledigter Ereignisse war, bat ums Wort, die olle Kamelle, belanglos, wie sie inzwischen geworden war, auseinanderzupolken. – Jansch hörte aufmerksam zu. Das sei doch wohl keine Belanglosigkeit, äußerte er leidend, sie hätte ihm nie verschwiegen werden dürfen, und er werde dafür sorgen, daß sie auf preußische Art gesühnt werde. Auf das E. K. I aber verzichte er darum noch lange nicht, und man würde ja sehen, wer es zum Schluß bekam. – Oberst Stein stand auf. Jawohl, sagte er überlegen, das würde man sehen; und er wette eine Tonne Schokolade gegen einen Schnaps, daß aus diesem Rennen er und kein anderer als Sieger hervorgehe. Und dann setzte er seine Mütze auf, verabschiedete sich obenhin und ging, dem Adjutanten schon im Flur Vorwürfe machend, er habe ihm schlecht sekundiert, auf diese Weise würden sie den

Nußknacker bestimmt nicht beiseite schieben. Es scherte sie beide doch einen lackierten Teufel, wenn der jetzt seinem Schipper noch nachträglich aufs Dach stieg. Und in voller Überzeugung fügte er hinzu: „Sie mit ihrer Menschenfreundlichkeit sollten mir erst einmal klarmachen, was dieser sogenannte Bertin mit einem E. K. I überhaupt zu tun hat.“ Und er äugte voll Erstaunen, als der Oberleutnant mitten auf der Treppe anhielt und in Gelächter ausbrach. Dann allerdings schlug er sich vor die Stirn und stimmte in Benndorfs Lachen ein, weil es ja schließlich die Belohnung des ehemaligen Vollbarts war, um die er mit Herrn Jansch raufte.

Oben in seinem Zimmer schloß Major Jansch erschöpft das Fenster. Dann steckte er einen Bonbon in den Mund, eine lange himbeerrosa Stange mit Fruchtgeschmack; auf und ab stampfte er, und die Schreibstube wußte, das bedeutete nichts Gutes. Der Stabsfeldwebel hatte zuhören müssen, der Schreiber Diehl, die Postordonnanz Behrend und selbst der Bursche Kuhlmann, und sie alle zogen ihre Schlüsse für zukünftiges Verhalten, wenn auch verschiedene. Sie saßen hier in einem schönen warm geheizten Raume, mit trockenen Füßen und so gut genährt, wie es in diesem Winter überhaupt möglich war. Keiner hatte Lust, durch falsches Benehmen zu den Dreckschippern verstoßen zu werden, die sich in ihrem alten beschossenen Gelände tagaus, tagein abplagten. Der Feldwebel und der Bursche, echte Sklaven, waren gewillt, jeder Miene des Herrn Majors Rechnung zu tragen. Die beiden anderen wünschten bloß, aus dem Spiel zu bleiben. Denn dieser Bertin hatte Pech; wer ihn hilfreich anfaßte, besudelte sich: erst die Geschichte mit dem Wasserhahn, dann die mit dem verhunzten Urlaub, jetzt die mit dem E. K. II, die jedem anderen geglückt wäre, und nun die Wiederaufwärmung des Wasserhahns, wenn man so sagen durfte, im Krakeel der beiden Häuptlinge – das brachte den stärksten Mann um. Keineswegs brauchte man die Rückkehr von Freund Niggl abzuwarten. Da saß er ja schon in seinem Stuhle und flüsterte eindringlich und auf bayrisch seine Ratschläge – nämlich ein herphantasierter Niggl, noch besser ein erinnerter, den die Einbildungskraft des Herrn Majors herzauberte. Denn Herr Major Jansch machte von seiner Phantasie gewohnheitsmäßig und ausschweifend Gebrauch; er hatte sich diese Gabe aus

Knabenzeiten her erhalten, diesen Ausweg vielmehr. In seinen Gedanken, in wachen, lang ausgesponnenen Traumgebilden rächte er sich an seinen Feinden, verzieh er großmütig solchen, die ihn verkannten, gab er dem Kaiser Ratschläge, die dieser kurzsichtige Fürst nicht befolgte, rettete er, Jansch, ein bescheidener Major, das Vaterland. Ihn schmückte längst ein erträumter Pour le mérite, der höchste Orden des preußischen Staates, und zwar weil er in einem erträumten strategischen Meisterstück das italienische Heer, das Verräterheer, durch ein Flugzeugbombardement mit giftigen Gasen ausgerottet hatte, so daß die deutschen Divisionen über Turin und Savoyen in Frankreich einbrechen konnten und augenblicklich die Städte Lyon und Avignon zerstörten. Ferner hatte ein unbekannter Major der neuen Obersten Heeresleitung den unermeßlichen Dienst erwiesen, in der Ukraine einen großen Aufstand der unterdrückten Kleinrussen zu entfesseln, welche die Deutschen als Befreier herbeiriefen. Niemand wußte, wer den genialen Plan ersonnen hatte, sein Urheber blieb bescheiden unauffindbar und begnügte sich mit dem Glück, Retter des Vaterlandes zu sein und den bewunderten Führern einen geringen Dienst erwiesen zu haben... Es störte ihn nicht, den kleinen Mann, der seine Beine heftig marschieren ließ, daß die Wirklichkeit neben seinen Träumen unbeirrt herlief, so daß zum Beispiel derselbe Oberst Stein, den er schon wegen seiner Schnödigkeit einem verdienten Kameraden (namens Jansch) gegenüber schimpflich degradiert, auch zum Kommandeur eines Strafbataillons erniedrigt hatte, in Körperlichkeit eben unbelästigt das Haus verließ, gegen dessen Herrn er die häßlichsten Worte geschleudert hatte. Jansch zog Honig aus seinen Phantasien, viel zu ängstlich darauf bedacht, nirgendwo anzustoßen, als daß er den gefährlichen Schritt in die Wirklichkeit gewagt hätte. Augenblicklich sah er den Armierungssoldaten Bertin in schneidendem Frost, seit Stunden an einen Baum gebunden, bewußtlos in seinen Stricken hängen und weidete sich an dieser gerechten Strafe. Gleichzeitig jedoch arbeitete in ihm das Vorbild des klugen Bayern, der einen Schädling seines Bataillons auf so ruhige Art beseitigt hatte. Aus Phantasiestoff geschaffen, scheuerte da Herr Niggl, ob er wollte oder nicht, das feine Tuch seines Waffenrocks an der hölzernen Stuhllehne ab und beriet in seiner gemütlichen Aussprache bescheiden den viel klügeren, weit höherstehenden, den genialen Kameraden Jansch. Treuherzig klang es zwischen seinen dicken Backen hervor, erst müsse er halt die Eingabe des Leutnants von Roggstroh mit der trockenen Bemerkung versehen, der Betreffende habe seinen Posten im Feldkanonenpark auf unmittelbaren Befehl des Bataillonskommandeurs bezogen. Dann konnte er, der Hauptmann Niggl, auf einem Bierabend der Gruppenführung die Verdienste des Herrn Majors gebührend hervorheben. Der Armierungssoldat B. aber mußte verschwinden, auf ein vorgeschobenes, nicht gerade ungefährliches Kommando. Und dort mußte er bleiben, bis ihm etwas Menschliches zustieß. Denn der Jude war imstande, sich schriftlich gewandt auszudrücken und also auch mündlich, wenn er gefragt wurde, allerlei Lügen glaubhaft in die Welt zu setzen. Besser also, es fragte ihn niemand. – Mit heißen Wangen auf und ab stelzend, hört Major Jansch die Ratschläge, die aus dem leeren Stuhl kommen. Ein solches Kommando wird demnächst zusammengestellt und dicht am linken Maasufer untergebracht werden. Es wird den Auftrag haben, verlorene Munition, Blindgänger weggeworfene Handgranaten zu sammeln, zu sichten und in die Heimat zu verladen. Im kleinen hat der Park, Oberfeuerwerker Knappe, diesen Betrieb schon eingerichtet und vor wenigen Tagen durch eine schauderhafte Explosion zwei Tote und sieben Verwundete zu melden gehabt, unter den letzteren Unteroffizier Karde, einen überaus verwendbaren und anständigen Mann von vaterländischer Gesinnung, dem leider das linke Bein unterhalb des Knies weggerissen worden war. Des unangenehmen Eindrucks wegen wird der Park diesen Betrieb jetzt weit weg, weit vorverlegen und ihm seitens der ersten Kompanie den Sergeanten Barkopp zum Führer geben, einen aus verschollenen serbischen Tagen bemakelten Mann. In diese Gesellschaft paßte der B. Lächelnd begleitet Herr Jansch seinen erdichteten Besucher zur Tür, schüttelt ihm dankbar, innerlich gestärkt, die nicht vorhandene Rechte, öffnet und schließt wahrhaftig für ihn die Tür. Dann, mit starken Schritten zurück zum Schreibtisch eilend, schreibt er mit Blaustift auf einen Zettel: „An den B. denken“, legt den Zettel zuoberst in seinen Schub und klingelt dem Burschen Kuhlmann. Es ist Essenszeit, der Herr Major hat scharf gearbeitet und trotz seiner Süßigkeiten Hunger.

Drittes Kapitel

Der Kaufpreis

Blindgänger nennt man Granaten, die aus Gründen fehlerhafter Anfertigung, oder weil der Zufall es so wollte, nicht explodierten. Dann liegen sie im Gelände wie große Ostereier, längliche, und warten auf den glücklichen Finder – bald mehr an einem Ort, bald weniger. Zu gewissen Zeiten kamen viele herüber, zu den meisten anderen aber gar keine. Daher müssen sich Trupps weit und breit zerstreuen, sie erst auskundschaften, sich merken oder bezeichnen, dann einen Sachverständigen von Geschoß zu Geschoß führen, ob man es wagen dürfe, den Findling anzurühren; so werden aus einzelnen Funden Häufchen, aus Häufchen Haufen, die in der Nähe von Schienen lagern, sie werden zur Untersuchungsstelle gebracht, auf Herz und Nieren geprüft, und füllen allmählich, ganz langsam, einen Waggon, dann einen zweiten und dritten, und dann lohnt der Transport schon. In den leichtsinnigen Zeiten des ersten Kriegsjahrs war das Blindgängersuchen Privatgeschäft der Kanoniere und Schipper, die aus den kupfernen Führungsringen von manchmal beträchtlichem Gewicht allerhand Kriegsandenken verfertigten; ein schwunghafter Handel belohnte die Gefahr, der man sich beim Abschlagen dieser rotgoldenen Armbänder aussetzte. Inzwischen hat, wie das zu sein pflegt, ein Staatsmonopol den Unternehmungsgeist des einzelnen abgelöst...

Die Schipper des Sergeanten Barkopp zerstreuen sich über die Hochebene, die mit ihren Kratern und Trichtern viele Möglichkeiten verheißt. Freilich übersieht der Franzose, was vorgeht, und segnet es manchmal mit Schrapnells und manchmal mit Granaten. Erst vor ein paar Tagen haben sie hier oben die grinsende Leiche des Infanteristen Franz Reiter aus Aachen gefunden, friedlich auf dem Rücken liegend, nichts als eine Ansichtskarte mit seinem Namen in der Tasche, und natürlich ohne Stiefel. Gedankenvoll haben Lebehde, Pahl und Bertin – alle Angehörige dieses Kommandos – vor Herrn Reiter verweilt, bis Karl Lebehde die Kameraden zum Weitergehen ermunterte, melancholisch feststellend: „Wenn wir wohin kommen, ist immer schon einer dagewesen. Du hast kein Glück, Wilhelm." Das bezieht sich auf Wilhelm Pahls Fußbekleidung, die völlig unbrauchbar geworden ist. Seine Stiefel liegen seit Wochen beim Kompanieschuster in Etraye, wo sie nicht repariert werden, weil der Besitzer mit Kommando Barkopp in einer Baracke des sogenannten Bahnhofs Vilosnes-Ost haust und also nicht kommen kann, um zu triezen. Inzwischen hat er, und zwar schon seit zehn Tagen, auch seine Schnürschuhe durchgewetzt; der steinharte Lehm mit seinen Kanten und Rillen hat der unbenagelten Sohle endlich den Rest gegeben, unter dem Ballen des linken Fußes und unter der großen Zehe des rechten läuft Pahl auf der Brandsohle. Abgehungert und in sich gekehrt, wie er jetzt seinen Dienst tut, scheint ihn das nicht zu kümmern. Aber der Schein trügt.

Das ganze Kommando des Sergeanten Barkopp treibt sich überhaupt in verzweifeltem Zustand herum. Das Unterzeug der Leute, von ätzenden Waschmitteln zerfressen, muß immerfort geflickt werden und hält doch nicht mehr, will nicht mehr wärmen. Ihre Waffenröcke haben eine lehmbraune Farbe angenommen, ihre Hosen sind vom Herumklettern im Stacheldraht an vielen Stellen zerschlitzt und mit Wolle oder Zwirn in allen möglichen Farben ausgebessert. Sie wehren sich kaum noch gegen die Läuse, mit denen sie behaftet sind, und fragen nicht mehr, was ihnen der nächste Tag bringen wird; denn was kann er ihnen schon bringen? Man liest nicht mehr, man spielt nicht mehr Schach, keine Mundharmonika, kein Schifferklavier täuscht Frohsinn vor oder Feierabend. Wenn die Dunkelheit den Dienst beendet hat, kriecht man in der Baracke zusammen und kloppt Karten, zankt sich oder wickelt sich noch einen wärmenden Fetzen um den Kopf und geht betteln. Die Nahrungsmittel, die ein Bataillon empfängt, werden erst von seinem Stab gesiebt, dann von den Kompaniestäben und ihren Günstlingen, dann von den Küchen der Kompanien selbst; und erst was dann noch bleibt, wandert zu den Kommandos im Außendienst. Klar, daß sie also betteln gehen müssen, um satt zu werden. Die Kräftigeren unter ihnen grasen Abend für Abend die Umgebung ab. Sie erlangen Kenntnis, aber sie geben sie nicht weiter, vom Vorhandensein von Feldküchen etwa einer Batterie, einer Infanteriekompanie in Reservestellung, eines Eisenbahnertrupps (der lebt immer am besten), einer Fuhrparkkolonne oder, wenn man Glück hat, eines Lazaretts. Ein Lazarett ist natürlich ein Quell der

Wonne und eine paradiesische Oase; und wer wollte eine Kelle voll Graupen verachten, die, mit Rindfleischbrocken durchwürzt, kameradschaftlich in ein Kochgeschirr fällt? Menschenkenner wie Karl Lebehde besitzen sehr bald einen Schatz von Einsichten in die Charaktere von Küchenunteroffizieren und ihren Gehilfen, den Küchenbullen all der Truppenteile ringsum. Sie wissen, wo sie sich einfach ans Ende der essenfassenden Mannschaftsschlange stellen dürfen, stumm ihr Kochgeschirr hinhalten, wo sie eine bescheidene Bitte anbringen müssen, wo einige Späße vonnöten sind, um zur Mildtätigkeit zu ermuntern, und wo man eine Zigarette herausrücken muß, um satt zu werden. Zigaretten als Tauschgeld liefert der Kamerad Bertin, der dafür mit Essen beteiligt wird: Wilhelm Pahl kriegt umsonst und auf alle Fälle seinen Teil ab; er muß ihn unter den Augen und ermunternden Redensarten des Gastwirts Lebehde verzehren und tut's ohne Freude; ihn beschäftigt ein schwerer Entschluß. Kein einziger dieser Männer lebt drucklos; alle verkümmern unter der Gewißheit, daß der Krieg, auf den der deutsche Hunger ohne Einfluß bleibt, nie zu Ende gehen wird. Alle spüren sich jetzt im Griff einer erbarmungslosen Hand, und glücklich ist nur Naumann II, der Kompanieidiot. Ja, diesen kleinen, immer grinsenden Tropf mit den riesigen Händen und Füßen, mächtigen Ohren und wasserblauen Augen hat die Kompanie ebenfalls an das Kommando Barkopp abgeschoben, wahrscheinlich seines Scharfsinns wegen und seiner Geschicklichkeit bei der Handhabung von Sprengstoffen... Nun, Sergeant Barkopp hat dem freundlichen Narren, Packer und Hausdiener eines Warenhauses in Steglitz, gutmütig die Schulter geklopft, ihn von Oberfeuerwerker Knappe photographieren lassen, eine Granate in den Armen und von einem bis zum anderen Ohr lachend, und ihm dann ein für allemal den Stubendienst übergeben: „Mach du dir man mit dem Besen nützlich, mein Sohn." – Und das tut Naumann II treu und brav mit seinem verkümmerten Drüsenumlauf und seiner unentwegten Ergebenheit gegen die Obrigkeit in Gestalt des Sergeanten Barkopp und all der Mannschaften, die vom Leben weniger stiefmütterlich behandelt worden sind als er.

Der Hafengastwirt Barkopp erweist sich als höchst brauchbarer Kommandoführer. Er hat von Oberfeuerwerker Knappe sehr bald all die Kennzeichen gelernt, die den gefährlichen

Blindgänger vom harmlosen unterscheiden: die offenen Brandlöcher im Zünder, die Lage der Granate schräg nach unten oder waagerecht. Seine flinken Augen sind überall, und mit sicherem Griff hat er eine Handvoll praktisch begabter Arbeiter zu den gleichen Fähigkeiten herangebildet. „Lieber einen mehr liegenlassen, als einen zuviel auflesen“, ist sein Wahlspruch. Besonders gefährliche Burschen werden mit kleinen Zäunen umgeben – rostiger Stacheldraht und Äste liegen überall herum – und nötigenfalls in wassergefüllten Trichtern versenkt, in denen die bestialischen Dinger verrotten. So ist bis jetzt kein Unfall vorgekommen. Besonders erpicht ist Emil Barkopp auf verlassene Munitionsstapel zerstörter oder abgerückter Batterien. In den Schluchten, an versteckten Stellen glückt manchmal solch ein Fund; überall im Kriegsraum wird ja das deutsche Volksvermögen ausgestreut, kein Mensch wendet auch nur einen Blick auf die verlassenen Vorräte, die Nachfolger müssen auch noch was zu tun finden. Er hat viel gesehen, Emil Barkopp, die Ungunst der Kompanie hat ihn überall hingeschickt, mit eigenen Augen hat er erblickt, wie irgendwo in dieser Gegend nach den ersten Regenfällen die Kanoniere Flächen von Granaten in den Dreck betteten, um festen Untergrund zu gewinnen, Kartuschkörbe darüber und noch einmal Granaten, gutgesicherte, auf denen sie dann aßen, tranken und schliefen. Solchen Schätzen muß man nachspüren. Überallhin sendet er seine Kundschafter. Wo spielt sich das ab? Das weiß niemand außer ihm und dem Oberfeuerwerker Knappe, dem mageren, gedankenvollen Spitzbart. Niemand besitzt Karten, versteht sich genau auf die Krümmungen der Front und die Himmelsgegenden. Nur daß sie sich dicht an der Maas befinden, merken die Schipper, und daß sie bald von einem Ufer zum anderen hinüberwechseln. Die Masse von 1/X/20 ist in den Schluchten beim Dorfe Etraye untergebracht, wo die Parkleitung schließlich ihr Munitionslager eingerichtet hat. Die Kommandos aber reichen jetzt quer über den ganzen Sektor östlich der Maas, und das Barkoppsche ist das westlichste. Vilosnes und Sivry mit seiner Brücke haben Verbindung miteinander, sonst aber mit nichts und niemandem. Schießt der Franzose, so ebensogut von rechts wie von den Höhen des linken Ufers her, wo die Feinde einander bewachen, unbeweglich seit dem Sommer.
Ockergelbes Licht verfahlt über der Hochebene. Der Armierer

Bertin ist auf einer solchen Suche zu weit herumgestrolcht, es wird bald dämmern. Er trabt voran, springt hin und her, findet einen Weg, geht langsam, verschnaufend. Aber auch die französische Batterie in der ehemaligen deutschen Stellung kennt diesen Weg, und ehe es ganz dunkel wird, spendet sie noch ein paar wohlmeinende Granaten über ihn hin. In der tödlich kalten Luft warnt schon der Abschuß. Beim Einschlag liegt der Armierer Bertin an den Boden gepreßt, flach wie eine Wanze. Aber während mit dem dumpfen Surren großer Käfer die Sprengstücke über ihn hinfliegen, kämpft er mit sich einen schweren Kampf. Wozu dieses blödsinnige Deckungnehmen? Zu welchem Ende fristet er sein Leben von einem Mal aufs nächste? Soll er nicht endlich dem Schicksal die Hand bieten, ihn hier wegzuholen, gleichgültig wohin, und das Gesäß hochstrecken, damit einer dieser Stahlfetzen sich in sein Fleisch eingrabe? Oft hat er überlegt, ob er sich nicht den Fuß von der nächstbesten Lore zerquetschen lassen solle; aber er kann sich nicht entschließen. Nur, wenn das noch ein paar Monate so weitergeht, bürgt er für nichts. Noch drückt er sich fest an die Erde, klammert sich ans Leben. Dann ist der Abendsegen vorüber; er klopft sich den Staub von den Kleidern, zieht die Mütze fest auf den Kopfschützer, trabt ab, zum Essen und in die Wärme. Es ist schwer zu leugnen, wenn er es auch selbst noch nicht merkt: in seinem ganzen Gehaben ähnelt er von allen seinen Kameraden am meisten dem Naumann-Ignaz, dem armen Trottel.

Übers stäubende Feld pfeift der Eiswind von den Gletschern des Nordens her und den östlichen Kontinenten. An jedem Vorsprung zerrt er, er schneidet sich an allen Kanten, winselt, prallt gegen Baumstümpfe, heult auf, saust weiter. Zwischen der bleichbraunen Erde und der gleich grauen Wolkendecke herrscht niemand als er, der gehetzte, der gefolterte, der mit der Wollust des Todes seinen luftigen Leib an den rostigen Zacken der Stacheldrähte aufreißt. Zehntausend Kilometer Drahtverhau zwischen dem stürmischen Kanal und den bleischweren Steinmauern der Schweiz geben ihm Gelegenheit, sich mit ihren Dornen zu peitschen, und das tut er. Er schneidet sich an den messerscharfen Rändern gefleckter Konservenbüchsen und jammert an ihnen: aufhalten kann er sich nicht, er hat zu große Eile, sich in die wärmeren Gefilde des westlichen Ozeans zu stürzen; aber er zerrt an jedem Fetzen verrottender Kleidung, jagt Papiere, bis sie sich auf dem Grunde der Trichter verstecken, kümmert sich nicht um die Ratten, die unruhig aus ihren Löchern spähen und hungern, weil sich plötzlich die ganze Welt in Stein verwandelt hat, und tobt dahin, breit über den Ebenen, schmal in den Hohlwegen, großartig wie ein Erbe, der seine letzten Pfunde in Saus und Braus vertut, weil er weiß, daß es mit der Herrlichkeit ja doch bald aus ist.'

Zwei Schipper haben auf dem Grund eines sehr großen und tiefen Trichters Schutz vor ihm gesucht und gefunden. Sie sitzen auf einer dicken Eisschicht, wie sie meinen, aber da irren sie. Sie sitzen vielmehr auf der Grundfläche eines Eiskegels, dessen Spitze nach dem Mittelpunkt der Erde hinzeigt und in dem, geknäult wie eine Frucht im Mutterleibe, ein deutscher Soldat eingefroren und durchaus tot dem nächsten Tauwetter und Hochsommer entgegenschläft. Dann nämlich wird man ihn entdecken, mit Erde zuwerfen, was an entfleischtem Gebein und Uniformfetzen noch zutage tritt, und ein Lattenkreuz draufpflanzen: „Hier ruht ein tapferer deutscher Soldat", falls man sich so viel Mühe mit ihm gibt, denn dann werden bereits die ersten Tankgeschwader am Horizont auftauchen, die ersten amerikanischen Flugstaffeln werden die französischen entlasten, und es wird überhaupt heiter hergehen auf dem westlichen Kriegsschauplatz. Und von alledem wissen die beiden Schipper nichts, die da die Beine spreizen und ihren vielen Kleidungsstücken vertrauen. Zum Überfluß hat der eine von ihnen, Karl Lebehde, alte Zeitungen bei sich und mit dem Freund geteilt. Zeitungspapier, das wissen alle Bettler, schützt gegen den stärksten Frost und die eisigsten Sitzgelegenheiten, dank der hauchdünnen Luftschichten zwischen den Blattlagen. Und wie Bettler sehen die beiden Männer aus, verstaubt, verwaschen, grau eingebündelt, die verfrorenen Gesichter aus dunkelgrauen Kopfschützern tauchend, mit bläulichen Nasen und geröteten Augen.

Wilhelm Pahl und Karl Lebehde sprechen miteinander in unterdrücktem Ton – nicht gerade flüsternd, aber doch so, daß draußen niemand auch nur Stimmen hören könnte. Etwas Gespanntes in ihren Mienen, eine verborgene Hast und Angst deutet auf einen außergewöhnlichen Vorgang hin. Karl Lebehde hält in der Hand ein spitzes, rostiges Werkzeug – einen zugefeilten Nagel, der eine Anzahl Tage im Feuchten gelegen haben muß, nachdem er seine neue Spitze erhalten hat, denn auch sie starrt von rotem Rost.

„Mensch, Karl“, ächzt Pahl, „wenn ich nur nicht so scheußliche Angst davor hätte. Erst der Schmerz, wo ich doch so wehleidig bin. Dann das Lazarett, und wenn sie mich schneiden, haben sie ja doch kein Chloroform übrig. Tut also noch viel mehr weh. Und dann: Wer weiß, wie es sich ohne Zehe läuft oder am Setzkasten steht?“ – „Junge“, antwortet Karl Lebehde, „wer da will einkaufen, der muß blechen. Anders ist es nun mal nicht in diesem beschaulichen Erdental. Komm, Kleiner, gib ’s Füßchen her, laß Onkel killekille machen.“ – „Schrei doch noch lauter, damit Barkopp oder der alte Knappe zusehen können, wie du mich operierst.“ – Karl Lebehde weiß, weder Barkopp noch Knappe noch irgend jemand anderes kann in der Nähe sein. Da die Verstümmelung aber, die er auf Wunsch seines Freundes an ihm vornehmen will, von den Strafgesetzen des bürgerlichen Heeres mit blutdürstiger Erbitterung verfolgt wird, weil sie das einzige wirklich taugliche Mittel ist, der Zuchtrute des Klassenstaats zu entrinnen, richtet er sich auf, schiebt seinen Körper an der schrägen Erdwand empor, setzt sein Gesicht dem Winde aus, lugt umher. Es ist vormittags gegen halb zehn, keine Menschenseele weit und breit, die den plötzlich auftauchenden Kopf und die sommersprossige Hand hätte bemerken können. Beruhigt rutscht er wieder hinab: „Warum ich bloß auf jeden deiner Tricks hereinfalle. Du wolltest doch bloß Zeit gewinnen, alter Knabe.“ – „Ja. Ist ganz wahr. Ich hab so Bange im Leibe. Weiß der Himmel, wie das endet.“ – Karl Lebehdes Stimme nimmt den beruhigenden Klang an, mit dem eine Mutter ihrem Söhnchen zuredet, zum Zahnarzt mitzukommen: „Geh mal, Wilhelm, von mir aus kannst du’s ja, weiß Gott, unterlassen. Ich zweifle mächtig an deiner Hoffnung, und was du dir so ausmalst und versprichst, wenn der Abend lang wird. Die deutschen Arbeiter sind zu dußlig für dich – wie dußlig die sind, merkt bloß, wer hinter der Theke aufgewachsen ist und gehört hat, wie sie jahraus, jahrein denselben Zimt verzapfen, dieselben Rosinen im Kopfe.“ – „Nischt gegen die Berliner Arbeiter, Karl.“ – „Doch, Wilhelm, doch, doch. Unsere Genossen sind gut, und die Hamburger sind gut – nischt gegen ihren tüchtigen Kern. Und jetzt sind sie vielleicht hoch, weil

sie den Bauch voll Hunger haben, und sie hören auf dich und auf die paar Leute, die daheim arbeiten, und gehen aus den Buden raus und schmeißen die Arbeit hin und verlangen Frieden. Und was passiert dann? Nicht einmal an die Wand gestellt werdet ihr. Tausend werden eingezogen, achtzig oder neunzig wandern ins Kittchen, und dem Rest werden die Rationen erhöht und ein bißchen mit Speck gewunken, Schwerarbeiterzulage – und aus ist's." – „Und du meinst, der Berliner Arbeiter weiß nicht längst Bescheid und läßt sich von den Russen beschämen, die jetzt, wenn die Zeitungen nicht lügen, mit Riesenstreiks und Hungerkrach vor den Bäckereien ihre faule Duma aufmuntern?" – „Ja. Mein ich." (Karl Lebehde, aus Ablenkungsgründen, wollte sich möglichst wortreich fassen.) „Von den Genossen in Rußland weiß ich so wenig wie du. Was ich aber weiß, mein lieber Wilhelm, wenn sie uns im ‚Vorwärts' nicht von jeher angeschmiert haben, sind ein paar kleine Unterschiede. Zum Beispiel, daß in Rußland der Druck immer größer war als bei uns und der Hunger immer größer, und Sibirien immer in der Nähe und die Bourgeoisie unzufrieden mit dem Zarismus und die Weltmeinung gegen ihn. Und die schönen Niederlagen gegen die Japaner 1905. Und ein scharfes Training für den Klassenkampf und klares Auseinanderreden: hier sind wir, und da seid ihr, und zwischen uns gibt es keine Brücke. Wohingegen bei uns immer alles in Butter war und das bißchen Sozialistenverfolgung unter Bismarck längst vergessen, und die Arbeiterbewegung vor lauter Siegen und Zukunftsstaat schon gar nicht mehr wußte, daß ein Prolet am Sonntag immer noch 'n bißken was weniger ist als ein Bürger in der Woche. Und wenn die Stehkragen schwarz-weiß-rote Töne redeten, dann ließ das dem Proletarierherz keine Ruhe, und kein Geringerer als August Bebel ging aus allen Nähten und ließ sich seine Vaterlandsliebe was kosten und nahm gleich die Flinte auf die Schulter und marschierte gegen Rußland, und die Stehkragen lachten. Aber warum lachten die? Er sprach ja die Wahrheit. Und das war im Frieden und das Militär klein und bescheiden und die Parteikasse das dickste Portemonnaie im Lande. Das ist der Unterschied, siehst du. Aus nischt wird nischt."
Wilhelm Pahl hatte aufmerksam zugehört, beide Beine von sich gestreckt, froh des Aufschubs. Auf seiner linken Sohle klaffte der Riß am Ballen, die rechte war unter der großen

Zehe durchgewetzt. Karl Lebehde, gewiß, den Freund abgelenkt zu haben, musterte mit seinen goldgesprenkelten Äuglein diese Blöße. Verstohlen griff er nach dem rostigen Nagel, an dem er heute früh einen hölzernen Griff aus einem Holunderzweig befestigt hatte. – „Aus nischt wird nischt", wiederholte Pahl indessen, „darum muß ja einer anfangen und den Genossen daheim zu Hilfe kommen. Und auf die Signale aus Rußland hin habe ich ja eingesehen, es sei Zeit, und dich gebeten, es mir zu machen. Vorgestellt hab ich mir das ganz leicht. Aber wie ich das erstemal versucht hab, in einen rostigen Stacheldraht zu treten, hab ich gleich gemerkt, daß der erste Schritt der schwerste ist. Aber wie schwer, hätte ich nicht gedacht. Lach mich aus, Karl: aber jetzt scheint mir wieder, allein ginge es doch am besten. Es ist wie beim Rasieren, wenn einen der andere schneidet, tut's mehr weh." – Karl Lebehde lächelte: „Schönchen", sagte er, „mach dir's ruhig selbst."
Wilhelm Pahl saß, den Kopf zurückgelehnt, den Rücken an der schrägen Trichterwand, im Gesicht einen Ausdruck des Leidens, der seinem Kameraden Mitleid einflößte. „Man ist auch zu geschwächt", sagte er. „Kein Fett im Leibe, und die Kälte und der Stumpfsinn den ganzen Tag und nachts lassen einen die Läuse nicht schlafen, und kein warmes Wasser, damit man sich Wäsche waschen kann – zum Verrecken, Karl." – Er schloß die Augen. „Wärst du nicht mit deinen Klingelfahrten bei den Feldküchen rundum, ich hätte schon längst nicht mehr Mumm genug in den Knochen, frühmorgens aufzustehen. Au!" schrie er plötzlich, die Augen aufreißend, „was machst du denn!" – Karl Lebehde zeigte auf den Pfriem in Pahls Schuh. „Alles schon vorbei", sagte er sanftmütig. „Den hast du gut einen Zentimeter im Fleische, mein Sohn. Jetzt rühr dich fünf Minuten nicht. Der Rest steht dann beim lieben Gott, der den Blutkreislauf erschaffen hat." – Pahl erblich nachträglich, ein Schauder schüttelte ihn. „Gut, daß es vorbei ist", sagte er, „das hast du schön besorgt, mir ist ein bißchen schlecht am Herzen. Aber es mußte sein. Es war richtig überlegt, und darum ... Die Leute, denen es leichtfällt, wissen eigentlich gar nicht, was sie tun. Und dabei war das eine Kleinigkeit. Unsere Sache, die Proletariersache, ist ganz andere Opfer wert." – „Jetzt kriegst du schon wieder Farbe ins Gesicht, Wilhelm. Der Geist ist willig, aber das Fleisch ist nicht billig", scherzte Lebehde. „Und heute abend meldest du

dem ollen Barkopp, du wärst in einen Stacheldraht getreten..." – „Hab ihm ja vor ein paar Tagen schon zum dritten- oder viertenmal das Verlangen nach neuen Schuhen oder Stiefeln unterbreitet; wie der gegrinst hat: neue Stiefel." – „Und wenn du morgen nicht auftreten kannst, tust du Stubendienst und scheuerst mit Naumann II mal den ganzen ollen Dreck aus der Lausebaracke." – „Ich werde aber auftreten können. Ich spür ja schon jetzt nicht mehr viel. Genügt's denn überhaupt?" – „Das laß du mal seine Sorge sein. In zwei, drei Tagen eitert das, wie du's gar nicht besser verlangen kannst. Und wenn dir der Doktor Vorhaltungen macht, warum du dich nicht eher krank gemeldet hast, muß der Barkopp ihm klarmachen, wir, auf Kommando, hätten weder Vater noch Mutter und würden nicht mal von einem Sanitäter betreut. Was die blanke Wahrheit ist. Außerdem spürt man natürlich keine Schmerzen, wenn einem die Zehen immer dicht beim Erfrieren halten." Und damit ruckte er unvermittelt den Nagel wieder aus der Wunde, besah ihn, warf das Holunderästchen fort und hämmerte mit seinem Absatz den eisernen Stift in die splitternde Eisfläche. „Nu verrat uns mal, Kleiner", murmelte er dazu.

Wilhelm Pahl besaß wieder seine natürliche Gesichtsfarbe, noch grau, aber nicht mehr ganz so blutlos wie vorhin. Er versuchte vorsichtig, aufzustehen, aufzutreten: es ging. Ein bißchen hinken würde er, teils von Natur und teils aus Zweckgründen dem Sergeanten und später dem Arzt gegenüber. Die beiden kletterten aus dem Trichter, schauderten im Wind, stapften weiter auf der Suche nach Geschossen. – „Und du möchtest wirklich am liebsten auch den Bertin mit nach Deutschland nehmen?"

Pahl nickte. Er mußte die Zähne fest zusammenbeißen, ein feiner Schmerz machte ihm zu schaffen. „Siehst du nicht, wie der täglich mehr herunterkommt? Der schafft das nicht mehr lange. Und wenn der erst aus seinem Dusel geweckt ist, will ich meine Schuhsohle fressen, wenn er nicht ein verdammt brauchbarer Genosse wird." – „Noch ein Weilchen, Wilhelm, und du brauchst keine Schuhsohlen zu fressen, weder gebraten noch geweicht, sondern kannst Fettlebe machen. Im Feldlazarett Dannevoux, allwo ich Stammgast beim hinteren Kücheneingang bin, haben sie einen Beindoktor, der ist Klasse, heißt es. Und wenn ich dem Küchenunteroffizier stecken kann, daß du mein Freund bist, sollst du mal sehen, wie der dich auffuttert."

Über ihnen, der schneidenden Kälte trotzend, zog ein Flugzeug ostwärts. Über seinen Rand gebeugt, die Kamera schußfertig, spähte ein junger französischer Unteroffizier durch das trokkene Vormittagslicht. Ihm entgehen nicht die beiden stapfenden Ameisen in dem ausgestorbenen Feld; mit einer Büchse könnte man sie erlegen. Aber seine Aufgabe heißt heute, den Bahnhof Vilosnes-Ost photographieren, der neuerdings für Munitionstransport benutzt wird. Dies ist natürlich nur ein Teil seines Auftrages, der weiter ins Gelände hineinführt. Die Schleifen der Maas, die Abhänge des Hochlands und seine Täler bilden ein dankbares Ziel für den Photographen und für den Bombenwerfer später, der aus solchen Flügen gleichsam die Summe zu ziehen hat. Der junge Maler Jean François Rouard ist keineswegs von blutdürstiger Natur. Viel lieber säße er jetzt in einem gutgeheizten Atelier in Montparnasse oder Montmartre und beteiligte sich an der Weiterentwicklung der französischen Malerei, der Picasso und Bracque neue Wege geöffnet haben. Aber da er nun einmal Soldat ist, möchte er den vollen Ertrag aus diesen unfruchtbaren Kriegsjahren mitnehmen. Auch einmal einen Bombenhebel auslösen, Waggons in die Luft fliegen hören und sehen. Da unten liegt sein Objekt für heute, scharfen Auges visiert er, klappernd fallen die Platten, hinreichend belichtet, in den Kasten zurück. Ganz komisch wird auf dem Bild der Zug der Dächer von Dannevoux dicht an die Geleise mit den winzigen Waggons heranrücken. Das macht die Perspektive der Flugzeugphotographie, die ganz eigene, noch unerprobte Gesetze mit ebenso großen Möglichkeiten für den Kartenmacher verbindet. Die Malerei wird nichts davon haben, das weiß er schon; militärisch aber, fliegerisch, bildet das Dreieck Sivry—Vilosnes—Dannevoux mit den Maasbögen und Brücken eine harte Nuß. Der Flieger, der etwa den Auftrag kriegen sollte, diesen Munitionszug des Nachts zu torpedieren, wird verdammt aufpassen müssen.

Viertes Kapitel

Wintergang

Die Widerstandskraft eines Menschen ist begrenzt. Zwar dauert es oft lange, ehe der Träger es bemerkt; meistens merken es die anderen früher. Gewisse Typen, in deren Kern aus Kinderzeiten eine Art Leidseligkeit zurückgeblieben ist, vermögen als Märtyrer und Helden des Ertragens gelegentlich die Welt in Schrecken zu setzen. Bricht es aber einmal, so bricht es ganz überraschend, dank der unmerklichen Abnahme aller geistigen und seelischen Fähigkeiten.

Auf der Straße von Vilosnes nach Sivry schlendert ein Mann. Das zartgoldene Mittagslicht des späten Februar stimmt ihn vergnügt. Er schmunzelt vor sich hin und pfeift sich eins mit den Spatzen, Goldammern und Meisen um die Wette. Er hat einen Auftrag auszuführen, selbstverständlich, er spaziert nicht auf eigene Faust in der Natur herum; dazu wäre es auch wohl zu kalt, denn die Kraft des Frostes herrscht unerbittlich. Der Auftrag des vergnügten Mannes kündigt sich durch die Gegenstände in seiner rechten Hand an: eine französische Eierhandgranate und einen länglichen Granatzünder aus reinem Messing, pilzförmig und ziemlich lang. „Tragen Sie das zu unserem Herrn Knappe", hat Sergeant Barkopp mit seinem Seehundsbart dem Armierer Bertin aufgetragen, „er möchte das mal beschnüffeln. Halten Sie es aber ja so, wie ich es Ihnen hier gebe, Sie wissen doch." Der Armierer Bertin weiß, diese Zünder sind niederträchtige Pflanzen; sie explodieren mir nichts, dir nichts, wenn sie ihre Lage verändern, so daß eine Nadel in ihren Eingeweiden Gelegenheit hat, nach rückwärts zu fallen oder auch nach vorwärts, je nach dem Grad der Schärfung, den das Teufelszeug durch das Abschießen oder Werfen bereits angenommen hat. Der Armierer Bertin trägt also die beiden tödlichen Gegenstände zunächst brav in der rechten Hand. Der Frost beißt in die unbeweglichen Finger, dagegen hilft kein Handschuh. Auf die Länge wird das dem Armierer Bertin zu dumm; außerdem möchte er seine Arme schlenkern oder einen Einfall aufschreiben können, der bei so zartblauem Himmel nicht auszubleiben pflegt, besonders Verszeilen fliegen einem dann zu. Kurzentschlossen steckt er seine beiden Sprengmaschinen in die

Hosentaschen. Eine rechts und eine links, daß oben oben bleibe und unten unten. Wenn er aber ausgleitet und stürzt? Die Chaussee entlang der Maas, festgefroren und vereist, bietet dazu Gelegenheit; außerdem muß man bei Sivry den Fluß kreuzen, auf einer langen Holzbrücke, einer Pontonbrücke, um genau zu sein, die auf Booten ruht und hübsch glatt sein kann. Aber wen kümmert das? Der Armierer Bertin will warme Hände haben, das Gefühl der Freiheit, sich möglichst wenig stören lassen. Zwischen Sergeant Barkopp und Oberfeuerwerker Knappe will er sich als Privatmann auftun. Alleinsein ist eine herrliche Sache, Spazierengehen und Träumen im Grunde alles, was der Mensch braucht.
Die Gedanken laufen kreuz und quer. Die Straße begleitet die Maas, einen idyllischen Fluß, umsäumt von Gehölz und Büschen und fest gefroren. Vom benachbarten Ufer schallt manchmal hell und metallisch ein Artillerieabschuß oder ein Einschlag herüber, beides ziemlich fern. Das linke Ufer wird durch die Worte „Höhe 304“ und „Toter Mann“ gekennzeichnet; dort oben lauern Franzosen und Deutsche einander gegenüber und bewerfen sich mit Handgranaten. Dagegen bekamen sie jüngst Nachricht, daß der Franzmann fleißig nach Romagne hineinschießt, dessen Bahnhof ihn stört. Einerlei, Romagne dämmert dahinten, irgendwo. Da konnten wir uns noch was kaufen, Schmalzersatz oder Schokolade. Wir, an die dreißig Mann, hungern nämlich wie das ganze Heer. Wenn irgendwo auf der Anfahrt nach Etraye die Protzen der Feldgeschütze Zunder bekommen und tote Pferde herumliegen, stürzen sich aus allen Höhlen rundherum Infanteristen und Pioniere, Artilleristen und Schipper auf die noch warmen Leiber und reißen mit Messern das spärliche Fleisch von den Skeletten, schleppen es in Eimern und Kochgeschirren triumphierend zu den kleinen eisernen Öfen, und dann hebt das beliebte „Schmurgeln“ an. Das will nichts besagen, verglichen mit der Tatsache, daß bei einem Besuch in der Kompanie, diesseits von Etraye, die ganze Belegschaft der großen Baracke sich an gebratenem Fleisch einer übleren und verbotenen Herkunft gütlich tat: dort unten, anderthalb Kilometer rückwärts, erstreckt sich nämlich eine Abdeckerei, von der tagsüber scheußlicher Qualm herüberstinkt. Gefallene Gäule, die mit dickgeschwollenen Bäuchen seit langem herumliegen, werden dort zu Dünger verbrannt, zu Leim,

Schmierfett, Leder verarbeitet; ihr Fleisch darf nicht gegessen werden. Aber siehe da, es wird gegessen, denn erstens hält die freundliche Kälte es frisch, und zweitens finden die Schipper eine Fleischvergiftung mit ihren Qualen im Lazarett angenehmer als dieses Leben. Daher auch alle Bande der Kameradschaft längst zerrüttet sind: wer noch ein Futterpäckchen erhält, tut gut daran, es schnellstens zu verspeisen, sonst findet er es nach der Arbeit weder mehr in seinem Rucksack noch in seinem Bett, oder wo er es sonst verborgen hat. Ja, so ist das Leben jetzt, es muß durchgehalten werden. Es wird ja nicht mehr lange dauern. Ein Wunder ist inzwischen geschehen: allen Meldungen nach kriselt es nicht mehr in Rußland, es kracht schon. Die deutschen Hiebe haben ihre Wirkung nicht verfehlt, das Volk will nicht mehr, es stellt demokratische Forderungen, und das ist der Anfang vom Ende. Zwar behaupten Schwarzseher wie Halezinsky, Klugschnacker wie Lebehde, zitternde Stammler wie der gute Pahl: jetzt würden die Militärmissionen der Franzosen, der Engländer, der Japaner in Rußland erst recht Oberwasser haben und den Krieg noch einmal mächtig anfeuern. Aber so dumm werden die Russen nicht sein, sie werden ihren Bundesgenossen was blasen und die Flinte hinschmeißen. Nein, zu Ostern können wir alle daheim sein, und wenn nicht zu Ostern, dann zu Pfingsten. Darum lächelt der Armierer Bertin vor sich hin, während er über die gefrorenen Kanten hochgequollenen Straßenkots stolpert.
Da liegt nun die Maas vor Bertin, er hätte nicht übel Lust, sie auf dem Eis zu überqueren und sich den Umweg zur Brücke zu sparen. Auf den Nägeln der Stiefel muß es sich vorzüglich schlittern lassen, hingleiten, „kascheln" nennt man es daheim in Kreuzburg. Hi, hi, hi, denkt er, wo bleibt der junge Herr Goethe, wo sein Freund Klopstock? Will er nicht Schlittschuhe anlegen und entzückt und frei zwischen den Weiden und Erlen hier dahinfegen, Verse skandierend, die den Eislauf preisen? Die Franzosen würden sich nicht schlecht wundern, käme mal eben einer in großen Bogen angewetzt, in göttlichem Übermute nach Verdun hineinzufahren! Sicherlich wären sie ritterlich genug, ihn unbehelligt seine Schleifen hinholländern zu lassen. Er geht aber doch brav am Flußrand hin bis zur Mündung der Holzbrücke und dann, immer am Geländer entlang, hinüber, in einen anderen Befehlsbereich, eine ganz andere Zone.

Unterwegs schmeißt er Stücke eines Astes über die Eisfläche, es klingt dumpf über ihren Tiefen, wenn die tanzenden Hölzer aufprallen. Am jenseitigen Ufer, innerhalb eines aufgehackten Vierecks, sieht man das schwarze Wasser ziehen, still und eisig.

Oberfeuerwerker Knappe haust seit der Auflösung des Steinbergparks hier in einer Baracke, zwischen Schluchtwänden voll kahler Büsche und Bäume, und verwaltet Feldkanonenmunition. Er macht große Augen, als der Armierer Bertin ihm unbekümmert die beiden Sprengkörper zur Prüfung überreicht, fragt ihn halblaut, ob er wohl des Teufels sei, und trägt sie vorsichtig in sein Untersuchungszelt abseits der Geschosse, mit der Weisung, Bertin möge sich eine halbe Stunde irgendwo herumdrücken. Der sehnt sich nach Wärme und etwas heißem Kaffee, was er bei den paar Artilleristen schon finden wird, die Knappe zur Hand gehen. Der kleine Herr Knappe war immer mager, aber so ausgehöhlte Backen besaß er nie; sein Spitzbart ist beträchtlich gewachsen. Auch hier wird gehungert, denkt Bertin, während er sich verabschiedet, sieh mal einer an. Aber Herr Knappe magert aus ganz anderen Gründen ab, aus Vaterlandsliebe und Verzweiflung. Er ist ein vorzüglicher Konstrukteur, er hat nach ein paar Bildern aus Zeitschriften einen jener Kampfwagen entworfen, die von der Entente seit neuestem verwendet werden, mit Raupenketten statt der Räder, gängig in jedem Gelände; er hat seine Entwürfe der Obersten Heeresleitung eingereicht und von ihr, auf dem Weg über Herrn Oberst Stein, einen mitleidig höhnischen Bescheid erhalten: derartiges Spielzeug überlasse man getrost den Feinden. Die mögen sich in solchen eisernen Müllkästen verstecken, ihre Särge gleich mitbringen; der deutsche Infanterist braucht dergleichen nicht und der Herr Oberfeuerwerker möge nur seinem Dienst nachgehen und den Rest getrost der OHL überlassen. Das grämt Herrn Knappe, seither schläft er schlecht, verspürt keinen Appetit, mag nicht mehr Schach spielen: wie wird das enden?

Nach einer halben Stunde meldet sich der Armierer Bertin aufgewärmt bei ihm. Die Handgranate bleibt verschwunden, den Zünder aber überreicht ihm Knappe mit spitzen Fingern. „Da", sagt er einfach, „lassen Sie das von der Brücke ins Wasser fallen. Passen Sie aber auf, Mann, daß es sich nicht umdreht, sonst haben Sie Ihren letzten Kaffee gefrühstückt."

Ziemlich ernüchtert durch den strengen Ton, die ernsten Augen des kleinen Ziegenbarts trollt sich Bertin. Auf der Brücke erfüllt er seinen Auftrag, aber als das Wasser sich über dem Teufelszeug geschlossen hat, flitzen seine Gedanken alsbald wieder ganz woanders hin. Die Kanoniere haben ihm, da sie ortskundig sind, eine Nachricht übermittelt, deren Wichtigkeit keinem von ihnen bewußt sein konnte: das nicht sehr zerschossene Dorf auf den Höhen über Vilosnes-Ost, wie heißt es? Es heißt Dannevoux; und die Baracken an seinem äußersten Rande oberhalb der Bahngeleise, auf denen Kommando Barkopp seine Waggons leert und füllt – diese von der Maas her noch gerade sichtbaren Baracken bilden das große Feldlazerett Dannevoux. Dort, unmittelbar in der Nachbarschaft, lebt Eberhard Kroysing. Man muß hin, ihn sehen, ihm die Hand drücken, sich vergewissern, wieviel von ihm sich noch heil und ungebrochen aus dem Dunkel der Dezemberschlacht gerettet hat. Seit vor drei Tagen der Kamerad Pahl mit einer Blutvergiftung im geschwollenen Fuß dort oben eingeliefert worden ist, deckt ein guter Anlaß den Menschen vor den Fragen der Vorgesetzten; leicht wird sich der Umgang mit ihm den Erfordernissen des Dienstes anpassen, jenen Erfordernissen, auf die Eberhard Kroysing immer so großen Wert legte. Ein guter Tag, ein guter Spaziergang, eine willkommene Handgranate, ein schöner Kaffeebesuch.

ACHTES BUCH

Knapp vor Toresschluß

Erstes Kapitel

Die selige Insel

Die Schlacht um Verdun war geschlagen und verloren, aber niemand sagte das. Alle deutschen Berichte hatten ihre Ziele zurechtgerückt, „die Abnützungsschlacht" erfunden, die Wirklichkeit umgedichtet, und die großen Kinder glaubten das Märchen. Ihre Rohstoffe, die Vorräte für das Lebensnotwendige waren aufs äußerste gestreckt, verdünnt, mit Ersatz gemischt. Aber was für den zweiten Kriegswinter gerade ausgereicht hatte, versagte im dritten. Zu wenig Butter, zu wenig Fleisch, viel zu wenig Brot, obwohl man es mit Kleie und Kartoffeln „verlängerte"; knapp Hülsenfrüchte und frisches Gemüse, kein Speck, kaum noch Eier, und kein Ausland lieferte noch Nudeln, Hirse, Haferflocken oder Grieß. Das Leder ging aus, die Leinwand, das wollene Tuch; nur noch auf Bezugschein erhielt man Kleidungsstücke, in denen neue Spinnstoffe eine traurige Rolle spielten. Wenn Obst und Zucker in den Marmeladenfabriken verschwanden, ermunterten Plakate die Kinder, Obstkerne zur Ölgewinnung zu sammeln; zum gleichen Zwecke pflanzte man Sonnenblumen, preßte man Bucheckern aus und Leinsamen. Wolle zum Stopfen der Strümpfe, Zwirn zum Flicken der Hemden: kostbare Güter, denen die verängstigten Hausfrauen nachjagten. Wie Pflanzenschleim und chemische Mischungen in Dosen und Tuben Nahrungsmittel vortäuschten, so täuschte Papier in jeder Form brauchbare Bekleidungsstoffe vor, Bindfaden, Säcke, Schnürsenkel. Zeitungen und Kochbücher mühten sich redlich mit Rezepten ab, um aus abgeschmackten Mischungen Nährstoffe hervorzuzaubern, die schließlich auf Kartoffeln, Kohlrüben und Salzwasser hinausliefen. Ohne Vitamine, ohne Kohlehydrate, ohne Eiweiß, und dennoch stark arbeitsfähig – das predigten die Physiologen, die Mediziner, um den

Endsieg zu sichern im längst verlorenen Kriege. Gegen die ganze Erde, alle Vernunft, den Gang der Geschichte und die Entwicklung der letzten Jahrhunderte versuchte man zu siegen. Der englischen Blockade, diesem teuflischen Kriegsmitteln, setzte man jetzt endlich – verkündeten die Regierenden – ein gleich Wirksames entgegen: die Torpedierung allen Frachtraumes auf allen Meeren; in einem halben Jahre werde England um Frieden bitten. Und das Volk glaubte. Nicht gewohnt, Maßstäbe der Wirklichkeit an die Reden seiner Herren zu legen und Rechenschaft zu verlangen für vergeudetes Blut und vergeudete Lebensjahre, arbeitete es in den Fabriken, auf den Feldern, in den Städten, schickte es seine Kinder zu den Musterungen, wusch es sich mit Seife aus Ton und papierenen Handtüchern, fuhr es in ungeheizten Bahnen, fror es in lauwarmen Wohnungen, sonnte es sich an zukünftiger Größe und an ungeprüften Siegesmeldungen, betrauerte es seine Toten, bespitzelte es die Gesunden, ließ es sich in den Untergang reiten, geduldigen Rückens.
Als Bertin mit der Genehmigung des Sergeanten Barkopp zum Feldlazarett Dannevoux emporstieg, um Botschaft vom Ergehen Pahls einzuholen (vor allem aber Eberhard Kroysing wiederzusehen), stand noch ein letzter Streifen rauchigen Abendrots am Himmel. Von rückwärts erklomm eine bescheidene Fahrstraße in wiederholten Kehren die Hochfläche; entlang an Stacheldraht und hölzernen Planken führte sie zu den Wirtschaftsräumen des Krankenhauses; mehrere Flügel umschlossen ein großes Geviert, es ragte mit seinen Baracken gleichsam auf einem Kap über die Ebene hin. Der späte Ankömmling wurde mürrisch empfangen: er solle sich gefälligst an die Besuchsstunden halten, wie sie am Vordertore angeschlagen waren. Nach Erklärungen und längerem Hin und Her ließ man ihn schließlich ein, durch einen Hintereingang, eine kleine Holztreppe empor. Unvermittelt umgab ihn ein geweißter Gang, der offenbar durch die Schwerkrankenabteilung leitete. Bertins Herz krümmte sich ängstlich in der Brust, Stöhnen drang durch einen dünnen Nebel von Abwehr, den er um sich legte; Gerüche von Jodoform und Lysol wehten ihn an; als sich eine Schwester mit einem zugedeckten Kübel an ihm vorüberzwängte, machte ihm die plötzliche Nähe von Eiter und verdorbenen Säften nahezu Übelkeit. Durch eine offenstehende Tür blinkten dicke weiße Verbände, eine Reihe

Betten, ein hochgebundenes Bein, die Rücken zweier Schwestern. All das wollte in seiner ganzen schweren Bedeutsamkeit erfaßt und eingeordnet werden; aber er sperrte sich zu wie eine Muschel in einer unwillkommenen Wasserströmung und suchte und fand am Ende eines zweiten langen Ganges links den Mannschaftsraum 3 und rechts Zimmer 19.

Eberhard Kroysing empfing den scheuen und verwahrlosten Schipper Bertin mit ungeheuchelter Freude. Strahlend richtete er sich in seinem Bette auf, streckte ihm den mächtigen Arm entgegen, ließ Bertins Hand in der seinen verschwinden. Seine tiefe Stimme erfüllte den Raum. „Mensch", rief er, „Bertin! Das ist sicher Ihre vernünftigste Tat in diesem schönen neuen Jahre, und sie soll Ihnen feurigen Lohn im Paradiese einbringen, an dem Sie bis jetzt ebenso vorbeigeschlüpft sind wie unsereiner. Und nun schälen Sie sich mal erst ab, Sie graue Zwiebel, und hängen Sie Ihren Lausekittel im Gange auf, rechts vor der Tür steht ein Kleiderständer." – Als Bertin mißtrauisch fragte, ob hier auch nicht geklaut werde, erscholl ein großartiges Gelächter aus allen drei Betten; er hörte es noch durch die geschlossene Tür. Aber er zog gehorsam seinen Kopfschützer ab, den Mantel aus, die Drillichjacke und kam im Waffenrock wieder herein.
Es roch im Zimmer nach Verbänden und nach Wunden, nach Zigarettentabak und nach Seife. Aber warm war es, hell und sauber – paradiesisch und beneidenswert erschien Bertin dies Dasein, und er hätte überlegen können, daß eine Zeit vielleicht verrückt sei, die Qual, Blut und Wunden als Eingangszoll für ein so bescheidenes Wohlsein erhob. Doch kam er nicht auf solche Bemerkungen; viel zu selbstverständlich umlagerte ihn die Kriegswelt mit ihren verrenkten Wertungen. Überdies nahm ihn Kroysing gleich voll in Beschlag. Er ließ ihn sich aufs Bett setzen, stellte ihn den beiden Leutnants Mettner und Flachsbauer vor, als einen Freund, den er von seinem seligen Bruder geerbt habe, und übersah nicht, daß Bertin verhungert wirkte, verfroren, kümmerlich. Wie es ihm selbst ging? Natürlich blendend. Erzählen sollte er? Darauf verstand er sich nicht. Das war nicht sein Metier, das war Bertins Metier, und jeder mußte bei seinem Leisten bleiben. Ja, jenseits der Wildschweinschlucht hatten sie sich das letztemal gesehen; seither war er ziemlich eklig eingetunkt worden. Den Douaumont

hatten sie nicht wiedergekriegt, sich dafür auf dem Pfefferrükken häuslich eingerichtet, eine große Tätigkeit in Minen entfaltet, und just als es so weit war, daß man dem Herrn Franz etwas Tüchtiges auswischen wollte, war der Schlamassel vom fünfzehnten Dezember ausgebrochen und hatte dem Spaß ein Ende bereitet. Er, Kroysing, hatte offenbar zuviel Zeit im Fort und den Gräben versessen und für den Feldkrieg und sein Davonlaufen an Wendigkeit allerlei eingebüßt, sonst hätte ihm das Pech nicht zustoßen können, daß er sich in ein viel zu flaches Loch hinwarf, als die verfluchten Granaten der avancierenden Batterie ihn kriegten. Der Trichter wäre an sich tief und steil genug gewesen; aber er war gefroren, ganz voll Eis, und also ragte Kroysings rechtes Bein, diese verdammte lange Haxe, fröhlich in die Luft und ließ sich von einem hübschen Stahlkratzer das Schienbein durchschlagen, der die Wickelgamasche zerfetzte, ohne allerdings auch das Wadenbein zu halbieren. Wie ein irrsinniges Heupferd sei er mit seinem Stock bis zu dem Verbandplatz gehupft, auf dem er dann ohnmächtig hinsackte. Nun, seine Schulden hatte er den Franzosen im vorhinein bezahlt – er durfte ausspannen. Hier im Lazarett genoß er einen tadellosen Arzt und erstklassige Pflege, vorläufig fehlte es ihm an nichts, der Knochen heilte manierlich, ein Stück Elfenbein eingerechnet, das gewisse zersplitterte und in Brei gegangene Bruchstellen ersetzte, wie gesagt, der Chefarzt war eine Nummer für sich und tat Wunder. Was er nach seiner Heilung anfangen werde, das sei noch nicht heraus – er habe ja noch Zeit, damit zu Stuhle zu kommen. Und nun sollte Bertin berichten, sicher wußte auch er mancherlei Lohnenswertes. Wie, vor allem, ging es seinem, Kroysings, alten Freunde, dem Herrn Hauptmann Niggl? Hier gehörten sie nämlich zur Botmäßigkeit der Gruppe West – westlich der Maas – und bekamen vom Ostsektor ebensowenig zu hören wie von Honolulu, obwohl sie geographisch den Fluß nicht überschritten hatten. Ja, sagte Bertin, dann habe er freilich mancherlei Neues mitzuteilen, und begann mit den Beförderungen des Herrn Hauptmanns Niggl und seinem gewaltigen Ansehen. – „Das E. K. I!" schrie Kroysing auf, „dieses feige Schwein, dieser zitternde Haufen Dreck!" Und er fiel in ein wildes Gelächter und hustete sich fast die Augen aus dem Kopfe, weil er sich so arg verschluckte. Jemand riß die Tür auf, drei Strähnen blonder Haare über einer Stirn wehten herein, und eine angenehme Stimme rief mit rheinischem Akzent: „Jungens, werdet ihr wohl nicht solchen Krach schlagen! Der Chef wird euch vielleicht was blasen.“ – „Schwester Kläre“, schrie Kroysing, „hierbleiben! Mal herhören!“ – Die Schwester winkte ab, rief: „Später vielleicht!“ und schloß die Tür. – Kroysing saß blaß im Bett, mit wilden Augen. „Gehängt will ich sein“, sagte er, „wenn ich die Blechmarke je wieder anstecke!“ Und er schilderte den beiden Zimmerkameraden, Frontschweinen gleich ihm, aber Infanterie, wie er diesen Schipperhauptmann mit Klauen und Zähnen im Douaumont festgehalten habe, einen Kerl, der jede Sekunde getürmt wäre und niemals freiwillig nach vorn gekommen. – Die beiden Leutnants mokierten sich über seine Erbitterung. „Sie sind ein Provinziale“, sagte Leutnant Mettner gelassen, „wie ich immer vermutet habe. Anstatt sich aufzuregen, weil ein Hering dekoriert wurde, sollten Sie sich lieber wundern, daß Sie Ihr E. K. verdient haben.“ – Kroysing antwortete verbissen: soweit sei er in der Philosophie noch nicht vorgeschritten, aber zweifellos werde er's noch lernen. – Bertin saß still und mager auf dem Bettrand. Lächelnd berichtete er, wie es mit Leutnant von Roggstrohs Vorschlag für ihn ausgelaufen. Kroysing hörte nur obenhin zu. „Und Major werden soll das auch?“ fragte er erschöpft, „und dagegen soll nichts zu unternehmen sein? Abwarten!“ und er wedelte mit der Hand. „Ihnen, mein Lieber, geschieht ganz recht. Warum treiben Sie sich noch immer bei dieser lausigen Armierung herum? Warum nehmen Sie nicht endlich zur Kenntnis, daß die Pioniere Seiner Majestät Nachwuchs brauchen, Führermaterial, Offiziere? Schämen Sie sich eigentlich nicht, Herr, mit Ihren Fähigkeiten noch immer an diesem Handwerk zu kleben, als wäre die Einberufung zur Schipperei göttlicher Ratschluß und nicht bloß eine vorläufige Maßnahme? Nein, mein Lieber, mit Ihnen haben wir kein Mitleid. Sie können Ihrer Misere in fünf Minuten entkommen. Sie richten bloß ein Gesuch an mein ehrwürdiges Regiment, früher Bataillon, in Brandenburg an der Havel, und für den Rest lassen Sie mich sorgen. Dann haben Sie zunächst einmal eine schöne Zeit in der Nähe von Berlin, Ihre junge Gattin wird Ihnen nicht undankbar dafür sein, wenn ich mich nicht irre. Sie kriegen einen guten Rock an, ziehn als Unteroffizier wieder hinaus, Sie haben ja schon zwölf Monate Front hinter sich.“ – „Fünfzehn“, verbesserte

Bertin, „wenn man die Forts von Lille mitrechnet." – „Und wenn wir uns wiedersehn, tragen Sie das Portepee wie Ihr Freund Süßmann... Vizefeldwebel Bertin, bald Herr Leutnant Bertin. Nehmen Sie Vernunft an, Mann, gehen Sie in sich!" – Bertin hörte ihn reden, und was er sagte, der zerschossene Mann, schien jetzt vernünftig, zwingend. Was hatte er wirklich hier in der Kaste der Sklaven zu suchen? Gab es einen besseren Weg, wieder Mensch zu werden? Natürlich kündigte Lenore dann ihre Wohnung, zog für Wochen und Monate zu ihm nach Brandenburg, wenn sie nicht gar den Einfluß ihres Vaters benützte, um den Werner an ein Potsdamer Regiment zu empfehlen... Ein Aufblitzen von Sekunden riß ihn zu solchen Träumen hin: welch eine Himmelfahrt aus dieser Qual hier, ohne Ende, ohne Aussicht, ohne Erleichterungen... – Kroysing merkte, daß seine Worte Eindruck machten. „Also vorwärts", rief er, „sagen Sie ja." – Leutnant Flachsbauer, im Bett an der gleichen Wand, sah gespannt auf Bertins Mienen, entzückt von dem Theater, das der verfluchte Kerl, der Kroysing, hier aus dem Ärmel schüttelte. – „Lieber Herr", kam es dagegen aus dem Bett des Leutnants Mettner, „lassen Sie sich nicht beschwatzen. Entschließen Sie sich lieber erst, wenn bei uns Verbandwechsel gewesen ist." Und damit streckte er einen unförmig umwickelten Armstumpf nach Bertin aus und lächelte melancholisch. – „Mettner!" rief Kroysing, „heißt das Kameradschaft? Machen Sie mir einen Rekruten abspenstig, der schon zu drei Vierteln gewonnen ist? Das hätte ich Ihnen nie zugetraut. Wird nicht vergeben." – „Ach was", entgegnete Mettner phlegmatisch, „vergeben oder nicht – spielen Sie schon den Werber, Mann, dann bieten Sie Ihrem Opfer auch etwas Reales für den Magen; oder beurteile ich Ihre Gefühle falsch, Herr Kandidat?" – Bertin gestand lächelnd verdammten Kohldampf ein, besonders nach Krankenkost. Und während er noch halb humoristisch die Konservensuppe schilderte, die ihnen unter dem Namen „Kronprinzensuppe" tagaus, tagein serviert wurde, ging Leutnant Mettner aus dem Zimmer – in seinem blau-weiß gestreiften Krankenanzug nur noch ein Mann unter anderen. – „Er ist der Bewegliche von uns dreien", entschuldigte sich Kroysing. – Nicht ohne Spott betrachtete Flachsbauer seine großspurigen Bewegungen, sein herrenhaftes Wesen und den mageren und demütigen Schipper, den er

verführen wollte, Offizier zu spielen.
Der einarmige Mann brachte einen weißen Napf an die Tür, pochte mit dem Fuß. Bertin öffnete, dankte, aß. Er aß eine Suppe aus bescheidenem Rindfleisch, von einer ältlichen Kriegskuh geliefert, die durchaus nicht in der Fülle ihrer Kraft dem Schlächter zum Opfer gefallen war; ihr Fleisch vielmehr, in Würfel geschnitten, schwamm zäh in der Brühe – der köstlichen Brühe. Und die Nudeln, die sie mit ihrem reichen gelben Sumpf durchzogen – Kriegsnudeln waren es, wenig Eier hatte man um ihretwillen zerbrochen, und ihr Gelb rührte von Farbstoff her, von Safran beispielsweise. Und doch stellte dies zusammen, wohltätig gesalzen und mit Petersilienkraut und Porree gewürzt, eine Speise dar, wie sie der Armierer Bertin seit seinem Hochzeitsurlaub nicht geschmeckt hatte und bei der ihm ein paar Tränen die Augenwinkel feuchteten – aus Scham über das Glück, das ihn durchströmte, über die Erniedrigung und Beleidigung eines Lebens, das früher von großer Musik oder Dichtung so erschüttert worden war wie jetzt von einer Rindersuppe, und weil er fühlte: er wäre ein anderer Mensch, wenn er immer ein Essen gehabt hätte gleich diesem hier. Er saß mit gekrümmtem Buckel, die Suppenschüssel auf den Knien, das Gesicht beschattet, und löffelte stumm, und jeder der drei Zuschauer merkte, wie gut es ihm schmeckte, und daß sein dunkelbraunes Haar, angegraut an den Schläfen, sich auf dem Wirbel lichtete. Aber was in ihm vorging, erriet niemand, und wenn man es erriet, zeigte man es nicht. – „Ich wußte doch", damit legte Bertin den Löffel in die Schüssel und sah auf, „hier bin ich auf die Insel der Seligen geraten." – „Mit einem nicht ganz billigen Entreebillett", nickte der dicke Mettner. – „Nicht so teuer wie das Ihre", antwortete Bertin munter. – Leutnant Mettner sah ihn an. „Das bliebe erst zu beweisen", meinte er bedächtig. „Was sind Sie von Beruf?" – „Jurist", antwortete Bertin. – „Nicht so bescheiden", rief Kroysing dazwischen, „er schreibt auch Bücher." – „Schön", fuhr Mettner fort, „in mir bewundern Sie bitte einen Mathematiker, Schüler von Max Klein, Göttingen, und keinen schlechten. Jetzt hat man Muße, nicht wahr, nun, ich versuchte mal zum Zeitvertreib, eine lumpige Gleichung dritten Grades zu lösen. Junger Mann, ich verstehe sie nicht einmal mehr. Ich begreife kaum noch, was ein Logarithmus ist. So tief bin ich gesunken." – Die anderen

lachten; Mettner jedoch fuhr unbeirrt fort: „Rechnen Sie ja damit, junger Mann, daß Sie noch weit mehr als wir Ihr Niveau verloren haben, später von neuem anfangen müssen. Wir haben nur unsere Übung eingebüßt, unser Verstand hat sich getrübt, unsere Urteilsfähigkeit ist ziemlich futsch, unsere Fachkenntnisse haben sich verflüchtigt. Auch was Gesittung ist, Zivilisation, werden wir neu zu lernen haben, es wird eine Aufgabe, glauben Sie mir. Oder meinen Sie, Sie hätten noch Achtung vor Menschenleben nach allem, was sich hier draußen getan hat? Werden Sie nicht zur Pistole greifen, wenn Ihr Hauswirt sich weigert, die Rolläden auszubessern? Was mich anlangt, ich werde wenigstens den Antrieb verspüren. Und wenn mich der Briefträger frühmorgens herausklingelt, werde ich den innigen Wunsch hegen, ihm nur zu öffnen, um ihm die Wasserkaraffe neben meinem Bett in die Fresse zu feuern. So ich, Hermann Mettner, geboren in Magdeburg, keineswegs blutdurstig. Sie aber, Herr Jurist, der Sie seit zwanzig Monaten die Knochen zusammenreißen und ‚zu Befehl' sagen, was für ein Kuli Ihnen auch gegenüberstehe: Sie kommen bestimmt unter die Räder. Nehmen wir an, Ihnen passierte nichts, als daß Sie bis zum Ende des Krieges in diesem Rocke stecken. Dann haben Sie, entlassen, die Gewohnheit des Gehorchens. Nicht mucken werden Sie, was man von Ihnen auch verlange, und wenn es gar höflich und nett geschieht, schmelzen Sie weg wie Butter. Und es ist schon dafür gesorgt, daß Sie wen finden, der Ihnen die Last eigener Entschlüsse abnimmt. Und wenn dann das liebe Geldverdienen wieder losgeht, im Büro oder sonstwo, dann wird Ihnen eines schönen Tages klarwerden, daß Sie während des Krieges Ihr ganzes bißchen Persönlichkeit verspielt haben, und Sie werden sich an einen gewissen Mettner erinnern, der bloß seinen rechten Arm drangegeben hat, und es wird Heulen und Zähneklappern herrschen, wo nicht Schlimmeres." – „Hugh, ich habe gesprochen", spottete Kroysing. „Mein lieber Mettner, Sie sind ein gescheiter Mann, und wir werden bestimmt noch von Ihnen hören, wenn der Tag noch lang wird. Und daß Sie meinem guten Bertin den Mannschaftsstand verekeln, ist Trommeln und Pfeifen wert. Und nun verübeln Sie mir nicht, wenn ich Sie anmurrte. Denn ich bin eine Kriegsgurgel durch und durch geworden, und wenn's mit den Pionieren nichts mehr ist, so wird's etwas mit den Fliegern. Dieser Herr im Hintergrunde hier hat noch gar

nicht das Recht, an sich und seine Persönlichkeit zu denken. Vorläufig soll er an Deutschland denken. Jeder Tag kostet Kameraden von uns und von ihm, teils notwendigerweise, teils überflüssigerweise. Hat einer nur Mut, Pflichteifer und ein bißchen Führergeist, so gehört er, verdammt noch mal, in Seiner Majestät bestrenommiertes Offizierskorps, bis die Friedensglocken läuten. Was nachher aus ihm wird, dafür laß Deutschland sorgen; unser Land wird sich nicht lumpen lassen. Und nun: gute Nacht, meine Herren, und mal weggehört. Denn jetzt kommt mein Privatleben aufs Tapet."
Flachsbauer und Mettner drehten sich zur Wand. Leutnant Mettner hatte es längst aufgegeben, den älteren und dabei viel zu jungenhaften Kroysing zu beeinflussen, und Kamerad Flachsbauer, wußte er, gab stets dem recht, der zuletzt das Wort hatte – im Augenblick also dem Haudegen. Nur nichts überstürzen, dachte er, indes er sich behaglich in die Decken wickelte. Es war natürlich ein Spleen von Kroysing, wo nicht Schlimmeres, diesen linkischen Träumer mit der gutgemachten Stirn und den viel zu dicken Brillengläsern in den Offiziersrock zu lotsen. Aber kam Zeit, so kam auch Rat. Und jetzt mal erst schlafen. Ein Mann, der geschlafen hat, war stets ein Stück klüger als vorher.
Bertin sah verlangend Mettners Rücken an; dieser Mann mußte mit seiner Verwunderung wie aus einem Rausch erwacht sein; er hätte gern mehr von ihm gewußt. Er hatte zwischendurch manchmal an seine Kroysingnovelle gedacht, mit leisem Mißbehagen und ohne die Fähigkeit, sie gut oder schlecht zu finden. Vielleicht war sie schlecht – er aber außerdem unfähig, dies zu erkennen! Dann hatten die beiden Soldatenjahre ihre Wirkung schon getan, an seiner Schulung und seiner Person genagt und abgeschliffen... Was wurde dann aus ihm? Eine Angstwelle überflutete ihn. Nicht weiterdenken! rief es in ihm; rette deine Seele! Wenn du jetzt anfängst zu denken, machst du morgen deinen Dienst schlecht, läßt einen Blindgänger fallen und fliegst in Fetzen. Du hast aber nur eine Pflicht: am Leben zu bleiben. Iß viele solcher Suppen, hör den Leutnant Mettner an, und tue niemand zu Gefallen etwas Verkehrtes... Montmédy? Ach ja, Kroysing fragte, ob es Neues von dort gäbe. Bertin fuhr sich über die Haare. Er hatte viele Wochen nichts mehr von dort gehört. Die Papiere, die Kroysing ihm durch Süßmann gesandt, waren

sicher weitergeleitet worden und lagen jetzt dort. Aber seit dem tödlichen Unfall des Kriegsgerichtsrats Mertens... „Immer trifft es die Falschen", grollte Kroysing im Liegen, seine Nase warf einen scharfen Schatten an die Barackenwand; „konnte diese verfluchte Flugzeugbombe nicht dem Helden Niggl aufs Dach sausen? Aber nein, sie sucht sich einen anständigen Mann, und gerade den unentbehrlichsten." – Bertin nickte schweigend. Etwas lockte ihn, den wilden Jäger Kroysing über den Tod dieses unentbehrlichen Mannes aufzuklären; aber dann ließ er es sein, aus Achtung vor dem Wesen dessen, der da geschieden war. Weiter wisse er nichts, log er. – „Dann weiß ich mehr", sagte Kroysing; „bei mir war sein Unteroffizier, dieser Herr Porisch aus Berlin. Ein sonderbarer Heiliger. Aber wohlmeinend, daran läßt sich nicht rütteln. Erst legte er klar, der Nachfolger des Herrn Mertens werden sich hüten, das tote Aktenstück zu öffnen; dann gab er mir einen Rat." – Bertin hatte mechanisch seine Pfeife in den Mund gesteckt und sog daran. Er sah Porischs Gesicht, aufgeschwemmt und bleichhäutig, auch den schnoddrigen Unteroffizier Fürth, den Pelikan, seine Bude in Romagne mit den gekreuzten Säbeln. Die in Unordnung geratene Welt um den armen Christoph Kroysing konnte so nicht verbleiben. „Porisch ist klug", sagte er. – „Richtig", knurrte Kroysing. „Es kommt auf eine Anzeige heraus, die ich gegen den Niggl erstatten soll, beim Kriegsgericht der Gruppe West, in dessen Bereich ich hier liege, Division von Lychow, deutsche Feldpost so und so – ich hab's auf einem Zettel. An einen Kriegsgerichtsrat Doktor Posnanski solle ich mich wenden, zunächst vertraulich, den Fall kurz andeuten, Sie als Zeugen benennen, ihn um seinen Besuch und eine Besprechung zu dreien bitten, damit ich bei meinem Truppenteil nicht in den Ruf eines Querulanten und Zänkers gerate, falls das Beweismaterial in den Augen der Kriegsjustiz ungenügend sei, die ja eine sehr dünne Mullbinde benützt." – Bertin sagte, dies scheine ihm ein sehr vernünftiger Vorschlag. – „Mir auch", fuhr Kroysing fort, „aber ehe ich losgehe, junger Freund, mußte ich Sie warnen. Sie könnten Unannehmlichkeiten haben. Ein gewöhnlicher Schipper, der sich gegen einen Bataillonskommandeur auf die Hinterbeine stellt, kann allerlei besehen. Ihre Postadresse kannte ich nicht, außerdem machte mir mein Bein zu schaffen, und warten hatte ich bei den Preußen ja gelernt.

Aber nun sitzen Sie hier, und nun frage ich: Machen Sie mit?" – „Allemal", entgegnete Bertin ohne Zögern. „Was ich Ihrem Bruder versprochen habe, wird nicht zurückgenommen. Und nun breche ich auf, wenn's erlaubt ist. Drüben in Saal 3 liegt mein Kamerad Pahl." – Kroysing streckte ihm die Hand hin: „Sie drücken sich ja bloß vor meinem Dank. Gut und schön – ich weiß Bescheid. Morgen geht meine Schreibe ab. Und wo erreicht man Sie?" – Bertin schilderte ihm, schon stehend, seine Baracke nahe der Güterrampe von Vilosnes-Ost, unterhalb des Abhangs: auf der Karte nächste Nachbarschaft, auf der Erde gute zwanzig Minuten bergab. Nach Dunkelwerden jederzeit zu Diensten. „Und was geschieht", dabei knöpfte er seinen Waffenrock zu, „wenn ein Rechtsweg gegen Herrn Niggl uns nicht offensteht?" – „Dann nehme ich die Fährte allein auf und jage den Herrn bis zum Zusammenbrechen. Solange er lebt, und solange ich lebe: keine Müdigkeit und keine Gnade, und wenn ich ihn aus seiner Schreibstube hervorziehen sollte oder aus dem Bett oder aus der Latrine, in die er sich verkrochen hat. Wer den einen Kroysing abtat, der soll dem anderen Kroysing vor die Pistole oder vor die Mistgabel, und es wird ihn nicht mehr geben. Und nun gehen Sie zu Ihrem Kameraden. Wie heißt er?" – „Pahl", entgegnete Bertin. „Wilhelm Pahl, und ich wäre froh, wenn Sie sich ein bißchen um ihn kümmern wollten. Gute Nacht."
Als Bertin das Zimmer verlassen hatte, legte sich Leutnant Mettner auf den Rücken: „Sie werden diesen jungen Mann zugrunde richten, lieber Kroysing, wenn er gegen einen Hauptmann den Zeugen spielt." – „Darf ich das Licht löschen, lieber Mettner?" fragte Kroysing sehr höflich zurück. – Mettner lächelte unbeleidigt: „Ich bitte darum, lieber Kroysing; Flachsbauer schläft schon lange, der Glückliche."

Zweites Kapitel

Das leidende Fleisch

„Das ist ja nett, daß der Mann auch mal Besuch kriegt", sagte Schwester Mariechen, die eben den Dienst im Mannschaftsraum 3 versah – leichte Fälle. Und ihre kleinen blauen Augen

begrüßten freundlich den Armierer Bertin. „Er will und will sich nicht erholen. Man sollte meinen, er grübelt andauernd. Reden Sie ihm nur mal gut zu, es ist ja gar nichts gewesen. Jetzt vertreten Sie mich ein Momentchen", bat sie, „ich bring Ihnen auch was zu knabbern mit." Und ihr mütterliches Haupt schüttelnd, enteilte sie dem langweiligen Saal zu einem kleinen Plausch mit Schwester Annchen und Schwester Luise in der Küche.
Das Bett des Kranken Pahl stand dicht am Fenster; von achtzehn Lagern waren vierzehn belegt. Über dem Mittelgang hingen drei elektrische Birnen, die hinterste brannte, von einer blauen Tüte gedämpft. „Setz dir nahe her, Kamerad", sagte Pahl schwach, „sie schlafen alle, und die Trine ist draußen; vielleicht können wir nie mehr so miteinander reden, so ganz allein."
Bertin betrachtete bewegt das seltsam entfremdete Gesicht des Setzers Pahl, als habe er es nie gesehen. Es glich dem des Hingerichteten auf den großen Kreuzabnahmen des Mittelalters – fahl und erloschen. Auf seinen Backen kräuselte sich graubrauner Flaum und verdeutlichte die eigensinnige Stirn, die gequetschte Nase, die besonders hellen Augen. Über seinen Lippen zeichnete sich ein dünner Schnurrbart ab, der die Augenbrauen wiederholte und die Falte des Mundes unterstrich. Er hatte die Decke bis zum Kinn gezogen, so verschwand sein kurzer Hals, und nichts blieb von der vertrauten Gestalt als das vom Schmerz umgepflügte Antlitz.
„Es ist hier alles ganz gut", sagte Pahl, „die Leute sind soweit ganz anständig, und das Essen läßt sich essen. Aber was sie mit mir gemacht haben, darüber komm und komm ich nicht weg. Ich glaube, bis an mein Lebensende nicht." – Bertin schüttelte teilnehmend den Kopf. Dieser Wilhelm Pahl war wirklich nicht mehr derselbe Mensch. Was also war geschehen? Was in den letzten Jahren so gut wie allen „leichten Fällen" geschah: der Arzt hatte ihm die große Zehe ritsch, ratsch abgenommen – höchste Zeit sei es gewesen. Die Blutvergiftung durchseuchte schon Teile des Mittelfußes. Man hatte Pahl auf den gescheuerten Tisch gelegt, festgeschnallt und festgehalten, und dann wurde operiert: „Bei wachen Sinnen, Kamerad, bei vollem Bewußtsein, ohne Gnade und Barmherzigkeit." Im Gegenteil, angeschrien hatte der Chefarzt den Setzer Pahl, daß er sich um einer solchen Lumperei willen

derart anstelle, er könne froh sein, wenn er so davonkomme, denn das Bein war bis zum Knie geschwollen, rote und schwarze Strähnen durchzogen die Haut, und wenn noch mehr geschnitten werden mußte, werde es auch kein Chloroform geben. Zum Glück genügte der erste Eingriff. Aber, und der Chefarzt kam aus dem Staunen nicht heraus: der operierte Armierer Pahl erholte sich davon nicht. Er nahm sich beim Verbandwechsel wild zusammen, er biß die Zähne aufeinander und sagte kein Wort, aber er zitterte am ganzen Leibe und ward fast ohnmächtig. Irgend etwas mußte ihm in die Seele gedrungen sein, erläuterte Stabsarzt Dr. Münnich den Assistenten und den klügeren Wärtern und Schwestern diesen seltsamen Zustand, als dafür einmal das Wort „Simulation" fiel. Ein psychisches Trauma nannte er es, vorbereitet offenbar durch Kindererlebnisse, seiner Mißgestalt wegen. Aber wenn die Heilung besser vorangehen sollte, mußte der Mann wieder Lust am Leben kriegen und seinen Willen nach vorwärts richten, der sich bisher offenbar von der Erfahrung des Schmerzes nicht ablöste.
„Mensch", seufzte Pahl, „daß so was in der Welt ist, daß man jemandem so weh tun darf, daß es einem so durch und durch gehen darf bis zum Herzen, bis zum Gehirn und wieder zurück... Das paßt nicht in die blau angestrichene Welt mit dem hingeschwindelten Sonnenschein und dem bestellten Vogelzwitschern. Das paßt bloß zur Gesellschaft, in der es hart auf hart geht. Das paßt bloß zur Lage der unterdrückten Klassen. Wie da einer von Geburt an dazu verdammt ist, für andere zu schuften und zu darben, und wenn die schönsten Gaben in ihm steckten zum Wohle der Menschheit – einerlei..." Er schwieg, schloß die Augen. „Die Schlachtbank", sagte er dann, den Kopf schüttelnd. „Immerfort steht die Schlachtbank da, jetzt im Kriege sieht man sie bloß überall. Zur Schlachtbank werden wir gezeugt, für sie großgezogen und abgerichtet, für sie arbeiten wir, und schließlich sterben wir auf ihr. Und das will nun Leben heißen." Seine Atemzüge gingen schwer, seine Hände kamen auf die Bettdecke, wachsbleich; Bertin suchte unwillkürlich die roten Einrisse auf den Handrücken, hervorgebracht von großen Eisennägeln. Unter das rechte Lid Pahls traten ein paar Tränen. Mein Gott, dachte Bertin, und mir ist vorhin das Wasser in die Augen geschossen einer Suppe wegen. – „Die Schlachtbank muß

nicht mehr beliefert werden", nahm Pahl das Wort wieder auf, ganz leise ins Schnarchen der anderen, „mal erst die sichtbare." – „Soweit es in unserer Macht steht", stimmte Bertin behutsam zu. – „Nur in unserer Macht steht es. Nur die Opfer der Ungerechtigkeit stellen die Ungerechtigkeit ab. Nur die Unterdrückten beenden die Unterdrückung. Wer von der Munition getroffen wird, nur der und kein anderer bringt die Munitionsfabriken zum Stillstand. Wer Nutzen daraus ziehen kann, warum soll der die Qual abschaffen? Er hat gar keinen Grund dazu." – Bertin war froh, Pahl widersprechen zu können, damit er sich von seinem Gram abwende. Freiwilligkeit! warf er ein. Wer klug sei, werde freiwillig auf ein Drittel seiner Macht verzichten, um sich zwei Drittel bequem zu erhalten. – Aber Pahl verneinte. Das sei noch nie passiert. Jeder wollte lieber drei Drittel in der Faust festhalten und darüber erschlagen werden. Und so werde das Proletariat gezwungen sein, mit der kapitalistischen Klasse abzurechnen. – Bertin dachte: Schmerz härtet. Laut warf er ein: es gebe doch sehr anständige Kapitalisten. – Und mit seinen flüsternden Lippen lehnte Pahl diesen Einwand ab. Erst müsse die kollektive Ungerechtigkeit aus der Welt. „Wenn sie dir erst einen Finger abgehackt haben, wirst du dein ganzes Leben lang zuvörderst das Fingerabhacken abschaffen wollen. Es tut so gut, das alles mal herauszusagen, hier, wo lauter Betschwestern und Fleischhacker herumlaufen und die Kameraden in den Betten nichts im Kopfe haben als die Suppe von morgen mittag, und ob die Schwestern wohl mit den Ärzten schlafen oder mit den Offizieren. Manchmal macht mich das ganz wild. Schön hat uns die herrschende Klasse zugerichtet!" – Bertin sah verstohlen auf die Uhr am Handgelenk, Pahl bemerkte seinen Blick und billigte ihn: Dienst verlangte Schlaf. „Die gutmütige Trine wird gleich zurückkommen, drum müssen wir uns schnell verständigen." Werde Bertin sich anfordern lassen und in den Zeitungsdienst treten, falls er, Pahl, ausgeheilt und wieder arbeitsfähig, ihn irgendwo unterbringen könne? Der Weg dazu führe vom Metteur zu den Umbruchredakteuren und sei sicher; denn auf Zeitungen nehme jedes Amt Rücksicht, die müßten ja die Stimmung hochkitzeln, morgens, mittags und abends. – Bertin sah vor sich hin. Wie überzeugt der gequälte Mensch von seiner Sache war und von der Möglichkeit, ihn hier wegzuholen. Ob Pahl die Schwierigkeit

nicht unterschätze? – Pahl verneinte ungeduldig. „Und wenn du erst in Berlin bist, kommst du mal und sprichst auf einem Zahlabend oder in einer Betriebsversammlung? Und dann schreibst du mir ein paar Flugblätter, damit die Munitionsarbeiter das Nachdenken kriegen? Abgemacht?“ – Bertin sah in das verzehrte und wächserne Gesicht des Setzers Pahl, der, jetzt noch mehr als früher ein Krüppel, entschlossen war, sich dem Übel zu widersetzen. Was zerrt ihr alle an mir, wehrte er sich innerlich, Kroysing von rechts und Pahl von links? Warum läßt mir keiner die Ruhe, zuzuhorchen, was mein Inneres will? Gequält ballte er die herabhängende Faust. Laßt mich doch zu mir selber kommen! – Aber Pahl mißverstand die Gebärde. „Gut“, flüsterte er, „bravo!“
Schwester Mariechen trat hinten ein, Bertin stand auf. „Wenn du's schaffst, Wilhelm“, sagte er lächelnd. – „Komm bald wieder rauf“, bat Pahl, das gleiche Lächeln um die Lippen. – Wie es ihn verschönt, dachte Bertin. Die Schwester winkte dankbar mit einem Paketchen: eine Scheibe Speck zwischen zwei hellen Broten, erläuterte sie. – „Da widersteht keiner“, bedankte sich Bertin, „das futtere ich schon im Hinuntersteigen.“ – „Lohn der guten Tat“, schloß Pahl.

Drittes Kapitel

Der Mann und das Recht

Der Kriegsgerichtsrat Dr. Posnanski brachte die Herren des Stabes der Gruppe „West der Maas“ jede Woche einmal durch sein gebildetes Bescheidwissen und Daherreden zur Verzweiflung. Woher etwa sollten sie ahnen, daß ihr Quartierort Montfaucon dem Schriftsteller Heinrich Heine durch die „Burgfrau Johanna von Montfaucon“ Gelegenheit zum Spott über seine Kollegen Fouqué, Uhland und Tieck geliefert hatte? Zwar erwartete Posnanski nicht, gütigerweise, daß auch andere über solche Materien unterrichtet waren. Dennoch stand man nicht gern als ungebildeter Stoffel da, und weniger verträgliche Herren als der Adjutant Oberleutnant Winfried nahmen dem Kriegsgerichtsrat sein Geschwätz geradezu übel. „Ich habe nichts gegen Juden“, knurrte bei solcher Gelegenheit der Brigadeführer General von Heßta (im Jahre 1835 aus Ungarn in preußische Dienste übergetretene Familie), „gar nichts, solange sie kuschen und die Schnauze halten. Aber wenn sie sich mit ihrem Bücherkram hinhocken wie ein Hund vor einem Sandhaufen – bloß raus!" Erfuhr Dr. Posnanski solche Bemerkungen, so zuckten seine Mundwinkel, die freilich breiter auseinander lagen als die anderer Menschen, er schloß eines seiner Augen, schaute mit dem anderen schräg gen Himmel und meinte trocken: „Das kommt davon, wenn sich Neulinge in unsere märkischen Sitten mischen. Laß sie mal erst so lange Preußisch spielen wie unsereinen. Bei Fehrbellin waren sie nicht dabei, von Mollwitz bis Torgau fochten sie auf der Gegenseite, bei Waterloo hab ich sie auch nicht erblickt – und so ein Küken will schon mitreden." Im übrigen schätzten seine Freunde an ihm eine gewisse philosophische Ruhe, die aus der Einsicht in den langsamen Gang der Gesittung herrührte, das Schneckentempo, mit dem sie sich ins Innere der Menschen senkte. „Wenn ich glauben sollte, es werde unter dem wechselnden Mond immer so bleiben wie jetzt, so frühstückte ich morgen Rattengift und grüßte Sie am Abend aus der vierten Dimension."

Das äußerte er eines Mittags zu jenem Oberleutnant Winfried. Sie saßen dabei im Kellerunterstand der Mairie des Dorfes Esnes, wohin beide dringende Verrichtungen geführt hatten. Es handelte sich um die Ablösung der Division, um große Dinge also. Die Heeresgruppe Lychow hatte ihre Pflicht getan, Höhe 304 und Toter Mann sagten davon, und wenn sie jetzt an die russische Front zurückkehrte, die vom ersten Kriegstage an ihre Heimat gewesen, durfte sie auch noch gewisse Ortsnamen der Sommeschlacht in ihr Stammbuch schreiben. Sie hatte inzwischen ein paar Tunnels in den Stein gebohrt – den Rabentunnel, den Tunnel Gallwitz, den Bismarcktunnel, den Tunnel Lychow; sie würde ihren Abschnitt westlich der Maas in bestem Zustand hinterlassen. Denn der Divisionär von Lychow verlangte von seinen Leuten allerhand, aber nichts Überflüssiges, und das wußte man, vom Infanteristen, bis in die Kanzleien der Stäbe, die sich gern eine unabhängige Meinung über ihre Gruppenführer bilden. Ja, der alte Lychow genoß noch heute das Vertrauen der Mannschaft. Und als im August 17 der Franzose auch das linke Maasufer in seinen Besitz brachte und jene Tunnels voll toter Deutscher lagen, äußerten manche Herren in der Umgebung des Kronprinzen die Meinung, dies wäre unter Lychow nicht passiert...

Im Augenblick beschäftigte die Herren recht Unterschiedliches. Denn während Oberleutnant Winfried die Exzellenz über den Zustand der demnächst zu räumenden Abschnitte unterrichten sollte, hatte Posnanski einen netten Einbruch ins Proviantmagazin des Ortes Esnes zu untersuchen, den sich die Truppenstäbe gegenseitig zuschoben; niemand wollte es gewesen sein. „Dem Hunger nach sind sie es alle gewesen", meinte Posnanski ernsthaft, „als Hauptschuldiger aber wird der Ortsname auf der Strecke bleiben. Denn wenn sich die Franzosen auch darauf versteifen, den Ort ‚Ähn' auszusprechen, bleiben unsere Leute doch bei ‚Eß'nes'. Und dann handeln sie danach." – „Posnanski", jammerte Winfried, „kennen Sie denn gar kein Mitleid?" – „Und wie; zum Beispiel mit meinem Schreiber Adler, der davor zittert, demnächst gemustert zu werden." – Winfried schaute auf: „Gemustert wird er? Da hilft ihm kein Gott." – Posnanski wiegte bekümmert seinen buckligen und kahlen Schädel: „Schade um einen guten Juristen, doppelt schade um einen angelernten. Muß ich mir also etwas Neues suchen?" – „Reiche Auswahl", sagte Oberleutnant Winfried. Er studierte dabei die Gefechtsbücher eines bestimmten Bataillons, dessen Führer mit dem Befehl der Nachhut betraut werden sollte. – „Eine kleinere, als mancher Mann glaubt. Ich verlange gewisse moralische Eignungen, und die wachsen noch nicht am Straßenrand." – „Suchet, so werdet ihr finden", murmelte der Adjutant, verwischte Bleistiftberichte entziffernd: 12.–18. XII. 16, kritische Tage erster Ordnung... – „Hoffentlich beherzigen Sie aber auch die Fortsetzung", meinte Posnanski, sich zum Weggehen fertigmachend. – „Und die lautet?" Winfried schaute auf. Seine hellen Augen trafen sich mit den dunkelgrauen des befreundeten Dicken. – „Klopfet an, so wird euch aufgetan, fährt die Schrift fort." – Winfried lachte: „Verstanden. Sprechen Sie vertrauensvoll mit Feldwebel Pont, mich in Reservestellung." – „Danke schön", freute sich Posnanski. „Und da Sie gerade in Gebelaune sind: Wann kann ich den guten Wagen für einen kleinen Dienstausflug haben? Aus dem Feldlazarett Dannevoux erschallen seltsame Gesänge." – „Immer Laurenz Pont." – „Mahlzeit", sagte Posnanski breit.

Während er die enge Treppe emporstieg, langsam im Halbdunkel, seiner höchst kurzsichtigen und astigmatischen Augen wegen, wappnete er sich gegen das Peinliche der Stunde: da oben wartete dieser Schreiber Adler, einst Referendar am Kammergericht zu Berlin... Schnell dachte er weg. Merkwürdig das Gesetz von der Duplizität der Fälle: da liefen an zwei Tagen zwei Anfragen aus dem gleichen Feldlazarett bei ihm ein. In der ersten wollte sich der Chefarzt über das Schuhwerk bei einem bestimmten Armierungsbataillon beschweren und wünschte Auskunft über den wirksamsten Weg dazu; in der zweiten erbat ein verwundeter Leutnant in einem schwierigen Fall von Rechtsverletzung, begangen an seinem gefallenen jüngeren Bruder, eine Unterredung. Während er sich am Geländer festhielt und noch auf dem von Trümmern umrahmten Hofe, übersann Posnanski mit innerlichem Staunen das unauslöschliche Rechtsbedürfnis im Menschen, der mitten im Kriege, während die Gesittung längst ebenso abgewrackt und ohne Dach und Fach dastand wie diese Mairie hier, zäh und hartnäckig, dem großen Unrecht zum Trotz, gegen Vorfälle anrannte, die zwar im Frieden zum Himmel geschrien hätten, jetzt aber doch nur als kleine Unregelmäßigkeiten gelten und wiegen konnten. Und es war gut so. Denn nur aus diesem unbeirrbaren Drang konnte der Abgrund dieser Jahre überbrückt und ein lebenswerter Zustand durchgesetzt werden. „Mahlzeit, Herr Adler."

Kriegsgerichtsrat Posnanski trug an seiner Uniform einen hochgestellten Kragen, Spiegel von rötlichem Blau, Offiziersachselstücke und einen Herrendolch; sein Rock saß um seinen Bauch genauso straff wie der des Herrn Oberst Stein, und genau solche Ledergamaschen schmückten seine Waden. Darum erstarrte Bertin in seiner Gegenwart, und das wiederum verfehlte nicht, Dr. Posnanski gegen ihn einzunehmen.

Der Chefarzt, Dr. Münnich, ein Fünfziger mit grauem Bürstenhaar und gleichfarbigen Augen, hatte seine Unterredung mit jenem erheblich abgekürzt dadurch, daß er ihm die Schnürschuhe zeigte, mit denen der Armierungssoldat Pahl eingeliefert worden war: links ein Loch in der Sohlenmitte, rechts die Spitze so gut wie weg. Dr. Münnich neigte dazu, rot anzulaufen, dann glühten seine Schmisse, seine Worte klangen besonders beherrscht, der Gegenstand seines Zornes aber ward ausgerodet bis zur Wurzel. Was ihn, wie man sich denken kann, zu einem zwar unbequemen, aber hochgeachteten Mitglied seines Kreises machte, im Frieden zu Liegnitz, Schlesien, im Kriege bei seiner Divison und in deren jeweiligem Standort. Er halte es für überflüssig, erklärte er, die Belegschaft von Lazaretten auf solche Weise zu vermehren; auch einen Bataillonschef dieser Sorte hielt er für überflüssig, und er wünschte sehr, dies dem Herrn zu Gemüte zu führen. Nun unterstand dieser Truppenteil aber dem „anderen Ufer" – Stab in Damvillers. Wie überbrückte man diesen Abgrund? – Dr. Posnanski schmunzelte. Zwischen Gruppe Ost und Gruppe West walteten Spannungen, seit Exzellenz von Lychow sich den Ausspruch geleistet hatte: die Beschränkung des Angriffs auf das rechte Ufer hätte kein zum Generalstab kommandierter Hauptmann riskieren dürfen, und wenn noch so erprobte Korpsführer erklärten, ihre Märker machten das alleene. Diese herbe Kritik, geäußert am Abend von Pierrepont, war dem Chef der Gruppe Ost, wie unter Kameraden üblich, brühwarm hinterbracht worden. Er hatte nur verächtlich durch die Nase geschnoben und gefragt, was eigentlich solch ein östliches Kaninchen von der Kriegführung in Frankreich verstehe; seither grüßten sich die Herren recht steif, vermieden, sich zu treffen, und bereiteten einander gern kleine Schwierigkeiten. Dr. Posnanski galt im allgemeinen als Menschenfreund; außerdem aber wußte er, mit welchem Wasser die Mächtigen kochten. War Exzellenz Lychow einmal guter Laune, so ließ sich der Schreiber Adler dem Zugriff der Mordkommission mühelos entziehen. Er brauchte nur beim Stab einer fechtenden Truppe untergebracht zu werden, bei Funkern oder Telegrafisten. Geschah das schleunigst und unter dem gnädigen Auge der Exzellenz, so konnte ihn niemand von den wohlmeinenden Kollegen noch schnell denunzieren. Diese Stiefel, spaßhaft vorgebracht, dienten vielleicht zur Erheiterung des Gewaltigen, der sie durch eine Ordonnanz dem stolzen Herrn des rechten Ufers mit entsprechender Widmung zustellen konnte. Also ließ Posnanski den Gegenstand der Beschwerde einwickeln, zur beliebigen Verwendung im Sinne des Doktors. Dies geschehen, bat er um einen Ort, wo er sich mit dem Leutnant Kroysing ungestört unterhalten könne. – Ungestört sei schwierig, erklärte der Chefarzt. Seine

Baracken seien bis zum letzten Winkelchen ausgenutzt. Aber dann fiel ihm etwas ein: eine seiner Schwestern, die verwendbarste übrigens, hatte bei der Einrichtung einen Raum für sich erbeten – ein Eckchen, noch so winzig, mit einem Fenster und einem Bett, damit sie hin und wieder allein sein könne – ganz für sich, ohne angesprochen zu werden. Und da sie, eigentlich Oberstleutnantsgattin, sich besonderer Protektion erfreute, hatte man ihr die Kammer eingeräumt, in der die Krankenpfleger ihre Eimer und Schrubbesen abstellen wollten. Es wurde ein Fenster in die Barackenwand geschnitten, und Schwester Kläre zog strahlend glücklich ein. „Eine von den Schweigsamen und Warmherzigen, die selbst viel durchgemacht haben und darum wissen, was andere Leute brauchen", erklärte Dr. Münnich. Da in diesen Stunden alle Hände benötigt wurden, stand das Stübchen oder Räumchen wohl zur Verfügung. Zum Glück war seit einigen Tagen der Frost gebrochen, was dem Kalender nur entsprach, so daß die Herren weniger frieren würden, denn einen Ofen besaß es natürlich nicht.
Entzückt war Schwester Kläre kaum, als man sie um ihr Zimmer bat; sie nickte aber, trat als erste ein und drehte ein Bild gegen die Wand, das über dem Bette hing; das Kruzifix zu Häupten blieb unberührt. Der Patient Kroysing sollte sich ruhig hinlegen, ein Herr konnte bei ihm sitzen, der andere mußte stehen. Dieser andere war natürlich Bertin, nach welchem rechtzeitig telefoniert worden war – eben erst von der Arbeit gekommen, todmüde und noch recht ausgehungert. Aber die Gegenwart dieses hohen Offiziers, genannt Kriegsgerichtsrat Posnanski, schüchterte ihn so ein, daß er zunächst gar nichts sagte und erst später stotternd und gehemmt um etwas Brot und die Erlaubnis bat, sich hinzusetzen. Auch dies machte auf Posnanski einen schlechten Eindruck. Der Glaubensgenosse da war also verfressen und faul, er saß jämmerlich auf dem Fußboden, streckte seine Beine von sich und schämte sich nicht, einen großen Napf Suppe auszulöffeln und Brot hineinzubrocken; womit er gesittetere Leute daran hinderte, zu rauchen und es sich wohlsein zu lassen. Mit seinen abstehenden Ohren und schadhaften Vorderzähnen – keine Zierde des preußischen Heeres. Im übrigen hatte Kroysing, gespannt auf diese entscheidende Begegnung, schon bei der Vorstellung so viel Gewicht auf Bertins Zeugenschaft gelegt („... und hier

ist mein Freund Bertin, der meinen Bruder noch einen Tag vor seinem Tode gesprochen hat und berichten will, was er von ihm erfuhr ..."), daß Dr. Posnanski, im Behalten von Namen ohnehin kein Held, über diesen hier einfach weggehört hatte. Leutnant Kroysing, der Posnanski von Anfang an sympathisch gewesen, begann zu sprechen, der Rechtsanwalt hörte zu. Eng und weiß wie eine Schiffskabine war die Kammer und bald auch ebenso vollgequalmt, kaum daß der Zeuge den Löffel niederlegte. Denn Posnanski hatte seine Zigarrentasche mit anbietender Gebärde auf Schwester Kläres Nachttischchen ausgebreitet. Kroysings tiefe Stimme vibrierte in den Tabakwolken; Posnanski stellte Fragen, Bertin hörte zu. Ja, dies war die Geschichte des Unteroffiziers Kroysing und seines Bruders, des Leutnant Eberhard Kroysing, der mit dem Zwerg Niggl kämpfte in den Unterschlupfen und Tropfsteinhöhlen des Berges Douaumont und dem der Kleine, der Tückebold, entrissen wurde durch den Angriff des Franzosen, übereilte Befehle und die Gewalt des Nebels. Und jetzt rauchte er, Bertin, ein Kraut, wie er es seit seiner Hochzeit nicht mehr geraucht, und diese Hochzeit weilte jenseits des Acheron, in der Oberwelt, in der seine schöne und sanfte Frau immer mehr abmagerte, da auch die Götter und Göttinnen hungerten im Eisernen Zeitalter. Wie lauteten gewisse Verse der altnordischen Edda, die er im Seminar gelesen, vom Wehgeschick, das sich erfüllt? „Regen berann mich / Tau beträuft' mich / Tot war ich lange." Galt es dem Christoph Kroysing, dem Unteroffizier Süßmann oder dem Paul Schanz? Er jedenfalls saß wie ein Bettler auf den Dielenbrettern in der Kammer einer fremden Frau, bereit, einzuschlafen ... Müdigkeit des Frühlings, der Mond nahm zu, auch der Güterzug wuchs auf dem Abzweiggleis des Bahnhofs Vilosnes-Ost ...
„Hm", murrte Posnanski, „unser Zeuge schläft." Wirklich war Bertin vornübergesunken, die Arme um die Knie, den Kopf darauf. „Nicht gleich wecken", bat Kroysing, „der hat nichts zu lachen." Und erzählte flüchtig, wo und wie er Bertin kennengelernt, von seinem Arbeiterleben, den Ungerechtigkeiten, die er erlitten hatte, den Besuchen bei ihm. Für einen Referendar und Schriftsteller sei das ein gemeines Leben, niemand falle gern aus seiner Kaste ... – Posnanski hatte bei den Worten „Referendar und Schriftsteller" aufgehorcht wie ein erschreckter Hase. „Bertin?" wiederholte er ungläubig,

fast entsetzt, „Werner Bertin?" – „Pst!" zischte Kroysing, aber da fuhr der Schläfer bereits hoch, von seinem Namen wie einem Stoß getroffen: „Zu Befehl, Herr Unteroffizier", und dann, die Augen aufreißend: „Ach so, bitte um Verzeihung... Wir haben nasse Pulverkisten auf dem Rücken geschleppt, der Boden hängt einem schon wieder in Klumpen an den Stiefeln." – Posnanski betrachtete ihn noch immer fassungslos. „Haben Sie den ‚Mann namens Hilsner' geschrieben?" – „Woher kennen Sie das Stück? Es ist doch verboten." – „Und ‚Liebe auf den letzten Blick'?" – „Sieh mal einer an!" rief Bertin, plötzlich ganz munter. – „Und ‚Das Schachbrett, zwölf Erzählungen'?" – „In Herrn Kriegsgerichtsrat spreche ich den ersten Leser dieses Buches." – „Tja", nickte Posnanski, „die Rechtsanwälte, die Börsenleute und die Damen, Sie wissen doch, die lesen alles." – Bertin lachte froh: er habe geglaubt, die Schüler und Studenten bildeten die Hauptgruppen der Bücherfreunde. – Dann dürften die Schriftsteller verhungern, meinte Posnanski, was doch auf alle Fälle vermieden werden müßte, teils dieserhalb, teils außerdem. „Und nun bitte ich um Ihren Bericht, Herr Kollege. Wie war das mit dem Unteroffizier Kroysing, und was wissen Sie von ihm?"
Als Bertin geendet hatte, hing ein Schweigen im Raum, dicht wie der Rauch. „Machen Sie sich wenig Hoffnung", sagte Posnanski. „Als Privatmann glaube ich Ihnen und Herrn Bertin aufs Wort. Als Jurist und Richter müßte ich leider an dem Schönheitsfehler einhaken – wenn man Bilder so falsch durcheinanderwirren darf –, daß der Zeuge nur bekunden kann, von Ihrem Herrn Bruder das und jenes gehört zu haben. Aber wer beweist uns, daß Ihr Herr Bruder den Sachverhalt objektiv geschildert hat? Daß er nicht stark färbte und Verfolgungen durch Feinde in eine rein dienstlich begründete Maßregel einfühlte? Hätte Herr Niggl unterschrieben, dann aber vor Gericht geltend gemacht, Sie hätten ihm diese Unterschrift unter lebensgefährlichen Umständen abgepreßt: so könnte man obigen Einwand abwehren, die subjektive Auffassung Ihres Herrn Bruders durch das Zeugnis des Herrn Bertin und weitere Aussagen der dritten Kompanie stützen und so beweisen, was unserer Überzeugung nach wahr ist. Beachten Sie", und er erhob sich, um erregt die vier Schritte vom Fenster zur Tür und wieder zurück zu stapfen, hin und her, die Hände auf dem Rücken und den kahlen Schädel

vorgewölbt, „da halten wir an Grenzen. Hier ist das Wahre, zugleich das Glaubliche, zugleich das Überzeugende. Sie beide sind mir völlig ausreichende Bürgen, das Geschehnis richtig darzustellen, und das Geschehnis selber, Gott sei's geklagt, leuchtet mir ein wie der Pythagoras. Aber beweisen, was Sie sagen, einem widerstrebenden Gericht aus Offizieren, Klassengenossen des Angeklagten: ja, Bauer, das ist ganz was anderes." – Kroysing setzte sich im Bette auf, ließ, was verboten war, das Bein im Verband herunterhängen: „Und so soll die Geschichte ausgehen, sang- und klanglos wie das Hornberger Schießen? Donnerwetter", er spie gleichsam aus, „dann lohnt es vielleicht, für die menschliche Gesellschaft Juristen zu ernähren!" – Posnanski wehrte ab: „Da sie sie ernährt und gut ernährt, wie Sie wahrnehmen, lohnt's ihr bestimmt. Aber keine Feindschaft, mein lieber Herr Leutnant, schreiten wir zum üblichen Vermittlungsvorschlag, denn ein gutes Kompromiß ist das halbe Leben: geben Sie mir das Aktenzeichen der Voruntersuchung; ich lasse mir zur Information die Papiere schicken und prüfe den Fall. Inzwischen überlegen Sie sich, ob Sie eine Anzeige gegen Niggl und Komplicen wegen Mißbrauch der Dienstgewalt mit tödlichem Ausgang bei uns erstatten wollen. Essen Sie gut, schlafen Sie gut, beschäftigen Sie sich hauptamtlich mit Ihrer Heilung und allen guten Geistern, und dann schreiben Sie mir Ihren Entschluß. Wenn Sie um Ihr Recht kämpfen wollen: immer los, ich mache mit, und der junge Herr hier wohl auch, obgleich er von uns allen am meisten riskiert. Aber ein leichter Kampf wird es nicht. Mißlingt der Beweis, so sitzen Sie eklig da und werden es bis an Ihr Lebensende zu spüren haben. So, nun holen Sie mir das Aktenzeichen." – Kroysing richtete sich auf, den gesunden Fuß im Pantoffel, das zerschossene Bein bis zum Knie im Verband, sein Rumpf hing in den Achselhöhlen zwischen zwei gepolsterten Stützen – für Bertin ein Anblick zum Erbarmen, Eberhard Kroysing auf Krücken! –, und verließ die Kammer. – „Nun zu Ihnen", sagte Posnanski in geschäftlichem Ton. „Sie bleiben natürlich nicht, wo Sie jetzt sind. Sind Sie k. v.?" – „Längst g. v.", antwortete Bertin, „meiner Augen und meines Herzens wegen." – „Sehr schön. Ich muß meinen Schreiber hergeben. Ich fordere Sie an." – Bertin saß da, die Augen aufgerissen, in Mantel, Halsschal, die elende Feldmütze neben sich. „Aber", stotterte er, „meine

Vorbildung, mein Zustand... Ich habe vorhin mit Mühe Ihre Darlegungen kapiert." – „Mann", riet Posnanski, „sagen Sie schnell ja. Eine solche Chance bietet sich Ihnen nicht alle Tage. Können Sie maschineschreiben? Nein? Sie lernen es in zwei Wochen. Geben Sie mir die Adresse Ihres Truppenteils. Und so wäre dieser Abend nicht fruchtlos verlaufen." Und als Bertin ihn noch immer fassungslos anstarrte – so einfach sollte etwas derart Unerhörtes geschehen? – (hochgradig verblödet, dachte zugleich Posnanski erbarmungsvoll), fügte er hinzu: „Aber sprechen Sie gefälligst mit niemandem davon, denn sonst geht es schief, wie wir Abergläubischen wissen. Wieviel des beliebten Urlaubs genossen Sie eigentlich in dieser Jacke?" – „Vier Tage", entgegnete Bertin. Dies hier, unter seinen Händen, blieb Dielenholz. Er träumte also nicht... „Darf ich", sagte er stockend, „Herrn Kriegsgerichtsrat zum Dank einen Bericht über meine Begegnung mit dem kleinen Kroysing übermitteln? Er ist nämlich", fügte er wie schuldbewußt hinzu, „als Novelle angelegt; das heißt, er sollte eine werden. Die einzige Arbeit, die ich als Soldat versucht habe. Wenn Herr Kriegsgerichtsrat die paar Seiten behalten wollen..." – Posnanski reichte ihm dankend die Hand: „Behalten? Nur keine Geschenke, lieber Herr. Lesen jedoch auf alle Fälle."

Viertes Kapitel

Schwester Kläre

Es klopfte. Vor dem langen Kroysing trat Schwester Kläre ein, prallte aber spaßenderweise zurück, rief auf russisch „Mein Gott" („Boshe moi"), fragte mit rheinländischem Akzent, ob hier jemand sei, den man nicht sähe, riß das Fenster auf, auch die aus Teerpappe gefertigten Fensterläden warf sie zurück. – „Machst du wohl das Licht aus, Kröte", grollte eine böse, tiefe Stimme, „wenn du dir die Aussicht begucken willst." Und Kroysing drehte den Schalter um. – „Immer diese Douaumont-Gewohnheiten", sagte Schwester Kläre trotzig. „Die französischen Flieger haben auch was Besseres zu tun, als jetzt hier herumzugaukeln." – „Wenn sie nur nicht so hübsch wäre", entschuldigte sich Kroysing bei den anderen.

Mild und zart im Dämmern schwebte die Landschaft hinter dem kleinen Rahmen. Vom hohen Rand des Rückens überblickten sie das Tal in den Schleiern der Frühlingsnacht: den halbhohen Mond, geheimnisvolle Sterne blitzend durch die Dünste, und leise angeglänzt die Windungen des Flusses Maas zwischen seinen schwarz- und hellgefleckten Abhängen. Nur ein leises Flackern, leises Rollen verriet die Front. Die vier Menschen drängten ihre Köpfe in die Nähe des Ausschnitts und atmeten gierig die reine Luft des nahenden Frühlings. Noch lag die Maas gefroren in blindem Glanz, aber der Hauch des Tauwinds, warm von Süden, ließ sich nicht mißverstehen. Schwester Kläre faltete die Hände. „Wenn die Menschen nur nicht so verrückt wären", seufzte sie. „Immer muß ich mir Mühe geben, das nicht für die Mosel irgendwo hinter Trier zu halten. Hätten die Feinde nun nicht endlich klein beigeben können? Dann wär zu Ostern alles wieder vereint, und man könnte anfangen, den Krieg zu vergessen." – „Lieber nicht", sagte Bertin, und, auf Schwester Kläres erstarrte Augen: „Nicht vergessen, meine ich. Die Menschen vergessen viel zu schnell." Er schwieg, merkend, daß er sich nicht auszudrücken vermochte. – „Nein, nein", spottete Posnanski, „den vergessen wir nicht, den schminken wir patriotisch um und balsamieren ihn mit rosa Bäckchen für die Nachwelt." – „Wie Sie das machen wollen, erwarte ich in Ruhe", blinzelte Kroysing. „Genehmigen Sie vorher meine bescheidenen Erfahrungen: Im Frühling 15 an der Flandernfront lagen wir den Engländern gegenüber, ganz dicht, und bauten unsere Gasflaschen ein; wir waren die erste Gaskompanie – eine ehrenvolle Sache. Mit großen Eisenflaschen schliefen wir von Februar bis April in niedlicher Nachbarschaft; einmal wurde eine undicht, und da besah ich mir am anderen Morgen den Schaden in Gestalt von fünfundvierzig blauen toten Pionieren. Und als wir auf dem Übungsplatz die Dinger mit dem Dreck das erstemal probeweise sprengten und die Bruchstücke nach Hause schleppten, nahmen sie auch jeden einzelnen ins Jenseits mit, der sich daran vergriffen hatte. Sie gingen langsam ein; als ich mit meiner ersten Wunde ins Lazarett von Jülich kam, traf ich dort noch welche. Sie starben weg, rätselhaft wie, die Ärzte ließen die Ohren hängen, aber bitte sehr: tot waren sie schließlich, Endstation, aussteigen. Ja, also warteten wir in unseren Gräben voller Wasser auf den günstigen Wind. Immer wieder mußten wir die Flaschen umbauen, denn sie rutschten in dem Lehm. Gasmasken gab es damals noch nicht, wir sollten uns gegen das Sauzeug mit etwas Putzwolle vor der Nase schützen. Die Tommys warfen uns muntere Zettel herüber, wann wir endlich mit unserer Stänkerei anfingen. Sie platzten schon vor Neugierde nach dem Bluff, schrieben sie. Und dann kam endlich Ostwind, und wir bliesen unser Gas ab, und die Tommys waren nicht mehr neugierig, sondern lagen schön blau und schwarz umher, als wir dann in ihren Stellungen spazierten. Blau und schwarz. Tommys und Franzmänner einträchtiglich nebeneinander. In der Radrennbahn von Poelkapelle waren gewiß fünftausend Tote einquartiert, und die Glücklichen, die nur ein bißchen von dem Mist abbekommen hatten und noch japsten und spuckten, die gingen auch in Jülich drauf, ohne alle Förmlichkeiten, aber langsam, stückchenweise. Nun, das ist eine unangenehme Episode, die wollen wir schnell verscharren. Wir heben sie uns für das nächste Mal auf, wo nur noch mit Gas geschossen wird." – „Sie sind ein Ekel, Kroysing", sagte Schwester Kläre, „alles müssen Sie einem vergällen. Habe ich nicht den Tag über genug zu tun mit eurem Schmutz und euren Wunden? Soll ich nicht mein Herz mal fünf Minuten an Gottes Schöpfung laben können, ohne daß mir einer von euch dazwischenfunkt? Der nächste Krieg! Es gibt keinen nächsten Krieg! Wer nach diesem Morden noch einmal mit Krieg droht, den werden die Weiber mit den Schrubbesen erschlagen." – „Ihr Wort in Gottes Ohr, Schwester", bekräftigte Rechtsanwalt Posnanski überzeugt. – „Es gibt keinen Krieg mehr", nickte Bertin, „dieser ist der letzte. Den nächsten können die Herren allein ausfechten; von uns Mannschaften geht keiner mit." – „Nicht wahr!" rief Schwester Kläre. Sie trocknete eine Träne mit dem Rücken ihres Zeigefingers. Sie hatte ihres Mannes gedacht, des Oberstleutnants Schwersenz, den, in einem kleinen Jagdhaus im Hintersteiner Tal des Bayrischen Allgäus, ihre Mutter, die greise Frau Pidderit, betreute, einer schweren Melancholie wegen, die den befähigten Stabsoffizier seit dem Winter 1914 immer tiefer umstrickte. Übrigens wußte nur der Chefarzt Schwester Kläres Namen und Geschichte. Im allgemeinen galt sie als eine brave Hauptmannsfrau, die ihren Gatten irgendwo im Osten hatte und der man tuschelnd einen Flirt mit einer sehr hochgestellten Persönlichkeit nachsagte. – Kroysing, alle überragend, mit seinem höhnisch verzogenen Munde, zuckte die Achseln: „So haben wir also die Ehre, dem Begräbnis des letzten Krieges beizuwohnen. Eigentlich hat er gar nicht lange gelebt, der selige Krieg – lumpige fünftausend Jahre. Mit den Assyrern und den frühen Ägyptern wurde er geboren, und von uns wird er jetzt eingesargt. Denn auf uns hat man damit gewartet. Die Leute nach dem Dreißigjährigen Krieg, dem Siebenjährigen und den Napoleonischen haben das Geschäft nicht verstanden. Wir von neunzehnhundertvierzehn – wir erst sind die Richtigen. Ausgerechnet wir." – „Jawohl", sagten Schwester Kläre und Bertin trotzig und in einem Atem. Dabei konnte Bertin nicht umhin, vor dem inneren Auge ein Grab zu sehen, um das sie alle als Totengräber standen, Spaten in den Händen: Kroysing, die Schwester, der dicke Kriegsgerichtsrat und er selbst, vor einem wolkigen Himmel, schollige Erdbrocken loshauend. Drunten aber wölbte sich ein aufgedunsener Bauch, ein feistes, haarloses Gesicht, ein Grinsen um die Pausbacken und unter den geschlossenen Augen – unentschieden, ob unheilverkündend oder zufrieden mit der eigenen Auflösung. Schwester Kläre schloß inzwischen erst den Laden, dann das Fenster. „Nun macht mal Licht, und dann schmeiß ich euch hinaus", sagte sie. – Alle kniffen die Lider, als jetzt Helligkeit an die Wände schlug. „Wir danken für genossene Gastfreundschaft", damit beugte sich Kriegsgerichtsrat Posnanski über Schwester Kläres Hand, lang und kräftig geformt, hart von Arbeit. Aus der nonnenhaften Umrahmung des Kopfes wehte eine aschblonde Haarsträhne, glänzten die schöngeschnittenen Augen, lockten zarte Lippen, abweisend geschlossen. – Teuflisch schöner Gegensatz, dachte Kroysing, zwischen ihrem Madonnengesicht und ihrem burschikosen Mundwerk. Bestimmt hat sie was mit dem Kronprinzen gehabt. Er fühlte den Drang, seine Stellung bei ihr zu verbessern: „Was kriege ich, Schwester Kläre..." – „Gar nichts kriegen Sie, Haue kriegen Sie", unterbrach sie ihn blitzend. – „... wenn ich Ihnen zwischen Tür und Angel noch eine Extrafreude serviere ? Erlauben Sie mir, Ihnen in meinem Freunde Werner Bertin..." – Schwester Kläre blieb halbgeöffneten Mundes mitten in ihrem kleinen Zimmer stehen, beide Hände leicht abwehrend vor sich hingestreckt – „... den Verfasser des eben viel gelesenen Romans ‚Liebe auf den letzten Blick' vorzustellen."

Schwester Kläres erfahrene Augen liefen über Bertins graubraunes Gesicht, die abgezehrten Backen, den Bart aus Stoppeln, den schmutzigen Rand alter Haut über seinem Kragen, der verwahrlost aussah, ungebürstet, nach Läusen. Als der Mann jetzt verlegen lachte, zeigte er eine Zahnlücke und einen schadhaften Vorderzahn daneben, und sein kurzgehaltenes Haar lichtete sich auf dem Scheitel. Und doch verriet etwas an seinen Augenbrauen, seiner Stirn, seinen Händen, daß Kroysing nicht spaßte. Dieser Mann hatte jene zarte Liebesgeschichte geschrieben! „Sie sind das", sagte sie halblaut, streckte ihm die Hand hin, „ist ja nicht möglich. Und meine Freundin Annemarie in Krefeld schrieb mir vor einem Vierteljahr, sie habe den Verfasser kennengelernt, er sei Husarenleutnant und ein reizender Mensch." – Hier begann Bertin empört zu lachen, Posnanski und Kroysing lachten über seine Empörung, und gleich einer heiteren Gesellschaft, die vom Tisch aufsteht, verließen sie alle Schwester Kläres Nonnenzelle. Jetzt könne man darin wieder schlafen, erklärte sie; im übrigen müßte Bertin übermorgen wiederkommen, da habe sie frei. – „Also hören wir voneinander", schloß Posnanski das denkwürdige Beisammensein.

Fünftes Kapitel

Gegenvorschlag

Als der Kriegsgerichtsrat unter Amselrufen im Park von Schloß Montfaucon aus dem Wagen stieg, hatte er nach kurzem Hin und Her entschieden, das Paket mit den Schnürschuhen des Armierers Pahl in der Versenkung verschwinden zu lassen, damit die Anforderung des Armierers Bertin an das Kriegsgericht der Division von Lychow bei der Gruppe Ost nicht auf Schwierigkeiten stoße. Aber er hätte sich diese Erwägungen sparen können. Solch ein Schriftstück braucht manchmal Wochen, manchmal aber nur Tage. Dieses hier lief sehr schnell von Gruppe West zu Gruppe Ost, wurde sogleich mit scheelen Augen angesehen und von der Adjutantur des Truppenführers in Blaustift mit der Frage verziert: ob das Arm.-Batl. X/20 in der Lage sei, Mannschaften abzugeben.

Das hieß: Erkläre gefälligst, du seiest nicht in der Lage. Von allen Feindseligkeiten abgesehen, wirkte hierbei die Versetzung der Division Lychow an die Russenfront entscheidend mit; denn die Rivalität der Fronten blühte; die neue Oberste Heeresleitung hatte darin noch nicht Wandel schaffen können, man gönnte – ein Wort des Generals Schieffenzahn – einander nur die Schlappen.
Während Herrn Major Jansch das ehrfurchtgebietende Folioblatt mit dem blaugrünen und dem violetten Dienstsiegel der beiden verzankten Gruppen vorgelegt wurde, nahm er zunächst einen gelben Bonbon aus dem Munde und klebte ihn auf den Rand einer Untertasse zu seiner Rechten. Als er hinter dem kurzen höflichen Schreibmaschinentext erkannte, jemand wolle ihm einen Mann und gar diesen entreißen, fauchte er so wütend auf, daß der Schreiber Diehl in seiner Magengrube erschrak. Gleich jedoch beruhigte ihn die mit Blaustift gestellte Frage, er durchschaute ihren Sinn „Schreiben Sie", sagte er zu Diehl, stand auf, legte die Hände auf dem Rücken zusammen, wie man es von Bonaparte berichtete, stelzte durchs Zimmer und diktierte mit mehreren Verbesserungen und Strichen schließlich den folgenden Text: „Urschriftlich zurück mit der Begründung: Die erste Kompanie des Bataillons nimmt in größeren und kleineren Kommandos, weit auseinandergezogen, einen Raum zwischen Mureaux-Ferme und Vilosnes-Ost ein. Sie ist durch Verluste und Krankheiten so geschwächt, daß der Abgang jedes einzelnen gesunden und arbeitsfähigen Mannes ohne die Stellung eines Ersatzes nicht verantwortet werden kann. Das Bataillon schlägt vor, nach seiner Heilung den Armierungssoldaten Pahl, z. Z. Feldlazarett Dannevoux, zur verlangten Verwendung beim Kriegsgericht abzugeben. P., von Beruf Setzer und besonders anstellig, ist mit der Schreibmaschine vertraut und durch den Verlust einer Zehe für andere als Bürotätigkeit unbrauchbar." Die sauberen Herren sollen sich verrechnet haben.
Der Schreiber Diehl verließ das Zimmer des Herrn Majors, er stieg die Steintreppe zur Schreibstube hinab. Seine wichtigste Aufgabe hieß, dieses Sklavendasein unter einem bonbonlutschenden Schreihals bis zum Friedensschluß durchzuhalten und zu seiner Frau und seinem kleinen Kind nach Hamburg zurückzukehren, komme, was da wolle. Er hatte sehr viel kameradschaftliches Empfinden für die Lage des Armierers

Bertin, er wünschte ihm alles Gute. Der paßte natürlich überall besser hin als unter die Blindgängersammler des Sergeanten Barkopp; und jetzt wurde ihm eine gute Gelegenheit verpatzt, glatt und scheinheilig, wie man mit dem Schützling von Mächtigen verfuhr, falls man von nicht minder Mächtigen dabei gedeckt wurde. Diehl hielt am Flurfenster inne, auf halber Höhe der Treppe, blickte in das Gesuch des Kriegsgerichts, das er heute früh als erster gelesen, und dann hinaus, wo ein lichter Frühlingshimmel die Straßen und Dächer von Damvillers verklärte. Er wußte nichts von dem Krieg zwischen den beiden Gruppenkommandos, die Frage der Gruppe Ost schien ihm sachlicher Herkunft, die Tücke von Janschs Antwort durchschaute er schon eher. Nichts zu machen, stellte er fest, während er weiterging: einmal ein Pechvogel, immer ein Pechvogel, der arme Kerl! Daß er irgendwelche Anstrengungen gemacht hatte, diese Versetzung zustande zu bringen, leuchtete auch einem Blinden ein. Wußte er schnell genug Bescheid, so konnte er vielleicht – vielleicht – auf Hilfe sinnen, obwohl Diehl nicht sah, wessen Hilfe hier fruchten sollte. Er war ein Volksschullehrer, ein Mann voller Achtung für Bücher und Schreiber von Büchern, er fühlte, daß er etwas wagen mußte. Während er die Türklinke aufdrückte und in die überheizte Schreibstube trat, die nach Menschen und Tabak roch, stand sein Entschluß fest. Er öffnete seine Schreibmaschine. Aber bevor er den Foliobogen des Kriegsgerichts der Gruppe West zwischen die Walzen zog, legte er ein Blaupapier und ein dünnes Durchschlagblatt darunter, wie es sich sonst nicht gehörte. Schickte jemand in der Mittagspause diesen Durchschlag als Brief an den Armierer Bertin ab, so wußte der Empfänger, was seiner wartete. Die Schreibmaschine tackte, klingelte, tackte wieder; der Bogen ward herausgenommen, in die Unterschriftsmappe gelegt, das dünne Durchschlagblatt wanderte in die Schublade, alles lief wie am Schnürchen. Der Schreiber Diehl merkte gar nicht, daß er tiefer atmete als sonst.
Inzwischen telefonierte Major Jansch mit seinem Freunde Niggl... Ja, sie waren Freunde geworden, sie hatten die Mainlinie gründlich ausradiert, Preußen und Bayern waren in einem Reiche aufgegangen, das sich der Niederwerfung seiner bösartigen Gegner entschlossen widmete. Jeden Morgen tauschten sie ihre Befriedigung über neu versenkte Han-

delstonnage aus, hörten sie das englische Weltreich in seinem Gestänge knacken. Jeden Morgen lockerte sich die Disziplin bei den Franzosen, machten sich die Italiener durch ihre Angriffe lächerlich, konnte man über die Großsprecherei der Amerikaner die Achseln zucken. Jetzt lagen bereits die Russen auf den Knien und verschwanden für immer aus Europa: die Revolution räumte gründlich mit ihnen auf. Weder auf dem Balkan noch im Nahen Osten würde man je wieder auf sie stoßen. Endlich war der Sieg zum Greifen nahe: denn wenn sich erst die geballte Macht der deutschen Heere auf die Westfront warf und die Österreich-Ungarns auf die Südfront, dann war es geschafft, und dann kamen auch die Drahtzieher dran, die Freimaurer und Börsianer, die Jesuiten, Sozialisten und Juden. – Voll Bewunderung hörte der Niggl seinem klugen Freunde zu. Da fehlte sich nichts, sagte er, gegen die Darlegung des Herrn Kameraden war nichts einzuwenden. Und gegen die Freimaurer und Juden wuchs wohl auch ein Kräutlein. – Ja, entgegnete Herr Jansch, sorgenvoll und triumphierend zugleich, da stünde uns noch ein gutes Stück Arbeit bevor, die hielten zusammen wie Pech und Schwefel, und was sie vermochten, blinkte ja jetzt am Himmel mit dem feurigen Zeichen der russischen Revolution. Hatten doch die jüdischen Bankiers im Auftrag der Alliance Israélite dem Zarismus den Untergang geschworen und vor zehn Jahren schon Japan gegen das mächtige Russenreich vorgeschickt. Damals sei es ihnen nicht gelungen, jetzt um so besser. – Ja, fragte der Niggl naiv zurück, dann habe also Deutschland gegen Rußland die Geschäfte der Juden besorgt? – Und Major Jansch, einen Augenblick betroffen, meinte, das könne man so nicht sagen. Zwar sehe man die höllische Schlauheit der Juden wieder einmal im hellsten Licht erstrahlen, aber zu gleicher Zeit auch ihre abgründige Dummheit, denn im Deutschen trafen sie endlich auf den überlegenen Gegner, der sie durchschaute, und der würde schon dafür sorgen, daß sie diesmal um ihren Profit geprellt wurden. Grad heut hatte er, Jansch, es wieder einmal gar nicht leicht gehabt, einen jüdischen Angriff abzuwehren. Saß da irgend so ein Jude, was ein Skandal war, als Kriegsgerichtsrat beim Gruppenkommando West. Kaum entdeckte der Herr unter den Schippern im Bataillon so ein schreibendes Jüdchen, so wollte er es auch schon herauspicken, wahrscheinlich, um einen braven Deutschen dafür loszuwerden, und der ahnungslose Kommandeur hatte seinen Segen dazu gegeben. Aber hier waren sie auf Wachsamkeit gestoßen, und der Herr Schriftsteller Bertin würde wohl schwarz werden, bevor es ihm gelang, sich vor nützlicher Arbeit in orientalische Faulenzerei zu verdrücken. Das war derselbe Mann, wenn sich der Herr Kamerad erinnerte, der ihnen schon einmal eine Vorstellung geboten hatte. Damals wollte er auf Urlaub fahren, jetzt versuchte er es mit einem anderen Dreh. – Hauptmann Niggl, in Bälde Major Niggl, an der anderen Seite der Leitung, räusperte sich, stotterte etwas, bat den Kameraden einen Augenblick um Entschuldigung, es komme gerade jemand etwas fragen. Die Verkoppelung „Bertin" und „Kriegsgericht" verschlug ihm einen Augenblick den Atem. Deutlich sah er wieder die scheußlichen Gewölbe des Douaumont vor sich, die hagere Gestalt des niederträchtigen Kroysing, der leider nicht gefallen war, sondern nur mit einer ungefährlichen Beinwunde in einem Feldlazarett lag. Teufel, Teufel, dachte er, heiliges Kruzifix, den laß nimmer aufstehn, den Hund, den sakrischen. Eine Wachskerze so groß wie sein Arm wollte er dem Kloster Ettal stiften oder der Wallfahrtskirche von Alt-Ötting, wenn es mit dem ein böses Ende nahm und mit jedem von seiner Bande. Danach meldete er sich wieder: nun sei er gespannt, wie der Herr Kamerad den Juden abgeführt habe. – Herr Jansch, seinen gelben Bonbon in der linken Backe unterbringend, berichtete kichernd, was für einen Ersatzmann er großzügig angeboten habe, einen braven Verwundeten, einen christlichen Setzer. Ohnehin wußte man, daß Exzellenz Lychow wieder nach Osten abwanderte. In vierzehn Tagen, ja schon in zehn war alles vorbei.

Sechstes Kapitel

Nachtlektüre

Rechtsanwalt Posnanski empfing am gleichen Vormittage die Kroysingakten vom Kriegsgericht Montmédy und den ablehnenden Bescheid des Armierungsbataillons X/20 über die Registratur des Stabes. Jeder Mensch in Montfaucon, der mit

diesem Stück Papier in Berührung kam, lachte darüber. Es lachte der Feldwebel Pont, als er es in die Mappe des Herrn Kriegsgerichtsrats legte, es lachte der Kriegsgerichtsrat selbst und sein Schreiber Unteroffizier Adler trotz des Druckes, der auf ihm lastete; und auch die Ordonnanz, der Landsturmmann Gieseken, lachte übers ganze Gesicht, als er den Schrieb bemerkte, und er äußerte: „Der Junge ist richtig, der das angedreht hat. Frech sind wir bei den Preußen. Das darf man schon sagen." – Der einzige, der nicht lachte, sondern sich wütend ärgerte, hieß Oberleutnant Winfried und war Adjutant und Neffe von Exzellenz Lychow. Er ärgerte sich über die Respektlosigkeit gegen seinen Onkel, über die dreiste Unverschämtheit des Schippermajors auf dem anderen Ufer, vor allen Dingen über die Tatsache, daß es bei dieser Ablehnung bleiben werde. „Wenn Doktor Posnanski glaubt, wir würden uns hier dahinterhängen, so sitzt er im Sack, wo es am finstersten ist. Vielleicht ein andermal; diesmal werden wir keineswegs die Muße haben, Freiübungen zu machen und den Kriegspfad gegen Gruppe Ost zu beschreiten. Soll er sich eben einen anderen Ersatz für seinen Schreiber hervorzaubern." – Der Feldwebel Pont, ein breiter Mann, Baumeister aus Kalkar am Niederrhein, lächelte ein wissendes Lächeln, als er sagte: „Mir ist, Herr Oberleutnant, dieser Herr Bertin wird uns nicht erspart bleiben. Das sagt mir meine Nase." Und er fuhr mit dem Daumen über ihren breiten Ansatz, ihren kurzen geraden Rücken. „Rechtsanwälte können zaubern." Und er erzählte zum Beweis die Geschichte eines Advokaten in Kleve, der mit einer Ziegelei in Kevelaer um zwei Wagen Ziegel anderthalb Jahre lang gekämpft und sie fast zum Ruin getrieben hatte.
Oberleutnant Winfried fuhr fort, Meldungen über den staffelweisen Abtransport der Division durchzusehen: „Wird Posnanski allein befingern müssen. An Exzellenz lasse ich den Dreck nicht heran. Der lebt und webt schon ganz in seinem geliebten Osten, schnuppert durchs Fenster nischt wie Seen und Nadelwald. Ziehen uns die Franzosen keinen Strich durch die Rechnung, so sind wir in vierzehn Tagen hier alle weg, und Gruppe Ost kann uns ... eine Träne nachweinen." – Feldwebel Pont schob die Unterlippe vor, murmelte etwas von der großen Entfernung, die sie bald vom Niederrhein trennen würde, und glitt mit jähem Schwung zu dem Wunsche nach einer kleinen Dienstreise von drei Tagen über, um seine Mutter

wiederzusehen. Oberleutnant Winfried meinte kurz, was der Feldwebel wolle, das wolle Gott, und wünschte bloß, ihn fünf Tage vor Abmarsch des Stabes wieder zurückzusehen. – Pont dankte sehr und machte sich sogleich dran, auf der Eisenbahnkarte den günstigsten Treffpunkt mit seiner Frau Lucie auszuspähen. Er liebte sie als den Mittelpunkt seines Lebens.

Rechtsanwalt Dr. Posnanski saß in früher Nacht an dem runden Tische des etwas frostigen Salons, der eigentlich dem Apotheker Jovin und seiner Gattin gehörte, ihnen von der Ortskommandantur Montfaucon aber weggenommen und dem Kriegsgerichtsrat als Quartier angewiesen worden war. Viele Möbel warteten auf, viele Kunstgegenstände von veraltetem Geschmack und aus gediegenen Stoffen, die Lampe trug ein hoher Alabasterfuß, beschirmt von gefältelter Seide brannte mäßig helles Licht. Die Bilder an den Wänden stellten in guter Provinzkunst Mitglieder von Madame Jovins Familie dar, Bauern, die bei der Aufteilung der adligen Güter, unmittelbar nach der Revolution, rechtzeitig zugegriffen. Das Ehepaar Jovin hatte einen Sohn im Felde und eine Tochter in Paris verheiratet, stets bedroht von den feindlichen Zeppelinen. Ihr Umgang mit dem Zwangsmieter beschränkte sich auf ein Dutzend Worte täglich. Aber sie fanden diesen deutschen Offizier zum Unterschied von einigen Vorgängern taktvoll und nicht unsympathisch. Madame Jovin bemerkte gelegentlich zu ihrem Gatten, die Lebensgewohnheiten dieses Deutschen seien beinahe französisch, ein Lob, das Monsieur Jovin mit einem „Olala“ einschränken mußte. Aber Herr Posnanski saß viel zu Haus, trank schwarzen Kaffee, abends seinen Rotwein, er liebte die Bücher und nahm sich Arbeit mit in die Wohnung, an deren Einrichtung er nichts verändert hatte; er war also häuslich; sparsam, mäßig und arbeitsam; und hätte er nicht die fürchterliche Gewohnheit des Zigarrenrauchens besessen und Gardinen, Portieren und Stores, Gobelins und Teppiche in hoffnungsloser Weise vertabakt, Madame Jovin hätte sich für die Dauer dieses fürchterlichen Krieges keinen besseren Eindringling gewünscht.
Posnanski, in einer Hausjoppe aus braunem Tuch, legte von Zeit zu Zeit seine Zigarre in der weißen Papierspitze auf den zinnernen Aschenteller, streckte die Füße in Hausschuhen

unter den Tisch; das einzig Militärische an seiner Kleidung waren die Hosen, lange graue Hosen mit roter Biese. Sein dicker Hals quoll frei von Kragen und Knöpfen aus dem geöffneten Hemd; Madame Jovins geselligen Nußbaumtisch bedeckten die Kroysingakten. Die Angelegenheit Bertin verdämmerte am Rande des Blickfeldes; sie mochte später in Ordnung gebracht werden oder auch nicht. Da es keinerlei Achtung vor dem Geist gab und keinen Anspruch auf guten Willen, würde sie wohl scheitern. Ein Rechtsanwalt muß in der Kenntnis des Unrechts geübt sein, es darf ihn nicht aus der Fassung bringen. Hier handelte es sich um die Grundlagen des Zusammenlebens. Die juristische Sachlage hatte er schon im Gespräch mit dem Bruder und Kläger ergründet. In diesen Papieren hier fand sich keine Handhabe zu schlüssigen Beweisen dafür, daß der jüngere Kroysing mit Absicht aus dem Wege geräumt worden war, verschobener Lebensmittel wegen – um Fleisch, Butter, Speck, Zucker und Bier, das nicht in die rechten, sondern in die falschen Mägen gewandert war. Mit Muße und Besessenheit den Fall behandelnd, als sei er einzig in der Welt, hätte man die Mannschaften einzeln verhört, die Unteroffiziere zum Geständnis gezwungen, die Schreibstube, den Kompanieführer, den Bataillonschef listig nach den Üblichkeiten von Kommandodauer und Ablösung ausgehorcht und danach die Frage geprüft, warum man den jungen Kroysing nicht zur Vernehmung beurlaubt, die Akten nach Ingolstadt spazierengeschickt hatte. Dies alles klargestellt, konnte der Zeuge Bertin aufmarschieren, der Brief des jungen Kroysing, sein Testament verlesen werden. Worauf schließlich die Redekraft des Anwalts, gespeist von Überzeugung, den Richtern die Einsicht aufnötigen konnte, daß solche Maßnahmen nicht straflos geduldet, also bestärkt werden durften. Der Rechtsanwalt Posnanski traute sich zu, eine solche Sache glücklich durchzuführen, wenn hinter ihm eine Öffentlichkeit stand und um ihn ein Volk, das an der Wichtigkeit dieser Frage wochenlang teilnahm, leidenschaftlich erörternd, ob Pflichtgefühl oder Vertuschung siegen sollte – im Frieden also. Im Frieden! Posnanski lehnte sich im Stuhl zurück und schnob verächtlich durch die Nase. Im Frieden war dieser Fall Kroysing der Weg zum sicheren Siege und allgemeinen Ruhme. War solch ein Fall im Frieden möglich? Er war selbstverständlich möglich. Setzte man an die Stelle des Armierungsbataillons

in seinem Aufgabenkreis einen großen Industriekonzern, der seine Arbeiter durch eigene Warenhäuser und Kantinen kleidete und ernährte, behauste und verarzten ließ, so war die Gelegenheit für Durchstecherei und Schiebung auf Kosten der Arbeitermassen ebenso gegeben wie bei den Preußen. Steckte man den jungen Kroysing in die Tracht eines Praktikanten und zukünftigen Ingenieurs, der so lange auf gefährliche Arbeitsstellen geschickt wurde, bis seine Mitwisserschaft durch einen Betriebsunfall erlosch, half man diesem Betriebsunfall nur ganz wenig nach, mit Sachverständnis und Tücke, so hatte man den genauen Abdruck des Vorgangs, wie er sich nach Posnanskis Überzeugung abgespielt hatte. Aber wehe den Arbeitgebern, in deren Umkreis dies geschah. Bei einem gut regierten Volk wären sie alle ins Zuchthaus gewandert, in einem unterminierten, vom Anprall der Ausgebeuteten erschütterten Staate hätte ein Massenaufstand bis weit ins Bürgertum hinein gedroht, ein ungeheurer Ruck das Volk aufgerüttelt, in England oder Frankreich wären Neuwahlen des Parlaments notwendig geworden und ein Wechsel des Systems. Selbst im deutschen Vaterland hätte ein solcher Fall weite politische Folgen gezeitigt; keine der herrschenden Gruppen hätte gewagt, den Schuldigen beizuspringen. Ohne große Mühe konnte sich ein erfahrener Berliner Zeitungsleser den Ton der konservativen, der liberalen und nun gar der sozialdemokratischen Presse dabei vorstellen. Im Frieden.
Es war sehr still im Hause. Irgendwo raschelte eine Maus hinter der dauerhaften Tapete. Posnanski trank einen Schluck Wein – er benutzte dazu einen porzellanenen Becher, der auf drei Löwenfüßchen stand und in dem der Bordeaux schwarzrot schwankte, und erhob sich, im Gehen zu denken. – Dies alles traf zu für Industriebezirke, Großstädte. Wie aber sah sich der Fall an, wenn er unter Landarbeitern ablief, im Dunkel der Großgüter und des adligen Besitzes in Westpreußen, Posen, Ostpreußen, Pommern, Mecklenburg? Er sann scharf nach, die gewölbten Augen halb verhangen, vor einer gewirkten Schäferszene aus dem achtzehnten Jahrhundert anhaltend, von der er nichts gewahrte als das enge Geflecht verschieden gefärbter Maschen, bis es sich allmählich als Abbild eines menschlichen Fußes über einer Blattpflanze enthüllte. Unter ländlichen Umständen würde die Aufhellung schwieriger sein, die Bedrohung größer für den Anwalt und

die Zeugen, einige von ihnen würden entwertet werden, als Juden nämlich, am Endausgang aber würde sich nichts ändern. Die konservativen protestantischen Grundbesitzer Ostelbiens, die katholischen Feudalherren Bayerns: auch sie würden den unvorsichtigen Angestellten keinen Vorschub leisten und schlecht verwaltende Standesgenossen schließlich preisgeben. Im Krieg aber türmte sich das Unrecht, verübt von Volk zu Volk, die Gewalttat, losgelassen von Gruppe zu Gruppe, so bergehoch, daß ein Eimer voll Unflat einfach verschwand. So sehr standen die Interessen des nackten Lebens auf dem Spiel, die Frage des puren Daseins und Weiterlebens für die herrschenden Schichten und also schließlich auch für die beherrschten, daß man zugeben mußte, das Recht des Einzelwesens auf Leben und Ehre sei bis auf weiteres vertagt, bis zur Wiedereinsetzung der Zivilisation auf ein Nebengeleise gezogen. Natürlich deutete das einen Rückfall in die Zeiten der Völkerwanderung, eine entscheidende Niederlage angesichts der sinaitischen Gesetzgebung. Diese fahrlässige Lumperei des Herrn Hauptmanns Niggl, das Herumwirtschaften mit Menschenleben wurde ja, kaum besser begründet (so wenigstens beschuldigten einander die Heeresberichte), zur Zeit im größten Ausmaße betrieben, an allen Fronten, von vielen großen Nationen – keine Nachfrage nach einzelnen, Herr Rechtsanwalt. Und da alle beteiligten Gruppen jeden Tag behaupten ließen, ausschließlich zur Rettung ihrer Existenz und der menschlichen Kultur föchten sie diesen Kampf, hatte ein bürgerlicher Mann wie Dr. Posnanski im Augenblick keinen Zugriff. Übrig blieb nur, dem Leutnant Kroysing zu raten, den wiederhergestellten Frieden abzuwarten, sich Namen und Wohnorte möglichst vieler Kompaniekameraden seines gefallenen Bruders schon jetzt zu verschaffen und mit einer Anklage hervorzutreten, sobald das deutsche Volk trotz seines mutmaßlichen Siegestaumels geneigt war, das Andenken Christoph Kroysings wiederzuerwecken. Seine Gestalt nämlich ließ den Dr. Posnanski nicht mehr los. Er hatte seinen Brief gelesen und aufgehorcht. Dann voll immer tieferen Schweigens das schwarze Heft durchstudiert, das Aufzeichnungen barg, Bruchstücke von Versen, einzelne Gedanken, Meinungen, Eindrücke, Fragen. Posnanski hatte sich zunächst aus Gründen eines besonderen Sports mit diesem Notizbuch beschäftigt: er war ein Liebhaber der Stenographie, die er für eine vernünftige und lobenswerte Erfindung hielt, er beherrschte alle ihre Systeme und Kürzungsarten und hatte sich bereits auf der Schule im Entziffern fremder Handschriften hervorgetan. Schon der Duktus dieser Bleistiftzüge sagte ihm von innen her zu. Ein klarer und einfacher Mensch hatte das geschrieben, und der Inhalt bestätigte diese gute Meinung auf jeder Seite. Der junge Kroysing war jemand gewesen. Er hatte sich gegen das Unrecht eingesetzt nicht aus Zweckgründen, sondern weil es das Unrecht war – ein häßlicher Fleck am Körper der Gemeinschaft, die er liebte. Ja, eine wunderbar reine Liebe zu Deutschland sprach aus diesem Jungen. Er verzerrte das Bild seines Volkes nicht ins Männische, er sah seine Schwächen. „Ich begreife nicht", klagte er einmal, „warum unsere Leute alles mit sich geschehen lassen. Sie sind doch weder stumpfsinnig noch ohne Rechtsgefühl; sie empfinden vielmehr jede Kränkung beinah wie Frauen. Sind wir ein weibliches Volk? Ist uns bestimmt, nur zu wissen, was wir leiden, und es bestenfalls zu sagen? Das mache ich nicht mit." Er erkannte klar, daß die hohe sittliche Bildung der großen deutschen Schriftsteller und Denker im Volk eine Wurzel besaß, „... aber diese Wurzel scheint mir eine lange, strickförmige Faserwurzel zu sein, die sich um viele Hindernisse windet und erst spät, irgendwo und weit weg eine schöne Pflanze ans Licht sendet. Ich wünschte, wir hätten eine kurze, starke Pfahlwurzel und auf ihr ein gesundes Gewächs voller Stacheln und Spitzen gegen die Gewalt." Ein andermal beklagte er, „daß die Schönheit des Lebens, ausgedrückt in einem Sonnenaufgang, einem Sternenhimmel, ja nur der Bläue eines Tages, auf die Sitten der Deutschen gar keinen Einfluß zu haben scheine. Sie freuen sich ein paar Minuten lang an der Natur und fallen dann in Gewohnheiten zurück, die sich in unterirdischen Höhlenstätten nicht anders entwickelt haben könnten. Goethe oder Hölderlin aber, auch Mörike und Gottfried Keller scheinen immerfort zu fühlen, daß es Gewächse gibt, Winde, Wolken, Ströme. Der Anhauch der Landschaft begleitet sie bis in die Studierzimmer, die Amtsstuben, aufs Katheder. Darum sind sie frei. Darum sind sie groß." Ja, dachte Posnanski, mein junger Freund, da sagen Sie etwas sehr Richtiges und Wichtiges. Diese Dinge lassen sich auch nicht vom Erwerbsleben her erklären. Es ist schade, daß man mit Ihnen nicht mehr darüber sprechen kann. Leute wie Sie werden uns fehlen. Ihre

Verse sind hübsch, gefühlvoll, noch sehr jugendlich. Aber nehmen wir einmal an, der Einjährig-Freiwillige Hölderlin, der Unteroffizier Heinrich Heine, der Leutnant von Liliencron, der Vizefeldwebel C. F. Meyer wären in Ihrem Alter gefallen – mit Schiebung oder ohne Schiebung, einerlei, oder der kleine Kadett von Hardenberg wäre mit vierzehn Jahren einer Erkältung erlegen, die er sich auf einem Übungsmarsche geholt – von dem Offiziersschüler Schiller schon gar nicht zu sprechen, der mit achtzehn Jahren beim Schwimmen in einem schwäbischen Gebirgsflüßchen ertrank. Hätte der Nachlaß dieser jungen Leute anders ausgesehen als der Ihre hier? Aber keineswegs. Und doch: um wieviel ärmer und kümmerlicher blieben wir zurück! Wir wüßten nicht mal, was wir verloren hätten. „Ja“, seufzte er vor sich hin, „das ist keine leichte Preisfrage, und wer sie mir löst, kriegt einen Taler und fünf Pfennig: ob nämlich die Völker um ihrer Begabten willen leben oder die Begabten um der Völker willen, so daß es jedem beliebigen Niggl von Rechts wegen gestattet ist, mit ihnen Schindluder zu treiben. Und darum wollen wir mal zusehen, was beim Herrn Bertin aus der Begegnung mit Ihnen geworden ist.“

Siebentes Kapitel

Die Kroysingnovelle

Damit öffnete er das Manuskript, das ihm Bertin gesandt hatte. Goß sich einen neuen Becher voll, entzündete noch eine dünne Holländerin, betrachtete mißbilligend Bertins leicht verkrampfte Schrift und ließ sich dann auf die Erzählung ein, Blatt für Blatt in die Nähe der Lampe haltend, sehr bald hingenommen und entrückt. Das Licht schien sanft, die Maus knisterte hinter der Tapete, vor den Fenstern gingen Leute vorüber, redend: aber Posnanski befand sich jetzt im Fosses-Wald unter den zerschossenen Stämmen in einer Mulde, in der zwei verlassene Geschütze ihre langen Hälse klagend gen Himmel hoben, und er sah inmitten feldgrauer Arbeiter das gebräunte sympathische Geischt des jungen Kroysing, seine gewölbte Stirn, die ruhigen Augen. Als Novelle war diese Arbeit kaum vertretbar, sie enthielt keine kunstvoll angelegten

Charaktere, keine mit überraschender Wendung gelöste Fabel. Manchmal störten sprachliche Härten, entschuldigt durch die Eile des Schreibens, oder starke Ausdrücke, wo zurückhaltendere eindringlicher gewirkt hätten. Aber sie beschwor die Gestalt, vom Begegnenden richtig gefühlt, sie zeigte das Ereignis auf, ganz und mitleidslos, sie rührte an den Schlaf der Welt, ließ sie nicht weiterschnarchen, als die französische Granate den eben erst gewonnenen Freund wieder wegnahm. Und sie gestattete keinen Zweifel darüber, daß nicht den Franzosen dieser Tod zu Last fiel. Nein, hinter den kümmerlichen Schipperhäuptlingen enthüllte sie riesengroß den Umriß der Gewalthaber und Gewaltentfesseler – all derer, die den Selbstmord Europas anlegen und durchführen durften, jener Zurückgebliebenen, die Nachbarn nur zum Überfallen kannten und als letzten Trumpf im Wettbewerb der Völker um die Erde: die Kanone.
Eine eigentümlich vertrauenerweckende Wirkung ging übrigens auch von der Tatsache aus, daß sich Bertin in der ersten Niederschrift mit dem Erfinden von Namen durchaus nicht aufgehalten hatte. Der Held hieß einfach Christoph, andere Namen waren durch Anfangsbuchstaben angedeutet; am Ende der vierten Seite fand sich eine Selbstmahnung des Schreibers: „Leute müssen besser heißen." Je unentbehrlicher aber für künstlerische Wirkungen die Erfindung aus sich selbst lebender Gestalten blieb und je mehr sie wirkliche Ereignisse des zufälligen Gehalts entkleidete, den wesentlichen zu entfalten, um so unmittelbarer sprach bei dieser ersten Niederschrift die Leichthändigkeit, mit der Namen und Umstände hier behandelt wurden, zu dem einsamen Leser. Posnanski stöhnte gequält und zugleich befriedigt: diesen wenig anmutigen Bertin durfte er unter keinen Umständen fahrenlassen. Er gehörte mit dem jungen Kroysing und mit ihm, Posnanski, in die gleiche Front: derer, die es immer wieder unternahmen, die Welt einzurenken, und zwar mit Mitteln, die schon an sich Einrenkungen der Welt bedeuteten – Rechtsbewußtsein, klare Vernunft, Ausbildung der Sprache. Man konnte lachen, aber es war so: wer sich dieser Mittel bedienen wollte, erregte unvermeidlich die Wut des bösen Prinzips und seiner Knechte, die Gewaltmenschen, ihren hitzigen Tatendrang, ihre Lust am Unterdrücken; und während Posnanski sich den Hausrock über dem gewölbten Leibe zuknöpfte, weil die Märznacht kalt

ward und er müde, bemerkte er zu seiner Verwunderung, daß er mit zornigem Herzen auf den Kamin am Ende des Zimmers losging, in dem noch Glut brannte: losging, weil diese Gluten den Feind verkörperten, den ewigen Gegner alles Schöpferischen, den Widersacher selbst oder auch den Widerstand, den Hinderer, den Satan. Er sah in förmlich hocken mit Klauen, Schnabel und Fledermausflügeln, mit Drachenschwanz und zweideutigem Basiliskenblick und stets bereit, gellend aufzulachen. Dieses überstürzt um sich fressende Element, das im Bündnis mit dem allgegenwärtigen Eisen jede Technik geboren hatte, jede Kanone gegossen, und das in jeder Explosion allmächtig auflachte: das war es. Es hatte den jungen Kroysing getötet, den älteren verwundet. Es bedrohte den Bertin in Gestalt von Blindgängern, es hatte als Fliegerbombe den Kriegsgerichtsrat Mertens umgebracht, es lauerte auch auf ihn, Posnanski, auf Winfried, auf den alten Junker Lychow – auf jeden Mann und jede Frau. Der Mensch hatte das Feuer schlecht gezähmt, das vom Himmel gefallen war; auch die Vernunft, das Himmelslicht, und die Sittlichkeit, auf dem Sinai geboren, hatte er verwaltet wie ein Schuljunge. Posnanski war geneigt, in dieser Nachtstunde vor dem Schlafengehen dem Menschengeschlecht im ganzen die Zensur drei minus auszustellen. Gut, dann konnte man den Schüler Bertin noch weniger entbehren. Den Schüler Kroysing hatte das Feuer verzehrt, zahllosen anderen geschah das jeden Tag. In der Logik der Schafe lag es, infolgedessen um so massenhafter in den Brand zu stürzen, sich um einzelne überhaupt nicht mehr zu kümmern, weil es ja doch keinen Zweck hatte in solchen Zeiten. Der Schüler Posnanski aber weiß: es hat Zweck, hat als einziges Zweck, weil es jeden Augenblick zur Hand ist; weil es nicht das Aufhören des Brandes abwartet, sondern das gestaltende Prinzip in aller Stille dem Zerstörenden abschmuggelt. Im Fall Kroysing ist vorläufig nichts zu machen, damit legt Posnanski sorgfältig die verschieden großen und verschiedenartigen Blätter in den rotgelben Umschlag zusammen, der das Aktenzeichen von Montmédy trägt; auch die Kroysingnovelle ordnet er mit hinein. Aber der Fall Bertin wird durchgekämpft werden. Die erste Hälfte der Nacht ist gut angewandt worden, und die zweite Hälfte wird noch besser angewandt werden, denn im Schlaf ist der Mensch um ein ganzes Teil klüger und vollständiger tätig als im Wachen. Und

während Posnanski die Fenster öffnete, um Madame Jovin das Äußerste des Kummers zu ersparen, sagte er sich: Es gibt ernsthafte Mittel, einen Mann zu retten, und komische, gradlinige und krumme, saubere und unanständige. Diese alle sind erlaubt. Verboten ist lediglich eine Art: die unwirksamen, die ihn nur noch mehr gefährden. Der gesunde Menschenverstand und die Erinnerung an die letzte Unterredung mit Oberleutnant Winfried sagten Posnanski, daß er auf Lychow in diesem Augenblick überhaupt nicht zu rechnen habe, schon eher auf den Adjutanten (worin er irrte); mit voller Kraft einspannen konnte er nur Eberhard Kroysing, denn dem war leicht klarzumachen, wie sehr mit diesem Zeugen Bertin die zukünftige Gestaltung seiner Absichten gegen den Herrn Niggl stand und fiel. In Unterhosen auf seinem Bettrande sitzend, ächzend, weil die Sockenhalter nur über die quellende Wölbung seines Bauches zu erreichen waren, mit rotem Gesicht und schief gezogenen Lippen, zog Posnanski den Schlußstrich: Hauptgeschäft sei jetzt die Bereinigung der Affäre Bertin.
Dann, als er schon im Schlafanzug unter seiner weichen und sauberen Steppdecke lag und die Lampe löschte, bemerkte er verdrossen, er habe in seinem Salon Licht brennen lassen. Immer widersetzte sich ihm das Feuer, dachte er mit knurriger Selbstverspottung, richtete sich auf, zog umständlich die Hausschuhe an, ging hinaus und machte dunkel. Mit Verwunderung nahm er wahr, wie hell der Mond, schon nach Westen geneigt, durch die Fenster grüßte.
In Schlaf und Traum dann und merkwürdiger Landschaft gefiel ihm das Gesicht Christoph Kroysings, das er niemals erblickt hatte. Umbuscht von länglichen Blättern südlicher Pflanzen tauchte es auf, dem Antlitz eines Mannes gleich, der durch einen Urwald vordrang, in dessen Mitte der Schläfer hauste – Posnanski, ein verjüngtes Ich, welches innig damit beschäftigt war, den Verkehr in einem Ameisenhaufen zu regeln und mit Hilfe von weißen Termiten das Vorbild zu erreichen, das der runde Platz und die Kaiser-Wilhelm-Gedächtniskirche vor seinen Fenstern bot. Sehr groß, gestirnhaft, wie aus der Perspektive von Ameisen gesehen, hing das Antlitz des jungen Unteroffiziers inmitten von Agavenblättern, die in einen Dorn ausliefen, und dem Gezüngel der schmalen Lanzen, die der Bajonettstrauch trägt; auch die Finger von Palmenblättern griffen nach seiner Schildmütze.

Unter ihrem roten Streifen und schwarzen Lackschirm richteten sich die steten Augen, dunkelbraun, auf den beschäftigten Posnanski, und der Mund lächelte unter der breiten Stirn, den gebogenen Brauen. „Ich werde leider zurückgehalten, Herr Kollege, wie Sie sehen“, sprach seine Stimme hoch über den Erdboden hin, und der kauernde Posnanski in seinem Sande, ein dicklicher Schuljunge, entgegnete: „Hoffentlich hast du einen Entschuldigungszettel. Ihr Braunäugigen, ihr fehlt immer, und uns laßt ihr die ganze Arbeit. So möchte ein jeder Primus spielen.“ – „Ach du armer Hase, wie hast du dich verändert“, sagte der junge Unteroffizier; „siehst du denn nicht, daß ich keinen Urlaub kriege?“ – Und Posnanski erkannte das Feuer, das in den Pflanzen brannte: Eisen und Sauerstoff vereint brachten ihre grüne Zellen zum Glühen. „Hundert Jahre Fegefeuer sind schnell herum“, sagte Posnanski tröstend. – Und der in den Pflanzen Gefangene stimmte zu: „Kriegsjahre zählen doppelt.“ – „Ich halte mich mittlerweile an Ihren Stellvertreter, Herr Kollege“, sagte Posnanski in ein Telefon, das er an grüner Seidenschnur jetzt in der Hand hielt, und von fern und hoch oben, zu einer Art Mond geworden, der aber an einer langen und verwickelten Fadenwurzel mit Posnanskis Schreibtischlampe verbunden blieb, bestätigte im Fernsprecher der Gefangene: „Placet.“

Achtes Kapitel

Der Hilfeschrei

Es war gut für den Armierungssoldaten Bertin, daß die Postordonnanz der ersten Kompanie von Etraye-Ost immer erst in den frühen Nachmittagsstunden eintraf. Sonst wäre er an diesem Tage wohl verunglückt. In seiner Seele war nicht mehr sehr viel niederzuwerfen; aber dies dürftige bißchen Lebensmut und Geistesgegenwart wurde von Diehls Durchschlag plattgewalzt. Er begriff ihn verhältnismäßig schnell, erriet die Zusammenhänge. Das war das Ende. Ein unwahrscheinliches Glück wollte sich auf ihn herablassen, ein Kriegsgericht forderte ihn an – aber da es sich um ihn handelte, mißlang das Selbstverständliche, durfte ein Armie-

rungsmajor sich weigern und einen Ersatzmann vorschlagen, der gar keiner war. Das war entsetzlich, das war zum Kotzen, zum Nicht-mehr-Mitspielen, zum Krepieren. Ob irgendein Mensch nach einer solchen Abfuhr einen weiteren Versuch wagen würde? Ausgeschlossen. Hier gab es nur einen einzigen Ausweg, sofort hinaus zu Kroysing, zu Schwester Kläre, zu Leuten, die ihn kannten, die ihm wohlwollten und die fanden, er sei nicht dazu gemacht, immer weiter nasse Pulverkisten zu schleppen und seinen Rücken unter einer Last zu krümmen, die ihm das Blut zu Kopfe trieb und in trockenem Zustande schon achtundneunzig Pfund wog. Er wusch sich flüchtig, meldete sich bei Sergeant Barkopp ab, lief mehr, als er ging, im Dämmern den vertrauten Hügelanstieg empor, der jeden Tag weicher wurde, in der Nacht zum Glück aber wieder überfror. Ohne Augen für den nebligen Zauber dieses Vorfrühlingsabends unter dem grünen Himmel trabte er und erhitzte sich über einen langen Brief und Hilfeschrei, den er in Gedanken an seine Frau Lenore abfaßte – als wäre sie in der Lage, etwas Wirksames für ihn zu tun. Im Takte seiner Füße entlud sich sein bedrängtes Herz und gebar, anklagend, wirre Mischungen von Selbstmitleid und Beschwörung, aufgebaut auf der rührenden Überschätzung des Einflusses, den sein Schwiegervater der Tochter allenfalls zur Verfügung stellen konnte.
So tröstete er sich noch, während er mit dem Lazarettpförtner Gutenabendwünsche und Wettermeinungen tauschte. Und obwohl sein Hilferuf eher von einer gewissen Kindlichkeit zeugte, kam ihm diese Art Wach-Traum doch zugute. Er vermochte nämlich daraufhin Eberhard Kroysing und seinen beiden Stubenkameraden die Sache mit jener lässigen Selbstverspottung vorzutragen, die notwendig war, sich in der Achtung der jungen Offiziere wohl zu behaupten und womöglich zu steigen.
In der Zwischenzeit hatte Stuben- und Schicksalsgemeinschaft die Leutnants Mettner und Flachsbauer erst allmählich, dann ganz und völlig zu Mitwissern der Angelegenheit gemacht, die Bertin und Kroysing verband – wobei in der endlosen Weile der Tage und Gespräche auch andere Erlebnisse Bertins, zum Beispiel der seltsame Ausgang zu Worte kam, den Leutnant von Roggstrohs Beförderungsvorschlag erlitten hatte. Unter schallendem Gelächter hatten die beiden jungen Offiziere die

Wege des Dienstes begrüßt und wiedererkannt; jedem von ihnen waren schon Leistungen entwunden und anderen „faulen Köppen" zugute gebracht worden. Sie fanden, daß Bertin sich tadellos hielt, und rieten ihm unter allen Umständen von überstürzten Beschwerden und anderen Dummheiten ab. Den Gegenhieb solle er getrost dem Kriegsgerichtsrat überlassen, dessen Division schon ehrenhalber solche Abfuhr kräftig zurückstauchen werde.
Der geweißte Barackenraum mit den drei Metallbetten sah wohnlicher aus als vor ein paar Tagen. Eine Vase hatte sich dazugefunden, Weidenkätzchen enthaltend, Erlen und verfrühtes Grün – ein Zeichen des Anteils, den Schwester Kläre den drei Leutnants neuerlich zuwandte – allen dreien. Sorgfältig wehrte sie sich gegen ein leises Drängen, einen von ihnen auszuzeichnen, diesen handfesten, großschnäuzigen Burschen, aus dem das Besondere immer wieder hervorfunkelte. Eine humoristisch übertünchte Eifersucht war infolgedessen zwischen den dreien ausgebrochen, die einander halb leiden konnten, halb scheußlich fanden und denen die neue Färbung ihres Lebens mit Wettstreit und Werbung eine besonders heilsame Spannkraft gab. Schwester Kläre ihrerseits, eine erwachsene Frau, freute sich ihrer wohltätigen Wirkung, nahm anscheinend die drei jungen Männer gleichmäßig leicht, erfuhr dies und jenes aus ihrem Leben, setzte sich manchmal mit einer Arbeit zu ihnen.
Seit dem Einbruch des schönen Wetters brauchte man die Fenster nicht mehr so ängstlich geschlossen zu halten, durfte also nach Herzenslust rauchen; gleichzeitig aber ermüdete der Anhauch des Frühlings all die Zerschossenen, notdürftig Geflickten sehr. Es war also vor dem Abendbrot, von fünf bis sechs, eine Stunde Bettruhe verordnet worden, unterschiedslos für alle Zimmer und Säle: nicht sprechen, nicht rauchen, nicht lesen – dösen. Soldaten vermögen dank monatelanger Überanstrengung wie Kinder zu schlafen – mit Genuß und jederzeit. Bertin saß ziemlich unglücklich auf einem Hocker. Was sollte er in der Zwischenzeit tun, da ja auch Pahl schlafen würde? Die Leutnants, schon bis zum Kinn zugedeckt, vertrösteten ihn auf Schwester Kläres Erscheinen. Sie hatte gedroht und versprochen, nachzusehen, ob sie auch Order parierten. Vielleicht erlaubte sie Bertin, die Liegepause hindurch in ihrem Zimmer seinen Brief zu schreiben (der jetzt manier-

licher ausfallen würde als auf dem Wege.)
Schwester Kläre, mit ihrem leisen Schritt, trat ein; viele Schwestern trampelten wie Dragoner. Sie hatte wirklich die Schönheit einer Nonne, fand Bertin, als sie in der Umrahmung der Tür einen Augenblick verharrte, überrascht, ihn hier zu finden, und zwar freudig: sie errötete leicht. „Das ist mal schön", sagte sie, „aber hier müssen Sie raus." – Bertin stand gehorsam auf, brachte seine Bitte vor. Was für glänzend blaue Augen diese Frau schmückten, diese Dame vielmehr, um einen Begriff anzuwenden, der einem allmählich nur noch im Schachspiel sinnvoll vorkam. – „Für Sie weiß ich etwas viel Besseres", versprach sie. „Kommen Sie mal mit. Auf Wiedersehen in einer Stunde, meine Herren." – Bertin mußte seinen Mantel mitnehmen, seine Feldmütze. Dann folgte er Schwester Kläre durch das halbe Rechteck der Barackengänge bis zu einem gesonderten Flügel, in dem es feucht roch, nach warmem Dampf und ganz fein nach schwefliger Säure. Eine Tür öffnend, traten sie auf nasse Holzroste wie in einem Baderaum. Vom Stuhl erhob sich ein Hüne, ins Zeug der Krankenwärter gekleidet, dem die linke Hand fehlte: ein Haken ersetzte sie. – „Da, Pechler, haben Sie meinen Schützling. Geben Sie ihm eine Wanne wie einem General, und räuchern Sie ihm alle seine Bienen aus. In einer Stunde etwa soll er wieder auf Zimmer 19 sein." – „Au backe, Schwester Kläre", schmunzelte Herr Pechler; „einen General habe ich aber noch nie nich in diese Anstalt gehabt."
Bertin lag in einer Wanne voll heißen Wassers, einer Zinkwanne, dunkelgrau, in dämmeriger Zelle. Er hörte draußen Herrn Pechler mit seinen Sachen wirtschaften, flüchtig zog ihm durch den Sinn, er werde ihm einen Fünfziger als Ausdruck seines Dankes anbieten. Seit neun Monaten hatte er nicht mehr die tiefe Lust solch eines heißen Bades geschmeckt; nur im Bach und sehr selten unter einer Dusche hatte er Gelegenheit gehabt, die alte Haut vom Körper zu reiben. Der Schwund solcher Gesittungsgüter seit dem Anbruch der großen Zeit kam seinem wohl abgerichteten Geiste nur in einer Umkehrung zum Bewußtsein: welch unermeßliches Gut stellte einer Wanne voll heißen Wassers dar, wie er sie den ersten Kriegswinter hindurch jeden Morgen achtlos zur Verfügung gehabt! Welch köstliche Entspannung schenkte sie, welch gliederlösendes Versinken, welche Hingabe an etwas dem

Schlaf Verwandtes, aber Selteneres als er! Und wie gut war es, eine Frau getroffen zu haben, von der man nichts wollte und die von einem nichts wollte, nur sich dankbar erweisen für das Lesen eines Buches, das zufällig er geschrieben hatte. Würde er je wieder schreiben? Würde der Frost je weichen, der sich ihm ins Mark der Knochen gefressen hatte? Würde alles, was er erlebt, all das verbissene Wüten, der ganze große Kummer über die infernalische Dummheit und Bösartigkeit, auf die er gestoßen, je glaubhaft ins Wort fließen? Sie hatten ihn kleingekriegt, sie hatten es geschafft. Ausgezogen war er gleich allen anderen, in der Bresche für die Heimat zu stehen, sich standhaft zu erweisen, dem allgemeinen Schicksal nicht auszuweichen. Jetzt war er müde. Er wollte nichts als Ruhe, den Bergen von Müll den Rücken kehren, die immer wieder versuchten, ihn zuzuschütten, all der Feindschaft entgehen, die gegen den Geist und seine Träger ungestraft wühlen konnte, um sie zu Fall zu bringen, zu begraben. Er machte sich nichts mehr aus dem Lob von Leutnants und Klassengenossen. Nichts mehr sehen und hören wollte er von den Erfordernissen des Dienstes, sich verkriechen hinter Büchern, eintauchen in die Spiele der Phantasie, zu Komödien auflösen, was sich als Welt entlarvt hatte, zu einem Lächeln über den Lauf der Dinge, das wie ein zarter Abglanz des Himmel auf den bunten Geschöpfen der Erdkruste verweilen sollte. Drüben, nicht sehr weit weg, erstreckte sich der Ardenner-Wald, den Shakespeare mit unsterblichen Erfindungen belebt hatte, ansiedelnd zwischen seinen Bäumen Vertriebene und Verbannte, Melancholiker und süße Mädchen, Jugend und Greise, Herzöge und Musikanten. Welche Sehnsucht danach füllte ihn plötzlich, während er hier, in der warmen Feuchte, aufschmolz! Ach, er wußte keinen Vers dieser göttlichen Musik mehr auswendig, weder Rede noch Gegenrede klang in ihm wider: alles vergessen. Dafür wußte er, wie ein Lastträger sein Rückgrat wölbt, seine Schultermuskeln strafft, den Oberkörper auf das Becken stützt. Dafür hatte er alle Künste des Arbeitens gelernt, den Gebrauch von Werkzeugen und der Hände, aller Muskeln, vieler Tricks, und war der Genosse und Schlafkamerad derjenigen geworden, auf die die Gesellschaft ihr ganzes Tun und Lassen gründete. Dafür hatte er alle Arten von Zerstörung gesehen, die Zähigkeit und Ausdauer des Menschen in Schlamm, Hunger und Todesgefahr, das gegenseitige Morden als Industrie, Berge von Trümmern, Bäche von Blut, kalt verrenkte Leichname, das Zittern der Verwundeten am Feuer unter den Wellen des Fiebers und die rätselhafte Unmöglichkeit, einen Ausweg zu finden, der nicht in den Tod mündete, sondern in den Frieden. Er wußte schon, das würde lange in ihm lagern müssen, um genießbar zu werden wie ein guter Schinken im Rauch, Jahre und Jahre. War es überhaupt auszudrücken? Entzog er sich nicht der Formung wie das Badewasser hier, in dem er seine Finger öffnete und schloß? Die Kroysingnovelle war schlecht, plötzlich erkannte er es; es war dumm gewesen, sie dem Dr. Posnanski zu zeigen. Er mußte jetzt aufstehen, sich gründlich ausseifen wie abgetragenes Unterzeug, sich brausen, wieder frisch werden, in die Gegenwart zurücksteigen, wenn sein Fuß auf die sauberen Holzroste trat, den Träumen von einst und später den Rücken kehren wie einer Dusche, die einem zu kalt wird, und seine neueste Angelegenheit betreiben, seine kleine dumme Privatwurst, an der nur leider sein Leben hing.

Neuntes Kapitel

Alles in Butter

Während dieser Ruhestunde saß Schwester Kläre in ihrem Zimmer und schrieb an ihre beiden Kinder, die in einem Waldheim besser untergebracht waren und erzogen wurden als in einer Ehe, die der Krieg vernichtet hatte. Auch an ihren Mann wollte sie schreiben, mit dem, so herzlich nahe er immer noch war, ein Zusammenleben unmöglich geworden, seit er jeden Widerspruch mit drohender Haltung beantwortete. Und wer vermochte ohne Kränkung seine irren Lästerungen des Kaisers anzuhören, der aus Angst vor den Alldeutschen zusammen mit den verrückten Österreichern den Krieg entfesselt habe und auch schon verloren? Wer stillbleiben, wenn ein einst hochbegabter Mann in rasenden Worten hinausschäumte, nur der deutsche Menschenhaß trage die Schuld am Kriege, und wer ihm verfalle, werde dafür gezüchtigt werden bis ins dritte und vierte Geschlecht, wie geschrieben stand? Vielleicht fand sich später ein Arzt, der dem Oberstleutnant Schwersenz die

Last vom Gemüt und das Gift aus der Seele zog; dann wollte Klara Schwersenz ihn gern wieder bei der Hand nehmen, das Heim neu gründen, die Kinder zurückführen, ein gutes Leben aufbauen und den grausigen Alp vergessen. Bis dahin mußte alles bleiben, wie es war: er vergraben im Hintersteiner Tal, sie tätig im Dienste des Vaterlandes. Sie gab sich durchaus nicht als Märtyrerin, Klara Schwersenz, Tochter der bekannten rheinischen Familie Pidderit, jetzt nur Schwester Kläre, sie hatte in der Auflockerung des Krieges eine neue Jugend erlebt und wahrgenommen, war freier und zugleich tüchtiger geworden, liebte ihren Dienst, aber auch ihre Fraulichkeit, wußte, das Leben war einmalig und vergänglich. Jetzt schrieb sie mit klaren, spitzen Buchstaben an ihre Kinder, nachher würde sie bei den drei Leutnants bügeln.
Es klopfte behutsam. Ein Krankenpfleger berichtete zutraulich, ein Herr Kriegsgerichtsrat Kostanski oder so möchte sich gern von Schwester Kläre verabschieden. Sie hob die Brauen, zuckte dann die Achseln: er möge nur kommen. Alsbald füllte Posnanskis massige Gestalt den Vorderteil der Kammer. Schwester Kläre setzte sich aufs Bett, überließ ihm den Holzstuhl, fragte, ob es nun soweit sei und er nach Osten abschwirre. – Posnanski blies seine rasierten Backen auf, kugelte mit seinen Froschaugen, er fand, die Frau sah reizend aus, sie durfte überhaupt nichts anderes tragen als diese Nonnentracht, und begann dann sehr gewandt und ganz menschlich: ja, ein Abschiedsbesuch sei es, aber der war schließlich Nebensache. Wichtig und wesentlich vielmehr war eine Frage, die er zu stellen hatte, eine Bitte. Sie waren beide erwachsene Menschen, die das Leben kannten und die nicht viel Zeit verlieren durften mit Umschweifen und Floskeln. Ihm, Posnanski, war durch den Leutnant Kroysing Mitteilung von einem schwierigen und erschütternden Rechtsfall geworden, dem Kroysings jüngerer Bruder zum Opfer gefallen war. Im Zusammenhang damit hatte er für den Armierungssoldaten Bertin Aufmerksamkeit gefunden und auf tätige Weise der Meinung Ausdruck gegeben, dieser Mann habe lange genug Munition geschleppt, es sei jetzt an der Zeit, für die geistige Kost nach dem Kriege noch ein paar Begabte übrigzubehalten. Nun habe er bemerkt, daß auch Schwester Kläre an dem Schriftsteller Bertin etwas lag. – „Sehr viel", lächelte sie bestätigend. „Ich lasse ihn gerade in der Badewanne auf-

weichen, den armen verlausten Schipper." – „Um so besser", antwortete Posnanski, „dann haben Sie vielleicht schon von dem Schicksal gehört, das meiner Anforderung dieses würdigen Gentlemans an unser hübsches kleines Kriegsgericht beschieden gewesen?" – „Nicht die Bohne", sagte Schwester Kläre. – Nun, entschied Posnanski, dann müsse er breit ausladen und mit dem Krieg der Helden vor Troja gegeneinander beginnen; und er schilderte behaglich, gut gelaunt die unterirdische Verstimmung zwischen den Heeresgruppen westlich und östlich der Maas, legte dar, wie auf diesem Hintergrund Bertins Bataillon die Anforderung abgelehnt habe und daß jetzt der Sachverhalt im Grunde hoffnungslos aussah. Stünde die Division nicht schon auf den Verladerampen, weilte Exzellenz Lychows Sinn nicht schon ganz in östlichen Gefilden, so hätte das Gruppenkommando West zweifellos seinen Willen durchgesetzt. Denn das Recht war auf seiner Seite, ein garnisondienstfähiger Mann durfte einem hohen Stab für Büroarbeit nicht verweigert werden, wenn k.-v.-Leute abgelöst wurden, und nach genügendem Hin und Her wäre der Landsturmmann Bertin von seinem Truppenteil zum Divisionsstab Lychow umgeschrieben und mit vollem Gepäck in Marsch gesetzt worden. Aber wenn die Götter keine Zeit fanden, durften sich die Zwerge Triumphe erlauben, und das taten sie nun, falls nicht höhere Mächte eingriffen. – „Höhere Mächte als ein Divisionär?" staunte Schwester Kläre; „wo finden Sie die?" – „Wir kennen einen in nächster Nähe", antwortete Posnanski.

Schwester Kläre errötete, immer tiefer und tiefer. „Das ist eine dumme Klatscherei", sagte sie und erhob sich. – „Verehrte gnädige Frau", sagte Posnanski und blieb sitzen, „erlauben Sie mir, diesen Hinauswurf noch zwei Minuten zu überhören. Sie haben vielleicht selbst den Eindruck, daß der Herr Bertin einen beträchtlichen Druck ziemlich lange ausgehalten hat und daß er jetzt schon in schadhafter Verfassung ist. Nehmen wir an, er mache es noch ein halbes Jahr, wenn ihm nicht vorher ein Blindgänger oder eine Granate das Lebenslicht auspustet. In den nächsten paar Tagen kann man ihn an einen vernünftigen Platz stellen. Warum müssen wir mit Umschweifen und Vorurteilen belasten, was einfach und menschlich ist und sachdienlich zu gleicher Zeit? Selbstverständlich weiß ich, es ist eine Klatscherei. Ohne Klatsch kann der Mensch nicht

leben, und die hohen und höchsten Stäbe stellen eine eigene Zone der Gesellschaft dar, mit eigenen Wichtigkeiten und also auch mit eigenem Klatsch. Aber irgendein winziger Punkt ist immer wahr, auch an solchem Klatsch, und so nehme ich an, daß der Kronprinz die Ehre gehabt hat, Ihnen vorgestellt zu werden und in Ihrem Hause, an Ihrem Tische Tee zu trinken. Verlangt nun zuviel, wer Ihnen nahelegt, den hohen Herrn einmal anzurufen, nicht heute, nicht morgen, aber etwa kommenden Sonntag, und ihn um einen Gefallen zu bitten, der unserer Ansicht nach der geistigen Allgemeinheit zugute kommt, nicht bloß einem persönlichen Bekannten? Täten Sie es in Berlin nicht mühelos und ohne etwas dabei zu finden?"
Schwester Kläre hatte sich wieder gesetzt. Die Röte ihrer Wangen war als rosiger Schein zurückgeblieben, sie betrachtete nachdenkend ihre Schuhspitzen, ihre Knöchel in den groben schwarzen Wollstrümpfen. „Sie möchte ich nicht als Gegenanwalt vor Gericht treffen, Herr Doktor", sagte sie aufblickend. – „Gnädige Frau", entgegnete Posnanski ernst, „ich würde mich hüten. Gegen Genoveva gewinnt man keine Prozesse." – Schwester Kläre schüttelte ungeduldig den Kopf. „Wir reden ja wie Affen", sagte sie. „Was Sie mir da vorschlagen, kann ich nicht machen. Hier ist nicht Berlin, der Kronprinz kein Herr, ich keine Dame; ich bin eine Krankenschwester, also bestenfalls ein Unteroffizier, und der Kronprinz Generaloberst und Befehlshaber einer ganzen Front. Hoffentlich merken Sie also, daß Sie mir eigentlich etwas Ungeheuerliches zumuten." – „Leider, verehrte gnädige Frau, haben Sie es im Augenblick mit einem Zivilisten zu tun, einem preußischen Zivilisten, aber einem Zivilisten. Ich bin völlig davon überzeugt, der Kronprinz, ein Mensch wie Sie und ich, wird Ihnen dankbar die Hand küssen, wenn Sie das Ungeheuerliche wagen, wie Sie es nennen. Worum ersuchen Sie ihn schon? Seinem Adjutanten ein paar rettende Worte aufzutragen. Worte von oben wie im Märchen." Und als Schwester Kläre schwieg, sagte er plötzlich in ganz anderem, gleichsam achselzuckendem Ton: „Wir wollen doch nicht annehmen, daß nach dem Kriege bloß noch Spießbürger und ihre Maßstäbe Geltung haben werden. Ich hege die Meinung – Sie nicht auch? –, der Roman ‚Liebe auf den letzten Blick' sei eine Selbstüberwindung wert." – Einen Augenblick lang spannte sich Schweigen zwischen ihnen. Schwester Kläre sah ruhig das

häßliche Gesicht ihres Gegenübers an, er ebenso ruhig ihr schönes. Sie spürte: dieser Frosch kannte keine Vorurteile und verstand die Wege der Menschen. In seinen Augen war es keine Schande, sich zu dem zu bekennen, was man zu tun Mut gehabt hat. Es blieb unbehaglich für eine empfindliche Frau, wahrzunehmen, welche Rolle sie im Gerede der Leute spielte und daß ihr Privatleben, niemand angehend, anderen zur Unterhaltung diente. Willigte sie jetzt ein: Gut, ich will mit dem Kronprinzen telefonieren, so bestätigte sie den Trätsch ihrer Kreise und gab diesem fremden Rechtsanwalt ihre Beziehung preis. Die Vorsicht verlangte, daß man dergleichen nicht tat, der Takt verlangte es, die Damenhaftigkeit, die gesellschaftliche Übereinkunft. Niemand, der mitzählte, würde ihr die Freundschaft mit einem so angenehmen und hochgestellten Mann verübeln, einem Prinzen und Kaisersohne, der jedes deutschen Mädchens Herz zum Schlagen gebracht, wenn er in Bonn, ihrer Heimatstadt, den weißen Stürmer der Borussen durch die Straßen getragen. Jede Frau, die von diesem Bündnis erfuhr, beneidete Klara Schwersenz, einst Kläre Pidderit, oder kläffte ohnmächtig zu ihr empor. Aber eingestehen durfte man es nicht, die blanke Stirn mußte man wahren, die Familienehre. Und das gerade, daß sie es eingestehe, verlangte dieser uniformierte Rechtsmensch. Da saß er, mit gelbem Leder umgürtet, und sein Blick, ein sokratischer Blick aus dicken Wangen, ermahnte sie: Warum soviel hermachen, wenn man so schön ist? Welchen Sinn kann das Errichten einer Pappfassade zwischen uns beiden haben? Muß man sich immer dümmer stellen, als das Leben ist? War nicht sehr schön, was du erlebt hast? Und wenn es nicht sehr schön war, wenn man bloß sagen durfte: es ging, ja, es war hübsch – mußte man inmitten der Fragwürdigkeit von morgen und übermorgen, so über die ganze Welt gebreitet war, nicht heilfroh sein über jedes kleine Glück? Schwester Kläre merkte, daß sie lächelte, frei und ein kleines bißchen spöttisch, ihre eigenen Hemmungen anlächelte; dann reichte sie Posnanski die Hand und sagte: „Danke schön, Herr Rechtsanwalt. Ich will mir's überlegen. Jetzt muß ich aber unsern Schützling aus der Badewanne fischen."
Aber als Schwester Kläre beim Bademeister Pechler eintrat, war, wie der sich ausdrückte, der Vogel bereits ausgeflogen. Es hatte Bertin zu Pahl getrieben. Allzusehr, so warf er sich

vor, hatte er ihn bisher vernachlässigt. Einmal wenigstens mußte er ihm zuliebe seinen eigenen Krempel zurückschieben. Ohnehin quälte ihn, wie er ihm gegenüber seinen Wunsch hin zum Kriegsgericht verantworten sollte.
So trafen sich an Pahls Bett zwei Schipper: Lebehde und Bertin, beide im Augenblick vielleicht in der Seele belastet, am Leibe jedoch getröstet; denn kam der eine aus der Badewanne, gleichsam neugeboren, so fand sich der andere aus der Küche herbei, und das hatte auch sein Gutes. Einmütig stellten beide fest, der Wilhelm sei nicht wiederzuerkennen. Er saß aufrecht, halbe Stunden lang, er nahm zu, er fühlte sich aufsteigen. „Da staunt ihr vielleicht", schmunzelte er, „nicht wahr? Ja, es geht schon wieder. Es nimmt mich nicht alles mehr so mit. Das Schlimmste ist vormittags der Verbandwechsel", und er runzelte die Stirn; „so daliegen und wissen: jetzt wirst du geschunden, und dagegen wächst kein Kraut – das ist vielleicht eine Sache, da weicht einem vielleicht das Herz aus dem Kugellager!" – Karl Lebehde ertappte sich bei dem Wunsche, ihm die Hände zu streicheln. Bertin fragte sich ängstlich, was er diesem Märtyrer antworten sollte, wenn der etwa voller Hoffnung von ihrer künftigen Zusammenarbeit in Berlin anfing. In seiner Tasche knisterte das Durchschlagblatt des Schreibers Diehl. Vielleicht ergab sich eine Wendung, auf lustige Weise die ganze Anforderungsgeschichte vorzubringen, die durch Major Janschs Liebenswürdigkeit ja jetzt auch Pahl anging. – „Nun will ich mir mal wieder lang machen", scherzte der, „mein Bett ist meine Burg, da können wir uns eins erzählen." Seit dem Verbandwechsel, fuhr er fort, wisse er, wie es den Gefolterten im Mittelalter zumute gewesen sei, wenn sie sich sagen mußten: morgen um neun werde ich wieder verhört; und denen, die auf ihre Hinrichtung warteten. Was für eine Qual das sei, einfach stillhalten und mit sich machen lassen zu müssen wie der Säugling in den Windeln; der entsetzliche Schmerz, der Eingriff ins Leben und an die Nieren – das alles sei furchtbar. Es brauche gar nicht mehr der Hinrichtung selbst, des Gehängtwerdens, des Kopfabhackens oder Erschießens, um die Todesstrafe unter alle menschlichen Begriffe hinabzudrücken; es genügte schon, zum Gegenstand fremder Maßnahmen im Bereich seines eigenen Körpers erniedrigt zu werden. Abschaffung der Todesstrafe gehörte sich einfach für Leute, die über Elektrizität verfügten, um zu

leuchten, und über Druckerschwärze, um die Wahrheit zu verbreiten. Gab es übrigens etwas Neues aus Rußland? Nichts fehlte Pahl hier so sehr wie der Gedankenaustausch über dieses weltumwälzende Ereignis. – Nein, auch Bertin und Lebehde wußten nur das Allbekannte. Sie staunten zu dreien über die Energie und Folgerichtigkeit, mit der in Rußland die Dinge liefen. Alle gaben zu, den Russen so viel Schmiß nicht zugetraut zu haben. Bertin besonders, der von Kreuzburg aus zweimal mit seiner Klasse die russische Grenze überschritten hatte und die freiwilligen russischen Kurse seiner Schule mitgenommen – Bertin äußerte mehrmals: Das habe bei der bekannten Leidseligkeit und gottergebenen Zarentreue dieses Volkes niemand erwartet. Hatte es doch geschienen, als ob selbst die Sonne nur des „Väterchens" wegen auf- und unterging, und jetzt, siehe da, fuhr sie fort, auch ohne den kaiserlichen Doppeladler ihren Dienst zu tun und Mütterchen Rußland anzustrahlen. – „Einmal wird jedes Bierglas voll." – „Unseres auch", entgegnete Wilhelm Pahl sehr bestimmt und sah dabei Bertin an. – Aber Bertin wollte ihm auf dieses Gebiet nicht folgen; zum Glück fiel ihm rechtzeitig ein Ereignis ein, dessen Zeuge er während der Zusammenarbeit mit den russischen Gefangenen geworden war, in den Wochen von Romagne. Saß da in der Mittagspause einer von ihnen am Feuer, ein Kerl mit Fischzähnen und einem blonden Vollbart, und verteilte Brotschnitten unter seine Kameraden, aber nicht etwa aus gutem Herzen, sondern gegen bar: zehn Pfennig die Stulle, ein hübscher Preis. Ein jüngerer Rußki nun, die Mütze im Genick, das blonde Haar auf der Stirn, reichte sein Geldstück hin, empfing seine Schnitte, hielt sie in der Schwebe, öffnete den Mund, wie um zuzubeißen, sagte aber ruhig: „Wenn wir nach Hause kommen, du Kulak, schlagen wir dich tot, verlaß dich drauf." Dann erst biß er zu. Man sah den Brotverkäufer um einen Schein grauer werden unter seiner schmutzigbraunen Haut, seine kleinen hellen Augen stemmten sich denen des anderen entgegen, während er antwortete: „Wenn es Gottes Wille ist, Grigori, werde ich dich vorher totschießen lassen." Aber der Jüngere, mit vollen Backen kauend, lachte nur, schüttelte den Kopf: „Ihr habt gehört, Kameraden? Geben wir nur acht auf unseren Kulaken." Lachen und Murren lief durch den Kreis, viele wollten es offenbar mit dem Wucherer nicht verderben, der mit gleichmütigen Bewegungen seine Ware verkaufte, die Geldstücke prüfte und in seine Taschen schob. Er hatte nur einen kurzen Blick auf das Bajonett des Wachtmannes hingelenkt. Der war dem kauenden Grigori nicht entgangen. „Nein", lachte der, indem er seine Hände am Mantel abputzte, „dann wird dich kein Kosak gegen uns beschützen." – „Wenn es Gott gefällt, wird mich keiner beschützen", entgegnete der Vollbärtige geduldig, ein magerer Mann in der Mitte des Lebens, der offenbar dem Brote gegenüber große Selbstbeherrschung aufbrachte, um es lieber zu verkaufen. Diese Szene, bei wahrhaft russischer Kälte mitten in Frankreich beobachtet, war Bertin damals nur dank ihrer wilden Seltsamkeit haftengeblieben; seit dem Ausbruch der Revolution hatte sie tiefere Bedeutung erlangt. „Wenn es die Bauern ergriffen hat, dann gelingt es auch und hat Bestand", sagte er nachdenklich. „Auch in Frankreich hat es mit den Bauern begonnen, 1789. Sie krochen damals auf den Feldern umher wie Tiere und suchten etwas Eßbares – zerlumpte, menschenähnliche Wesen, schreibt ein Schriftsteller namens Taine; die Ernte hat der Grundherr verkauft, um in Paris bon zu leben. In Rußland mochte es auch soweit kommen können, aber bei uns", zweifelte Bertin, „wo alles so gut organisiert ist?" – „Wir erfinden eben die organisierte Hungersnot", sagte Pahl. – Und Karl Lebehde, die dicken Finger verschränkt über dem Leibe, meinte bedächtig: „Mein lieber Mann, hast du schon mal das Wort Hamsterfahrten vor deinen geehrten Augen gelesen? Was meine Alte ist, die schreibt erbauliche Dinge, wie die Berliner Samstagabend mit Rucksäcken durch die Mark schwärmen, bißchen ältere Wandervögel sozusagen, und wie sie fluchen, wenn ihnen ein dämlicher Gendarm nahelegt, mal die Schnur aufzuknoten. Ich will dir aber verraten, viele Gendarmen gibt es nicht, die den armen Leuten ihr Zeug wieder wegnehmen, sie wissen schon, warum. Wenn das noch ein Jahr dauert..." – „Noch ein Jahr!" riefen Bertin und Pahl wie aus einem Munde. „Hört mal zu", sagte Bertin, überwältigt von der schrecklichen Aussicht auf den endlosen Krieg, ganz voll kameradschaftlichen Fühlens mit seinen Schicksalsgenossen. „Seit ein paar Tagen schmeißt mich etwas hin und her, bald in Hoffnung und bald in tiefen Druck. Ihr sollt mir sagen, was ihr an meiner Stelle tätet, und dich, Wilhelm, geht es sogar heftig an", und er legte den Verlauf der Ereignisse dar, wie er sie wußte oder

erschloß, vom ersten Gespräch mit Posnanski bis zu diesem Augenblick. – Schweigend hielt Pahl das Durchschlagblatt in den Händen, die leicht zitterten. Lebehde, den rötlichen Kopf über sein Kissen gedrängt, las mit. Wie einen Urteilsspruch erwartete Bertin ihre Äußerung. Dann zerriß Pahl das dünne Papier in lange Streifen. „Was die wollen, wird nicht", sagte er, „und was die nicht wollen, das wird. Du glaubst gar nicht, Kamerad, wie uns das zurechtkommt. Mit Karl hab ich erst vorgestern darüber lang und breit beraten. Ich war ja noch beduselt bei unserer ersten Rederei. Ich hatte ja ganz vergessen, was mir doch erst im Januar mein Vertrauensmann ausführlich geschrieben. Und jetzt fällst du wie ein Engel vom Himmel und bringst alles wieder ins Lot." – Bertin, ohne Verständnis, blickte von einem der erfahrenen Arbeiter zum anderen, hörte von Lebehde Aufklärung über die Vorgänge, die der Anforderung eines Mannes nach Deutschland vorhergehen mußten, wenn der in der Front steckte. Der Umweg über ein Kriegsgericht erst verlieh dem Plan Kraft und Wirklichkeit. – „Nein", schüttelte Pahl den Kopf, „der Herr Major liegt leider schief. Ich mit meiner Zehe schwirre nach Deutschland ab, und du, mein Lieber, holst dir Hilfe, und wär's vom Monde. Vom Kriegsgericht eisen wir dich schon wieder los." – Bertin fühlte sich plötzlich leicht beschämt über die Vorsicht, die ihn erst hatte schweigen lassen. Ihm war Bedürfnis, in Offenheit und Übereinstimmung mit denen vorzugehen, die ihm vertrauten; erst jetzt war er kampfbereit und gegen die Wechselfälle gewappnet, die sich noch ereignen konnten. Darum lachte er nur, als jetzt eine Schwester auf Pahls Bett zusteuerte und ziemlich barsch fragte, welcher von ihnen beiden Bertin heiße, er werde auf Zimmer 19 schon lange erwartet.
Die beiden Zurückbleibenden betrachteten seinen Rücken, seine kleine Glatze. „ Wir haben ihm doch unrecht getan damals in Romagne, Karl." – Aber Karl Lebehde versetzte ungerührt: Unrecht tun sei besser als Unrecht leiden, und der Kamerad Bertin habe ja von alledem nichts gemerkt.

Kriegsgerichtsrat Posnanski trennte sich ausführlich und mit väterlicher Wärme von Eberhard Kroysing. Die Stubenkameraden hörten belustigt den dicken Mann reden, fanden aber Hand und Fuß an dem, was er sagte. Dem Leutnant Kroysing wollte nicht in den Sinn, daß seine Absicht, den Pionieren in

Bertin einen Ersatzmann zu schenken, einfach fehlging. Posnanski sprach nur von dem Zeugen Bertin, dem einzigen Zeugen für den späteren großen Prozeß gegen den Rentamtmann Niggl aus Weilheim, Oberbayern. Das Einleuchtende seiner Darstellung konnte Kroysing selbst nicht leugnen. Grollend wehrte er sich: „Ihr mutet mir zu, auch solch ein Privatschwein zu werden wie alle Welt in diesem Kriege." Das „ihr" bezog sich auf die Unterstützung, die die Leutnants Flachsbauer und Mettner den Absichten des Kriegsgerichtsrats widmeten. „Der Mann ist brauchbar, eine Kompanie zu führen, und ihr wollt mir einreden, man müsse ihn in den Glasschrank stellen." – Der Mann sei für das Kriegsgericht geboren, schrie Leutnant Flachsbauer dagegen. – Und Leutnant Mettner fragte spöttisch, ob er denn überhaupt den Mann schon einmal habe wählen lassen, was er selber vorziehe. – Großartig, aber doch schon lachend, erklärte Leutnant Kroysing: „Auch noch wählen? Das wäre ja noch schöner." – „Sie Großtürke", stichelte Leutnant Flachsbauer. – „Sie Arbeitgeber", schlug Leutnant Mettner vor, den Kroysings Tyrannei und Kommandogewalt oft ernstlich ärgerten. Und um ihn zu reizen, erzählte er eine Geschichte, die, belanglos und alltäglich, gar nicht hierher gehörte, ihm aber in den letzten Wochen vor seiner Verwundung zugestoßen war; sie erwies den Mangel an Rückgrat, der aus dem Durchschnittsoffizier den deutlichsten Vertreter des Durchschnittsdeutschen machte, wie Mettner ihn kennengelernt. Er hatte als Berichterstatter beim Gruppenkommando West die Klage eines Offiziers weitergeleitet, der ihm bei einem Inspektionsgang in den Nachbarabschnitten sein Herz ausgeschüttet: unmöglich sei es, der Zwischenstellen wegen, denen da oben begreiflich zu machen, er verfüge hier vorn („in der Scheiße", sagte er) kaum noch über vierzig Gewehre Gefechtsstärke je Kompanie, und nicht über hundertzehn, wie immerfort gemeldet wurde, „und dann wundern sie sich oben, wenn wir Senge kriegen. Es wurden eben seelenruhig die Kranken und die Abkommandierten mitgerechnet." – Mettner versprach, es zu besorgen. Aber als gleich darauf einer von den Rotgestreiften der Gruppe Lychow zur Nachprüfung erschien, leugnete der Herr jedes seiner Worte ab, aus Angst, sich beim Regiment unbeliebt zu machen, und Leutnant Mettner hat das Nachsehen. „Und dabei zählte er doch nur vierzig Gewehre, als die Franzosen plötzlich losgingen. Und in solche Kreise wollen Sie Ihren ahnungslosen Freund verschmettern, damit er immerfort anecke? Sie sind mir ein schöner Bruder." – Kroysing fuhr hoch, getroffen von dem Worte „Bruder", bezwang sich aber: er habe, klagte er, stets die allgemeine Sache seinem Einzeldasein übergeordnet, und nun? – „Sie sehen selbst", beschwichtigte Posnanski, „die Umstände sind diesmal stärker; also lassen Sie mir den Bertin oder helfen Sie vielmehr, daß ich ihn kriege, denn ..." – Aber die Stube erklärte dreistimmig, von dem Unglücksraben selbst schon alles erfahren zu haben. – „Um so besser", zwinkerte Posnanski, „dann vertreten Sie mich armen Abwesenden." In Schwester Kläre habe er einen Sachwalter eingesetzt, der durch ein Telefongespräch mit einer höheren Stelle den Vorgang günstig beeinflussen wolle. „Triezen Sie die Dame, ohne Hast, aber auch ohne Zaudern. Sträubt sie sich, so drängeln Sie nicht; aber nach zwölf Stunden, nicht wahr? ... Mir hat sie nur versprochen, sich's zu überlegen. Sie, mein Lieber, sehen mir so aus, als ließen Sie nicht locker, bis sie schließlich zur Strippe geht." – Kroysing, rot im Gesicht, übernahm es, im Augenblick, wo Bertin eintrat, begierig, von Posnanski zu erfahren, ob wirklich alles verloren sei. – Man lachte ihn aus, verhöhnte seinen Kleinmut. Kroysing erließ im Tonfall eines Regimentsbefehls den Beschluß, B. würde wegen Mangel an Schneid endgültig zum Kriegsgericht überschrieben. Posnanski versicherte, wirksame Schritte dazu seien eingeleitet. Und als er endlich aufbrach, verließ er eine lachende Korona und einen sehr getrösteten Bertin. Er schüttelte ihm lange die Hand, wiederholte, daß er auf ihn rechne und nur vorausfahre, um in Berlin seinen Urlaub zu verbringen. – „Glücklichen Rutsch also", sagte Kroysing, „und grüßen Sie mir unser Städtchen!" – „Gemacht", sagte Posnanski; „welches von den vielen?" – „Das zwischen Technischer Hochschule und Wittenbergplatz", gab Kroysing zurück, „das, wo so viele Mädchenbeine strampeln." – „Also Tauentzienstraße und Kurfürstendamm", notierte Posnanski in seiner Handfläche. – „Halt", rief Bertin, „und wo verbleiben die Akten?" – „Sie werden einen vortrefflichen Schreiber abgeben, Herr Referendar", lobte Posnanski ernsthaft, „hinterlege ich bei meinem Vertreter." Und damit trollte er sich endlich, von Bertin bis zum Wagen begleitet.

Als er zurückkam, fragte ihn Kroysing beiläufig, ob ihm der

Frosch noch irgend etwas von Belang anvertraut habe. Nein, entgegnete Bertin arglos, er habe ihm nur einiges über die Personen des Stabes mitgeteilt, mit denen er zuerst oder auch öfter in Berührung kommen werde. Kroysing schien damit zufrieden. Keiner der vier Eingeweihten hatte Bertin auch nur angedeutet, wer der Sachwalter und Stellvertreter sei, den der Kriegsgerichtsrat hinterließ, Posnanski war von der Überlegung ausgegangen, daß jeder Mensch um so gewinnender wirke, je unbefangener er sich gebe. Die drei Offiziere aber, alle angerührt von jener Eröffnung, schwiegen gegen ihn aus einem merkwürdigen Korpsgeist. Sie gehörten zum Lazarett, Schwester Kläre auch, Bertin nicht; das Geheimnis der anzurufenden Person war ein Lazarettgeheimnis. Es ging Außenstehende nichts an. Schließlich aber und vor allem wollten sie mit dieser Frau wenigstens eine Heimlichkeit teilen, wenn schon nichts anderes. Daß sie etwas mit dem Kronprinzen gehabt, war bis heute ein Gerede gewesen; jetzt war es eine Wirklichkeit, um die jeder der drei jungen Männer den General beneidete. Sie alle sahen in Schwester Kläre seit einiger Zeit nicht mehr die Pflegerin. Sie alle fühlten sich eingehüllt in den Reiz, der von dieser Frau sprühte. Denn der Soldat in einem langen Kriege, so männlich er sich auch gibt, fällt in allen wichtigen Funktionen auf eine Kinderstufe zurück. Er ißt nicht mehr mit Messer und Gabel, sondern löffelt seinen Brei. Er geht nicht mehr allein zu Stuhle, sondern setzt sich wie in der Kinderstube gesellig auf die Latrine. Er schränkt seinen Willen außerordentlich ein und gehorcht bedingungslos und ohne Erörterungen wie das Kleinkind dem Erwachsenen, dem es vertraut oder der es zwingt. Seine Seelenströme von Liebe und Haß, Billigung und Auflehnung richten sich auf die Vorgesetzten, die Vater und Mutter vertreten, und auf die Kameraden, die Geschwisterschar darstellend. In diesem lückenlosen Kleinkinderdasein, in dem das Zerstören eine ebenso große Rolle spielt wie in der Kinderstube, ist für die Beziehung von Mann und Frau zueinander Raum nur in der Phantasie. Überdies bleibt dem Soldaten und dem kleinen Kinde der Kampf ums tägliche Brot erspart, die Beziehung zu Erwerb und erzeugender Tätigkeit, zu Mühe, Arbeit und Entgelt, die mit der Mannbarkeit intim verknüpft erscheinen. So spielen die Triebkräfte des Eros im schöpferischen Frieden weit stärker als im zerstörenden Kriege, wo sie leicht auf das gleiche Geschlecht abgleiten und das Bild der kindlichen Reifestufe vollenden. Aber nach der großen Erschütterung und den körperlichen Qualen der ersten Lazarettwochen pflegt eine Wiedergeburt einzutreten, eine Reifung gewissermaßen wie nach den Pubertätsfoltern der Wilden, und mit so neuen Augen um sich schauend, entdeckten die jungen Männer, daß es Frauen gibt, und geraten in Aufruhr. Bertin aber, dem diese Weihen der Wiedergeburt versagt waren, wurde von ihnen unwillkürlich begönnert wie ein Neunjähriger von Fünfzehnjährigen, als Wesen einer niedrigeren Stufe, harmlos und unzureichend. Was gingen ihn die Geheimnisse der Erwachsenen an?

Zehntes Kapitel

Ein Menschenfeind

Als Schwester Kläre Zimmer 19 aufsuchte, um versprochenerweise dort zu bügeln; wer trug ihr da das Bügelbrett, ein Lachen des Wiedersehens und der Freude auf dem runden Gesicht, zwar einen weißen Verband um den Hals, sonst aber mit wehenden Rockschößen und violettem Kragen wie früher? Pater Lochner, der katholische Divisionspfarrer vom anderen Ufer! „Herr Leutnant“, rief er, rheinländischer als jemals, „ich werd ja jeck vor Freude!“ Wobei das Wort „jeck“ mehrere Arten und Grade des Irreseins ausdrücken sollte. Und nachdem er das weißüberzogene Holz, fast mannslang, sorgfältig an die Wand gelehnt, schüttelte er Kroysing nachhaltig die Rechte in seinen beiden Händen, was den beinahe unbehaglich anmutete. Flüchtig begrüßte er Bertin, stellte sich den beiden anderen Patienten vor, nahm auf einem Bette Platz und sah zu, leicht außer Atem, wie Schwester Kläre zwischen Tisch und Fensterrahmen eine Brücke herstellte, indes Bertin, auf dem Tische kniend, vorsichtig einen Zwischenstecker mit dem Plättkabel einschraubte. Einen Augenblick lag das Zimmer dabei im Dunkeln. Da hörte er dicht an seinem Ohre flüstern: „Ich lasse Sie nicht im Stich.“ Als eine Sekunde später die Birne im Gewinde saß, hantierte Schwester Kläre mit unbeteiligter Miene unter den Wäschestücken. Es war ja sehr nett

von der Schwester, dachte er, während er sich auf einen Hocker in der Ecke setzte und der Unterhaltung zwischen Kroysing und Pater Lochner zuhörte – es war wirklich sehr nett von Schwester Kläre, ihn zu trösten und ihm ihre Hilfe zu versprechen. Aber sie überschätzte offenbar ihre Reichweite, um ein Grundwort Kroysings zu benutzen. Posnanski hatte einen Stellvertreter und Sachwalter versprochen, und der war bei Gott vonnöten und mußte ein mächtiger Mann sein, als ihn die freundliche Schwester an der Hand hatte. Er zerbrach sich nicht weiter den Kopf darüber. Wahrscheinlich hatte der Kriegsgerichtsrat seinen Divisionschef gemeint oder sonst jemanden, der bei Gruppe Ost Einfluß genug besaß, um die Dreistigkeit des Herrn Jansch wiederaufzuheben. Auf alle Fälle war es schön, so frisch gebadet und ohne Läuse dazusitzen, ein bißchen zu dösen, den Augenblick zu genießen. Denn heute nacht würde er neue Läuse ernähren. Dafür sorgte sein unentlauster Holzwollsack oder der seines Nachbarn Lebehde oder der des Mannes unter ihm. Läuse waren unvermeidlich wie das Schicksal, ihnen entrann man nicht, solange man im Massenquartier und Massenelend des Krieges eingebettet blieb. Übrigens durfte er nicht vergessen, Schwester Kläre, wie sie erbeten hatte, ein paar herzliche Worte in ihr Exemplar des Romans „Liebe auf den letzten Blick" zu schreiben.
Ja, Pater Lochner war eines Karbunkels wegen anwesend, einer häßlichen rotgelben Geschwulst am Nacken. Er hatte den schweren Entschluß gefaßt, es aufschneiden zu lassen, und er würde jetzt ein paarmal die Freundlichkeit der Ärzte in Anspruch nehmen müssen. Nun, auch die gottlosen Mediziner dienten Gottes Werken durch die Geschicklichkeit ihrer Hände.. – Kroysing fühlte sich durch die Anwesenheit und gute Laune des Paters beinahe gereizt. Was drängte sich solch ein fremdes Element in die Heimlichkeit dieser Stunde! Es war schon schlimm, den Anblick Schwester Kläres mit den Kameraden zu teilen, ihr Hin und Her mit dem Bügeleisen, diese Magddienste einer jungen Frau, die man seit ihrem enthüllten Geheimnis kecker ansah und kühner begehren durfte. Aber Pater Lochner strahlte eine solche Begeisterung aus, den Leutnant Kroysing aus all den entsetzlichen Abenteuern um den Douaumont wieder heil hier zu haben... „Heil!" rief Kroysing empört und zeigte auf seine dick verbundene

„Hinterpfote". – Das sei nichts, beharrte Pater Lochner, das bedeute nichts, verglichen mit den scheußlichen Möglichkeiten, denen er doch entronnen war. – „Danke", sagte Kroysing, „mir genügt's." – Eigensinnig verwies Pater Lochner auf die Tausende und aber Tausende, die seither ihr Leben fürs Vaterland geopfert hatten; da sei es ihm doch herrlich ergangen, und jetzt werde er die Heimat wiedersehen, in seinen Beruf zurückkehren, in eine von den kriegswichtigen Fabriken... – „Gewiß", nickte Kroysing, „kehre ich in meinen Beruf zurück, und zwar mit Ungeduld. Mein Beruf ist nämlich Soldatenspielen, und ich wandere zu den Fliegern." – „Oh", meinte Pater Lochner verwundert, das sei ja allen Lobes würdig. Aber eigentlich habe er doch seine Pflicht in so reichem Maße erfüllt, daß er jetzt an sich und seine Zukunft denken dürfe. – „Pah", meinte Kroysing, während die anderen gespannt aufhorchten, er spreche ja nicht von seiner Pflicht, er spreche von seinem Vergnügen. Der Pater wisse doch, was für ein Heide er sei, voll und ganz bekenne er sich zur Religion des Totschlagens. Statt weiter auf der Erde herumzuhumpeln, wolle er lieber in die Wolken steigen und rächende Blitze auf die Köpfe der Feinde pfeffern. – Betrübt senkte Pater Lochner die Stirn: er habe gehofft, Kroysing nach all den Heimsuchungen milder gestimmt wiederzufinden. Da werde wohl auch sein geheimer Zwist – er wisse nicht, ob er unumwunden reden dürfe...? – „Mein Krach mit dem Schurken Niggl? Immer frei heraus, hier sitzen nur Leidensgenossen, Eingeweihte. Alles beim alten, lieber Pater: unerbittliche Jagd! Und wenn der Herr auch bald Major werden wird..." – „Geworden ist", schaltete Pater Lochner ein – „die Folge seiner Taten über jedes Mannes Haupt!" – Es entstand eine Pause, Schwester Kläre ließ einen Augenblick das Eisen auf einem Dreifuß ruhen. Alle betrachteten diesen Mann und wilden Jäger, der sich so offen zur Blutrache bekannte, das Neue und das Alte Testament einfach wegschob, die ja beide die Willkür des einzelnen oder einer Sippe durch Rechtsnormen und öffentliche Gerichtsbarkeit ersetzt hatten. Dann dampfte das Eisen wieder auf den Laken. Mit ergebenem Händefalten meinte Pater Lochner: so müsse man das Weitere denn dem Ratschluß der Vorsehung anheimstellen, hoffentlich ihm, Leutnant Kroysing, zum Besten. Zu wünschen sei nur, daß er seine Seele dereinst einmal ebenso

beruhigt aushauchen werde wie jener kleine Unteroffizier oder Vizefeldwebel aus dem Douaumont, der vor drei Tagen im Lazarett von Chaumont... – Kroysing, der gelegen hatte, richtete sich langsam auf: „Will der Herr vielleicht behaupten, er sei beim Tode meines Freundes Süßmann dabeigewesen?" – „Doch", nickte Lochner, „das war der Name. Jener jugendliche Pionier, der sie in die Infanteriestellung geführt hatte, dieserselbe." – „Unmöglich", stöhnte Kroysing heiser und räusperte sich, „der ist zum Ausbildungskurs nach Brandenburg abgegangen." – Aber mit unerschütterlicher Sanftmut beharrte der Pater: dann müsse er eben inzwischen wieder ins Feld geschickt worden sein, Ausbildungskurse wurden ja seit Jahresbeginn immer häufiger in der Etappe abgehalten. – Bertin hatte sich, wie magnetisch gezogen, an der plättenden Schwester vorbeibewegt, stand jetzt am Kopfende von Kroysings Bett, vorgebeugt zum Pater hin. „Süßmann", sagte er bloß, „unser kleiner Süßmann."
Nach Pater Lochners Mitteilung mußte sich das Ereignis mit der größten Einfachheit und Schnelligkeit beim Ausbilden von Rekruten im Handgranatenwerfen abgespielt haben. Einer von ihnen, ein älterer Mann, wurde offenbar mit dem Geschoß nicht fertig; Süßmann war aus der Deckung aufgestanden, um ihm den Vorgang noch einmal zu zeigen, nachdem der künftige Pionier seine Frage verneint hatte, ob die Handgranate etwa schon geschärft sei. Da ließ, während Süßmann sich ihm näherte, der Mann die Handgranate fallen und lief davon. Gleich darauf Explosion, von der Süßmann die eine Hälfte, der unselige Rekrut, ein mecklenburgischer Tagelöhner, die andere abkriegte. Der war sofort tot gewesen, Süßmann aber verschied am Abend des Einlieferungstages ebenfalls, ohne viel zu leiden. Der Feldrabbiner Dr. Baer hatte ihm beigestanden. Zwischen zwei Morphiumspritzen hatte er einige Sätze gesprochen und diktiert, darunter einen für Leutnant Kroysing: „Schreiben Sie meinen Eltern, es habe gelohnt, dem Leutnant Kroysing, es habe nicht gelohnt; alles ist Schwindel." Abgesehen von einigen irren Reden in der Agonie war da ein vorbildlicher Soldat heimgegangen, dessen Gedächtnis das dankbare Vaterland sicherlich aufbewahren werde. – Kroysing wandte sich zu Bertin. „Unser kleiner Süßmann", wiederholte er klagend. „Zweimal dem brüllenden Douaumont entkommen, und jetzt macht ihn ein mecklenburgischer Tölpel

hin! Und er war so sicher – so sicher –, daß ihn der Tod ausgespuckt habe, ein für allemal, und daß er Aussicht habe, den Ewigen Juden zu überleben. Nein, heute will ich nichts mehr hören." – Und er drehte sich zur Wand. – Bertin starrte mit hängenden Armen zu ihm hinab. Niemand war sicher, und immer traf es die Falschen. Jeden Augenblick schwand einer dahin, und es ward kein Aufhebens mehr von ihm gemacht. Ja, der Pelikan, der Unteroffizier Fürth in seiner überheizten Bude, hatte recht, ein schöner Müll würde in Deutschland übrigbleiben, wenn das so fortging. Und mit furchterfüllten Augen blickte er sich in dem behaglichen Zimmer um, in dem sich der Geruch gebügelter Wäsche und der von Zigaretten mischte. Da zogen sich nun Linien in die Zukunft, jeder hier machte Pläne: er strebte zum Kriegsgericht der Division von Lychow, Kroysing zu den Fliegern, Leutnant Mettner in den Hörsaal der Mathematik zurück, Leutnant Flachsbauer, wenn möglich, in den Erwerb, die väterliche Fabrik erwartete ihn sehnsüchtig. Schwester Kläre und der Pater wußten sicher ebenso genau, was sie beabsichtigten, wie Pahl nebenan, der in Deutschland Streiks zu organisieren hoffte. Wieviel Ratschlüsse und Entwürfe! „Solange man lebt, ist nichts endgültig", so klang sein Roman aus. Unsicher war sein Dasein immer, jederzeit mochte einem ein Ziegel auf den Kopf fallen, ein Stromkabel konnte reißen, den tötend, der gerade vorbeiging. In Oberschlesien war ein Geistlicher umgekommen, weil sich das Schwungrad eines benachbarten Pumpwerks plötzlich aus seinen Lagern erhoben, eine ungeheure Strecke durchflogen, das Dach der Pfarrei durchschlagen und den Herrn Pfarrer mitten im Essen zerschmettert hatte. Aber der Krieg machte aus diesen Unfällen ein System, lenkte sie tückisch, verzehnfachte sie hier, verhundertfachte sie weiter vorn. Nicht im Umkommen lag das Außergewöhnliche, sondern im Davonkommen. Eben klopfte jemand an die Tür. „Kommst du mit?" fragte Karl Lebehde.

Elftes Kapitel

Es wird Frühling

An einem der nächsten Morgen öffnete Schwester Kläre den mit schwarzer Dachpappe benagelten Fensterladen ihres Zellchens, sehnsüchtigen Gefühls: morgen ist der 21. März, morgen wird Frühling. In ihrem warmen Schlafanzug aus rosa und blau gestreiftem Flanell reckte sie die Arme, verschränkte die Hände hinter dem Kopf, den dicken aschblonden Zöpfen, und beugte sich vor, im Morgengrün des Ostens silbrig den großen Stern zu sichten, die Venus. Weithin überschaute sie das Land, goldene Bänder überm Horizont, das dunstige Flußtal, links drüben die Wälder von Consenvoye. Die Buchen verschleiern sich wahrhaftig schon, dachte sie, einige metallische Schläge überhörend, die hinter den Höhen aufbrachen, heranschwebten. Wenn das Jahr nur so vernünftig wird, wie es zu werden verspricht. Heute ist Dienstag, dachte sie weiter, Pater Lochner kommt wegen seines Karbunkels das letztemal. Will ich überhaupt mit ihm sprechen, muß es heute sein. Kroysing sei ein außerordentlicher Mensch, sagte er vorige Woche, und er habe ihm den jähen Tod seines Freundes Süßmann so roh ins Gemüt gestoßen, um ihn zur Erschütterung zu bringen, zur Besinnung auf die Grenzen des Menschen, zur Einkehr. Aber es habe nicht viel genützt, leider, und diese stahlstarke Seele werde noch viel zu erfahren haben, bevor sie Demut vor dem Unerforschlichen lerne und sich dadurch öffne für Leid und Größe des kreatürlichen Lebens. Ja, Kroysing war nicht der erste beste, aber Pater Lochner auch nicht, er war durch viele Schulen des betrachtenden wie des tätigen Lebens gegangen, und es war entzückend zu sehen, wie herzhaft er sich mit den wilden Atheisten herumschlug, dem Kroysing wie dem Pahl. Pater Lochner fand Pahl beinahe noch fesselnder als Kroysing. Schwester Kläre aber folgte ihm hierin nicht, sie fand Kroysing bei weitem fesselnder als Pahl, als Mettner, als den Chefarzt – obwohl der großartige und schwermütige Ansichten über das Dasein auf der Erde andeutete –, als Bertin, den sie ja leider Gottes so langsam zum Schaf heruntergewirtschaftet hatten – ja, als Pater Lochner selbst. Zwischen ihr und dem Gottesfeind Kroysing war es bisher zu keinerlei Aussprache gekommen, zu keiner Andeutung, kaum Blicke und Befangenheiten hatten zwischen ihnen geredet. War mit einem solchen Manne eine Heirat möglich? Sie hielt ihre Meinung darüber zurück, wollte erst die des Paters hören. Wie aber, o schweres Kreuz, erreichte man die Lösung ihrer jetzigen Ehe, ihre Ungültigkeitserklärung mindestens, begründet im Zustand des Mannes, des unseligen Melancholikers Peter Schwersenz, des höchst gewissenhaften, der dem Druck des Erlebten nicht gewachsen war, das er schweigend verantwortete und trug? Da saß er im Hintersteiner Tal, wie ein Waldbruder in seiner Zelle, über Karten, Akten, Durchschlägen von Berichten französischer, englischer, schweizerischer Zeitungen, wie ein Verdammter bemüht, die Schlacht an der Marne noch einmal zu schlagen, nachzuprüfen, was hätte geschehen müssen und was, durch ihn in Bewegung gesetzt, aber nicht verschuldet, wirklich geschehen war. Nun, davon verstand sie nichts oder wenig, die geistige Überlegenheit ihres Mannes war ihr stets willkommen gewesen. Aber sie, Kläre Schwersenz, hatte zwei Kinder geboren, eines abgetrieben, zahllose verhindert und war doch noch nicht auf die wirkliche Erlebnissaite der Frau gestoßen, wie sie jetzt spürte. Das letzte Jahrzehnt ihrer Frauenschaft brach an; da wollte sie keinen geistigen Mann haben, keinen feinen und zarten, keinen ungeschickten, sondern einen richtigen, einen Mann, aus dem sich Spannungen überallhin entluden, dem Knistern entströmte – der gefährlich war, spöttisch, großmäulig, und der, wenn's not tat, dem Tod ins Angesicht spuckte. Viel zu erfahren, um zu behaupten, sie könne ohne Kroysing nicht leben, gab sie doch zu, mit ihm werde aus ihr doppelt soviel werden, als jetzt zu merken war. Und ihm, dem Ingenieur, würde die Verbindung mit einer Tochter der Familie Pidderit Tore öffnen, deren Vorhandensein er bis jetzt nicht einmal ahnte. Einem Kerl, der den Douaumont nicht preisgeben wollte, würde natürlich das Arbeiterheer der Pidderit-Werke ganz anders gegenüberstehen und folgen als ihren Brüdern oder den Direktoren. Nach diesem Kriege, nach den ungeheuren Opfern, traten die Arbeiter ja mit vollem Recht und unwiderstehlich fordernd an den Staat heran; nur wer sie genau kannte, an ihrer soldatischen Seite packte, wurde mit ihnen fertig. Ihr Vater, der große alte Blasius Pidderit, der sie liebte, soweit er überhaupt Menschen liebte, hatte nach seinem Besuch im Großen Hauptquartier und beim Kronprinzen (mit dem sie damals noch enge

Freundschaft verband) verächtlich von den Narren gesprochen, die jeck genug waren, sich den Junkern zuliebe gegen die simpelste Arbeiterforderung zu versperren: gleiches, geheimes, direktes Wahlrecht in Preußen. Der Alte und dieser Eberhard Kroysing – die verstanden einander. Sie sah ihn schon innerhalb ihrer Familie, den langen Menschen mit der tiefen Stimme, in der es schwang und die schwingen machte; und kopfschüttelnd über sich, halb lachend, halb widerstrebend, hakte sie ihr Fensterchen fest, ging zum Waschtisch, bedauerte heut zum erstenmal die Winzigkeit ihres Spiegels und machte sich eilends fertig, einen vollgestopften Arbeitstag leidlich zu bewältigen.
Für Eberhard Kroysing war der Verbandwechsel kein Schrecknis mehr. Ihm begann der Tag mit dem Frühstück, das ihm jeden Morgen weniger Spaß machte; aber das ließ sich nicht ändern. Er ersetzte die Zukost zu dem dünnen Milchkaffee, den mager gestrichenen Stullen, dem Haferbrei oder der Roggenmehlsuppe durch erträumte Genüsse, die er sich leisten würde, wenn der Krieg siegreich vorbei war und eine auskömmliche Anstellung ihm gestattete, wirklich zu frühstükken. Ungewiß blieb, ob Schwester Kläre, war sie erst seine Frau, verstehen würde, die bescheidenen Einkünfte eines Ingenieurs mit seinen großzügigen Ansprüchen in Einklang zu bringen. Aber einerlei: zum Frühstück bei Kroysings mußte und würde es einen Apfel geben, einen Kalvill, gelb, zart und köstlich duftend; ferner zwei Eier im Glas, frische Butter, geröstetes Brot oder weiße Semmeln, und einen Kaffee – einen Kaffee, wie man ihn den Österreichern zuschrieb, die aber gar nicht wußten, was Kaffee sei, verglichen mit Eberhard Kroysings erträumtem Frühstückskaffee: kleine Bohnen, rund und sanft wie Perlen, frisch geröstet, durften nach dem Mahlen mit keinerlei Metallen in Berührung kommen; sie mußten langsam von kochendem Wasser übergossen werden, drei Minuten ziehen, dann heiß in die Tasse des Hausherrn strömte ein Getränk, nach welchem die ganze Wohnung roch und das mit einem Löffel fetter Sahne und gutem Zucker genossen wurde. Auf den flaumigweißen Brötchen aber prangte entweder über der Butter rohes Fleisch, durch die Mühle gedreht und gehörig gesalzen, mit gehackter Zwiebel vermischt, mit Gänsefett leise angereichert und ganz wenig gepfeffert, oder der elfenbeinfarbene Käse der Schweiz oder des Allgäus, der

dunkelgelbe Hollands, der rötliche aus England, der flache Brie, der laufende Camembert. Lag man im Bett, freilich bald kein Krüppel mehr, sondern ein Flieger, ein Adler, so ließ sich allein vom Käse eine halbe Stunde fruchtbar träumen – im Krieg mit der ganzen Welt. Wie früh die Menschen gelernt haben mußten, mit Milch richtig umzugehen – die Steppenmenschen nämlich, die Reitervölker mit ihrer Pferdemilch, die viehweidenden Völker mit der Milch der Kühe und Ziegen, der Schafe und Esel. Es war komisch zu denken, daß sie ihre nahrhaften Erfindungen nur machten, damit die Krieger kamen und sie ihnen wegnahmen, Semiten und Hellenen, Germanen und Mongolen. Die Lust des Wegnehmens, des Raubens und Totschlagens hatten sie alle wunderbar ausgekostet, niemand verstand das besser als Eberhard Kroysing, der seine langen Glieder ausstreckte und seine Zehen spielen ließ. Seit einiger Zeit war die Reihe an ihm, totzuschlagen und zu erobern; und jetzt würde er sich nach alter Häuptlingssitte die begehrenswerteste Frau rauben – die schönste und süßeste innerhalb des ganzen Stammes. Nicht einfach mit der Faust, soweit fortgeschritten war die Zeit noch nicht; mit Überlegung und Überredung, mit der Gewalt des Willens und aller List, mit der Wut der Werbung wollte sie gewonnen werden. Er würde es schaffen. Den einzig ernsthaften Mitbewerber hatte er aus dem Felde geschlagen, den duckmäuserischen Mettner. Heute fuhr er ab, in ein deutsches Orthopädenlazarett, so war es ausgemacht worden – zur Anfertigung einer Armprothese, hieß es in den Papieren. Vielleicht aber hatte der flaumhaarige Mathematiker nur gut gespürt, daß Kläre für ihn nichts empfand als Kameradschaft und Mitgefühl – zuwenig für einen Mettner, meinte er wahrscheinlich. Na, nu jockel man ab, mein Alter; wirst schon noch ein Mädchen finden, das zu dir paßt und wo dir kein Kroysing ins Gehege kommt...

In der Tat hatte Leutnant Mettner seine Uniform an und sah zu, wie der Wärter Mehlhose ihm das Gepäck verschnürte und abtrug. „Ich möchte gern von Ihnen weiter hören, Kroysing", sagte er. „Ich finde es schade, daß Sie nicht auch ins Zivil übertreten. Sie sind ein begabter Mensch, zu anderen Zeiten, im Frieden also, wäre aus Ihnen einer jener kämpfenden Ingenieure geworden, die sich in der weiten Welt mit wilden Flüssen und Wasserfällen herumschlagen – schöpferische Krieger oder kriegerische Schöpfer, wie Sie wollen. Heutzutage..." – „Ich werde Flieger", sagte Kroysing kurz. „Im übrigen aber bin ich völlig einverstanden mit unserer Arbeitsteilung: Sie für den Frieden, ich für den Krieg. Sie bereiten die Zukunft, ich sichere die Gegenwart." – Mettner schüttelte den Kopf: „Ich fürchte, lieber Kroysing, die Fliegerei wird Ihnen nicht bekommen." – „Nanu", rief Kroysing, „ich werde erst richtig in die Breite gehen und mein volles Format kriegen, wenn ich gewohnheitsmäßig in solch einer verdammten Kiste sitze, mit dem Maschinengewehrlauf fächele und liebenswürdige Bomben auf den Schädeln und Dächern meiner Mitwelt platzen lasse. Dann wird der kleine Franzose da nicht so frech herumspazieren." Und er deutete auf ein Flugzeug, das in beträchtlicher Höhe, ein schwarzes Insekt, den holdblauen Frühlingshimmel jenseits der Fenster kreuzte.

Der Maler Jean François Rouard wird heute nacht den Munitionszug und die Baracken in Vilosnes-Ost mit Bomben belegen, dann ostwärts schwenken, den Bahnstrang bei Damvillers unterbrechen. Vor einer halben Stunde hat er den Befehl bekommen, heute nacht wird der dicke Mond wundervoll scheinen, morgen oder übermorgen kann das Wetter in Regen umschlagen. Er kennt die Strecke zwar, aber er fliegt sich jetzt ein, er kontrolliert die Zeiten. Die Deutschen werden versuchen, Bezonvaux wiederzunehmen, das ihrer Stellung schmerzlich fehlt. Sie haben zwei badische Regimenter herangeführt, Leute mit den Nummern 83 und 47 sind gefangen worden – gute Regimenter, die nicht zum Spaß dort plötzlich auftauchen. Jetzt wird man den Herrschaften die Pläne stören und, ehe sie sich neu eingerichtet haben, ihnen einen warmen Empfang bereiten. Jean François Rouard ist ein Draufgänger – auf Leinwände, auf Frauen oder auf Bahnhöfe, einerlei. Gespannt, die Pfeife im Mund, in Lederjacke und ledernen Unterhosen, hört er seinen braven Motor trommeln, gibt seinem Piloten Zeichen und notiert seine Zeiten.

Inzwischen hat sich Leutnant Mettner von Kroysing getrennt, um die Mittagszeit kriegt er seinen Zug in Sedan oder Montmédy, je nachdem, er mag nicht mehr länger hier warten. Der Abschied von Schwester Kläre wird im Mannschaftsraum 3 stattfinden, kurz und herzlich sein und ganz unverbindlich, und die Herren Flachsbauer und Kroysing werden allein das

Zimmer teilen. Mit philosophischer Ruhe betrachtet Eberhard Kroysing Mettners leeres Bett, das ihm jetzt zum Ausbreiten seiner Karten dienen wird. Heut ist ein guter Tag, man ist einen Rivalen losgeworden, und außerdem wird Frühling. Man kann das Fenster offenlassen, gewisse Liedanfänge bewahrheiten sich: „Laue Luft kommt blau geflossen“, man kann seine Pfeife kräftig in Gang halten heute vormittag und in der Fülle des Übermuts flöten, was Mendelssohn vertont hat. Und dann wird man heute eine gewisse Dame vor ein Entweder-Oder stellen; und zum Zeichen, daß sie mit ihrer Vergangenheit bricht und in Lebensgröße zu einem gewissen Herrn Kroysing tritt, wird sie diesen Abend endlich und unbedingt Zeit zu einem Telefongespräch mit jener hochgestellten Persönlichkeit finden, zum Besten eines etwas blöden und schüchternen Knaben, der am Spätnachmittag herankommen wird und wieder unglücklich dasitzen. Aber das muß einmal ein Ende haben.

Die Armierungssoldaten des Kommandos Barkopp begrüßen den heraufziehenden Frühling nur eingeschränkt. Ihnen klebt halb Frankreich an den Beinen, wie Karl Lebehde behauptet. Ja, große Erdklumpen heften sich an die Sohlen der über Feld streifenden Trupps. Durch das Tauwetter sind in einer der Schluchten Granaten und Munitionskörbe zugänglich geworden, die den Kanonieren als Pflastersteine und Plattform hatten dienen müssen. Es wird eine Sauarbeit werden, die aus dem Dreck herauszubuddeln und bis zur nächsten Feldbahn zu schaffen; aber dann, hat Sergeant Barkopp versprochen, gibt es morgen einen freien Tag, weil nämlich bis Feierabend mit diesen neuen Funden der letzte Waggon voll wird. Zusammen mit den drei französischen Güterwagen, die von riesenhaften Papiertüten unbekannten Inhalts ausgefüllt werden, steht dann heute nacht ein Zug abfahrbereit, sechzehn Achsen, ein ausreichendes Anhängsel für den nächsten Leertransport. Die Schipper, fünf Mann, bewahrheiten ihren Namen und schippen Lagen von Lehm weg, legen die Granaten bloß, kratzen mit den Picken vorsichtig die mörtelnde Erde zwischen den Geschossen heraus: ja, in den Zündern befinden sich noch die Vorsteckringe, diese Stahlflaschen sind harmlos wie die gläsernen der Säuglinge, nur eiskalt sind sie, glitschig und schwer, und seine Hände darf man nicht lieb-

haben. Aber wer in den eisigen Tagen der großen Kälte seine Finger mit seinem eigenen Harn erwärmt hat, der sträubt sich nicht lange, in den kalten Erdkot zu greifen.
„Weißt du schon, daß wir heute nacht Wache schieben?" fragt Lebehde seinen Nebenmann Bertin. – „Meinethalb. Wer ist unser dritter?" – „Der lange Stuttgarter", antwortet Lebehde. „Die geben was an mit ihren Pulverkisten. Er hat mir schon verkündet, er beansprucht Nummer eins, damit er sich noch vor Mitternacht tüchtig hinhauen kann." – Bertin lacht über den Hohn in Lebehdes Stimme. „Von mir aus, bitte schön", antwortet er, „dann nehm ich Nummer drei." – „Dann wird mir nichts weiter übrigbleiben", schmunzelt Lebehde, „als in Nummer zwei zu beißen und dem neuen Frühling als erster in die Augen zu gucken. Ich fühle mir förmlich geehrt durch dieses Zusammentreffen. Mein Name ist Lebehde, mit wem habe ich das Vergnügen? Mein Name ist Frühling. Sehr angenehm, Herr Frühling, von Ihrer werten Familie habe ich schon Stücker vierzig überlebt. Ich hoffe, Sie werden mir auch nicht beißen. Dann steig ich aber heute nicht zu Wilhelm hinauf, sondern beschnuppere mir die neue Feldküche der Oldenburger, die morgen vorn ablösen sollen. Und du?" – „Eine Stippvisite mache ich bestimmt", damit versuchte Bertin den Hinterteil eines Geschosses zu lüpfen. – „Na", sagte Lebehde, „dann bin ich vielleicht kein Unmensch und komme mit. Wer weiß, wie oft man den alten Wilhelm noch sieht. Soll ja bald nach Berlin verlegt werden, der Schäker. Heilfroh werd ich sein, wenn wir den glücklich aus dem Hause haben." – „Möchtest du mit ihm tauschen?" fragte neugierig Bertin. – Und Karl Lebehde, indem er jetzt seinerseits das Geschoß anfaßte und mühelos bewältigte: „Kann keiner ohne weiteres beantworten. Bald sag ich ja, bald wieder nein, entsprechend meinem launenhaften Gemüte. Hat mich Barkopp geärgert, so will ich mit dem hamburgischen Dussel nichts mehr zu tun haben und sage: Mensch, nimm Verstand an, mach dein Bruchband kaputt und folge Wilhelm. Habe ich aber einen guten Schlag Suppe erfochten, so rechne ich mir vor, daß ich die Vorteile des Lazarettlebens billiger haben kann als er, und ich bleibe ledig. Denn manchmal mißfällt mir allerlei, wenn ich an den alten Kerl denke. Laß in der doofen Baracke zum Beispiel Feuer ausbrechen – was wird dann aus diesem Säugling?" Und er schüttelte ärgerlich sein rotblondes

Haupt. „Du übernimmst also Nummer drei und tippelst zeitig mit mir wieder runter."
Die Einteilung der Wachen im preußischen Heere sieht zwei Stunden Postenstehen und vier Stunden Schlafes vor. Da Nummer eins um sechs Uhr abends beginnt, steht Nummer drei von zehn bis zwölf und von vier bis sechs. Kamen französische Flieger, so gegen elf, bald eine Viertelstunde früher, bald eine Viertelstunde später.

Zwölftes Kapitel

Post

Der Armierungssoldat Pahl gewinnt wirklich Zutrauen und Mut zum Dasein. Gewiß hat das Lazarett, ganz wie erwartet, den Charakter des Klassenstaates: hie Ärzte, Offiziere, Schwestern, hie Mannschaftspatienten, und dazwischen die Krankenpfleger, die allmählich herausbekommen, wenn auch viel zu langsam, zu welcher Front sie gehören: nämlich zu den Strammstehern, den Patienten dritter Klasse, den Krankenkassenpfleglingen in Uniform. Aber alles, was recht war: man wurde nicht mehr als nötig geschunden, das Essen gab sich Mühe, kräftig zu sein, der Umgangston war munter, aber herzlich, ein bißchen zu christlich für Pahls Geschmack. Aber besser christlich als altpreußisch. Man nahm sich immer leichter zusammen, wenn frühmorgens der Verband entfernt, die Wunde, die er jetzt statt der großen Zehe besaß, keimfrei gemacht, neu verpflastert wurde. Da die Heimat nur noch Papierbinden und statt der Watte Zellstoff, das heißt auch Papier, lieferte, durfte sich niemand schlechter behandelt fühlen als der Nachbar im Offiziersraum: sie alle standen unter dem gleichen Gesetz der Blockade. Fünfmal am Tage bekam man zu essen und zum Unterschied von den Gesunden Dinge, die für unsere braven Feldgrauen längst zur Sage geworden waren: Milch, nicht aus der Büchse, sondern von einer lebenden Kuh, weißes Brot aus echtem Weizen, richtigen Zucker und sogar richtiges Schweinefleisch: vorgestern war eins der Lazarettschweine von seinem treuen Pfleger, dem Bademeister Pechler, eigenhändig durch einen Schuß hinters

Ohr getötet worden. Es hatte den schönen Namen Posemuckel getragen, ehrenvoll bis zum Tode, und jetzt ruhte es schon längst begraben in zahlreichen menschlichen Mägen. Aber es würde Nachfolger finden unter den Schweinen wie unter den Kaninchen, die das Lazarett ebenfalls mästete, damit auch das nichtgegessene Essen den Insassen zugute kommt. Pahl liebte den Geschmack von Schweinefleisch, auch den von Kaninchenfleisch liebte er sehr, und mit vielem Vergnügen stellten die Schwestern und die Krankenpfleger fest, daß der Setzer Pahl Späße zu machen begann, wobei dann ein kindliches Lachen sein häßliches Gesicht mit den starken Augen merkwürdig verklärte. Auch mit Offizieren war Pahl ins Gespräch gekommen, zum erstenmal seit seiner Einziehung, nämlich mit den Bekannten seines Kameraden Bertin. Sie hatten ihn besucht; die eine Schwester, die Kläre, hatte sich und andere für den Freund des Armierers Bertin erwärmt, und Pahl war der letzte, der einen solchen Anteil nicht durch seine Eigenart und Einmaligkeit gelohnt hätte. Sein Trick bestand darin, daß er seine Meinungen aussprach, wie er sie dachte, aber ohne Zorn, mit dem neuentdeckten Lächeln, einem wahren Wiedergeburtslächeln, das die Leute für ihn einnahm. Dieser Ingenieur Kroysing war eine komische Tulpe. Pahl wußte, was dem jüngeren Kroysing zugestoßen; daß er nämlich ein bißchen totgeschossen worden war, weil er sich zu sehr für die Mannschaft seiner Kompanie ins Zeug gelegt. Und der Ingenieur Kroysing, sein Bruder, ein gescheiter Mensch, der das Leben kannte: was für Folgerungen zog er aus dem Ereignis? Erhob er sich über die poplige persönliche Bedingtheit? Vermochte er, an diesem einen Fall die Struktur der Gesellschaft abzulesen, der er diente? Nicht die Bohne! Er beehrte mit seiner Feindschaft, kräftig und gut gewachsen und wahrhaftig zu was Besserem brauchbar, einen kümmerlichen bayrischen Rentamtmann, ein paar seiner Untergebenen; nicht im Traum fiel ihm ein, zu fragen, ob dieser Hauptmann Niggl nicht einfach einen Auftrag der Gesellschaft ausgeführt hatte, als er den kleinen Kroysing mitleidlos in der Chambrettes-Ferme festnagelte – einen ungeschriebenen Auftrag, Streikbrecher zu beseitigen, ihre etwa auftauchenden Nachfolger abzuschrecken, die Klasse von Verrätern zu säubern, das Staatsinteresse über die sogenannte Menschlichkeit zu erheben. Trotz der inneren Sammlung auf seine schlecht heilende, aber doch heilende Wunde – der große Chirurg hatte kunstvoll lange Streifen Zehenhaut über die operierte Stelle geklappt – hatte Pahl mit neugierigen Augen dem Besuch des langen Leutnants entgegengesehen und den Triumph erlebt, daß Kroysing jeden Tag herüberkam, um mit ihm zu schnacken, das heißt zu plaudern. Der Ruf Pahls als eines nachdenkenden Mannes hatte sich überhaupt im Lazarett viel stärker verbreitet als in seiner Kompanie. Denn in Krankenhäusern haben die Menschen sehr viel Zeit und wenig Ablenkung von außen, und daher können Dichter wohl Romane über die Gespräche schreiben, die die Insassen geschlossener Anstalten miteinander führen, während die Reden der Beschäftigten eher dazu da sind, Gedanken zu verbergen und Lebenszwecke zu fördern. Ja, aber der Ingenieur Kroysing war jetzt eben kein Ingenieur, sondern ein Patient, und er hatte mit überlegenem Kopfwiegen, aber sehr angeregt, den Fragen standgehalten, die der liegende Setzer in höflichem und spaßhaftem Ton vorgebracht – sehr verfänglichen Fragen. Was zum Beispiel hielt der Ingenieur Kroysing davon, daß eine Erfindung, die er machte, während er im Dienste eines beliebigen Konzerns stand, nicht ihm als Eigentum gehörte und auch nicht der Allgemeinheit, sondern dem Konzern? Hielt er es für sinnvoll? Der Ingenieur Kroysing, auf dem Bett des Armierers Pahl sitzend, hielt es durchaus nicht für sinnvoll. Er war der Meinung, daß die Ingenieure der ganzen Welt, zunächst aber die eines Landes sich zusammenschließen müßten, um durchzusetzen, daß sie am Gewinn aus ihren Erfindungen beteiligt würden. Außerdem aber spiegelte sich Kroysing über das Windige dieser schönen Absichten nichts vor, weil man eben Ingenieure kaum je unter einen Hut brachte, konkurrenzwütig, wie sie nun einmal waren. Also kam es darauf an, den Leuten beizubringen, daß sie den Ingenieur Kroysing brauchten, ebenso wie der Ingenieur Kroysing sie; auf das wohlerwogene Interesse solcher Werkherren konnte man sich schon verlassen. Nun, das waren Unterhaltungen – Mund und Nase sperrten die Insassen des Mannschaftssaales 3 auf, wie der kleine Bucklige Rede und Gegenrede setzte und der lange Leutnant vor Vergnügen funkelte, ihm nichts schuldig zu bleiben! In die Enge getrieben, hatte der Leutnant schließlich erklärt, er pfeife auf Zusammenschluß, und wenn sich einer nicht zu helfen wußte, mußte man ihn eben schwimmen lassen. Er aber gehörte bestimmt nicht zu denen, die man unterkriegte, und das war die Hauptsache. Ein richtiger Mann sei ein Einzelgänger, nach dem alten Sprichwort: Hilf dir selbst, so hilft dir Gott, und wenn nicht der, die Feuerwehr. Worauf Pahl wieder auf die notwendige Voraussetzung hingewiesen hatte, die im Vorhandensein einer Feuerwehr lag, also eine Einrichtung der Solidarität und gegenseitigen Hilfe im Kampf ums Dasein. Keiner von den beiden ließ von seinem Standpunkt ab, und es zeigte sich, daß für Pahl immer wieder der Verstand sprach, die Tatsachen, er hatte einfach recht, während für Kroysing die Freude einnahm, die man an ihm haben mußte, wenn er, unermüdlich um sich beißend wie ein Schäferhund, seine Person als besten Beweisgrund ins Spiel führte. Schließlich einigten sie sich lachend auf die folgende Formel: sie würden nach dem Krieg ihre Unterhaltung fortsetzen, Pahl an der Spitze machtlüsterner Sklavenhorden, Kroysing als Satrap beutegieriger Hüttenkapitäne – um sich einmal der Sprache zu bedienen, die die gegenseitigen Zeitungsschreiber anwenden würden. Dann würde man ja sehen, wer recht hatte, nämlich der Stärkere, der Zukunftsvollere, der, welcher am zuverlässigsten all die zerstörten Menschenleben zu ersetzen versprach. Kroysing gelobte, Militär aufzubieten, Pahl gelobte, das Militär innerlich längst zu Proletariern im Waffenrock umgezaubert zu haben; und so trennte man sich voller Zufriedenheit und sehr nachdenklich, ohne es zu zeigen. Pahls Gedanken, während er sich von einer Seite auf die andere drehte, das Gesicht zum Fenster voll leichter Bläue, stießen gradlinig wie immer auf den wesentlichen Punkt zu: wie erweckte man in diesem Ingenieur und allen seinesgleichen die Erinnerung an Jugendgefühle, daß sie zu schade waren, ihre reichen Gaben wegzuschenken? Wie lehrte man sie ihren Bildungsgang durchschauen: diese Abrichtung zu willfährigen Dienern am Heiligtum des Privatbesitzes – des Privatbesitzes an allen jenen Grundstoffen und Naturkräften, die Willkür und bewaffnete Macht der Ureigentümerin entrissen hatte, nämlich der Gesamtheit? Pahl sah am Horizont die ganze darbende Menschheit auf Befreiung harren, und ihm schwindelte, da er ja noch so schwach war, vor der ungeheuren Aufgabe, die daheim auf ihn wartete. Denn das Existenzminimum: zu enges Wohnen, zu ödes und zu teures Essen, zu wenig Zeit, zu schlechte Fortbildung, zu kurzer Schulbesuch, zu gleichförmige Arbeit, zu aussichtsloses Leben, zu heftige Sehnsucht nach den Bequemlichkeiten der Bürgerklasse – dieses Existenzminimum lähmte alles oder schob auf falsche Geleise, was an Einfällen, Begabung und Besonderheit im ungeheuren Heer der Ausgebeuteten schlummerte. Bertin hatte ihm einmal dargelegt, das Christentum habe gesiegt, weil es in Frauen, Sklaven, Kriegsgefangenen und Kindern das Selbstbewußtsein geweckt, die Fähigkeiten zum Tun entfesselt und die Gemeinde damit gespeist hatte. Hierin, wie in vielem anderen, war das Christentum Vorläufer des Sozialismus. Würde er die Zeit noch erleben, in der, zwanzig Jahre nach dem Kriege, ein paar befreite Völker gezeigt hätten, was für Riesenkräfte zum Aufbau in ihnen lagen, nach diesem Taumel der Zerstörung?

Als Kroysing ins Zimmer zurückkehrte, räumte Schwester Kläre gerade auf, während Leutnant Flachsbauer in den Massageraum hinuntergeholt ward, um an ein paar einfachen Geräten zu turnen; eine halbe Stunde blieb er sicher weg. In Kroysing lief sehr angeregt der Motor des knisternden Willens, durchschlagender Funken und Entladungen. Er setzte sich auf sein Bett, sah der Frau zu, die den Fußboden mit dem durchdringend stinkenden Lysolwasser überschwemmte. „Ja, Kläre“, sagte er unvermittelt, „was wird nun mit uns?“ – Die schönen Nonnenaugen von Frau Oberstleutnant Schwersenz richteten sich erschrocken auf ihn: hatte sie so schlecht gelernt, ihre Gefühle zu verbergen? „Was befehlen der junge Herr?“ fragte sie in dienender Haltung, sich und ihn verspottend. – Er sah sie bekümmert an. „Lassen Sie das doch“, sagte er, „schieben wir doch mal all den Kohl beiseite, sehen wir der Sache selbst auf die Nähte. Wenn ich ein Werkmeister wäre und Sie ein Dienstmädchen, wären wir längst einig und könnten gleich erwägen, wie und auf welcher Grundlage wir uns heiraten. Unsere Lage ist verzwickter, weil wir feine Leute sind.“ – In Schwester Kläre stieg heiße Angst auf: „Jetzt legen Sie sich ins Bett, Herr Leutnant, ruhen Ihr Bein aus und reden nicht, was Sie nicht verantworten können.“ Gleichzeitig schämte sie sich ihres unfreien Ausweichens. – Kroysing streckte sich gehorsam hin, blickte zu ihr hinüber mit seinen kühnsten Augen. „Kläre“, sagte er, „Sie wissen doch Bescheid. In diesem Zimmer lagen drei Männer, die Sie liebten. Einer ist bereits davongetrudelt, der Feinste, aber der Schwächste, und der schläfrige Flachsbauer soll ruhig sein Leben lang an Sie denken, weil er Sie nicht gekriegt hat, das kann ihm nur guttun. Ich aber bin der, der Sie heiraten wird oder draufgehen wie ein alter Schuh." – Schwester Kläre machte eine abwehrende Bewegung: „Sie sind ja ein Erpresser, Sie wildgewordener Schraubstock." – Aber Kroysing schüttelte den Kopf: „Ich beschreibe nur den Tatbestand. Ich bin verrückt nach Ihnen, Kläre – nicht bloß so, sondern auch so. Wenn ich mir denke, Sie die nächsten zwanzig Jahre Tag und Nacht um mich zu haben, spring ich an die Decke und bin bereit, mich mit den Mauern herumzuprügeln. Sie wissen das, Sie sind kein Duckmäuser, Sie sind eine richtige Frau, die alles auf dem rechten Fleck hat. Ich himmle Sie nicht an, ich flöte nicht und geige nicht um Sie, ich streich Ihnen nicht um die Beine und leg Ihnen die Hand um die Brust..." – „Würd Ihnen auch schön bekommen, Herr Leutnant!" – „... aber ich schlafe nicht mehr gut, weil ich mich frage, wie das mit dem Ernähren und dem Unterbringen ausgehen soll. Solange Krieg ist, sitz ich demjenigen Zeitgenossen im Nacken, gegen den mich die OHL gerade schickt: jetzt bin ich noch ein simpler Pionierleutnant, aber in dreiviertel Jahren werd ich der bekannte Flieger Kroysing oder ein Trümmerhaufen sein." – Schwester Kläre sah ihn groß an, schloß die Augen, machte zwei Schritte aufs Bett zu, öffnete sie wieder, erkannte, sie hatte einen nassen Wischlappen in Händen, wand ihn um den Schrubber und wischte das Zimmer zu Ende. – Währenddessen sprach er weiter, und sie fühlte seine Blicke auf jeder ihrer Bewegungen: „Wenn der Krieg vorüber ist, und wir sind beide gut durchgekommen, du ohne Ansteckung von irgendwas und ich ohne Bruch des Halswirbels oder meiner großen Schnauze – wenn wir dann wieder zu Hause sind und Deutschland rund um uns seinen Sieg feiert: was kann ich dir dann bieten? Der kleine krumme Pahl da nebenan ist gar nicht so dumm; welche Aussichten blühen schon einem Ingenieur? Als Junge träumte ich immer davon, Schiffskapitän zu werden bei der Handelsmarine, ich dachte es mir wundervoll, auf der Kommandobrücke zu stehen und den großen weißen Kahn vom Bug bis zum Steuer und von der Mastspitze bis zum Kielraum zu beherrschen, zu verantworten. Auf den Einfall, daß dem Kapitän an diesem Schiff keine Niete gehört, kam ich natürlich nicht. Jetzt weiß ich, ein Kapitän ist ein mäßig bezahlter

Transportingenieur sozusagen, der keine großen Sprünge machen kann, auch wenn seine Frau gratis erster Klasse um die Welt reist. Was habe ich Ihnen also wirklich zu bieten außer mir selbst? Eine nette Vierzimmerwohnung in Nürnberg oder Augsburg, ein paar feine alte Leute als Schwiegereltern und bestenfalls einen Wagen, wenn ihn mir das Werk stellt. Aber ich glaube, das setze ich durch." – Schwester Kläre fiel plötzlich in jenen Übermut, der ihr nach fünfzehnjähriger Ehe erst im Felde wiedergeschenkt worden war. „Wirklich?" fragte sie unschuldsvoll. „Das wäre aber auch nötig. Denn ohne Wagen – nein, Herr Leutnant, ohne Wagen kann ich nicht glücklich werden." – Kroysing ging ihr auf den Leim. „Das ist es ja eben", sagte er bedrückt, „kann ich mir zu gut denken. Wer weiß, was Sie für Umstände gewöhnt sind, ehe Sie hierherkamen. Die Leute sagen, Sie seien aus reichem Hause und hätten einen Stabsoffizier zum Mann. Da müßten wir sehr zurückstecken, Kläre. Manche kann das nicht." – Schwester Kläre erinnerte sich später genau des süßen und unsinnigen Glücks, das sie in dieser Morgenstunde des 20. März erfüllt hatte. Wie dieser junge Mensch um sie warb, ernsthaft und trocken und so selbstverständlich, wie die Heilung in seinem zerschossenen Bein vor sich ging! „Es ist aber nett von Ihnen, Leutnant Kroysing, daß Sie vom Vorhandensein meines armen Mannes Kenntnis nehmen." – „Es gibt: Scheidung", erwiderte er kurz. – „Es gibt: katholisch", erwiderte sie im selben Ton. – Kroysing setzte sich im Bett auf, starrte sie an. „Kläre", sagte er heiser, „Sie wollen mir doch nicht einreden, zwischen uns sei nichts zu machen, bloß weil Sie vor ein paar Jahren mal geheiratet haben." – „Menschenskind", sagte Schwester Kläre, „vor paar Jahren! Vor fünfzehn Jahren!" Und sie stieß das Zahlwort hervor wie einen Grund für arge Schwierigkeiten. „Da geht man doch nicht auseinander, weil man einen Jüngeren findet, der einen will. Da ist doch ein Leben zusammen gelebt worden, das Respekt verlangt, Berücksichtigung, allerlei Raum in der Seele. Man ist doch kein Flittchen, das lustig mit leichtem Gepäck durch die Welt hopst und in eure Betten. Nein, lieber Freund, es gibt eine Masse zu bedenken, widerstreitende Stimmen sind anzuhören, sehr große Hemmnisse stehen da. Und wenn ich Ihre Anträge mal ernst nehmen will ..." – „Kläre", rief er aus, auf einem Bein stehend, das verletzte gekrümmt, die eine Hand aufs Bett gestützt, mit der anderen nach ihr langend. – Voller Wehmut und glücklich lachend wich sie langsam zur Tür. „Ich muß es mir überlegen", sagte sie eindringlich. – „Immerfort überlegen", er rief es fast wütend. „Erst will sie sich überlegen, ob sie für meinen Freund ans Telefon geht, ihn aus der Schweinerei zu retten, jetzt will sie sich überlegen, ob sie mich heiratet und an die Lösung ihrer Ehe denkt. Nun, meine sehr bedenkenvolle Dame, ich bin für abgekürzte Verfahren. Falls Sie bereit sind, mich zu heiraten, telefonieren Sie bis zwölf Uhr nachts an den Kronprinzen. Wenn Sie mich nicht wollen, brauchen Sie mir heute abend nur zu sagen, Sie riefen lieber doch erst morgen an. Einverstanden?" – Sie nickte, sie wollte sein Wort wiederholen. Aber Kroysing machte auf seinem einen gesunden Bein zwei jähe Sätze, umwickelte sie mit langen Armen, preßte seine Lippen auf ihren halb offenen Mund, fühlte, wie sie an seiner Brust schwach wurde, sich dann wieder straffte, ließ sie los, sagte: „Wer hat, hat – auf alle Fälle", und hüpfte wie ein langschenkliges Heupferd zum Bett zurück. Sie nahm ihren Eimer und den Schrubbesen und lief wortlos wie ein geküßtes hübsches Stubenmädchen aus dem Zimmer. Kroysing fühlte sein Herz an die Rippen hämmern. Die telefoniert, dachte er triumphierend, heute abend telefoniert die und heißt Frau Kroysing, so wahr ich Herr Kroysing heiße. Gleich danach fiel ihm ein, sie werde den Fall gewiß mit Pater Lochner beraten. Den Pater mußte er also ködern. Niemand konnte leugnen, daß ihm der Niggl in diesem Augenblick unsäglich gleichgültig war. Er lachte in sich hinein: schweren Herzens wird er seine Blutrache an dem Niggl opfern, wenn Schwester Kläre ihn heiratet und Pater Lochner ihr zur Lösung der gegenwärtigen Ehe verhilft.

Der Vormittagsbetrieb in einem ziemlich ausgedehnten Feldlazarett beansprucht alle Menschen voll, die damit betraut sind, das menschliche Elend zu lindern und die verstümmelten oder vorübergehend lahmgelegten Männer wieder in den Besitz ihrer Kräfte zu bringen. Ob man diesen Vorgang, mit Pahls Augen gesehen, in eine Wiederherstellung noch brauchbarer Arbeits- und Kampfsklaven für die herrschende Klasse münden läßt oder ihn, mit Kroysing, das Aufgebot letzter Kräfte nennt in Deutschlands Not- und Todeskampf, ändert nichts an der Wirklichkeit, die zugrunde liegt. Die manchmal schreckliche Zeremonie des Verbindens mit ihrem Stöhnen, Zähnezusammenbeißen, Fluchen, ihrem Anschnauzen und Gutzureden geht vorüber, das heißt, sie schreitet von Saal zu Saal fort. Schwestern schleppen Kübel mit vereitertem oder sonst unbrauchbar gewordenem Zellstoff hinaus, der verbrannt wird. Ätzungen werden für notwendig befunden, wo die Heilung falsche Wege geht und wildes Fleisch statt fester neuer Lebenssubstanz wuchert: dann tritt der Höllensteinstift in Erscheinung oder kleine scharfe Kratzer, und es ist große Kümmernis zu verzeichnen. Andere, Glücklichere, plagen sich in Turnsälen, wo ihre verletzten Glieder langsam von neuem an den Gebrauch gewöhnt werden, zu dem sie im Mutterleibe geformt wurden. Die menschliche Materie, dieses unergründliche, wachsende und beseelte Zellgewebe enthält in seiner Entelechie oder gesetzlichen Zielform den unleugbaren Hinweis darauf, daß der Mensch die Oberfläche der Erde umzuformen hat – einem Zwang unterliegend gleich dem, der die Schmetterlinge, Fliegen und Bienen zur Befruchtung der Gewächse bringt. Manchmal scheint es so, als wolle der Planet selbst in einen vorherbestimmten Zustand von Leistungsfähigkeit gefördert werden, in einen Rausch seiner Rohstoffe und Kräfte, um vernünftigen Wesen immer bessere Bedingungen zu bieten. Darum vielleicht hetzt er seine knapp zwei Milliarden Zeilen, Menschheit genannt, in einen Überschwang von Tätigkeit und Kampf, unermüdlich die Höheren, Vernunftvolleren, Vorwärtsweisenden anstachelnd, die Niederen aber, die Triebhaften und Wilden zum Widerstand aufregend, um aus den Begabteren wie aus den Böseren neue Erfindungen zu pressen, neuen Ansprung, reichere Ernte. Die Fliegerei, die Chemie, die Heilkunde und Kriegswissenschaft: in wahrhaft pantherlichen Sätzen sieht man sie gefördert; neue Verkehrswege erschließen bislang unbefahrene Gebiete, Menschengruppen kommen miteinander in engste Fühlung, die vorher kaum ahnten, sie seien auf Erden. Krachend stürzen vorurteilsvolle Gesellschaftssysteme ein: unterliegen wird, wer es nicht versteht, alle in seinen Grenzen vorhandenen Kräfte im Kampf ums Dasein einzusetzen, einerlei, was die bisher Bevorrechteten dazu sagen. Nachher kann man die geleisteten Dienste ja immer noch mit Undank vergelten, Versprechen umbiegen, verbriefte Rechte rückgängig machen. Warum nicht? Der Sinn für Sittlichkeit ist nur schwach entwickelt, man begreift noch

kaum, wozu sie taugt; einfacher ist der Sinn für Technik einzusehen. Sie hilft töten.
Ingenieur und Priester verstehen einander auf dieser Basis vorzüglich; jeder hält den anderen für den Träger minder wichtiger Belange. Zum Glück treffen sie einander in der dumpfen Vorstellung, daß den Menschen im Welthaushalt die wichtige Aufgabe zufällt, mit den Einzelwesen pfleglich umzugehen. Denn, das merken sie, die Natur arbeitet nur mit Gattungen, mit Arten, Rassen, großen Gruppen; um so mehr verpflichtet sie den Träger der Vernunft zur Pflege des Individuums, da die Menschheit im Kampf um die Bereicherung ihrer Heimat die Einzelwesen ja so benötigt, als wären sie der Sinn der irdischen Fruchtbarkeit und des Daseinskampfes. Und während der Ingenieur und der Priester heiter streiten, sitzt der Chefarzt bei einigen Verwundeten, in Sonderräumen untergebracht, und erforscht, wieweit Berieselung mit laufendem Wasser die natürliche Heilkraft unterstützt. Das Wasser hilft; die flüssige Beschaffenheit des Menschen scheint dankbar darauf zu antworten. Auf dem Hof aber gackern, picken, tummeln sich Scharen weißer und hellbrauner Hühner, von krähenden Hähnen angeführt, grunzen Schweine in abgetrennten Koben, hoppeln die langohrigen belgischen Kaninchen, riesig, mit sanften Fellen und Augen. Das Märzlicht funkelt über sie hin, Glück und Erregung weckte es in ihren Tierherzen. Ach, sie ahnen nicht, welcher Zweck dieser wundervollen Lust des Daseins ein jähes Ende setzt und daß ihnen überhaupt nur gestattet wurde, zu entstehen um seinetwillen. In gewissen Räumen wird eingeweichte Wäsche auf gewellten Blechen kräftig gerieben, in anderen kocht Essen für mehrere hundert Menschen, eine Oberschwester schreibt mit hochrotem Kopf, die Nase auf dem Papier, Zahlreihen ins Wirtschaftsbuch, ein Trainwagen mit Pferden bringt, den Berg heraufkeuchend, Konserven und Kommißbrot, auch in großem Sacke die Post. Und da ist gleich wieder Arbeit für viele Hände: sie wird sortiert, sie wird verteilt, sie wird gelesen: heilende Ströme gehen von ihr aus. Der Setzer Pahl erhält einen Brief, er liest ihn mit kauzigem Schmunzeln. Die Anforderung für ihn ist schon unterwegs und wird zweifellos Erfolg haben; sein Truppenteil, das Armierungsersatzbataillon in Küstrin, taucht aus der Versenkung auf: es wird ihn in die Heimat beordern, förmlich und feierlich entlassen, ins Zivil

überführen also und in den Beruf, nachdem es die Höhe der Rente festgestellt hat, die das dankbare Vaterland dem Setzer Pahl schuldet. Da ein Setzer seine Zehe nicht gerade dringlich braucht, wird die Behinderung und infolgedessen auch die Entschädigung nicht sehr groß sein, die ihm aus seiner Verwundung erwächst: aber immerhin, Pahl ist jetzt Rentner, ganz schlecht kann es ihm nicht mehr gehen. Für ihn ist der Feldzug, von dem die Soldaten immer singen, daß er kein Schnellzug sei, zum Stehen gekommen. Für die anderen rattert er munter fort. Er hat sich vom Friedensangebot des deutschen Kaisers ebensowenig beirren lassen wie durch die Noten des amerikanischen Präsidenten Wilson und die Gebete des Papstes Benedikt XV. – dieser Krieg der Kapitalisten um die Neuaufteilung der Märkte. Sie haben ihn nicht begonnen, die Herren Kapitalisten, das kann man nicht sagen, aber sie haben die Klasse des grundbesitzenden Adels in den drei Kaiserreichen zu Herren eines Militärapparats gemacht, so stark, daß er nach dem auslösenden Hebeldruck erst stillstehen kann, wenn er sich und sie alle totgelaufen hat. Die Kapitalisten können keinen Frieden machen, auch die Feudalstaaten nicht, sie bezahlten ihn mit dem Zusammenbruch. Nur die Völker machen Frieden, wenn sie die Segnungen verlorener Kriege lange genug gespürt haben; das werden die Russen schon beweisen. – Auch Leutnant Flachsbauer empfängt einen Brief, liest, seufzt, steckt ihn unters Kopfkissen; auch Leutnant Kroysing. Leutnant Kroysings Brief stammt von seiner Mutter, da sein Vater ihr ein für allemal das Schreiben übertragen hat. Sehnsüchtig freut sie sich auf den Augenblick, in dem er einem Nürnberger Lazarett überwiesen wird. Sie bittet ihn, diese Zeit zu beschleunigen. Sie hat schlechte Träume, sie klammert sich an jede seiner Nachrichten. Es kommt ihr vor, als sei er erst in ihren Armen sicher vor der mörderischen Klaue des Krieges. Kroysing findet stirnrunzelnd: die in der Heimat könnten das Übertreiben auch den Waschweibern lassen. Klaue des Krieges! Er möchte wissen, was ihm hier wohl passieren soll. Die Verdunfront hat ihre Wichtigkeit völlig eingebüßt, keine Rede mehr von weittragenden Geschützen drüben beim Franz. Und gegen die Flieger breitet das Rote Kreuz auf dem Dache und auf der gehißten Flagge schützend sein geweihtes Zeichen aus. Mit der Fliegerei, das fühlt er, darf er seinen Eltern überhaupt erst mündlich und nach einem gehörigen Urlaub kommen. – „Wir rechnen bestimmt damit, mein geliebtes Kind, daß Du von jetzt an in Deutschland bleibst und, wenn irgend möglich, Deinen Beruf wiederaufnimmst, und zwar ganz in unserer Nähe. Wir bereuen sehr manches an Entfremdung und Entfernung, das vor dem Kriege zwischen uns Platz greifen konnte. Es lag vielleicht notwendig im Gang Deiner Entwicklung, aber jetzt, geliebter Junge, mein großer, langer Hardi, jetzt mußt Du daran denken, daß Du unser einziges Kind bist, und uns helfen, am Dasein noch Freude zu finden. Das Elternhaus ist ja nur ein Elternhaus, wenn es auch ein Kinderhaus ist. Und wir haben ja unseren Christl schon hergegeben. Ich bin keine Heldenmutter, ich gestehe Dir offen, daß ich immerfort weinen möchte und weinen könnte über Deinen begabten, lieben, herzensguten Bruder, wie ich auch weinen müßte, unaufhörlich und ebensosehr, wenn es Dich getroffen hätte und unser großer, stolzer, männlicher Hardi nie mehr mit seinen langen Beinen die Treppe erstürmte. Ich weine nicht, weil das sinnlos ist und weil es Vater bloß immer aufs neue das Herz zerreißt, ohne daß er mir doch helfen kann. Wenn das Vaterland wirklich noch weitere Opfer braucht, um zum Frieden zu kommen, so mögen andere Väter und Mütter diese Opfer bringen, wir sind hart genug geprüft. Manchmal frage ich mich, ob ich jemals Enkelkinder aus dem kleinen Kissen heben werde – die einzige wirkliche Freude, die einem alten Weib wie mir noch aussteht." Ja, denkt Kroysing, das mit den Enkelkindern wird ihr neuen Auftrieb geben. Er muß es ihr eigentlich schreiben. Nicht umsonst hat er dem Lochner vorhin, als sie miteinander philosophierten, Türme errichteten oder Brunnen bohrten, den Skalp des Niggl angeboten, falls er ihm in gewissen Schwierigkeiten beistand, über die Schwester Kläre ihn nach dem Essen unterrichten soll. Das ist ein anständiger Tausch, und Pater Lochner schien ihn zu würdigen.

Und er macht sich daran, der Mutter gleich zu antworten. Ungewöhnlich warm und herzlich ist ihm zu Sinn. Ganz vergessen ist der Groll, auf den die Mutter anspielt; gutgelaunte, zärtliche Worte fallen ihm ein, während er unbequem und schief über den Tisch lehnt und mit großen Buchstaben seinen Feldpostbrief schreibt – den letzten.

NEUNTES BUCH

Feuer vom Himmel

Erstes Kapitel

Hilfestellung

Mit aufgeregten Kinderschritten trippelt Pater Lochner in Schwester Kläres Nonnenzelle, wo er zu einer Tasse Kaffee, vor Beendigung der Mittagsruhe, eingeladen ist. „Was höre ich, Schwester Kläre, was muß ich hören – und nicht von Ihnen, sondern von dem wilden Jäger selber!" – Der kleine Raum duftet angenehm nach echtem Kaffee, dem einzigen Luxus, den Schwester Kläre sich und ihren Freunden nicht versagt. Ruhig sitzt sie auf ihrem Bett, die starken Blicke fast streng auf dem Gesicht des aufgeregten geistlichen Herrn. „Von wem Sie es hören, ist ja wohl einerlei, und wenn der lange Mensch übertrieben hat, bin ich immer noch da, die Lichter zurechtzurücken, die er Ihnen aufsteckte. Billigen Sie es nun, oder sagen Sie nein?" – Der Feldgeistliche hat sich auf seinem Hocker niedergelassen, rührt mit dem Löffelchen den Zucker um, den kleinen Finger dabei ziervoll abspreizend: „Das nenne ich den Stier bei den Hörnern gepackt. Das ist echteste Schwester Kläre. Wissen Sie wohl, daß an Ihnen die Äbtissin eines großen Klosters verlorengeht? Vor tausend Jahren hätte von Ihnen Licht und Trost für eine ganze Gegend oder Provinz ausgestrahlt." – „Jetzt reden Sie aber Kohl, Pater Lochner, holländischen Blumenkohl, und zwar bloß, um nicht antworten zu müssen. Sie müssen aber antworten." – „Mögen Sie ihn denn?" fragte der Pater vorsichtig. – „Ja", antwortete Schwester Kläre, „ich mag ihn, ich mag ihn sehr, den langen Menschen. Aber ich mag auch meinen Mann, ich mag auch meine Kinder, ich bin kein dummes Gör, meine Neigung ist noch nicht so eingefressen, daß ich sie nicht ausbeizen könnte wie wildes Fleisch. Wenn Sie der Meinung sind, die sachlichen Schwierigkeiten seien zu groß, die Beeinträchtigung für meinen Mann und die Kinder zu empfindlich, so sage ich Kroysing heute abend, daß es nicht so gehe, wie wir wohl möchten, und daß wir, falls wir den Krieg überleben, eine andere Form der Freundschaft finden oder auseinandergehen müssen." – Pater Lochner zog die Augenbrauen hoch, erschrocken insgeheim über den klaren und erwachsenen Ton, mit dem hier eine Dame der obersten Schicht aus dem Gewande einer Krankenschwester und dem Gesicht der schönen Nonne Klara sprach. „Glauben Sie denn", tastete er weiter, „daß der Oberstleutnant Schwersenz wiederhergestellt werden kann? Glauben Sie, mit ihm wirklich wieder zusammen leben, ihm wirklich etwas bedeuten zu können?" – „Das glaube ich eben nicht", sagte Schwester Kläre. „Meine Mutter schreibt aus dem Hintersteiner Häuschen, eingesperrter als je sitze er über seinen Karten und Studien, völlig behext sei er von seinem Anteil an der Marneschlacht, abgestorben allem anderen Leben, nur zerstreut und obenhin nehme er teil an der Gegenwart, frage selten nach seinen Kindern, die er immer seine Enkel nenne, dabei sei er kräftig an Körper und Appetit, mache lange Spaziergänge – Geländemärsche – und erblicke unterwegs nichts als strategische und taktische Räume und Probleme. Völlig zur Militärwissenschaftlerin sei sie geworden, schreibt die alte Frau, die ja der klügste Mensch ist, den ich kenne, und ihre ganze Sorge richte sich auf den Augenblick, wo Schwersenz werde aufbrechen wollen, um beim Kaiser und im Reichstag, vielleicht gar auf offenem Platze dem Volk über den Verlauf der Marneschlacht und seinen Anteil an ihr Aufklärung zu geben, was natürlich mit seiner Überführung in eine geschlossene Anstalt enden müsse." – „Schauerlich", sagte Pater Lochner; „was für ein edler Geist ward hier zerstört." – „Das ist Hamlet, nicht wahr? Das darf man wohl sagen. Wenn ich aber wirklich nicht mehr in sein Inneres eindringen kann..." – „Dann ist eine christliche Ehe mit ihm nicht mehr möglich", folgerte der Geistliche, und dann leerte er seine Tasse. Ein Schweigen entstand. – Schwester Kläre erwog, ob sie weitersprechen sollte. Dann tat sie es: „Ich bin nicht so, daß ich mich beklage. Aber ich frage auch nicht viel nach der Meinung der Leute. Sagen aber möchte ich doch, daß der jetzige Zustand nur den äußersten Grad einer Entwicklung darstellt, die schon vor Jahren begonnen hat und eigentlich immer angelegt war. Mein Mann lebte in seinem Beruf wie ein Gelehrter oder wie ein Mönch, er war Soldat mit Leib und Seele, sonst hätte er als Bürgerlicher auch nicht diese Laufbahn hinter sich gebracht. Aber alles Lebendige kam um ihn zu kurz, auch ich. Vor dem Krieg dachte ich, das müsse so sein, etwas anderes sah ich weder an meinem Vater noch an meinen Brüdern. Aber jetzt denke ich es nicht mehr." – „Ich verstehe das", meinte der Pater, während er den dampfenden Kaffeestrahl auf ein neues Stück Zucker fallen sah und sich auf die zweite Tasse freute; „der Krieg hat Ihnen das Menschliche in jeder Form unter die Augen gestoßen, er offenbarte Ihnen das Reich dieser Welt in seiner Fülle und seinem Fluch und das Werk der Erlösung, an dem Sie mitarbeiten sollen. Brachliegen dürfen Sie nicht mehr. Aber wie beurteilen Sie, Schwester Kläre, die Wirkung einer neuen Ehe auf Ihre Kinder?" – Schwester Kläre nahm ihre Haube ab und ordnete oder formte mit ihren kräftigen Händen das glatte Haar. „Ich bin überzeugt", sagte sie, „daß ein junger, tüchtiger Stiefvater wie Kroysing nur eine gute Wirkung auf sie haben müßte – wenn es nach menschlichen Gedanken geht. Es gibt aber Leidenschaften, Strömungen, unberechenbare Kräfte in Kindern, die alles anders gestalten können; die Heranwachsenden sind Menschen für sich, undurchsichtig bis zu einem gewissen Grade und unbeeinflußbar, ich weiß es wohl. Das muß man in Rechnung ziehen." – „Der Mensch ist kein Versicherungsverein", sagte Pater Lochner, mit einem Taschentuch seinen glatten Schädel abtupfend; „es genügt Ihre gute Absicht und ehrliche Überzeugung." – „Die hab ich, weiß Gott", sagte Schwester Kläre. – „Dann dürfte, meiner Meinung nach, Ihre Ehe mit Oberstleutnant Schwersenz für ungültig erklärt werden, wenn Sie es wollen, und ich würde, was an mir liegt, tun, Sie zu unterstützen." – „Ja", sagte sie, „dann will ich es"; damit setzte sie ihre Haube auf. – „Mein Gott", er schaute auf die Uhr. „Sie müssen ja wieder ans Werk. Und ich habe mich von all den armen Kerlen zu verabschieden, die sich das Herz erleichtern wollen, Katholiken oder nicht. Ich fange in Saal 1 an, enden möchte ich in 3. Dieser Pahl – für den muß ich Zeit haben. Und nach dem Nachtmahl hat mich der Chef zu einer Flasche Wein eingeladen, zur Belohnung für die Enthaltsamkeit während meiner Kur. Da sehen Sie mein bißchen Programm." – Schwester Kläre knöpfte ihre Schürze zu: „Da werden wir uns oft genug bei treffen." Und während ihre Finger auf dem Rücken beschäftigt waren, fügte sie, wie nebensächlich, hinzu: „Sie wissen, daß Kroysing Protestant ist?“ – „Oh“, sagte Pater Lochner und hob abwehrend beide Hände in Tischhöhe, „dieser Kasus bleibt besser ganz für sich. Ist Ihre Ehe erst einmal gelöst oder für ungültig erklärt, dann beginnt ein neues Blatt, über das wir hier nicht zu befinden haben. Ich möchte nur gestehen“, lächelte er schuldbewußt, „daß auch ich nicht ohne Hintergedanken zu diesem Dienst bereit bin. Kroysing hat mir eine Versprechung gemacht, die er Ihnen selber berichten wird: christlich zu handeln statt heidnisch und wotanistisch, einem Feinde zu verzeihen, ihn zum mindesten laufenzulassen, einen schrecklichen Prozeß zu vermeiden, der ganz Bayern in Aufruhr setzen und unsere Kirche in schwere Bedrängnis bringen würde, und darum, Schwester Klara, will ich der Heiligen Jungfrau danken, daß sich hier vieles zum Besten vereinigt und niemand Schaden leiden wird, wenn Sie glücklich werden.“ – „Mehr kann man hienieden nicht verlangen.“

Zweites Kapitel

Der Mensch

Spätnachmittags erschien Bertin in Begleitung von Karl Lebehde. An Pahls Lager fanden sie eine merkwürdige Gesellschaft versammelt. Viele Kranke standen umher, saßen auf den Betten, lehnten horchend an der Wand. Mit der spitzbübischen Miene des Schiedsrichters nahm Kroysing einen Stuhl ein, das eingewickelte Bein auf Pahls Matratze. Im Kopfe hatte er Erinnerungen an Studentendiskussionen voll vergeblicher Schärfe, die in gegenseitige Beleidigungen mündeten. Aber Pater Lochner, geschult aus der Tätigkeit im Ruhrrevier, mit Kölner Hafenarbeitern und Elberfelder Knopfdrehern, dachte gar nicht daran, ihm den Spaß zu liefern. Als Rheinländer an den Umgang mit Städtern gewöhnt und von Pahls magnetischen Augen schon lange erwartet und angezogen, hatte er in ein paar Minuten ein Gespräch im Gang, das er zu leiten gedachte. Aber das stellte sich als nicht ganz einfach heraus. Als Kroysing dazugekommen war, begleitet vom Chefarzt in seinem weißen Kittel, stritten sie sich über Herkunft und Sinn des Osterfestes, in dem Pahl die allgemeine Frühlingsfreude der Tiere und Menschen widergespiegelt fand und die Fruchtbarkeitsfeier des wiederaufsteigenden Lebens in Gestalt des symbolischen Eies ins Treffen führte, während Pater Lochner ihn historisch und materialistisch festlegen wollte, auf den Befreiungskampf nämlich des jüdischen Proletariervolkes gegen die ägyptische Ausbeutung, unter der Führung eines Abkömmlings der Herrenklasse oder Beamtenschaft, wie Mirabeau einer war oder jetzt der Rechtsanwalt Kerenski in Rußland. Sie hatten die Fronten gewechselt also, stellte Kroysing belustigt fest, der Pater war zu klug gewesen, und Pahl blieb Pahl, helläugig und besonnen. Aber als Bertin und Lebehde sich zu ihrem Freunde gesellten, hatte die Unterhaltung einen noch allgemeineren Gegenstand in Besitz genommen: man unterhielt sich über die Erlösung, über den Opfertod auf Golgatha, über „das Übel" und die Natur des Menschen, und über das Göttliche. Eine Inbrunst sei in der Luft jetzt, meinte Lochner, die Friedenssehnsucht der ganzen Menschheit verdichte sich Monat für Monat mehr, seit der Kaiser das Wort Frieden gleichsam mit dem Reichsadler gesiegelt hatte. Der Papst und der Kaiser, der Professor Wilson und die Arbeiterführer aller Länder vereinigten gleichsam ihre Anstrengungen, der Welt den verlorenen Frieden zurückzugeben, ohne daß es gelang. Was war da eigentlich los? Wer widersetzte sich dem Werk der Erlösung? Die Soldaten doch sicher nicht. Die hatten alle die Nase voll, nicht wahr, und wenn heute mittag um zwölf die Trompete „Das Ganze halt!" geblasen hätte, wäre es um halb eins schwer geworden, noch einen Deutschen, einen Franzosen und einen Engländer zum Skat zusammenzutrommeln. – Allgemeines Lachen, allgemeine Bejahung; nur Pahl lachte nicht. Er hatte sich auf sein Kopfkissen gesetzt, den Rücken ans Bettgestell gelehnt, freimütig und sehr behutsam schob er seine Gegenrede vor. „Leider haben", sagte er, „die großen Herren alle miteinander ihre Friedensbereitschaft an gewisse Bedingungen geknüpft, wie der Hundefänger einen fremden Hund an die Leine. Der Hund ist fremd, die Bedingungen muß leider die Gegenseite erfüllen, und, sieh einer an, der Hund ist böse, er will nicht, wie der Hundefänger will, und darum muß, bedauerlicherweise, der Frieden in der Schachtel bleiben." – „Keine politischen Gespräche", verlangte der Chefarzt. Der breite Raum zwischen seinen Augen, die vereckige Stirn, das hochgebürstete Haar gaben ihm etwas Entscheidendes, das von seiner belegten Stimme gemildert wurde. – „Pah, Herr Stabsarzt", meinte Kroysing, „lassen Sie das beschädigte Fleisch ruhig politisieren, wir kriegen einander nicht in die Haare." – „Gewiß nicht", bestätigte Pater Lochner; „bemerken Sie bitte, daß ich der einzige Mensch in diesem Kreise bin, der so etwas wie einen Waffenrock anhat..." – „Die streitbare Kirche", schaltete Kroysing ein, „... unter lauter Krankenkitteln würde es mir schwer sein, ein Heer für den Krieg aufzustellen. Und doch bin ich für den Krieg; jawohl, die streitbare Kirche. Aber nicht für den Krieg zwischen Kanonen und Infanterie, sondern für den Krieg gegen den unermüdlichen Widersacher, der ganz allein imstande ist, den Frieden aus der Welt zu scheuchen und die Erlösung hintanzuhalten." – „Verdammt erlöst sieht die Welt aus, wenn ich mich so umblicke", erklärte der Chefarzt ruhig, ohne Bitterkeit. – „Und doch müssen wir glauben", sagte Pater Lochner fast leidenschaftlich, „daß Christi Opfertod die schlimmste Bestialität von uns abgewendet hat, sonst könnten wir alle einpacken und Gas schlucken." – „Sie meinen also", sagte Kroysing, „daß es ohne dieses Ereignis noch viel schlimmer um uns aussähe – vorausgesetzt, dieses Ereignis habe wirklich stattgefunden?" – „Keinen Religionsstreit", mahnte der Chefarzt, nicht ohne einen Anflug von Selbstverspottung. – Ob etwas wirklich stattgefunden habe oder nicht, sei ja verhältnismäßig unwichtig, verglichen mit dem Glauben, den es gefunden hatte, bemerkte Pahl. Man könne also auch einen theologischen Streit vermeiden, weil dieser Glaube ja eine allgemein anerkannte Tatsache war, unleugbar für Christen wie für Juden und Atheisten. Der Pater könne also ruhig fortfahren. Aber eigentlich, meinte er mit spaßhaftem Funkeln, müßte doch der Kamerad Bertin in dieser Angelegenheit gehört werden. Denn vom Auszug aus Ägypten bis zum Prozeß des Jesus von Nazareth vor dem römischen Militärgouverneur von Judäa habe dieser ganze Ablauf doch unter Juden gespielt. – Bertin lachte beengt. Er war der einzige Jude in diesem ganzen Raum. Er war stolz auf den Drang nach Erlösung, nach messianischem Aufschwung in eine besser geordnete Welt, der seit Nebukadnezars Tagen die Geistesgeschichte seines Stammes beherrschte. Er hatte früher geläufig und mit hinreichendem Wissen über den Kampf sprechen können, den die Propheten mit den Mächtigen des Landes und der trägen Menge geführt hatten, um der Durchsittlichung des menschlichen Zusammenlebens willen. Jetzt aber: Donnerwetter, bin ich verblödet, dachte er, während er sich anschickte, Pahl zu antworten. Ja, sagte er, was die Griechen in der Tragödie ausgedrückt hätten, nämlich den Kampf des Menschen mit dem Schicksal, das hatte sich bei den Juden hart und wirklich abgespielt, nämlich im Kampf der Propheten gegen das widerstrebende Fleisch des eigenen Volkes. Sie hatten es nicht geschont, sie hatten ihm sogar einen ziemlich schlechten Namen gemacht, seiner Halsstarrigkeit wegen. Aber in Wirklichkeit benahmen sich alle Völker so halsstarrig, wie es schien, sie sprachen nur nicht davon. Irgend etwas war da, beschloß er, bedrückt vor sich hin blickend, das sich der Erlösung widersetzte. Darum spielte der Teufel eine so große Rolle in allen Kulten und zu allen Zeiten, auch wenn das Christentum grundsätzlich lehrte, die schlimmsten Zähne seien ihm ausgebrochen. Man konnte mit den Dichtern der Meinung sein, zum Beispiel mit Herrn von Goethe, die Macht, die ihm geblieben war, reiche vollständig hin für heut und morgen. – Pahl und Kroysing begehrten auf, und auch Pater Lochner war nicht zufrieden. Die ersten beiden wollten von solchen abergläubischen Einkleidungen nichts hören, Pater Lochner aber wiederum verlangte, daß der Realität des Teufels ein größerer Tribut gezollt werde. – „O weh", sagte Bertin, „da sitze ich schön in den Nesseln. Die einen wollen gar keinen Teufel, und Ihnen, Herr Pater, ist er nicht wirklich genug. Wie helfe ich mir da?" – „Will ich Ihnen sagen", murrte Kroysing, „indem Sie den Kinderschreck ganz und gar beiseite lassen. Wir brauchen keine Bilderrätsel." – Und Pahl sagte nichts weiter, nahm sich aber vor, dem Genossen Bertin eins auf den Kopf zu geben, weil er so verfängliche Altertümer brauchte, über die jeder Arbeiterjunge in wütendes Gelächter ausgebrochen wäre. – Karl Lebehde tat den Mund auf, was er in dieser Gesellschaft bisher vermieden hatte. Wenn der Gasmann kommt, erklärte er, und endlich die Januarrechnung bezahlt haben will, während es inzwischen März geworden und die Kasse ohne das nötige Kleingeld geblieben ist, dann werde seine Frau bestimmt auch erklären, der Gasmann sei der leibhaftige Teufel; denn die Wohnung besitze nur diesen Gaskocher, dafür habe die Stadt gesorgt, und sperre sie die Zufuhr ab, dann könne sie ja sehen, womit sie koche und wovon sie satt werde. Für seine Frau sei damit der leibhaftige Teufel erschienen. Ist meine Frau dumm, so keift sie den Gasmann an, als ob der was dafür könnte. Ist meine Frau aber nicht dumm, und das möchte ich ihr schließlich geraten haben, dann macht sie sich klar, wo der Teufel sitzt. Denn da ist einer; sie muß ihn nur aufstöbern. Sitzt er im Gaswerk? Nein. Sitzt er in der Stadt Berlin? Auch nicht. Sitzt er in der Provinzialverwaltung? Wer weiß. Sitzt er im Staate Preußen? Das meinen jetzt die Engländer, als ob ihre Gasmänner Engel wären. Sitzt er also bei den Weißen? Das behaupten nun gar die Inder und die Schwarzen. Es wird also wohl auf die Meinung des Herrn Paters herauskommen, und er streckt seine Klauen nach der ganzen Welt aus und hat sie ziemlich sicher im Griffchen. – „Sachte, sachte", rief Pahl, „da hast du vielleicht ein paar Stationen übersprungen, Karl." – „Nein", sprang Pater Lochner ein, „der Landsturmmann da hat durchaus keine Stationen übersprungen. Die Härte des Lebens, der Mangel an Nächstenliebe, die unchristliche Gesellschaft, das drückt der Geist des Volkes mit den Hörnern und den Pferdehufen aus, mit dem kalten Spott und dem haarigen Schwanz des Ungetüms, und ihr brauchtet euch gar nicht dagegen zu erbosen. Die weisen Ägypter schrieben in Bildern, und die Völker sind immer noch Kinder und Ägypter und Dichter, sie denken in Bildern. Närrisch sind bloß die Leute, die alle Bilder wörtlich nehmen wollen und so tun, als wären die anderen dumm. Und doch glaubt niemand, der das Gewitter anschaut, der Blitz sei ein zackig heruntergeschmissener Glühdraht, auch wenn er so aussieht." – „Womit wir also bei der Erlösung angekommen wären", meinte Kroysing trocken. – Einige Mannschaften ringsum lachten. Der lange Leutnant fand immer Beifall bei ihnen. Der ließ sich nichts vormachen von den langweiligen Daherrednern. – „Der Teufel ist also das kapitalistische System." – Pater Lochner runzelte die Stirn: Das sei trivial, sagte er streng. Jedes andere Wirtschaftssystem ohne Liebe könne genauso teuflisch ausarten. Auf die Grundkräfte komme es an, von ihnen redete das Osterfest, auf sie hin zielte die Religion, wenn sie sich um die Seele des Menschen bemühte. – Plötzlich drängte sich Schwester Kläre in den Kreis der sitzenden und stehenden Männer, Weiße ausstrahlend von ihrer großen Schürze und gestärkten Haube. Sie flüsterte dem Chefarzt einige Zahlen zu, die sie von ihrer Tabelle ablas, einem langen Streifen Papier, der in ihren Händen zitterte. Der Angeredete nickte zu den meisten, bei einigen runzelte er die Brauen, bei dreien oder vieren schüttelte er kurz, wie zornig, den Kopf. „Der Teufel ist das hartnäckige Fleisch", sagte er, „dieses verdammte organische Leben, hinter das wir niemals kommen werden. Und die Erlösung, wenn ich mich kurz und treffend ausdrücken darf, ist und bleibt der Tod. Denn solange das Fleisch lebt, leidet es, und alle unsere Künste, die es betäuben sollen, stellen sich als Schwindel heraus, wenn's hart auf hart geht." – Und siehe da: plötzlich protestierten in einmütiger Front die bisherigen Gegner. Unmöglich! Sie schrien fast auf. – Gerade der Tod sei, schnaufte Pater Lochner wild, die gigantische Dummheit, die erst durch die Sünde in die Welt gekommen war. Er zertepperte alles mit seinen plumpen Füßen; er trampelte den Novalis in die Erde, er riß Tausenden just geborener Begabungen und Möglichkeiten den Boden unter den Füßen weg. – Nichts zugunsten des Todes zu sagen, war Ehrensache des Soldaten, stimmte Kroysing ein. Der Tod war die große Fahnenflucht und Drückebergerei in die Gräber, wer starb, ließ das Vaterland und die gute Sache im Stich, sozusagen, er könne zwar nicht dafür, aber die Ewigkeit des Kampfes, die unauslöschliche Begier des Streites war nun einmal in den Männern eingefleischt, und alle Kriegerreligionen trugen diesem Drange Rechnung. Er jedenfalls, vor die Wahl gestellt, wollte lieber als der Ewige Deutsche über die Erde schweifen, dem Ewigen Juden gleich, und sich in jeden Kampf stürzen, in jeden Sieg mitverwickelt sein. – Pahls blasse Augen flammten auf: so etwas war gut, wenn eine Idee dahinterstand, wenn es um die Befreiung einer riesigen schöpferischen Menschenschicht vom Drucke ging, von der Ausbeutung, von der Ungerechtigkeit. Dafür war gesorgt, daß der kämpfende Geist um die Erde ging, eine neue Plattform zu schaffen, von der aus künftige Geschlechter einen vernünftigeren Ausgang nehmen konnten, jeder Pahl, Bertin oder Kroysing seiner Begabung nach auf den richtigen Platz gestellt, zum Wohl der Menschheit und ihrer Erlösung. – „Da hätten wir sie ja wieder", sagte Kroysing, „die Erlösung." – Aber Bertin, bleich und zitternd, sagte: wenn irgend etwas der Teufel sei, dann die Anwendung physischer Gewalt, das Niedertrampeln selbst, das Wüten des Erschlagens und Stummachens. Nicht der Tod sei das Böse; der Tod habe bestimmt eine wunderbare tiefe und schwingende Verführung in sich – auszuruhen, wie die Väter ruhn, nichts mehr zu begreifen, nichts zu antworten und nichts zu fragen. Teuflisch aber sei der Vorgang des Ermordens, des tausendfachen Auslöschens, der heruntergekrachenden Axt des Henkers. Lief in der Natur jedes Einzelwesen zu Ende, wie eine Kerze ausbrennt: gut und schön, nichts dagegen zu sagen. Riß man aber einem Menschen, riß man ganzen Generationen ihr Recht auf Leben und damit ihr Leben unterm Hintern weg wie einen Stuhl, den ein Stärkerer einnehmen wollte, dann mußte man mit allen Mitteln dagegen sein, sich zur Wehr setzen, Krach schlagen und sich mit den Gleichbedrohten verbünden. – Der Mensch ist verrückt geworden, dachte Schwester Kläre, er redet sich ins Unglück. „Bettruhe", rief sie, „allgemeiner Schluß!" – Die Mannschaft murrte. Das wollte sie weiterhören, der Junge war richtig, jeder hatte das Recht zu leben. – „Sie werden es mit diesen Meinungen bei den Preußen noch schwer haben", sagte Pater Lochner feindselig, aber achtungsvoll. – „Wenn Sie gegen die Gewalt sein wollen, müssen Sie zuallererst gegen das Leben sein, junger Mann", fügte der Chefarzt hinzu; „Ihre Empörung entbehrt leider der Lebensbeobachtung. Der Mensch macht leiden, das ist seine erste Beschäftigung. Vor der Geburt, in der Geburt und nach der Geburt – einerlei. Mit Gewalt drängt er sich in die Welt, der Bursche, oder besser, wird er in sie hineingepreßt, wenn seine Stunde geschlagen hat. Da ist Zwang, Druck, Blut, Geschrei: so tritt er auf, der junge Held, Sie, ich, wir alle. Und wenn Ihnen so simple Grundtatsachen etwas sagen – wie antwortet er? Mit welcher ersten Tätigkeit begrüßen wir das Dasein?" – „Wir schreien?" fragte Bertin. „Zornig schreien wir, lehnen uns auf gegen diese Auslieferung?" – Keiner von all den Hörern wußte, warum sie in so dringlicher Spannung die Antwort erwarteten. – Das Lächeln auf dem Gesicht des Arztes ward unenträtselbar. „Ich weiß nicht", setzte er seine Worte bedächtig in die Stille, „ob Sie zufrieden sein werden. Sie wünschen eine Bestätigung für das Prinzip der Revolution, und in gewisser Weise liefere ich sie. Aber sie ist nicht appetitlich und geht Ihnen sicherlich zu weit. Denn damit der Neugeborene schreie, bekommt er Kloppe:

Schläge sind seine erste Erfahrung. Nur so und nicht anders gelingt ihm der erste Atemzug." – Ein paar Soldaten lachten beifällig. Hiebe erzeugten Stimmung. – „Und doch", fuhr der Chefarzt fort, „ist auch dies nicht der Anfang, die erste Äußerung. Denn während der Säugling das Tor zur Welt passiert, erleidet er Angst, soviel scheint festzustehen; und ihr zum Ausdruck begrüßt er das Dasein mit seinem Kote. Das ist sein Gruß ans Leben. Wir nennen diese Visitenkarte ‚Kindspech', junger Mann. Ich wußte ja, sie gefällt Ihnen nicht. Er ist nicht heroisch, nicht wahr, dieser revolutionäre Akt? Aber das Volk hat eine Erinnerung daran in seiner gröbsten Redensart aufbewahrt, eine bestimmte Haltung zum Leben auszudrücken." – Vier Männer öffneten den Mund zur Antwort und schlossen ihn wieder. In Bertin blitzten Einwände auf: die sondernde Vernunft, das tätige Denken, überflüssiges Leid zurückdrängen, das Naturgegebene lindern durch immer bessere Geburtstechnik. Aber er vermochte sie nicht zu sagen. Zu gebieterisch war hier ein Grundton angeschlagen worden, der ausschwingen wollte. So lockerte sich denn auch der Kreis, voller Achtung, den Arzt durchzulassen. Im Weggehen blickte er sich noch einmal um. „Ich hoffe", sagte er, „was hier gesprochen worden ist, endet an den Wänden dieses Saales." – „Ist ja gar kein Saal", lachte Schwester Kläre, „ist ja eine kümmerliche Baracke. Schmeiß einen Hosenknopf aufs Dach, und sieh zu, wie sie einkracht." Und damit lief sie hinter ihm her. – Allgemeiner Aufbruch folgte ihrem Beispiel. Pahl drückte Bertin die Hand, als sie sich verabschiedeten. Heute nacht habe er Wache, sagte Bertin bleich, und Lebehde auch, und sie müßten ziemlich dalli hinunter. – „Mach nur deine Wache ab, Kamerad", sagte Pahl fast zärtlich, „und laß dich bald wieder sehen. Hast es ihnen schön versetzt, Kamerad. Du und ich zusammen, wir werden das Kind schon schaukeln." – Lebehde nahm sich vor, auf dem Heimwege Bertin zu größerer Vorsicht zu mahnen, obwohl sein Ausbruch ihm weniger überraschend gekommen war als allen anderen. Der Mann war reif dazu, spät genug nach all dem Theater, das er mitgemacht oder mitangesehen. – „Erwart mich draußen, Lebehde", bat Bertin, „ich muß noch meinen Leutnant besänftigen, damit er mich nicht frißt, wenn ich wiederkomme."

Als er, Kroysing stützend, mit ihm langsam aus dem Saal

schlenderte, entschuldigte er sich: Er begreife gar nicht, wie ihn diese Wut übermannt habe. Früher hätten ihn Geistliche wild gemacht, jetzt sei ihm das aber zum erstenmal wieder zugestoßen. – „Sie sind mir der Richtige“, knurrte Kroysing. „Sie scheinen es dick hinter den Ohren zu haben, mein Lieber.“ Sie waren auf dem Gang angelangt; die Tür der Besenkammer öffnete sich, Schwester Kläre ging an ihnen vorüber. Da sagte sie, Bertin ansehend: „Lieber Herr, bei Ihnen brennt's. Da muß man schleunigst löschen. Heute abend telefoniere ich Ihretwegen mal mit jemandem“, nickte und lief den Gang hinunter.
Kroysing blieb stehen, seine Faust preßte verwunderlich Bertins Schulter. „Das wäre also die Erlösung“, sagte er pustend, „die Ihre nämlich.“

Drittes Kapitel

Das Brot des Hungrigen

Der Gastwirt Lebehde, als Landsturmmann verkleidet, die graue Wachstuchmütze mit dem Messingkreuz über der Stirn und die Hüften gegürtet mit einem Lederkoppel, überreicht eine Minute vor zehn dem Landsturmmann Bertin eine lange Flinte, das Infanteriegewehr 71 mit verbessertem Schloß, und sagt hinterhältig: „So, Kamerad, da nimm die Knarre und viel Vergnügen.“ – Beide Männer tragen ihre Mäntel; der Lebehdes steht von den Hüften ungewöhnlich ab. Während sie ein paar Schritte miteinander auf die Baracke zu gehen, in der Kommando Barkopp haust, erklärt er beiläufig, warum: er habe sich nämlich die Freiheit genommen, die riesigen Papiertüten in den französischen Loren näher zu befühlen. Da sei er auf eine prima Überraschung gestoßen: „Koste mal“, damit hält er ihm etwas Hartes, Scharfrandiges vor den Mund. – Bertin nimmt vorsichtig etwas davon zwischen die Zähne: Weißbrot ist es, harte altbackene Semmel. Verwundert schaut er Lebehde an, der andächtig nickt. – „Weißbrot, Mensch. Für die französischen Gefangenen in Deutschland, damit sie nicht verhungern. Das Rote Kreuz versorgt sie damit. Für unsere Frauen sorgt es nicht; da müssen wir selbst für grade-

stehen." Lebehde klopft auf seine Tasche. „Gibt einen schönen Happen-Pappen." – „Das steinharte Zeug?" fragt Bertin. – „Männeken", antwortet Lebehde mitleidig, „das in Kaffee aufgeweicht und mit'n bißken Butter und Kunsthonig in der Pfanne gebraten, gibt doch die feinsten Armen Ritter! Und wenn deine Frau Rosinen auftreibt und drunterquirlt und bäckt's in 'ner Springform: 'nen besseren Pudding wünscht sich kaum der Osterhase. Solches Weizenmehl! Frag mal bei der Kaiserin an, und wenn sie gelaunt ist und sagt dir die Wahrheit, dann gesteht sie dir, solches Weizenmehl habe sie sich schon lange abgewöhnt." – Und unter diesen und ähnlichen Schwärmereien ergreift Karl Lebehde die Türklinke; kehrt aber noch einmal um, raunt Bertin zu: „Wenn du ihnen da oben nicht so schön gedient hättest, hätte ich dir das süße Geheimnis nicht verraten; denn du hast uns oft und manchmal in der letzten Zeit nichts aus deiner Schmalzbüchse angetragen." – Bertin, verblüfft, wandert mit dem Gewehr am Schulterriemen und seinen hohen Stiefeln zurück auf seinen Wachtgang, hin und her zwischen den beiden Abstellgleisen des winzigen Bahnhofs Vilosnes-Ost.
Sehr mild weitet sich die Frühlingsnacht über dem Taleinschnitt, der sich nach dem Fluß zu öffnet und rechts von dem Hügelabsturz überhöht wird, der unsichtbar das Lazarett Dannevoux trägt. Der Boden klebt an den Stiefeln, aber die feuchte Luft atmet sich balsamisch, verglichen mit dem Rauch und Gestank der Mannschaftsbaracke. Der Bahnhof Vilosnes-Ost! Auf ihm wurden im vorigen Frühling die Armierer des Feldwebelleutnants Grassnick, von Serbien kommend, ausgeladen, um unter seiner Führung träumerisch vor die Mündungen der bayrischen Feldgeschütze und fast ins französische Feuer zu tapern. Ein Jahr rundet sich jetzt, etwas länger ist es schon her – ein komisches Jahr! So muß der Oberprimaner Bertin am Ende seiner Schulzeit auf den Sextaner Bertin heruntergeblickt haben, der Tanzstundenjüngling mit Schnurrbärtchen und langen Hosen auf den kurzbehosten Knirps mit den zutraulichen Augen. Zwar ist er noch nicht sicher, daß das Jahr jetzt zu Ende geht; aber Schwester Kläre hat versprochen, heute abend für ihn mit jemandem zu telefonieren; er ist nicht mehr so dumm wie in den ersten Tagen ihrer Bekanntschaft, der Armierer Bertin, zum Beispiel, als sie in Kroysings Zimmer bügelte. Nach Redensarten, die er aufgeschnappt hat, muß die

schöne Person mal etwas mit dem Kronprinzen gehabt haben, was die Sachlage natürlich ganz neu belichtet. Warum nicht? Wer hat sich ins Privatleben erwachsener Leute zu mischen? Der Kronprinz war im Heere nicht beliebt. Er lehnte es ab, sich Unbequemlichkeiten aufzuerlegen, die er Zehntausenden, Hunderttausenden in seinem Namen befehlen ließ. Das rächte sich an ihm: gewisse Zigarettenpäckchen waren im Dreck liegengeblieben, Straße Moirey–Azannes. Aber als Kavalier galt er auch, unfähig, sich gegen eine Frau unnett zu benehmen, die er näher gekannt hatte. Schwester Kläres Fürsprache verhieß Aussichten – Gott sei's getrommelt und gepfiffen. Und wenn sich Major Jansch auf die Zehenspitzen reckte, die kleine giftige Kröte, und aus Leibeskräften spuckte: diese Suppe würde ihm zu hoch stehen. Hoffnungsvoll stieg Bertin über Weichen und Schwellen, um sich zwischen den beiden Zügen ans Hinundherlaufen zu machen: zur Rechten die fünf geschlossenen Klötze der Güterwagen voll feuchten Pulvers, beschädigter Granaten, gesammelter Blindgänger, und links, ziemlich weit weg, die Brotwagen, offene Loren, mit großen Zeltbahnen überschnürt. Er schob die Hände in die Manteltaschen, schlenderte vor sich hin. Ungemein willkommen war ihm diese Gelegenheit, noch zwei Stunden aufzubleiben und zu denken. Der Teufel mochte ihn holen, wenn er begriff, was eigentlich dort oben geschehen war. Geschimpft hatte er oft, wie jeder Soldat; Schimpfen gehörte zum Parieren. Aber vorhin: war da nicht vor fremden Leuten und Vorgesetzten eine solche Stinkwut aus ihm gespritzt, daß Pahl ihn dazu beglückwünschte und der Chefarzt, dieser nachdenkliche Mann, verlangte, das Echo dieser Sätze müsse innerhalb der vier Wände des Mannschaftssaales 3 verbleiben? Was ging eigentlich mit ihm vor? Achtundzwanzig Jahre war er alt, aber eigentlich fühlte er sich hundertjährig. War er nicht mal voll Begeisterung für Deutschlands gute Sache in den Krieg gezogen, brennend froh, daß er die Große Zeit erleben durfte, ängstlich nur, er könnte sie verpassen körperlicher Schwächen wegen? Und jetzt, nach knapp zwei Jahren, sah er alles abgebrannt.

Kahl und grinsend lag die Welt um ihn, in der Gewalt herrschte, einfache, schlichte Faustgewalt. Nicht die Gerechtigkeit einer Sache regierte, sondern der klobige Stiefel. Ein Getrampel von Stiefeln war dieser Krieg: der deutsche

Stiefel trat gegen den französischen, der russische gegen den deutschen, der österreichische gegen den russischen, der italienische gegen den österreichischen, und der britische Schnürschuh, fester als sie alle, aber eleganter im Schnitt, half überall nach und stieß überall selbst zu, und er verstand es. Jetzt aber erhob sich auch der amerikanische Schnürschuh – die Welt ward zum Tollhaus... Alle guten Eigenschaften des Friedens gingen in die Binsen: eine Feldwebelwelt blieb übrig – man konnte sich schon jetzt dazu gratulieren, falls man sie überhaupt erlebte.
In solchen Gedanken war Werner Bertin bei den Brotwagen angelangt, den grauen und braunen Zeltbahnen, die sie verschlossen. Er lüftete den offenen Zipfel der mittleren Lore und tastete hinein: großartig! Papiersäcke, an der Seite aufgerissen und um einigen Inhalt erleichtert. Eilig griff der Wachtposten Bertin zu und füllte, auch er, die Taschen seines Mantels – nicht ohne sich schuldbewußt umzuschauen und mit leicht geduckten Schultern. Aber nur der Mond sah ihn, der fern und klein hoch oben stand in einem dunstfreien Kreisrund, mit dem er die leise Nebelkuppel des Tales durchbrach.
Der Wachtmann Bertin hat Handschuhe an, braucht also die Hände nicht in die Taschen zu stecken – die schlauchartig tiefen Taschen aus festem Futterstoff innen in seinem Mantel. Morgen wird er die Semmeln an Lenore schicken und ihr die Rezepte weitergeben, die Karl Lebehde vorhin aus dem Ärmel geschüttelt hat. Es sieht zu Hause nicht gut aus; wie soll es auch? Nirgendwo in Deutschland sieht es jetzt besser aus, so wenigstens wird behauptet. Die Post der letzten Woche gab mancherlei Stoff zum Nachdenken, nur daß man dazu keine Zeit aufbrachte. Heute hat man Zeit, und alsbald beschäftigt sich Bertin mit seinem Schwager David, dem zukünftigen Musiker, der aus seinem Rekrutenlager wilde Beschimpfungen gegen die Eltern an die Schwester schreibt, weil die ihn sehenden Auges in den großen Schwindel hineingelassen haben. „Hier wird erpreßt, was nur von Freiwilligkeit geleistet werden könnte, und um die Gemeinheit voll zu machen, wird die Erpressung Freiwilligkeit genannt.“ Ja, der David ist ein Junge, dem gelegentlich zugespitzte Sachen einfallen, denkt Bertin, nicht bloß in Notenschrift und auf dem System aus fünf Linien – David nannte sie mal Beethovens Telegrafendrähte. Auch von seinem Bruder Fritz hört Bertin wenig

Erfreuliches; das Regiment hat Rumänien schon wieder verlassen, es liegt jetzt rätselhafterweise im Eisacktal, Südtirol, und das bedeutet nichts Gutes für alle Beteiligten, einschließlich der Italiener. Der alte Kaiser Franz Joseph ist zwar gestorben, und sein Nachfolger Karl hat sich, wie man so schön sagt, an die Front begeben, aber die Hauptarbeit müssen nach wie vor die Preußen leisten (die auch Bayern, Württemberger oder Hessen sein können) – kurz, Frau Lina Bertins Herz hat noch keine Gelegenheit, sich gesund zu melden, im Gegenteil. Nun, für ihren Ältesten wenigstens wird sie bald nicht mehr zu zittern brauchen, wenn auch niemand leugnen darf, daß der Kleine, der Fritzel, ihr Liebling war und geblieben ist. Schwester Kläre, eine dankbare Leserin, wird heute abend ein wichtiges Wort sprechen, sie hat es vielleicht schon getan und Frau Bertin von einer Sorge befreit.

Klein ist ein Zimmerchen, eng ist ein Bett. Dennoch gelingt es zwei Menschen oft und überall, sich darin unterzubringen; selbst die langen Glieder von Leutnant Kroysing vermögen wunderbar sich anzupassen, obwohl eins davon einen steifen Verband trägt. Leutnant Flachsbauer schläft drüben glückselig und ganz allein.
„Soll ich nicht jetzt gehen und telefonieren?" – „Was fällt dir ein!" – Ein leichtes Lachen in der Frauenstimme: „Aber ich hab dir doch versprochen, noch heute abend anzurufen." – „Der Abend ist ja noch so lang. Hat ja grad erst begonnen." – Wieder lacht die Frau, ganz leise, sehr bezaubernd. Sicherlich ist unter diesem flachen Dache noch nie ein solcher Laut erschollen. Ein schwimmendes Öllicht in einem häßlichen Wasserglase läßt seinen kleinen Schein an der Decke spielen; er glänzt in Schwester Kläres stillen Augen, über Kroysings Stirn und Nasenrücken. „Wir müssen vernünftig sein. Vergiß nicht, Leutnant, dein Schatz ist ein Dienstmädchen. Er muß morgen früh heraus und ausgeschlafen haben. Sieben Stunden brauch ich dazu." – „Süßes Dienstmädchen. Kannst du nicht nach elf noch anrufen?" – „Zwischen zehn und elf. Schön, kurz vor elf. Aber dann gehst du auch in die Klappe, verstanden?" Sie richtet sich auf, streng auf ihn herabzublicken mit hängenden Zöpfen, lachenden Lippen, einer wunderbar beseelten Schulterlinie, die am Ohrläppchen zu beginnen scheint und die Arme hinunterfließt, einladend zur Liebkosung. –

Kroysing läßt seine lange Hand langsam an ihr hingleiten. „Kläre“, sagt er, „Kläre.“ – „Was denn, Junge?“ – „Ich bin so blödsinnig glücklich. Daß du auch nur dein geliebtes Bein unter der Decke vorstreckst und deinen Fuß auf die kalte Diele setzest, ist der ganze Bertin nicht wert.“ – Sie streckt ihr Bein unter der Decke hervor und zappelt mit den Zehen, deren Schatten an der Wand hüpfen.

Wie schnell geht die Zeit auf Wache herum? So schnell, wie der Wachtposten will. Der Ablauf seines Lebens, Umdrehung und Wandel der Gestirne und das Schießen und Aufblitzen der Gedanken füllen während seines Hinundhergehens den inneren Raum nach Belieben aus. Seltsam ist nur, wie es manchmal ein Gedanke versteht, immer wieder verhüllten Hauptes an eine dünne Decke zu stoßen, die ihn hinabschnellt, bis er endlich eine schwache Stelle findet und durchbricht. Mit zufriedenen Augen trinkt Bertin die Mondnacht ein, die ihn umgibt, die große Stille, das leise Herüberwehen unbestimmter Geräusche. Irgendwo, sehr fern, fährt ein Lastauto, mit Eisen bereift statt mit Gummi. Was an der Front auch immer vorgehe, hier ist nichts zu hören, denn die Artillerie arbeitet kaum noch, und Infanteriefeuer verschlucken die schweren Höhenrücken. Es ist hell, so hell: jede Schwelle unterscheidet man, die Weiche drüben, zerbrochene Geschoßkörbe, die Schottersteine zwischen den Schienen. War es eigentlich richtig, daß er sich die Taschen gefüllt hat mit diesem faden, salzlosen Weißbrot? Hat Lebehde nicht ein schweres Verbrechen begangen, indem er das Gut beraubte, das zu bewachen ihm befohlen war? Hat Bertin nicht das gleiche Verbrechen begangen? Ein militärisches Vergehen schwerster Art – wenn es entdeckt wurde. Und gleichwohl würde jeder Vorgesetzte nur lachen, wenn jemand käme, sich selbst oder einen anderen dafür anzuklagen. Denn was bedeutet das bißchen Mundraub im Kriege, der doch ein einziger großer und ununterbrochen fortgesetzter Raubzug ist, Diebstahl am eigenen Volk und an den benachbarten, fortgesetzt jetzt fast drei Jahre, Tag und Nacht, in jeder Sekunde? Der kleine Mundraub bedeutet nichts. Was der Soldat braucht, muß er haben, und eine Armee braucht eben viel und auf lange hin, und da sie nichts hervorbringen kann, muß sie halt rauben. Macht sie es geschickt, so treibt sie es lange, macht sie es ungeschickt, zu raffgierig nämlich, so wirtschaftet sie schnell ab. Genau wie Feldwebel Pfund, der vor ein paar Tagen plötzlich verschwunden ist, nach Metz zurückgeschickt, mit einem dicken schwarzen Fleck in seinem Führungszeugnis. Denn der Hungerwinter gipfelt, Major Jansch hat zähneknirschend von seinen Vorräten herausrücken müssen und ein Opfer gesucht und gefunden: Herrn Pfund und seine kühnen Weihnachtseinkäufe, lies: Unterschlagungen, welche zur Folge haben, daß die Kompanie kein Geld mehr besitzt und der Mannschaft keine Zuschußnahrung anbieten kann, was alle anderen Kantinen tun: Käse, Rollmöpse, Bücklinge, Schokolade. Der Arzt hat sich beschwert, der Park hat sich beschwert, bei der Heeresgruppe Ost sind diese Beschwerden sehr ungnädig vermerkt worden, und zugleich soll, nach dem Bericht der Postordonnanz Behrend, ein zerrissenes Paar Schnürschuhe mit einem beißenden Brief eingelaufen sein, alles sehr geeignet, einen Feldwebel in die Wüste zu schicken. Seit etwa drei Tagen betreut ein neuer Mann die Kompanie. Und wer ist es geworden? Sergeant Duhn, ein stiller Mann, mit festen grauen Augen, der nie von sich reden machte, aber erreicht hat, was dem Streber Glinsky verwehrt blieb: Spieß und Tressen des Etatmäßigen. Bertin horcht in sich hinein, hängt seinen Daumen in den Gewehrriemen, strolcht unternehmend die lange Strecke wieder zurück, nähert sich den Brotwagen.

Da stehen sie, die Verschnürung an einer Stelle gelockert, dem Zugriff derer offen, die sie beschützen sollen. Ausgezeichnet, denkt Bertin, echt menschliche Gesellschaft. Der Staat, Schutz der Schwachen vor den Mächtigen, schlägt sich entschlossen auf die Seite der Macht und bestiehlt seine Schützlinge zugunsten der Macht, in Grenzen allerdings, so, daß die Hungernden nicht zu sehr hungern und die Arbeit hinschmeißen und sich zusammenrotten gegen die Diebe. Zusammenrottungen sind verboten, die Schwächeren haben einzeln aufzutreten und ihre Beschwerden vorzubringen. Ich habe heute zu Zusammenrottungen aufgefordert, die Sache der Schwächeren ist meine Sache, und jetzt trage ich die Taschen voll Weißbrot für meine Frau, das ich den Schwächsten gestohlen habe. Brich den Hungrigen dein Brot, steht in der Bibel. Stiehl den Hungrigen ihr Brot, heißt die Praxis des Krieges; und ich beteilige mich munter daran. Da ist doch was passiert? Der Armierungssoldat Werner Bertin stiehlt in diesem Augenblick französischen Kriegsgefangenen die Kost, die ihre Frauen für sie gesammelt haben und auf die sie sehnsüchtig warten. Und trotz dieser Erkenntnis macht er nicht die mindesten Anstalten, das gestohlene Gut zurückzugeben. Denn auch seine Frau hungert daheim. Noch im Spätsommer, noch Anfang Oktober hat er gegen den Befehl der Vorgesetzten halbe Laibe seines Kommißbrotes den gefangenen Russen geschenkt, die damals vom Park mit Aufräumungsarbeit und Reinigungsdienst beschäftigt wurden. Genau entsinnt er sich des mageren Soldaten im erdbraunen Mantel und mit der erdbraunen Haut, der die Stege vor der Baracke des dritten Zuges abkratzte und ihm, als er stehenblieb, „Brot, Kamerad!“ zuraunte. Mit welch seligem Ausdruck der Ausgehungerte das harte Schwarzbrot in der Manteltasche verschwinden ließ! Der Wachtposten Bertin hängt sein Gewehr wieder auf die Schulter, legt aber die Hände auf dem Rücken zusammen und wandert gebeugt, die Augen am Boden, seine vorgeschriebene Strecke ab, erstaunt und entsetzt. Donnerwetter, denkt er, Donnerwetter!

Weit hinter Verdun, der halbzerstörten, angebrannten Stadt, macht sich in diesem Augenblick ein Flugzeug zum Start bereit. Blaß im Mondlicht und sogar ein bißchen beengt um die Brust prüft mit den Monteuren der Maler Jean François Rouard die Verspannungen der Tragflächen, das Höhensteuer, das Seitensteuer, die Befestigung der Bomben. Wie große Fledermäuse hängen sie kopfabwärts unterm Bauch der Maschine. Zwei rechts, zwei links. All diese Kisten sind doch noch sehr klapprig, denkt er; kein Wunder. Es liegt ja noch nicht acht Jahre zurück, daß Blériot den Kanal überflog; und wie lange ist es eigentlich her, daß Pégoud mit seinen Loopings, Stürzen und dem Fliegen kopfabwärts die Welt angrauste? Kopfschüttelnd, die Hände in den Taschen, wundert sich Rouard über den Menschen, denn was damals Entsetzen erregte, ist heute die Schule und das Handwerkszeug des Kriegsfliegers. Nieder mit dem Krieg, denkt er, er ist eine schmutzige Schweinerei, aber solange der Boche unser Frankreich zertrampeln will, müssen wir ihm das Nötige auf den hölzernen Quadratschädel pflastern. Und dann fragt er nach dem Brennstoff. In einer halben Stunde, wenn alles gut geht, hofft er zurück zu sein, und er klopft dreimal auf das Holz des kahlen Apfelbaums, der neben dem Schuppen mit seinem graphischen Geäst den Himmel ädert. Aus dem Halbschatten der Scheune drüben löst sich eben Philippe, sein Freund und Pilot. Er hat noch schnell ein Bedürfnis befriedigt, bevor er sich festschnallen läßt. Mit wiegenden Schritten nähert er sich, Sohn eines bretonischen Fischers. In der Hand schlenkert er den geweihten Rosenkranz aus elfenbeinernen Kugeln, den er gleich als Talisman an einen kleinen Haken zu seiner Rechten in die Maschine hängen wird, vorn neben seinen Sitz! Rouard nickt ihm entgegen, Philippe nickt zurück. Mehr braucht eine Männerfreundschaft nicht, eine ruhige Verbundenheit, die den Tod unter brennenden Flugzeugtrümmern schon mit veranschlagt hat.

Leutnant Kroysing streckt seine langen Flossen vom Bettrand seiner so schwer errungenen Frau, zieht sich an, küßt ihr beide Hände, wünscht gute Nacht und humpelt so leise, als es eben geht, die paar Schritte in sein Zimmer hinüber. Es ist völlig dunkel, Leutnant Flachsbauer schnarcht, von jenseits des Ganges macht sich vielstimmig das gleiche Sägen aus dem Mannschaftssaal bemerklich. Kroysing tastet sich an den Wänden entlang bis an sein Bett, stellt die Krücke hin, streckt sich geübt in seine Flohkiste. Sein Herz schlägt vor Sättigung und unwägbarem Glück so tief befriedigt, wie sonst nur seine Stimme in der Brust widerhallt. Er hat das Dasein bezwungen. Mit dieser Frau hat er ein Gut erobert, das ihm, er fühlt es ganz genau, einen Vorsprung vor allen Menschen sichert. Er wird jetzt werden, was er will: Fliegerhauptmann, Chefingenieur, leitender Kopf und Wille eines weitverzweigten Betriebes. Diese Frau, die jetzt in ihrem Zimmerchen herumkramt, um sich zu waschen, die jetzt behutsam die Tür öffnet und mit der Taschenlampe den Korridor durcheilt, um auf seine Bitte für seinen Freund ein Gespräch mit einem Mann anzumelden, auf den Kroysing in keinem Punkte eifersüchtig ist, weil er im Leben dieser Frau nur noch eine Erinnerung bedeutet, diese Frau, die lange gezögert hat und über ihn lacht, noch wenn er sie in die Arme nimmt, ist ein solcher Antrieb, ein solcher Sturmwind unter seinen Flügeln, ein solcher Propeller an seiner Lebensmaschine, daß er höher hinauf sich keine Seeligkeit denken kann. Er hat den Douau-

mont nicht halten können, weil ihm die Schwachköpfe dazwischenfunkten, diese Frau hier wird er halten und damit den Weg in die Zukunft. Ganz gestillt schließt er die Augen, lächelnd läßt er sich sinken. Eigentlich möchte er noch wach bleiben, ihr Zurückkommen hören; er ist noch ganz munter, nur ein bißchen duseln wird er jetzt. Morgen muß sie wieder vereiterte Verbände der Muschkoten wegräumen. Schad't nichts; auch das gehört zum Leben. Er brummt im Geiste eine Melodie vor sich hin, ein Studentenlied, das der Dichter Friedrich Schiller gedichtet hat; es beginnt mit den Worten: „Freude, schöner Götterfunken..."
Während Schwester Kläre den langen Gang der Baracke III hinuntergeht, um die Ecke biegt und den noch viel längeren von Baracke II und I durchmißt, fragt sie sich, ob es nicht töricht war, das elektrische Licht im Zimmer brennen zu lassen. Sie hat das Fenster geöffnet, im Dunst des Öllämpchens mag sie nicht schlafen, es soll durchlüften, bis sie wiederkommt. Eine neue Art von Atmen möchte sie erfinden, bis in die Zehenspitzen hinein das Glück einsaugen mit Gottes reinem Odem; seit einem Jahrzehnt fühlte sie sich so nicht mehr da sein. Wäre sie nur sicher, daß der Fensterladen geschlossen ist; es zieht ja hinreichend zwischen seinem Holzrahmen und der Barackenwand. Man soll zwar nicht übervorsichtig sein; sie ist ein alter Soldat, Schwester Kläre, und weiß, Unvorsichtigkeiten sind dazu da, um begangen zu werden. Dennoch aber wäre es klüger und besser und vernünftiger und vorsichtiger, zurückzugehen und das Licht auszuknipsen. Nur – und sie lacht in sich hinein – tut man nicht immer das Vorsichtige und Vernünftige, sondern meist das Vernünftige und manchmal das Bequeme. Und jetzt ist sie recht müde, das Gespräch muß sie mit Aufmerksamkeit führen, außerdem wird es einige Zeit dauern, bis die Verbindung kommt: da werden Minuten zu Gütern, die man schon sparen darf. Und wenn der Fensterladen schon wirklich mit einem Spalt nach außen klafft? Just in der Viertelstunde, die sie fortbleibt, wird jemand draußen vorübergehen und bemerken, Schwester Kläre habe gegen das Verbot Licht brennen, ohne das Fenster sorgfältig abzudichten? Hat nicht der Bertin, der nette Kerl, eine Geschichte von einem General erzählt, der einmal nachts, während er gerade Wache schob, mit vollen Scheinwerfern durch einen dichtgefüllten Muni-

tionspark kutschierte? Ach was, denkt Schwester Kläre, während sie den Telefonraum betritt, laß man. Mir geht's so gut, ich hab so einen Prachtkerl zum Mann gekriegt, mir kann überhaupt nichts schiefgehen.
Die Fernsprechstelle des Feldlazaretts Dannevoux wurde aus leicht begreiflichen Gründen in demjenigen Teil des großen Barackenwinkels eingerichtet, der dem Eingang vom Dorfe her am nächsten liegt. Bedient wird sie von schwerkriegsbeschädigten Soldaten, deren Sehvermögen beeinträchtigt ist; vor diesem Kriege hätte man sie blind genannt. Der eine vermag gewisse Grade der Helligkeit und Dunkelheit zu unterscheiden, der zweite hat nur einen Teil seines linken Auges zur Verfügung, der dritte sieht nur mit den Rändern des Blickfeldes, während verdämmert, was er wirklich ins Auge faßt. Diese drei nahezu Blinden hat sich der Chefarzt unter seinen Patienten ausgesucht und zu Telefonisten erzogen. Sie sind mit ihrem Dienst und ihrer Unterbringung einverstanden; einmal waren sie alle drei Reiter: ein Magdeburger Ulan, ein Kürassier aus Schwedt und ein Allensteiner Dragoner. Keiner von ihnen sehnt sich danach, jetzt schon als Blinder in Deutschland herumzutappen; alle Griffe ihres neuen Handwerks versehen sie mit Leichtigkeit. Ihr Gehör hat sich geschärft, ihr Gedächtnis auch, reibungslos vollzieht sich im Feldlazarett Dannevoux der Telefondienst. Als Schwester Kläre die Bude aufklinkt, findet sie sie säuerlich vollgequalmt mit Mannschaftstabak. Unter der mattbrennenden Lampe sieht sie den Kürassier Keller sitzen und stricken – das Tastvermögen ist hier wichtiger als viel Licht. Er erkennt sie an der Stimme. Verwundert und erfreut begrüßt er den späten Gast. Da er schon lange auf diesem Platze arbeitet, hat er oft genug die Verbindung hergestellt, um die Schwester Kläre ihn jetzt bittet; und wie früher, beginnt er seine Tätigkeit mit den Worten: „Setzen Sie sich doch hin, Schwester, 's wird ein Weilchen dauern." Dann unterhandelt er mit Leuten, die weit weg sind, die er nie erblickt hat, mit denen er aber aufs vertraulichste umspringt. Telefonisten sind verschwiegene Leute; wird sich auch wohl so gehören. – Im Dunstkreis der kleinen Lampe wartet indes Schwester Kläre auf das Ergebnis seiner Bemühungen; die Arme aufgestützt, sieht sie ihm zu, die schmalen Gelenke rechts und links von ihrem Kinn. Ihr wird schnell schläfrig zumute; sie zieht ein Zigarettenetui heraus

und beginnt zu rauchen. Als ihr Blick auf ein kleines Monogramm in dem gehämmerten Metall, mit einem winzigen Krönchen darunter, fällt, lächelt sie. Das goldene Ding paßt hierher; der Mann, der es ihr geschenkt hat, wird sich bald am Telefon melden.

Der Kronprinz des Deutschen Reiches ist ein besonders liebenswürdiger Wirt seiner Gäste und heute abend glänzender Laune. Er hat einen schweizerischen Militärschriftsteller zu Tische gehabt und mit ihm lange und sachverständig über die Fortschritte der 5. Armee in den letzten Tagen der Marneschlacht geplaudert; diese Unterredung wird eines Tages Früchte zeitigen. Außerdem saßen an der kleinen runden Tafel ein Kriegsberichterstatter und ein Maler, beide für deutsche Zeitungen tätig. Der persönliche Adjutant des Kronprinzen vollendet die Gesellschaft. Frauen fehlen. Als eine Ordonnanz dem Adjutanten etwas zuflüstern kommt und der sich an den Gastgeber wendet, er werde dienstlich am Telefon verlangt, mit einer gewissen Betonung, die den Gästen undurchsichtig bleibt, erhebt sich der schlanke Herr lebhaft, entschuldigt sich mit ein paar verbindlichen Worten und eilt ins Nebenzimmer. Er weiß nicht genau, wer anrufen wird, unangenehm kann es keinesfalls sein. Vielleicht ist es die Kronprinzessin, vielleicht einer seiner Jungen, aber noch bevor er am Schreibtisch sitzt, auf dem der Apparat steht, hat ihn sein Adjutant erreicht, ihm zwei Worte gesagt, ist wieder verschwunden. „Das ist aber reizend" sind daher die Worte, mit denen er sich am Telefon meldet. – Für solche Liebenswürdigkeit ist keine Frau unempfänglich, besonders eine deutsche nicht, die man nach dieser Richtung nicht verwöhnt. Daher verspottet ihn Schwester Kläre auch sogleich: ob er denn überhaupt wisse, wer da spreche, an wen er seine Nettigkeit verschwende? – Er lacht leise, redet sie mit einem Kosenamen an, den sie bei ihm führte, nimmt anscheinend überhaupt keine Notiz von der Tatsache, daß sie sich vor dreiviertel Jahren zuletzt gesehen haben. Ob Schwester Kläre nicht ein bißchen herüberkommen könne, er habe gute Freunde bei sich, wie immer fehle leider die Dame vom Haus, der Wagen könne in zwei Minuten auf dem Wege nach Dannevoux sein. – Schwester Kläre lacht. Sie spricht in Gegenwart des blinden Telefonisten, der aber eben aufsteht und hinausgeht, mal nach den Sternen gucken. So kann sie ihm in freimütigen Ausdrücken versichern: wahrscheinlich sei er ein großer Feldherr, aber vom Dienst bei ihrem Chef habe er keine blasse Ahnung mehr. Sie werde sich gewiß freuen, wenn einer seiner Wagen hier vorfahre; dann dürfe aber die Kaiserliche Hoheit selbst drinsitzen und das Lazarett huldvoll besuchen. Sie könne ihm dann einen Offizier vorstellen, Pionierleutnant, der ihm erstaunlichste Dinge von den letzten Tagen im Douaumont erzählen werde. – Der Kronprinz fragt neckend, ob Schwester Kläre an dem Herrn persönlichen Anteil nehme, und bekommt eine spöttische Abfuhr; daß sie errötet, vermag er ja nicht zu sehen. Dann erkundigt er sich nach dem Ergehen von Oberstleutnant Schwersenz; ob er etwas für ihn tun könne? Hört mit Bedauern, von ihm sei nichts Neues zu berichten und wohl auch nicht zu erwarten, solange Krieg sei. Eines Gefallens wegen allerdings rufe Schwester Kläre heute an, aber der gelte nicht einem persönlich nahestehenden Menschen, sondern einem sachlich wertvollen. Und sie schildert ihrem Zuhörer in rheinländischem, weiblich reizvollem Tonfall den ganzen Vorgang um den schriftstellernden Referendar Bertin, seinen Herrn Major und das Kriegsgericht Lychow, das Ersatz für einen k.-v.-Mann braucht. – Dem Kronprinzen gefällt die Frau, mit der er spricht, wieder außerordentlich, er erinnert sich ihrer mit großer Deutlichkeit. Den Mund sehr nahe an der Muschel des Hörers, bittet er sie, sich doch auch seiner wieder so warm anzunehmen, auch an ihn einmal so beredt zu denken. Man dürfte, wenn man Schwester Kläre nicht genau kennte, auf allerdümmste Gedanken kommen. – Ach, antwortet Schwester Kläre harmlos, in einem Lazarett, in dem es zu gewissen Zeiten so viele Abgänge gebe, lerne man den Wert eines einzelnen besser einschätzen als die Verfasser der Heeresberichte. (Abgang bedeutet in der herzlosen Sprache der Medizin stets Abgang durch Tod.) – Der Kronprinz gibt vor, zu erschrecken, wenn Schwester Kläre ihm so drohe, aber es passe ausgezeichnet in seinen Kram, heute etwas für einen Schriftsteller zu tun, da er nämlich drei Zeitungsleute zu Gaste habe; und er notiert sich auf seinem Schreibblock Namen und Truppenteil des Armierers Bertin. – Schwester Kläre, glücklich, ihn soweit zu haben, verwandelt sich in eine reizende und bevormundende Gouvernante: er solle das nun aber nicht vertrödeln, wie es leider seine Art sei; solle vielmehr sofort das Nötige ver-

anlassen, keine Widerrede dulden und dem Herrn Major beibringen, wer eigentlich die Fünfte Armee führe. – Der Kronprinz freut sich: die Frau ist wirklich patent, er wird sie in den nächsten Tagen wiedersehen, das Feldlazarett Dannevoux besichtigen, sich nach dem Douaumont-Leutnant umtun, das Telegramm an die Schipperkompanie noch heute nacht durchgeben lassen. Und während er dies auf werbende Art mitteilt, warm, gewinnend, erinnert er sich seiner Gäste; er steht auf, halb gebückt leitet er die Schlußformeln ein, kündigt sich für nächsten Sonnabend an und hört Schwester Kläre mit sehr ruhiger Stimme, vielmals dankend, um Entschuldigung bitten: sie müsse aufhören, die Leitung werde dringend benötigt, Fliegeralarm. – Der Kronprinz, etwas erschrocken, wünscht: hoffentlich gäben die Flakbatterien und MGs dem frechen Franzmann tüchtig Kattun, und hängt ein. Nachdenklich zündet er sich die Zigarette an, schlendert an den kleinen, schön beleuchteten Eßtisch zurück, auf dem die Sektschalen gefüllt werden. Durch diese Fliegerei wird der Krieg immer unfairer.
Seit einigen Sekunden steht der fast blinde Kürassier Keller neben Schwester Kläre, auf das schnelle Aufleuchten der zweiten Leitung hinweisend. Außer anderen Gründen hat ihn vorhin das Wiehern eines Pferdes hinausgezogen. Pferde sind seine Leidenschaft, und nichts bedauert er so wie die Abwesenheit dieser geliebten Reittiere in den Stallungen des Lazaretts. Dieses Wiehern kennt er; auf dem Rücken seines Braunen, eines durchschnittlichen Wallachs, der Egon geheißen und gut gehalten, wenn auch schwach genährt ist, kommt und geht der Feldprediger, dem sie ein Geschwür aufgeschnitten haben. Wer weiß, denkt Keller, vielleicht kann er eine halbe Minute lang den Braunen an der Kinnkette fassen, sein glattes Fell streicheln, den warmen Geruch einatmen, der jedem Reiter so vertraut und teuer ist. Richtig, im milden Mondlicht führt eben Bademeister Pechler das Tier heran, das den Aufbruch nach dem heimatlichen Stall freudig begrüßt hat. Pater Lochner schüttelt indes dem Chefarzt noch einmal beide Hände, die ihm so wohlgetan haben, und wünscht ihm und seiner ganzen hilfreichen Anstalt Segen und Gedeihen. Dann schwingt er sich trotz seines Bäuchleins mit einem Hupf vom Steigbügel in den Sattel. Wie ein Wildwestreiter wirkt er jetzt, den breitkrempigen Hut kühn aufgeschlagen, gegen die

Nachtluft geschützt durch einen Radmantel. Und dann reitet er los, Richtung Dannevoux, wo er die Nacht verbringen wird. Der Sauternes war vortrefflich, das Gespräch, streitbar und anregend, knüpfte sich an die tief zweiflerischen Meinungen über den Wert des Lebens, die der Doktor und Chirurg am Nachmittag geäußert, an dem Bette dieses häßlichen und gescheiten Setzers – wie hieß er doch? Richtig, Pahl. Ja, wenn man sich ein paar Wochen lang streng kasteien mußte, wirkt das leichteste Weinchen gleich in den Geist. Aber es verleiht ein fröhliches Herz, wie schon in der Heiligen Schrift zu lesen ist, es tröstet die Trauernden, ermuntert die Lahmen, schenkt sanften Schlaf dem Gerechten; und im übrigen werden zwanzig langsam durchschrittene Minuten, es ist gegen elf, gerade hinreichen, eine gesegnete Nachtruhe zu bewirken. Der Mond scheint ja so schön. Wie große Bandschleifen ziehen sich die beiden Straßen hin, die sich weiter vorn schneiden: die eine nach Dannevoux, die andere rechts abschwenkend und den Berg hinab nach Vilosnes-Ost. Dr. Münnich, in seiner Litewka jetzt mehr einem Major als einem Stabsarzt gleichend, sieht einen Augenblick dem forschen Schattenriß des friedfertigen Reiters nach; dann schickt er seine Leute ins Haus zurück und folgt ihnen auf der Stelle. Und während er sich noch über den seltsamen Gegensatz freut, den die Reitergestalt des guten Paters zu dem silbernen Kreuz an seinem Halse darstellt, vermerkt er, mit welch unbehinderter Eile sein Pflegling Keller die Tür seines Dienstraumes öffnet und wieder zudrückt.
Keller hat es wirklich eilig: von draußen schon hat er gehört, daß sein Apparat schnarrend nach ihm verlangt. Ungeduldig stöpselt er und erhält von weiter vorn über die Vermittlungsstelle Esnes die Meldung, ein Flugzeug sei im Anmarsch, er möge es weitersagen. Telefonisten und Nachtwachen von Lagern und Truppenteilen empfangen Fliegermeldungen und leiten sie den nächsten Sprechstellen zu.
Inzwischen rasselt das Telefon auch schon unten in der Bude, die dem Nebenbahnhof Vilosnes-Ost als Gebäude dient. Es rasselt, ja, aber niemand hört es. Die Eisenbahner, die es tags bevölkern, ältere Landwehrleute, schlafen nach anstrengendem Tagewerk den Schlaf der Gerechten. Sie haben eine Art Abkommen mit den Schippern: deren Wachtposten soll sie wecken, wenn etwas los ist. Hört der Wachtposten der Schipper die verzweifelten Bemühungen des alten Apparats?

Niemand schläft in der Nähe; die Eisenbahner haben es gern bequem. Sie und die Schipper ziehen die geräumigen Baracken jenseits des Bahnhofs vor. Für den Fall eines Fliegerangriffs aber sind Unterstände in den Berg geschnitten, in die man flüchten kann; immerhin muß man rechtzeitig wachgerüttelt werden, um hinüberzulaufen. Der Fernsprecher krächzt und schnarrt. Wo bleibt eigentlich der Wachtposten des Kommandos Barkopp? Will er seine Kameraden schlafend in die Ewigkeit befördern helfen, falls der verdammte Flieger seinen Kurs hierher nimmt?
Bertin, mit seiner Flinte, steht immer noch vertieft zwischen den Geleisen; nicht so weit weg, als daß er nicht hören könnte, aber zu abgelenkt, um aufzuschrecken. Mitleid mit sich selbst beherrscht ihn im Augenblick. Wäre er vernünftig gewesen, hätte er wie die anderen Erwachsenen der Kompanie dem Feldwebelgeiste mißtraut, hätte er sich damals in Küstrin auf dem Kasernenhof ruhig nach Osten einteilen lassen, statt darauf zu bestehen, freiwillig gen Westen zu wallfahrten: er wäre geblieben, was er war, ein sauberer Kerl, und hätte ja auch im Osten seine Pflicht tun können. Aber der Osten schreckte ihn, nicht wahr? Im Osten drohten Läuse, drohten Schnee und Kälte, unzivilisierte Städte, scheußlich mühevolle Landstraßen und in den Städten viele Juden – Ostjuden mit unangenehmen Gewohnheiten und fatalem dick aufgetragenem Judentum, höchst geeignet, ihn, Bertin, in Verlegenheiten zu bringen. Er war ehrlich genug gewesen, sich das zuzugeben, er gab es sich auch jetzt zu; er fand nur die Strafe ein bißchen hart für so ein kleines Vergehen. Warum durfte ein Jude nicht zugeben, daß er gewisse andere Juden nicht liebte, das preußische Militär aber sehr: seine Zucht und Ordnung, seine Sauberkeit und seinen Drill, den Kriegerrock und das Kriegertum, die militärische Größe seiner stolzen Traditionen und seine unbesiegbare Schlagkraft? War er nicht erzogen worden, so zu fühlen? Und nun, nach zweijähriger Dienstzeit, stand er kümmerlich da, ein Dieb am Brote der Hungernden. Da hat doch einer dran gedreht, spotteten die Berliner in solchen Fällen. Viele Schwindel hatten sich seither entlarvt, zum Beispiel der vom süßen und ehrenvollen Opfertod fürs Vaterland. Ach nein, es war immer gemein und scheußlich, ein junges Leben hinzugeben, bevor es zu irgend etwas geführt hatte. Aber es war manchmal notwendig, zum Donnerwetter.

Man konnte Frauen, Kinder und Greise nicht dem Einbruch brauner Barbarenhorden, wie jener Mongolen und Tataren, aussetzen, von denen die schlesische Heimat immer wieder überfallen worden war. Ei, ei, ei, Senior Bertin, ein Schaf waren wir mit unserem preußischen Patriotismus, ein Jungchen, das auf Abenteuer ausging und dabei nicht merkte, wie es in die Dienste und Schlingen des Feindes aller Welt geriet, des leibhaftigen Widersachers, der nackten Gewalt. Ein bißchen spät entdeckte man das. Bis zum plündernden Baschkiren war man inzwischen herabgesunken, von dem das Geschichtsbuch mit Schaudern meldete. Denn der und seinesgleichen hatten ja auch nur aus den schlesischen Bauern und Städtern die Nahrung gepreßt, die sie sich gegen den eigenen Hunger auf den Tisch gestellt. Bertin Baschkir – welch ein Schlag ins Gesicht!

Und da hörte er das Klingeln. Mit einem Ruck war er wach, ganz gegenwärtig. Stieß die Tür auf, leuchtete mit seiner Taschenlampe in die Dienstbude: niemand. Riß den Hörer vom Haken, hörte: Fliegeralarm, weitergeben! Erinnerte sich grell: fünf Waggons Sprengstoff! Fünfzig lebende Menschen von seiner Wachsamkeit abhängig! Nun aber Tempo! Der Wachtposten Bertin springt wie ein Hase über Schienen und Schwellen. Von der Knarre behindert, stürmt er die Eisenbahnerbaracke: „Raus! Raus! Fliegeralarm!" Die Tür läßt er offen, damit der Luftzug die Schläfer noch mehr ermuntere; und schon hat er kehrtgemacht, saust er weiter, auch seine Kameraden zu wecken. Er hat nicht die mindeste Furcht um sich selbst, ist vielmehr voller Sensation, ganz toll vom Erlebnis dieser besonderen Nacht. Jetzt steht er in der Tür, hört Sergeant Barkopp der Zugluft wegen schimpfen, pocht mit dem Flintenkolben gegen die Dielenbretter, vertreibt unerbittlich noch den letzten Rest von Schlaf: nicht umsonst hat ein Gewisser mal den Fliegeralarm selig verschlummert. Damals lagen hundertfünfzig Meter Gelände zwischen den Menschen und der Munition, heute dreißig. Er horcht dabei nach dem Himmel. Ein ganz feines Singen meldet sich unleugbar und böse. Schon leckt aus der Gegend von Sivry ein Scheinwerfer hoch: seine Chamäleonzunge, die vorn breiter wird, sucht nach dem Insekt. Ihr gesellt sich eine zweite, hinter dem Hauptbahnhof Vilosnes mag sie ihren Ausgang haben. Die dritte: Dannevoux. Und da kläffen auch schon die Flaks.

Hinterm Berge, jenseits der Bahn bullern sie hervor, von der Hügellehne her schnattert jetzt das schwere Maschinengewehr. Hüte dich, Franzmann! Kreuzen sich erst die Lichtbänder um dich, dann blitzen bald die düsterroten Schrapnells über oder vor dir, oder die Garben wildaufwärts springender Spitzkugeln reißen Löcher in dich – in deine Tragflächen oder in deine Arme, in deinen Motor oder in dein Herz, in deinen Benzintank oder in deine Lunge – einerlei. Herunter mußt du, bevor du deine scheußlichen Ostereier abschmeißen kannst. Im Trab, ungenügend angezogen, läuft eine Schar Armierer durch die Mondnacht. Die dunklen Löcher der Unterstände verschlukken sie. Die meisten drängen sich hinten an die Rückwände, wo die Sicherheit am größten ist; aber da rauchen schon die Eisenbahner ihre Zigaretten. Die Schipper müssen weiter vorn Deckung finden. Ein einziger Mensch bleibt draußen: Bertin. Er muß sehen, dabeisein, den Zeugen abgeben. Sergeant Barkopp schnauzt ihn gutmütig an: ob er nicht vielleicht untertreten wolle; es werde ihm gleich aufs Dach regnen. Bertin, die Augen verschattend übers Mützenschild hinaus, wehrt ab, es sei noch nicht soweit. Wo bleibt der Franzose? Türmt er vielleicht nach Stenay, wo das Hauptquartier des Kronprinzen sich befinden soll? Wehe dir, Franzmann, wenn du mir da jemanden zerteppserst, ehe er meine Versetzung ans Kriegsgericht der Division von Lychow verfügt hat!

Oben in der Luft, zwölfhundert Meter hoch, lehnt sich Jean François Rouard, mit dem Nachtglas spähend, über Bord. Eine verflucht andere Landschaft als am Tage liegt unter ihm. Die silbrige Helle des Mondes ist eine Lüge der Dichter: grau umschleiert breitet sich unter ihm eine Tafel, in der kaum die Maas ihren Lauf deutlich zeichnet. Er hätte sich nicht darauf einlassen sollen, schon jetzt den Bombenflieger zu spielen. Andererseits war Befehl Befehl, und einmal mußte er doch anfangen, von dem kindischen Photographieren zum Ernst fortzuschreiten. Da hingen die vier geschärften Geschosse unterm Bauch der Maschine, wie Fledermäuse hatten sie ausgesehen, die kopfabwärts am Deckenbalken einer Scheune schlafen. Wäre man sie nur schon los! Großer Himmel, wo bog die Maas nun um, wo öffnete sich die verwünschte Senke mit den Geleisen? Eine Taschenlampe erleuchtete seine Zeittafel, die Karte, die Uhr: noch immer gradeaus. Im Lärm des Motors hört man nicht, wenn unter einem Schrapnells platzen; aber man sieht sie, wenn man wieder über Bord späht nach einem Zeichen, das der lähmenden Ungewißheit ein Ende macht, dieser wilden, siedend heißen Verwirrung des ersten nächtlichen Bombenflugs. Stimmt die Zeittafel, so fliegen sie noch zwei Sekunden vorwärts, dann abwärts, um besser zu zielen, und dann: ein Ruck am Hebel, der Teufel hole die Bescherung, die man anrichtet, das ganze Leben ist eine Schweinerei, man muß es eben hinnehmen, sich vergewissern, daß man getroffen hat, vielleicht wird man selbst dabei getroffen. Da: links vorn ein Licht, ein winziger, heller Fleck am Boden. Sicher stolpert da einer zwischen den Geleisen. Ein leichter Schlag auf den linken Oberarm seines Piloten ändert kaum merklich den Kurs.

Unten gipfelt ein Hexensabbat. Abschüsse krachen, Geschosse heulen empor und bersten, der Lärm der Maschinengewehre zeigt die böse Gewalttätigkeit dieser Waffe an. Scheinwerfer tasten umher, der Motor des Fliegers und sein Propeller singen deutlicher. Jetzt zittert Bertin vor Erregung; in den Eingang des Stollens gedrückt, reißt er alle seine Sinne auf, aus allen Öffnungen gleichsam stürzt seine Seele in den wilden Taumel des Kampfes, der die Nacht zerreißt. Eine wahre Verrücktheit hat sich seiner bemächtigt. Vor ein paar Stunden hat er oben gegen die Gewalt gestritten, und jetzt berauscht er sich an ihr. Gibt es denn das? denkt er. Geht das zusammen? Muß man nicht selbst ein Feldwebel sein, um so vor Wonne zu zittern, wie ich jetzt zittere, wenn die Explosionen einander jagen und der Flieger da oben unbeirrt sein Ziel sucht, nämlich unter anderem mich? Bin ich denn außer zum Dieb auch zum Totschläger geworden? Habe ich es überhaupt, halt, halt! nötig gehabt, dazu zu werden? War ich es nicht stets? Habe ich nicht als Tyrann meine kleinen Geschwister niedergetrampelt wie Glinsky mich? Warf ich nicht, wie Jansch mich, einen schwächeren und wertvolleren Menschen zu Boden und vergewaltigte ihn: nämlich meine Frau, nämlich Lenore?
Was umgibt ihn? Niedere Kiefern, graugrün unter dem stumpfblauen Himmel der Mark Brandenburg. Das ist die Schonung zwischen Wilkersdorf und Tamsel. Gelber Sand draußen und Felder, halbhoch mit Roggen bestanden. Den Kriegerrock hat er an, den dritten Monat schon, und seine Männlichkeit beweisen muß er jetzt, da sie unter dem hellen

Himmel sich ihm verweigert. An zischt er sie, ihre Schultern drückt er ins Moos, schwächlich und wütend; Zwang tut er ihr an, erschreckt sie wie vorhin den kleinen Jungen, der ihnen nachkriechen wollte. War das eine Mannestat, diese Vergewaltigung und alles, was daraus folgte an Elend, Qual und schrecklicher Erfahrung? Eine Feldwebeltat war es! Niedertrampeln statt zu gewinnen, hinschmeißen statt zu verführen, befehlen statt zu werben war Feldwebelart und nichts anderes. Tonnen von Stahl, Katarakte von Explosionen, wüste Schwaden giftigen Rauches, auffliegende Erdmassen, zerkrachende Balken, heulende und pfeifende Garben von Splittern und Geschossen: nichts als gereizte Schwäche verbarg sich dahinter, auf einen Knopf drücken konnte jeder. Im Juli 14 hätte er, Bertin, nicht auf den Knopf gedrückt. Im Juli 15 aber, gib der Wahrheit die Ehre...

Bertin klammerte sich an den Pfosten des Stollens: Schwindel stieg vom Herzen her in ihm auf, in wildem Trichter verschwammen die Umrisse der Wagen, die dort drüben, keine vierzig Meter entfernt, eben noch ruhig auf den Geleisen gestanden, tückisch still im tückischen Mondlicht. Aber noch ehe der Sergeant neben ihm den Mund auftun konnte, zu fragen, was ihm sei, erschütterte ein dumpfer Schlag ihnen zu Häupten den Berg, kurz danach ein zweiter. Steinsplitter sprangen von der Decke. Das Feuer der Flaks verdoppelte sich, die Maschinengewehre rasten; aber das Brausen des Propellers war noch da, es entfernte sich nur. Die Eisenbahner saßen an der Wand, die Schipper weiter vorn im Finstern; der Wachtposten Bertin, plötzlich ganz ausgelaugt, hockte neben ihnen auf der Holzkante des Drahtbettes. Aufgeregtes Gerede mündete schließlich in die Überzeugung: viel Lärm um nichts. Er hat die Munitionswagen verfehlt und, durch die Abwehr beirrt, seine Bomben irgendwo auf dem Bergrücken abgelegt, hinter oder vor Dannevoux; die zweite Bombe konnte dem Schall nach ein Loch in die schräge Straße gerissen haben.

Langsam streckte Bertin seine schmerzenden Knie. Noch eine halbe Stunde Wache, dann durfte er schlafen gehen, vier Stunden sich einrollen in Decken wie eine Puppe, in der sich die große Veränderung vorbereitet. Seine zweite Runde, von vier bis sechs, konnte eine heilende Morgenwache werden, mit Vogellaut, Sonnenaufgang, dem Versuch, sich zu fassen. Aber diese letzte halbe Stunde jetzt würde hart werden. Er zitterte an allen Gliedern; entzündete hastig seine Pfeife, erquickte sich, ließ die Reden der Männer an sich vorüberlaufen. Sergeant Barkopp trieb zum Schlafen zurück: morgen war auch noch ein Tag und dienstfrei. Bertin rauchte verbotenerweise weiter, während er mit Karl Lebehde und seinem Wachtnachfolger Hildebrandt die Deckung verließ, über die Geleise stolperte, an den Munitionswagen vorüber die Talmitte zu gewinnen suchte. Karl Lebehde hielt an, zurückgewandt, und spähte mit gekniffenen Augen nach der Hügelkante über ihnen. Dort zuckte roter Schein. Irgendwo brannte vielleicht eine alte Scheune aus, die die Bombe getroffen hatte, oder ein Haufen Holz, meinte der lange Schwabe. Karl Lebehde sagte nichts, wiegte den Kopf hin und her auf seinem kurzen Halse, sah sich noch einmal um, ging schließlich schlafen. Bertin fröstelte. Plötzlich wog das Gewehr neun Pfund. Ja, der Tag war lang und aufregend gewesen, nachts gegen zwölf lautete die Parole der Natur: Mach Schluß! Aber er hatte noch Dienst. Da ließ sich nichts ändern. Seine Taschen, prallgefüllte Säcke, zogen an seinen Schultern.

Viertes Kapitel

Der Ziegel fällt vom Dach

Leutnant Kroysing, im Bett an der Außenwand seines Zimmers, schläft schon fast. Nur noch ein winziges Fünklein Wachheit verbindet ihn mit der Erdkruste, auf der Dinge geschehen; seine Wirklichkeit ist augenblicklich die des Traumes. Da fliegt er, er, der Fliegerleutnant Kroysing, über den Kanal. Brausen umgibt ihn, Seewind und das herrische Trommeln seines Motors. Unter ihm bäumen sich die grauen Wellen der nordischen See, vergeblich senden sie Spritzer zu ihm empor: vergeblich auch schießen die Schiffe unter ihm aus ihren Langrohren: heulend und ohnmächtig fallen die Granaten wieder hinab. Er sieht im Traume die Geschosse zu sich heraufsteigen, Spitze voran, dann einen Moment schräg schweben, sich vor ihm verneigen, wieder abwärts sausen. Anders die frechen kleinen Maschinengewehrkugeln. Wie Bienen kommen sie angeflogen, setzen sich sternförmig und in

Kurven auf seine Tragflächen, verwandeln das Flugzeug in einen Schmetterling; aber das ist kein Schmetterling wie andere, es ist der ungeheure Totenkopf, ein Bombenflugzeug, gefährlich für die Städte: unter ihm liegt eine englische Stadt, alle Leute darin sind Engländer, der Grundriß ähnelt dem von Nürnberg: da ist die Burg, in der Alfred der Große wohnt und sein Christoph Kolumbus: denen werden wir aber jetzt eins auf den Schornstein geben. Schon zuckt die Hand nach dem Bombenhebel: da kracht ein Schrapnell neben dieser Hand, und mit einem Ruck erwacht Eberhard Kroysing. Lärm erfüllt das Leutnantszimmer. In der Tat: ein Flieger scheint dem Bahnhof unten seinen Besuch abzustatten. Denn alle Batterien und MGs in der Nähe spucken nach ihm. Einen Augenblick lang hat er Lust, aus dem Bett zu springen, die Baracke zu alarmieren: alle Leute raus. Dann schämt er sich dieser Anwandlung, denn dies ist ein Lazarett und kein ... Nicht zu Ende denken kann er diesen Gedanken. Starr aufrecht sitzend, nichts als Gehör, stellt er sich den Feind vor, den Feind, der ein Kamerad ist. Warte, mein Lieber, denkt er, in drei Monaten hol ich dich herunter, es soll mir ein besonderes Vergnügen sein, dir diesen Nachtbesuch zu vergelten. Durch alle Geräusche hört er in der Finsternis den nahenden Motor, trotz Leutnant Flachsbauers Schnarchen. (Der arme Kerl verkriecht sich in seinen Schlaf wie in dicke Decken; seine Braut liegt an einer septischen Blinddarmentzündung schwerkrank, fast hoffnungslos darnieder, und er, argwöhnisch wie ein Soldat im Lazarett wird, zweifelt daran, daß es der Blinddarm ist, und vermutet Sepsis in einem anderen Organ.) Welch gesunder Abwehrlärm! Raus aus dem Bett, das Fenster aufgerissen: da ziehen sich über den Nachthimmel die weißen Bänder, drüben zuckt das Mündungsfeuer der Flakbatterie, schwarzrot platzt ein Schrapnell, ein zweites: wie stark der Motor das rasende Schlagen der Maschinengewehre durchwirbelt. Kroysing späht, halben Leibes vorgeneigt, empor: nichts als Himmel, Lichtbänder und ein paar Sterne. Eine Gestalt, fast so lang wie er selbst, läuft unten vorbei und kommt nach ein paar Sekunden wieder; eine gedämpfte Stimme, fast so tief wie die seine, ruft ihm zu: „Nimm Deckung, Kamerad!" Und der Mann verschwindet wieder. Kroysing achtet nicht weiter auf ihn. Dieser Besuch gilt dem kleinen Bertin, schiebt er nicht gerade jetzt Wache? Natürlich, es ist gegen elf, und er hat Nummer drei.

Nun, der Junge ist kaltblütig, Kroysing hat ihn in manchen Lagen beobachtet, der wird die Baracke schon wachrütteln. Hat sich der Ton da oben nicht geändert? Gewiß hat er sich geändert. Eine unmerkliche Schwankung stärker ist er geworden, nähert sich Kroysing. Wenig sieht man aus diesem verdammten Fenster, das ja nach Dannevoux zu schaut. Und schickt es sich für einen alten Soldaten mit heilendem Bein, trotz ärztlichen Verbots in die Nachtluft hinauszulaufen? Leicht ernüchtert zieht sich Kroysing den Pyjama zurecht, ins Zimmer zurückzutreten. Aber was ist das? Unentwegt rückt der Kerl da oben heran, ja, träumt er denn noch, er, Kroysing? Hat sich sein Traum fortgesponnen und umgekehrt, wie das manchmal geschieht? Hier ist doch ein Lazarett, brüllt es in ihm; du kannst uns doch nicht dein Ei ins Bett pflanzen. Ins Horchen, das sich seiner bemächtigt hat, stößt plötzlich die Gewißheit wie durch einen Trichter mitten in sein Herz: der Kerl wird sich irren, er wird aus Versehen das Lazarett zerschmeißen, in ein paar Sekunden wird es geschehen sein, wenn ihn die Flaks nicht vorher erledigen. Holt das Aas herunter, ihr Schurken; schießt, faule Bande, schießt! Plötzlich schweigt der Motor. Haben sie ihn? Sie haben ihn! Beide Arme fallen Kroysing erlöst herab: keine Kameradschaft mehr, nur Feindschaft regiert die Welt.

Und dann hört er, der Mann im Dunkeln, ans Fenster gekrampft in seinem hellen Schlafanzug, der geübte Soldat, dem alles vertraut ist, ein feines Pfeifen – das bewußte Pfeifen, den schrillen Schrei, den die stürzende Bombe vorherschickt. Das zielende Schicksal ist in diesem Ton, die Unentrinnbarkeit: ich komme, Leben auszulöschen, Feuer zu entzünden ... Gleitflug also ließ den Motor aussetzen, jetzt donnert es wieder in den Lüften, Feuer vom Himmel ist eine gute Sache, Prometheus der Wohltäter der Menschheit, paßt mal auf, wie ich krachen werde, ich, der befehlsgemäß einschlagende Blitz, die gehorsame Zerstörung. Fast sechs Sekunden braucht eine Bombe für die hundertachtzig Meter, die diese hier zu durchfallen hat. Aber sie fällt nicht auf einen führerlosen Schafstall. Ein Mann, der jetzt zwei gesunde Beine hat, reißt die Tür des Mannschaftsraums 3 auf und brüllt hinein: „Raus, raus, Fliegerangriff!" Nach der Mannschaft die Frau. Ein Sprung nach der Klinke: leer das gellend helle Zimmer, das Fenster halb offen. Und während sich im Mannschaftsraum 3 wildes

Gebrüll erhebt, das elektrische Licht aufflammt, am Ende des Ganges eine Gestalt erscheint, hört Kroysing unmittelbar vor dem Krachen des Einschlags den Todesboten über dem Dache lärmen. Rasend vor Wut ergreift er die Wasserkaraffe an Kläres Bett und schleudert sie, außer sich, an die Decke empor, dem Tod in die Fresse: „Du feiges Schwein!" Dann fetzt ihn die Explosion über seinem Kopfe in blutige Stücke.
Flamme, Flamme. Die Bombe ist auf dem Gang gelandet, mitten zwischen Zimmer 19 und Saal 3. Von den Flüchtenden werden sieben oder acht einfach übern Haufen gekugelt, Wellblech, Balkensplitter, brennendes Holz, feurige Teerpappe fliegen umher, fast im Augenblick lodert der äußerste Barakkenflügel wie ein Scheiterhaufen. Mit Fäusten, Tritten, dem ganzen Körper erfechten sich die Verwundeten trotz ihrer Verbände den Ausgang durch die hinterste der drei Türen. In die giftigen Schwaden, den beizenden Dunst weißen und schwarzen Rauches schrillen Schreie, das übernatürliche Gewinsel der Eingequetschten, Hingestürzten, das entsetzliche Geheul derer, die die Flamme anleckt, einhüllt. Gut daran sind die Toten, denen es die Bombensplitter besorgt haben. Im Bette, umzüngelt von brennenden Dielenbrettern, streckt sich der Leib des Setzers Pahl aus. Nur sein Leib: den klugen Kopf, dessen das arbeitende Volk so dringend bedurfte, hat die Explosion zerschmettert wie ein armseliges Hühnerei, auf das ein Pferd tritt. Diesmal hat es ihn im Schlafe erwischt, wie es vor dreiviertel Jahren zu seiner und Karl Lebehdes Verwunderung beinahe den Kameraden Bertin erwischt hätte; diesmal hat er den Lärm verschlafen. Als ihn das Gebrüll in seiner Nähe gerade ermuntern wollte, war er auch schon hinüber. Es wird von ihm nichts übrigbleiben, denn sein Gehirn und die Teile seines Schädels mußten irgendwohin spritzen, und sein verunstalteter Körper wird von der langsamen, aber zäh-glühenden Brandstätte verascht werden, in die sich sein Bett, das ganze Barackenende verwandelt. Inzwischen ist der Chefarzt, ist der Bademeister Pechler, sind Nachtwachen und Pfleger herbeigestürzt. Ein Glück, denkt der Chefarzt, während er die chemischen Löschapparate aus ihren Klammern reißen und die Schlauchleitung entrollen läßt – ein Glück, daß es Raum 3 traf, wo die leichteren Fälle zusammenliegen. Aus Raum 1 hätte sich niemand retten können. In Decken gehüllt, füllt die Belegschaft des brennenden Flügels

die gesicherte Seite des Hofes, die Südterrasse mit den Liegestühlen. Die Oberschwester hält Appell ab, eine flüchtige Übersicht, wieviel Leute fehlen und wer. Schon zischen die Kohlensäurestrahlen aus den roten Blechkegeln tapfer in den Brand, während die Leichtkranken den Telefonisten helfen, die Schlauchleitung zu verlängern, und der Bademeister als Wassersachverständiger dafür sorgt, daß in kürzester Zeit ein scharfer Strahl ins brennende Gebälk hineinprasselt, Fetzen auseinanderreißt, Trümmer durch die Luft sausen läßt. „Achtung, Dachpappe!" rufen die Geretteten, denen das Unheil alsbald wieder zum aufregenden Vergnügen wird. Ohnmächtig liegt auf dem Bett der Oberin Schwester Kläre. Rätselhaft, warum die sonst so geistesgegenwärtige Frau bis in alle Grundfibern ihrer Seele erschrocken ist. Wahrscheinlich hat sie nachträglich das Entsetzen umgeworfen, durch ein Wunder aus der Hand des Todes geschlüpft zu sein. Ja, jene Ecke hat am meisten gelitten; da ist wohl niemand gerettet worden. Doch, sehr wohl ist jemand gerettet worden: Leutnant Flachsbauer ist heil davongekommen. Die Bombe, die das Dach durchhaut, auf dem Gange einschlägt, die Dielen in Brand aufreißt: diese Explosion hat ihn verschont. Nur geweckt hat sie ihn, hellwach gerüttelt, ihm beigebracht, daß etwas passiert sei. Er ist aus dem Fenster geklettert, während das Haus über ihm schon flammte; mit großer Ruhe, fast phlegmatisch hat er sich an der Außenwand hinuntergelassen, nicht einen Schiefer hat er sich in die Haut gejagt. Das kommt davon, denkt er, wenn einem nichts am Leben liegt, wenn es einen ankotzt, weil sich ein kleines Mädel zu Hause bei einer Pfuscherin hat ein Kind abtreiben lassen, das nicht von ihm ist. Als ob das alles so wichtig wäre: schwanger oder nicht, ein Kind von Herrn F. oder Herrn Y., Krach der Eltern oder Gerede der Leute. Wenn man nur lebt; wenn man nur zu atmen fortfahren kann, mit den Augen sehen, den Ohren hören, dem Kopfe denken, der Nase riechen – und wäre es Teerqualm und verbrennendes Fleisch. Ein Wunder, daß er gerettet ist, wahrhaftig und wirklich. Er muß es der kleinen dummen Gans gleich morgen vormittag schreiben und ihr klarmachen, daß sie doch um Gottes willen gesund werden und sich um alles übrige einen Dreck scheren soll.
Zwanzig Minuten nach dem Einschlag der Bombe treffen Motorfahrer der Ortskommandantur Dannevoux auf der

Brandstätte ein, Mannschaften aus den großen Unterkünften dort, Pioniere mit Picken und Beilen, Infanteristen mit Spaten. Der vordere Teil des Mannschaftsraumes und die Schwesternräume links vom Gang konnten gerettet werden, wenn auch unbrauchbar von triefendem Wasser und hineingeworfener Erde.
Die zweite Bombe ... Schreckensstarr hat ein einsamer Reiter auf dem Weg nach Dannevoux angehalten, sich im Sattel gewendet, als die weißen Bögen die Himmelskuppel schnitten und das betäubende Spiel der Geschütze und Gewehre begann. Pater Lochner, unter seinem breiten Hute, ist freilich überzeugt, daß hier oben keine Gefahr droht; ihn erfüllt nur Furcht für die anderen, die Armierer da unten, die nicht zu seiner Division gehören, die er aber noch vor Ostern besuchen wird. Ein paar polnische Katholiken sollen darunter sein. Plötzlich saust ein Schrapnelltopf neben ihm zur Erde. Achtung! sagt er. Das großartige Schauspiel, das der kleine Mensch den Mächten des göttlichen Gewitters abgeguckt hat, birgt Gefahr in sich. Eine kostbare Sekunde bleibt Pater Lochner unschlüssig, ob er seinem Wallach die Hacken geben und nach Dannevoux preschen soll oder besser umkehren und für die paar Minuten dieses Angriffs im Lazarett Unterschlupf suchen. Zu seinem Unglück tut er weder das eine noch das andere. Er hält nämlich gerade auf dem Kreuzweg, verlockend lädt ihn die abwärts führende Straße ein, sich in die bergende Deckung der Hügelseite zu flüchten, in den runden schwarzen Schlagschatten, den die Kuppe weiter unten wirft. Der Wallach Egon, weit klüger als sein Herr, reißt ungeduldig an den Zügeln, er will weg. Dies hier, dies dunkle und umknallte Feld erschreckt ihn, ein Pferd hat einen langen Rücken zu verteidigen, wenn Dinge aus der Luft fallen, und kaum weist ihm der Reiter die Richtung, so fliegt er im Trabe über die aufspritzende Bahn. Nur mit Mühe bringt ihn Pater Lochner zum Stehen, als jene Stelle erreicht ist, die trügerisch Sicherheit versprach. Denn das Pferd, die Ohren zurückgedreht, möchte in wildem Satze davon, als hinter ihm, aufbrüllend, der Berg zuckt. Quer über den Weg, den Abhang hinunter, nur fort! (Seines schreckhaften Wesens wegen hat seinerzeit die schwere Maschinengewehrkompanie dieses an sich schöne Tier gegen ein trägeres ausgetauscht.) Lochner, ein unerschrockener Mann mit einem Herzen, klug und warm in einem, sitzt ab, faßt das zitternde

Tier an der Trense, redet ihm beruhigend zu, zum Himmel aufblickend, als es den Hals hochreckt. Und da sieht er den Leib des Flugzeugs im grellen Licht der Scheinwerfer, keine hundert Meter über sich, groß und weiß orgelt es über den Berg, die Rundung seines Bauches, das bleiche Kreuz seiner Tragdecken, die Kreise seiner Kokarden, die Verspannungen: alles weist sich mit gespenstischer Deutlichkeit den Augen des einsamen Priesters, jetzt, wo der Franzose seinen Angriff vollenden will, wieder hochgehn, abschwenken. Zu den wenigen Menschen, welche jemals die Bombe, die sie tötete, vorher sahen, gehört Benedikt Lochner, vom Orden des heiligen Franziskus, Feldgeistlicher an der Westfront. Denn es ist fast ebenso verdienstlich, eine Straße zu zerstören wie eine Eisenbahn, und darum reißt der kleine Maler Rouard am Hebel, als ihm die Gegend klarer wird, die das Flugzeug kreuzt. Und Lochner sieht. Sieht im Strahl der Scheinwerfer einen hellen Tropfen sich lösen von dem scheußlichen Untier, als wäre er Schweiß oder Unrat, und fallen. Und da bricht er in die Knie. Zu Füßen seines Pferdes kniet er, die Hände gekrampft um das kleine Silberkreuz. Das Flugzeug ist längst in Nacht getaucht; mit fest zugedrückten Augen, während das Pferd Egon kauend den Hals über ihn hinstreckt, füllt er den Raum in seiner Brust mit Gebet an: daß ihn der Vater im Himmel rette, daß die Jungfrau ihn gnädig in Schutz nehme, daß der Sohn Gottes, der soviel gelitten hat, seine Seele berge und empfange. „Vater, in deine Hände empfehle ich meinen Geist“, ruft die lautlose Stimme, und dann spult sie in rasender Hast das alte große Gebet ab, das aus Stellen der Heiligen Schrift zusammengesetzt ist und „Vaterunser“ heißt. Er betet es nicht lateinisch, wie er geübt ist, deutsche Worte strömen in ihm hin, sie übertönen das schrille Nahen des fallenden Geschosses. Dabei sieht er aus den Bildern seine Kindertage die Majestät der Dreieinigkeit sich aus gemalten Wolken neigen, den Vater, bärtig und im Faltengewand, die Hände segnend ausbreiten, ihm zur Rechten der Sohn, zu Häupten die Taube im Heiligenschein: und bei der Zeile „Und vergib uns unsere Schuld, wie wir vergeben unsern Schuldigern“ schlägt krachend eine rote Lohe vor ihm auf. Gut zwölf Meter weg von ihm bricht die Fledermaus des Fliegers Rouard ein Loch in die Straßendecke, Ladungen von Erde sendet sie bergab, einen Guß von Splittern spritzt sie umher. Sie schlagen mit gleicher Wucht in die tote Wand des Abhangs wie in das zitternde Fleisch des Menschen und des Pferdes. Lochner empfängt sie in die Brust, das Pferd in Hals und Beine. Ein Schrei ist das letzte, was Lochner hört – ungewiß bleibt, ob es sein eigener war oder der des Tieres, das zusammenbricht und über ihn hin. Sie vermischen ihr Röcheln, ihr Stöhnen und ihr Blut; am anderen Morgen werden Infanteristen, aus der Stellung kommend, mit Kopfschütteln feststellen, was für anständige Löcher die Fliegerbomben reißen, und daß es diesmal, Dunnerlittchen, einen Feldprediger erwischt hat. Und ohne Mitleid werden sie ihre Kochgeschirre und Messer zücken und aus dem Wallach Egon saftige Teile Fleisches herausschneiden, zur Fettlebe eines ausgiebigen Abendbratens.

Fünftes Kapitel

Die Überlebenden

Blaß läuft Major Jansch in seinem Arbeitszimmer umher, Pantoffeln an den Füßen, dicke Filzschuhe, denn es zieht vom Fußboden. Bleich und wütend hat er den Burschen Kuhlmann angezischt und mit Zurückversetzung zur Truppe bedroht, weil der Kakao zu heiß war. Bleich und wütend hatte er eine Spinne zertrampelt, die seinen Weg leichtsinnig kreuzte. Bleich und wütend... Die Schreibstube unter ihm ist sich völlig klar über seinen Geisteszustand: Kommt sein Freund Niggl nicht, ihn zu besänftigen, so wird sich heute niemand in seine Nähe wagen. Niemand vielleicht außer dem Gefreiten Diehl, dem Hamburger Volksschullehrer. Der nämlich ist aus dem gleichen Grunde in feierlicher und gehobener Stimmung, der Herrn Jansch so ohnmächtig aufputscht. Denn der Gefreite Diehl hat erlebt, daß der Weltlauf durchaus nicht nur gemein und tückisch ist, wie es bisher schien; selbst bei den Preußen setzte sich zugunsten des Schwachen manchmal eine Macht in Bewegung. Dieses Wunder stärkt das moralische Rückgrat. Diehl wird, wenn es nötig ist, sich in die Höhle des Löwen wagen.
Es ist aber nicht nötig. Draußen läßt sich das Frühlingswetter launisch an, launisch und veränderlich; aber Herr Jansch

bemerkt es nicht. Seine Empörung erlaubt es ihm nicht. Erstens hat es heute nacht einen scheußlichen Fliegerangriff gesetzt. Der Bahnhof Damvillers verzeichnet eine Betriebsstörung, die sich sehen lassen kann. Herr Major Jansch hat bis in seinen Keller hinein die Bomben krachen hören. Und außerdem ist bewiesen, daß die Juden allmächtig sind, selbst im preußischen Heere, und selbst wenn sie ein Jahr lang oder zwei den Anschein der Ohnmacht zu erwecken wissen. Wenn's ihnen paßt, entschweben sie. Glaubst du, du hast sie, ehrlicher Deutscher, in die Ecke getrieben, so drückten sie auf einen Knopf, ein Hohenzoller tritt durch die Tapetentür, spielt Judas rettenden Engel und verschwindet ab durch die Mitte mit seinem Schützling, und das Orchester trompetet dazu aus Händels Judas Makkabäus den Marsch: „Tochter Zion, freue dich."
Jansch preßt sein Kinn auf den Kragen der Litewka, reißt mit beiden Händen an seinem langen Schnurrbart, zerbeißt einen Bonbon mit Himbeergeschmack, gräbt einen tiefen Schacht in seine Weltanschauung. Daß mit den Hohenzollern nichts los sei, hat er stets gewußt. Sie waren ungleichmäßige Leute, diese Nachkommen des Burggrafen von Nürnberg, viel zu gemischten Blutes, um stetige Charaktere, echte Landesväter und Regenten hervorzubringen. Immer wieder brach die angeborene faule Stelle weichmütig durch das bißchen Härte und Charakter, das sie sich in Preußen, in Brandenburg mühselig angezüchtet. Alle hatten üble Friedensschlüsse unterschrieben, alle schlechte Geschäfte gemacht, alle mit Juden getechtelmechtelt. Nach Friedrich dem Großen war es nur schlimmer geworden, nicht besser. Das welfische und französische Blut, das ihn erzeugt – in seinen Nachfahren schlug es erst recht durch. Wilhelm II. und vollends sein Sohn, der Enkel der Engländerin: die waren die Richtigen. Als Friedrich III. nach neunundneunzig Tagen seinem Kehlkopfkrebs erlag – das hatte sein Vater ihm erzählt –, trauerte zwar das ganze Bürgertum; im geheimen aber ging ein Aufatmen durch Altpreußen: dieser liberale Rauschebart hatte dem Lande nur noch gefehlt. Und dann, knapp zwei Jahre später, geschah doch, was nie hätte geschehen dürfen: die Entlassung Bismarcks. Von dieser Tat des Verrats bis zu dem Umsturz der altpreußischen Verfassung, der, wie der Alldeutsche Verband knirschend mitteilte, unabwendbar drohte, jetzt, mitten im

Kriege, lief eine logische Kette: wer den Eisernen Kanzler wegjagte wie einen untreuen Lakaien, verdiente diesen Bethmann-Hollweg, diesen Kanzler aus Philosophenpapier, und das Unheil, das aus seinem Munde sprang, sobald er ihn auftat. Soweit der Vater; der Sohn aber würde nichts bessern, nichts retten, sooft er auch den Alldeutschen Beifall klatschte. Dieser unernste Mensch tat ja dann doch immer das Gegenteil des Erwartbaren, wie das Beispiel bewies. So etwas mußte sich rächen, das sah jeder vernünftige Mensch trotz seiner schwarzen Brille um Mitternacht. Diese Leute hatten ausgespielt.
Major Jansch ging umher zwischen den steinernen Wänden und den Landkarten seines Zimmers, gelegen in einem Hause, das dem besiegten Frankreich entrissen war. Feierliche Musik erscholl in ihm, dem Trauermarsch nachgebildet, der bei Beerdigungen gespielt zu werden pflegte und den leider ein Pole geschaffen hatte, ein gewisser Chopin. Weite Räume fühlte er in sich voll Gram um Deutschlands Geschick, um den Verfall, der das Edle beständig bedrohte. Verse klangen in ihm auf, heldische Verse seines Lieblingsdichters Dahn:

„Gebt Raum, ihr Völker, unserm Schritt,
wir sind die letzten Goten,
wir führen keinen König mit,
wir tragen einen Toten."

So endete das Ringen zwischen dem edlen Gotenvolke und den schuftigen, schlauen Söhnen Ostroms, den Byzantinern. Arglosigkeit, Seelenadel und treuherziges Heldentum bestanden nicht in dieser Welt, die den Abkömmlingen der Zwerge gehörte. Das Gezücht siegte immer, weil deutsche Zwietracht ihm den Weg ebnete.
Da lag es, das Dokument des Untergangs aller Hoffnungen: auf deutschem Heerespapier, blau gerastert, telegrafierte wegen eines Judenjungen der Oberbefehlshaber der Heeresgruppe Kronprinz durch seinen Quartiermeister, daß der Armierungssoldat Bertin von der 1. Kompanie dem Stab der Heeresgruppe Lychow zugeteilt worden sei, sofort in Marsch zu setzen. Die Ausführung des Befehls war telegrafisch zu melden. Aus, Jansch. Kein E. K. I wird deine Brust zieren. Der Jude, wenn er deine Absicht erfährt und des Vorfalls wegen befragt wird, braucht nur zu lachen und Geschichten

zu erzählen, und alles ist abgetan... Die Schreibstube der 1. Kompanie läutet an. Sie zittert förmlich vor Ehrfurcht und Aufregung. Ein Telegramm des Kronprinzen! Der Befehl wird noch heute ausgeführt, der Landsturmmann Bertin noch heute früh nach Etraye-Ost beordert werden. Seine Papiere werden bereits ausgefertigt, seine Fahrscheine vorbereitet sein: heute abend kann er abgehen, darf das Bataillon die Ausführung des Befehls nach oben melden. – Major Jansch hat in seinem Leben Selbstbeherrschung gelernt: „Langsam, langsam mit die jungen Pferde", verlangt er, künstlich gelassen. Die 1. Kompanie hatte, wie die anderen auch, unter empfindlichem Mannschaftsmangel zu leiden, nicht wahr. Der Stab mußte erst ausfindig machen, wo sich die Heeresgruppe Lychow zur Zeit sammelte. Im Verlauf des Tages würde der Standort ihres Kriegsgerichts vom Bataillon ermittelt werden. Der Mann kam zurecht, wenn er morgen früh abging, morgen vormittag, im Laufe des Tages. Inzwischen konnte er noch Dienst tun. Nachtdienst zum Beispiel, irgendeinem seiner Kameraden eine beschwerliche Arbeit abnehmen. War in der kommenden Nacht vielleicht wieder ein Transport zur Front zu bringen? Hatte der Feldwebel Duhn verstanden? Er hatte verstanden. Der Herr Major hängte ein. Es geschahen ja manchmal Wunder. Man hatte das Recht, sich an jeden Strohhalm zu klammern. Nach wie vor beschoß der Franzose die Bahnen und Benzollinien. Vielleicht kriegte dieser Herr Bertin von ihnen doch noch eins auf die Nase.
Eine andere Quelle der Verstimmung freilich floß unverstopfbar weiter. Unaufhaltsam nahte das Osterfest. In vierzehn Tagen – dies wünschte die Frau Major – mußte Herr Jansch auf Urlaub fahren. Was für die überwältigende Mehrheit der Soldaten Europas die größte Wonne bedeutete: ihm löste es Mitgefühle aus. Was fehlte ihm im Felde? Nichts, oder so gut wie nichts. Er war ein Herr. Er besaß Knechte und Diener, die vor ihm mit bestem Rechte zitterten. Ein ganzes Haus richtete sich nach ihm. Die Bevölkerung eines unterworfenen Landes mußte, sprach sie zu ihm und seinesgleichen, Ergebenheit in die Stimme legen, oder der Teufel holte sie. Hier hatte er keinen Widerspruch zu fürchten; und wenn man ihn auch persönlich nicht mochte, stand doch eine Kaste geschlossen hinter ihm. Zu Hause aber... Er seufzte. Keinen Frieden haben, wegen jeder kleinlichen Rechnung vom Schreibtisch

aufgeschreckt werden, Tag für Tag seine innere Sammlung verteidigen müssen gegen die läppischsten Störungen: das war sein Zuhause. Er mochte die Frauen nicht; in keinem Sinne waren sie zulängliche Wesen. Dafür besaßen sie keifende Zeterstimmen, die ihm auf die Nerven gingen. Eine Dreizimmerwohnung in der Windthorststraße des Vorortes Steglitz – ein Straßenname, über den er sich ärgerte, sooft er ihn mit Bewußtsein liest – bedeutet kein Glück, wenn in ihr Frau Major Jansch und das Dienstmädchen Agnes Durst aus Lübchen in Sachsen herumwirtschaften und ein Mann seine Zettel immer wieder vor ihren Begriffen von Ordnung retten muß. Denn man verstand seine Arbeit nicht in der Windthorststraße, man mißachtete sie: mitten in seiner Familie bemaß man sie nach Geld und Geldeswert und verbarg eine leichte Geringschätzung nicht. Man – nämlich das Mädchen, die Frau und selbst der Sohn. Sein Sohn Otto kam auch auf Urlaub, und das vermehrte sein Unbehagen ... Leutnant Otto Jansch, von einem der namenlosen Infanterieregimenter, die massenhaft fochten und massenhaft starben, ohne Ehre zu finden. Sein Sohn aber hatte bei den Kämpfen Ende 1915 an einem der südpolnischen Flüsse Ehre gefunden, fast mehr aus Versehen vielleicht als wegen außerordentlicher Verdienste. Seither besaß er das E. K. I, und der Vater besaß es nicht – und damit kaum mehr Autorität über den Sohn –, obwohl sein Freund, der Major Niggl, sich alle Mühe gegeben hatte, ihn mit den Herren vom Park zu versöhnen, und besaß es nicht und würde es nie besitzen, obwohl aus den geheiligten Räumen des Artilleriekommandos die Nachricht vom Heldentod eines gewissen Leutnants von Roggstroh gedrungen war, gefallen nach der kleinen, an sich erfolgreichen Aktion gegen Bezonvaux, die nur leider hinterdrein ziemlich viel Verluste gekostet hatte. Sollte ein netter blonder Mensch gewesen sein, der kleine Roggstroh, von ausgezeichneter Familie; jetzt störte er niemanden mehr. Vorgestern, ja gestern noch schien das ersehnte Ordenszeichen am Horizont aufgehen zu wollen wie der Morgen- oder Abendstern. Seit heute aber war alles vorbei. Major Jansch griff nach dem Telefon; dann ließ er die Hand wieder sinken. Das hatte keinen Zweck. Er mußte hinaus, seine Erregung ins Freie tragen, seinen Kameraden aufsuchen, den Major Niggl, seinem Herzen Luft machen. Er klingelte seinem Burschen: er wollte sich anziehen, ausreiten.

In den Straßen von Damvillers herrscht Frühlingsbetrieb. Die Spatzen zwitschern wohlig in der lichten Sonne. Schwalben schießen durch den hellen Himmel, Mannschaften, ohne Mäntel, eilen umher. Vom hohen Roß herab prüft Major Jansch, ob sie auch stramm genug grüßen. Auf der Wiese, jenseits des Dorfes, wird exerziert, vom Übungsstand der Maschinengewehre erschallt das rhythmische Klopfen von Platzpatronen. Major Niggl ist nicht daheim, er ist vielmehr zu Hauptmann Lauber geritten, dem Kommandeur der Pioniere. Major Jansch zögert einen Augenblick, dann entschließt er sich unter dem Druck seiner Nachrichten, den Freund dort abzuholen. Er mag den Hauptmann Lauber nicht sehr, diese Schwaben sind allesamt Demokraten, Gegner also. Aber, wie ihm heute zumute ist, überwindet er seine Abneigung, wendet seinen Fuchs, zieht im Schritt zurück und hinüber zum Stab der Pioniere.
Hauptmann Lauber sitzt niedergeschlagen in einer Ecke seines Sofas, in der anderen, ganz Teilnahme, Major Niggl. Für den seltenen Gast, Herrn Major Jansch, wird ein Sessel bereitgestellt, ein Glas Kirschbranntwein eingeschenkt, eine Zigarrenkiste geöffnet. Nein, Hauptmann Lauber selber raucht heute auch nicht, es schmeckt ihm nicht. Eine scheußliche Nachricht vom Feldlazarett Dannevoux ist über die Ortskommandantur eingelaufen: der Flieger, der heute nacht auf dem Bahnhof Damvillers gehaust hat, hat vorher das Feldlazarett Dannevoux eingeschmissen. Verletzung des Völkerrechts, allerdings. Natürlich werden die Herren Franzosen behaupten, ein Versehen sei vorgekommen, wenn die Delegierten des Roten Kreuzes dagegen Einspruch erheben. Vielleicht werden sie den Flieger bestrafen oder versetzen, vielleicht auch nicht. Das aber machte den Leutnant Kroysing nicht wieder lebendig, der mit anderen Verwundeten dabei draufgegangen war. Major Niggl wiegte bedauernd seinen Schädel; voll dringlichen Mitgefühls suchen seine hellen Äuglein die dunklen des Hauptmanns. Ob das wirklich dieser Leutnant Kroysing sei, fragt er, mit dem er im Douaumont zusammen gefochten? Und Hauptmann Lauber nickt. Natürlich war es dieser Mann; es gab nur einen Leutnant dieses Namens im Heere. Es gab nur einen Offizier dieser Art weit und breit. Große Hoffnungen hat er auf ihn gesetzt, immer große Stücke auf ihn gehalten. Aus solch federndem Stahl

wurden die Bänder geschmiedet, die die Front hielten. Solche Leute verbürgten die Zukunft eines Volkes: unumgänglich, das Ohr immer offen für die Nöte der Mannschaft, unerbittlich in der Pflichterfüllung, ganz und gar in der anvertrauten Sache stehend. Und wenn man sich schon freute, daß solch ein Junge dem lausigen Trümmerhaufen, dem Douaumont, heil entronnen war und aus dem Schlamassel vom 14. Dezember ohne große Beschädigung davongekommen, dann fällt solch eine blöde Fliegerbombe ihm aufs Dach und macht ihm den Garaus. Ach, das war ein scheußlicher Tag heute. Die Welt ist ein Stück Mist in den Augen von Hauptmann Lauber. Dieser Flugzeugkrieg erniedrigt den Krieg überhaupt zu einem Handwerk für Motorfahrer, Photographen und Bombenschmeißer – Zeit, ihn abzuschaffen und durch etwas Vernünftigeres zu ersetzen, bei dem nicht immer wieder die Besten gerade ausgerottet wurden. Es war gut und schön, die Heimat zu verteidigen, mit intelligenten Methoden und tapferen Leuten einen intelligenten und tapferen Gegner niederzuringen. Ob die schwere Artillerie nicht schon das Ende dieser Art von Krieg bedeutete, darüber zankte er sich im Spaß mit seinem Freunde Reinhardt. Aber über diese Fliegerei war kein Wort zu verlieren, die gehörte sich nicht, sie war saublöd – weg mit ihr. Jetzt konnte man also auch den Leutnant Kroysing streichen; vielleicht kam man selbst bald an die Reihe. Er hatte nichts dagegen, mochte ruhig der nächste Flieger auch ihm den Schädel zerknacken wie seine Buben zu Weihnachten die Walnüsse. Ja, aber bis dahin mußte man weiterarbeiten, seinen Dienst tun, nicht nach rechts und links schauen. Die beiden Besucher erhoben sich, Major Niggl drückte dem Schwaben treuherzig die Hand. Es war manchmal, sagte er, zwischen ihm und dem Leutnant Kroysing nicht alles leicht und geradewegs gegangen; das kam unter Kameraden immer vor. Aber daß er nun so aus der Welt gekommen war, das war zum Speien, und er hoffte, daß der Kamerad Lauber bald den Stoß hinter sich bringen werde und wieder besserer Dinge in die Welt schauen. Kopfschüttelnd, fast gebeugt wandelt er zur Tür hinaus, wo die beiden Pferde angebunden sind, die einander zutraulich beschnuppert haben, eines dem anderen den Hals auf die Nackenmähne legend. Ganz baff vor Bewunderung für seinen Freund Niggl tritt Major Jansch wieder ins Freie. Noch nach Jahrzehnten, wann immer er dem Bayern begegnet, entsinnt er sich dieses Gefühls.

Sechstes Kapitel

Die Erbschaft

In einer leeren Baracke schallen alle Reden auf unangenehme Weise. Infolgedessen spricht man am besten mit gedämpfter Stimme. Der Armierungssoldat Bertin ist im Laufe des Mittags durch Sergeant Barkopp selbst benachrichtigt worden; sofort Sachen packen, zurück zur Kompanie. Der Armierungssoldat Lebehde hat ihn begleitet, er will ihm dabei helfen. Dinge, die heute nacht geschehen sind und deren Folgen man am Vormittag besichtigte, veranlassen die beiden Männer, sich heute nicht zu trennen. Draußen blüht ein Prachtwetter, der Marsch nach Etraye-Ost wird mühselig sein, aber schön. Der Gastwirt Lebehde und der Referendar Bertin haben den Mantel des letzteren auf einer Bettstatt ausgebreitet, die Ärmel vorschriftsmäßig eingeschlagen, und jetzt rollen sie das Kleidungsstück zu einer gleichmäßigen, möglichst dünnen Wurst: keine Falten, kein Knäuel. Beide haben Wache gehabt und sehen blaß aus. Die Nachricht vom Teufelswerk des feindlichen Fliegers ist morgens gegen acht Uhr durch die Eisenbahner überbracht worden. Sie haben beide noch kaum begonnen, die Tatsache, daß Wilhelm Pahl nicht mehr auf der Welt ist, zu verdauen. Bertin tut alles, was er verrichtet, mit einem inneren Kopfschütteln, das sich oft unwillkürlich äußert, befremdlich für einen unparteiischen Beobachter. Dazu läuft in ihm ein Spruchband ab, auf dem nichts steht als jeweils drei Worte: Pahl und Kroysing... Pahl und Kroysing... Sähe er genauer zu, so bemerkte er in sich ein wahrhaft unermeßliches Kinder-Staunen über die Fülle der Vernichtung, die dem Dasein auf der Erde zur Verfügung steht. Kroysing und Pahl... Pahl und Kroysing... Eine ulkige Welt, eine überaus komische Welt.

In der blassen Haut von Lebehdes rundem Gesicht leuchten heute die Sommersprossen besonders deutlich. Seine dicken Finger rollen den Mantel mit unvergleichlicher Genauigkeit,

„Heute nachmittag, kann ich mir denken, buddeln sie auf dem Friedhof in Dannevoux ein Massengrab für die von heut nacht. Viel Platz nehmen sie ja nicht mehr ein." – „Ist ja schnuppe", antwortet Bertin ziemlich ungereimt, „der Erde ist es gewiß schnuppe." Er sieht im Geiste ein Durcheinander von Knochen, angekohlten und weißen, ein paar Schädel ohne Unterkiefer, einige Unterkiefer ohne Schädel, in einem Brustkorb liegt ein Fußskelett. Pahl hatte besonders kleine Hände für einen Erwachsenen, Kroysing besonders lange. „Glaubst du, daß sie den Leutnant mit zu den Mannschaften tun?" – „Hum", antwortete Lebehde, „wenn ich mir das so ansehe, meine ich: ja. Der Chefarzt ist ein vernünftiger Mann, und ein Grab schafft weniger Arbeit als zwei. Und bei der Auferstehung, nicht wahr, wird sie der Engel vom Dienst schon sortieren. Du hast's gut", wechselt er das Thema, „du haust ab. Das Vernünftigste, was du machen konntest." – Bertin zuckt die Achseln, senkt den mageren und ausgehöhlten Kopf. Er fühlt sich schuldig, daß er die Kameraden im Stiche läßt; weit davon entfernt ist er, sein schlechtes Gewissen zu leugnen. – Lebehde betrachtet indessen das gelungene Werk, den langen Mantelschlauch: den auf seinen Affen zu schnallen, brauchte sich kein Kaiser zu schämen. Dann biegt er ihn mit Bertins Hilfe um den Rucksack – man muß seine Enden dabei eisern festhalten – und schlingt den rechten Riemen darum, Bertin den linken. Er habe sich ohnehin, erklärt er indes, immer gewundert, daß der Kamerad Bertin nicht schon viel früher getürmt sei. – „Ihr seid doch meine Kompanie", murmelt Bertin und befestigt den obersten Mantelriemen um die Mitte der Wurst. – Lebehde sieht ihn groß an. Was sein Hierbleiben ihnen und irgendeinem Mensch in der Welt wohl genutzt habe? Und wer wohl von ihm verlangt habe, daß er sich um diese Kameradschaft hier so weitgehend kümmerte? – Bertin tritt zurück, steckt die Hände in die Taschen, betrachtet mit schiefgelegtem Gesicht den Rucksack. So sei eben sein Gefühl gewesen, antwortete er langsam und nach einer Pause; eine andere Rechenschaft habe er nicht. Seine Ohnmacht, an den Dingen, die er sich einbrockt, etwas zu ändern, verschweigt er lieber; Lebehde würde das nicht sehr achten. – Der bedient sich mit einer Zigarette Bertins, die er ohnehin erbt; solche Empfindungen schätze er sehr daneben, sagt er. Mit solchen Empfindungen am Bein gerate ein Mann in des Teufels Küche.

„Wilhelm", sagte er plötzlich, „würde das gut verstehen. Empfindungen sind für die feinen Leute; manchmal denke ich mir, alle unsere Empfindungen haben sie für ihren Gebrauch genormt. Ich will dir verraten, Kamerad, für unsereinen ist wichtig, was wir denken. Je mehr wir denken, je genauer wir hinsehen, um so bekömmlicher ist es für unsereinen. Ich nehme an, du bist nicht beleidigt, wenn ich dich dazu rechne, Genosse." – Bertin ist nicht beleidigt, o nein, vielmehr fühlt er sich warm angerührt, in hohem Maße befriedigt von dieser Einbeziehung. – „Den ganzen Vormittag hab ich mir hin und her überlegt, was wir eigentlich falsch gemacht haben, Wilhelm und ich; wo das Loch in unserer Rechnung offensteht. Und ich habe mir gesagt: Wir hätten nicht vorgreifen sollen. Du und ich, wir sitzen hier gesund und mit ganzen Köpfen, und wir können sie benutzen. Für Wilhelm aber steht nur noch das Massengrab offen, und die Berliner Arbeiter müssen ohne ihn auskommen. Und, was das Tröstliche ist, sie werden ohne ihn auskommen. Mit Wilhelm wäre es schneller gegangen, keine Frage. Er hatte einen guten Verstand, der Junge, und alles selber durchgemacht, was einer durchmachen kann, wenn er in der Wahl seiner Eltern unvorsichtig war. Und er schätzte einen Spaß und ließ sich nicht dumm machen, und er wußte, daß einem die Herren nichts schenken und daß wir ihnen eine Kiste Zigarren liefern, wenn sie uns ein Streichholz verehren. Und trotzdem, siehst du, hat er falsch kalkuliert, wie das Ergebnis zeigt. Wo lag also der Fehler? Kannst du mir das sagen?"

Bertin ist zum Zusammenlegen der Decken übergegangen, die unter die Klappe des Rucksacks geschnallt werden. Nur widerwillig vermag er den Fragen Lebehdes zu folgen, denn sein Gefühl hängt an dem lebendigen Menschen Pahl, an seiner Art zu lächeln, seiner Vorliebe für schönen Satz, für das Berlin des Zeitungsviertels mit seinen Maschinensälen, den großen Ballen weißen Papiers, die von Holzleisten zusammengehalten werden, für den Geruch der Druckerschwärze, den Petroleumduft des frisch fertigen Blattes; für die Sonntagsausflüge nach Treptow, den Müggelsee, für die hohen Ufer der Havel beim Großen Fenster, das Graugrün der märkischen Kiefern. Wie kann er sich da so schnell auf den Fehler in der Rechnung besinnen, der Wilhelm Pahl das Leben gekostet haben soll? War da überhaupt eine Rechnung? – Gewiß, bejaht Lebehde:

nicht der Zufall hat den Wilhelm die Zehe gekostet, sondern reifliches Hin und Her und ein zugespitzter Nagel, sorgfältig mit Rost versehen. – Offenen Mundes vernimmt es der Armierer Bertin. – Daß man ihn nicht eingeweiht hat – darüber ließe sich viel reden, aber, meint Lebehde, jetzt ja ohne Sinn und Verstand, und darum schenkt man es sich besser. Wilhelm hat gewollt, Lebehde hat gepiekt, einen Anfang geschaffen und das Ende mit zu verantworten. – Bertin wundert sich über sich selbst. Eberhard Kroysing ist seinem Bruder in den Untergang gefolgt, er wird ihn nie mehr sehen, auch Pahl nicht mehr, der sich verstümmeln ließ, auch den Pater Lochner nicht mehr – und was ward aus Schwester Kläre? Viel zuviel für einen einzelnen Menschen, der nur zwei Ohren und ein Herz besitzt und dessen Inneres noch von all dem gefangen ist, was während seiner Wache in ihm selber vorging. Er wird Zeit brauchen, viel Zeit, dies alles einzuordnen. So betrachtet er seine schmutzigen Fingernägel und fragt schließlich: da der Flieger Lazarette doch nicht gewohnheitsmäßig einschmeiße und also Zufall die Bombe lenkte – ob Lebehde denn verlange, daß man mit solchen Zufällen rechne? – Und sogleich bejaht Karl Lebehde. Nicht er verlangt das, die Sache verlangt es, wie die Fakten bewiesen. Sie verlangt äußerste Umsicht, denn der Gegner kennt kein Erbarmen und benutzt jeden kleinsten Vorteil, von großen Vorteilen zu schweigen. Diese Gegner, die kapitalistische Weltordnung und ihre Kriege, habe man unterschätzt, und schon liege der Hase im Pfeffer. „Siehst du, Kamerad", raunt er geheimnisvoll, „da hast du nun oben gegen die Gewalt allerlei Schönes gesagt, aber hat sie sich darum gekümmert? I Gott bewahre. Zugeschlagen hat sie und uns zu Hinterbliebenen gemacht. Das lehrt vielleicht dies oder jenes; und wenn ich nicht unterlassen hätte, beständig meinen Beruf im Sinne zu halten, was sich eigentlich gehörte, wäre ich schon früher drauf gekommen. Denn was tut ein guter Gastwirt? Bier verkaufen und gute Laune verbreiten, denkst du. Meinetwegen! Aber zur rechten Zeit Feierabend machen und Ruhestörer kräftig hinausfeuern, nachdem sie ihre Zeche beglichen haben – das gehört auch zu seinem Metier, und ich habe stets auf Anstand und gute Benehmität gehalten. Und so habe ich die Gewalt ausgeübt zum Wohle des Ganzen. Verstehst du?" Und da Bertin ihm zu lange nachdenkt, wiegt er seinen breiten Schädel: „Rede du nur immer weiter gegen die Gewalt der anderen. Je weniger Hausknechte meine Konkurrenz findet, desto besser für mich, weil ich ja unter allen Umständen selber Hausknecht spielen muß; je länger der Krieg dauert, desto dümmer wird die Welt. Aber einen Befehl und eine Flinte dahinter – die versteht ein jeder. Das ist es, was ein gewisser Lebehde gelernt hat, und jetzt wird er sich schleunigst nach Deutschland zurückverfügen; nicht einen Monat mehr sieht mich diese Kompanie." Und darum fand er es von Bertin richtig und in jedem Sinne der Sache dienlich, daß er jetzt zum Kriegsgericht abschob und nach dem Osten, wo keine Fliegerei mehr stattfand. Er hatte am eigenen Leibe gelernt, was gespielt wurde. Jetzt sollte er an einer wichtigen Stelle weiterlernen. Die Frage der Zukunft war, ob es gelingen werde, ein ungeheures Unrecht auszumerzen. Wer in einem Gericht saß, saß hinter der Theke, an der den Leuten Recht und Unrecht ausgeschenkt wurde. Er freute sich über diese Wendung in Bertins Laufbahn. „Denn was hättest du schon in der Zeitung Nützliches schreiben können? Einen Dreck. Und wie lange hättest du jetzt im Kriege unter den Arbeitern reden können? Höchstens drei Monate. Dann hätten sie dich am Kragen, schickten dich hier hinaus, und die alte Schweinerei finge von neuem an. Nein, Kamerad, verdufte du schleunigst in deinen stillen Winkel, reiß deine Augen auf, halte deine Schnauze und versuch mal, das Unrecht kleinzukriegen. Wollen hören, was dabei herauskommt, wenn wir uns nach dem Kriege wiedersehen. Holzmarktstraße 47, Berlin O. Ich schenke ein gutes Glas Patzenhofer aus, und mir ist, dabei finden sich die Leute. Und nun mach, daß du weiterkommst. Bei der Beerdigung werd ich dich vertreten. Und während der Pfaffe schwatzt, will ich mit mir zu Rate gehen, wie wir zu der Gewalt gelangen, die letzten Endes Gewalt überflüssig macht." – Sie schütteln sich die Hände, eine dicke Hand und eine dünne. Karl Lebehde hat, das entdeckt Bertin bewundernd, ein doppelt so starkes Kinn wie er, und sein schmaler Mund sitzt eingebettet zwischen diesem und der Nase wie auf den Bildern oder den Büsten antiker Befehlshaber.

Siebentes Kapitel

Die Schraubenlinie

Der Armierungssoldat Bertin ist kein Trottel mehr. Er denkt nicht daran, den Weg nach Etraye-Ost zu Fuß zurückzulegen. Wozu verkehren Lastwagen, gezogen von Pferden oder durch den Motor angetrieben? Zum Lebensgesetz des Soldaten gehört, es sei besser, wenn ein anderer sich die Stiefel schmutzig mache statt seiner, denn niemand reinige sie ihm. Und die Fuhrparkleute nehmen gern einen Gast mit, um sich auf dem Bock oder dem Fahrsitz etwas zu erzählen. Der Fahrgast Bertin ist ein einsilbiger Mann, verglichen mit manchen anderen, aber der Kutscher, ein Oldenburger Friese, mit Pferden aufgewachsen und immer auf dem Lande arbeitend, hat Begriffe von Gesprächigkeit, die sich bei Großstädtern mit denen von Schweigsamkeit decken.

Voll dumpfen Staunens nimmt Bertin wahr: das Schicksal führt ihn – oder auch der Zufall, wie man will – eben die gleiche Straße, die er bei seiner Ankunft im Verdungelände zurücklegte, von Vilosnes-Ost, wo sie ausgeladen wurden, über Sivry-Consenvoye links einbiegend den Waldweg, auf dem noch immer steht: „Kann nicht eingesehen werden." Und weiter hügelauf und -ab durch die Buchen, die zu beiden Seiten der Straße ihre grünen und verworrenen Dickichte aufbauen. Es ist fast genau ein Jahr her, da entfaltete im Marschieren hier ein Soldat einen Brief seiner Braut, sie werde Heiratsurlaub für ihn durchsetzen; und dazu feuerte überraschend das erste schwere Geschütz seine Ladung in die Luft, ein urweltlicher Drache. Der Frühling war damals weiter, der Winter nicht so steinkalt gewesen. Das aber war auch der ganze Unterschied, von außen gesehen.

Aber das Gefühl, alles wiederhole sich zum Schluß, sollte erst seine Vollendung erfahren, als ihm in der Schreibstube Feldwebel Duhn ziemlich trocken mitteilte, er müsse heute nacht noch mit vier Loren Pulver nach Romagne-West und unterwegs vom Pionierpark Damvillers drei Loren mit Leuchtmunition und leichten Minen mitnehmen. Dafür hatte er das Recht, sich am Nachmittag nach Belieben auszuschlafen, und das tat er denn auch, nachdem er sich in Park und Lager ein bißchen umgesehen. Dieser Park von Etraye, stufenförmig die

Schlucht hinaufgebaut, machte seiner Besatzung viel mehr Mühe als der alte „Steinbergquell" an der Straße nach Moirey; dafür war er nicht leicht in Klump zu schießen. Lauter alten Bekannten begegnete Bertin, bald Halezinsky die Hand drückend, bald Unteroffizier Böhne. Er suchte und fand in der Abteilung für Feldgeschützmunition auch den kleinen Strauß, den gescheiten Mann aus dem Moseltal, der ihm erfreut und glückwünschend entgegenkrähte – tief verbittert von dem Winter voller Entbehrungen und der unerreichbaren Ferne des Friedens. Bertin schlief erquickliche drei Stunden auf Straußens Bett, verspeiste zum Abendbrot gebratenes Pferdefleisch aus der Privatküche des schnurrbärtigen Oberfeuerwerkers Schulz, borgte sich einen Mantel, damit er den seinen, den kunstvoll gerollten, nicht aufzuschnallen brauchte, und meldete sich auf der Schreibstube und dann beim Park.
An ganz anderer Stelle als gestern stand der Mond am Himmel, als sich der kleine Benzolzug in Bewegung setzte. Strauß hatte Bertin noch eine Decke aufgedrängt. So saß er in einer Art Lehnstuhl aus glattgehobelten Pulverkisten, die mißfällige Meerschaumpfeife kalt zwischen den Zähnen. Fast bestürzt fühlte er die Schraubenlinie sich runden: das Benzolgleis leitete schräg durch gedecktes Gelände nach Damvillers, wo die Pioniere ihre drei Loren anhängten. Und dann Meter für Meter, Schienenrahmen für Schienenrahmen glitt der Zug zurück in die Vergangenheit, ins Abgelebte, und führte mit sich einen eingewickelten Menschen, der nicht mehr wußte, wann er wachte und wann er schlief, die Augen zwanghaft aufriß und wieder schloß. Diese Straße hier war Bertin gestolpert, als ihm Herr Jansch im Oktober seine sechs Tage Urlaub strich. Hier hatte der Wagen des Kronprinzen die Kurve genommen, die ihn den Blicken entzog. In diesen Unterständen hatte Wilhelm Pahl, vorgemerkt für einen Bombentod, genächtigt, als im Juli und August Flieger das Lager unsicher machten. Trat er da nicht aus dem Dunkel und verneigte sich, die Hände über der Brust gekreuzt, wie ein Schemen aus Rauch, schief lächelnd, weil er nun doch unterlegen war? Erhoben sich nicht wie Gespenster aus Rauch, hin und her wehend, weißlich, die Seelen toter Männer; der arme kleine Vehse, Otto Reinhold, das gutmütige Männchen, der dumme Landarbeiter Wilhelm Schmidt, kaschubischer Analphabet, und der so arg verlauste Hamburger Kohlentrimmer

Hein Foth? Da drüben hatte das Kartuschzelt gestanden, in dem so fleißig gearbeitet und so heftig diskutiert worden war. Dort stand es nicht mehr, aber sein Schemen stand da, aus grauer Luft in dunkelgraue gebaut; lustig flatterte als Wimpel das Bein des Unteroffiziers Karde darüber, hielten ein paar tote Armierer grinsend Ehrenwache, weil an der gleichen Stelle später das Untersuchungszelt für beschädigte Munition auf die zerstörende Sprengladung gewartet hatte. Rechts oben ragten noch immer die Baracken des verlassenen Lagers in den Nachthimmel; aber wo war der Feldkanonenpark hin mit seinem Bach, der ihn so munter durchflossen? Ein Teil dehnte sich da aus, und neue Hütten einer Entlausungsanstalt oder einer Wäscherei duckten sich in die Senke. Und dann zog sich die kleine Bahn an der Theinte entlang, rechts von ihr und nach drüben verlor sich der Weg nach Ville, der Anmarsch in die Schluchten des Fosses-Waldes. Von links her nickte über Chaumont der kleine Unteroffizier Süßmann, nicht mehr Vizefeldwebel, mit seinen klugen Affenaugen im angesengten Antlitz, begegnete der schnaufenden Lokomotive vorüberwehend der Artillerieleutnant von Roggstroh mit dem trotzigen Knabengesicht und der kurzen graden Nase; und Bertin wußte auf einmal, daß auch er gefallen war, was ja kein Wunder zu sein brauchte. Riesengroß über den Hügeln, wie eine rötlich beleuchtete Dampfsäule, aber wuchs empor die Gestalt des Unteroffiziers Christoph Kroysing, grüßend aus der Gegend der Chambrettes-Ferme, wo sich längst die Franzosen eingerichtet hatten. Teufel, Teufel, dachte Bertin und schmiegte sich an seine Explosionskisten: woher hat er denn seine seltsame Gestalt wie die einer Kerzenflamme, spitz und abgeknickt oben? Richtig: und er entsann sich der abgeschossenen Ballonbeobachter; so hatten damals zwei Rauchsäulen den Himmel belebt. Da kreuzte ein geisterhaftes Flugzeug heran, den Rücken des Piloten bedeckte eine Handvoll dunkler Einschüsse. Armer kleiner Junge mit deinem hübschen braunen Gesicht. Zur Rechten erriet man jetzt Baumreste und Gruppen zerpflückter Kronen; Thil-Wald hießen sie. Plötzlich schlugen Granaten zwischen ihnen ein. Dunkelrote Flammen, gelbe Blitze; Bertin erschrak nicht schlecht. Er hatte die Abschüsse verschlafen. Aber noch ehe er von seinem Kistenthron hinuntersausen konnte, hatte ihn der Pionier auf der hintersten Lore beruhigt: die blieben gut hundertfünfzig Meter

zur Rechten; näher heran langte der Franzmann nicht, trotz der Mühe, die er sich gab – hol ihn der Teufel. Noch etwas argwöhnisch blieb Bertin, aufmerksam und gegenwärtig, aber nur ein paar Maschinengewehrabschüsse hackten durch die Stille und das gleichmäßige Tschug, tschug, tschug der tapferen Lok. Er lehnte sich wieder zurück, überschaute die schwarzen Massen des Geländes, das sich rechts von ihm ausweitete. Dort drüben verlief die Straße nach Azannes und Gremilly; da kauerte an einem Feuer, das es gar nicht gab, einer roten Granatflamme, der junge Landarbeiter Przygulla, blies hinein, wärmte seine Hände. Sein Mund stand offen wie stets, der Wucherungen wegen in seinem Nasenraum, und seine Fischaugen blickten forschend auf den klugen Herrn Bertin, der soviel dümmer war als er, Przygulla, nachdem ihm der Bauch aufgeschlitzt worden und der Schipper Schammes ihn sterbend wie ein kleines Kind in den Sanitätsunterstand getragen. Ja, sagte der Leutnant Schanz, wir von unserer preußischen Schule haben verdammte Prüfungen nötig, bevor wir zur Vernunft kommen. Bertin schauderte, knöpfte sich enger in seinen Mantel, stellte den Kragen auf.
Die Bahn stand einen Augenblick still. Hier bog das Gleis links ab nach Romagne, in der Fortsetzung jenes Durchbruchs, den in den Wochen der großen Kälte die Gruppe Schwerdtlein mit den gefangenen Russen gebaut. Der Pionier mit seinen Loren mußte allein weiterrollen in unangenehme Gegenden. Der vordere Teil des Zuges, Bertin und seine vier Wagen, bog um die Ecke, in die Finsternis. Bertin blickte den drei Pionierloren nach: da stelzte, sie zu empfangen, eine hohe dürre Gestalt in Breeches und Wickelgamaschen herbei, lachte mit Wolfszähnen, winkte mit einer langen Hand zum Abschied. Endlich, dachte Bertin, er hat sich wahrhaftig wieder den Douaumont ausgesucht, um dort zu spuken. Nicht so unangenehm, mein neuer Zustand, wie Sie denken, hörte er Eberhard Kroysings Stimme von Fernen her tief summen, ich hatte vorgezogen, den Umweg über den Fliegerhäuptling zu streichen und gleich als Trümmerhaufen zu landen. Werden Sie mich auch nicht vergessen, kleiner Schäker? Dafür ist gesorgt, dachte Bertin; er fuhr auf, als die Bahn mit einem Ruck bremste. Aus einem Unterstand, in den Berg geschnitten, trat ein Eisenbahner und nahm Bertin die Papiere ab. Dieser Unterstand hieß Romagne-West; Bertin konnte im Warmen warten und gegen fünf mit

Leermaterial zu seinem Park zurückgondeln. Unten leuchtete die grelle Azetylenlampe, heizte ein Öfchen, roch es nach Kaffee; Bertin bekam einen Becher voll ab. Seit wann es dieser Neuanlage bedurfte? Seitdem der Franzose den alten Bahnhof Romagne langsam einschoß. Bei einer solchen Böllerei war auch der großschnäuzige Berliner draufgegangen, der tüchtige Unteroffizier von der Bahnhofskommandantur; ob der Kamerad den gekannt habe? Natürlich, antwortete Bertin. Jeder, der auf dem Bahnhof zu tun hatte, mußte ihn ja kennen, er war die Seele vons Buttergeschäft, die rechte Hand des Bahnoffiziers. So, also auch der war weg? Armer Pelikan! In dieser Nacht gab es nur vergangene Leute, wie es schien; es würde besser sein, nach niemandem mehr zu fragen, zum Beispiel nach Friedrich Strumpf. Verdammt unheimlich blieb es, als Lebender von hier wegzufahren. Also gute Nacht.
Gegen acht Uhr früh, frisch rasiert und nach einem guten Frühstück beim kleinen Strauß, empfing der Landsturmmann Bertin auf der Schreibstube nunmehr seine Reisepapiere: Fahrscheine, Verpflegungsscheine, Entlausungsscheine, Ausweis. In ihm stand: er habe sich zum Dienstantritt beim Kriegsgericht der Division von Lychow in Merwinsk zu melden. Wo Merwinsk lag – irgendwo im Osten – und wie er dahin komme, das werde er am besten auf dem Schlesischen Bahnhof in Berlin erfahren. Der langen Reise wegen durfte er auch Schnellzüge benutzen. Rückständiger Sold, genau ausgerechnetes Verpflegungsgeld wurden ihm in nagelneuen Fünf- und Zehnmarkscheinen ausgehändigt; auf seinen Anteil am ersparten Kantinengeld verzichtete er zugunsten des Gasarbeiters Halezinsky. Der Schreiber Querfurt mit seinem Ziegenbart vermerkte es. Dann schüttelten sie sich die Hände. „Mach's gut, Kamerad", sagte der eine. „Laßt's euch gut gehen alle", wünschte Bertin. Voll tiefen Erstaunens empfand er, daß ihm etwas im Halse dabei würgte. Das war eine lausige Kompanie gewesen, fast genau zwei Jahre hatte sie ihn gedrillt und immer bösartiger und ungerechter behandelt, aber einerlei, es war seine Kompanie, Ersatz für Vater und Mutter, für Frau und Beruf, für Wohnung und Universität; sie hatte ihn genährt und gekleidet, ihn angeleitet und erzogen, sie war ein zweites Elternhaus gewesen, das Elternhaus des Vaters Staat und der Mutter Germania, und jetzt mußte er davon scheiden und in die ungewisse Fremde ziehen. Da konnte sich schon der Blick

verschleiern; Hauptsache nur, daß es niemand sah!
Niemand sah es. Als eine halbe Stunde später die wacklige Maasbahn sich anschickte, ihn nach Montmédy zu schleppen, streckte ein brauner Armierer den Kopf aus dem Fenster, hinter dem, klein und kleiner, die Gegend zurückblieb, die ihn bei Sonne und Regen durchgeformt hatte, sommers und winters, des Tags und in der Nacht. Wie schloß der kleine Süßmann, bevor er starb? „Meinen Eltern: Es hat gelohnt. Dem Leutnant Kroysing: Es hat nicht gelohnt." Die Wahrheit lag zwischen diesen beiden Polen irgendwo, aber, wie ein Weiser verzeichnete, nicht in der Mitte.

Achtes Kapitel

Abgesang

Der Vorort Ebensee bei Nürnberg leuchtet im Sommerglanz des hohen Juni. Mit ihm reicht die Stadt an die alten Wälder aus Laub- und Nadelholz, die den Fuß des Fränkischen Jura säumen. Die Schilfstraße in Ebensee wird von kleinen Häusern eingerahmt; aus einem Gasthof in der Nähe dringt Tanzmusik: moderne amerikanische Rhythmen, Foxtrott genannt oder Shimmy.
Einen Liebespaar gleich schlendern zwei junge Leute an dem weißen Zaun entlang, mit dem die Vorgärten den Gehsteig einengen. Der junge Mann, in einem blaugrauen Anzug – leicht abgetragener Sommerstoff und ein Schnitt von vor dem Kriege; sein Hals steigt mit einem Adamsapfel aus dem zurückgelegten Schillerkragen des weißen Hemdes. Seine mageren Backenknochen, seine leicht abstehenden Ohren, sein nicht ganz kurzes Haar wirken im bürgerlichen Anzug weit weniger störend als in der Uniform; seine kleinen Augen blicken suchend durch die dicken Gläser einer neuen, einer schärferen Brille. „Nummer 26", liest er vom gegenüberliegenden Zaun. „28 soll es sein, das nächste also. Lene, ich habe Angst. Es ist durchaus nicht sicher, daß ich hineingehe."
Lenore, im zartgelben Sommerkleide, das knapp unterm Knie endet, legt ihre schmale Hand wie schützend auf die seine: „Du brauchst es nicht zu tun, niemand zwingt dich, Werner.

Du kommst ja aus freien Stücken her. Sieh mal da drüben die Flagge auf Halbmast."
Werner Bertin blickt in den Garten des Hauses Nummer 28. Dort ragt ein weißgestrichener Flaggenmast auf, von dessen Mitte die schwarz-weiß-rote Fahne regungslos herunterhängt. Das Fahnentuch, das er vier Jahre hindurch in allen Ländern wehen sah, auf Gebäuden in Üsküb und Kowno, in Lille und Montmédy, und in allen deutschen Straßen, und das jetzt bald verschwinden soll, ist auf Trauer gehißt, und kaum ein Wind bewegt seine Falten zwischen den laubvollen Kirschbäumen und den beiden Tannen zur Rechten und Linken des Rasenplatzes. „Endlich jemand", sagt er, „der diesen Tag zur Kenntnis nimmt. Jetzt bin ich sicher, das Haus da ist es. Kannst du lesen, was auf dem Schild steht?" – Lenore kann über die Straße hinweg das Messingschild entziffern, wenn sie ihre Augen gegen die Sonne schützt – der breitrandige Hut hängt ihr am Arm: „‚Kroysing' steht auf dem Schild." – Ein hagerer Mann, sehr groß, die Hände auf dem Rücken, kommt auf dem Wege, der am Haus entlang zur Straße und wieder zurück führt, wie jemand, der sehr oft in tiefen Gedanken den gleichen Rundgang vollendet. Er erscheint einen Augenblick am Zaun, in schwarzem Rock, weißem Kragen mit steifen Ecken, schwarzer Krawatte, macht kehrt und verschwindet im gleichen Gange auf der anderen Seite des Hauses.
Werner Bertin preßt Lenores Hand: „Das ist er. Eberhard Kroysing glich ihm wie aus dem Gesicht geschnitten. Wenn dieses blöde Gedudel nur aufhörte!" – Man schreibt den 29. Juni 1919. In allen Gartenlokalen Deutschlands wird wie jeden Sonntagnachmittag auch an diesem öffentlich getanzt. Im Kalender heißt der Tag „Peter und Paul", nach den beiden Aposteln; heute feiert Deutschland mit der ganzen Welt die Unterzeichnung des Friedensvertrages von Versailles, die gestern stattgefunden hat. Der Krieg ist endgültig vorüber, jetzt wird auch bald die Blockade enden. Bertin und Lenore, auch der alte Herr Kroysing, werden nicht mehr so magere Backen zur Schau tragen. Es ist ein Tag, an dem die fürchterlich blutende Wunde dieser letzten vier Jahre für geheilt erklärt wird; gleichwohl wünschte Bertin, Deutschland nähme ihn ernster auf, in sich gekehrter, gesammelter, erschütterter. Im Bürgertum spürt man etwas davon: da hängt die Flagge auf Halbmast zwischen schwarzen Tannen. Die Leute aber tan-

zen, sie machen sich nichts daraus, niemand merkt, daß heute eine neue Seite im Buch der irdischen Geschicke aufgeschlagen wird. Deutschland tanzt. Es kann alles nur besser werden. Die Flinte ward in die Ecke geschmissen, alles drängt an die Arbeit, nichts als Vergessenwollen waltet in den Menschen, jauchzend wirft man sich ins Glück dieses heißen Vorsommers. Nach all den Jahren der Not, des Grams und Grauens hat man ja wohl das Recht, ein bißchen verrückt zu sein. Der junge Schriftsteller Bertin und seine Frau befinden sich auf dem Wege nach Süddeutschland, um in geliebter Landschaft, gesegneterem Licht Genesung zu suchen. Aber, das hat sich Bertin vorgenommen, bevor er in den Bergen verschwindet, will er die Eltern der beiden Kroysings aufsuchen und ihnen entdecken, wie ihre Söhne starben, wie jämmerlich und vergeblich der Tod war, der sie weggerissen hat, und daß keine Heldenlüge und kein erschwindeltes heroisches Opfer sie um die Stützen ihres Alters gebracht haben, sondern Gemeinheit und blöder Zufall. Man kann es vorsichtig tun, als Schriftsteller versteht man sich auf die Worte; aber sie sollen nicht betrogen bleiben, die unglücklichen Menschen, und vielmehr zu denjenigen treten, die mit der vaterländischen Phrase aufzuräumen gedenken und die den Krieg nur zulassen wollen, wenn er gegen räuberische Banden geführt werden muß. Und nun weht hier die Flagge auf Halbmast, und der Mann, der aussieht wie Eberhard Kroysing als Greis, taucht wieder auf mit verbitterter und versteinerter Miene, tritt an den Gartenzaun, erblickt über die Straße weg das Liebespaar, zuckt grimmig die Achseln, macht kehrt, wendet sich dem Haus zu. In der Tür des erhöhten Vorplatzes über einer kurzen Treppe erscheint eine Greisin, ein Taschentuch in der Hand. Sie führt es an die Augen; diese Gebärde hat sich ihr wohl eingeätzt. „Alfred", ruft sie mit dunkler Stimme, in der ein Klang von längst geweinten Tränen zurückgeblieben ist, „bitte zum Tee." – Der alte Beamte nickt ihr zu, steigt die Treppe empor, verschwindet mit ihr im Zimmer. Die Fenster nach der Richtung der Musik hin werden schroff geschlossen. Über dem roten Dach des Hauses funkelt der Sommertag Peter und Paul, kommende Ernte. Die schwarz-weiß-rote Fahne berührt mit der Spitze ihres Tuches fast den Kies, der mitten im Rasen den weißen Mast mit einem kleinen gelben Kreis umgibt.
„Ich tu's nicht", sagt Werner Bertin entschlossen. „Komm,

gehen wir in den Wald. Wir sind nicht dazu da, alte Wunden aufzureißen und nachträglich zu vergiften. Sicher wird die Regierung der Republik, wenn wir erst eine Verfassung haben, für Aufklärung sorgen. Außerdem gibt es hier ein paar Leute, die nicht vergessen und die auch andere Herrschaften im Vergessenwollen gründlich stören werden." – Lenore Bertin ist im Innern ihres Herzens mit Werners Flucht aus dieser Aufgabe nicht ganz einverstanden. Was man sich vorgesetzt hat, das soll man schon tun, denkt sie zweifelnd. Aber man darf ihm nicht widersprechen, er ist so reizbar jetzt; eigentlich gehörte er in ein Sanatorium, aber dagegen sträubt er sich nun einmal. Und so bleibt einer klugen Frau nur übrig, den Mann, den sie liebt, der so tapfer durchgehalten hat und immer noch voller Gläubigkeit auf die Weisheit von Regierungen vertraut – diesen geliebten, törichten Jungen, dieses wilde Herz, in den Wald zu begleiten, der sich drüben mit herrlichen Laubkronen als Grenze zwischen Land und Himmel stellt.
„Diese Wiese", sagt Bertin, indem er seinen Arm in den ihren legt, „wäre von hier aus durch ein Maschinengewehr gegen zwei Kompanien zu halten; sie kämen nicht über den Bach da unten. Und der Waldrand gäbe eine famose Stellung ab für Flakbatterien."
Die Wiese leuchtet blau von Wiesenschaumkraut und Storchschnabel. Am Waldrand spielen Sonnenflecken auf den grauen Stämmen. „So", sagt Werner Bertin träumerisch, gelehnt an die Schulter seiner Frau, „ganz so, nur viel dichter sahen die Wälder von Verdun aus, als wir hinkamen." – „Wenn du nur zurückgekommen bist aus diesen Wäldern", entgegnet Lenore zärtlich. Heimlich fürchtet sie, es werde noch lange dauern, bis der Freund und Mann aus jenen Zauberwäldern und Gestrüppen in die Gegenwart zurückfindet, ins wirkliche Leben. In ihm arbeitet der Krieg weiter, wühlt und brodelt, stößt und schrillt. Aber von außen – sie seufzt leise – merkt es gottlob niemand.
Wie irgendein Liebespaar verlieren sie sich im Walde, zwischen Schatten und grüner Helle, und ihr gelbliches Sommerkleid leuchtet länger nach als sein graublauer Anzug.

INHALT

Sechstes Buch: *Abnutzung*

Siebentes Buch: *Die große Kälte*

Achtes Buch: *Knapp vor Toresschluß*

Neuntes Buch: *Feuer vom Himmel*

Universal
Bibliothek

BELLETRISTIK

JURI OLESCHA

Liompa

Erzählungen, Stücke, Aufzeichnungen

Aus dem Russischen von M. Erb, H. Loose, M. Milack und M. Riwkin
Herausgegeben von M. Erb
Band 757 · Broschur 2,50 M

J. Olescha (1899–1960) ist einer von jenen Schriftstellern, die die sowjetische Literatur Ende der zwanziger und Anfang der dreißiger Jahre wesentlich geprägt haben. Oleschas spezifische Leistung besteht darin, den Dingen andere Namen zu geben, sie auf neue Weise – „von innen" – zu sehen. In der Erzählung „Liebe" macht der Held merkwürdige Entdeckungen: „Insekten flogen herum. Die Halme erzitterten. Die Architektur des Vogel-, Fliegen-, Käferschwirrens war trügerisch, doch konnte man eine gewisse Punktelinie, den Umriß von Bögen, Brücken, Türmen, Terrassen erhaschen – eine bestimmte, sich schnell verlagernde und allaugenblicklich umformende Stadt." – Die neue Sehweise öffnet Olescha den Raum für sein Thema: Die Rolle der Intelligenz beim großen Umbau der Welt nach der Oktoberrevolution. Oleschas prophetische Frage gilt der Schaffung einer neuen Ethik, der Erhaltung und Entwicklung großer reiner Gefühle, der Kunst in der neuen Zeit.

Universal
Bibliothek

BELLETRISTIK

Wir sind die Rote Garde

Sozialistische Literatur 1914 bis 1935 Band I/II

Herausgegeben von Edith Zenker · Geleitwort von Otto Gotsche · Nachwort von Klaus Kändler
Band 68/69 · Broschur 5,50 M

In Beiträgen von nahezu 100 Autoren spiegeln sich zwei Jahrzehnte deutscher Geschichte, dokumentiert sich die fortwirkende Leistung deutscher Arbeiterschriftsteller und ihrer Verbündeten. Die Fülle des Materials, instruktive Kurzbiographien und eine allgemeine literarhistorische Würdigung machen die Anthologie zu einer lebendigen Geschichte der sozialistischen deutschen Literatur im ersten Drittel unseres Jahrhunderts. Die beiden Bände enthalten Beiträge von Abusch, Bauer, Becher, Brecht, Bredel, Catilina, Walter Dehmel, Eggerath, Eisner, Fürnberg, Ginkel, Gotsche, Graf, Grünberg, Herzfelde, Ilberg, Kast, Kisch, Kläber, Kurella, Lask, Leonhard, Liebknecht, Luxemburg, Mühsam, Nagel, Reissner, Renn, Rück, Seghers, Slang, Toller, Tucholsky, Turek, Gustav von Wangenheim, Alex Wedding, Weinert, Weiskopf, Friedrich Wolf, Zinner, Zur Mühlen und anderen.